Esslingen, 1326: Ohne die Hilfe seiner Tochter kann der Glasmaler Heinrich Luginsland nicht mehr arbeiten, denn seine Augen werden immer schlechter. Bereits seit drei Jahren hilft Lena ihm heimlich dabei, die Glasfragmente zu bemalen, denn Frauen ist es in Esslingen nicht gestattet, ein Handwerk auszuüben. Daher soll Lena den ihr verhassten Tübinger Glasmaler Marx Anstetter heiraten. Doch da kommt Lionel Jourdain, ein wandernder Künstler aus Burgund, als Gast in Heinrich Luginslands Haus. Lena ist fasziniert von dem schönen Fremden, der ihr gestattet, ihm bei der Verglasung des Chorfensters in der Franziskanerkirche zu helfen. Er verrät ihr das Geheimnis des Silbergelbs, dessen Rezeptur er von der Isle de France mit nach Esslingen gebracht hat. Doch eines Morgens wird am Ufer des Neckars ein Dominikanermönch tot aufgefunden. Verdächtigt wird Valentin, Lenas Freund aus Kindertagen. Lena setzt alles daran, seine Unschuld zu beweisen. Doch sie gerät in ein gefährliches Spiel aus Intrigen zwischen Papst und König, und auch ihr Leben ist in Gefahr ...

Pia Rosenberger wurde 1963 in der Nähe von Osnabrück geboren. Nach dem Abitur studierte sie in Stuttgart Kunstgeschichte, Literatur und Pädagogik. Heute lebt sie mit Mann und zwei Kindern in Esslingen und arbeitet als freie Journalistin, Stadtführerin und Museumspädagogin. »Die Himmelsmalerin« ist ihr erster Roman.

Weitere Informationen, auch zu E-Book-Ausgaben, finden Sie bei
www.fischerverlage.de

Pia Rosenberger

Die Himmelsmalerin

Historischer Roman

Fischer Taschenbuch Verlag

Originalausgabe

Veröffentlicht im Fischer Taschenbuch Verlag,
einem Unternehmen der S. Fischer Verlag GmbH,
Frankfurt am Main, Oktober 2012

Satz: Fotosatz Amann, Aichstetten
Druck und Bindung: CPI – Clausen & Bosse, Leck
Printed in Germany
ISBN 978-3-596-19321-9

Franziskanerkirche
Esslingen, um 1320

	a	b	c
15	*Maria*	Weltenrichter	Johannes
14	Brandopfer Elias	Pfingsten	Pfingsten
13	Himmelfahrt Elias	Himmelfahrt Christi	Entrückung Henochs
12	Jonas	Auferstehung Christi	Simson
11	Abrahams Opfer	Kreuzigung Christi	Eherne Schlange
10	Achior	Geißelung Christi	*Makkabäer*
9	Daniel und Habakuk	*Vorführung Christi*	*Daniel und Nebukadnezar*
8	Bestrafung Abners	*Gefangennahme Christi*	Gefangennahme eines Propheten
7	*Abrahams Mahl*	*Abendmahl*	*Passahmahl*
6	Naaman	*Taufe Christi*	*Reinigungsbad*
5	Aussetzung Mosis	Flucht nach Ägypten	*Jesebel und Eliza*
4	*Darbringung Samuels*	*Darbringung Christi*	Abels Opfer
3	*Saul bei Bethel*	Anbetung der Könige	Königin von Saba
2	Brennender Dornbusch	*Geburt Christi*	Aarons Stab
1	*Gideons Vlies*	*Verkündigung an Maria*	*Verkündigung an Sarah*

Die drei Chorfenster der Esslinger Franziskanerkirche. Die Beschreibungen beziehen sich auf das Bibelfenster in der Mitte und betiteln von oben nach unten bzw. von links nach rechts die Glasfenster des Originals. Die erhaltenen Scheiben sind durch gerade, die rekonstruierten Scheiben durch kursive Schrift gekennzeichnet

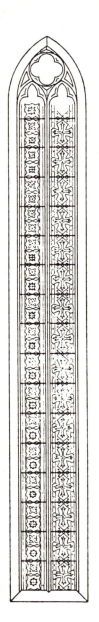

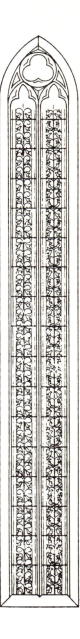

I

Der Himmel war so blau wie der Mantel der Madonna. Lena richtete sich auf und strich sich eine verschwitzte Haarsträhne aus der Stirn. Kobalt, dachte sie, vielleicht Ultramarin. Sie stellte sich vor, wie das Licht durch die Scheiben leuchtete, die ihr Vater in diesen Farben färbte. Nur heute nicht. An St. Margareten, in der Mitte des siebten Monats, wurde im Weinberg gearbeitet. Der Boden musste gehackt und die Reben geschnitten werden, damit die Trauben reifen konnten. Bis das nicht geschehen war, standen die Arbeiten in den städtischen Werkstätten still.

Ihr Vater, der Glasmaler Heinrich Luginsland, war dabei, alle überflüssigen Triebe und viele grüne Trauben wegzuschneiden, und zeigte sich dabei großzügig wie immer. Seiner Meinung nach war das die beste Voraussetzung für einen guten Tropfen. Der Geselle half ihm, während die Lehrbuben – nichtsnutzig, wie sie waren – sich lieber gegenseitig die unreifen Beeren in den Kragen steckten, als die abgeschnittenen Triebe vom Boden aufzusammeln. Noch nichtsnutziger war nur Lenas Bräutigam.

Marx Anstetter, der Glasmaler aus Tübingen, der es nach ihrem Geschmack schon viel zu lange in Esslingen aushielt, hatte es sich am Feldrand bequem gemacht und rührte keinen Finger. Anders als Lena, die gemeinsam mit der Köchin Martha seit Sonnenaufgang Unkraut jätete und den Boden rund um die Weinstöcke hackte, hatte er es anscheidend nicht nötig, bei der Arbeit im Weinberg mit anzupacken. Fein säuberlich aufgeschichtet lagen die kleinen Haufen aus Löwenzahn, Quecken und Giersch zwischen den Reben. Der Boden unter dem Wein zerkrümelte zwischen Lenas Fingern und roch nach heißem Staub.

Sie richtete sich auf, wischte sich die erdigen Hände an ihrer Schürze ab und stützte sich auf die Hacke. Sie konnte sich nicht erinnern, dass es Anfang Juli jemals so heiß gewesen war. Hitze, die über den Weinbergen vibrierte wie ein lebendiges Wesen.

Der Himmel lag so durchsichtig über den Hängen wie eine blaue Schüssel aus Glas, noch perfekter, als ihr Vater sie hätte blasen können. Darunter funkelte die Welt wie ein polierter Edelstein. Vom Fluss her wuchsen die Reben die Hänge hoch, hellgrün, golden und voller Verheißung. Sie hatten winzige, harte Beeren angesetzt, aus denen, wenn Gott Esslingen vor Hagelwetter schützte, ein weiterer guter Jahrgang werden würde.

Im Tal schlug der Neckar einen weiten Bogen um die Stadt. Über ihn spannte sich die neue Steinbrücke, auf der reges Kommen und Gehen herrschte. Sogar von hier oben konnte Lena sehen, wie dicht der Verkehr stadteinwärts war. So viele Leute drängten in die Stadt, dass sich die bunten Handelskarawanen, die Bauern und die Söldner vor dem Brückenhaus stauten wie ein wimmelnder Ameisenhaufen. Sie ließ ihre Augen über das Häusergewirr mit seinen roten Dächern schweifen, aus dem die beiden Türme der Stadtkirche hervorstachen wie zwei Finger, und blieb schließlich an der Baustelle der Liebfrauenkapelle hängen. Der Chor, der sich seit fünf Jahren im Bau befand, sah aus wie das Skelett eines riesigen Tieres. Was Valentin wohl gerade machte? Lena strengte sich an, aber sie konnte den blonden Haarschopf ihres Freundes zwischen den grauen Mauern nicht erkennen. Wie auch, es war viel zu weit weg.

Seufzend nahm sie die Hacke wieder auf und trieb das Blatt in den rissigen, ausgetrockneten Boden. Mit den Fingern lockerte sie geschickt eine Löwenzahnpflanze, löste sie mit der Wurzel heraus und warf sie auf den Haufen Unkraut neben sich. Dann richtete sie sich wieder auf und rieb sich mit der Hand über die verschwitzte Stirn. Eigentlich reichte es ihr. Sie wäre lieber allein in der Werkstatt gewesen und hätte an ihren Entwürfen für den Thron Salomonis weitergearbeitet. *Da ist es wenigstens kühl*, dachte sie sehnsüchtig.

»Kannst du nicht mehr?«, fragte Martha.

Lena lachte und deutete auf die Sonne, die vom Zenit des Himmels auf sie herunterbrannte. »Ich glaube, es ist Zeit zu rasten.«

»Du hast recht, die Sonne steht schon hoch.«

Sie legten ihre Hacken beiseite, kletterten den steilen Abhang bis zum Weg hinauf und packten ihre mitgebrachten Körbe aus: Brot, Fleisch, Wein und die leckeren Pasteten, die Martha mit Wildfleisch und Preiselbeeren zubereitet hatte. Lena hockte sich ins Gras auf ihre Fersen und füllte ihrem Vater den Becher. Heinrich Luginsland setzte sich neben sie an den Feldrain und trank ihn in einem Zug leer. Lena füllte ihn gleich wieder, gab aber acht, den Wein dieses Mal mit Wasser zu verdünnen, bevor sie den Becher dem Vater reichte. Wenn er zu viel Wein trank, wurde sein Gesicht heiß und rot, und er fing an zu schnaufen. Besorgt musterte sie ihn von der Seite. Heinrich sah alt aus. Sein Haarschopf, der in ihrer Kindheit so rot wie ihr eigener geleuchtet hatte, war vollständig ergraut, und die Hände, mit denen er die schwere Hacke schwang, lagen krumm wie Klauen auf seinen Knien. Aber das war es nicht, was ihr Sorgen bereitete.

»Sag Lena«, flüsterte er. »Ist die Welt so bunt, wie ich denke?«

»Ja, sehr bunt«, wisperte sie. »Wie Edelsteine. Wie ... Glasfenster.« Eine Last senkte sich auf ihr Gemüt.

»Schon gut«, murmelte er und legte seine schweren Hände auf ihre. Die feinen, lehmverschmierten Finger verschwanden in seinen Pranken, und Lena musste ihre Tränen wegblinzeln.

»Wir schaffen das schon.«

Aber wie bloß?, dachte sie, sagte jedoch nichts, sondern verdrehte stattdessen die Augen. Denn von rechts näherte sich Marx Anstetter, breitete seinen Mantel aus, der aus feinstem Tuch bestand, und ließ sich elegant an ihrer Seite nieder. Seine Beine steckten in zweifarbigen Hosen, das eine Bein blau, das andere grün. Das war der letzte Schrei aus Frankreich. Eingekesselt zwischen ihrem Vater und ihrem Bewerber biss sie herzhaft in ihre Pastete und betrachtete Anstetter verstohlen. Wie konnte man nach einem halben Tag im Weinberg noch immer aussehen wie aus dem Ei gepellt und riechen, als käme man gerade aus der Badestube? *Nur, wenn man nichts geschafft hat*, dachte sie. Anstetter schob seinen modischen Hut in den Nacken und wischte sich über die Stirn. Am Ringfinger der rechten Hand trug er einen kostbaren Rubin, der das Sonnenlicht einfing und blitzend in der Luft verteilte.

Hoch oben am Himmel stand eine Lerche und jubilierte ihre Freude über den prächtigen Sommertag in die Welt.

Unten auf dem Neckar wurde gerade Holz in Richtung Stadt geflößt. Die Baumstämme bedeckten den graugrünen Fluss an der Biegung fast vollständig. Wenn man ganz still war, konnte man die Kommandos der Flößer hören, die von Baumstamm zu Baumstamm sprangen, um die festgehakten Stämme vom Ufer zu lösen. Und die Lerche noch dazu. Aber Anstetter war nicht still. Das war er nie.

»Sagt, Luginsland, wann kommt er nun, der französische Geck, der uns den Auftrag für das Fenster in der Franziskanerkirche vor der Nase weggeschnappt hat?«

Heinrich Luginsland schüttelte den Kopf und lachte leise. »Einige Tage wird es schon noch dauern. Er kommt aus dem Burgundischen, hat mir der Prior erzählt.«

»Und Ihr wollt ihm wirklich Eure Werkstatt zur Verfügung stellen, mit allem Drum und Dran?«

»So lautet die Abmachung.«

Anstetter machte eine Pause, die tiefste Missbilligung ausdrückte. Lena wusste, wie wichtig die Vereinbarung mit den Franziskanern war. Sie brauchten die Miete für die Werkstatt dringend.

»Nun, Jungfer Lena.« Anstetter strich sich die dunklen, glatten Haare aus dem Gesicht. »Wollt Ihr mir nicht auch eine dieser schmackhaften Wildpasteten reichen, die Eure Martha so köstlich zubereitet hat?«

Er lächelte und ließ seine beiden vorstehenden Vorderzähne sehen, die Lena zusammen mit dem fliehenden Kinn immer an ein Frettchen erinnerten. Lena tat der Höflichkeit Genüge, reichte ihm eine Pastete und füllte seinen Becher mit ihrem guten weißen Hauswein, der in Windeseile Anstetters Schlund heruntergurgelte. Lena sah seinen Adamsapfel beim Schlucken auf und ab hüpfen.

Wie ein gieriger Specht, dachte sie spöttisch.

»Euer guter Neckarwein macht es mir leicht, um Eure Tochter anzuhalten, Meister Luginsland.« Er rülpste leise.

»Wenn Ihr dem Wein weiter so zusprecht, Meister Anstetter, wird er nicht bis zur Hochzeit reichen«, sagte Lena. »Dann ist unser Keller nämlich leer.«

Ihr Vater drückte warnend ihre Hand. Wir können ihn nicht mehr lange hinhalten, hieß das.

»Oh, mich lockt nicht nur der Wein …«, sagte Anstetter nachdenklich und ließ seine Augen über ihren Körper wandern.

Lena wurde das Flusstal zu eng. Sie stand auf und trat an den Steilhang, der seit hundert Jahren terrassiert und mit Weinstöcken bewachsen war. Es war nicht nur der Wein, der Anstetter anzog, und ganz gewiss nicht ihre eigene kratzbürstige Person, auch wenn der Kerl noch so lüstern tat. Es war die gutgehende Glasmalerwerkstatt, die Aufträge aus dem ganzen Württembergischen und aus so mancher Reichsstadt erhielt. Nur derzeit gingen fast keine ein, aber das wusste er nicht. Eigentlich waren die Anstetters aus Tübingen direkte Konkurrenz zur Werkstatt Luginsland in Esslingen. Doch das ließ sich schnell ändern, wenn der älteste Sohn die Glasmalertochter aus Esslingen freite. Dann war man ein einziger Betrieb, und alle Probleme lösten sich von ganz alleine. Wenn, ja wenn Lena den Meister Anstetter aus Tübingen nur ein bisschen netter finden würde.

»Denkt dran«, begann dieser jetzt von neuem. »Margareta mit dem Wurm, Barbara mit dem Turm, Katharina mit dem Radl, das sind die drei heiligen Madl. Und Katharina, Eure Stadtheilige, ist die Beschützerin der Ehefrauen. Also vielleicht bald auch die Eure.«

»Aber auch die der Mädchen und Jungfrauen«, gab Lena vorwitzig zurück und trat an den Rebhang heran, der sich vor ihr fast senkrecht bis zum Fluss herunterzog.

Er schüttelte missbilligend den Kopf, stand auf und streckte sich, bis es in seinen Knien knackte. »Aber nicht die der alten Jungfern.«

Lena sah ihn an und hätte fast gelacht. Manchmal konnte er es mit ihrer spitzen Zunge durchaus aufnehmen. So bald war sie noch keine alte Jungfer. Schließlich war sie im letzten Dezember erst siebzehn geworden, und damit im besten heiratsfähigen Alter.

Ächzend ließ sich Meister Luginsland von seinem Schwiegersohn in spe auf die Füße helfen. »Wir reden später, Meister Marx«, sagte der Glasmaler und ging wieder an die Arbeit.

Das geflößte Holz war inzwischen an der Landestelle angekommen und verstopfte den Neckar nun oberhalb der Brücke. In Esslingen wurde an jeder Ecke gebaut, Holz war immer gefragt.

Die Sonne wanderte gen Westen, aber es war noch immer so heiß, dass Lena der Schweiß zwischen den Schulterblättern herablief. Ganz plötzlich stand Marx Anstetter neben ihr.

»Was denkt Ihr Euch dabei, mich so vorzuführen, vor Eurem Vater?«

Verwundert sah sie ihn an. Seine Stimme klang anders als zuvor. Scharf, ungeduldig und voller unausgesprochener Drohungen. Ihr Vater hatte nie so mit ihr gesprochen. Anstetters Hand legte sich auf ihren Rücken, Besitz ergreifend, als gehöre sie ihm bereits mit Leib und Leben. Lena tat einen Schritt nach vorn in Richtung des Abgrunds.

»Ich brauche Eure Antwort nicht, obwohl es sicher Spaß machen würde, Euch zu zähmen. Mit Eurem Vater bin ich schon einig. Und Ihr wisst ganz genau, warum.«

Er ließ sie stehen, allein zwischen den summenden Bienen, den Blick auf den graugrünen Fluss gerichtet, der gen Westen hinter einer Biegung verschwand, wohin Lena nie gekommen war. Alle anderen gingen an ihre Arbeit zurück, nur sie verharrte noch einen Moment. Dann drehte sie sich um und wanderte steil bergauf.

2

Auf der Brücke stauten sich Reisende, Reiter und Fuhrwerke wie Steine in einem Mühltrichter. Die Sonne brannte, ließ die Weinberge am Flussufer hellgrün aufleuchten und den Fluss wie eine träge Schlange das Tal herunterrollen. Es war heiß, zu heiß, um vor dem Brückentor in einer Menschenmenge zu schmoren. Lionel strich sich die verschwitzten Haare aus der Stirn. Seit einer geraumen Weile ging es gar nicht mehr voran.

Die Zeit steht still, dachte er. Vielleicht würde er für immer hier stehen, bis zum Jüngsten Tag, und niemals das Chorfenster in der Kirche der Franziskaner verglasen. Doch vorher würde er wahrscheinlich in der Sonne schmelzen wie eine Wachskerze.

Urplötzlich gab es eine Unterbrechung im Einerlei. Ein falsches Signal, und der Ochsenkarren direkt vor Lionel setzte sich in Bewegung. Drei Schritte, dann standen die Ochsen auch schon wieder, weil der Weg vor ihnen von Menschen überquoll. Der Wagen krachte in die Deichsel. Ein schlecht befestigter Sack purzelte von der Ladefläche, landete auf der Brücke und zerplatzte. Korn rieselte über den steinernen Grund und lockte die Bettler an, die sich in den Staub fallen ließen und so viel wie möglich in ihre mitgebrachten Becher schaufelten.

»Verflixter Lumpenkerl«, schrie der Fuhrmann, und der Lehrjunge, der die Zügel gehalten hatte, fing sich eine saftige Maulschelle ein.

Lionel verdrehte die Augen zum Himmel, wo ein Falke gelassen im Blau kreiste. Der Fuhrmann sprang vom Wagen, verteilte Keile nach rechts und links und begann, in den Sack zurückzuschaufeln, was noch einzusammeln war. Die Ochsen schauten teilnahmslos zu, während der Junge sich in Erwartung weiterer Prügel duckte.

Jetzt scheute auch Étoile, den Lionel neben sich am Zügel führte. Sanft strich er dem Weißen über die Nase und raunte ihm etwas in seiner Muttersprache ins Ohr. Der Hengst reagierte empfindlich auf Lärm und neue Orte. Bonne, das Packpferd, das Lionels Werkzeug und seine Farben trug, konnte ein solcher Vorfall nicht erschüttern. Ihre braunen Augen betrachteten den Burgunder mit unerschütterlicher Gelassenheit. Sie würde warten und mit ihm gehen, wo auch immer er hinwollte.

»Meine Brave«, lobte er sie.

Inzwischen hatte sich der Lehrling weitere Maulschellen eingefangen und hielt sich die Wange, während der Fuhrmann selbst die Zügel übernommen hatte. Und noch immer ging nichts voran.

»Was ist hier los?«, fragte Lionel den Fuhrmann.

»Reiter.« Gottergeben deutete er auf das Brückentor, das vor der Menschenmenge dunkel in den bleiblauen Himmel ragte. Lionel ließ die Führstricke der zwei Pferde einen Moment hängen, trat aus der Reihe und spähte vom Brückengeländer aus nach vorne. Eine Gruppe Berittener drängte sich vor dem Tor. Ihr Anführer disputierte mit den Stadtwächtern und wedelte dabei heftig mit den Armen. Endlich entschied sich die Sache. Die Wächter gewährten der Gruppe keinen Einlass in die Stadt. Daraufhin saßen die Bewaffneten wie ein Mann auf und drehten um. Lionel schüttelte den Kopf. Trotz der Menschenmenge galoppierten sie mitten auf der Brücke an. Sie waren sichtlich wütend, Kriegsknechte eben. Er wusste, warum er mit diesem Pack nichts zu tun haben wollte.

Die Ritter bahnten sich rücksichtslos eine Gasse durch die Menschenmenge. Auf ihren Waffenröcken breitete der Adler des Königs besitzergreifend seine Flügel aus. Dann waren sie da, schneller, als Lionel sich umdrehen und seine Pferde festhalten konnte.

»Merde!«, rief er.

Donnernd schlugen die Hufe auf den Steinboden.

»Aus dem Weg!«, schrie der Anführer, ein bärtiger Schwarzhaariger, und setzte mit seinem Schlachtross über einen alten Mann hinweg, der sich gerade noch rechtzeitig ducken konnte.

Menschen stoben an die Seite, ein Bettler landete im Staub, ein eisengepanzerter Huf traf eine Frau an der Schulter, die schreiend zu Boden fiel. Mit einem Satz war Lionel bei seinen Pferden und fiel Étoile in den Zügel, der mit seinen dunklen Augen rollte. Es hatte keinen Sinn, wenn der Weiße zu allem Überfluss noch stieg und weitere Menschen verletzte. Nachdem sich das Pferd beruhigt hatte, half Lionel der Frau auf die Füße.

»Ich danke Euch, edler Ritter«, sagte sie würdevoll und wischte sich den Brückenstaub vom Gewand. »So sind sie eben, die Herren.«

Er nickte, froh, dass die Frau sich irrte, weil er weder ein Ritter noch ein Herr war. Er war nichts weiter als ein freier Mann.

Der Spuk war jedenfalls vorbei, die Krieger hatten die Brücke verlassen, und der Trichter begann, sich mit stetem

Gleichmaß zu leeren. Zuletzt verschwand das Ochsenfuhrwerk mit den Kornsäcken im Tor. Schließlich stand Lionel davor und betrachtete den Adler, das Wappen der freien Stadt, der jenem auf den Waffenröcken der Ritter zum Verwechseln ähnlich sah.

Esslingen war eine dieser Städte, die sich nicht auf die Willkür des Fürsten aus dem Umland verlassen wollten, sondern stattdessen auf den König bauten. Oft wurde ihnen das als Hochmut ausgelegt, der zu dauernden Querelen mit dem Landesherrn, dem Grafen von Württemberg, führte. Aber diese Stadt hat es gut getroffen und die Württemberger 1312 im Reichskrieg Kaiser Heinrichs VII. sogar besiegt.

Einen Augenblick später war es so weit. Auch Lionel und seine Pferde wurden in die Dunkelheit des Brückenturms gezogen. Schlagartig wurde es kühl und still, eine Wohltat nach der Hitze und dem Chaos draußen. Die Pferde fanden das anscheinend nicht. Bonne wieherte leise, und Étoile tänzelte nervös.

»Schhh«, machte Lionel.

Die Stadtwachen saßen rund um einen Tisch, eine Partie Würfel zwischen sich, Humpen mit Wein vor sich. Lionel wurde bewusst, dass er seit dem Morgen nichts getrunken hatte.

»Durchreise oder längerer Aufenthalt?«, fragte der Oberste, der den Adler auf dem Brustharnisch trug.

Lionel holte den Brief aus dem Hemd, der seinen Auftrag dokumentierte.

»Ich bleibe, für's Erste jedenfalls«, antwortete er und überreichte das Schreiben des Priors. »Mein Name ist Lionel Jourdain, Glasmaler aus Straßburg.«

Wo er sonst überall herumgekommen war, Paris, Venedig, Burgund, Toulouse, Granada und Rom, immer auf der Suche nach Freiheit, das ging den Mann nichts an.

Man konnte dem Wächter nicht nachsagen, dass er ungenau arbeitete. Ausführlich betrachtete er den Brief, wenn auch zunächst verkehrt herum. Er konnte sicher nicht lesen, erkannte aber möglicherweise das Siegel des Franziskanerklosters.

»In Ordnung«, nickte er dann und drückte Lionel das Schreiben wieder in die Hand. »Habt Ihr schon ein Quartier?« Noch mehr obdachloses Gesindel konnte die Stadt sicher nicht gebrauchen.

»Ich werde beim Glasmaler Luginsland wohnen und arbeiten«, sagte Lionel und machte, dass er weiterkam, bevor der Mann auf die Idee kam, noch mehr Fragen zu stellen.

Lionel führte Bonne und Étoile hinaus ins Licht. Nach der Stille und Dunkelheit des Torturms wirkte die angestaute Hitze noch erdrückender. Die neuen Häuser der Stadt strahlten grell wie ein Kalksteinbruch in der Mittagssonne. Der Handelsweg teilte das Häusermeer; darauf tummelten sich Fuhrwerke, Reisende und Wanderer, armes Bauern- und Diebsgesindel neben herrschaftlich gekleideten Patriziern. Eine zweite Brücke überquerte mitten in der Stadt brackig riechende Neckarkanäle. Lionel ließ sich treiben, wurde Teil der lärmenden Vielfalt, der bunten Farben, der Gerüche, des Lärms. Als er aufsaß, drehte sich die Welt.

Nun gut, er hatte es fast geschafft, beim Glasmaler Luginsland erwartete ihn sicher ein kühler Wein und ein bisschen Ruhe. Der Auftrag hatte Zeit bis morgen. Er ließ Étoile im Schritt gehen, führte Bonne am Zügel, während die pochenden Kopfschmerzen hinter den Augendeckeln immer stärker wurden. Durch das Gewimmel kam er eher langsam vorwärts. Der Glasmaler musste in der Nähe der Kirche wohnen, die er nicht verfehlen konnte. Ihre Türme ragten über den Dächern auf. An einem wurde noch gearbeitet. Oben schwärmten Steinmetze wie ein ausfliegendes Bienenvolk um einen Bienenstock herum. Menschen, Farben, Muster, alles verschwamm zu einem Strom aus farbigem Licht. Er hatte nicht gewusst, dass man auf einem Pferd sitzend eindösen konnte.

Doch plötzlich wurde er aus seiner Lethargie gerissen. Wie ein Schreckgespenst stand er da, der Dominikaner, stumm und unbeweglich an einer Hausecke, wo es betäubend nach Fisch roch, und saugte mit seinem schwarzweißen Gewand die Farben aus der Welt. Der Anblick war für Lionel wie ein Schlag ins Gesicht. Als der Mönch seine Kapuze zurückstreifte, lagen seine Augen tief im Schädel, zwei Höhlen, in denen Asche glomm. Lionel wusste, dass die Sonne einem manchmal, wenn man zu lange draußen gewesen war, Trugbilder vorgaukelte, einem das Gehirn zerkochte und Wahnvorstellungen verursachte, an denen mancher schon zerbrochen war. Er rieb sich die Augen, doch als er sie wieder öffnete, stand der andere noch immer da und starrte ihn an. Zum Umkehren war es zu spät. Lionel zog Étoile am Zügel und wappnete sich.

»Seid gegrüßt, Lionel Jourdain«, sagte der Mönch spöttisch. »Ich hätte nie gedacht, dass ich Euch auf Erden noch einmal begegnen würde. Ich hoffe, Ihr wandelt heute sicher auf den Pfaden der Kirche.«

»Auch ich grüße Euch, Pater Ulrich«, sagte Lionel mit fester Stimme. »Fahrende wandeln auf vielen Pfaden. Aber eigentlich hatte ich gehofft, Euch erst in der Hölle wiederzutreffen.«

Damit ließ er den Mönch einfach stehen. Frère Mort, er hatte Frère Mort gesehen!

Am liebsten wäre er umgekehrt, hätte sich aus dem Staub gemacht wie die Bewaffneten auf der Brücke, hätte dem Hengst die Sporen gegeben und wäre raus aus der Stadt und ihrer drangvollen Enge geritten, die ihn jetzt schon bedrückte. In seinen Gedanken war Joëlle noch immer gegenwärtig. Fast konnte er sie unter den Türmen der Kirche stehen sehen, einen Wäschekorb im Arm, wie damals in Carcassone. Ihr Rock bauschte sich im Mistral, und ihre schwarzen Haare flatterten. Als er vorüberritt, drehte das Traumgespinst sich um, lachte und winkte ihm zu.

3

Lena wanderte steil bergauf, zunächst in Richtung Westen, der Sonne entgegen. Rundum in den Weinbergen arbeiteten Menschen. Der Pfleger des Klosters Salem, der seine Tagelöhner beaufsichtigte, schob seinen Sonnenhut zurück und hob grüßend die Hand, als sie vorüberging. »Wohin des Weges, Jungfer Magdalena?«, fragte er.

»Ich mache einen Besuch!«, rief sie und winkte zurück.

Vielleicht war ja irgendwann ein großer Auftrag von dem mächtigen Kloster am Bodensee zu erwarten, das so viel Grundbesitz im Schwäbischen besaß. Ein ebenso wunderbarer Auftrag, wie ihn der Thron Salomonis von den Zisterziensern aus Bebenhausen darstellte, den sie allein ausführen würde, weil ihr Vater weder Farben noch Umrisslinien mehr sehen konnte. Wenn das die Mönche wüssten! Halb freute sich Lena, halb wurde ihr angst und bange vor der Aufgabe, die sie ganz allein lösen musste. Aber sie war gut, sie würde das schaffen! Und die Tür zur Werkstatt würde während ihrer Arbeit immer geschlossen bleiben, auch wenn sie die große Truhe unter die Klinke schieben musste, in der der Vater seine Entwürfe aufbewahrte. Wie sonst konnte sie ihr Vorhaben vor ihrem zukünftigen Ehemann verbergen? Wenn doch der Anstetter wieder nach Tübingen verschwinden würde! Wenigstens für eine Weile! Entschlossen schob sie den Gedanken an ihren Bräutigam beiseite und stieg weiter bergauf.

Oben lösten Obstwiesen die Rebhänge ab. Hier war der Feldrain mit Blumen bedeckt, violette und rosa Wicken, lilafarbene Wegwarte und Ringelblumen, die fast die gleiche Farbe hatten wie Lenas Zöpfe, von denen sich einer aufgelöst hatte und ihr in Wellen über den Rücken fiel. Hungrig zupfte sie die ersten Brombeeren von den Sträuchern und steckte sie in den Mund. Sie waren noch sauer, und Lena spuckte sie angewidert auf den Weg wie ein Kind.

Mit Valentin und Kilian hatte sie sich oft außerhalb der Stadtmauer herumgetrieben. Sie erinnerte sich an den Tag, als sie einen Damm im Hainbach angelegt hatten, viel weiter weg, als ihre Eltern je erlaubt hätten. Auf dem Rückweg hatten sie gar nicht weit von hier gerastet. Müde hatten sie alle drei am Feldrain gelegen und Löcher in den Himmel gestarrt.

»Was wollt ihr zwei mal machen, wenn ihr groß seid?«, hatte Kilian sie damals gefragt.

»Eines Tages baue ich die höchste Kathedrale der Welt«, hatte Valentin träge geantwortet.

»Pah, die fällt doch sowieso nur zusammen!«

»Und du?«

»Ich werde der Klügste unter allen dominikanischen Gelehrten«, hatte Kilian gesagt und sich dabei mit ausgestreckten Armen wie ein Kreisel gedreht. »Und ich lerne Griechisch mit dem Prior Balduin.«

»Und du, Lena?« Die Frage war von Valentin gekommen, seine Stimme klang sehr leise.

»Ich möchte malen«, hatte sie gesagt und schon damals gewusst, dass das auf Dauer nichts werden konnte. Schließlich war sie ein Mädchen.

Ihre Dreierbande löste sich auf, als Valentin seine Lehre

als Steinmetz begann, Kilian ins Kloster ging und sie selbst von Martha in den Haushalt eingewiesen wurde. Vielleicht bröckelte ihre Freundschaft aber auch schon, als Lena und Valentin begannen, Händchen zu halten, und den kleinen Kilian links liegenließen. Wehmütig dachte Lena an unbeschwertere Zeiten zurück.

Am Hang befand sich das Dorf Sulzgries mit seiner Salzabbaustelle. Doch Lena marschierte schnurstracks daran vorbei und ließ ihren Blick stattdessen ins Tal wandern. An dieser Stelle senkten sich die Hänge in tiefen Schluchten zum Fluss, bildeten bewaldete Klingen, die für den Weinbau zu schattig waren. Oberhalb des Weilers Krummenacker aber dehnte sich eine Hochebene aus, eine weite, wellige Landschaft voller Obstbäume, die in eine hochgelegene Heide überging. Hier oben war man dem Himmel so nahe, dass der Lärm der Stadt und alle Geräusche verklangen. Eine Lerche sang am Himmel, und Lena breitete die Arme aus, atmete tief durch und hob den Blick zum Horizont, wo sich in weiter Ferne und dunstigem Blau die steilen Hänge der Schwäbischen Alb erhoben.

Sie hielt sich in Richtung Waldrand und stieg in eine kleine Senke hinab, in der zwischen Obstbäumen und Kräuterbeeten das Haus ihrer Freundin Renata lag. Renata Steinhöfel, Tochter der angesehenen Ratsfamilie gleichen Namens, war mit dem Nachbarn der Familie Luginsland, dem Apotheker Appenteker, verheiratet gewesen, einem sehr viel älteren Mann, der vor sechs Jahren gestorben war und ihr neben der Apotheke einen Weinberg und etwas Grundbesitz außerhalb der Mauer hinterlassen hatte. Renata, die als Frau in der Stadt Esslingen kein Geschäft führen durfte, hatte das Beste aus der Situation gemacht, die Apotheke an Appentekers Neffen verpachtet und war mit ihrem Sohn Franz aufs Land gezogen. Hier zog sie einen Teil der Kräuter und Heilpflanzen für die Apotheke heran, auf die sie noch immer ein Auge hatte.

Still und verwunschen lag das Häuschen im warmen Licht des Spätnachmittags. Sein mit Stroh gedecktes Dach hing tief, die Fenster waren klein, die Wände dick, um später im Jahr die Kälte besser abzuhalten. Als Lena sich der Eingangstür näherte, hörte sie nichts als das Summen von Renatas Bienen, die sich auf dem Thymian und dem blühenden Salbei rund um die Haustür tummelten. Zaghaft schob sie die Zweige eines Holunderstrauchs zur Seite, der mit seinen grünen Dolden nahe an der Tür wuchs, und klopfte.

Wie lange war sie nicht mehr hier gewesen? Das letzte Mal mit Valentin, als sie noch Kinder waren und frei umherstreifen durften. Renata dagegen hatte sie oft genug in der Stadt besucht, immer wenn Markttag war und sie in der Apotheke nach dem Rechten sah. Im letzten Jahr waren die Besuche jedoch rar geworden.

Einen Moment später öffnete sich die Tür. »Lena!« Renata stand auf der Schwelle. »Was für eine Überraschung!«

Sie zog Lena in ihre Arme, die erstaunt feststellte, dass sie ihre Freundin um fast einen halben Kopf überragte.

»Komm herein! Das wurde aber auch Zeit, dass wir uns mal wiedersehen.«

Lena folgte ihr in die Stube und sah sich um. In Renatas Wohnraum stand ein gescheuerter Holztisch, darum befanden sich eine grob gezimmerte Eckbank und einige einfache Schemel. In der Herdstelle loderte ein Feuer. Vor den

Fensterluken tanzte der Staub im Sonnenlicht, und auf dem Tisch lag ein in Leder gebundenes Buch.

»Di-o-sku...«, buchstabierte sie mühsam.

»Dioskurides«, erklärte ihre Freundin. »Er beschreibt über sechshundert Heilpflanzen. Ich habe so ein Glück, dass ich es besitzen darf.«

Renata wusste nicht nur alles über Heilpflanzen, sie war auch so gebildet, dass sie auf Lateinisch geschriebene Bücher lesen konnte. Lena erinnerte sich, dass sie ursprünglich für ein Leben im Kloster bestimmt gewesen war, ihr Vater sie aber wieder in den Kreis der Familie aufgenommen hatte, als ihre beiden älteren Geschwister gestorben waren.

»Und wenn man meine ›Physica‹ der heiligen Hildegard von Bingen dazu rechnet, bin ich eine reiche Frau.« In Renatas dunklen Augen glitzerte der Schalk.

»Was ist denn das?«, fragte Lena und deutete auf drei Tonschalen, in denen eine undefinierbare Mischung vor sich hin gärte. »Das riecht ja ekelhaft.«

»Das ist Schafskot mit Honig und verschimmeltem Käse. Daraus soll ein Medikament werden, das gegen Entzündungen helfen soll.« Verwundert sah Lena, dass ihre Freundin rot wurde, und beschloss, nicht weiter nachzufragen.

»Es ist so ruhig hier«, sagte sie stattdessen.

»Wart's ab«, sagte Renata düster und deutete mit einem Kopfnicken in die Ecke, wo ihr sechsjähriger Sohn Franz eben noch mit einem Holzpferdchen gespielt hatte. Die Ankunft von Besuch hatte ihn naturgemäß neugierig aufhorchen lassen.

»Lena!« Franz sprang auf ihren Arm und drückte ihr einen feuchten Kuss auf die Wange.

Seine Mutter verdrehte zum Spaß die Augen. »So viel zur Ruhe. Einen Moment lang hat man sie, und im nächsten hüpft der Bengel umher wie ein wild gewordenes Eichhörnchen.«

Lachend setzte sich Lena mit dem quirligen Franz auf dem Schoß auf die Bank.

Seine Mutter schüttelte den Kopf. »Er muss bald in die Schule, der Quälgeist. Aber wenn ich daran denke, wie der Lausbub die freien Künste lernen soll, graut es mir schon jetzt.«

»Der Kilian gebraucht die Rute sicher nur in Maßen.«

»Aber die Dominikaner, ich weiß nicht ...«

Renata goss ihr von dem kühlen Nektar ein, den sie im Frühsommer aus Holunderblüten gewonnen hatte, und Lena teilte sich den Becher mit Franz. Die Stube sah aus wie immer. An der Decke hingen Renatas Kräuterbüschel: Ringelblumen, Kamille, Schafgarbe und andere Sommerkräuter verbreiteten ihren würzigen Duft. Auf dem Tisch stand in einem Tonkrug ein großer Strauß violetter Malven, von denen ein paar Blüten auf das kostbare Buch gefallen waren. Lena schnipste sie zur Seite.

»Was führt dich zu uns?«, fragte Renata, setzte sich an den Tisch und goss sich auch einen Becher ein.

Ehrlich währt am längsten, dachte Lena und nahm ihren Mut zusammen. »Ich bin ausgebüxt!«

»Das glaub ich dir nicht!«. Renata schüttelte ungläubig den Kopf.

»Doch«, sagte sie.

»Und warum?« Ihre Freundin sah sie mitfühlend an.

»Nun ja.« Sie machte eine Pause. »Wir waren alle zusammen bei der Falg im Weinberg. Und mein Bräutigam, der

Anstetter, war auch mit dabei. Alle haben wir gerackert und gehackt und geschnitten, wie das eben so ist ...«

Lena verdrehte die Augen zur niedrigen Decke der Stube.

»... aber er hat den ganzen Vormittag nichts geschafft, nur dummes Zeug geschwatzt und uns den Wein leer getrunken.«

»An dem werdet ihr noch arm.« Renata schüttelte lachend den Kopf.

»Und dann wurde er plötzlich so komisch ...« Lena suchte nach Worten. »Ständig versucht er, mir nahe zu kommen. Aber ich will das gar nicht.« Es traf die Sache nur halb, aber dennoch tat es gut, auszusprechen, was sie fühlte. Renata hörte nachdenklich zu und strich sich das schwarze Haar hinters Ohr.

Der Kleine kletterte von ihrem Schoß und von der Bank, schnappte sich das Holzpferdchen und stürmte dann mit Getöse aus der Tür in den Garten wie ein ganzer Rittertrupp. Lena wusste nicht, woher die Tränen plötzlich kamen, aber da waren sie und ließen sich nicht aufhalten. Die Freundin nahm sie in die Arme und ließ sie weinen. Dann holte Renata einen Laib Brot aus der Vorratskammer, schnitt eine Scheibe ab, bestrich sie dick mit Honig, drückte sie Lena in die Hand und setzte sich wieder auf die Bank.

»Essen tut immer gut, ganz besonders bei Kummer.«

Gehorsam biss Lena in die Scheibe und kaute nachdenklich auf der harten Rinde herum.

»Bei mir war es genauso«, sagte Renata. »Auch mein Vater hatte mir den Appenteker als Eheherrn ausgesucht, wie es die Väter eben so tun. Und sicher hat er es dabei gut mit mir gemeint. Erst war es schlimm, vor allem in der Nacht, wenn er zu mir kam.« Renata wurde knallrot. »Aber dann habe ich mich an ihn gewöhnt, und zum Schluss sind wir ganz gut miteinander ausgekommen.«

Lena schüttelte den Kopf. »Nie und nimmer«, versicherte sie düster.

»Aber wenn es so schlimm ist, dann glaube ich nicht, dass der Heinrich dich zwingen wird, ihn zu heiraten.«

»In diesem Fall kann er nicht anders, oder die Werkstatt geht vor die Hunde.«

Renata nickte. »Was ist mit deinem Vater, dass er seine Tochter verkaufen muss?«

Lena zögerte. Bisher wusste kaum jemand von ihren Sorgen. »Er sieht die Farben nicht mehr«, gestand sie dann. »Alles ist für ihn grau wie im November. Und letztens konnte er die Gläser nicht mehr in die Bleiruten einpassen, weil sie vor seinen Augen verschwammen. Und wenn er sich anstrengt, wird er ganz blau im Gesicht.«

»Und da hat er sich nach einem Schwiegersohn umgesehen, der die Werkstatt übernehmen kann«, sagte Renata nachdenklich. »Aber vielleicht muss er nur zu einem Starstecher gehen und sich etwas Ruhe gönnen. In Esslingen gibt es keinen, aber in Stuttgart oder in Ulm.«

Lena schüttelte den Kopf. »Heinrich ist stur. Zum Bader geht mein Vater nicht mehr, seitdem Mutter gestorben ist.«

Renata schwieg einen Moment. »Das verstehe ich. Aber es gibt noch eine andere Möglichkeit. Bruder Thomas von Mühlberg ist wieder in der Stadt. Er ist ein studierter Physikus.«

»Der Infirmarius der Franziskaner? Könnte der meinen Vater gesund machen?«

Da war auf einmal ein Funken Hoffnung, klein wie ein Glühwürmchen, aber er war da.

»Kein anderer Arzt in Esslingen hat so große Kenntnisse der Heilkunst«, sagte Renata. »Er kann sich Heinrich doch zumindest mal ansehen. Vielleicht ist ja alles einfacher, als du denkst.«

Die Welt sah plötzlich nicht mehr ganz so dunkel aus. Wenn doch nur der Anstetter nach Tübingen verschwinden würde, wo er hingehörte!

»Aber wolltest du nicht immer den Valentin heiraten?«

»Hirngespinste.« Lena zog ihre Augenbrauen finster zusammen. »Er war zwar schon immer mein Freund, aber er kann sicher noch zehn Jahre lang keine Familie ernähren.«

Es tat weh, das zuzugeben, aber so war es nun einmal. Valentin war kein Glasmaler, sondern Steinmetz, und noch nicht einmal Geselle. Sie musste sich ihren Kinderfreund aus dem Kopf schlagen. »Und Vater, der kann es nicht ertragen, dass es nicht weitergeht mit der Werkstatt. Eines muss man dem Anstetter nämlich lassen: Er ist ein guter Glasmaler. Wenn er mal arbeitet.«

»Aber Lena, wenn das so schlimm ist mit den Augen vom Heinrich, wer hat denn die Feinarbeiten ausgeführt in der letzten Zeit, die Konturen mit dem Schwarzlot und das alles?« Renata deckte den Tisch und stellte den angeschnittenen Laib Brot, eine Räucherwurst und einen Topf frischen Käse darauf. Lena schwieg und zerkrümelte die Brotrinde in viele kleine Stücke.

»Doch nicht etwa du?« Renatas Augen wurden groß.

»Wer denn sonst?«, fragte Lena düster. Sie selbst hatte im letzten Jahr die fertig ins Glas eingelassenen Figuren mit schwarzen Umrisslinien versehen, die Form ihrer Augen und Nasen gemalt, sie traurig oder froh ausschauen, lachen oder weinen lassen und dem Bild mit Schatten und Schraffuren Tiefe verliehen. »Erst gestern habe ich dem Methusalem so richtig viele Falten gemalt.«

»Tatsächlich?« Renata schüttelte lachend den Kopf.

»Damit habe ich gegen die Auflagen der Zunft verstoßen, ich weiß«, sagte Lena trotzig. »Aber solange wir es nicht an die große Glocke hängen, drücken sie ein Auge zu. Ich kann nur die Werkstatt nicht übernehmen. Und erfahren sollte es auch keiner.«

»Kann dir wirklich niemand anderes helfen?«

»Wer denn? Der Vater sieht zu schlecht. Der Geselle kann zwar Glas blasen und schneiden, aber nicht zeichnen. Und die Lehrbuben haben sowieso nur Unsinn im Kopf.«

»So wie dieser Bursche hier.« Renata schnappte sich ihren Sohn, der vom Garten wieder in die Stube galoppiert war, und setzte ihn auf die Bank vor seinen Teller.

»Ich will ein Brot und Träuble«, krähte Franz. Lena füllte eine Schale mit überreifen Johannisbeeren, die sich Franz in den Mund stopfte, bis seine Mutter ihm auf die Finger klopfte.

»Vielleicht, wenn ich ein Kind hätte …«

»Es ist wichtig, dass es zwischen dir und deinem Mann stimmt. Denn das mit dem Kinderkriegen ist so eine Sache.« Renata setzte sich ebenfalls an den Tisch und goss sich ein Glas Saft ein. »Es muss nicht immer klappen. Und der Anstetter, macht er sich was aus dir?«

»Er sagt, er findet mich schön. Aber ich weiß es besser. Wenn er mich nicht kriegt, denn geht ihm eine Werkstatt und ein gut gefüllter Weinkeller durch die Lappen.« Lena biss gierig in ihre zweite Scheibe, die sie dick mit Wurst belegt hatte. »Und er wird mich sicher nicht zeichnen lassen«, fügte sie mit vollem Mund hinzu. »Schließlich bin ich nur eine Frau.«

Renata schüttelte lachend den Kopf, stand auf und begann, ein Leinensäckchen mit getrockneten Heilpflanzen zu füllen. »Augentrost und Baldrian sowie Galgant fürs Herz«, sagte sie. »Das kann den Druck lindern, den dein Vater wahrscheinlich hinter den Augendeckeln spürt, und es lässt ihn besser schlafen, denn sicher wälzt er sich jede Nacht sorgenvoll im Bett herum.«

Sie drückte Lena das Säckchen in die Hand. »Brau ihm einen Sud davon auf. Und jetzt solltest du besser gehen. Daheim vermissen sie dich sicher.«

Widerstrebend erhob sich Lena von der Bank. Es war so friedlich hier und tat so gut, über alles zu reden. Als sie in der Tür stand, legte ihr Renata für einen Moment die Hand an die Wange.

»Was du dir wünschst, ist Liebe«, sagte sie dann leise. »Die kommt manchmal, wenn man sie am allerwenigsten erwartet.«

Lena öffnete erstaunt den Mund, aber die Tür hatte sich so schnell hinter Renata geschlossen, dass sie nicht mehr antworten konnte. Verwirrt blickte sie zurück auf das kleine, friedliche Haus, in dem sie Antworten bekommen hatte, die noch mehr Fragen nach sich zogen.

Stoff zum Nachdenken hatte sie während des Rückwegs genug.

Das klare Blau des Himmels hatte bleigrauen Wolken Platz gemacht, die keine Abkühlung brachten. Es ging steil bergab, durch Gärten und Buschwald, immer in Richtung des Flusstals und der Stadt. Die vereinzelten Höfe und winzigen Weiler hatten aufgehört, und der Weg führte durch eine schmale, vom Regen ausgewaschene Klamm, die kaum zwei Wanderern gleichzeitig Platz bot. Hier wurde der Abstieg mühsam. Lena hangelte sich von Baumwurzel zu Baumwurzel und spürte ihre müden Füße kaum noch. Dazu kam eine drückende Schwüle, die ihr das Hemd verschwitzt am Rücken kleben ließ.

Hoffentlich schaffe ich es noch, bis das Gewitter losgeht, dachte sie. Ein heißer Wind kam auf und fuhr in die Bäume und das Gebüsch am Waldrand.

Ich werde ein Bad nehmen, wenn ich daheim bin, dachte sie sehnsüchtig, *ein kühles,* und wischte sich den Schweiß von der Stirn.

Als sie schon beinahe im Tal war, hörte sie plötzlich Hufgetrappel. Kaum einen Lidschlag später tauchte ein Trupp Reiter hinter ihr auf. Dafür, dass da ein Dutzend Männer mit riesigen Pferden ankam, waren sie erstaunlich leise. Der Weg war zu schmal, um ihnen und ihr gleichzeitig Platz zu bieten, aber Lena wäre sowieso nicht stehengeblieben. Vor Bewaffneten hatte sie eine Heidenangst. Sie warf sich geradewegs in die Büsche am Wegesrand und kroch zwei Meter tief in Deckung.

»Autsch!« Überall waren Brombeerranken, die ihr Arme, Gesicht und Hände zerkratzten. Einen blutenden Finger im Mund, spähte sie aus ihrem Versteck. Die Männer mussten hier, auf dem steilsten Stück in Richtung der Stadt, aufmerksam auf den Weg achten. Sie führten ihre Pferde im Schritt, Mann hinter Mann. Sie waren diszipliniert, kein Wort störte das angespannte Schweigen. Entweder hatten sie Lena nicht bemerkt, oder sie nahmen keine Notiz von ihr. Auf den Wappenröcken trugen sie den Adler, das Zeichen des Königs.

Zum Glück keine Württemberger!, fuhr es Lena durch den Kopf. Wenn sie einem Söldnertrupp der feindlichen Grafschaft in die Hände fiel, brauchte sie keinen Anstetter mehr zu fürchten. Sie duckte sich tiefer ins Brombeergestrüpp.

Dann waren sie endlich vorüber, wie ein böser Traum. Bis auf den letzten Reiter hatte der steile Hang sie außer Sichtweite geführt. Erleichtert erhob sie sich, streckte die schmerzenden Beine, Arme und den Rücken und strich sich den Kittel glatt. In diesem Moment drehte sich der Fremde um, der einen mächtigen Apfelschimmel führte. Er hatte schwarze Haare, glatt und glänzend, und ebensolche Augen. Mit undurchdringlicher Miene sah er sie an, lächelte, hob die Hand und zog sie einmal quer über seine Kehle. Vor Schreck setzte Lenas Herz einen Schlag aus. Starr vor Angst blieb sie einen Augenblick stehen, dann stolperte sie blindlings in den Wald hinein, der sich seitlich des schmalen Weges steil die Hänge hinaufzog. Sie kletterte, zog sich an Baumästen und Wurzeln hoch, zerkratzte sich Arme und Beine und hielt erst inne, als sie die Kuppe des Hügels erreicht hatte. Mühsam rang sie nach Atem. Ihr Herz klopfte wild in ihrer Brust, und die Luft in ihrer Kehle schmeckte scharf wie Metall. Hatte der unheimliche Fremde sie verfolgt? Als sich ihr Atem wieder beruhigt hatte, spähte sie den Hang hinab. Nichts. Irgendwo erhob sich schreiend ein Auerhahn in die Luft, und ein Sprung Rehe rannte quer zur Steigung durch den Wald, über den sich die gewittrige Dämmerung gelegt hatte. Das war noch einmal gutgegangen!

Den Schrecken noch immer in den Knochen, machte sie sich auf den Rückweg und schaffte es gerade noch durch das Tor, bevor dieses zur Nacht schloss. Als sie fast zu Hause war, brach das Unwetter los. Blitze hellten die Schwärze auf, die sich über die Stadt gelegt hatte, und der Donner krachte betäubend in Lenas Ohren. Mit einem Schlag platschte der Regen in die engen Gassen, verwandelte den lehmigen Straßenbelag in eine Schlammwüste und ließ Unrat und Essensreste davontreiben. Klatschnass und zitternd vor Kälte trat Lena in den Hof in der Webergasse, wo Martha schon in der Tür stand.

»Oh, Lena!« Sie holte eilends ein Handtuch, mit dem sie ihrer Ziehtochter die Haare abrubbelte. »Was machst du bloß für Sachen!«

»Ich möchte baden«, bibberte Lena.

»Nix da«, sagte Martha resolut. »Ich mache dir eine heiße Milch mit Honig, und dann geht's ab ins Bett. Heißes Wasser hab ich sowieso keins mehr.«

Gehorsam trat Lena in den Flur und wollte gerade die Stiege zu ihrer Stube hochsteigen, als ihr von oben drei Männer entgegenkamen. Es waren ihr Vater, Marx Anstetter und ein Fremder.

Mist! Warum konnte sie sich nicht ins nächste Mauseloch verkriechen? Sie machte Platz, drückte sich in eine Nische, geriet am Fuß der Treppe aber unwillkürlich ins Blickfeld der drei.

»Lena, wo warst du nur so lange? Unser Gast ist angekommen.« Ihr Vater räusperte sich. »Meister Lionel Jourdain aus Burgund, der Glasmaler, der das Chorfenster der Franziskaner verglasen wird. Meister Jourdain, meine Tochter Magdalena.«

Der Glasmaler aus Burgund war einen guten Kopf größer als Marx Anstetter, hatte einen hellbraunen, kurz geschnittenen Bart und Haare der gleichen Farbe, die ihm lockig bis auf die Schultern fielen. Belustigt musterte er sie von oben bis unten, und Lena wurde bewusst, wie sie aussehen musste: Der eine Zopf noch immer aufgelöst, struppig, zerkratzt und nass wie eine halb ersäufte Katze.

»Es ist mir ein Vergnügen, Mademoiselle Madeleine«, sagte der Burgunder sanft und machte eine Verbeugung, die einem Höfling am Hofe des Königs alle Ehre gemacht hätte. Für sie, die Lumpenprinzessin? Lachen stieg in Lena auf wie Wasserblasen in einem Glas. Sie prustete los und kicherte, bis sie sich den Bauch halten musste.

Der fremde Glasmaler zog erstaunt die Augenbrauen hoch und lächelte dann verständnislos, aber freundlich zurück. Marx Anstetter brauchte einen Moment, um sich zu sammeln, dann war er blitzschnell bei Lena und schlug ihr mit voller Kraft ins Gesicht. Lenas Hand fuhr an ihre brennende Wange. Ungläubig schaute sie von einem zum anderen.

»Meister Marx!«, rief ihr Vater. »Lasst die Hände von meiner Tochter.«

»Nie wieder stellt mich meine Braut vor einem Fremden bloß«, stieß Anstetter zornig hervor. »Ich tue nur das, was Ihr versäumt habt. Zum Glück ist es lediglich eine Frage der Zeit, bis ich die Munt über das verwöhnte Gör habe.«

Der Fremde sagte nichts.

Lena schlug beide Hände vors Gesicht und rannte an den Männern vorbei die Treppe hoch. Sie wusste nicht, was mehr weh tat – der Schlag ins Gesicht oder ihr gedemütigtes Herz.

4

Sie erwachte bei Tagesanbruch, sprang aus dem Bett, angelte nach ihren Holzschuhen, von denen einer unter dem Schrank gelandet war, und zog sich ein sauberes Leinenkleid über den Kopf. Im Waschwasser in der Schüssel konnte sie ihr Gesicht sehen: die dunkelblauen Augen und die Sprenkel auf der Nase, die sich gestern in der Sonne vermehrt hatten. Aber das rote Mal, das wie Feuer auf ihrer Wange gebrannt hatte, war verschwunden, und die Kratzer der Brombeerranken fielen zwischen den vielen Sommersprossen nicht weiter auf. Sie seufzte. Auch mit der Schramme in ihrem Herzen würde sie leben können, wenn sie nur nicht weiter an ihren Bräutigam dachte und der sie bis nach Sonnenaufgang in Ruhe ließ. Durch ihr Dachfenster hatte sie einen Blick auf die Stadt, deren Dächer noch feucht vom gestrigen Regen waren. Graues Licht drang in den Raum, aber der dunstig blaue Himmel versprach einen weiteren warmen Tag.

Sie liebte diese frühe Stunde, die ihr ganz allein gehörte. Munter sprang sie die Treppe hinunter in Richtung Küche, wo Martha über dem Feuer den Brei fürs Frühstück rührte. Daneben ruhte der Brotteig in einer Schüssel, den sie später zum Abbacken zum Bäcker bringen würde. Im Korb vor dem Feuer regten sich die winzigen Katzenjungen, deren Mutter auf die Jagd gegangen war. Lena hatte sich erfolgreich dagegen gewehrt, dass Johann sie im Katzenneckar ertränkte, und Martha hatte mal wieder nachgegeben, obwohl sie es war, die die Mäusejäger bei den Nachbarn unterbringen musste. Jetzt trat Lena von hinten an die Köchin heran und legte ihr den Arm um die Schultern.

»Guten Morgen, Martha«, sagte sie.

»Ich hab Honig in den Brei getan«, brummte diese. »Extra für dich!«

»Es war nicht so schlimm. Ich hab's schon fast wieder vergessen.«

»Ein Vater darf die Tochter züchtigen. Der muss das vielleicht sogar hin und wieder.« Die Köchin rührte zornig im Kessel, in dem es hitzig zu brodeln begonnen hatte. »Aber ein Bräutigam sollte seine Hände bei sich behalten, vor allem, wenn der Vater danebensteht!«

Lena nickte.

»Und dann noch vor dem Fremden. Es war demütigend für uns alle.«

Lena verstand Marthas Bedenken. Wenn Meister Marx hier das Szepter führte, würde nicht nur Lena zu leiden haben, sondern auch die Dienstboten und der ganze Hausstand. Aber sich mit der Köchin anzulegen war ein Risiko, das Meister Marx besser nicht eingehen sollte. Schließlich konnte sie ihm im Ernstfall den Brei versalzen. Lena wandte sich um.

»Ich geh Wasser holen.«

Sie schnappte sich die Eimer und trat auf den Hof hinaus, der im grauen Licht des frühen Morgens verlassen dalag. Über die Mauer zum Nachbarhaus balancierte mit erhobenem Schwanz die rote Katzenmutter, sprang elegant zu Boden und drängte sich an Lenas Beine.

Sanft strich sie dem Tier über den Rücken.

Meister Marx schnarchte sicher noch in seinem Gästezimmer. Johann, der Altgeselle, und die Lehrbuben Titus und Hans teilten sich eine Stube im ersten Stock.

Das Tor zur Gasse knarrte in der Stille. Es war so früh, dass nur die Magd aus dem nahe gelegenen Pfleghof des Klosters Fürstenfeld auf den Beinen war. Lachend wich Lena dem Kübel Wischwasser aus, den diese gerade auf die Straße leerte, als Lena vorbeiging.

»'tschuldigung!«, rief die Magd gut gelaunt und ließ die Tür hinter sich ins Schloss fallen.

Am Krautmarktbrunnen herrschte trotz der frühen Stunde reger Betrieb. Griet, die Tochter des Schuhmachers, stand am Trog und schwatzte mit ihren Freundinnen.

»Na, Lena!«, rief sie. »Was macht dein schmucker Tübinger?« Griet war bekannt für ihr loses Mundwerk.

»Schlafen, was denn sonst!« Lena trat an den Brunnen heran und füllte die Eimer. Die Mädchen – Griet mit ihren braunen Augen, die dralle Marie und Anna, die ihre Pickel nicht los wurde – stützten die Arme in die Hüften und bogen sich vor Lachen. Lena zuckte die Schultern und genoss den morgendlichen Spott und Klatsch. Wahrheit hin oder her. Wenn Meister Marx erfuhr, dass sie ihn als Faulpelz dargestellt hatte, würde er sie sicher wieder schlagen. Aber Griet war mit ihrem Verlobten, dem Gerbermeister Johann Höfler, der immer nach Beize stank, auch nicht gerade glücklich dran.

»Habt ihr gehört?«, fragte Griet in die Runde. Die anderen beugten sich interessiert vor. »Der Predigermönch, Bruder Ulrich von Teck … Er hat sich mit dem Prior des Dominikanerklosters angelegt.«

»Nein!« Marie stemmte ihre Hände in die Hüften. »Weswegen?«

»Er sagt, wenn der König nach Esslingen kommt und bei den Dominikanern übernachtet, darf nicht so viel Wein auf dem Tisch im Refektorium stehen!« Die Mädchen steckten die Köpfe zusammen. Griet schaute sich um und flüsterte dann in die Runde. »Der Prior hat gewettert, dass das seine Sache sei, aber der Ulrich hat mit seinen dunklen Augen so komisch geguckt, als hätte er das Höllenfeuer unter der Kutte und könne es bei Bedarf auspacken. Andere Männer packen etwas anderes aus, wenn ihr mich fragt, aber der gewiss nicht.«

Lena legte die Hand vor den Mund und prustete los.

»Aber der König geht sicher zu den Franziskanern. Man sagt, mit denen steht er gut«, sagte Marie altklug.

Griet wischte den Einwand beiseite und winkte sie noch näher heran, die Wangen rot vom Vergnügen, den anderen etwas Ungeheuerliches zu erzählen. »Und dann hat der Bruder Ulrich gemeint, dass die Mönche ins Haus an der Froschweide gehen, und Prior Balduin hat erwidert, dass er aufpassen soll, was er da sagt.«

»Nein!« Die Mädchen kriegten große Augen. Das Haus erwähnte man nicht, wenn man seinen guten Ruf behalten wollte.

»Woher weißt du das alles nur?«, fragte Lena.

Bruder Ulrich war ein Eiferer, der den Esslingern seit einigen Monaten mit glühenden Worten die ewige Verdammnis predigte, die ihnen bei ihrem schlechten Lebenswandel blühte. Wenn Lena die Menschenaufläufe rund um den Dominikaner sah, machte sie einen großen Bogen.

»Ihre Sohlen waren durchgelaufen. Mein Vater hat sie besohlt, vom Novizen bis zum Prior.«

»Oder versohlt«, kicherte Anna und wurde zum Dank

mit ein paar Kellen Wasser bespritzt. »Macht mal etwas schneller da vorne!«, rief eine Magd, die hinten in der Reihe wartete.

Lena nahm ihre Eimer und trug sie nach Hause.

Die Stadt erwachte langsam. Fensterläden wurden aufgestoßen, Decken gelüftet und so mancher Nachttopf auf die Gasse geleert. Die Glocken der Stadtkirche läuteten zum Angelus. Lena trat von der Seitengasse aus in den gepflasterten Hof, der jetzt in der Morgensonne glänzte. Hier lag der Hintereingang des Haupthauses, gegenüber die Türen zu den Werkstätten und zum Stall. Nur der Brennofen befand sich im Handwerkerviertel nahe am Bleichwasen, wo die Esslingerinnen ihre Leintücher in die Sonne legten, damit sie frisch und weiß wurden. Großvater Lambert hatte lange um die Erlaubnis gekämpft, trotz der Feuergefahr seine Scheiben selbst brennen zu dürfen, was in der Webergasse nicht möglich war. Das farbige Glas bezog er von einer Glasbläserei im Schurwald. In den mehrstöckigen, giebelständigen Gebäuden neben dem Haus des Glasmalers residierte die Führungsschicht der Stadt, Ratsherren, Patrizier und reiche Weinhändler, die ihre Nase sehr viel höher trugen als Meister Luginsland und seine Tochter. Nur Renata und ihr Mann waren ihre Freunde gewesen. Doch jetzt wohnte schon seit einigen Jahren Anton Oberlederer, der Neffe von Renatas verstorbenem Mann, in ihrem Stadthaus und bewirtschaftete auch die Apotheke. Und Renata hatte sich vor die Stadt ins Grüne zurückgezogen, unweit der Grenze zu Württemberg.

Lena trat durch das Tor in den Innenhof und hörte durchs offene Fenster, wie sich die Lehrbuben um die besten Plätze am Tisch rangelten und ihr Vater sie mit lauter Stimme zur Ordnung rief.

Ihr Magen knurrte, und sie stand schon an der Tür, als sie im Stall leise ein Pferd schnauben hörte. Neugierig wandte sie sich um, stellte die Eimer in den Eingang, überquerte den Hof und trat in die Box, die leer gestanden hatte, seit sie ihre Mähre Trud zum Abdecker geben mussten. Sie hielt den Atem an. Es war dunkel hier, doch das Pferd erhellte das Zwielicht. Er war so wunderschön, weiß wie ein Nebelstreif, mit großen fragenden Augen. Neben ihm stand eine sanfte, braune Stute und knabberte an einem frischen Heubüschel. Sie trat einen Schritt auf den Hengst zu, die Hand beruhigend erhoben. Trotzdem legte er die Ohren an und wieherte misstrauisch.

»Schhh«, machte sie.

»Vorsicht«, hörte sie hinter sich. »Étoile verkehrt nicht mit jedem.«

Lena fuhr herum. Da stand der Fremde locker in der Tür, lehnte sich an den Rahmen und grinste. Er war so groß, dass er den Kopf unter dem Türsturz einziehen musste. »Er ist so launisch wie der Wüstenwind.«

»Ihr mögt Eure Pferde?« Pferde waren für die meisten Leute nicht mehr als Nutztiere, die Lasten trugen oder ihren Herrn in den Krieg. Dann waren sie allerdings mit Gold nicht aufzuwiegen.

»Sie sind so etwas wie meine Familie«, sagte der Fremde, trat in die Box und legte dem Hengst die Hand auf die Stirn, der sich sofort beruhigte.

»Hoho.« Er lachte leise. »Darf ich vorstellen. Étoile, der Stern des Orients. Und hier haben wir ...« Er machte eine kleine Verbeugung in Richtung der Stute. »Die brave Bonne.

Und da …« Seine spöttischen Augen wanderten zu Lena. »… die nicht ganz so brave Jungfer Madeleine.« Lena klopfte der Stute den Hals, die ihr zum Dank dafür sanft in die Hand pustete.

Der Glasmaler hatte sich neben den Weißen gestellt und begonnen, ihn zu bürsten. Sie trat hinzu und streichelte ihn an der Flanke. Und siehe da, er blieb stehen und legte den Kopf an ihre Schulter. Wahrscheinlich, weil sein Herr die Box mit ihm teilte.

»Habt ihr ihn wirklich aus dem Orient?«, flüsterte sie.

»O nein!« Er rieb dem Hengst den Kopf. Seine Hände waren groß und braun, mit langen Fingern und kräftigen Gelenken. Die Hände eines Künstlers. Lena wünschte sich plötzlich, sie in ihrem Gesicht zu spüren wie Étoile. Sie blinzelte und versuchte, den Gedanken so schnell wie möglich zu vergessen.

»Er stammt aus El Andaluz. Bis übers Meer bin selbst ich noch nicht gekommen. Aber seine Väter haben den Wüstenwind getrunken. In einem Rennen schlägt er jeden Konkurrenten aus dem Feld.«

Sie lachte und hoffte, dass er die Röte auf ihren Wangen nicht sehen würde. »In Esslingen sicher nicht. Da rennt er gleich an irgendwelche Häuserecken.« Was redete sie da für einen Unsinn!

Er lachte leise. »Freiheit gibt es hier sicher nicht. Für Pferde nicht und auch nicht für Menschen. Aber die Welt ist viel größer als diese kleine Reichsstadt.«

Die Tür des Haupthauses öffnete sich.

»Lena!«, rief Martha ungeduldig. »Wo bleibt sie bloß? Immer verschwätzt sie sich mit den Mägden.«

»Geht schon!«, sagte der Fremde und nahm den Hafersack vom Boden. »Sonst kriegt Ihr kein Frühstück und wieder Ärger mit Eurem Bräutigam.« Er drehte sich um und schaute ihr mit seinen dunklen Augen mitten ins Herz.

Lena merkte, wie sich die Röte auf ihren Wangen vertiefte, und wandte sich zur Tür. Körner rieselten in die Krippe, und der Fremde sprach weiter beruhigend auf seine Pferde ein.

5

»Eines Tages baue ich den höchsten Chor der Welt.« Valentin stand in schwindelnder Höhe auf dem Gerüst und hielt den Dreipass, den Meister Heinrich in den Spitzbogen einfügte. Langsam wurden seine Arme gefühllos. Es war der erste, den er allein behauen hatte, und würde eines der Werkstücke sein, die er für seine Lossprechung vor der Zunft sammelte. Er war stolz auf sein Werk, für das er unermüdlich Staub geschluckt hatte. Vom Morgengrauen bis zur Dunkelheit, die alle Arbeit unmöglich machte, hatte er sich die Finger am Kalksandstein blutig geschlagen und das Maßwerk einigermaßen gleichmäßig hingekriegt. Die Kehlungen hatten sicher Dellen in seinen Fingern hinterlassen.

Filigran wie ein Stück Spitze erhob sich der noch gewölbelose Chor der Liebfrauenkapelle vor dem dunkelblauen Himmel. Die Sonne stand schon fast im Zenit und brannte Valentin auf den Kopf. Hinter der Stadtmauer, an die sich der Neubau fast unmittelbar anschloss, zogen sich die Weinberge den Hang hinauf wie ein dichter, hellgrüner Pelzbewuchs. Weit unter ihm dehnte sich die Stadt mit ihrem Häusergewirr aus, im Zentrum die Stadtkirche mit ihren stolzen Doppeltürmen und dem Hochchor, der so viel größer war als der »seiner« Marienkapelle. Die Stadtoberen hatten den Neubau der Bürgerkirche ganz bewusst am Hang geplant. Als Kapelle konnte sie nicht größer ausfallen als ihre Konkurrenz, aber sie konnte zumindest von ihrem Standort aus auf sie herabsehen. Trotzdem starrte Valentin neidisch hinüber zur Stadtkirche, deren Südturm sich ebenfalls im Bau befand. Auf dessen Gerüst hockten die Speyrer Steinmetze wie ein Schwarm Spatzen kurz vorm Ausfliegen. Er kannte jeden von ihnen mit Namen und wäre gern ein Teil der Speyrer Bauhütte gewesen, die den schwierigen, wackligen Südturm fertigstellte.

»Schaff lieber, anstatt Unsinn zu schwätzen«, brummte Meister Heinrich. Ein Schweißtropfen lief an seiner Nase herunter. »Die Kapelle ist etwas ganz Besonderes. Sie ist für die Gottesmutter und kriegt viel Zierrat.«

»Die Stadt macht jede Menge Gold dafür locker. Und sie wird in hundert Jahren nicht fertig«, sagte Valentin vorwitzig.

Der Alte lachte und drohte ihm mit dem Finger. »Du erlebst vielleicht grad' noch, wie der Chor und ein Stück des Langhauses fertig werden!«, rief er. »Ich sicher nicht! Und dabei würde ich mir so gern Gedanken darüber machen, wie man eine Bürgerkirche so gestaltet, dass sie den Bürgern entspricht!«

»Ich wüsste schon wie.« Valentin blinzelte in die Sonne. »Man müsste das Dach im Langhaus und in den Seitenschiffen gleich hoch machen, so wie die Leute hier gleich sind, oder jedenfalls sein wollen.«

»Paperlapp.« Der Baumeister fügte den Dreipass endgültig in seinen Bestimmungsort ein und versetzte seinem Lehrling einen gutmütigen Schubs. »Man kann doch nicht die Dreischiffigkeit aufgeben.«

»Und wenn doch?« Valentin strich sich eine blonde Haarsträhne aus dem Gesicht und sah ihn mit seinen blauen Augen an. »Die Pfeiler würden direkt in die Decke münden. Das sähe aus wie ein Wald. Ganz anders als bisher, aber sicher nicht schlechter!«

Heinrich Parler schüttelte zweifelnd den Kopf. Der Valentin war eigensinnig und riskierte schon mal eine dicke Lippe, aber er war der begabteste Lehrling, den er seit Jahren ausgebildet hatte. Nur schade, dass sein Vater, der an den Türmen der Stadtkirche mitgebaut hatte, nicht mehr lebte und ihm den Weg in die Zukunft ebnen konnte. Der Junge würde es schwer haben, sich ganz von unten hocharbeiten müssen in der Zunft … Aber ehrgeizig genug war er und fest davon überzeugt, etwas aus seinem Leben machen zu können, mindestens Parlier zu werden, vielleicht sogar Baumeister.

»Wenn du auch manchmal spinnst, das Werkstück hast du gut hingekriegt.« Zufrieden putzte sich der Alte die schwitzigen Hände an seinem Hemd ab. »Und ich sag dir was. Heut' Abend, da geh ich zum Heinrich Luginsland. Der burgundische Glasmaler ist gekommen, und die Franziskaner besprechen mit ihm das Chorfenster. Und du kommst mit.«

Er schaute ihn schlau von der Seite an. »Mal schauen, was er zu bieten hat. Vielleicht kann der Kaplan Herstetter seine Ideen für die Marienkapelle verwenden.«

»Ich … mhh … ich glaube nicht, dass ich kann.«

Der Alte schaute ihn schräg an. »Warum?«

»Meine Mutter, ähmm. Sie braucht mich …« Das war eine Ausflucht, eigentlich eine waschechte Lüge. Seine Mutter hatte sich als Laienschwester den Augustinernonnen im Katharinenspital angeschlossen, und er sah sie nur sonntags. Aber er konnte dem Heinrich Parler doch nicht erklären, dass er Lena zwar treffen wollte, ihrem Bräutigam aber die Pest an den Hals wünschte. Und dass er nicht wusste, was er tun würde, wenn er die beiden zusammen sah.

»Du bist mit dabei«, bestimmte der Meister gut gelaunt. »Und damit Schluss.«

Valentin fluchte in sich hinein. Es gab jetzt schon eine ganze Latte Sünden, die er beichten musste, darauf kam es auch nicht mehr an.

»Aber jetzt schnappst du dir den Streuner und holst uns allen was zu essen.«

Es ging reihum unter den Lehrlingen, wer mittags für alle die Verpflegung besorgen musste. Valentin riss sich nicht um die Arbeit, aber manchmal war es nicht schlecht, dem Gerüst und seinen Gedanken zu entkommen, die sich unermüdlich im Kreise drehten. Flink kletterte er vom Gerüst herunter, pfiff Streuner, dem Baustellenhund, der seit dem frühen Morgen erwartungsvoll vor dem Bau gehockt und gewartet hatte, legte sich den Beutel über die Schulter und nahm das Essensgeld vom Parler an. Das gleichmäßige Hämmern und Schlagen der Steinmetze umgab ihn wie ein beruhigender Herzschlag. Hin und wieder verschnaufte einer in der Hitze und schob sich die Mütze zurück. Feiner Staub lag in der Luft, der Valentin durstig machte.

»Aber vergiss nicht, in die Garküche am Fischmarkt zu gehen und mir Fleischpasteten mitzubringen«, rief ihm der Geselle Hans Weck zu, der so dick war, dass er kaum aufs Gerüst passte.

»Vielleicht solltest du weniger essen, sonst bricht bald ein Balken durch!«, frotzelte Valentin und konnte gerade noch einem gutmütigen Hieb ausweichen.

Als er endlich loszog, wedelte Streuner mit dem Schwanz und folgte ihm bereitwillig. Die kleine schwarzweiße Ratte von Baustellenhund hatte ihn irgendwie als Herrn akzeptiert, was Valentin im Grunde befremdlich fand. In der Stadt stürzte er sich ins Marktgetümmel. Pasteten hatte er schnell besorgt, und die Kannen würde er in der Weinschenke am Krautmarkt füllen. Aber mit der Aussicht, dass er sich beim abendlichen Besuch bei Meister Luginsland an seiner eigenen Zunge verschlucken würde, hatte er plötzlich alle Zeit der Welt. Er streifte auf dem Fischmarkt umher, wo der Neckarfisch in der Hitze zu stinken begann, schaute in die Werkstatt des Messerschmieds, von dem er zu gern eine Klinge hätte, und stolperte über einen Karren, vor den ein altes Mütterchen ihren Köter gespannt hatte, der Streuner giftig anknurrte.

»Vergelts Gott«, sagte sie, als er ihr eine Münze als Almosen zusteckte. Wenn Heinrichs Börse auch dadurch leerer wurde, konnte ihm doch das Stückchen Himmelreich nicht schaden, das er für sich selbst damit erwarb.

Die Werkstatt Luginsland war nicht weit weg vom Krautmarkt. Er dachte an Lena, die jetzt sicher Martha half, das Essen vorzubereiten, an ihre leuchtenden Haare und ihr ansteckendes Lachen, und das Herz tat ihm dabei weh. Er machte einen großen Bogen um die Webergasse, und plötzlich fand er sich in einer Menschenmenge wieder, die eilig dem Holzmarkt im östlichen Teil der Stadt zustrebte. Er ließ sich treiben, mitziehen, wie von einer Welle, der er nicht entkommen konnte – alles war besser, als an Lenas Haus vorbeizugehen, in dem der Tübinger Glasmaler saß, als gehörte es ihm bereits. Streuner nahm er auf den Arm, klein genug war er ja, und schob sich den Beutel mit den Pasteten auf den Rücken.

»Der Dominikaner, er predigt wieder!«, hörte er Stimmen um sich und stand plötzlich in einem Menschenauflauf vor dem Mönch Ulrich von Teck, der auf den Stufen der Franziskanerkirche mit erhobenen Armen auf seine Zuhörer wartete. *Fast wie Jesus,* dachte Valentin verwundert. Es war erstickend schwül. Der Himmel, der den ganzen Morgen über blau geleuchtet hatte, bezog sich jetzt rasend schnell mit grauen Wolken. Über hundert Menschen drängten sich auf dem engen Holzmarkt zusammen. Valentin stand in der zweiten Reihe neben einem Gergergesellen, dessen Schürze stank wie ein Misthaufen, der Marchthalerin, die nie ohne ausgesucht teuren Putz in die Stadt ging, und dem Gassenjungen Fredi, der ihm ungeniert auf die Füße trat, um etwas besser sehen zu können.

»Mach Platz, du Tagebieb.« Er drängte ihn zur Seite.

In was war er da bloß reingeraten? Valentin drehte sich um. Die Menschen standen dicht an dicht in der Hitze, ihre Gesichter bleich und leuchtend auf den Dominikaner gerichtet, der seine Schäfchen mit glühenden Augen musterte. Er hatte keine Chance zu entkommen! Und auf der Baustelle warteten die Steinmetze auf ihr Mittagessen!

Als der Dominikaner zu sprechen begann, wurde es so still, dass Valentin spürte, wie der kleine Streuner in seinen Armen zitterte.

»Hoffahrt!« Die Stimme war leise, weil es aber auf dem Platz so still war, dass man einen Nagel fallen hören konnte, drang sie an jedes Ohr. »Hoffahrt ist das, was da drin seinen Anfang nimmt.« Er drehte sich um und deutete auf die geschlossene Tür der Kirche. »Die Franziskaner vermessen ihr Fenster, um es neu verglasen zu lassen. Obwohl sie schon bunte Gläser haben. Ganz entgegen der Weisungen ihres Gründers, der nichts als Armut gepredigt hat. Aber nicht um sie geht es hier, sondern um euch. Meine Kinder, ich sage euch: Die Stimme Gottes ist leise in euren Ohren. Aber die des Verführers ist laut. Habgier bestimmt euer Leben. Falsch Maß messen die Bäcker ihrem Brot zu, und ein jeder zählt das Gold in seiner Schatulle, ohne an den Herrn und sein Leiden zu denken.«

Der Mönch breitete die Arme aus, als wolle er sie alle an sich ziehen. Er will jeden von uns dem Höllenpfuhl entreißen, dachte Valentin beklommen und starrte vor seine Füße, ob sich nicht gerade da ein Abgrund auftat. Bruder Ulrich hatte die Kapuze zurückgeschlagen. Sein Kopf war schmal, die Wangen eingefallen, der Haarkranz rund um die Tonsur spärlich. Tief lagen die Augen in den Höhlen seines asketischen Gesichts. In seinem schwarzen Mantel und dem weißen Habit ähnelte er einer großen schwarzweißen Elster, die ihre gierigen Augen auf die Zuhörer richtete, wie auf lauter Golddukaten, um sie in ihrem Nest zu bunkern. Das stimmte nicht ganz, es waren Seelen, auf die er es abgesehen hatte, sündige wie die Valentins. Auf dass sie errettet werden.

Hinter ihm drängten sich die Menschen eng an eng in der Mittagshitze und stöhnten, als die Worte des Mönchs sie trafen wie Pfeile.

»Wie oft setzen wir unser Heil auf eitlen Tand und Pomp. Wenn die Geldkatze voll ist, ist alles gut. Doch unser Herr sagt: ›Selig sind die Armen im Geiste.‹ Brüder und Schwestern, ich sage euch, Reue bedeutet Rettung.« Die Stimme des Mönchs tröpfelte weich und süß wie Honig auf seine Zuhörer nieder. Sein Blick blieb an der Marchthalerin hängen. Trug sie nicht zu viel Putz und Tand? Verunsichert wanderten ihre Hände zu der Perlenkette an ihrem Hals. »Und die gibt es nur durch die Vermittlung der Kirche.«

Weiter redete er in der Sprache des Volkes, legte für die Stadtbürger den Apostel aus, machte einen Umweg über die Evangelisten und ließ auch die Kirchenväter zu Wort kommen. Das dauerte, und noch immer war kein Ende abzusehen! Den Geruch von Schweiß und ungewaschenen Bruoches war Valentin zwar gewöhnt, jetzt aber drehte sich sein leerer Magen in der Hitze. Schweiß tropfte ihm den Rücken herunter. Aber die Leute standen wie angewurzelt, ohne Tumult würde er sich nicht rausdrängen können. Also blieb er stehen. Seine Gedanken wanderten weit fort, hin zu Lena, als plötzlich der dunkle Blick des Predigers an seiner Stirn kleben blieb wie eine Biene am Honig. Valentin lief es eiskalt über den Rücken. Jetzt hatte der Dominikaner ihn am Haken und schaute geradewegs in ihn hinein, wo es so viele Gedanken gab, die man besser versteckte!

»Gebt des Kaisers, was des Kaisers ist, aber Gott das, was ihm zusteht, sagt der Herr. Auch du kannst nicht der Diener zweier Herren sein, auch du musst dich entscheiden, nach welchem Wind du deine Fahne richtest. Gib nur acht, dass es die richtige ist und nicht bald Blut an deinen Händen klebt, denn dadurch verspielst du deine unsterbliche Seele.«

Starr vor Schreck taumelte Valentin einen Schritt zurück und trat dem Mann hinter sich auf den Fuß. Er drehte sich um. Der Fremde war kostbar gekleidet, fast einen Kopf größer als er, kräftig und schwarzhaarig. Und auch er starrte dem Prediger gebannt in die Augen.

»Verzeihung!«, stotterte Valentin, doch der andere nahm

keinerlei Notiz von ihm. Streuner, den er aus Versehen auf die Rippen gedrückt hatte, fing an zu jaulen. Nur weg hier! Mit dem Mut der Verzweiflung tauchte Valentin unter dem Arm des Fremden durch.

Er schubste, den strampelnden Streuner noch immer im Arm, die Leute zur Seite und drängte sich durch die Menge, bis er wieder Luft holen konnte.

Schwer atmend blieb er stehen. Was konnte der Pater von ihm gewollt haben? Schließlich befolgte er fast immer alles, was Meister Heinrich von ihm verlangte, und einen weiteren Herren, den er betrügen konnte, gab es nicht. Blut klebte an seinen Händen? Konnte der Prediger etwa in seinem Kopf lesen, dass er den Tübinger am liebsten erwürgen würde? Vielleicht konnte er ja Kilian nach der Bedeutung des Bibelzitats fragen. Seit der sein Noviziat bei den Dominikanern angetreten hatte, wusste er eine ganze Menge über Gott. Es war wieder ganz still geworden.

»Was, meine Kinder, ist der Wille Gottes?«, hörte Valentin die leise Stimme des Mönchs hinter sich. Keine Ahnung, dachte er.

6

Sie hatte schon gedacht, sie würde sich nie loseisen können. Aber nach dem Mittagsgebet war es endlich so weit. Die Küchenarbeit war erledigt, Martha hielt ihren wohlverdienten Mittagsschlaf, und Vater Luginsland schätzte seine Vorräte an farbigen Gläsern, die der Burgunder für das Fenster benötigen würde. Anstetter und Jourdain waren beide verschwunden, der eine wahrscheinlich im Wirtshaus und der andere mit dem Altgesellen in der Kirche der Franziskaner, um das Gerüst für das Aufmaß des Fensters aufzubauen.

Erleichtert ließ Lena die Tür der Werkstatt hinter sich zufallen und schob die schwere Truhe, in der ihr Vater die Risse mit seinen Entwürfen aufbewahrte, unter die Klinke, falls der Tübinger unerwartet auftauchte. Dann trat sie seufzend an das Glasbild mit dem Besuch der Heiligen Drei Könige heran, das ihr Vater zum Bemalen vorbereitet hatte. Heute würde sie sicher keine Zeit dafür finden, an ihren Entwürfen für den Thron Salomonis weiterzuarbeiten. Aber die Könige mussten auch fertig werden. Ihr Vater hatte den Grundaufbau des Bildes auf eine Glasplatte gesetzt und mit Bienenwachs festgeklebt. Jetzt fehlte nur noch die Malerei, welche Umrisse, Körper, Gesichter, Augen und Haare bestimmte – die Seele des Glasbildes.

Sorgfältig rieb Lena das Schwarzlot fein und mischte es anschließend mit Wein und der richtigen Menge Harz. Sie hatte das so oft getan, dass sie über die richtige Konsistenz der Farbe nicht mehr nachdenken musste. Gleichmäßig lasierte sie mit einem breiten Pinsel die Licht- und die Schattenseite der Gewänder und Gesichter, um die Körperlichkeit der Figuren hervorzuheben. Das Schwarzlot hierfür war so dünn angerieben, dass es fast staubig wirkte. Dann drehte sie das Bild vorsichtig auf seine Rückseite und legte eine Vorkontur rund um Figuren, Gegenstände und Tiere an, die ihr helfen sollte, die Kontur auf der Vorderseite sicher und fast ohne abzusetzen zeichnen zu können. Jetzt war es so weit. In eleganten Linien zeichnete sie mit dickflüssigem Schwarzlot die endgültigen Konturen. Für diese Arbeit brauchte man eine ruhige Hand, denn sie ließ sich nur schlecht korrigieren. Und gute Augen, dachte sie bekümmert. Anschließend hielt sie die kleine Scheibe auf ihrer gläsernen Unterlage zum Fenster und überprüfte sie gegen das Licht. Ja, es stimmte, Ochs und Esel brauchten ebenso wie die Menschen noch mehr Helligkeit im Gesicht. Zur Seite hin wischte sie die Schattierung vorsichtig aus, so dass es schien, als würde die Sonne sie von der Seite beleuchten.

Hoch konzentriert legte sie die Konturen von Marias Mantel an, zeichnete den Faltenwurf ein und begann dann, ihr Gesicht zu gestalten. Ich bestimme, welche Laune die Gottesmutter heute hat, dachte sie übermütig. Sicherlich eine gute, wie fast immer. Lena zog die Mundwinkel ein bisschen nach oben. Vielleicht ist sie aber auch müde, so kurz nach der Geburt. Lena betrachtete sie stirnrunzelnd. Egal, es war zu spät, die Madonna lächelte schon und das Christuskind ebenfalls. Ihr habt es sowieso schwer genug, dachte sie, darum dürft ihr bei mir fröhlich sein. Sie zauberte Nachdenklichkeit auf Josefs gerunzelte Stirn und versuchte, die Könige ehrerbietig schauen zu lassen. Aber wie machte man das? Vor lauter Anstrengung stahl sich Lenas Zunge in ihren Mundwinkel. Und dann geschah es doch. Der Pinsel mit dem dicken Schwarzlot rutschte ab und verschmierte das Gesicht vom Kaspar. Wenn es doch der Melchior gewesen wäre, dann hätte sie sein Gesicht so schwarz lassen können! Hektisch begann sie, die Flecken wegzukratzen, und merkte dabei, dass das Glasstück, auf dem sich der Kopf des Königs befand, nicht sauber ausgeschnitten war. Schon wieder ein fehlerhaftes Teil im Glasfenster! Das eine Glasstück würde Vater zwar ersetzen können, aber dennoch traten ihr Tränen in die Augen, als sie sich klarmachte, was solche üblen Schnitzer auf Dauer bedeuteten. Ihr Vater würde den Betrieb nicht mehr lange führen können. Wann würde er Meister Marx, der sein Leben genoss wie die Made im Speck, um Hilfe in der Werkstatt bitten? Damit hätte ihre Mitarbeit sicher ein Ende. Ihr Bräutigam würde nicht billigen, dass seine Aufträge von einer Frau gemalt wurden, die noch nicht einmal einen Gesellenbrief hatte. Und doch bedeutet es mir so viel, dachte sie wehmütig. Jedes Glasbild war wie eine Tür hin zu einer anderen Welt, die so viel größer war als Esslingen.

Das Licht des Tages, das gegen Mittag eine gleichmäßig graue Farbe angenommen hatte, war gar nicht schlecht für die Glasmalerei. Gedämpft drang es ins Zimmer herein. Plötzlich fiel ein Schatten über das Bild. Schnell hob Lena die Augen und erblickte einen dunklen Haarschopf im Fensterviereck. Doch der Beobachter verschwand, bevor sie ihn erkennen konnte. Ihr Herz klopfte bis in den Hals. Johann, der Altgeselle, und die beiden Lehrbuben wussten, was sie tat, und würden sie nicht verpfeifen. Was, wenn es der Tübinger Meister gewesen war? Vielleicht ist es ganz gut so, dachte sie resigniert. Dann hat die Heimlichtuerei ein Ende! Seufzend legte sie das angefangene Glasbild zum Trocknen auf den Tisch. In diesem Moment ruckelte es unwirsch an der Tür.

»Lena«, rief Martha ungeduldig. »Da bist du ja! Du sollst doch den Herren heute Abend aufwarten und musst dich noch herausputzen!«

Lena verdrehte die Augen. Auch das noch.

»Ich komme gleich«, erwiderte sie nach einem kurzen Zögern.

7

Eine halbe Stunde später stand sie vor der Stubentür im dunklen, stillen Gang, einen Krug mit Weißwein in den Händen. Martha hatte nicht lockergelassen, bis Lena, die sich nicht viel aus Äußerlichkeiten machte, ihr bestes blaues Übergewand aus der Truhe gekramt und angezogen hatte. Eigenhändig war sie ihr mit der Bürste durch die Haare gefahren, bis sie glänzten wie Kupfer, und hatte ihr dann einen Kranz aus weißen Astern aufs Haupt gedrückt. Lena fühlte sich wie eine Fremde, und die Astern rochen nach Tod. Dazu kam, dass die guten Lederschuhe drückten, das Übergewand rund um die Brust spannte und sich unter den Achseln schon feucht anfühlte. Es war genäht worden, als sie dreizehn war und oben rum noch völlig flach. Lena seufzte. Morgen würde sie die dunklen Schweißflecken irgendwie herausreiben müssen. Hoffentlich ging der gute Stoff dabei nicht kaputt. Erfahrungswerte hatte sie keine, denn eine Gelegenheit, die guten Sachen anzuziehen, bot sich nur selten. *Auf geht's*, dachte sie verbissen, rollte die Zehen in den zu kleinen Schuhen nach innen, drückte die Klinke und trat ein.

Rund um die lange Tafel aus dunklem Eichenholz hatten sich die Gäste aus der hohen Geistlichkeit der Stadt versammelt, die gemeinsam mit ihrem Vater und dem fremden Glasmaler das Programm für das Chorfenster besprechen wollten. Meister Heinrich war in ein intensives Gespräch mit Lionel Jourdain vertieft, der den ganzen Nachmittag in der Kirche der Franziskaner verbracht hatte. Hin und wieder schüttelte ihr Vater verwundert den Kopf. Gegenüber saß Marx Anstetter und langweilte sich. Lena verdrehte die Augen. Der hatte hier doch nun wirklich nichts zu suchen. Überrascht stellte sie fest, dass außer dem kleinen, drahtigen Prior Johannes von den Franziskanern, der von einem grimmig blickenden, grauhaarigen Mitbruder begleitet wurde, auch der lange, dürre Dominikanerprior Balduin gekommen war. Sein Gesicht unter dem schwarzen Haarkranz war schmal und gelblich. Lena wusste, dass Renata ihm hin und wieder Medikamente für die Leber verkaufte. Neben ihm saß, eine Schreibtafel vor sich auf dem Tisch, Kilian, ihr Kinderfreund, der jetzt Novize bei den Dominikanern war und morgens in der Schule die Lausbuben plagte. Die Tonsur, um die sich seine braunen Locken ringelten, ließ ihn ganz fremd aussehen. Hin und wieder wanderte der glühende Blick des Priors zur Seite und streifte seine gebeugte Gestalt.

»Hallo«, wisperte sie, aber Kilian nahm keine Notiz von ihr.

Sie stellte den Krug auf die Anrichte neben der Tür und beugte das Knie vor dem Prior der Dominikaner. Einen Moment lagen seine dunklen Augen ohne Interesse auf ihr, dann reichte er ihr gleichgültig die Hand zum Kuss. Lena war froh, als sie sich wieder erheben konnte, denn seine Gewänder rochen nach Schweiß.

»Hochwürden«, grüßte sie ihn, und er nickte herablassend. Dann wandte sie sich dem Obersten der Esslinger Franziskaner zu, der ihr fröhlich zuzwinkerte.

»Wie war noch Euer Name, meine Tochter?« Seine Hand war kurzfingrig und stark wie die eines Handwerkers.

»Magdalena«, beeilte sich ihr Vater zu erklären. »Sie ist mit Meister Marx hier verlobt.«

»Wie reizend. Sicher ist sie der Sonnenschein Eurer späten Tage.« Prior Johannes zwinkerte ihr noch einmal zu, als ob er ahnte, wie unwohl sie sich fühlte, segnete sie und hieß sie aufstehen. Damit war das Essen eingeläutet.

Reihum füllte Lena die Becher mit dem kühlen Weißwein aus ihrem eigenen Keller, der sich mit den guten Tropfen aus Burgund und vom Rhein locker messen konnte.

»Ihr seht wunderschön aus«, raunte ihr der Tübinger Glasmaler zu. Mit dem vollen Becher in der Hand ähnelte er einem Kater, der von der Sahne genascht hatte und noch mehr wollte. Lena fragte sich, ob er es war, der sie in der Werkstatt beobachtet hatte.

Auf dem Tisch dampfte knusprig braun der Kapaun und verbreitete einen köstlichen Duft. Marthas frisch gebackenes Brot ergänzte die Mahlzeit. Lenas Magen begann zu knurren. Doch bevor die Gäste dem guten Essen zusprechen konnten, öffnete sich unerwartet die Tür.

»Ah, Meister Heinrich, da bist du ja endlich«, sagte Luginsland, stand auf und begrüßte seinen alten Freund. »Ich habe mir erlaubt, den Meister Parlei von der Marienkapelle einzuladen.«

»Natürlich, natürlich.« Der Franziskanerprior nickte nachsichtig. »Die Planungen dürfen sich ruhig in der Stadt herumsprechen. Umso mehr Nachwirkungen unser Chorfenster hat, desto besser.«

»Entschuldigt die Verspätung!« Meister Heinrich Parler rieb sich munter die Hände. Wie immer bauschte sich sein weißer Schopf rund um den Kopf wie ungesponnene Wolle. »Es lohnt sich immer, dich zu besuchen, Heinrich«, sagte er augenzwinkernd in Richtung seines Namensvetters und des Kapauns.

Hinter ihm drückte sich Valentin durch die Tür und wusste nicht so recht, wohin mit seinen Händen. Die blonden Haare hatte er im Nacken zu einem Zopf zusammengefasst. Kurz blieben seine blauen Augen an Lena hängen, dann schob er sich linkisch neben seinen Meister, als würde er sie nicht kennen. *Mistkerle, alle miteinander,* dachte Lena bei sich.

»Nun lasst uns endlich mit der Mahlzeit beginnen«, schlug Meister Heinrich Luginsland vor.

»Welch blendende Idee.« Hungrig beäugte der Oberste der Franziskaner den Kapaun und störte sich nicht daran, dass ihn die Dominikaner missbilligend musterten. Lionel Jourdain stand auf und zerlegte den Vogel so fachmännisch, als hätte er sein Leben lang nichts anderes getan. Zielgerichtet fuhr sein Messer zwischen Flügel und Gelenke und löste mundgerechte Stücke für alle Esser aus, die er den Gästen auf die Teller legte. Lena hob die Augenbrauen. Eigentlich wäre das die Aufgabe ihres Vaters gewesen, aber vielleicht hätte der sich dabei ja in die Finger gesäbelt, seiner schlechten Augen wegen. Sie fragte sich nur, woher der Fremde das wusste.

»Ihr macht einen guten Mundschenk, Burgunder. Habt Ihr das an einem Hof geübt? Und vielleicht noch anderes?« Marx Anstetter winkte Lena zu sich heran und hob den Becher. Zähneknirschend füllte sie ihn ein zweites Mal.

Der Burgunder zuckte die Achseln. »Man tut, was man kann.«

Während die Männer in der nächsten halben Stunde den Großteil des Kapauns vertilgten, zerbröckelte Lena missmutig eine Scheibe Brot und steckte sich die Stückchen in den Mund. Ihr Magen wollte mehr und knurrte vernehmlich.

»Setzt Euch doch und esst mit uns, Madeleine!«, schlug der Burgunder irgendwann vor.

»Bei uns essen die Weiber bei solchen Gelegenheiten in der Küche«, wandte der Tübinger ein.

»Da, wo ich herkomme, schließt man die Damen an der Tafel nicht aus.«

Die beiden Glasmaler funkelten sich über den Tisch hinweg an wie zwei bissige Hunde, und die Augenbrauen beider Dominikaner hoben sich bis zum Rand ihrer Tonsur.

»Nur zu«, sagte Prior Johannes und hob einladend die Hand.

Lena etzte sich zögerlich und ließ sich von Lionel Jourdain auftun. Ganz kurz irrlichterten Valentins blaue Augen über sie hinweg, dann schaute er demonstrativ zu den Franziskanern hinüber.

»Danke«, murmelte sie und wäre am liebsten unsichtbar geworden.

Da saßen sie nebeneinander, Valentin und der Tübinger Glasmaler, und waren so verschieden wie Feuer und Wasser. Marx Anstetter, den sie heiraten würde, trug wie immer feines Wolltuch, heute war es ein kurzer Mantel, senkrecht geteilt in Hellblau und Dunkelblau, eingefasst mit einer kunstvoll gewebten schwarzen Borte. Über der Lehne des Stuhls hing der teure Hut, den er trotz der Hitze mit sich herumschleppte. Sein Haar fiel ihm glatt und dunkel in die Stirn und wurde hin und wieder mit einer fahrigen Gebärde zurückgestrichen. Eigentlich sah er gar nicht so schlecht aus. Lena wusste selbst nicht, was sie an ihm störte. Gewiss, er war nicht groß, aber gerade gewachsen, und schiefe Zähne hatten schließlich auch andere Leute. Es ist etwas Innerliches, dachte sie traurig. Etwas stimmt nicht zwischen uns, und ich kann es nicht einmal in Worte fassen.

Valentins klares Gesicht kannte sie besser als ihr eigenes. Tag für Tag hatten sie die Stadt und die Weinberge unsicher gemacht, der Sohn der Baumeisterwitwe und die mutterlose Glasmalertochter, deren Väter beide im Zuge des Stadtkirchenbaus aus Speyer nach Esslingen gekommen waren. Lena wusste nicht mehr, wie viele Streiche sie miteinander ausgeheckt hatten, nur, dass es sich irgendwann einmal anders angefühlt hatte, wenn er ihre Hand nahm, dass es ihr Herzklopfen machte und Schmetterlinge im Bauch. Plötzlich lag ihnen daran, alleine umherzustreifen und sich dabei alles zu erzählen, und sie versuchten, den kleinen Kilian abzuhängen, der ihnen folgte wie ein junger Hund. Auch er war allein. Seine Mutter war zwar die Schwester des Bürgermeisters Kirchhof, aber für den unehelich geborenen Kilian hatte sie sich kaum interessiert. Als er zehn Jahre alt war, heiratete sie einen Kaufmann aus Ulm und ließ ihn in Esslingen zurück, ohne auch nur zu versuchen, ihn als »Mantelkind« in die neue Ehe mitzubringen. Zwei Jahre später trat er ins Dominikanerkloster ein. Kurz darauf hatten Valentins Mutter und Lenas Vater ihre Zusammenkünfte verboten. Valentin wurde in die Lehre zu Meister Heinrich gesteckt, und Lena tagsüber in Marthas Obhut gegeben, bis ihr Vater feststellte, wie gut sie zeichnen konnte.

Während sie nachdenklich ihren Knochen abnagte und sich dann noch ein Stück von der Brust geben ließ, begann Prior Johannes zu sprechen.

»Nun«, sagte er. »Wir haben uns versammelt, um die Neuverglasung des Chorfensters in unserer Kirche zu besprechen. Zunächst einmal war unser Meister Lionel Jourdain sicher überrascht.«

Der Burgunder beugte sich vor und legte die Fingerspitzen aneinander. »Das könnt ihr laut sagen.« Er lachte leise und schüttelte den Kopf. »Schon der erste Blick hat ergeben, dass ich die einzelnen Fenster fast quadratisch anlegen muss.«

Meister Heinrich Luginsland nickte.

»Nichts, was Euch vor besondere Schwierigkeiten stellen würde, vermute ich«, sagte der Oberste der Franziskaner.

»Nein, aber es ist neu für mich«, gab der Glasmaler zu. »Doch es ergeben sich durch das andere Format auch neue Möglichkeiten. Realistische Handlungsräume.«

»Pah«, schnaubte der Tübinger.

»Vergesst nur die Statik nicht«, warf Meister Heinrich Parler ein.

Lena aber spitzte die Ohren und nahm sich vor, ihren Vater nachher zu den besonderen Bedingungen der Franziskanerkirche auszufragen.

Prior Johannes deutete auf seinen Mitbruder, der zu seiner Rechten saß und sich noch nicht am Gespräch beteiligt hatte. »Und ich habe den klügsten Theologen unseres Konvents gleich mitgebracht, dem ich die Aufgabe übertragen habe, das Programm für das Chorfenster zu entwickeln. Bruder Thomas von Mühlberg.«

Überrascht hob Lena die Augen. Das also war laut Renata der beste Arzt in Esslingen! Doch der Mönch mit dem grau gestreiften Bart schaute so finster, dass sie ihre Idee, ihn am Ende des Abends wegen ihrem Vater um Rat zu fragen, sofort wieder verwarf.

»Ich kann mich dieser Aufgabe nicht entziehen, obwohl ich finde, dass es die ornamentale Verglasung, die wir haben, sehr wohl auch getan hätte«, brummte der Franziskaner.

»Ach, Ihr gehört wohl zu den Spiritualen«, warf der Prior der Dominikaner ein. Kilian schaute neugierig auf, und sogar Valentin rückte näher an den Tisch heran.

»Schhh, mein Freund Balduin«, sagte Johannes. »Das wollen wir hier nicht zu laut sagen. Es ist nicht ungefährlich, einen der Unseren heutzutage so zu bezeichnen.«

Balduin schnaubte empört.

»Nun, zu meiner Meinung stehe ich.« Thomas von Mühlberg schaute herausfordernd in die Runde. »Auch unser Herr Jesus hatte keinen Ort, an dem er sein Haupt zur Ruhe betten konnte. Die Kirche und ihr Oberhaupt, das in Avignon ein gutes Leben führt, schlemmt und prasst und mischt sich in die Politik ein. Stattdessen sollten sich die Diener Gottes fragen, ob es sich ziemt, Reichtümer anzuhäufen. In dieser Lage wäre, wie ich finde, ein Zeichen von uns angemessen gewesen.«

Balduin schüttelte den Kopf. »Franziskaner! Ihr wart doch eine ganze Weile fort, Bruder Thomas!« Sein Blick streifte den Arzt, der ihn mit blitzenden Augen anfunkelte. »Wart Ihr etwa einer der Unsäglichen, die den Konflikt um die Armut in König Ludwigs Sachsenhausener Streitschrift mit eingebracht haben? Habt Ihr den von Gott eingesetzten Oberhirten der Kirche mit ›Johannes, der sich Papst nennt‹ angeredet und ihn als Ketzer beschimpft?«

Pater von Mühlberg öffnete den Mund. Sein blasses Gesicht war flammend rot geworden.

»Vorsicht«, mischte sich der Burgunder ein. »Redet Euch lieber nicht um Kopf und Kragen, Bruder Thomas.«

Prior Johannes lehnte sich zurück, faltete die Hände über seinem Bauch und ließ seine Daumen kreisen. »Mein lieber Balduin, du weißt doch, dass der König voraussichtlich bei uns Quartier nimmt.«

»Ein König, der exkommuniziert ist und das Interdikt auf alle seine Länder gebracht hat«, warf der Dominikaner bissig ein.

Neugierig schaute Lena von einem zum anderen. Jahrelang hatte sich Esslingen im Streit der beiden Anwärter auf den Königsthron, Ludwig von Bayern und Friedrich von Habsburg, auf die Seite des Habsburgers gestellt, doch kaum zeigte sich, dass der Bayer die besseren Karten hatte, hing die Stadt ihr Fähnchen nach dem Wind und wechselte den Favoriten. Und das, obwohl man vor einigen Jahrzehnten noch fest auf die Habsburger und König Rudolf vertraut hatte, der Esslingen im Streit mit dem Württemberger wie eine Festung ummauert hatte. König Ludwig hatte seine Position mit Feuer und Schwert erkämpft. Doch kaum war er etabliert, schaffte er es, sich so gründlich mit dem Papst zu überwerfen, dass dieser ihn aus der Kirche ausgeschlossen hatte und seine Untertanen gleich mit. Nicht, dass diese das groß stören würde …

»Wenn der König wüsste, was gut für ihn ist, würde er bei uns unterkommen«, brummte Balduin.

Der Dominikanerorden stand sehr viel treuer zum Papst als die aufmüpfigen Franziskaner. »König Ludwig hat die Wahl«, sagte Johannes. »Er könnte sich genauso gut in den Pfleghof seines Klosters Fürstenfeld begeben. Sicher würden ihn auch die Zisterzienser im Salemer Hof gern beherbergen. Aber da sein Wohlwollen den Franziskanern gilt, wird er wahrscheinlich unser Gast sein. Also darf unser Gotteshaus die Ehre Gottes ruhig in all ihrer Herrlichkeit spiegeln, zumal diese Fenster belehrend für alle Christen sein werden, die es besuchen.«

»Die Herrlichkeit Gottes äußert sich in der Schöpfung am allerbesten.« Sein Mitbruder Thomas blickte streitlustig in die Runde. »Wie der heilige Franziskus ganz richtig bemerkt hat.«

»Manchmal sind Gelübde ganz praktisch.« Johannes rieb sich zufrieden die Hände. Die Katze hatte er eindeutig im Sack. »Und da du nicht anders kannst, als deinem Prior gegenüber Gehorsam zu üben, mein lieber Thomas, hast du sicher schon ein passendes Bildprogramm entwickelt.«

Bruder Thomas nickte unwillig. »Nun. Gezwungenermaßen gebe ich ein Passionsfenster nach der Biblia Pauperum vor, der Bibel der Armen. Das besondere Format bringt es mit sich, dass sich rechts und links des Mittelstreifens Szenen aus dem Alten Testament befinden werden.«

»Ich würde gerne Propheten in die Zwickel einsetzen«, sagte Lionel Jourdain.

»Sehr schön, mein junger Freund«, freute sich Johannes.

»Natürlich«, Thomas nickte. »Bei der Anzahl der Bilder – 45 an der Zahl – lässt sich über alles reden.«

Marx Anstetter runzelte die Stirn und zählte mit Hilfe seiner Finger. Sicher überschlug er, wie viel Einkommen der Werkstatt Luginsland bei dieser gewaltigen Anzahl entging.

»Und in der Mitte wird die Geschichte des Gottessohns dargestellt«, überlegte der Prior. »Sein heiliges Leben zur Erbauung unserer Mitbrüder und des Königs.«

»Meister Heinrich Luginsland hier wird mir sicher dabei helfen, den Auftrag zu Eurer Zufriedenheit zu erledigen.«

Lionel Jourdain legte seine Rechte auf die Hand von Lenas Vater.

Jetzt konnte der Tübinger sich nicht mehr beherrschen. »Wenn der Burgunder so sehr auf unsere Unterstützung angewiesen ist, dann frage ich mich doch, warum Ihr, Hochwürden, nicht gleich ohne seine Hilfe auskommt.«

»Ein dicker Fisch von Auftrag ist Euch da wohl durch die Lappen gegangen.« Meister Heinrich Parler lachte, und Anstetter wurde knallrot.

Lena sah, wie Kilian Valentin heimlich zuzwinkerte. Wenigstens die Jungen schienen sich noch zu kennen.

»Mein junger Freund«, nahm der Oberste der Franziskaner das Wort an sich. »Meister Lionel Jourdain hier ist nicht irgendein Glasmaler. Trotz seiner Jugend besitzt er beste Referenzen. Er ist auf der Isle de France ausgebildet worden und hat im Elsass, in Frankreich und in Spanien an mehr Kirchen gearbeitet, als ich Finger an beiden Händen habe.«

Beeindruckt schaute Lena nach rechts und sah den Burgunder im Profil, seine gerade, klar geschnittene Nase und die hohe Stirn. Seine Augen waren voll freundlicher Selbstsicherheit auf den Tübinger gerichtet, der feindlich zurückstarrte.

Kurz darauf löste Meister Heinrich Luginsland die Tischrunde auf.

8

Sie war so wunderschön. Die leuchtenden Augen, die rotblonden Haare, die in langen glänzenden Wellen über ihre Schultern fielen. Den ganzen Abend hatte Valentin versucht, irgendwo anders hinzuschauen, aber es war ihm nicht gelungen. Das Stück Fleisch vom Kapaun, das ihm der Burgunder auf Weißbrot serviert hatte, lag unberührt auf seinem Teller, denn immer, wenn sein Blick sie wie zufällig streifte, verknotete sich sein Magen. Valentin liebte Lena, seit er denken konnte. Lena hatte immer gern gelacht, aber jetzt schien sie bekümmert, der Blick ihrer Augen nicht so frei und fröhlich wie sonst, vor allem, wenn sie sich ihrem Bräutigam zuwandte. Kein Wunder, dachte er voller Genugtuung. Dieser Geck in seinem teuren Gewand und mit dem Hut, den er über den Stuhl geworfen hatte – wenn er sich vorstellte, dass Lena ihm bald gehören würde, legte sich ein eiserner Ring um sein Herz. Sie kann ihn nicht lieben, dachte er. Der Burgunder, der etwa gleich alt war wie der Tübinger, schien da ganz anders beschaffen zu sein. Ein Handwerker von Format, einer, der seine Arbeit verstand. Als Lenas Vater die Tafel endlich aufhob, erhob sich Valentin zögernd. Der burgundische Glasmaler verließ den Raum, und die anderen verharrten in ihre Gespräche vertieft rund um den Tisch. Valentin stand allein vor seinem unberührten Stück Kapaun. Nur Kilian kam auf ihn zu.

»Und, wie geht's?« Kilian war immer der Kleine gewesen,

der, den Lena und Valentin eher zwangsweise auf ihren Erkundungstouren mitgenommen hatten. Jetzt blickte er ihm mühelos in die Augen.

Er zögerte. »Nicht so gut.«

»Klar«, sagte der Jüngere und deutete mit dem Kinn in Richtung von Lenas Bräutigam, der so in sein Gespräch mit dem Prior der Dominikaner vertieft war, dass er vergaß, seinen Stuhl zurückzuschieben. Kilian hatte immer schon schnell begriffen.

»Und dir?«, fragte Valentin.

»Ich gehe bald nach Köln«, sagte der Jüngere lässig. »Der Orden zahlt mein Studium.«

»Glückwunsch«, murmelte Valentin. Im Dominikanerkloster gab es zwar seit einigen Jahren ein Studium, aber Kilian hatte seine Mitstudenten schon längst überflügelt.

Der Novize folgte dem Prior nach draußen. Heinrich Parler begleitete Meister Luginsland und den Tübinger in die Werkstatt, um sich die neusten Projekte anzuschauen und zu fachsimpeln. Die Franziskaner waren schon gegangen, ebenso der burgundische Glasmaler.

Plötzlich fand sich Valentin mit Lena allein in der Stube. Sie hatte begonnen, die Holzteller auf dem Servierbrett des Kapauns zusammenzustellen, von dem nur noch Knochen übrig waren.

»Lena!« Hitze stieg in sein Gesicht, verdammt!

»Ja?« Sie sah auf.

»Ich … Du …« Diese Gelegenheit durfte er nicht verstreichen lassen. Wenn er nur wüsste, was er sagen sollte. Unwillkürlich griff er nach ihrem Handgelenk, und dann waren die Worte plötzlich da.

»Lass uns fortgehen!«, drängte er. »Weit fort, dahin, wo

uns niemand kennt. Ich finde überall Arbeit. Auf jeder Baustelle im Reich. Ich kann uns ernähren.«

Sie sah ihn bestürzt an.

»Aber Valentin! Du bist noch nicht einmal Geselle.«

»Das macht nichts«, gab er eigensinnig zurück. »Ich bin gut. Wenn wir jetzt gehen, ist es noch früh genug!«

»Früh genug für was?«, flüsterte sie. »Dass unsere Werkstatt schließen muss, weil sich niemand findet, der sie übernehmen kann? Nein, Valentin!«

Er griff wieder nach ihrer Hand, doch jetzt riss sie sich los. Lena war nie schwach gewesen, kein zartes Püppchen wie viele andere, die weinten, wenn man sie bloß schief ansah. Jetzt jedoch wusste er, dass er sie mühelos überwältigen konnte. Plötzlich hatte er Lust, es ihr zu zeigen, sie an die Wand zu drängen, einfach so zu küssen und all die anderen Dinge mit ihr zu tun, die er sich jede Nacht ausmalte. Er legte die Hände in ihren Nacken, wo die Haut unter ihrem schweren Haar ganz feucht war.

»Es geht nicht«, flüsterte sie verzweifelt.

»Aber ich liebe dich.«

Ihre Hand strich zart über seine Wange. »Valentin«, flüsterte sie.

Irgendetwas in ihm zerbrach.

Entschlossen löste sie sich aus seiner Umarmung, nahm das volle Servierbrett und stieß fast mit Martha zusammen, die mit wogendem Busen in der Tür stand und die Situation auf Anhieb erfasste.

»So!« Die Köchin stemmte die Hände in die Hüften und schaute von Lena zu Valentin.

»Ich wollte sowieso gerade gehen«, stieß dieser hervor und verließ den Raum.

Als er durch das Tor auf die Straße trat, fielen die ersten Regentropfen. Über den Weinbergen zerschnitt ein Blitz die bleiernen Wolken, und Donner krachte über Esslingen. Ziellos streifte Valentin durch die Stadt und wusste nicht, wohin er gehen sollte. Noch war es nicht spät, doch die Dämmerung hatte durch den Regen schneller eingesetzt, lag grau zwischen den Häusern und in den nassen Straßen. Allerlei Gelichter trieb sich sonst rund um die Hofstatt herum, Handwerkergesellen und Flößer, denen der Monatslohn locker in der Tasche saß und die sich die Zeit auch mal mit der einen oder anderen Hure vertrieben. Heute hatte der Regen das Nachtvolk in die Schenken getrieben, wo man weiter turtelte und trank und sein Geld beim Würfelspiel verlor.

»He, Valentin!«, rief der Zieglerwirt, bei dem er heute Mittag verspätet den Wein für die Steinmetze erstanden hatte. Kurz dachte er daran, sich sinnlos zu betrinken. Die hell erleuchteten Fensterviereicke der Schenke lockten ihn, aber seine geringe Barschaft reichte nicht aus. Deshalb hielt er auf die Wiesen am Neckarkanal zu, die der starke Regen gerade unter Wasser setzte, und verkroch sich ins Weidengebüsch am Ufer wie ein verwundetes Tier. Das Gewitter hatte sich verzogen, doch der Regen fiel weiter, langsam und stetig wie ein Vorhang, und durchnässte Valentin von Kopf bis Fuß. Der Fluss füllte sein Bett so schwer wie Tränen. Eine Bisamratte, die mit der Strömung geradeaus schwamm, hob den schmalen Kopf und musterte ihn. Na, Kumpel, dachte er. Konnte man noch weiter runterkommen? Das Leinenhemd, das beste, das die Mutter vom Vater für ihn aufgehoben hatte, klebte an seinem Körper, seine Haare tropften, doch das war ihm egal. In ihm war alles kalt und leer. Lena hatte sich entschieden – gegen ihn und für den verdammten Tübinger, den sie nicht einmal liebte. Was sollte er tun? Esslingen verlassen? Valentin schleuderte einen Stein ins Wasser, mitten in die gleichmäßigen Kringel, die die Regentropfen auf seine Oberfläche malten. Nein, er musste seine Lossprechung abwarten, aber um Lena und das Haus in der Webergasse würde er in Zukunft einen noch größeren Bogen machen als zuvor. Und dann würde er fortgehen und nie wieder zurückkommen.

Irgendwann hörte der Regen auf. Die Wolken verzogen sich und machten einem bleichen Sichelmond Platz. Unter einem Himmel voll wilder Wolkenfetzen machte Valentin sich zum Haus von Meister Heinrich Parler auf, wo er wohnte, seit er seine Lehre begonnen hatte. Seine Mutter sah er nur am Sonntag nach der Messe. Er würde ihr nichts erzählen, er war ja kein kleines Kind mehr, das sich unter ihren Röcken ausweinte. Und wenn er es täte, war ohnehin klar, was sie ihm antworten würde: Gebrochene Herzen heilten irgendwann, im Gegensatz zum zerschmetterten Rückgrat eines Baumeisters, der vom Gerüst gefallen war. Allein und ziellos streifte er durch die windige Nacht, die nach neuem Regen roch. Still war es, die Fensterläden waren geschlossen, und sogar die Zecher aus der Zieglerschenke hatten nach Hause gefunden. Er stand unter dem Südturm der Stadtkirche zwischen den Gräbern und schaute hinauf. Der Turm war schön, zierlicher als sein Gefährte auf der Nordseite, voller Maßwerk in den Fenstern. Hier war sein Vater abgestürzt, der Bauplan des Turms von einem neuen Meister weitergeführt worden. Der Wind fuhr unter sein nasses Hemd und ließ ihn frösteln.

Dann hörte er es.

Zwei Männer stritten, nicht weit entfernt. Die Stimme des einen kam ihm vage bekannt vor. *Halt dich raus*, dachte er. Der Streit wurde lauter, der Mann, der sich im Recht wähnte, sprach drängend auf den anderen ein, versuchte ihn wortreich von etwas zu überzeugen. Und dann verstummte er. Mitten im Satz.

Valentin stürmte los, bog um die Ecke der Allerheiligenkapelle zum Schleifbuckel ein, polterte die Treppe zur Mühle herunter und sah sie. Zwei große Männer rangen da miteinander, auf den Stufen zum Ufer des Kanals, der das Mühlrad betrieb, beide in lange Mäntel gehüllt. Ein schwarzes und ein weißes Gewand verschmolzen im bleichen Licht der Sterne wie zwei kämpfende Schlangen. Doch der Kampf war entschieden. Der Schwarzgekleidete zog den Weißen auf die Füße, drückte ihn mit dem Rücken fast liebevoll an seine Brust und …

»Halt!«, schrie Valentin.

Doch es war zu spät. Der Mann zog seinem Gegner sein Messer über die Kehle und rannte lautlos davon in Richtung Metzgerbach. Valentin setzte ihm ein paar Schritte nach, doch vergeblich. Der Mann war so schnell, dass er nur einen dunklen Mantel sah, der sich im Nachtwind blähte wie die Flügel einer Fledermaus.

Mit einem großen Schritt war er bei seinem Opfer und kniete sich auf den Boden.

»Pater Ulrich.«

Vergessen waren die Angst und der Respekt, die er noch heute Mittag dem Mönch gegenüber empfunden hatte, und hatten reinem Mitleid Platz gemacht.

Denn er war zu spät gekommen und konnte nichts mehr tun. Er packte den Sterbenden unter den Achseln und zog ihn so nahe zu sich heran, dass dieser fast auf seinem Schoß lag. Die Hände des Dominikaners pressten sich an seine Kehle, aus der das Blut rhythmisch hervorschoss und jeden Versuch, nach Luft zu schnappen, gurgelnd erstickte.

Auch Valentin drückte verzweifelt auf den Schnitt, presste die Kehle zusammen und wusste doch, dass es zu spät war. Der rote Lebenssaft war überall, tränkte die weiße Kutte des Mönchs, die Stufen zum Fluss, wo das Wasser vorbeischoss, und Valentins Kleider. Er hatte nicht gewusst, dass ein Mensch so viel Blut hatte. Vater Ulrich versuchte Luft zu holen, die Hand ruderte weg von seinem Hals, er röchelte noch einmal und sank dann in seinen Armen zusammen. Etwas löste sich mit dem letzten Atemzug, wie ein auffliegender Vogel. Valentin hatte ihn genauso wenig retten können wie seinen Vater. Im Osten graute der Sommermorgen, als er dem Dominikaner die Augen schloss. Was sagte man, wenn jemand starb?

»Gott«, flüsterte er. »Vergebung« und noch so manches andere, nichts davon auf Latein. Gott würde sich schon aussuchen, was Vater Ulrich brauchte.

Lange blieb er mit dem toten Mönch am Fluss sitzen, so lange, bis das Blut auf seinem Hemd zu stocken begann und die Hände klamm wurden in der Morgenkühle. Sein Kopf war wirr, und der leere Magen drückte wie ein schmerzender Knoten. Seine Tränen tropften auf Ulrich von Tecks starres Gesicht. Schließlich schlief er aus purer Erschöpfung ein, den Kopf über den toten Körper gebeugt.

Doch dann war er plötzlich nicht mehr allein. Fröhlich schwatzend näherten sich die Wäscherinnen dem Fluss, die Körbe mit Dreckwäsche an ihre Hüften gedrückt. Er erwachte nicht von ihrem Geplapper, sondern vom entsetzten Schweigen, das sich über die Frauengruppe senkte, als sie ihn mit dem blutüberströmten Körper von Pater Ulrich auf dem Schoß sitzen sahen.

Valentin richtete sich auf und legte den leblosen Mönch auf die Stufen. Es dauerte nur eine Sekunde.

»Mörder!«, kreischte die dicke Hanna. »Der Valentin Murner ist ein Mörder!«

Und dann stürzten sie sich auf ihn wie ein Schwarm zorniger Krähen und rissen an seinem Hemd, an der Hose und den Haaren. Mit letzter Kraft machte er sich los und lief davon, rannte und rannte, mühelos und so schnell wie der Morgenwind. Die Weiber hinter ihm hatten keine Chance. Fast hätte er gelacht. Gestern Abend hatte er sich gefragt, ob man noch tiefer sinken konnte. O ja, man konnte!

Präzision! In allem, was er tat, bemühte sich der Jäger um Präzision und ärgerte sich unbändig, wenn seine Pläne nicht aufgingen. Bruder Ulrich hatte sterben müssen. Das hatte er gewusst, seit er ihm begegnet war. Aber nicht so. Unsauber. Er hatte sich den Ort und die Zeit gut ausgesucht, der Tote wäre am Morgen zufällig gefunden worden, aber der Junge war ihm in die Quere gekommen. Hatte er ihn erkannt? Unwahrscheinlich. Obwohl er seine Schachzüge immer gut vorbereitete, war ihm hier der Faktor Zufall in den Weg getreten. Aber wurde ein Spiel nicht erst dadurch zu einer wirklichen Herausforderung? Einen Gegner auszuschalten, davon verstand er etwas. Und was war der Junge mehr als ein Bauer, der dem Turm in die Quere gekommen war – der Figur, deren Züge unter allen auf dem Brett am schwersten vorhersehbar waren. Und dieser Turm hatte sich, so wie es in einem Schachspiel üblich war, zur Aufgabe gesetzt, den König zu vernichten.

9

Als Lena auf die Straße hinaustrat, bauschte eine Windböe ihren Rock, und die Wolken glitten so leicht über den blauen Sommerhimmel wie die Wolleflocken, die sie an langen Winterabenden mit Martha verspann. Die Hitze, die für Menschen und Tiere eine Tortur gewesen war, hatte sich verzogen und frischem, wechselhaftem Wetter Platz gemacht. Trotz der frühen Stunde war das Gedränge in den Gassen schon dicht, denn heute war Jakobimarkt, und aus den ländlichen Vororten am Neckar und auf dem Schurwald strömten die Menschen in die Stadt. Die Händler boten Nadeln, Kochlöffel und bunte Bänder an, all das, was man auf einem Bauernhof nicht so leicht selbst herstellen konnte. Sie packte den Korb mit dem Frühstück für den Burgunder fester und drängte sich durch die Menge der Bauern und Händler. Eigentlich sollte sie sich frei fühlen, denn der Tübinger hatte Esslingen heute früh Hals über Kopf verlassen, um nach Hause zu reiten. Weil sein Vater krank geworden war, hatte er gesagt. Lena vermutete aber, dass ihm die Konkurrenz mit Lionel Jourdain auf den Magen geschlagen war. Doch anstatt zu springen und zu tanzen vor Freude, lag ihr der gestrige Abend auf der Seele wie ein dunkler Traum. Sie hatte Valentin den Laufpass gegeben. Der Schnitt zwischen ihnen war nicht mehr zu kitten, das wusste sie. Lena hatte nie zuvor jemandem bewusst weh getan und erstickte jetzt beinahe an ihren Schuldgefühlen. Entschlossen schob sie die Erinnerung an das Gespräch mit ihrem Freund beiseite und konzentrierte sich auf ihr Vorhaben. Es war nicht weit von der Webergasse bis zur Franziskanerkirche am Holzmarkt.

Freundlich grüßte sie einen der Mönche, der ihr aus dem offenen Portal entgegentrat, durchschritt das hohe, stolze Langhaus und stand schließlich im Chor.

Weit oben unter der Gewölbekappe balancierte Lionel Jourdain auf dem Gerüst vor dem zentralen Spitzbogenfenster und nahm das Maß jedes einzelnen Abschnitts auf. Der Chor der Kirche war vor etwa fünfzig Jahren mit Ornamentfenstern voller Vögel und Teppichmustern verglast worden, die Lena schon als Kind sehr geliebt hatte. Eigentlich wären die einfachen Motive aus der Natur der Armut der Franziskaner angemessener gewesen, aber Prior Johannes hatte sich anders entschieden. Heute strömte das Licht fast ungefiltert in den Chor aus hellem Stein, Licht, das bald von den bunten Farben der neuen Glasfenster gebrochen werden würde, die den Menschen das Leben Jesu näherbringen sollten.

»Meister Lionel.« Der Raum trug Lenas Stimme bis hoch zum Gewölbe. Behände schwang sich der Glasmaler die Leiter herunter und stand plötzlich vor ihr. Lena wurde so verlegen, dass sie beinahe den Korb fallen ließ, um ihre Hände in den Schürzentaschen zu verstecken.

»Oh, Frühstück.« Er rieb sich die Hände. »Könnt Ihr Gedanken lesen?«

Über so viel Begeisterung musste Lena beinahe schon wieder lachen.

»Lasst sehen, was Ihr mitgebracht habt.« Er hob das Tuch an, mit dem Martha den Korb abgedeckt hatte. »Brot, Wein, Hühnchenschenkel, ein paar Äpfel, süße Krapfen.«

Er schüttelte in gespieltem Tadel den Kopf. »Wollt Ihr mich mästen, damit ich vom Gerüst falle wie ein fettgefressener Ochse und Euer Verlobter doch noch den Auftrag einheimst?«

Entrüstet verzog Lena die Mundwinkel auf, aber er schob sie in aller Ruhe zum Chorgestühl.

»Esst mit mir, Madeleine, dann schmeckt mir das Frühstück noch mal so gut.«

»Sollten wir wirklich in einer Kirche essen?«, flüsterte sie und biss in einen Apfel.

Lionel grinste und nahm sich einen Hühnchenschenkel. »Nun, normalerweise ist das Chorgestühl dafür ein zu frommer Ort, aber jetzt ist hier eine Baustelle, die den Handwerkern gehört. Da gelten zumindest zeitweise andere Regeln.«

Hungrig machte er sich über den Schenkel her.

»Schließlich habe ich es eilig. Prior Johannes will, dass das Fenster mit seinen fünfundvierzig Scheiben bis Martini fertig wird.«

Lena verschluckte sich und hustete. »Wirklich?«, fragte sie dann. »Und das könnt Ihr schaffen?«

Sie zählte nach. Wenn der fremde Glasmaler fertig werden wollte, musste er die Nächte durcharbeiten, vor allem, wenn ihm aufging, dass es in der Werkstatt kaum helfende Hände gab. Ihr Vater sah zu schlecht, und ihr Bräutigam hatte seine Gründe, dem Burgunder nicht zur Hand zu gehen, und würde ihr jede Einmischung verbieten.

»Ich muss, denn dann kommt der König und wird mit seiner Entourage im Kloster logieren.«

»Und das ist sicher?«

»Ich denke doch. Ludwig der Bayer hat Freunde im

Orden der Franziskaner. Und Prior Johannes kennt ihn schon persönlich.«

In diesem Moment betrat dieser den Chor in Begleitung eines Fremden. Der Mann war groß und kräftig, elegant gekleidet und trug sein schwarzes Haar schulterlang. Lena schluckte schnell das letzte Stück Apfel herunter und konnte gerade noch verhindern, dass es ihr in den falschen Hals geriet. Sie kannte den Fremden, der sich mit spöttischer Galanterie vor ihr verbeugte. Es war der Gleiche, den sie auf dem Rückweg von Renata in Begleitung seiner Gefolgsleute getroffen hatte. Der, der die Hand über seine Kehle gezogen hatte.

»Darf ich vorstellen.« Prior Johannes deutete auf Lionel. »Meister Jourdain aus Burgund. Er hat auf der Isle de France die Glasmalerkunst erlernt und ist mit der Neugestaltung des zentralen Chorfensters beauftragt. Es soll bis zum Besuch des Königs fertig werden.«

»Beeindruckend!«

Die Männer schüttelten sich die Hand.

»Ritter Raban von Roteneck ist im Auftrag von König Ludwig hier«, sagte der Guardian. »Er inspiziert die Gästequartiere, die ich für den König vorgesehen habe. Eine Kirche mit einer würdigen Ausstattung darf da nicht fehlen.« Das würde sein grimmiger Infirmarius sicher anders sehen, dachte Lena.

Zufrieden rieb sich der Prior die Hände. »Und wen haben wir da? Meister Heinrich Luginslands hübsches Töchterlein, Jungfer Lena.«

»Wir hatten schon die Ehre«, sagte der Ritter, und Lena spürte, wie sie knallrot wurde. Der Bote des Königs hatte seltsame Manieren.

»Ja, wirklich.« Höflich wandte er sich an den Prior. »Die Kirche bietet mit ihrem großen Chor und dem ausladenden Langhaus einen guten Rahmen für einen gemeinsamen Gottesdienst.« Aufgeregt fasste der Prior den Ritter am Ärmel und zog ihn zur Sakramentsnische, in der sich Kelch und Monstranz befanden.

»Auch die Messgefäße sind Gottes Gegenwart angemessen«, sagte er. »Gerade so, wie es auch der heilige Franziskus gefordert hat. Gottes Herrlichkeit spiegelt sich in Gold, Edelsteinen und schönen Räumen, in denen die Künstler auf seine Schöpferkraft hinweisen.«

Vertieft in ihr angeregtes Gespräch, verließen die beiden den Chor.

Gutgelaunt spülte Lionel den letzten Bissen Brot mit einem großen Schluck Wein hinunter und ging dann wieder an die Arbeit. Er kletterte die Leiter zum Gerüst hinauf, flink und vollkommen schwindelfrei. Lena blieb unschlüssig im Chorgestühl sitzen.

»Ihr könntet mir helfen, Madeleine.« Der Schall verdoppelte ihren Namen. »Dann geht das Messen schneller.«

Zögernd stand Lena auf und putzte sich die klebrigen Hände an der Schürze ab. In Lionels Gegenwart fühlte sie sich linkisch und ungeschickt, aber gehen wollte sie trotzdem nicht so schnell. Er heiterte sie auf. Langsam und vorsichtig machte sie sich auf dem werkstatteigenen Gerüst an den Aufstieg. Auf einer der oberen Ebenen hatte sie noch nie gestanden. Zum letzten Mal hatte die Werkstatt das große Gerüst für die Ergänzungen der Glasmalereien in der Stadtkirche St. Dionys aufgebaut. Da hatte Großvater Lambert noch gelebt, der vor über fünfzig Jahren als junger Mann aus Speyer nach Esslingen gekommen war. Lena wusste, wie sehr der Alte seinem Sohn in der Stadtkirche auf die Finger geschaut, wie nichts seinen Vorstellungen von Perfektion entsprochen hatte. Die Verglasung des Hochchors war Männersache gewesen, doch jetzt war ihr Vater selbst ein alter Meister und konnte bald nicht mehr arbeiten. Einen Moment lang fragte sie sich, was Großvater Lambert sagen würde, wenn er wüsste, dass sie schon seit drei Jahren für die Bemalung der Scheiben zuständig war. Aber jetzt konzentrierte sie sich lieber auf den Aufstieg. Die Leitern zwischen den verschiedenen Ebenen des Gerüsts waren schmal und steil, und Lena fürchtete sich vor der zunehmenden Höhe. Der Apfel in ihrem Magen rumorte unangenehm. Umso mehr triumphierte sie, als sie oben angekommen war. Leicht schwindlig schaute sie von ihrem Platz hoch oben unter der Gewölbekappe nach unten, wo der Altar, das Chorgestühl, Taufstein und Ambo plötzlich winzig aussahen.

»Uff!« Sie wischte sich eine rote Haarsträhne aus der Stirn und steckte sie hinters Ohr.

»Ihr seid mutig.« Lionel schüttelte lachend den Kopf. »Die meisten Mädchen wären zu zimperlich, um mir nachzusteigen.«

»Oh!« Lenas Wangen brannten. Das war ganz schön doppeldeutig.

»Nein, schon gut! Ich kann Eure Hilfe wirklich gut gebrauchen. Und Ihr kommt auf andere Gedanken.«

Lenas Gesicht wurde noch heißer. Er glaubte doch tatsächlich, dass sie dem vorübergehend verschwundenen Tübinger nachtrauerte. Schweigend machte sie sich an die Arbeit und hielt ihm das Winkeleisen, mit dem er die Maße von den einzelnen Scheiben abnahm und diese dann auf eine Holzplatte kritzelte. Die Zahlenwerte sagten ihr nichts. Er schrieb sie nicht in den römischen Strichen und Ecken auf, sondern in runden Gebilden, die den Buchstaben recht ähnlich sahen. »Arabische Zahlen«, meinte er. »Die machen das Rechnen erheblich einfacher.«

»Aha!«, sagte Lena verständnislos. »Schreiben könnt Ihr auch?«

»Natürlich!«

»Wo habt Ihr es gelernt?«

»Schaut euch um! In einem Kloster wie diesem.«

»Ich kann auch lesen. Schreiben nicht so gut, aber ein bisschen. Kilian hat es mir beigebracht.«

»Was, der übereifrige Novize? Na, dann wird sich Euer Tübinger aber freuen. Oder mag er lieber Frauen, die so dumm sind wie er selbst?«

Entrüstet wollte Lena etwas erwidern, sah dann jedoch den Schalk in seinen Augen und prustete los. »Er weiß es noch gar nicht«, gab sie schließlich zu.

»Und das sollte auch besser noch eine Weile so bleiben. Vorsicht!«, eine große Hand legte sich auf ihren Rücken. »Fallt nicht vom Gerüst!«

Sie arbeiteten gemeinsam, bis die Sonne hoch am Himmel stand. Schon lange hatte Lena nicht mehr so viel Spaß gehabt. Überlegt und genau nahm der Burgunder Maß, so effektiv und schnell, dass sie bald Ebene für Ebene und Fensterreihe für Fensterreihe abgemessen hatten.

»Ihr liebt Eure Arbeit«, stellte sie fest.

»Merkt man das?« Verwundert richtete er sich auf. »Nun, Glasfenster fangen das Licht ein, das dürfte Euch als Glasertochter doch klar sein. Es ist eine reine Freude, sie zu erschaffen.«

»Natürlich!« Sie nickte.

»Sie sind geronnener Geist.«

»Mein Großvater hat immer gesagt, sie sind ein Stück von Gottes Licht. Aber ich glaube, dass sie vielleicht auch ein Stück der Seele des Glasmalers in sich tragen«, flüsterte sie. »Ein klitzekleines. Und darum ist ein Glasmaler ein Himmelsmaler.«

Im selben Moment schämte sie sich der Kühnheit, mit der sie immer ihre Gedanken aussprach. Er blickte auf sie herunter, und über die offenen braunen Augen zog sich ein Schleier wie eine Tür, die sich ganz plötzlich schloss.

10

In diesem Moment öffnete sich eine Pforte, und die Mönche zogen in einer langen Reihe singend zum Stundengebet ein. Lena und Lionel unterbrachen ihre Arbeit und warteten die Gebetszeit in der Sakristei ab, die nahe genug lag, um die lateinischen Psalmen mit ihrem Frage- und Antwortgesang zu hören. Danach richtete Prior Johannes eine Ansprache an seine Mönche. Mühelos drangen seine Worte durch die Tür, bei deren Inhalt es Lena eiskalt wurde.

»Etwas Unfassbares ist heute in der Stadt geschehen«, sagte er. »Gerade eben habe ich es erfahren. Ein Mann Gottes wurde mitten aus dem Leben gerissen. Lasst uns beten für unseren verstorbenen Bruder, Pater Ulrich von Teck. Verdienstvoll war er und voller Demut, ein Vorbild für uns alle.«

Lionel neben ihr schnaubte.

»Der Herr sei seiner Seele gnädig.«

»Amen«, antworteten die Mönche.

»Lasst uns hoffen, dass man seinen Mörder bald finde«, schloss der Prior.

Lena schlug die Hand vor den Mund. »Aber ...«

Sie drehte sich zu Lionel um, der so grau geworden war wie die Steinwand in seinem Rücken. »Aber er hat doch gestern noch gelebt«, flüsterte sie. »Er hat sogar gepredigt, hier vor der Kirche ...«

»Man kann sehr schnell vom Leben zum Tode kommen«, sagte Lionel ausdruckslos. »Schneller, als man denkt.«

Geschockt ließ sich Lena auf einen Holzschemel fallen. Lionel starrte die Wand an. Wie erstarrt warteten sie, bis die Mönche in einer langen Prozession die Kirche verlassen hatten.

»Wir müssen nur noch aufräumen«, sagte Lionel schließlich und ging ihr voraus in den Chor, wo sie Bruder Thomas trafen.

»Ah, Meister Lionel, ich habe auf Euch gewartet. Und das hier ist, wie war noch Euer Name?«

»Lena«, flüsterte sie. »Was ist geschehen?«

Er blickte sie mit seinen kühlen, grauen Augen abschätzend an. »Der Mord erschüttert ganz Esslingen ... Kein Wunder, dass Ihr außer Euch seid.«

Sie folgte ihm in die Sakristei. Lionel Jourdain blieb im Chor der Kirche und räumte in aller Ruhe sein Werkzeug zusammen, als würde ihn der Tod des Dominikaners gar nicht betreffen.

»Man hat Bruder Ulrich heute Morgen am Ufer des Neckarnebenarms gefunden. Seine Leiche lag auf den Stufen zum Wasser.« Thomas strich sich durch den grauen Bart. »Er war ein Eiferer, einer, der seine Sicht der Dinge allen anderen aufzwingen wollte. Aber dennoch – das hat er nicht verdient.«

»Meint Ihr?« Lionel stand in der Tür und hatte seine Hand lässig an das obere Rahmenholz gelegt.

»Aber wer ist imstande, so etwas zu tun?«, fragte Lena.

»Fragt lieber nicht, wer es getan hat, sondern warum es geschehen ist«, sagte der Burgunder leise.

»Aber die Frage nach dem Schuldigen ist schon geklärt«, sagte Bruder Thomas. »Es war der junge Valentin Murner, der Steinmetzlehrling, der gestern bei Eurem Va...«

Das Blut in Lenas Kopf rauschte lauter als ein Gewitterregen. Mit einem Schlag sackte es in ihre Beine und hinterließ nichts als schwarze Leere. Sie erwachte auf dem kalten Steinboden der Sakristei, die Füße auf einem Schemel hochgelegt.

»Nun macht schon!«, drängte der Arzt. Aus dem Augenwinkel sah Lena, wie der Burgunder den Rest Wein aus ihrem Krug in einen der mitgebrachten Becher goss und Bruder Thomas reichte.

»Trinkt!«, befahl dieser, half ihr, sich aufzusetzen und hielt ihr den Becher an den Mund. »Aber langsam und vorsichtig.«

Trotzdem geriet ihr der Wein in den falschen Hals, und sie hustete sich fast die Seele aus dem Leib. Bruder Thomas klopfte ihr sanft den Rücken, bis es ihr wieder besserging. Unsicher schaute sie sich um, schob sich hoch und ließ sich auf einen der hölzernen Stühle fallen. Valentin, ein Mörder? Nein, das konnte nicht sein.

»Verständlich, dass die Nerven mit Euch durchgehen, Jungfer Lena«, sagte der Franziskaner. »Den jungen Mann zu kennen, der des Mordes verdächtigt wird, das scheint mir noch härter, als von dem Mord selbst zu erfahren.«

Lena schüttelte den Kopf. Zwischen ihren Augen erschien eine eigensinnige Falte.

»Nie und nimmer hat Valentin Pater Ulrich umgebracht.«

»Weshalb seid Ihr Euch da so sicher?«, fragte Meister Lionel. »Oder wisst Ihr, was der Junge die ganze Nacht über getrieben hat, jede Minute lang?«

Zornig funkelte sie den Burgunder an. »Valentin ist mein Freund, und er bringt keine Leute um. Das tut er einfach

nicht.« Sie schnappte sich den Korb und wollte gehen.
»Wartet!«, rief Bruder Thomas. »Vielleicht habt Ihr ja recht.«

Sie drehte sich um und sah den Franziskaner abwartend an.

»Man hat den Jungen bei der Leiche gefunden, frühmorgens. Er ist dann geflohen. Niemand weiß, wo er ist.« Er schüttelte den Kopf. »Aber einen plausiblen Grund, Bruder Ulrich zu töten, hat er sicher nicht gehabt.«

Lionel zielte auf einen Eimer und warf mit einer nachlässigen Geste den Hammer hinein. »Seltsam, ich kenne hundert Leute, die einen Grund gehabt hätten, Frère Mort umzubringen, und ausgerechnet diesem Jungen, der keinen hat, gelingt es.«

»Frère was?«, fragte Lena.

»Bruder Tod«, sagte Lionel Jourdain beiläufig. »Grund hin oder her. Wenn das Kirchengericht einen Verdächtigen hat, richtet es ihn, egal, ob er schuldig ist oder nicht.«

In Lenas Augen traten Tränen.

»Nun.« Der Arzt stand auf und zog seine Kutte gerade. »Wenn der Junge wirklich unschuldig ist, sollten wir uns beeilen.«

Lionel sah ihn überrascht an. »Beeilen – womit?«

»Wir sollten den Toten in Augenschein nehmen, bevor man ihn begräbt. Sehr lange kann das bei diesem Wetter nicht dauern.«

Lena blieb der Mund offen stehen, und selbst Lionel fiel nichts mehr ein.

»Nun«, sagte der Franziskaner geduldig. »Ihr habt gesehen, was ich bin. Ein Physicus, der in Ohnmacht gefallenen Jungfern die Füße hochlegt. Ein studierter Doktor der

Medizin, aber einer, der im Laufe seines langen Lebens ein Arzt der Lebenden *und* der Toten gewesen ist.«

»Aber wozu brauchen die ....«

»Toten einen Arzt?« Der Franziskaner lachte bitter. »*Mortui vivas docent*. Die Toten erzählen einem manchmal selbst, wer ihr Mörder war. Man muss ihre Sprache nur verstehen.«

Lionel schüttelte den Kopf. »Ich fass es nicht. Ein Arzt der Toten.«

Er öffnete die Tür und verbeugte sich spöttisch. »Also lasst uns gehen und Frère Mort einen allerletzten Besuch abstatten!«

Voller Tatendrang drängte sich Lena durch die schmale Tür der Sakristei auf die Straße. Valentins Unschuld musste bewiesen werden, bevor es zu spät war.

Die schlechte Nachricht hatte sich in Windeseile verbreitet. Überall standen die Leute in Gruppen zusammen und diskutierten über den brutalen Mord. Und immer wieder hörte Lena Valentins Namen. »Ein Mörder, dahergelaufen, ohne Vater.« Beim »Speyrer Gesindel« zuckte sie zusammen und verbarg sich im Schatten des Burgunders, der ihnen mit stoischer Gelassenheit den Weg bahnte.

Sie mussten quer durch die ganze Stadt. Das Dominikanerkloster lag am anderen Ende, in Richtung des Mettinger Tors, hinter dem Esslinger Spital mit seiner Vielzahl von Gebäuden. Ganz nahe war die Baustelle der Liebfrauenkapelle, auf der Meister Heinrich heute vergeblich auf seinen Lehrling gewartet hatte.

»Sie werden ihn in der Sakristei aufgebahrt haben«, murmelte Thomas vor sich hin, während sie die Kirche betraten. Anders als das Gotteshaus der Franziskaner war die Kirche der Predigerbrüder nicht so hoch, dafür aber durch zwei schwungvolle Arkadenbögen zu den Seitenschiffen hin gegliedert. In schöner Regelmäßigkeit reihten sich die Joche bis zum Chorraum auf.

»Wie in Straßburg«, sagte Lionel anerkennend, während Bruder Thomas auf die Sakristei zusteuerte und die Tür aufschob. Lena hielt den Atem an. Was würde der Anblick des Toten dem Arzt verraten?

Sie hatten Pater Ulrich unter dem Kreuz aufgebahrt. Rund um den Toten flackerten Kerzen im Luftzug. Drei junge Mönche im schwarzweißen Habit der Dominikaner hielten die Totenwache und drehten sich missbilligend nach ihnen um. Einer von ihnen erhob sich. Es war Kilian.

»Was wollt Ihr?«, fragte er ungehalten.

»Wir wollen meinem toten Bruder im Herrn die letzte Ehre erweisen«, erklärte der Franziskaner ungerührt und näherte sich Pater Ulrich, während sich seine Lippen im Gebet bewegten. Über dem Toten schlug er das Kreuzzeichen. Von plötzlicher Scheu erfüllt blieb Lena in der Tür stehen. Der Burgunder versperrte hinter ihr den Durchgang. Lena sah den Toten im Profil, die eingefallenen Wangen, seine spitze, schmale Nase, das vorstehende Kinn, die hohe, knochige Stirn. Er sah fast aus, als schliefe er. Doch dann fiel ihr der Schnitt an seiner Kehle auf, die blutige Spur, die sich quer über seinen Hals zog, als hätte ihm jemand ein Halsband aus dunklen Rubinen umgelegt. Ihre Beine gaben nach, sie stolperte gegen Lionel, der sie geistesgegenwärtig am Arm fasste und zwischen die Arkaden ins Langhaus der Kirche zog.

»Lasst Bruder Thomas seine Arbeit tun«, sagte er eindringlich. »Wir stören da drinnen nur.« Kalter Schweiß trat auf Lenas Stirn. Die Luft in der Kirche war von der Hitze der vergangenen Tage stickig und schwül. Ein Priester feierte an einem der Seitenaltäre die Liturgie und schwenkte ein muffig riechendes Weihrauchfass, das ihre Übelkeit verstärkte.

»Versucht, Euch zu beherrschen«, sagte Lionel eindringlich.

Die Minuten erschienen Lena zwar wie Stunden, aber schließlich kam Bruder Thomas doch aus der Sakristei. Nachdenklich runzelte er die Stirn und ging ihnen voran an die frische Luft, die Lena gierig einsog. Nur langsam verschwand das Gefühl, gefangen zu sein.

»Nun«, sagte der Arzt schließlich und musterte sie nachdenklich. »Ihr könntet recht haben.«

Triumphierend richtete Lena ihre Augen auf Lionel, der Valentin einen Mord locker zugetraut hätte.

»Warum?«, fragte der.

»Ihr habt sicher gesehen, woran Bruder Ulrich gestorben ist.«

Lena nickte, während ihr ein eiskalter Schauder über den Rücken fuhr. »Man hat ihm die Kehle durchgeschnitten.«

»Dem Opfer den Atem abzuschneiden, ist keine sehr erfreuliche, aber immer eine sehr wirkungsvolle Mordmethode. Zudem erstickt es an seinem eigenen Blut, das reichlich geflossen sein müsste.«

Lenas Magen machte einen unangenehmen Satz an ihre Kehle. »Aber wer tut so etwas?«

»Ein Fachmann.« Der Franziskaner wandte sich Lionel zu. »Der Mörder des Predigers Ulrich von Teck versteht sein Geschäft und den Umgang mit dem Messer. Er hat sicher nicht zum ersten Mal auf diese Weise getötet. Und er hat das Opfer mit Absicht überwältigt, um ihm das anzutun. Zielgerichtet. Könnten diese Erkenntnisse auf den jungen Valentin zutreffen, Jungfer Lena?«

Sprachlos schüttelte sie den Kopf.

»Er könnte den Dominikaner vielleicht im Affekt getötet haben, aber dann hätte er das Messer anders geführt, und mehrmals auf seinen Torso eingestochen. Da das nicht der Fall ist, ist er es mit großer Wahrscheinlichkeit nicht gewesen«.

Lena atmete tief durch, ein Stein fiel ihr vom Herzen. »Dann müssen wir das so schnell wie möglich beweisen.«

»Dafür ist es zu spät.« In der Seitentür zur Kirche stand Kilian. Hinter ihm lag das Langhaus mit seinen klaren Arkaden im Halbdunkeln, die Welt der Denker und Theologen, zu der er nun gehörte. In seinen Augen stand ein merkwürdiger Ausdruck. Fast hätte Lena ihn für Verzweiflung gehalten.

»Valentin war es nicht, das hörst du doch«, rief Lena gereizt, aber er schüttelte nur den Kopf.

Immer taten alle so, als sei sie schwer von Begriff!

Zu allem Überfluss wandte sich der Novize jetzt ausschließlich an die Männer. Voll hilflosem Zorn stampfte sie mit dem Fuß auf.

»Das Kirchengericht hat sich auf Valentin als Mörder versteift. Und morgen früh treffen die Gefolgsleute des Herzogs von Teck ein und wollen Blut sehen, denn Pater Ulrich war ein Onkel ihres Lehnsherrn.«

Bruder Thomas pfiff leise durch die Zähne. So mancher Bürgerliche war nach dem Ort benannt, in dem er geboren war. Aber manchmal sagte so ein Name eben doch mehr aus und wies auf ein altehrwürdiges Adelsgeschlecht hin.

Als Verwandtem des Herzogs stand Ulrich zu, dass man sich bemühte, den Mord an ihm aufzuklären. Das machte Valentins Lage nicht gerade besser.

»Dann muss man Valentins Unschuld eben erst recht beweisen«, sagte Lena trotzig.

II

Tief innen hatte das Feuer einen blauen Kern, doch rund herum war es so weiß wie das Nichts. Sie standen in der kleinen Esslinger Glasbläserei auf dem Schurwald, die seit knapp fünfzig Jahren in Betrieb war. Hier, mitten im Wald, fand sich genügend Holz für die Feuer, die sie brauchten, um die Gläser für die Esslinger Kirchen zu blasen. Und es war weit genug weg, um die Brandgefahr in der Stadt nicht zu erhöhen.

Die Grundstoffe, Quarzsand und Pottasche, wurden mühsam auf die Höhen weit über dem Neckartal geschafft. Lionel hätte seine Gläser auch in den großen Glashütten in Uhingen und Adelberg herstellen lassen können, aber was er konnte, erledigte er gerne selbst. Er schaute sich nach dem Schmelzmeister um, der ihm kurz zunickte, nahm das Blasrohr mit dem unförmigen Klumpen und steckte es mitten in die Flammen. Mit der Sicherheit eines Schlafwandlers wusste er, wie viel Luft aus dem mit Kupferoxid gefärbten Grundstoff ein dunkelrotes Glas in passender Stärke machen würde, und blies genau diesen Luftstrom hinein. Die Hitze versengte ihm die Kehle, und der Schweiß lief ihm in salzigen Tropfen übers Gesicht. Er formte eine brennend heiße Blase, die immer größer wurde, wie das Herz eines lebendigen Wesens voller sanft pulsierender Blutadern. Als es bereit war, zog er es aus dem Feuer, schwenkte es, bis eine flache Scheibe Mondglas entstand und legte es zum Abkühlen auf eine Steinplatte. Dann zog er das Blasrohr vorsichtig heraus, so dass in der Mitte ein erhabener Glasknopf zurückblieb. Kundig prüfte Meister Luginsland die Farbe und Konsistenz der Scheibe und nickte dann. Lionel war schon mehrmals aufgefallen, wie nah der alte Meister den Gegenständen kommen musste, die er betrachten wollte. Er würde nicht mehr lange arbeiten können. Kein Wunder, dass sie da versuchten, den Tübinger Glasmaler an die Werkstatt zu binden. Das Mädchen hatte atemlos gewartet, bis das Glas fertig war, und legte ihre Hand nun über die ihres Vaters.

»Ist es gut geworden?«, flüsterte sie und strich ihre verschwitzten Haare hinter die Ohren.

»Meisterlich«, murmelte der Alte.

Perfektion war für Lionel nichts Besonderes. Während er das blaue Glas vorbereitete, dessen Grundstoff er Kobaltoxid zusetzte, sah er ihre Haare im Schein des Feuers glänzen – Feuerschlangen, wie die Flammen im Ofen. Madeleine war so schön, dass sie auch am Hofe des Königs bestehen konnte, und sie hatte Persönlichkeit. Doch diese Kleinstädter wollten sie an einen nichtsnutzigen Gecken verscherbeln. Welche Verschwendung! Jetzt hob sie die Hand, strich sich mit einer schnellen Geste die Haare hinter die Ohren und lächelte ihn an, verschmitzt, warm und offenherzig. Es war also tatsächlich wahr! Diese junge Frau kratzte an dem Panzer, den er nach Joëlles Tod rund um sein Herz gelegt hatte. Jahrelang hatte er wie besessen gearbeitet, hatte die Welt bereist und Glasfenster von vollkommener Schönheit erschaffen, so oft und so lange, bis er sein Handwerk ohne nachzudenken beherrschte. Er hatte gelacht, getanzt, hin und wieder mit einer Hure geschlafen und seinen Wein mit so manchem Fürsten geteilt. Doch alle, die dachten, dass er den Tod seiner Frau überwunden hatte, irrten sich. Er war ein wandelnder Toter mit geschickten Händen, das Reisen eine einzige Flucht vor sich selbst. Aber jetzt war Frère Mort tot, und vielleicht würde Joèlles Seele endlich Frieden finden und er selbst ein neues Leben.

Das blaue Mondglas war dunkel und schwer wie der Abendhimmel und fast so undurchsichtig. Doch gerade deshalb würden die Scheiben der Franziskanerkirche strahlen wie ein sonniger Tag im Frühherbst, wenn der Tau unter dunkelblauem Himmel auf goldgrünen Weinblättern liegt, die den Sommer getrunken hatten.

»Sagt, Meister Lionel.« Ihre Stimme war so hell wie eine Glocke. »Wann werdet Ihr die gelben Gläser blasen?«

Er lächelte, hatte die Frage halb erwartet. »Jetzt«, sagte er und setzte die Eisenmischung an. Aber das war nicht alles. Um das Gelb rankte sich ein Geheimnis, das er ihr offenbaren würde, wenn die Zeit dafür reif war.

12

Lena trat auf den Hof hinaus, über dem die Sonne sich langsam nach Westen senkte. Der Platz, kahlgeschlagen mitten im Buchenwald, bildete ein großes Rund um die Glashütte, aus der ein langer Schornstein ragte.

Nach der Hitze in der Nähe des Ofens erschien es ihr hier draußen frisch und windig. Sie waren hoch über der Stadt im Schurwald, der den Menschen mit seinen Mischwäldern einen bescheidenen Lebensunterhalt als Köhler und Holzfäller ermöglichte. Lena, Meister Heinrich und Lionel Jourdain hatten fast den gesamten Vormittag für den Aufstieg aus dem Neckartal gebraucht. Nachdem die Gläser für den ersten Schwung Fenster nun geblasen waren, würden sie sich beeilen müssen, um noch durchs Stadttor zu kommen. Sie seufzte und fuhr sich mit den Händen durch die Haare. Valentin war noch immer verschwunden. Seine Mutter Ruth, die als Augustinerlaienschwester im Spital arbeitete, sorgte sich fast zu Tode um ihn. Lena hatte sie erst gestern gefragt, ob sie wusste, wo er sich versteckt halten könnte, aber sie hatte keine Ahnung – genauso wenig wie Meister Heinrich Parler und seine Steinmetze. In den Zunfthäusern, bei den Pächtern der Weinberge und in den Pfleghöfen der Klöster hatte sie auch schon nachgefragt. Entmutigt steckte sie die Hände in die Schürzentaschen. Die ganze Stadt hatte sie nach Valentin abgesucht und keine Spur von ihm gefunden.

Nur wenn sie Lionel bei seiner Arbeit beobachtete,

einen Meister seiner Kunst, schnell, perfekt und effektiv, vergaß sie, dass sie die Schuld an Valentins Schicksal trug. Denn wenn sie ihm nicht den Laufpass gegeben hätte, wäre er Pater Ulrichs wirklichem Mörder niemals in die Quere gekommen.

Der Sommer stand mitten in seiner ganzen Fülle. Lena ging zum Waldrand hinüber und setzte sich ins Gras, wo hinter einem schmalen Buschbewuchs die Bäume begannen, die sich über die Hügel des Schurwalds bis zum Remstal hinzogen, Buchen, Eichen und Tannen dicht an dicht. Eine Windböe drückte den Qualm vom Schornstein auf den gerodeten Platz herunter und ließ einen Ascheregen auf Lena niedergehen. Sie pflückte eine kleine lila Blume, deren Namen sie nicht kannte, und hielt sie an die Nase. Ihr Duft war zu zart, um den Geruch nach Rauch zu vertreiben, den sie immer noch an sich hatte. Seufzend stand sie auf und klopfte sich die weißlichen Flocken vom Rock. Martha würde schimpfen, denn schon wieder musste eine von ihnen an den Waschtrog.

In diesem Moment trat ihr Vater mit Lionel und dem Schmelzmeister vor die Tür. Die gelben Gläser waren fertig und würden mit dem Rest der Bestellung morgen in Esslingen eintreffen. Zu dritt machten sie sich an den Abstieg und durchquerten dabei die Dörfer Liebersbronn, Hegensberg und das kleine St. Bernhardt. Doch am Stadttor erwartete sie eine böse Überraschung. Kaum waren sie hindurch, traten zwei Bewaffnete auf sie zu. Einer der beiden führte Meister Heinrich am Arm zur Seite und sprach hastig auf ihn ein. Der Zweite war so riesig, dass sein Pferd sicher unter ihm zusammenbrach, wenn er sich draufsetzte. Er gaffte Lena so ungeniert an, dass sie sich hinter

Lionel verbarg. Was wollten die hier? Als ihr Vater sich wieder zu ihnen gesellte, trat Lena mit fragenden Augen an ihn heran.

»Wir müssen schnell heim.« Heinrich Luginsland sah müde aus. Sein Gesicht wirkte eingefallen und grau. »Ein Gefolgsmann des Herzogs von Teck sitzt in der Stube und wartet auf uns. Das da sind seine Leute.« Der Riese stieg auf ein ebenso riesiges Pferd, das er im Schritt neben ihnen hergehen ließ.

O weh, das wurde ja immer besser! Die Männer des Herzogs von Teck durchstöberten die ganze Stadt und drehten auf der Suche nach Valentin jeden Stein um. Und jetzt waren sie sogar zur Glasmalerwerkstatt gekommen, um sie – Lena – zu befragen. Verflixt! Ihr Herz klopfte, als sie den Männern durch die Stadt nach Hause folgten. Die Händler, die am Kornmarkt auf Kundschaft warteten, warfen Lena und ihrer Begleitung so manchen interessierten Blick zu.

»Mörderhure«, rief die alte Griet, die zwischen ihren Steigen mit Walderdbeeren saß. Diese zahnlose alte Hexe! Heinrich kreuzte die Finger gegen den bösen Blick und zog Lena am Ärmel voran. Als sie schließlich bei ihrem Haus ankamen, ging sie direkt in die Stube und band sich ein helles Tuch um die verschwitzten Haare. Mit dem abgestandenen Wasser in der Schüssel wusch sie sich schnell Gesicht und Hände.

Als sie im Gang vor der Tür zur Stube stand, war ihr Mund staubtrocken. Sie schluckte und drückte auf die Klinke, bevor der Mut sie ganz verließ. Einen Krug mit Weißwein vor sich, saß der fremde Ritter an der großen Tafel, an der vor nicht ganz einer Woche das Unheil seinen

Lauf genommen hatte. Er unterhielt sich entspannt mit ihrem Vater. Lena atmete durch. Vielleicht war ja doch nicht alles so schlimm, wie sie dachte.

»Da bist du ja, Lena.« Ihr Vater erhob sich. »Darf ich vorstellen? Herr Ritter Stefan von Hardenberg. Das ist meine Tochter Magdalena.«

Der Ritter, ein breit gebauter Mann mit blondem Bart und strengen Augen, erhob sich und musterte sie prüfend.

»Nun, Jungfer Magdalena. Ihr kennt sicher den Grund meines Besuchs«, begann er.

Lena nickte eingeschüchtert. »Es geht um Valentin.«

Der Ritter setzte sich wieder und bot auch ihr einen Stuhl an, auf dem sie sich zögernd niederließ.

»Als Gefolgsmann von Herzog Ludwig suche ich in seinem Auftrag nach dem Mörder seines Onkels. Um ihn dem Kirchengericht und damit seiner gerechten Strafe zu übergeben.«

»Aber …« Lena wollte ihm widersprechen, doch er ließ sie nicht ausreden. Seine blauen Augen waren plötzlich kalt wie Eis.

»Wisst Ihr, wo sich Valentin Murner aufhält?«

Sie schüttelte den Kopf. »Der Val …«

»Valentin Murner ist am Abend vor dem Tod des Dominikaners mit seinem Meister in meinem Haus gewesen«, unterbrach sie Heinrich Luginsland. »Doch nachdem das Programm für das Chorfenster in der Franziskanerkirche besprochen war, hat er es mit den anderen Gästen verlassen. Was dann geschah, kann Euch meine Tochter auch nicht sagen.«

Lena starrte auf ihre Hände, die sie im Schoß gefaltet hatte. Dann schaute sie auf, geradewegs in die kühlen blauen Augen des Ritters. »Wer Pater Ulrich von Teck ermordet hat, weiß ich nicht. Aber Valentin kann es nicht gewesen sein.«

Seine Augenbrauen hoben sich. Er schob seinen Stuhl zurück und legte seine Hände über dem Bauch zusammen. »Nun, Jungfer Lena, warum seid Ihr Euch dessen so gewiss?«

Lena spürte, wie ihre Wangen heiß wurden. »Weil ich den Valentin fast so lange kenne wie mich selbst.«

»Lena!« Ihr Vater legte seine Hand auf ihre.

»Ach tatsächlich.« Neugierig beugte Hardenberg sich vor. »Und wie war Euer Verhältnis zu ihm?«

»Herr Ritter von Hardenberg …«, warf Luginsland ein, doch der Fremde bedeutete ihm zu schweigen.

»Valentin und ich, wir waren Freunde.« Lena spürte, wie ihr Gesicht noch heißer wurde. »Wir haben als Kinder viel Zeit zusammen verbracht.«

»Seid ihr nicht vielleicht auf Dauer – nun wie soll ich es ausdrücken – etwas mehr füreinander geworden?«

Heinrich erhob sich und stützte sich schwer auf den Tisch. »Was unterstellt Ihr meiner Tochter da? Sie ist mit dem ehrenwerten Glasmalermeister Marx Anstetter aus Tübingen verlobt.«

Lena verstand ihren Vater. Wie schnell konnte ihr guter Ruf in Mitleidenschaft gezogen werden und ihre Mitgift ins Unermessliche steigen. Schweiß trat auf seine Stirn. Schwer atmend drückte er die Hand auf seine linke Seite und ließ sich wieder auf den Stuhl fallen.

Sie goss ihm etwas Wasser ein und schob den Becher über den Tisch. »Ich kann für mich selber sprechen.«

»Das bezweifle ich nicht«, sagte der Ritter spöttisch.

»Wenn Ihr meint, dass ich Valentins Buhle war, dann irrt Ihr Euch gewaltig.«

Jetzt wurde der Ritter knallrot, fast lila bei seiner hellen Hautfarbe. Na bitte!

»Wir waren Freunde und Vertraute«, fuhr Lena fort. »Aber in der letzten Zeit haben wir uns nicht mehr so oft gesehen.«

Das Gesicht des Fremden nahm langsam wieder seine normale blasse Färbung an. »Weil Ihr heiraten werdet.«

Lena nickte, und dann fasste sie einen schnellen Entschluss. »An dem Abend vor einer Woche hat Valentin mich aber gefragt, ob ich mit ihm die Stadt verlassen will.«

Ihr Vater starrte sie mit großen Augen an wie einen Geist. Ach was soll's, dachte Lena. Die Wahrheit würde so oder so ans Licht kommen. »Ich habe aber nein gesagt. Dann ist er gegangen.«

Nachdenklich ruhten die blauen Augen des fremden Ritters auf ihr. In ihm arbeitete es. »Ihr habt ihn also abgewiesen. Er war aufgewühlt, man könnte sogar sagen, ziemlich verzweifelt.«

»Wahrscheinlich.«

»Und nehmen wir mal an, er ist ziellos durch die Stadt gestreift und dabei zufällig dem Dominikaner begegnet. Warum kann er ihn dann nicht im Affekt erschlagen haben?«

Sie schüttelte den Kopf und sah dem fremden Ritter dabei fest in die Augen. »Warum sollte er das tun? Der Valentin bringt niemanden um. Und schon gar nicht ohne Grund. Das meint auch Bruder Thomas, der Infirmarius der Franziskaner. Er traut dem Valentin nicht zu, dass er jemandem so sauber die Kehle durchschneidet, wie man es bei Pater Ulrich getan hat.«

Der Ritter erhob sich und zog seinen Schwertgurt gerade.

»So«, sagte er. »Das meint Ihr also. Man hat ihn aber bei der Leiche gesehen. Also ist er der erste Verdächtige. Vielleicht hatte er einen Grund, den wir nur noch nicht kennen, um die Sache, nun ja, fachmännisch anzugehen.«

Er verbeugte sich fast ehrerbietig vor ihr. »Jungfer Magdalena, Meister Luginsland.« Dem Vater galt eine verständnisvolle Neigung des Kopfes. »Töchter … Es kostet Schweiß und Nerven, bis man sie als Jungfrauen unter die Haube gebracht hat. Zum Glück ist meine erst drei Jahre alt.«

Heinrich begleitete den Fremden in den Hof, und Lena blieb allein in der Stube zurück. Der Schweiß auf ihrem Rücken war plötzlich kalt. Wo steckte Valentin bloß? Klar, er hatte sich mitten in der Nacht in den Gassen herumgetrieben. Aber der Dominikaner auch. Gehörte der nicht um diese Zeit in seine Zelle? Ganz plötzlich fiel es Lena wie Schuppen von den Augen. Es gab ein Motiv für den Mord, doch keins für Valentin als den Mörder.

13

»Ich muss den Kilian sprechen.«

Der alte Bruder Pförtner des Dominikanerklosters beugte sich vor und legte die rechte Hand an sein Ohr. »Was?«

»Den Novizen Kilian. Den Schulmeister«, fügte sie ungeduldig hinzu.

Der Alte musterte sie vom Kopf, auf dem ihre unbändigen Haare sich inzwischen mit dem Tuch zu einem heillosen Durcheinander verknotet hatten, bis zu ihren Füßen, die in Holzpantinen steckten. »So!«

»Ja, unbedingt, bitte!« Valentin musste gefunden und seine Unschuld bewiesen werden. »Ich muss ihn etwas fragen.«

Die Sache war dringend und duldete keinen Aufschub. Lenas Augen füllten sich mit Tränen. »Bitte!«

»Wenn das so ist.« Unwillig erhob sich der Dominikaner und schlurfte zum Eingang der Konventsgebäude, die Lena nicht betreten durfte. Es dauerte eine Ewigkeit, aber schließlich kam der Alte mit Kilian im Schlepptau zurück. Als sie die steile Falte zwischen seinen Augenbrauen sah, wäre sie fast umgekehrt. Aber sie durfte sich von seiner Missbilligung nicht aufhalten lassen. Dazu war ihr Anliegen zu wichtig.

»Was willst du?«, fragte ihr alter Spielgefährte und sah sich nach allen Richtungen um. »Was meinst du, was sie mit mir machen, wenn sie mich mit dir hier draußen sehen?«

»Ich muss dich unbedingt sprechen«, drängte sie. »Es geht um Valentin.«

Kilian schaute sie einen Moment lang schweigend an, dann presste er die Lippen fest zusammen und ging ihr voraus in den Schatten der Kirche. Nahe am Chor gab es keinen Eingang, so dass sie ziemlich ungestört waren. Im Hintergrund lagen die Weinberge im goldenen Licht der Abendsonne.

»Weißt du, wo er steckt?«, fragte er sie kurz angebunden.

Lena schüttelte traurig den Kopf. Das Tuch löste sich endgültig und glitt ihr über die Schultern auf den Boden. Sie bückte sich, hob es auf und schüttelte den Staub aus.

»Also Lena«, begann er entrüstet. »Wenn du meinst, dass ich etwas von ihm gehört habe, dann irrst du dich aber gewaltig. Ich kriege hier kaum was mit von der Außenwelt, außer das, was mir die Bengels erzählen.«

Eine Gruppe Jakobspilger ritt in den Hof des Spitals ein, saß ab und übergab ihre Pferde an die Knechte der Augustinerbruderschaft, die die Spitalsherberge betrieb. Kilian drückte sich tiefer in die Nische zwischen Wand und Fenster.

»Ich will dich nicht nach Valentin fragen, sondern nach Pater Ulrich.«

Völlig perplex zog er die Augenbrauen hoch. »Was fällt dir ein? Pater Ulrich war nicht irgendwer. Er war einer der wichtigsten Bußprediger unseres Ordens.« Ganz kurz fasste er sie am Arm und ließ sie dann so plötzlich los, als hätte er sich verbrannt.

»Gerade deshalb. Kilian, du bist doch klug. Streng deinen Kopf an!«

»Das tue ich schon die ganze Zeit, ob du es glaubst oder nicht. Aber das Ganze ergibt keinen Sinn.«

»Nein, denn Valentin war es nicht. Aber ich frage mich

eins: Warum ist Pater Ulrich genau wie Valentin mitten in der Nacht in der Stadt herumgestreunt?«

Kilian wurde blass. »Keine Ahnung. Darüber habe ich mir auch schon Gedanken gemacht.«

Sie zog ihn an die Sandsteinwand heran. Noch gab sie die Wärme der Sonne ab. Es roch nach heißem Staub und einem Hundehaufen, um den Kilian einen großen Bogen machte.

»Pass auf. Ich frage dich jetzt etwas, und das wird dir sicher nicht gefallen.« Sie schaute ihm offen ins Gesicht. Einen Holzschuh streifte sie gedankenverloren ab, ihr Fuß, heiß und verschwitzt, glitt an ihrer Wade hoch und runter. Kilian schluckte.

»Nur zu«, sagte er heiser.

»Am Brunnen, da erzählt man sich, dass Pater Ulrich sich mit dem Prior gestritten hat.«

Kilian zog seine Brauen unwillig zusammen. »Weibergeschwätz.«

»Stimmt es oder stimmt es nicht?«

Er zögerte einen Moment zu lange.

»Also ist es wahr. Es ging um Wein, sagte Griet. Die kennst du doch noch. Die Tochter des Schuhmachers. Ihr trinkt zu viel, meinte Ulrich.«

Jetzt nickte er, obwohl er eigentlich nicht wollte. Lena registrierte es und fuhr zuletzt ihr schwerstes Geschütz auf. »Und es ging noch um etwas anderes.« Sie holte tief Luft und stieß die Worte dann so schnell hervor, dass sie heraus waren, bevor sie es bereuen konnte. »Pater Ulrich warf dem Prior vor, dass seine Mönche ins Haus an der Froschweide gehen.« Einen abgeschossenen Pfeil konnte man nicht wieder zurückholen. Kilian wurde erst so grau wie Asche und dann rotviolett, eine Farbe, von der sich Lena unwillkürlich vornahm, sie einmal in einem Glasbild zu verwenden.

»So etwas darfst du nicht einmal denken«, flüsterte er aufgebracht. »Und schon gar nicht aussprechen.«

»Aber wie sollen wir die Wahrheit sonst beweisen?«

Er schaute auf den Boden und schüttelte den Kopf. »Wer seine Gelübde nicht hält, verspielt seine unsterbliche Seele.«

»Die Mönche sind auch nur Menschen. Vielleicht hat Pater Ulrich ja jemanden in flagranti ertappen wollen und sich deshalb nachts in die Gassen gestohlen.«

Kilian schaute sie noch einmal an, schüttelte dann wieder den Kopf und ging zurück ins Kloster, ohne sich umzublicken.

»Aber eins ist doch klar«, rief Lena ihm hinterher. »Pater Ulrich wollte jemanden treffen. Und es war sicher nicht Valentin. Dieser Jemand hatte einen Grund, ihn umzubringen.«

Doch Kilian war schon durch die Klosterpforte geschlüpft und hörte sie nicht mehr.

Schwarz fiel der Schatten des Chors im blauen Licht des frühen Abends über den Platz. Dort, wo er am tiefsten war, stand der Jäger und hörte Lenas Worte wie klare Glockenschläge. »Dieser Jemand hatte einen Grund, ihn umzubringen.« O ja, den hatte er. Eine Gruppe Steinmetze kam von der Baustelle der Liebfrauenkapelle und freute sich über den Feierabend, den sie sicher im Wirtshaus verbringen wollten. Die jungen Männer grölten, schubsten einander und lachten, als einer stolperte. Seine Kapuze tief ins Gesicht gezogen, drückte sich der Jäger tiefer in den Schatten.

Unfassbar, das törichte kleine Mädchen hatte seine Fährte aufgenommen!

Ein milder Sommerabend senkte sich über Esslingen, als Lena müde und frustriert nach Hause ging.

»He, Lena, warte auf mich!«

Überrascht hob sie den Kopf und sah Rosi Rufle an der Ecke von Renatas Apotheke stehen und einen Haufen kleine Münzen zählen.

»Hast du was von Valentin gehört?«

Traurig schüttelte sie den Kopf. »Nein, ich weiß nicht, wo er sich verstecken könnte.« In den letzten Tagen hatte sie alle Gewölbe und Schlupfwinkel in der Stadt abgesucht. Keiner war ihr sicher genug erschienen, um von den Gefolgsleuten des Herzogs von Teck nicht entdeckt zu werden, und kein Mensch in der geschäftigen Stadt so vertrauenswürdig, dass er Valentin nicht verraten würde.

Rosi wartete auf Lena und begleitete sie. Vor einigen Jahren war sie ebenso wie Lena und Valentin ein Gassenkind gewesen, Teil der Bande wilder Bälger, die sich tagsüber um die Marktstände herumtrieben, hin und wieder einen Apfel stibitzten, die Reisenden mit Brunnenwasser bespritzten und abends viel zu spät nach Hause fanden. Bei Rosi, die sich zu einem hübschen Mädchen mit dunkelbraunen Locken entwickelt hatte, lagen nur die Gründe anders. Während Vater Luginsland damals zu wenig Zeit hatte, um sich um seine mutterlose Tochter zu kümmern, war Rosis Familie einfach zu groß, um sie ständig daheim zu versorgen, das Brot immer zu knapp für all die hungrigen Mäuler, die der Tagelöhner Hans Rufle und seine Frau in die Welt gesetzt hatten. Nur für eines war das Geld nie zu knapp:

für den billigen Fusel, von dem der Vater mehr und mehr trank. Wenn er betrunken war, setzte es Prügel, so dass Rosi und ihre Geschwister noch seltener daheim auftauchten. Das Letzte, was Lena von Rosi gehört hatte, war, dass ihr Vater sich zu Tode gesoffen hatte. Mit einem Stich schlechten Gewissens fragte sie sich plötzlich, wie es Mutter Rufle schaffte, ihre Kinderschar über Wasser zu halten.

»Sag, Lena.« Rosi beugte sich zu ihr herüber »Hättest du dem Valentin das zugetraut?«

Zornig stemmte Lena ihre Hände in die Seiten. »Verflixt«, rief sie. »Warum kann niemand – nicht einmal du – begreifen, dass er es nicht war!«

»Aber woher willst du das wissen?«

Lena zuckte die Schultern. Tränen traten in ihre Augen, so allein fühlte sie sich plötzlich. »Er bringt einfach keine Leute um.«

Rosi blieb stehen. »Um den Dominikaner ist es nicht schad. Der war ein Schwein, wenn auch ein zu mageres.«

Fast musste Lena lachen. »Warum?«

»Was meinst du, was er mir und meinesgleichen so alles angedroht hat, von wegen Höllenfeuer …«

Lena verstand nicht ganz und beschloss, lieber nicht genauer nachzufragen.

»Verkaufst du immer noch Kräuter an Renata?«

Rosi nickte. »Ja, meine Mutter und meine Schwestern gehen weiter sammeln. Schafgarbe ist jetzt dran. Aber der Apotheker ist so knauserig, dass es hinten und vorne nicht langt.«

»Und wie kommt ihr über die Runden?«

Rosi schüttelte den Kopf. »Gar nicht, wenn die Eva und ich uns nicht verdingt hätten.«

Sie durchquerten die engen Gassen und machten dabei einen Bogen um einen Haufen fauliger Kohlblätter, der vergoren roch und voller dicker blaugrüner Schmeißfliegen saß. »Die Eva geht als Magd«, sagte Rosi. »Schrubbt und putzt und lässt sich von der Herrschaft anmeckern. So wie das Loisl da, das dem Pater Pfleger den Haushalt macht!«

Sie zeigte auf die Magd aus dem Fürstenfelder Pfleghof, die gerade die Stufen des brandneuen Hauses mit einer Wurzelbürste scheuerte. Blonde Strähnen hatten sich aus ihrem Haarkranz gelöst und fielen ihr über die vollen Brüste. Ein Mann trat aus der Tür, klapste der Magd auf den Po, steckte ihr eine Münze zu und machte sich dann über die feuchten Treppenstufen davon. Lenas Augen wurden groß, und ihr Herz begann zu klopfen.

»Komm!«, sagte sie und zog Rosi in die Toreinfahrt des nebenstehenden Hauses. War das nicht der Anstetter gewesen, den sie daheim in Tübingen vermutete? Nein, das konnte nicht sein, auch wenn der Mantel des Fremden dem seinen verblüffend ähnlich gesehen hatte.

»Kanntest du den?«, fragte Rosi.

Lena schüttelte den Kopf.

Rosi kniff die Augen zusammen. »Na, wie sich das Loisl den Pfennig verdient hat, das möcht ich lieber nicht wissen. Ich jedenfalls täte so was nie, auch wenn die Männer das gern hätten.«

Sie musterte Lena, und schien zu prüfen, ob sie ihr ein Geheimnis anvertrauen konnte oder nicht. »Ich schaff zwar als Schankmagd, aber anschaffen gehen würd ich nie und nimmer.« Lena ärgerte sich, als sie merkte, dass ihre Ohren heiß wurden. »Wo denn?«

»Im Schwarzen Eber«, flüsterte Rosi.

Die Schenke hatte einen schlechten Ruf. Aber vielleicht wusste die Rosi gerade deshalb etwas.

»Du, Rosi«, fragte Lena beiläufig. »Verkehren bei euch vielleicht auch Mönche?«

In dem Mädchen arbeitete es. »Du willst herausfinden, ob einer einen Grund hatte, den Dominikaner ins Jenseits zu befördern – deshalb willst du wissen, ob bei uns die Mönche mit den Huren …«

Lena nickte. Dumm war die Rosi sicher nicht.

»Nicht direkt in der Schenke«, meinte sie. »Aber anbandeln tun sie da schon.« Sie musterte Lena verschmitzt aus ihren schmalen dunklen Augen. »Weißt du was, Lena? Frag die Wirtshaushuren doch selbst, was die Mönche so treiben. Ich mach dich gern mit ihnen bekannt. Komm einfach heut Abend zum Schwarzen Eber.« Sie winkte und ging dann durch die enge Gasse davon. »Aber nicht zu früh, hörst du!«

14

Als Lena vor der Tür des Schwarzen Ebers in einem Hinterhaus der Strohgasse stand, klopfte ihr das Herz bis in den Hals. Martha vermutete sie schon lange im Bett. Sie wäre sicher entsetzt, wenn sie wüsste, wie Lena entkommen war: Sie war aus dem Dachfenster gestiegen, dann ein Stück an der Traufe entlangbalanciert und den Apfelbaum hinuntergeklettert. Das letzte Mal hatte sie sich auf diese Weise davongestohlen, als sie mit Kilian und Valentin einen Sonnenaufgang von den Neckarwiesen aus beobachten wollte. Das musste jetzt vier Jahre her sein. Aber in die verrufenste Schenke Esslingens gehen … Sie malte sich lieber nicht aus, was ihr Vater mit ihr anstellen würde, wenn er davon erfuhr.

Entschlossen stieß sie die Tür auf, trat mit einem großen Schritt über die Schwelle und sah sich um. Hehler, Tagediebe und anderes Gesindel sollten im Schwarzen Eber ihr Unwesen treiben. Davon bemerkte Lena zunächst einmal nichts, was vor allem daran lag, dass die Sicht insgesamt vernebelt war. Die Schankstube war klein, der Rauch der Jahrzehnte hatte die Holzbalken schwarz gefärbt, verschütteter Wein den Fußboden dunkel und klebrig gemacht. Es war stickig und schummrig, denn die Öllichter auf dem Tisch hatten so kleine Flammen, dass ihr Licht von dem fettigen Rauch aufgesogen wurde, der von der offenen Feuerstelle ausging. Aus dem Kessel darüber roch es nicht gerade appetitlich. Hammeleintopf, dachte Lena. Unschlüssig stand sie im Raum und merkte plötzlich, dass es um sie herum totenstill geworden war. Jeder, aber auch wirklich jeder Gast hatte den Blick erhoben und starrte sie an wie einen Geist. Neben ihr saß eine Gruppe Schreinergesellen am Tisch und würfelte. Der Junge, der an der Reihe war, erstarrte bei ihrem Anblick, bevor er den Würfelbecher richtig umdrehen konnte. Mit einem leisen tock, tock, tock kullerten die Würfel nach und nach langsam über den Tisch.

»Mund zu!«, flüsterte sie dem Würfelspieler zu und näherte sich Rosi, die hinter der Theke einen Becher mit einem grauen, schmierigen Lappen auswischte. Neben ihr stand der Wirt und musterte Lena misstrauisch.

»Du bist tatsächlich gekommen.« So etwas wie Respekt spiegelte sich in Rosis dunklen Augen. Sie trug ein Kleid, das ihren Brustansatz freigab, und hatte reichlich billiges Duftwasser über sich verteilt, das eine penetrant süßliche Note hatte. Suchend sah sie sich um.

»Ah, sie sind schon da. Viel Glück!«, flüsterte sie und schob Lena an einen Tisch, der fast vollständig im Dunkeln lag, denn das Öllicht darauf war ausgegangen. Hier hatten es sich zwei Frauen bequem gemacht, die Lena auf den ersten Blick gar nicht bemerkt hatte. Ihre gelben Hurentücher hatten sie sich um die Schultern drapiert wie Edeldamen.

»Das ist Berthe.« Rosi deutete auf eine üppige Schwarzhaarige, deren Brüste beinahe aus dem Mieder quollen. »Und das da ist Hanna.«

Die andere Hure war noch jung. Braune Locken lagen um ein rundes Gesicht, in dem der volle Mund mit so viel Lippenrot betont war, dass er wie eine frühreife Kirsche wirkte.

»Und wie heißt du, Kleine?«, fragte die Ältere spöttisch.

»Das ist Lena«, stellte Rosi sie vor. »Ich habe euch doch von ihr erzählt.«

»Setz dich doch.« Berthe schob einen Schemel an den Tisch, auf dem sich Lena zögernd niederließ. Die Jüngere lächelte ihr zu und zeigte dabei zwei übereinanderstehende Vorderzähne, auf die sich etwas Lippenrot verirrt hatte.

»Willst du was trinken?«, fragte sie und gab dem Wirt ein Zeichen mit der Hand. Das Zwinkern, das sich dabei in ihre Augen stahl, sah Lena nicht.

»Du bist ein hübscher Käfer«, sagte Berthe nachdenklich und griff Lena in die Haare. »Seidig, voll und rotblond, wie es die Männer lieben. Und die Haut wie Milch, in die ein Tropfen Blut gefallen ist, auch wenn ein paar Sprenkel zu viel darauf sind.«

Lena rückte ihren Schemel ein Stück zur Seite, dahin, wo ihr niemand in den Haaren herumfuchteln konnte.

»Um mich geht es hier nicht«, sagte sie.

»Oh, wie schade«, Berthe lachte. »Ich dachte, du wolltest dir überlegen, wie du dein Geld bequemer verdienen kannst als durch die Glasmalerei.«

Jetzt röteten sich Lenas Wangen von mehr als einem Tropfen Blut. Der Wirt kam, trug ein Tablett vor dem überhängenden Wanst, und stellte einen Becher Wein vor ihr ab.

»Ich bin verlobt«, beeilte sie sich zu versichern, doch die Huren lachten nur.

»Das wissen wir. Aber wir laden dich trotzdem ein«, sagte Hanna.

Lena bedankte sich und nippte nervös an ihrem Getränk.

Seltsam, dieser Geschmack! So schmeckte kein billiger Fusel. Der Wein war anständig, aber im Hintergrund lag eine Schärfe und Süße, die sie nicht einordnen konnte. Er rann ihr die Kehle herunter wie Feuer und erhitzte von dort aus direkt das Blut, bis ihre Gedanken durcheinanderpurzelten wie Glassplitter, wenn ihr eine Scheibe zerbrach. Sie musste auf der Hut sein.

»Ich möchte euch etwas fragen«, sagte sie.

»Schieß los!« Hanna beugte sich gespannt vor und zeigte ihren üppigen Ausschnitt.

»Es geht um den Valentin Murner.«

»Den kennen wir«, Berthe nickte. »Ein ganz Hübscher. Er hat dem alten Miesepeter den Garaus gemacht. Dafür müsste man ihn zum Ritter schlagen.«

Lena blieb einen Moment lang die Luft weg. »Aber der Valentin war es nicht. Und ich will seine Unschuld beweisen. Dafür muss ich wissen, was der Dominikaner in der Nacht außerhalb seines Klosters getrieben hat.«

Die Huren sahen sich an und prusteten los. »Sie waren nicht bei uns in dieser Nacht«, sagte Hanna. »Weder der eine noch der andere.«

Lena bekam große Augen. »Aber«, stotterte sie. »Hat denn der Valentin ... Ich meine, war er denn ...«

»Oh, er könnte uns nicht bezahlen, Lena.« Berthes Augen glitzerten vor Vergnügen. »Und er wird sich sicher nach dir verzehrt haben, so wie du dich jetzt für ihn ins Zeug legst. Aber pass auf, wo dein Verlobter seinen Knüppel hinsteckt.« Beide Huren lehnten sich zurück und schüttelten sich aus vor Lachen.

Lena machte ihren Mund auf und wieder zu wie ein Fisch auf dem Trockenen.

»Lass gut sein.« Hannas Hand legte sich mitfühlend auf ihre. »Ihr seid ja noch nicht verheiratet, aber wenn es so weit ist, dann solltest du besser nicht zu genau nachfragen, was er so treibt. Das ist mein guter Rat an alle Ehefrauen, die keinen Ärger wollen.«

»Wen kennt ihr in Esslingen eigentlich nicht?«, flüsterte Lena heiser.

Die beiden warfen sich einen amüsierten Blick zu und zuckten die Schultern. »Man hört so allerlei«, sagte Hanna ausweichend.

In diesem Moment trat eine Gruppe lärmender Flößer in die Schenke und setzte sich unweit von ihnen an einen Tisch. Es waren raubeinige, ungewaschene Schwarzwälder mit struppigen Bärten und zerrissenen Hemden. Sicher hatten sie vor, ihren frisch verdienten Lohn zu verjubeln.

»Wein für alle«, rief der Anführer und winkte dem Wirt. »Und was Anständiges zu essen!«

Die Huren nahmen Witterung auf und setzten sich in Positur. Ich muss mich beeilen, dachte Lena. »Ich frage mich, ob ihr auch wisst, mit wem die Dominikaner ….«

»Unzucht treiben?«, fragte Berthe sanft. »Mit uns, aber auch mit jeder und jedem, den sie in die Finger bekommen. Schließlich haben sie unter der Kutte das Gleiche wie alle Männer.« Geschockt trank Lena noch einen großen Schluck Wein. So genau hatte sie das auch wieder nicht wissen wollen.

»Und sie gehen ins Haus an der Froschweide?«

Berthe schaute sie schlau an. »Dass sie es treiben, soll ein Geheimnis bleiben. Da werden sie sich wohl nicht ins städtische Frauenhaus begeben.«

Lena nickte unwillig und nippte noch einmal am Wein.

An den konnte man sich gewöhnen. Seltsamerweise begannen die Wände sich auf und ab zu bewegen, und der Fußboden schwankte verdächtig. Der Wirt setzte einen weiteren Becher vor ihr auf den Tisch und stellte dann Holznäpfe mit Eintopf vor die Flößer.

»Natürlich greifen auch wir ihnen hin und wieder unter die Kutte«, sagte Berthe bescheiden. »Vorausgesetzt, sie können zahlen.«

»Nur bei Pater Ulrich nicht«, schränkte Hanna ein.

»Also kann es sein, dass er einem von ihnen auf der Spur war, in der Nacht, als er …« Irgendwie konnte sie ihre Gedanken nicht mehr sortieren. Weshalb war sie eigentlich gekommen?

»Natürlich, aber dafür musste er gar nicht so weit raus aus dem Kloster. Prior Balduin kann seine Finger nicht von seinen hübschen Novizen lassen.«

Ein Teil von Lena fand die Wortwahl so witzig, dass sie loskicherte. Ein anderer Teil fragte sich entsetzt, was daran zum Lachen war. In diesem Moment setzten sich die fünf Flößer an ihren Tisch, polterten mit ihren Bechern auf die Tischplatte und prosteten den Huren zu, die ebenfalls ihre Becher hoben und mit den Männern zu schäkern begannen. Lena saß schweigend dabei. Eine weitere Runde wurde ausgegeben, bei der auch sie aus purer Höflichkeit noch einen dritten Becher Wein annahm.

»So, nun muss ich aber«, sagte sie, als sie ihn geleert hatte, und erhob sich, wobei sie entsetzt feststellte, dass der Raum sich um sie zu drehen begann.

»Aber nein.« Berthe drückte sie wieder auf ihren Schemel.

»Trinkt mit uns, Jungfer Lena!«

Neben ihr hockte ein vierschrötiger Mann mit struppigem schwarzem Bart, der immer wieder versuchte, ihr die Hand auf den Oberschenkel zu legen. Er sagte etwas, aber sein Schwarzwälder Dialekt war Lena so fremd, dass sie kein Wort verstand.

»Nicht«, sagte sie schwach und schob die Hand weg.

»Lena, jetzt haben wir dir deinen Wunsch erfüllt«, meinte Berthe. »Nun bist du mit einer kleinen Gegenleistung dran.«

Die Hand des Anführers der Flößer lag in Berthes Ausschnitt und entblößte eine voluminöse Brust. Lena konnte kaum die Augen von der großen, braunen Brustwarze wenden, über die die schwieligen Finger strichen.

»Ich ...was?«

»Du sollst für uns auf dem Tisch tanzen.«

Die Flößer grölten, lachten, und ehe sie sich's versah, fühlte sich Lena um die Hüfte gepackt und auf den Tisch gehoben. Flößer und Huren klatschten in die Hände, und aus irgendeiner Ecke erklang eine Flöte. Die Hände des Schwarzhaarigen aber strichen ihr langsam aber sicher unter ihrem Rock die Schenkel hinauf, während die Wände des Raums sich immer schneller zu drehen begannen. »Mir wird schlecht«, sagte Lena.

»Merde!« Ein Mann schob sich durch den Kreis von Schaulustigen und stieß die Leute unwirsch zur Seite. Nach und nach drang in Lenas getrübtes Bewusstsein, dass es Meister Lionel war, der die Umstehenden um eine gute Haupteslänge überragte. Er sah so zornig aus, dass Lena zu lachen begann und nicht wieder aufhören konnte. Als der Schwarzhaarige die Fäuste hob, traf ihn ein Schlag vor die Brust, der ihn zu Boden streckte.

»*Qu'est-ce que tu veux, conard?*«, donnerte der Burgunder. »*Va te faire foutre putain de merde!*«

Die Flößer und die Huren wichen zurück und machten eine Gasse frei, so dass er die schwankende Lena in Kniehöhe packen konnte. Er legte sie über seine Schulter wie einen nassen Sack und stapfte ungerührt zur Tür hinaus.

»Lasst mich runter!«, schrie Lena und trommelte mit ihren Fäusten auf seinen Rücken. Aber Lionel schwieg nur, während er sie weiter durch die dunklen Gassen der Stadt trug. Durch seine Größe wirkte er lang und schmal, doch in Wirklichkeit waren seine Schultern breit und seine Muskeln eisenhart, ebenso wie der Griff, mit dem er sie hielt.

»Bitte«, schluchzte sie. »Ich muss brechen.«

Mit einem Fluch setzte Lionel sie unsanft auf den Boden. »Tut Euch keinen Zwang an.«

Lena sah sich um. Die Welt drehte sich nur noch ganz langsam, so dass sie erkannte, dass sie die eng bebauten Gassen hinter sich gelassen hatten und sich nun auf einem kleinen Stück Wiese direkt unterhalb der Stadtmauer befanden. Über ihnen tanzten die Sterne am Nachthimmel, doch Lionels Augen waren dunkel vor Zorn.

»Was ist in Euch gefahren?«, brüllte er. »Euch von den Huren betrunken machen zu lassen. Seid Ihr von allen guten Geistern verlassen?«

Sein Zorn brachte das Fass zum Überlaufen. Lenas Magen drehte sich und gab schwallartig nicht nur die drei Becher Wein von sich, die sie in der Schenke getrunken hatte, sondern auch noch ihr vollständiges Abendessen. Als sie fertig war, wischte sie sich mit dem Rocksaum den Mund ab, der immer noch bitter und gallig schmeckte, und setzte sich schwer atmend mit dem Rücken zur Mauer auf den Boden.

»Hört auf!« stöhnte sie und fühlte sich fast wieder nüchtern. »Ihr seid nicht mein Vater.«

Ein gutes Stück von ihr entfernt hockte sich Lionel ins Gras und schüttelte den Kopf. »Wofür ich Gott dreimal täglich danke. Was habt Ihr Euch nur dabei gedacht? Morgen seid Ihr Stadtgespräch. Ich bin zwar nicht Euer Vater und auch nicht Euer ...«

»O Gott, mein Bräutigam!« Vor Schreck biss Lena sich auf die Faust.

»Was wird der mit Euch machen?« Jetzt war seine Stimme fast so sanft wie sonst.

»Verflixt«, sagte sie. »Ich wollte doch nur herausfinden, warum Pater Ulrich in der Nacht seines Todes nicht im Kloster war. Ob er vielleicht die Mönche der Unzucht verdächtigt hat und deshalb draußen unterwegs war.«

»Aber ist Euch nicht klar, dass es nichts Besonderes ist, wenn die Mönche ... nun«, er zögerte, »das Gleiche tun wie alle Männer? Das – wie sagt man – pfeifen die Spatzen von den Dächern.«

»Das habe ich nicht gewusst«, gab sie nachdenklich zu. »Und ich kann es auch nicht glauben. Nicht von allen. Weder von Bruder Thomas und Prior Johannes noch von Kilian.«

Bruchstückhaft erinnerte sie sich an das Gespräch mit den Huren in der Schenke. Irgendetwas hatten sie gesagt, das auch Kilian betraf, aber Lena bekam es nicht mehr zusammen.

Lionel sah ihr scharf ins Gesicht. »Ihr seid also immer noch auf der Suche nach dem Mörder des Dominikaners?«

Sie nickte verbissen. »Einer muss dem Valentin doch helfen. Und wenn ich ihn schon nicht finden kann ...«

»Dann wollt Ihr ihn zumindest entlasten.«

Lena nickte und sah ihm offen ins Gesicht. »Er ist unschuldig. Es muss nur jemand beweisen.«

»Aber nehmen wir mal an, der Steinmetz hat Frère Ulrich nicht ermordet.«

Lena schüttelte verbissen den Kopf. »Ganz sicher nicht.«

»Dann läuft sein wahrer Mörder unerkannt in der Stadt herum. Was meint Ihr, wird er mit Euch tun, wenn Ihr ihm in die Quere kommt?«

Lena wurde plötzlich kalt. Ob von der Nachtluft oder von etwas anderem, wusste sie nicht. »Ich muss Valentin trotzdem helfen. Und wenn es das Letzte ist, was ich tue.«

Sie saßen eine Weile nebeneinander, die kalten Steine der Mauer in ihrem Rücken. Langsam verblassten die Sterne, und im Osten wurde der Himmel durchsichtig apfelgrün.

»Sagt, Madeleine«, begann Lionel schließlich nachdenklich. »Seid Ihr dem Tod vor dieser unsanften Begegnung schon einmal über den Weg gelaufen?«

Sie zögerte. »Als meine Mutter starb.« Es tat noch immer weh, daran zu denken.

»Wann war das?«

»Ich war acht Jahre alt. Mein Vater hatte sie gefreit, da war er schon über vierzig und sie noch ganz jung. Sie starb bei der Geburt meines Bruders. Es war eine Sturzgeburt. Die Hebamme kam zu spät, und sie verblutete. Mein Vater hat es nie verwunden.«

»Und Euer Bruder?«

»Ist auch tot. Die Hebamme konnte ihn gerade noch taufen.« Lenas Augen brannten. »Sie liegen beide auf dem Kirchhof an der Stadtkirche.«

»Es ist nicht mehr lang bis Sonnenaufgang«, sagte der Burgunder, erhob sich und streckte seine langen Glieder.

»Meister Lionel«, sagte Lena. »Was ist mit Euch und dem Tod?«

»Der ...« Er lächelte ein schiefes und trauriges Lächeln, das seine Augen nicht erreichte. »... ist mein allerbester Gefährte.«

15

»Metze!« Marx Anstetter warf den Hut in die Ecke und trat auf Lena zu, die mit dem Rücken zur Wand auf ihrem Bett saß, die Arme um die Knie geschlungen.

»Wie konntet Ihr mir das antun?«, fragte er kalt. »Die ganze Stadt lacht über mich.«

Lena sah ihn mit großen Augen an. Wieder mal ging es allein um Anstetters guten Ruf und seine Ehre, die sie unwiederbringlich besudelt hatte.

Ihr Verschwinden war nicht unbemerkt geblieben. Als sie im Morgengrauen mit Meister Lionel zurückgekommen war, stand ihr Vater schon in der Tür und stellte sie zur Rede. Eine Stunde später brachte Martha die ganze schlimme Wahrheit vom Brunnen mit nach Hause, so dass sich Lenas Versuche, ihren Fehltritt abzuwiegeln, als vergeblich erwiesen. Lionel hatte recht gehabt: Die ganze Stadt zerriss sich das Maul über den Vorfall im Schwarzen Eber. Am Frühstückstisch herrschte dicke Luft – ihr Vater schwieg, was immer ein Maß für seinen Zorn war, während die Lehrbuben verschüchtert ihre Schale Brei verdrückten und dann ungefragt an die Arbeit gingen. Am schlimmsten aber war, dass der aus Tübingen zurückgekehrte Anstetter während der Mahlzeit glühend vor Zorn in die Küche geplatzt war. Lena hatte die Flucht ergriffen und war die Treppe hinauf in ihr Zimmer gestürzt, doch er war ihr ungefragt gefolgt, ohne dass Heinrich oder der burgundische

Meister ihn aufgehalten hätten. Verflixt! Die Dachkammer war immer ihr Reich gewesen, ein Rückzugsort, an dem sie nicht einmal ihr Vater störte, aber ein Bräutigam hatte wohl andere Rechte.

»Nein!«, schrie sie, doch es war zu spät.

Er näherte sich dem Tisch, wischte die dünnen Holzplatten und Pergamente, auf denen sie ihre Entwürfe und Zeichnungen anfertigte, zu Boden und zertrat sie. Das klang so traurig und trocken wie das Gras auf den Wiesen im Herbst, wenn der Schnitter es abbrannte. Auf diesen Platten hatten auch die Gedanken Gestalt angenommen, die sie sich über das Wandbild mit dem Thron Salomonis, den schönen Auftrag aus Bebenhausen, gemacht hatte. Jetzt war alles zerstört! Tränen traten in ihre Augen. Nur nicht weinen, dachte sie, und schluckte sie tapfer herunter.

»Ein Weib, das sich anmaßt, Glasfenster zu bemalen, ist lächerlich und macht die Werkstatt zum Gespött der ganzen Stadt.«

Mit erhobener Hand trat er an das Bett heran. Lena duckte sich und drückte sich an die Wand, doch mit der Linken schob er den Arm zur Seite, mit dem sie ihr Gesicht schützte. »Glaubst du, ich hätte nicht gewusst, was du heimlich in der Werkstatt deines Vaters treibst? Ich werde dich lehren, mich noch einmal zum Narren zu halten.«

Der erste Schlag traf sie völlig überraschend mitten ins Gesicht. Lena fühlte etwas Warmes im Mundwinkel. Anstetters Rubinring hatte sich nach innen gedreht und einen langen blutigen Kratzer auf ihrer Wange hinterlassen.

»Nicht!«, schrie sie, doch der zweite Schlag landete auf ihrer Nase, die ebenfalls zu bluten begann. Es schmerzte höllisch. Lenas Augen brannten und liefen dann einfach über. Was für eine Demütigung!

»Du sollst vor mir zu Kreuze kriechen«, brüllte ihr Bräutigam und schlug ein drittes Mal zu, diesmal gezielt gegen die Schläfe. Lena sackte zur Seite. Einen Moment lang sah sie nur Sterne, dann rappelte sie sich mühsam hoch. Was sie erblickte, machte ihr Angst. Anstetter stand vor ihr, hatte sein Gewand gehoben und fingerte an seinem Mannesstolz herum, von dem sie nicht den Blick wenden konnte. Lena hatte keinen Vergleich, aber er erschien ihr nicht eben groß.

»Sagt, Jungfer Lena. Wen habt ihr schon rangelassen? War es der Steinmetz, der Burgunder, einer der Flößer oder gar alle zusammen?«

Seine Bemühungen zeigten erst Erfolg, als er sich in Rage geredet hatte. »Wenn ich jetzt noch die Werkstatt übernehmen soll, müsst Ihr mir schon einen Gefallen tun. Also solltet Ihr schön brav sein und die Beine breit machen für Euren rechtmäßigen Bräutigam. Neu kann es für Euch ja nicht mehr sein.«

Er stürzte sich auf sie, drückte ihre Arme aufs Bett und presste ihre Knie auseinander. Als sie am Oberschenkel etwas Weiches, unaussprechlich Ekelhaftes streifte, erwachte sie aus ihrer entsetzten Starre.

»Nein!«, kreischte sie. »Hilfe!« Sie trat und strampelte um sich.

Anstetter kam noch mehr in Fahrt. Er riss ihr Kleid auf und ergriff die Brüste. Das weiche Etwas an Lenas Oberschenkeln wurde immer fester und bahnte sich seinen Weg nach oben. Lena versuchte, die Beine zusammenzupressen, doch es gelang ihr nicht. Mit einem Ratschen zerriss ihr Kleid der Länge nach, und sie ergab sich schließlich dem keuchenden Verlangen des Tübingers.

Plötzlich, mit einem Ruck, verschwand die Last von ihrem Körper. Lionel stand hinter Anstetter und hatte ihn am Kragen gepackt.

»Lasst mich meine Pflicht tun und meine Braut züchtigen«, schrie dieser, während Lena so schnell wie möglich außer Reichweite kroch.

»Aber nicht so«, fuhr Lionel ihn an.

»Das sind meine ehelichen Rechte«, brüllte der Tübinger. Der Burgunder schüttelte ihn wie einen aus dem Katzenneckar gezogenen Kater.

»Noch nicht! *Tire-toi!*«, sagte der Burgunder, ließ Anstetter abrupt los und stieß ihn zur Tür. Geschlagen nahm dieser seinen Hut und verließ den Raum mit einem Fluch auf den Lippen.

Lena zog die Decke über ihre Blöße und rollte sich zu einer Kugel zusammen. Sie wollte nur eines: dass sich der Burgunder davonmachte und sie allein ließ, damit sie sich waschen konnte. Einen Badezuber voll Wasser, am besten einen ganzen Fluss. Sie wusste nicht, wie viel nötig sein würde, um den Tübinger von ihrer Haut zu schrubben, nur dass sie es jetzt tun musste, jetzt sofort. Lionel aber dachte gar nicht daran, das Zimmer zu verlassen, sondern bückte sich über den Haufen zertretener und zerdrückter Holzplatten und Pergamente, den der Tübinger auf dem Boden hinterlassen hatte.

»Habt Ihr das gezeichnet?« Er griff nach dem Fetzen Pergament, auf dem Lena den Engel entworfen hatte. In guten Tagen hatte ihr Kilian Reste feiner Kalbshaut geschenkt, die in der Schreibstube der Dominikaner nicht mehr gebraucht wurden. Wieder und wieder hatte sie ihre Zeichnungen abgekratzt, aber der letzte Engel war so gut geworden, dass er bleiben durfte.

»Ich werde nie wieder etwas malen.« Ihre Stimme klang, als sei sie schwer erkältet, vielleicht von dem Schlag auf die Nase. Dazu die Blutspur auf ihrer Wange. Sie musste schrecklich aussehen und versteckte sich tiefer unter der Bettdecke.

»Warum?«

»Weil er es mir verboten hat«, flüsterte sie in Richtung Wand.

»Und daran werdet Ihr Euch halten?«

»Er wird mich heiraten, und dann ist es damit sowieso vorbei.«

»Dieser Wicht – wollt Ihr den wirklich heiraten?«

»Ich weiß es nicht«, schluchzte sie. Hatte sie denn eine Wahl?

»Sie sind gut, Eure Bilder«, sagte Lionel sanft. »So langsam verstehe ich, wer hier in der letzten Zeit die ganze Feinarbeit ausgeführt hat. Euer Vater kann es ja nicht gewesen sein, dafür sieht er zu schlecht, und Euer Geselle hat kein Talent. Eure Hand ist dagegen begnadet. Es wäre schade, wenn Ihr sie nicht mehr gebrauchen würdet. Und schade wäre es auch um Euch.«

Lena lag unter ihrem Leintuch wie in einem Grab. Seine Worte drangen nicht zu ihr durch. »Lasst mal Euer Gesicht sehen!« Er näherte sich und zog das Laken zur Seite. Lena versteckte ihr Gesicht in den Händen, doch er schob sie fort und strich über den Kratzer auf ihrer Wange, der unter seiner Berührung wie Feuer erglühte.

»Er hat Euch nicht vergewaltigt?«, fragte er sachlich.

Sie schüttelte den Kopf.

»Euer Gesicht sollte sich mal jemand anschauen, ein Arzt, vielleicht Bruder Thomas.«

»Nein!«, schrie Lena. Weitere Männer, ganz egal ob mit oder ohne Kutte, würde sie nicht ertragen. »Ich will Renata. Meine Freundin, sie ist Apothekerin.«

»Sie wird kommen«, sagte Lionel. »Und der Engel – darf ich den haben?«

»Sicher«, sagte Lena gleichgültig. »Nehmt mit, was Ihr wollt.«

Es wurde ein heißer Tag. Vor allem, wenn man ihn wie Lena direkt unterm Dach verbrachte. Für ein Bad musste sie das Zimmer verlassen, und dafür fehlte ihr die Kraft. Stundenlang lag sie eingewickelt in ihr Laken auf dem Bett und ignorierte das hartnäckige Klopfen Marthas ebenso wie die Versuche ihres Vaters, noch einmal mit ihr zu reden. Um sich unliebsame Besucher wie ihren Bräutigam vom Leibe zu halten, hatte sie die schwere Eichentruhe vor die Tür gezogen, in der sie ihre Kleider aufbewahrte. Doch Anstetter kam nicht mehr und Lionel auch nicht …

Die Stunden zogen sich hin, langsam und ohne Gestalt. Lena konzentrierte sich auf die Innenseite ihrer Augenlider, auf der rote Feuerräder vorbeizogen. Vielleicht würde sie für immer hier liegen bleiben, bis sie gestorben war und der Welt nie wieder ins Auge blicken musste. Kein Anstetter mehr, der sie schlug und gefügig machen wollte, kein Vater, der langsam alt und krank wurde, kein Valentin, dem man einen Mord anlastete, den er nicht begangen hatte. Keine Stadt, in der man sich das Maul über sie zerriss. Kein Lionel, der ihren Engel eingesteckt hatte … Das alles ging sie nichts mehr an. Doch irgendwann, es musste kurz nach

Mittag sein, merkte sie, dass sie unbedingt musste. Verflixt! Sie schälte sich aus dem verschwitzten Laken und zog den Behälter für die dringenden nächtlichen Bedürfnisse unter dem Bett hervor. In diesem Moment klopfte es energisch an die Tür.

»Lasst mich in Ruhe!«, rief sie.

Sie erleichterte sich, schob den Topf zurück und wickelte sich wieder in ihr Laken ein. Vielleicht stand ja der Anstetter unten im Hof, wenn sie ihn aus dem Fenster schüttete. Doch das Klopfen hörte nicht auf.

»Mach auf, Lena!«, drängte eine Stimme, die sie gut kannte. Der Burgunder hatte Wort gehalten und dafür gesorgt, dass Renata kam. Lena seufzte und schleppte sich, eingewickelt in ihr Laken, Schritt für Schritt zur Tür. Irgendwie erschien ihr die Strecke seit gestern länger. Mühsam schob sie die Truhe zur Seite und öffnete. Einen Moment später lag sie in Renatas Armen und weinte – einen wahren Sturzbach von Tränen, der einen Teil ihrer Traurigkeit mit sich hinwegspülte.

»Komm! Wir setzen uns«, sagte Renata nach geraumer Zeit und zog Lena zum Bett, wo sie ihr Gesicht inspizierte.

»Hat er dir das angetan, dein Bräutigam?«, flüsterte sie und berührte die Schramme auf Lenas Wange, die immer stärker pochte und stach.

»Das ist nur ein Kratzer«, sagte Lena kleinlaut und merkte, wie sie zu allem Überfluss noch rot wurde und nicht mal wusste, weshalb. Aber zwischen ihren geröteten Augenlidern, der geschwollenen Nase und der blutigen Schramme auf der Wange fiel das sicher nicht weiter auf.

»Das muss behandelt werden«, sagte Renata und holte frisches Wasser aus der Küche. Vorsichtig wusch sie Lenas

Gesicht und legte ihr das ausgewrungene Tuch auf die Nase, die sie vorher gründlich inspiziert hatte.

»Gebrochen hat er sie dir jedenfalls nicht. Die Schwellung geht durchs Kühlen am besten zurück.« Dann sah sie Lena prüfend an. »Hat dich dein Bräutigam zu etwas gezwungen, was du nicht wolltest?«

Lena sah sie an. »Beinahe hätte er es geschafft. Jedenfalls hat er es versucht. Aber der Burgunder kam noch beizeiten ...«

»Dann hat dieser Meister Lionel also recht gehabt. Aber Männern kann man ja in dieser Sache nicht immer trauen.«

»Sag, Renata.« Lena druckste herum. »Ist es immer so?«

Renata stutzte einen Moment, bis sie begriff, was ihre Freundin meinte. »O nein!« Sie legte den Arm um Lenas Schultern. »Das, was dein Bräutigam mit dir tun wollte, geschah aus Rachsucht und um dich zu demütigen. Wenn zwei sich lieben, kann es sogar ziemlich schön sein.«

»Das kann ich nicht glauben.«

»Du wirst es schon noch erfahren«, sagte Renata. Lena zweifelte daran und wechselte lieber das Thema.

»Und wo ist Franz?«

»Nun, den habe ich unten bei den Lehrbuben gelassen, die mit ihm sicher ein paar Streiche aushecken. Zur Arbeit sind sie heute sowieso nicht zu gebrauchen, sagt Meister Luginsland. Vielleicht futtert er inzwischen aber auch Marthas Vorratsschränke leer.«

Sie begann, Ringelblumensalbe auf Lenas Gesicht aufzutragen, die den Schmerz sofort linderte. »Wenn du die regelmäßig benutzt, wirst du keine Narbe davontragen.«

Lena zuckte die Schultern. »Das ist sowieso egal. Der Anstetter schaut ja doch nicht hin.«

Renata sah sie alarmiert an. »Aber Lena, du kannst doch keinen Mann heiraten, der dich zusammengeschlagen und beinahe vergewaltigt hat.«

»Aber das muss ich doch. Sonst geht die Werkstatt vor die Hunde. Sie ist Großvater Lamberts und Vater Heinrichs Lebenswerk.« Neue Tränen brannten in Lenas Augen.

Renata legte den Arm um ihre Schultern. »Du darfst nicht im Traum daran denken, diesem Tübinger noch einmal nachzugeben, egal, was Heinrich dazu sagen wird.«

»Und das alles nur, weil ich den Valentin davor bewahren wollte, als Mörder verurteilt zu werden.«

Ein verschmitztes Lächeln setzte sich in Renatas Augen. »O Lena, dabei hätte ich so gerne Mäuschen gespielt.«

»Besser nicht«, sagte Lena düster. »Ich war schrecklich dumm. Die Huren – Berthe und Hanna – sie haben mir etwas in den Wein schütten lassen, das mich stockbesoffen gemacht hat. Ich hab mich unmöglich benommen. Und jetzt zerreißen sich alle das Maul über mich!«

Renata machte eine wegwerfende Bewegung mit der Hand. »Die Lästermäuler hören auch wieder auf. Übrigens ist uns unterwegs Rosi begegnet und lässt dir ausrichten, dass ihr alles, was geschehen ist, ganz arg leidtut.«

Lena nickte. An dem Vorfall in der Spelunke trug Rosi keine Schuld. »Wenn mich Lionel nicht gerettet hätte …«

»Ja, zum Glück ist er im richtigen Moment aufgetaucht. Aber ich denke, mit Berthe und Hanna werde ich ein Hühnchen rupfen, wenn sie mir über den Weg laufen. Hin und wieder kommen sie in die Apotheke, weißt du …«

Lena schlug mit der Hand auf den Bettrand. »Ich habe mich lächerlich gemacht und dabei noch nicht mal was erfahren, außer, dass die Dominikaner wie alle Männer sind.

Und ich weiß noch immer nicht, was Pater Ulrich nachts in der Stadt getrieben hat.«

Renata schwieg einen Moment. »Lass es lieber!«, sagte sie dann nachdenklich. »Es ist sicher gefährlich, dem wahren Mörder hinterherzuspionieren.«

In diesem Moment klopfte es an die Tür.

»Lena!« Martha klang aufgeregt. »Der Hardenberger sitzt unten in der Küche, schlägt sich den Bauch voll und will dich unbedingt sprechen.«

Erschrocken schaute Lena ihre Freundin an.

»Wir kommen gleich.«

»Aber ich kann doch nicht so …«

»Doch, du kannst«, sagte Renata. »Was du getan hast, war ehrenhaft, und du brauchst dich nicht vor dem Gefolgsmann des Herzogs zu verstecken.«

»Aber wie sehe ich denn aus?« Lena raufte sich die strähnigen, zerwühlten Haare.

»Lass das meine Sorge sein! Steh mal auf!« Renata zog ihr das zerrissene Kleid über den Kopf, das noch immer nach Erbrochenem roch, und befreite sie schließlich von ihrer ganzen Kleidung. Dann goss sie jede Menge frisches Wasser über Lena und kämmte sie mit dem grobzahnigen, beinernen Kamm, bis ihre Haare wieder glänzten.

»Na, wie fühlst du dich?«, fragte sie, als sie Lena in ein frisches Leinenkleid gesteckt hatte.

»Fast wieder wie ein Mensch.«

»Irgendwann wirst du über all das lachen, glaub mir.«

Lena zuckte die Schultern. »Nicht, solange meine Nase doppelt so dick ist.«

Als sie in die Küche kamen, sprang Martha, die gerade ein Huhn fürs Abendessen rupfte, auf und drückte Lena an ihren üppigen Busen. Dann hielt sie sie ein gutes Stück von sich weg und musterte sie.

»Wenn sich der Anstetter noch einmal an diesen Tisch setzt, dann spuck ich ihm in die Suppe, ich schwör's«, sagte sie dann. »Oder ich schiff hinein!«, setzte sie fast unhörbar hinzu.

Lena konnte fast schon wieder lachen. Sie setzte die rote Katze, die schnurrend um ihre Beine strich, in den Korb zu ihren Kindern und goss etwas Milch in ein Schälchen. Wenigstens lenkte ihr zerschlagenes Gesicht von ihrer eigenen Schandtat ab.

Martha setzte sich an den Tisch und rupfte das Huhn mit so viel Schwung zu Ende, dass die Federn bis in die Ecken stoben.

Der Ritter von Hardenberg saß in der Stube am großen Esstisch und aß einen Eierpfannkuchen, den ihm Martha mit gekochten Früchten serviert hatte. Neben ihm hockte Franz und verputzte ein mindestens ebenso großes Exemplar. Das rote Beerenmus malte dunkle Striche auf seine Backen.

»Mama!«, rief er mit vollem Mund, als er Renata erblickte. Er sprang auf ihren Arm, wo er wie eine Klette hängen blieb.

»Aber nicht an mir abputzen«, warnte ihn Renata.

Der Ritter von Hardenberg lachte, stand auf und verbeugte sich so ehrerbietig vor den Frauen, als hätte er noch nichts vom gestrigen Abend gehört. Ohne das spöttische Funkeln in seinen Augen hätte Lena ihm sein Gehabe beinahe abgenommen.

»Jungfer Magdalena«, sagte er und zog die Augenbrauen hoch, als sein Blick auf Renata fiel.

»Renata Appenteker, Apothekerin«, stellte diese sich selbstbewusst vor. »Martha, kannst du den Quälgeist hier noch ein bisschen übernehmen?«

»Aber sicher.« Martha nahm ihr den Kleinen ab und verließ mit ihm die Stube.

Am großen Esstisch goss Renata drei Zinnbecher voll mit Luginslands gutem Weißen. Lena nippte daran und merkte plötzlich, wie hungrig sie war. Ihr Magen knurrte so laut, dass sie sich vornahm, so bald wie möglich auch ein paar Eier für einen Pfannkuchen in die Pfanne zu schlagen. Und dann würde sie endlich baden …

»Nun, Jungfer Lena«, begann von Hardenberg. »Ich sehe, dass Ihr die Konsequenzen Eures Handelns schon tragen musstet. Wer hat das getan, Euer Vater oder Euer Bräutigam?«

Lena merkte, wie sie wieder einmal bis über beide Ohren rot wurde.

»Ihr Bräutigam«, erklärte Renata leise.

Hardenberg nickte.

»Und«, fuhr er fort. »War Euer Besuch in der Höhle des Löwen wenigstens erfolgreich?«

Ärgerlich stieß Lena mit dem Fuß gegen das Tischbein. »Wer weiß eigentlich noch nicht davon?«

Hardenberg lachte. »Ihr seid das Stadtgespräch und habt damit Euren Freund Valentin in dieser Rolle abgelöst.«

»Dann hat es ja wenigstens ein Gutes«, brummte Lena eigensinnig und nippte wieder am guten Luginslandwein, dem niemand etwas Stärkeres zugesetzt hatte.

»Ihr habt meine Frage noch nicht beantwortet.«

»Nein, mein Besuch war umsonst«, sagte sie bissig. »Aber ich habe nicht vor, jetzt schon aufzugeben. Dazu ist die

Frage viel zu wichtig, was Pater Ulrich nachts außerhalb des Klosters getan hat.«

Hardenberg nickte, als hätte er sich das auch schon gefragt. »Aber vielleicht solltet Ihr eines wissen: Am Tag, als Valentin seinen Meister zum Treffen in Eurem Haus begleitet hat, wurde er mittags unter Pater Ulrichs Zuhörern gesehen. Er stand in der zweiten Reihe, hat bei der Predigt zugehört und ist dann ganz plötzlich gegangen. Die Leute fragen sich, warum.«

»So ein Gerede hat überhaupt nichts zu bedeuten«, warf Renata ein.

»Ich frage mich nur, was Euch das angeht«, sagte Hardenberg und musterte Renata.

»Und ich frage mich, ob der Spürhund des Herzogs in der richtigen Richtung schnüffelt«, gab sie schlagfertig zurück. Hardenberg lachte und erhob sich. Sein Schwert klirrte an seinen Beinschienen.

»Nun.« Er schaute Lena direkt an, und sein Gesicht wurde hart. »Gebt acht auf Euch. Es ist sicher besser, dem Mörder nicht über den Weg zu laufen, wer es auch sein mag.«

16

In den nächsten Wochen erholte sich Lena langsam von ihren inneren und äußeren Verletzungen. Dafür hatte sie jede Menge Zeit. Anstetter blieb zwar verschwunden, wofür sie Gott und allen Heiligen jeden Tag von Herzen dankte, aber ihr Vater hatte sie mit Hausarrest bestraft und der Obhut Marthas übergeben. Wieder lag eine Hitzeglocke über der Stadt und ließ Lena in der Küche schwitzen, wo sie Marmelade aus roten und schwarzen Johannisbeeren kochte, die ersten Zwetschgen zu Mus verarbeitete und lernte, wie man Unmengen von Bohnen trocknete und für den Winter haltbar machte. Nur Glas malen ließ ihr Vater sie nicht mehr. Anstetter musste vor seiner Abreise mit ihm geredet und ihm das Versprechen abgenommen haben, dass sie ihre Arbeit in der Werkstatt aufgab. Um wie viel er ihre Mitgift heraufgehandelt hatte, konnte sie nur ahnen, denn Heinrich schwieg sich darüber aus. Erst jetzt fühlte sie, wie sehr die Malerei ihr fehlte. Wenn Meister Luginsland mit Lionel, dem Altgesellen und den beiden Lehrbuben in der Werkstatt verschwand und sie selbst vor einer riesigen Schüssel mit Erbsen saß, fragte sie sich manchmal, ob man sich auch zu Tode langweilen konnte. Und von Valentin gab es noch immer keine Spur.

Eines Tages, Lena schälte gerade eine Wanne voll früher Augustäpfel, öffnete sich die Küchentür, und herein trat Lionel, den sie in letzter Zeit nur von weitem zu Gesicht bekommen hatte. Fauchend sprang die Katze vom Tisch und begann, mit erhobenem Schwanz um seine Beine zu streichen. Ihre Kinder balgten sich vor der warmen Feuerstelle.

»Schhhh«, machte der Neuankömmling und strich ihr über den Rücken.

»Passt auf Euch auf.« Martha stand am Kessel und kochte eine nahrhafte Rindfleischsuppe. »Die Katze kratzt.«

»Mich nicht«, sagte der Burgunder gleichmütig und wandte sich an Lena. »Madeleine, habt Ihr ein wenig Zeit für mich?«

»Ja, natürlich!« Lena sprang auf und hätte dabei fast das Schneidebrett mit den Apfelstücken vom Tisch gerissen.

»Vorsicht.« Lionel hielt es mit beiden Händen auf der Tischplatte fest.

Aber Lenas Augen hingen nur an Marthas Mund. »Bitte, sag nicht nein!«, flüsterte sie.

»Geh nur, Mädel!«, sagte Martha. »Aber sei vor der Dunkelheit wieder zurück!«

Juhu, dachte Lena. Das bedeutete jetzt im Sommer mindestens fünf oder sechs Stunden Freiheit.

Im Hof atmete sie einmal tief durch. »In der Küche komme ich vor Hitze schier um«, sagte sie. »Und ganz nervös werde ich auch.«

»Das habe ich mir gedacht.« Lionel lachte und sah dabei so jung und unbekümmert aus, dass Lena einen Stich im Herzen spürte. »Wie wäre es, wenn wir einen Ausflug machten. Ich habe Bonne und Étoile schon gesattelt.«

»Aber«, stotterte sie. »Mein Vater!«

»Der ist doch für den Rest der Woche in Wimpfen, um die Fenster in der Dominikanerkirche zu inspizieren.«

Er würde es also nicht erfahren, vorausgesetzt, Martha hielt dicht.

»Also gut«, sagte sie unternehmungslustig. »Nur reiten kann ich nicht so gut.«

»Keine Sorge. Bonne ist sanft wie ein Lamm.« Er führte die braune Stute aus dem Stall. Freundlich musterte sie Lena mit ihren dunklen Augen.

Lena klopfte ihr den Hals. Lionel hatte Étoile, der unruhig mit den Füßen scharrte, schon an den Zaunpfahl gebunden. Er zauberte zwei kleine Augustäpfel aus der Tasche, die er in der Küche hatte mitgehen lassen, und fütterte die Pferde damit.

»Den beiden tut Bewegung genauso gut wie uns«, sagte er. »Sie haben schon lang genug im Stall gestanden. Aber wartet, Madeleine. Ich habe etwas für Euch.«

Er drückte ihr ein Paket in die Hände, das mit einem dünn gewebten Leinenstoff umwickelt war.

»Ist das für mich?«

»Ihr dürft es ruhig öffnen!«

Langsam und noch immer etwas zögerlich band Lena die Schnur auf, die es zusammenhielt. Heraus floss ein Umhang aus nachtblauem Samt, so glatt und leicht, dass er ihr fast aus den Händen glitt.

»Aber das kann ich nicht annehmen«, sagte sie überwältigt. »In ganz Esslingen gibt es nichts dergleichen.«

»Nein, den habe ich auch in Ulm gekauft«, antwortete er gleichmütig. »Er kommt direkt aus Italien, aus der Perle der Städte, Venedig.«

»Er ist so schön – wie für eine Prinzessin.«

»Er ist aus Seidensamt«, sagte er und lächelte auf sie herunter. »Und passt perfekt zu Euren Augen. Solange wir durch die Stadt reiten, solltet Ihr ihn tragen. Denn wenn Ihr mit mir gesehen werdet, gibt es nur wieder Gerede.«

Lena legte den Umhang, der glatt und dunkel wie der Nachthimmel war, um ihre Schultern und schloss die silberne Schließe.

»Zieht auch die Kapuze über«, sagte Lionel. »Ich habe zwar keinen Damensattel, aber Martha sagte mir, dass Euch ein Herrensattel gerade recht ist.«

»Martha?«

»Nun, dachtet Ihr wirklich, dass sie nichts davon wusste?«

Sprachlos öffnete Lena den Mund und schloss ihn dann wieder.

»Sie hat uns eine kleine Vesper eingepackt.« Lionel befestigte einen Leinensack an Bonnes Sattelknauf.

Lena beschloss, nicht weiter darauf einzugehen, zunächst jedenfalls. »Wenn ich überhaupt reite, dann bestimmt nicht wie eine Dame.«

»Nun«, sagte er belustigt. »Ob Ihr Euch je wie eine Dame benehmen werdet, bleibt dahingestellt. Aber mit dem langen Umhang wird nicht weiter auffallen, wenn Ihr im Herrensitz reitet.« Lena war froh, dass sie heute ihre Beinlinge unter dem Kleid trug.

Elegant und schnell saß er auf und lenkte Étoile aus dem Tor auf die Gasse hinaus. Lena tat es ihm nach, linkisch und ungeschickt zwar, aber irgendwie landete sie schließlich auf dem Rücken der geduldigen Stute, die sich von allein in Bewegung setzte. Im Schritt ritten sie hintereinander durch das Pliensautor und überquerten die Brücke, auf der sich wieder Bauern und Handelsleute drängten. Darunter wälzte sich träge der Neckar.

Auf der anderen Seite hielt sich Lionel auf dem Uferweg. Der Fluss war voller Treidelkähne, die kräftige Ackergäule gemächlich entgegen der Fließrichtung zogen. Wenn er Étoile traben lässt und Bonne mitmacht, falle ich runter, dachte Lena, doch Lionel ließ den Hengst weiter im Schritt gehen. Seitlich ragten die Hänge des Neckartals auf – der Eisberg mit seinen dichten, dunklen Wäldern und weitere, von denen Lena nicht die Namen kannte. Hier war ich noch nie, dachte sie, als sie Lionel in Richtung des Weilers Denkendorf folgte. Dort gab es ein Kloster der Chorherren des Heiligen Grabes, das sogar einen Splitter des heiligen Kreuzes sein Eigen nannte.

Hinter der Ortschaft lag ein Tal, durch das sich, umrahmt von grünen Hügeln, ein klarer Bach schlängelte. Auf einer abschüssigen Wiese saßen sie ab und ließen die Pferde trinken.

»Hier werden wir bleiben«, sagte Lionel und legte seinen Mantel im Schatten einer überhängenden Weide auf den Boden. Lena zog den nachtblauen Umhang aus, faltete ihn sorgfältig zusammen und setzte sich ins Gras. Über dem Bach lag die träge Hitze des Mittags. In den Zweigen der Weide sangen Vögel. Nicht weit weg hörte Lena Glöckchenklang und sah ein paar Ziegen, die von einem barfüßigen Mädchen gehütet wurden. Selbstvergessen ließ die Kleine ihre Füße in den Bach baumeln und spritzte hin und wieder ein bisschen Wasser hoch. Die Ziegen knabberten die Rinde der Bäume an und entfernten sich nach und nach. Lionel ließ sich Zeit. In aller Ruhe versorgte er die Pferde, nahm beiden die Sättel ab, löste den Vesperbeutel von Bonnes Sattelknauf und breitete die Leckereien vor ihnen aus.

»Nicht schlecht – Pasteten mit Beeren und Fleisch«, sagte er.

»Marthas Spezialität«, erwiderte Lena.

Ein Stück Schinken, einen Käse, weißes Brot, mehrere Äpfel und süße kleine Kuchen hatte Martha ebenfalls eingepackt und auch den Wein dazu nicht vergessen. Sie aßen und tranken, bis sie beinahe platzten. Dann lehnte sich Lionel zurück. »Ihr fragt Euch sicher, warum ich meine Zeit mit Euch verbringe und nicht bei der Arbeit bin.«

Sie nickte. »Schon. Aber zuerst würde es mich interessieren, wie Ihr es schafft, mit Martha geheime Absprachen zu treffen?«

Er lachte leise. »Dumm ist, wem nicht gelingt, sich mit der Köchin des Hauses auf freundschaftlichen Fuß zu stellen. Das ist selbst in meinem Heimatland eine viel beschworene Weisheit.«

Lena nickte und dachte ohne Mitleid an Anstetter.

»Aber Spaß beiseite. Eigentlich stammt die Idee, dass ich Euch mal entführe, sogar von ihr.«

»Ach was!«

»Doch. Und sie traut mir auch zu, dass ich Euch heil zurückbringe, was mir bei Euren Reitkünsten sicher nicht leichtfallen wird.«

Lena lachte. »Dass ich überhaupt oben bleibe, hat mir mein Großvater aus dem Remstal beigebracht. Meine Großeltern haben dort einen Hof und Weinberge.«

»Aber der eigentliche Grund ist, dass ich Euch etwas fragen will.« Die braunen Augen ruhten prüfend auf ihr.

Verlegen drehte Lena die lange Haarsträhne wieder auf, die sie zwischen ihren Fingern gezwirbelt hatte.

»Wollt Ihr eine Himmelsmalerin werden? Ich könnte auch fragen, ob Ihr mir beim Chorfenster der Franziskaner zur Hand gehen wollt, aber ich dachte, ich drücke mich besser in den Worten Eures Großvaters aus …«

Lena bekam große Augen.

»Nun«, begann er. »Die Arbeit geht nicht so recht voran. Euer Vater sieht zu schlecht.«

Lena nickte. Bei allen praktischen Arbeiten war Altgeselle Johann eine große Hilfe. Glasschneiden konnte er auch leidlich, aber aufs Zeichnen und die anderen Feinarbeiten verstand er sich nicht.

»Und ich soll Euch wirklich helfen?«

Er nickte. »Nicht nur beim Bemalen der Gläser. Ich will auch, dass Ihr schneidet und mir beim Glasblasen assistiert.«

Lena hatte zwar seit ihrem dreizehnten Lebensjahr Glasbilder bemalt, die Vorarbeiten und den Einbau der Gläser hatte aber immer ihr Vater erledigt. Wenn sie den Franken richtig verstand, bot er ihr einen umfassenden Einblick in ein Handwerk, das sie gar nicht lernen durfte. Ihr Herz begann zu klopfen.

»Natürlich bin ich dabei«, rief sie so laut, dass die Vögel im Weidengebüsch aufflogen und die kleine Hirtin überrascht hochschaute. »Und Vater hat wirklich eingewilligt?«

»Wohl oder übel, als er merkte, dass die Arbeit nicht so vorangeht, wie sie sollte.« Er zögerte. »Nur bezahlen darf ich Euch nicht. Und Euer Bräutigam sollte nichts erfahren.«

»Deshalb auch der Mantel.«

»Und, wie findet Ihr die Idee?«

Lena strich über den zarten Stoff. »Mehr als angemessen. Nie würde ich bei Euch so viel verdienen, dass ich mir so ein schönes Stück dafür kaufen könnte.«

Sie fühlte sich plötzlich so leicht wie einer der Vögel in der Baumkrone. Am liebsten wäre sie auf und ab gesprungen vor Freude. Stattdessen winkte sie die Hirtin heran. »Hast du Hunger, Kleine? Wir haben etwas zu feiern, und da sollst du dich auch freuen.«

Aus der Nähe sah das Kind noch abgerissener aus. Ihr Rock war zerlumpt, die Beine dünn und zerkratzt, und ihr Gesicht verschwand fast unter einer dicken Dreckschicht. Sie hatte Brombeeren gegessen, und rund um den Mund hatten sich ihre Wangen blau und lila verfärbt. Lenas Herz tat plötzlich weh, und sie legte dem Kind den ganzen Rest Pasteten und ein paar süße Kuchen dazu in die Schürze. Ungeniert begann die Kleine sofort damit, sich das Gebäck in den Mund zu stopfen.

»Danke!«, nuschelte sie mit dicken Backen und rannte davon.

Lionel stand auf, ging zu den Sätteln hinüber und machte sich an der Packtasche zu schaffen.

»Diese Arbeit könnte Euch frei machen«, rief er. »Ist Euch das klar? In den höchsten Kreisen des Reiches fragt niemand nach einem Meisterbrief. Und wenn Ihr gut genug seid, dürft Ihr als Glasmalerin sogar eine Frau sein.«

Lenas Freude verflog. Ihr Platz war in Esslingen, in einer Werkstatt, die keinen Nachfolger hatte.

»Ich helfe Euch«, sagte sie leise und drängte alles beiseite, was über die nächsten zwei Monate hinausging.

Lionel kam zurück und legte ihr vorsichtig ein weiteres Paket in die Hände. Als Lena es öffnete, fiel ihr ein Dolch in den Schoß – ein Meisterwerk mit einem juwelenbesetzten Griff aus dunklem Holz, der glatt in ihrer Hand lag. Kaum hatte sie die Klinge berührt, fuhr diese ihr unvermittelt in den Finger. »Verflixt!« Sie steckte ihn in den Mund und leckte das Blut ab.

»Vorsicht!«, sagte Lionel. »Das dürfte das schärfste Messer im Neckartal sein.«

»Nicht gerade zum Äpfelschneiden«, kommentierte Lena. Seine ernsten, braunen Augen trafen sich mit ihren.

»Der Dolch ist von Christoph Messerschmied aus Augsburg, der Beste seines Faches. Dort kaufe ich alle meine Klingen. Ich schenke ihn Euch, damit Ihr nie wieder unbewaffnet einem Feind begegnen müsst.«

Ein Teil von Lena malte sich genüsslich aus, Marx Anstetter die schärfste Klinge des Neckartals in den Rücken zu stoßen. Ein anderer Teil schämte sich für diesen Gedanken.

»Aber ich kann nicht damit umgehen.« Ihr Finger glitt noch einmal, diesmal vorsichtiger über die Klinge.

»Das kann man lernen, Madeleine, glaubt mir«, sagte Lionel und kniete sich vor sie. »In den letzten acht Jahren habe ich auf den Straßen des Reiches so manches erlebt. Dort traf ich auch auf fahrende Frauen, Vagantinnen und Artistinnen. Sie alle waren mit Dolchen bewaffnet, denn Schwerter, so sagten sie, seien zu schwer für die meisten Frauen. Schaut her!«

Er hob den Dolch auf, schloss ihre Finger um den Griff und legte seine Hand darum. Lenas Körper kribbelte, und ihr Herz begann zu klopfen. »Haltet die Waffe ganz fest. Und wenn Ihr sie gebrauchen müsst, legt Eure ganze Kraft in den Stoß.« Er hob den Dolch, um den noch immer ihre beiden Hände lagen, und simulierte einen Stoß von oben und von unten. »Wenn Ihr Euren Angreifer töten müsst, solltet Ihr nicht auf den Brustkorb zielen, sondern darunter. Er rutscht sonst an den Rippen ab. Dann setzen die Verletzungen der inneren Organe ihn sofort außer Gefecht.«

Der vorgetäuschte Hieb endete kurz vor seinem Wams und ließ ihr Herz einen Schlag lang aussetzen.

In diesem Augenblick betraten vier Männer die Wiese.

Hinter ihnen erschien das Hirtenmädchen, schaute sich suchend um und pfiff nach seinen Ziegen, die nicht mehr zu sehen waren.

Bedächtig nahm Lionel den Dolch aus Lenas Schoß, erhob sich und ging langsam auf die Satteltaschen zu, wobei er gut gelaunt vor sich hin pfiff. Die Pferde standen im Schatten einer kleinen Baumgruppe und hoben ihre Köpfe. Étoile wieherte alarmiert.

Die Männer trugen Sicheln bei sich. Zunächst hatte Lena noch keine Angst, sondern fragte sich nur, ob jetzt im August noch Heu gemacht wurde. Doch als sie sah, dass sie auch mit Spießen bewaffnet waren und einer der Jungen eine Axt mit sich herumschleppte, biss sie sich auf die Lippe. Ein Tropfen Blut landete auf ihrer Zunge und schmeckte wie rostiges Eisen. Der Älteste mochte um die vierzig sein. Er trug einen dreckstarrenden Leinenkittel. Haare und Bart waren struppig und verfilzt, die Augen trübe und blutunterlaufen. Ebenso zerlumpt waren die halbwüchsigen Jungen, drei plumpe, muskulöse Toren, die Lena mit leerem Blick anstarrten. Der Anführer näherte sich langsam.

»Sanna«, sagte er lauernd zu dem Mädchen, das immer noch hinter ihm herlief. »Lass uns mal allein und such die Ziegen!«

Blitzschnell nahm die Kleine Reißaus. Lena spürte die Angst wie eine Welle, die sie erfasste und ihr Herz wild klopfen ließ. Da war der Mann auch schon bei ihr, kniete sich auf den Boden, richtete seinen Sauspieß auf sie und hob ihr Kinn mit seinem schwieligen Zeigefinger ein Stück an.

»Was für einen süßen, rothaarigen Käfer haben wir denn da«, sagte er mit einer Stimme, die glatter war als geschmolzene Butter. »Wir können's dir sicher besser besorgen als der feine Pinkel da.«

Obwohl Lena vor Ekel und Angst fast verging, brachte sie kein Wort heraus. Lionel machte sich noch immer in aller Ruhe an seiner Packtasche zu schaffen. Tränen traten in ihre Augen, als der Mann seine Augen gierig über ihren Körper wandern ließ. Dann bohrte er die Spitze seines Messers in den Stoff ihres hellgrünen Kleides, das an dieser Stelle zerriss. Unwillkürlich rutschte sie ein Stück nach hinten, doch die Spitze folgte ihr.

»He, Schlappschwanz, wenn du aufmuckst, ist deine kleine Buhle tot«, rief der Anführer Lionel zu und gab dann seine Anweisungen. »Matze, du holst dir den Weißen. Und du, Christian, die braune Stute. Lux, du erledigst den Mann.«

Hier ging es also um die Pferde! Die Kerle waren zwar armes Diebsgesindel, aber nicht so dumm, dass sie nicht erkannten, dass Bonne ihnen gutes Geld, Étoile aber ein Vermögen einbringen würde.

»Worauf wartet ihr?«, drängte der Anführer.

Einer der Jungen hob beschwichtigend die Arme und näherte sich Étoile, der hoch und schrill wieherte.

»Ho, ho«, rief er und hob seine Axt über den Kopf. Nicht wirklich klug, dachte Lena. Dann ging alles sehr schnell. Der Weiße stieg, und einer seiner Hufe traf mit einem satten Schlag den Kopf des Jungen, der in den Knien einknickte und zu Boden sackte. Étoile stemmte die Beine in den Boden, rollte mit den Augen und legte die Ohren zurück. Lena hörte Hufgetrappel, und im nächsten Moment sprang ein Pferdekörper über sie hinweg und galoppierte davon. Bonne!

»Mistvieh«, schrie Christian, setzte sich in Bewegung und folgte der Stute halbherzig.

»Verdammt, mach schneller!«, rief der Alte. Als er sich umdrehte, kratzte der Spieß über Lenas Bauch.

Jetzt wirbelte Lionel herum. Einen Moment später krachte seine Faust auf den Kiefer von Lux, der lautlos zu Boden ging, und dann war er endlich bei Lena und riss den Anführer hoch. Das Messer, Lenas neuste Errungenschaft, lag an dessen Kehle. Da, wo sich die scharfe Schneide wie von selbst in seine Haut bohrte, sah sie eine dünne Perlenkette aus Blutstropfen, die sie unwillkürlich an Pater Ulrich erinnerte. Lenas Magen begann zu rumoren.

»*Tirez-vous, conards!*«, sagte Lionel leise. »Pack dich mit deinen missratenen Bastarden und nähere dich nie wieder meiner Freundin und meinen Pferden.«

Lena wusste, dass er, wenn er zornig war, ins Französische fiel. Doch dass er, wenn er vor Wut beinahe platzte, nicht brüllte, sondern flüsterte, war ihr neu. Scharf sog sie die Luft ein, als er dem Anführer die Klinge einmal quer über die Kehle zog, dann stieß er ihn von sich. Mit beiden Händen fasste sich der Angreifer an den Hals, aus dem das Blut auf seinen Kittel tropfte. Er schrie gurgelnd nach seinen Söhnen und knickte in den Knien ein.

»Ich sterbe«, schrie der Mann.

»Leider nicht!«, sagte Lionel. »Aber das nächste Mal …«

Matze gab die Verfolgung von Bonne auf und half seinem Vater auf die Füße. Gemeinsam mit Lux, der sich selbst wieder aufgerappelt hatte, schleppten sie sich zu Christian, zogen diesen in die Höhe und verließen schnell die Wiese.

»Geht's wieder?« Lionel berührte Lena sanft an der Wange.

»Warum hat das so lange gedauert?«, fragte sie und hoffte, dass er seine Hand niemals wegnehmen würde.

»Es gibt immer einen richtigen Moment, Madeleine. Bei vier Angreifern und dir als Geisel musste ich die Pferde ihren Part erledigen lassen.«

Bonne und Étoile tranken am Bach. Nicht weit davon stand wie festgewurzelt die kleine Hirtin. Lena rappelte sich mit zitternden Knien auf und näherte sich dem Mädchen. Dieses wich vor ihr zurück wie ein scheuer Waldgeist.

»Sag, Sanna.« Lena kniete sich vor sie auf den Boden. »Hast du auch eine Mama?«

Die Kleine schwieg zunächst, dann schüttelte sie den Kopf.

»Du lebst doch nicht bei diesen Halsabschneidern?«

Die Kleine nickte. »Das ist mein Onkel Ruedi und seine Söhne«, flüsterte sie. Tränen traten in ihre Augen.

Aus dem Augenwinkel sah Lena, dass Lionel die Pferde sattelte.

»Aber Sanna, sind die denn gut zu dir?«

Jetzt flossen die Tränen so reichlich, dass sie Rinnsale in das dreckige Gesicht zeichneten. Lena nahm sie in die Arme, und Sanna schluchzte und weinte an ihrer Schulter.

»Er kommt jede Nacht in mein Bett. Der Onkel kann halt nicht …« Sie holte tief Luft. »Er kann halt nicht seine Finger von mir lassen.«

Lena lief es eiskalt über den Rücken. »Magst du mit uns kommen, Sanna?«, fragte sie. »Mit heim zu mir und zu Martha?«

Die Kleine nickte. Schlimmer als bei Onkel Ruedi und den Vettern konnte es bei Lena schwerlich sein.

Lionel führte die Pferde heran. Bonne rieb ihren Kopf an Lenas Arm.

»Sanna kommt mit uns«, sagte sie. »Ich nehme sie zu mir aufs Pferd.«

Zweifelnd starrte Lionel auf das Häufchen Elend zu Lenas Füßen. »Wenn Ihr meint, dass unter dem Dreck kein Kobold, sondern ein Kind hervorkommt, soll's mir recht sein!«

Lena antwortete nichts darauf, sondern stieg aufs Pferd.

»Komm, du Floh«, sagte Lionel und setzte Sanna vor sie in den Sattel. Der neue Umhang reichte aus, um die Abendkühle von ihnen beiden abzuhalten. Sannas Traurigkeit und ihre schlechten Erinnerungen schienen in Lenas warmen Armen keine Bedeutung mehr zu haben. Während Bonne sich langsam in Bewegung setzte, lehnte sie sich an Lena und schlief nach kurzer Zeit ein. Schweigend ritten Lionel und Lena nebeneinanderher.

»Ihr hättet ihn fast getötet«, stellte sie fest.

»Er ist haarscharf daran vorbeigeschrammt.«

Bonne setzte ihre Hufe so sanft auf, als wüsste sie von ihrer kleinen, traurigen Last, und Lena spürte den Kopf des Kindes an ihrer Brust. Daheim würde Martha den Läusekamm für sie beide raussuchen müssen, dachte sie müde. Kurze Zeit später war sie auch eingenickt. Als sie auf dem Uferpfad am Neckar waren, erwachte Lena mit einem Ruck. Bonnes Zügel lagen in Lionels Hand, und das Kind war im Tiefschlaf auf den Sattelknauf gesunken. Da war ein Gedanke, eine flüchtige Erinnerung an die schreckliche Nacht in der verrufenen Schenke plötzlich aufgetaucht, wie ein schwarzer Flügel, der sie gestreift hatte. Prior Balduin kann die Finger nicht von den Novizen lassen, hatten die Huren gesagt.

»Lionel?«, fragte sie leise.

»Ihr seid wach?« Er schaute weiter nach vorne.

»Mir ist etwas eingefallen. Ich glaube, ich habe doch etwas Wichtiges im Schwarzen Eber erfahren.«

Jetzt wandte sich Lionel zu ihr um. »Da ist ein Mörder in Esslingen, der nur auf weitere Schnüffler wartet, denen er die Kehle durchschneiden kann. Auch wenn er dabei nicht halb so geschickt ist wie ich.«

»Sagt, wenn der Prior nicht die Hände von den Novizen lassen kann, ist das dann schlimm?«

Lena erkannte an seinen zuckenden Schultern, dass er lachte. »Ihr fragt mich, ob Sodomie schlimm ist oder nicht?«

»Sodo – was?«

»Zwingt mich nicht, es zu erklären«, sagte Lionel.

Er wartete, bis sie ihn eingeholt hatte. »Was die Mönche miteinander tun, gilt tatsächlich als schlimmer, als wenn sie das Gebot der Keuschheit mit einer Frau verletzen. Wenn sie der weltlichen Gerichtsbarkeit verfallen, droht Sodomisten der Tod.«

Männer mit Männern? Lena hatte keine Ahnung, wie das gehen konnte.

»Ist das ein Grund, um jemanden umzubringen?«, fragte sie.

Lionel zuckte die Schultern. »Was die Mönche unter der Decke treiben, interessiert so lange niemanden, bis es bekannt wird. Wenn es ans Licht kommt, wäre es ein Motiv.«

17

Am nächsten Morgen stand Lena pünktlich nach Sonnenaufgang vor der Tür des Zeichenraums. Lionel kam kurz danach, die Haare noch feucht vom Brunnenwasser, mit dem er sich gewaschen hatte. Er schloss auf und ließ Lena eintreten. Auf dem Arbeitsplatz ihres Vaters lagen seine Gläser verstreut – blaue, rote, goldgelbe und grasgrüne, so farbenprächtig wie ein Garten im Herbst. Gerade in Arbeit war das Fenster, das die Auffindung Mose durch die ägyptische Prinzessin zeigte. Lena betrachtete es lange. Ein arabischer Bogen, der sich aus einer Blattranke ergab, umrahmte zwei Frauen. Die Äußere, die ganz rechts stand, legte ergriffen den Kopf auf die erhobenen, gefalteten Hände. Die andere bückte sich nach dem kleinen Moses, der in seinem sichelförmigen Körbchen auf den Wellen des Nil schaukelte.

»Ihr seid fast so gut wie mein Großvater«, sagte sie. Dabei wusste sie genau, dass Lionel besser war, wirklicher und mehr der neuen Zeit angepasst, aber das würde sie ihm niemals auf die Nase binden.

»Danke.«

»Und was kann ich jetzt tun?« Voller Tatendrang sah sie sich in der Werkstatt um.

Lionel sah sie an und lachte. »Nun, ich habe noch niemals einen Lehrling ausgebildet. Ich dachte eigentlich, wenn es mal dazu kommen würde, wäre es ein aufsässiger, fauler und pickliger Bengel, dem ich hin und wieder – eins hinter die Löffel gebe, sagt man so? So wie es Maitre Thierry aus Paris bei mir gemacht hat, dem ich eine wahrhaft alttestamentarische Plage war. Aber ein übereifriges, junges Mädchen. An den Gedanken muss ich mich erst einmal gewöhnen.«

Er deutete auf Lenas Zeichentisch, auf dem nichts weiter lag als der Entwurf ihres Engels – der, den er aus ihrer Dachkammer gerettet hatte. »Voilà – der Entwurf für Euer eigenes Glasfenster.«

Lena bekam große Augen. »Ein eigenes Fenster, ganz allein von mir?«

»Ja, was denn sonst? Ich habe genau zwei Monate Zeit, um euch alles zu zeigen, was Ihr noch nicht könnt. Findet Ihr nicht, dass wir da jetzt anfangen sollten? Heute Nachmittag zeichnet Ihr dann für mich das Kreuzblattmuster im Hintergrund der Auffindung Mose.«

Lena schluckte und ging auf den leeren Tisch zu. »Ich weiß, was ich tun muss«, sagte sie. Wohl tausendmal hatte sie gesehen, wie ihr Vater den von ihr gezeichneten Entwurf auf einen Riss übertragen hatte, der als Vorlage für das zu schneidende Glas diente. Aber selbst getan hatte sie es noch nicht. Ein Raster musste her, durch das sie den kleinen Engel mit seinem faltenreichen Gewand und der so gekonnt gezeichneten Körperdrehung vergrößern konnte. Und eine Idee für den Hintergrund. Lena ging an die Arbeit.

»Morgen werdet Ihr dann Eure eigenen Gläser blasen«, sagte Lionel beiläufig, während er seine Zeichenutensilien auspackte und einen feinen Haarpinsel an seinem Handgelenk auf seine Festigkeit überprüfte. In aller Seelenruhe verdünnte er das flüssige Schwarzlot mit Wein.

Lena nickte. Ansatzweise hatten sie das ja gestern besprochen.

»Das hattet Ihr eigentlich ›assistieren‹ genannt.« Wie viel Angst sie davor hatte, ihre ersten Gläser zu verhunzen, zeigte sie ihm lieber nicht.

Den ganzen Morgen arbeiteten sie Seite an Seite an den verschiedenen Entwürfen. Meistens schwiegen sie. Zur Vesperzeit stellte sich Lena hinter ihren Lehrmeister, biss in ihr Brot und schaute ihm über die Schulter. Wie durch Zauberei entstanden unter seinen Händen die feinen Gesichter der beiden Ägypterinnen. Dann ging er daran, die Gewänder zu schattieren. Es gelang ihm so gut, dass Lena dachte, die Frauen würden aus dem Hintergrund heraustreten und in der Werkstatt herumspazieren. Nebenbei sog sie den Duft nach Leder ein, der von ihm ausging. Lionel wusch sich offensichtlich jeden Tag und ging am Samstag ins Badehaus. Lena kannte niemand, der so auf Sauberkeit achtete und niemals nach ungewaschenen Kleidern und Schweiß roch.

»Euer Moses ist wie meine kleine Sanna«, sagte sie mit vollem Mund. »Die habe ich auch unerwartet gefunden. Und ein Fluss war auch nahe dabei.«

»Nur, dass Ihr keine ägyptische Prinzessin seid und Euer Bettelkind uns nicht durch die Wüste führen wird.«

»Das kann man nicht wissen«, protestierte sie. »Unter dem ganzen Dreck ist ein niedliches kleines Mädchen hervorgekommen. Martha ist ganz vernarrt in sie.«

Dass Martha aus allen Wolken gefallen war, als sie die verdreckte Hirtin gesehen hatte, erzählte sie Lionel lieber nicht. Auch nicht, wie sehr der Läusekamm gezogen hatte, mit dem sie Lena fluchend durch den hüftlangen Schopf gefahren war, bevor sie die Prozedur an Sanna wiederholt und beide dann in einen hohen, heißen Badetrog gesteckt hatte. Erst, als Sanna sauber geschrubbt und beide läusefrei waren, legte sich Marthas Zorn und wich ihrer gewohnten Mütterlichkeit. Im Moment stand Sanna wahrscheinlich auf einem Schemel in der Küche und lernte, wie man Milchbrei mit Honig kochte.

»Was sind denn das da links für Klötze?«

Lionel strich sich ein paar Brösel von der Schulter. »Wenn Ihr schon hinter mir stehen und mit vollem Mund sprechen müsst, solltet Ihr mich nicht auch noch vollkrümeln. Die Klötze, die Ihr da seht, sind Architekturen.«

»Ach, tatsächlich?« Lena runzelte die Stirn. Die Häuser, die ihr Vater manchmal in seine Glasbilder einfügte, sahen anders aus. »Sie sind so komisch schief.«

Er lachte. »Das gibt sich, wenn sie bemalt sind. Es geht darum, dass sie räumlich wirken. Eines Tages entdeckt sicher jemand das Gesetz, nach dem sich Dinge auf der Fläche so gestalten lassen, dass sie sich so verkleinern, wie es die Dinge zum Horizont hin wirklich tun. Aber vorerst muss ich mich mit dem optischen Eindruck begnügen.«

In diesem Moment klopfte es an der Tür. Lena sprang auf und öffnete. Auf der Schwelle stand Pater Thomas von Mühlberg und strich sich die Kapuze zurück. »Gott zum Gruße, Lionel. Und Jungfer Magdalena, wie ich sehe. Ich wollte mich vom Fortschritt der Arbeiten überzeugen.«

»Madeleine ist meine Assistentin«, beeilte sich der Burgunder zu erklären. »Sie hilft mir, weil ihr Vater dazu gerade nicht in der Lage ist.«

»So so.« Prüfend blieb der scharfe Blick des Franziskaners an Lena hängen, die verlegen ihr Kleid glattstrich.

»Was die Zunft und ihr Bräutigam dazu sagen werden, ist Euch wohl egal.«

»Genau!«, sagte Lionel fröhlich.

Lena trat von einem Fuß auf den anderen.

»Habt Ihr etwas von Eurem Freund Valentin Murner gehört?«, wandte sich Pater Thomas an Lena.

Traurig schüttelte sie den Kopf. »Er ist noch immer verschwunden. Aber ich mache mir Gedanken, aus welchem Grund der Dominikaner wohl …«

Lionel drehte sich abrupt um. »Madeleine, könntet Ihr mir bitte aus der Küche einen Krug frisches Wasser bringen?«

»Ja, natürlich.« Lena drehte sich um, stolperte über ihre eigenen Füße und verließ den Zeichenraum.

Der Tag war frischer als der gestrige. Über dem Hof stand ein blankes, blaues Himmelsviereck. Darunter lag Marthas duftender Blumengarten noch im Schatten. Zwischen helllila Astern und rotgoldener Kapuzinerkresse hockte Sanna und streichelte einen kleinen Hund.

»Streuner! Streunerle!« Lena stürzte zu ihm hin und legte ihre Hand auf den schmalen, spitzen Kopf des schwarzweiß gefleckten Kerlchens. Tränen traten in ihre Augen.

»Lena, kennst du den denn?«, fragte Sanna.

»Ja, natürlich, er gehört einem Freund von mir.«

Eigentlich stimmte das nicht ganz. Streuner war der Baustellenhund der Liebfrauenkapelle, der nachts die Baustelle gegen unliebsame Besucher verteidigen sollte und tagsüber zwischen den Bauleuten nach etwas Essbarem suchte. Er war zwar als Wachhund etwas klein geraten, aber Meister Heinrich Parler hatte einen Narren an ihm gefressen, denn Fremde verbellte der kleine Kerl zuverlässig. Und als Valentin seine Lehre begann, folgte ihm Streuner so konsequent, als hätte er sein lang vermisstes Herrchen wiedergefunden – so lange, bis Valentin verschwand und Streuner mit ihm.

Lena vergaß den Auftrag, den Lionel ihr gegeben hatte, raffte ihre Röcke, rannte zurück zur Werkstatt und trat über die Schwelle. »Meister Lionel, Bruder Thomas«, rief sie. »Da draußen sitzt Streuner.«

»Wer?« Lionel, der gerade begonnen hatte, die Architekturen im Hintergrund zu bemalen, hob unwillig den Kopf.

»Valentins Hund!«

»Lasst sehen!« Bruder Thomas wandte sich neugierig zur Tür. »Tatsächlich. Da sitzt so ein kleiner Köter zwischen den Blumen. Ein Mädchen streichelt ihn selbstvergessen, und er scheint es zu genießen.«

»Welch ein Idyll!« Lionel stand auf und schaute ebenfalls aus der Tür. »Seid Ihr sicher, dass es keine schwarzweiß gefleckte Ratte ist?«

Streuner erhob sich, wedelte mit dem Schwanz und kläffte leise in ihre Richtung. Lionel ging in aller Seelenruhe wieder an die Arbeit.

Lena stemmte zornig die Hände in die Seiten. »Begreift Ihr nicht, was das bedeutet?«

»Nein, nur dass ich dieses Glasbild heute noch fertig malen muss«, sagte er gallig. »Und eigentlich war Eure Hilfe dabei eingeplant.«

»Dann seid Ihr dümmer, als ich dachte.« Lena redete sich in Rage. »Da draußen sitzt Streuner, der ebenso lange verschwunden war wie Valentin. Vielleicht weiß der Hund, wo er ist.«

Lionel schaute sie spöttisch an. »Ihr könnt ihn ja mal fragen.«

Plötzlich öffnete sich die Tür. Renata stand auf der Schwelle. Sie sah mitgenommen aus, unter ihren dunklen Augen lagen tiefe Schatten, und einige Haarsträhnen hatten sich aus ihrer sonst so ordentlich gesteckten Haube gelöst.

»Lena, Meister Lionel, seid Ihr da? Ich muss dringend ...«

Als sie Bruder Thomas sah, gefror ihr das Wort auf Zunge. Dann schien sie einen Entschluss zu fassen, straffte sich und trat ein.

»Ehrwürdiger Vater.« Sie begrüßte den Mönch, der den Kopf kaum merklich neigte und dann seine Hand zum Segen erhob.

Lena stand auf und schloss ihre Freundin in die Arme. »Schön dich zu sehen. Was führt dich zu uns?«

Renata schaute sie prüfend an. »Ich muss etwas sehr Wichtiges mit euch besprechen. Ich weiß nur nicht, ob Vater von Mühlberg das wirklich hören will.«

Der Mönch zog seine Kutte glatt und richtete den Strick mit den drei Knoten, der ihm als Gürtel diente, mittig aus. »Ich wollte sowieso gerade gehen.«

Lionel drehte sich um. »Thomas von Mühlberg ist vollständig vertrauenswürdig, Frau Renata.«

Verwirrt schaute Lena von einem zum anderen.

»Meinetwegen. Bleibt!« Renatas braune Augen trafen sich kurz mit Bruder Thomas' grauen. Sie nahm auf einem der Schemel Platz, die sonst die Lehrjungen benutzten. »Ich war schon bei Martha«, sagte Renata. »Sie sagte mir, dass du wieder Glas malen darfst, Lena. Wie schön für dich.«

»Dank Meister Lionel.«

»Aber deshalb bin ich nicht gekommen. Ich will euch ein Geheimnis anvertrauen, das bei euch so sicher sein muss, als hättet ihr darauf einen Eid geschworen.«

Prüfend schaute sie in die Runde – der graubärtige Mönch, der Glasmaler mit seinen warmen, braunen Augen und die junge Lena, die manchmal schneller handelte als sie nachdachte. Das Wagnis war groß, aber sie konnte niemanden sonst ins Vertrauen ziehen.

Und doch, es musste raus, und sie durfte keinen Tag länger damit warten. Renata holte tief Luft. »Valentin ist bei mir. Und damit liegt sein Leben jetzt auch in eurer Hand.«

»Aber …«, rief Lena.

»Schhh!«, machte Bruder Thomas. Der Mönch trommelte mit seinen Fingerspitzen auf die Tischplatte und dachte nach.

»Also darum sitzt Streuner in unserem Blumengarten«, sagte Lena.

»Der kleine Kerl ist mir nachgelaufen.« Renata schüttelte den Kopf und lachte leise. »Das habe ich allerdings erst in der Stadt gemerkt.«

»Und Franz?«, fragte Lena.

»Oh, der ist bei Valentin gut aufgehoben.«

»Erzählt doch einfach von Anfang an«, schlug Lionel vor.

Renata seufzte tief. »Nun, so viel zu berichten gibt es da gar nicht. Am Tag, als der Mord geschah, stand Valentin schon frühmorgens vor der Tür, voller Blut und am Ende seiner Kräfte. Und seitdem ist er bei mir.«

Bruder Thomas sah sie nachdenklich an. »Und du hast immer an seine Unschuld geglaubt.« Du – dachte Lena perplex, und Lionel hob überrascht die Augenbrauen.

»Thomas, ich bin mir meiner Sache völlig sicher.«

»Aber Ihr habt doch selbst Zweifel an Valentins Schuld geäußert«, erinnerte Lena den Arzt.

Renata legte ihre Hand auf Lenas. »Wie gut, dass es dich gibt, Lena. Du glaubst gar nicht, wie viel Mut du Valentin gemacht hast, weil du für ihn eingetreten bist. Aber jetzt – geht es nicht mehr. Am Tag nach meinem ersten Gespräch mit Hardenberg – du weißt schon, Lena, als es dir so schlecht ging – kreuzte er bei mir auf und durchsuchte mit seinen Bewaffneten mein Haus. Ich konnte Valentin gerade noch ins Verlies im Keller stecken, das er bisher nicht gefunden hat. Und jetzt steht er alle paar Tage vor meiner Tür, will dies, will das, und nimmt mir nicht ab, dass ich nichts von Valentin weiß.«

»Womit er ja auch richtig liegt«, warf Lionel ein.

Sie zuckte die Schultern. »Und Valentin kann langsam nicht mehr. Heute sprach er davon, sich zu stellen.«

»Auf keinen Fall«, sagte Lionel.

»Er ist mit den Nerven am Ende. Täglich spielt er Schach mit Franz. Wie schlecht es ihm geht, sehe ich daran, dass der Kleine immer häufiger gewinnt.«

»Kluges Kerlchen«, sagte Bruder Thomas. Renatas scharfer Blick traf ihn.

»Wir müssen also etwas unternehmen«, meinte Lionel. »Valentin muss Esslingen verlassen.«

»Das sollten wir gründlich überdenken.« Der Mönch stand auf, ordnete seine Kutte und zog die Kapuze über den Kopf. »Wartet auf mich!« Mit diesen Worten trat er aus der Werkstatt und verschwand.

Als von der Kirche St. Dionys das mächtige Mittagsgeläut zum Angelus einlud, ging Lena in die Küche und holte Brot und Fleisch. Nach der Mahlzeit bemalte Lionel in aller Seelenruhe seine Hausfragmente weiter. Lena versuchte ebenfalls weiterzuarbeiten, aber Renatas Unruhe übertrug sich auf sie, so dass sie viel zu nervös war, um ihren Engel auf den vergrößerten Riss zu übertragen. Schließlich hielt sie es nicht länger aus und stellte sich in die Tordurchfahrt zur Seitengasse. Und dann sah sie sie. Bruder Thomas kam nicht alleine. Unter der zweiten Kapuze versteckte sich niemand anders als Prior Johannes selbst.

»Hochwürden«, flüsterte Renata und küsste ihm die Hand.

»Steht auf, meine Tochter«, sagte der Prior und segnete nacheinander Renata, Lena und Lionel.

»Habt Ihr wohl einen Schluck Wein für mich, Jungfer Lena?« Er rieb sich die Hände. »Es ist ein mächtig heißer Tag.«

Lena goss ein und reichte ihm, noch immer ziemlich sprachlos, den Becher. Der Prior trank einen Schluck.

»Nun«, sagte er dann. »Bruder Thomas hat mich schon ins Bild gesetzt. Und er hat mich überzeugt, dass es richtig ist, dem Jungen zu helfen. Damit Recht geschieht und die Wahrheit ans Licht kommt.«

Nachdenklich wusch Lionel seine Pinsel aus. »Die, was den Dominikaner angeht, anders aussehen könnte, als Ihr erwartet.«

»Das wird sich herausstellen, wenn Licht in das Dunkel rund um diesen Mord gebracht wird. Und darum habe ich mich entschlossen, dem Jungen Asyl im Franziskanerkloster zu gewähren, bis alles geklärt ist.«

Thomas nickte. »Damit steht er unter dem Schutz des Königs.«

Renata sah aus, als hätte man ihr eine zentnerschwere Last von den Schultern genommen. »Dann lasst uns keine Zeit verlieren.«

»Wir gehen am besten in zwei Gruppen«, schlug Lionel vor. »Prior Johannes und Bruder Thomas zuerst. Ich werde Frau Renata und Jungfer Madeleine begleiten.«

Auf einmal wurde es Lena ganz heiß vor Freude. Valentin war gefunden und der Verdacht, unter dem er stand, war plötzlich nicht mehr lebensbedrohlich. Im Gegenteil, der König selbst schützte ihn durch den Franziskanerorden, den er mit ganzer Kraft förderte. Wir schaffen das, dachte sie. Gemeinsam geht alles. Und plötzlich erschien ihr auch ihr eigenes Schicksal nicht mehr ganz so aussichtslos. Vielleicht gab es ja doch eine Möglichkeit, der Hochzeit mit Marx Anstetter zu entgehen. Übermütig rannte sie zum Haus und stieß in der Tür mit Sanna zusammen, die den kleinen Streuner auf dem Arm hielt.

»O Lena«, bat sie. »Können wir den nicht behalten?«

»Ich fürchte nein, Sanna. Er gehört schon jemandem, und dem bringen wir ihn jetzt zurück.« Vorsichtig nahm sie dem enttäuschten Mädchen den Hund ab, der sich in ihre Armbeuge schmiegte, als sei er da zu Hause.

»Jetzt geht es heim zu Valentin«, flüsterte sie ihm zu, sagte Martha Bescheid und traf sich im Hof mit Renata und Lionel. Er hatte sich mit einem Kurzschwert gegürtet, das die gleiche Machart wie ihr Dolch aufwies.

»Falls Euch unterwegs einfällt, auf Mörderjagd zu gehen«, sagte er und sperrte sorgfältig die Werkstatt ab. Die Mönche waren schon vorausgegangen.

Langsam, fast gemächlich brachen sie in Richtung des Mettinger Tors auf. Weiße Wolken trieben über den schmalen, blauen Himmelsausschnitt, der zwischen den Häusern sichtbar wurde.

Eine Straßenecke weiter hielt Lionel seine Begleiterinnen an der Schulter zurück. Am nahe gelegenen Fürstenfelder Pfleghof hatte sich ein Menschenauflauf gebildet. Der Pfleger Pater Ambrosius, ein Zisterzienser aus dem Mutterkloster bei Fürstenfeld, stand auf den Stufen und verabschiedete eine Gruppe schwerbewaffneter Ritter, die mit ihren riesigen Pferden die Gasse verstopfte.

»Streitrösser.« Lionel pfiff durch die Zähne. »Die kosten ein Vermögen.«

Auf den Waffenröcken der Krieger prangte der Adler, das Zeichen des Königs. Vorratstaschen wurden herangeschleppt, Befehle durcheinandergebrüllt, Knappen hielten die Zügel und halfen ihren Rittern beim Aufsitzen. Neben dem Pfleger stand die Magd Loisl und dahinter ... nein, das konnte nicht sein! Lena starrte hinüber, aber es ging zu schnell. Die Tür öffnete sich und verschluckte einen Mann, der Anstetter zum Verwechseln ähnlich sah.

In diesem Moment sprang der kleine Streuner mit einem eleganten Satz von Lenas Arm, hob an der nächsten Hausecke sein Bein und verschwand zwischen den stampfenden Hufen der Pferde.

»Streuner«, schrie Lena und lief hinterher.

Augenblicklich war sie umgeben von heißen, unruhig stampfenden Pferdeleibern, denen sie kaum bis zur Widerrist reichte. Ihre riesigen Köpfe nickten nervös und stießen Wolken dampfenden Atems aus. Die dunklen Augen rollten in den Höhlen und ließen das Weiße sichtbar werden.

»Verzieg di!«, schrie einer der Ritter mit unverkennbar bayrischem Akzent.

Verunsichert hielt Lena inne und suchte auf dem Boden nach Streuner. Der Ausreißer würde sich doch wohl finden lassen, bevor die Viecher ihre Beine hoben! Aber wo steckte er nur? Da drehte sich eins der Rösser leicht und streifte Lena an der Schulter, die den Halt verlor, stolperte und sich plötzlich zwischen den aufstampfenden Hufen wiederfand, allesamt so groß wie Marthas Bratpfannen. Irgendwo weit weg hörte sie Renata schreien. Streuner, wo bist du bloß? Auf allen vieren hielt sie nach dem kleinen Hund Ausschau. Wie schrecklich, wenn ihm gerade heute etwas passieren würde. Der riesige Apfelschimmel vor ihr tänzelte unruhig zur Seite und ließ nach hinten eine Portion Pferdeäpfel ab, deren scharfer Geruch ihr in die Nase stieg. Sein Reiter fluchte lautstark und zog unsanft am Zügel. Lena schaute auf. Weit oben vor dem blauen Himmel saß ein Mann im Sattel, dessen langes schwarzes Haar in einem plötzlichen Windstoß flatterte. Dunkle Augen, glatt und hart wie Flusskiesel, trafen sich mit ihren. Lena wurde es plötzlich eiskalt. Sie kannte den Mann. Es war der Bote des Königs. Unsanft riss eine Hand sie auf die Füße.

»Merde! Müsst Ihr Euch immer in Gefahr bringen?«, polterte Lionel.

Er wollte sie fortziehen, aus der Reichweite der Hufe, aber Lena stand da wie festgewachsen und konnte die Augen nicht von dem Reiter abwenden, über dessen Gesicht plötzlich ein Lächeln glitt. Er entblößte sein weißes Wolfsgebiss und deutete eine Verbeugung an, die nur Lena galt. Sie schluckte. Plötzlich wurde sie so schlaff wie eine Stoffpuppe, die Knie knickten unter ihr weg, und sie ließ sich von Lionel fortziehen, zurück zu Renata, die einen zufriedenen und unverletzten Streuner auf dem Arm hielt. Lionel packte sie und schüttelte sie, bis ihre Zähne klapperten.

»Warum muss man Euch ständig das Leben retten!«

Seine Augen blitzten vor Zorn. »Morgens, mittags, abends und erst recht um Mitternacht. Aber was tut Ihr, wenn mal kein Retter zur Verfügung steht?«

Lena wollte protestieren. Den gestrigen Überfall hatte sie doch wohl kaum provoziert. Aber Renatas sanfte Hand legte sich auf seinen Arm. »Lasst es gut sein! Lena wollte nur Streuner retten.«

Dieser fing wie auf Kommando an zu fiepen.

»Mistköter!«, fluchte Lionel, drehte sich um und stapfte davon. Renata hakte Lena unter.

»Muss dieser Mann immer so zornig werden?«, beschwerte sie sich.

Doch ihre Freundin lachte nur leise, nahm sie am Arm und zog sie mit sich.

18

Als Valentin Lena mit dem burgundischen Glasmaler durch die Tür kommen sah, brach sein Herz zum zweiten Mal. Er kannte sie gut genug, um zu sehen, was sie für den Fremden empfand. Trotzdem lag sie einen Moment später in Valentins Armen. Ihre Haare waren seidenweich und dufteten nach Renatas Lavendelseife, und ihr Körper war seinem so nah, dass er dachte, für diesen Augenblick hatten sie sich gelohnt, diese endlosen Tage, an denen er sich hier vergraben hatte, immer die Spürhunde des Herzogs auf den Fersen.

»Ich bin so froh«, flüsterte sie.

»Und ich erst.« Er strich ihr eine lange Haarsträhne aus dem Gesicht. »Danke, dass du mich nicht aufgegeben hast.«

Sie hatte für ihn gekämpft, die ganzen Wochen lang, hatte sich gegen die ganze Stadt aufgelehnt und dabei sogar ihren guten Ruf aufs Spiel gesetzt.

Renata nickte ihm zu und begann dann mit Lenas Hilfe, die Gäste zu bewirten. Am Tisch saß Prior Johannes und schaute sich neugierig die Heilkräuter an, die akribisch geordnet an der Decke hingen und trockneten. Bruder Thomas hatte sich auf die Bank gesetzt. Lionel Jourdain schwieg, ließ sein Kurzschwert umgegürtet und setzte sich dazu.

Lena und Renata verschwanden in der Küche und trugen eine Vesper aus frischem Brot, Käse, Räucherwurst und Eiern auf. Dazu servierten sie den ersten Traubenmost aus Renatas kleinem Weinberg. Franz schnappte sich ein

Brot, das ihm der Franziskaner mit Käse belegte. Renata runzelte die Stirn, als sie die beiden zusammen sah, sagte aber nichts.

Die ganze Zeit war Valentin in ihrem Haus sicher gewesen. Welch großes Risiko war die Apothekerin für ihn eingegangen! Als Gegenleistung dafür hatte er sich nützlich gemacht, Renatas Dach und ihre Fensterrahmen repariert, ihren Brunnen gesäubert, den Garten umgegraben und ihre Trauben und Äpfel gepflückt. Renatas Kate war ein sicheres Versteck gewesen, bis der Hardenberger vor einiger Zeit aufgetaucht war und zu schnüffeln begonnen hatte. Jeden Tag stand er vor der Tür und bat sie um Hilfe. Mal brauchte er eine Salbe für die Schürfwunde, die sich sein Pferd im Wald zugezogen hatte, mal hatte einer seiner Männer einen Blasenkatarrh, mal ein verstauchtes Bein. Aber immer schaute er unangemeldet und plötzlich vorbei, ließ seine Blicke neugierig durch den Raum schweifen und überprüfte die Bohlen des Fußbodens auf ihre Haltbarkeit. Es wäre nur eine Frage der Zeit gewesen, bis er das Kellerverlies entdeckt hätte, das Renatas Gemahl noch zu Lebzeiten zum Schutz gegen die Württemberger eingebaut hatte. In den letzten Tagen hatte sie schon frühmorgens Ausschau nach dem ungebetenen Besucher gehalten, hatte mit müden Augen den Hang in Richtung Esslingen abgesucht, ob er sich mit seinen Männern vielleicht schon an den Aufstieg machte. Kein Wunder, dass Renata dem Druck nicht mehr standgehalten hatte. Und Valentin selbst war es langsam egal, ob er lebte oder starb. Heute Morgen war das Maß voll gewesen. Als er Renata gestanden hatte, dass er plante, sich zu stellen, war sie in die Stadt hinuntergewandert und hatte Hilfe geholt. Valentin wusste nicht, was er davon halten sollte. Sie hatte so viele Leute mitgebracht.

Nach dem Essen war die Zeit für ein offenes Wort gekommen.

»Mein junger Freund.« Der Prior schaute ihn aufmunternd an, und er blickte finster zurück. Zu viel Freundlichkeit machte ihn misstrauisch. »Eure Leidenszeit hat jetzt ein Ende. Ihr steht unter meinem persönlichen Schutz.«

»Und unter dem des Königs«, warf Lena vorwitzig ein.

»Nun, wenn Ihr es so nennen wollt.« Johannes lehnte sich zurück und faltete zufrieden die Hände über seinem Bauch.

»Aber was werden die Dominikaner und der Ritter von Hardenberg dazu sagen?« Valentin wusste, wie mächtig seine Feinde waren. Er stand in Verdacht, einen hochgestellten Mönch ermordet zu haben, und der König war weit weg.

»Das lasst ruhig meine Sorge sein«, sagte Johannes selbstbewusst. »Meine Position ist stark genug, um mich den Widerständen entgegenzustellen.«

»Prior Balduin tut es sicher gut, auf seinen Platz verwiesen zu werden«, stimmte ihm Bruder Thomas tief befriedigt zu.

»Meint Ihr?«

Sie fuhren herum. Lena schrie auf. Der Burgunder zog sein Kurzschwert mit einem sirrenden Geräusch aus der Scheide. Im Gegenlicht des frühen Abends stand ein Mann im Eingang, eine vierschrötige, dunkle Gestalt, der ein Schwert von der Hüfte baumelte. Ohne Eile trat der Hardenberger in den Raum, gut gerüstet mit Kettenhemd und mit einem leichten Panzerhelm. Jetzt, dachte Valentin, ist alles aus.

»Steckt Eure Waffe weg, Meister Jourdain«, sagte der Gefolgsmann des Herzogs. »Das Haus ist umstellt.«

Er setzte sich an den Tisch, goss etwas Traubenmost in einen Becher und trank. Lionel legte sein Schwert mit einem saftigen Fluch auf den Tisch. Dann schwiegen sie. Die Stille hätte man in Scheiben schneiden können. Franz kroch zu seiner Mutter auf den Schoß, die so weiß wie ein Leintuch geworden war. Lena suchte Valentins Blick, doch er schüttelte den Kopf.

»Ihr seid also Valentin Murner«, sagte der Hardenberger nachdenklich. »Gestattet mir, dass ich Euch genau betrachte, denn schließlich habe ich lange nach Euch gesucht.«

Unter seinem scharfen Blick wurde Valentin knallrot und ballte seine Fäuste.

»Es war mir gar nicht klar, dass Ihr so jung seid ...« Er wandte sich an die Franziskaner. »Euch zu folgen war ein Kinderspiel. Wusstet Ihr nicht, dass sowohl das Haus des Glasmalers Luginsland als auch diese hübsch gelegene Kate schon seit geraumer Zeit unter Beobachtung stehen? Um die Mitwisser zu überführen.«

Der burgundische Meister fluchte in seiner Muttersprache wie ein Kesselflicker.

»Ich musste nicht einmal dem einzigen Schwertträger unter euch folgen. Meister Lionel hätte sicher die Hand gegen meine Leute erhoben und sich damit in größte Schwierigkeiten gebracht. Die Geistlichkeit war bequemer und ungefährlicher.«

Prior Johannes kochte vor Zorn. »Der Junge genießt meinen Schutz und das Asyl des Franziskanerklosters.«

»Ich sehe hier kein Kloster«, sagte der Hardenberger gelassen und nahm sich eine Scheibe Brot.

»Ritter von Hardenberg«, mischte sich der Burgunder ein. »Ihr seid ein besonnener Mann und wisst, dass es berechtigte Zweifel an der Schuld des Jungen gibt. Also lasst uns auch vernünftig miteinander sprechen. Das Klosterasyl bedeutet, dass der Junge in der Stadt bleibt und für einen Prozess zur Verfügung steht.«

»Klar wird er in einem Kloster auf seinen Prozess warten.« Der Hardenberger biss krachend in seine frische Brotscheibe und sprach mit vollem Mund. »Erstklassig, Euer Brot, Frau Renata. Aber nicht bei den Franziskanern, sondern im Dominikanerkloster, wo er hingehört.«

Jetzt reichte es Valentin. Er sprang auf, war mit drei langen Sätzen an der Tür, rannte hindurch und stand in der blauen Dämmerung des Gartens. Doch bevor er sich umdrehen konnte, stürzte sich ein Riese auf ihn, warf ihn auf den Bauch, drückte sein Gesicht in den Staub und drehte ihm schmerzhaft die Hände auf den Rücken. Als er Valentin sein Knie ins Kreuz drückte, dachte dieser, ein Schrank sei auf ihn gefallen. Schmerzhaft zog der Riese ihn an seinen verdrehten Armen auf die Füße und kugelte ihm dabei beinahe die Schulter aus. Ein paar Sekunden lang sah Valentin nur Sterne.

Im nächsten Moment war der Hardenberger bei ihm und band seine Handgelenke auf dem Rücken mit einem Lederriemen zusammen. Der Gefolgsmann, der ihn immer noch gepackt hielt, war zwei Köpfe größer als Valentin und mindestens dreimal so breit. Er hatte schwarze, stoppelige Haare und ein rundes, harmloses Gesicht, das jetzt zufrieden lächelte und dabei eine Reihe dunkel angelaufener Zahnstummel sehen ließ. Sogar der Hardenbeuger musste sich auf die Zehen stellen, um ihm auf die Schulter zu klopfen.

»Merk dir das, Valentin«, sagte er gut gelaunt. »Mit dem Josef legt man sich nicht an, auch wenn er nicht so viel im Kopf hat wie du und ich.«

Eine halbe Stunde später waren sie auf dem Weg zurück in die Stadt. Valentin, dessen Hände noch immer gefesselt waren, stolperte hinter den Bewaffneten her, die ihn nach Lust und Laune zwischen sich herumschubsten. Die Mönche, Lena und Lionel folgten der Gruppe in Begleitung des Hardenbergers. Renata blieb in der Tür ihrer Kate zurück, den kleinen Franz auf dem Arm.

Kaum waren sie durchs Mettinger Tor getreten, nahmen die Stadtbüttel Valentin zwischen sich. In Windeseile verbreitete sich das Gerücht, dass der entlaufene Meuchelmörder Valentin Murner endlich gefasst worden war. Die Leute liefen zusammen – Männer, Frauen, Kinder. Was nur Augen hatte, begaffte den Verbrecher, der für den Tod des Predigers verantwortlich war. Doch dabei blieb es nicht. Faule Obstschalen, ein Kohlkopf, eine tote Maus – die Leute fanden, dass er eine ideale Zielscheibe für ihre Abfälle abgab, und bewarfen ihn, bis der Hardenberger ihnen in Josefs Begleitung klarmachte, was er davon hielt. Mitten zwischen dem neugierigen Volk stand Meister Heinrich Parler wie ein Fels in der Brandung und winkte Valentin zu. Irgendwie richtete ihn das auf. Bei dem Mummenschanz, der jetzt begann, würde er jeden Freund brauchen.

Das Dominikanerkloster mit seiner schlichten Kirche lag im blauen Abendlicht an der Stadtmauer. Der Dachreiter stach wie ein schwarzer Finger in den klaren Himmel, an dem einige Sterne aufleuchteten. Fast war Valentin erleichtert, als er endlich an der Pforte angelangt war. Ein letzter Blick zurück zu Lena, die verloren und traurig zwischen dem Burgunder und den beiden Mönchen stand. Dann öffnete sich die Tür, und ein Arm, der in einer weißen Kutte steckte, zog ihn ins Innere des Konvents.

»Na endlich«, flüsterte Kilian.

19

Die Nachricht verbreitete sich wie ein Lauffeuer. Zuerst wussten es die Waschfrauen am Kesselwasen, dann die Torwächter und später die Bauern, die durch die Tore zum Markt strebten. Von hier aus breitete sie sich mit dem Wind in ganz Esslingen aus, erreichte die Bürgerhäuser und die Wohnungen der Tagelöhner, die Werkstätten der Handwerker und die Verstecke der Gassenjungen. Schließlich kam sie sogar im Rathaus an, wo Bürgermeister Marquard Kirchhof gerade zähneknirschend den Schriftwechsel mit dem Abt des Klosters Kaisheim beiseitelegte, in dem es um die Nutzungsrechte am Esslinger Burgweinberg ging.

Gott selbst würde über Valentin Murner das Urteil sprechen.

Gut für ihn, sagten die Marktfrauen und verstanden nicht, dass man den Mörder nicht gleich aufknüpfte und seinen Körper den Krähen preisgab. Der Bürgermeister raffte seine Pergamente zusammen und verpackte das Stadtsiegel in eine mit blauem Samt ausgeschlagene Schatulle.

Ein Gottesurteil bedeutete, dass dem Verdächtigen eine Chance blieb. Sie hätten den Delinquenten auch gleich in den Gießübel werfen können, das Wasserverlies nahe dem Wolfstor, in dem man Diebe und andere Verbrecher ertränkte. Kirchhofs Neffe Kilian hatte sich jedoch beredt für seinen Freund eingesetzt und ihm erklärt, dass die Schuld des Jungen, den der Bürgermeister seit seiner Kindheit kannte, alles andere als erwiesen war. Genau das mache die

Wasserprobe sinnvoll, erklärte der kluge Kilian, auf den sein Onkel über die Maßen stolz war. Denn das feuchte Element stieß den Schuldigen ab und nahm den Unschuldigen an, der in seinen Fluten versank. Wenn man ihn früh genug herauszog, ertrank er nicht einmal. Meistens wählte man die Wasserprobe, um Hexen und Zauberer zu entlarven. An einem Mordverdächtigen hatte man sie in Esslingen noch nicht ausprobiert, aber wer wusste schon, warum der Junge den Prediger ermordet hatte? Vielleicht steckten ja auch hier die Machenschaften des Teufels dahinter. Warum bloß hielt dann Prior Johannes seine schützende Hand über ihn? Man erzählte sich, dass der Franziskaner das Gottesurteil erwirkt hatte, gegen den Widerstand seines alten Rivalen Balduin von den Dominikanern, dem der Verdächtige vor drei Tagen übergeben worden war. Vielleicht wurden hier sogar alte Rechnungen beglichen. Was auch immer dahintersteckte. Niemand wollte sich das Schauspiel entgehen lassen. Meister Marquard drapierte seine dicke Bürgermeisterkette auf dem warmen Mantel und machte sich auf den Weg. Kurz darauf fanden sich weitere Schaulustige am Neckar ein und trotzten dem schlechten Wetter mit ihren Lodenkapuzen.

Pünktlich zur dritten Stunde öffnete sich die Pforte des Predigerklosters. Choräle singend, zogen die Mönche in einer langen Reihe aus dem Konvent. Die Kerzen in ihren Händen verlöschten im Wind. Zwischen ihnen ging Valentin Murner, der nur mit seinem leinenen Unterhemd und Beinlingen bekleidet war, und fror erbärmlich.

Bei Sonnenaufgang war Kilian in seine Zelle gekommen. Valentin hatte nicht geschlafen, sondern die ganze Nacht auf seiner Pritsche gelegen und an die Decke gestarrt. Vielleicht war heute der letzte Tag seines Lebens. Er versuchte zu rekapitulieren, was wichtig gewesen war, aber seine Gedanken blieben an den wenigen Menschen hängen, die ihm etwas bedeutet hatten. Sein Vater, der vom Gerüst stürzte, als er zehn war, seine Mutter, die mehr und mehr für Gott lebte, Kilian und Lena, die er verloren hatte. Eigentlich war er frei, stellte er fest.

»Willst du beten?«, fragte Kilian.

Um seinen Freund nicht zu enttäuschen, nickte er und erhob sich von seinem Lager. Kilian hatte ihm in den letzten drei Tagen geholfen. Er hatte sich vor ihn gestellt, als der Prior ihn in das Verlies stecken wollte, wo ungehorsame Novizen tagelang im Dunkeln saßen, und dafür gesorgt, dass er in seiner Zelle in Ruhe gelassen wurde. Wie Kilian es schaffte, sich gegen den ganzen Konvent und gegen Prior Balduin durchzusetzen, war ein Rätsel, das Valentin im Laufe der letzten drei Tage nicht gelöst hatte. Vielleicht lag es daran, dass er als Neffe des Bürgermeisters einen guten Draht zur weltlichen Obrigkeit hatte. Und irgendwie musste Kilian es auch geschafft haben, den Kontakt zu den Franziskanern herzustellen. Denn gestern Abend hatten sich die Prioren zu einem Gespräch unter vier Augen getroffen, das mit dem Beschluss endete, Valentin der Wasserprobe zu unterziehen. Dieser zweifelte zwar nicht daran, dass er im Neckar ersaufen würde, aber wenigstens hatte seine Gefangenschaft dann ein Ende.

In der Kirche war es dunkel und kalt. Kerzen flackerten im Luftzug. Valentin kniete auf dem eisigen Steinboden. Die Gebete, die er kannte, waren zu Bruchstücken zerfallen, die sich in seinem Kopf nicht zusammensetzen wollten.

»Bete um Gerechtigkeit!«, flüsterte Kilian voller Leidenschaft, doch Valentin konnte nicht. Nach einer Weile standen sie auf und schlossen sich den Mönchen an, die vor der Tür der Sakristei warteten. »Hat er seine Sünden bekannt?«, fragte ein grauhaariger Dominikaner. Kilian schüttelte den Kopf. Valentin war alles egal.

Graue Wolken trieben über den Himmel, als sie ihren Gang zum Fluss antraten. Hin und wieder fiel etwas Regen auf den staubigen, trockenen Boden. An den Straßenrändern hatten sich die Menschen aufgereiht, um ihm ein lautstarkes Geleit zu geben.

»Halsabschneider«, riefen sie.

»Mörder!«, kreischte die dicke Hanna, die ihn bei der Leiche des Dominikaners gefunden hatte.

Valentin schaute nicht auf. Die schwarzweißen Gewänder der Mönche, Mantel und Kutte, bildeten ein regelmäßiges Muster, fast einen Rhythmus, der ihn beruhigte. Schwarzweiß, Schwarzweiß, Schwarzweiß und darunter reichlich dreckige Füße in dunklen Ledersandalen. Schritt für Schritt ging es vorwärts. Der Weg war weiter, als er gedacht hatte. Sie folgten dem Wehrneckar am Bleichwasen entlang und durch die Obstgärten am Vogelsang hin zum Fluss. Regen tropfte von den dunkelgrünen Blättern der Apfelbäume. Als sie den Hauptarm des Neckars erreicht hatten, betraten sie die neue Brücke, wo sie von Stefan von Hardenberg und seinen Bewaffneten erwartet wurden. Dahinter drängten sich Esslingens neugierige Bürger, Arm und Reich, Weib und Mann, Jung und Alt, und füllten Brücke und Uferweg in langer Reihe.

Der Bürgermeister und die Räte hatten sich abseits der Mönche aufgestellt. Wind blies ihnen in die Säume ihrer langen Gewänder und trieb sein Spiel mit ihren Kappen und Hüten. Valentin konnte die Leute beinahe verstehen, die sich für dieses Schauspiel in den Regen stellten. Wann sonst konnte man schon dabei sein, wenn Gott über Leben und Tod entschied. Das war eindeutig besser als eine Hinrichtung.

Sein Blick glitt über die Wasserfläche unter ihm, die den grauen Himmel spiegelte. Kalt und unbarmherzig wälzten sich die Fluten gen Westen und fragten nicht, was mit ihm geschehen würde. Er schauderte. Fast gaben seine Knie unter ihm nach.

Jetzt erklangen in der Ferne weitere lateinische Choräle. Prior Balduin verdrehte die Augen zum Himmel. In einer langen Prozession näherten sich die Franziskaner. Vorneweg schritt Prior Johannes, dicht gefolgt von diesem eigensinnigen Infirmarius, Bruder Thomas. Zweifellos hatten sie einen ebenso guten Sinn für einen großen Auftritt wie ihre schwarzweiße Konkurrenz. Die Minderbrüder betraten die Brücke und stellten sich zwischen den Dominikanern auf. Ein Novize zündete die Kerzen wieder an, die der Wind ausgeblasen hatte – doch es war vergeblich, die nächste Böe machte ihnen den Garaus. Aus einem Weihwassergefäß, das ein Mitbruder eifrig schwang, gingen einige eisige Tropfen auf Valentin nieder, die er im stetig zunehmenden Regen kaum wahrnahm. Die Lippen des Priors bewegten sich im Gebet.

»Hast du gebeichtet?«, raunte ihm Thomas zu. Valentin schüttelte den Kopf. Trotzdem zeichnete ihm der Franziskaner ein Kreuz auf die Stirn.

»Gott vergibt den Liebenden«, sagte er schlicht.

An seinen Fingern haftete ein duftendes Öl. Valentin

begann zu zittern, als ihm klar wurde, dass es sich dabei um Chrysam handeln musste, das Öl, das die Priester sowohl bei der Taufe als auch bei der Spendung der Sterbesakramente einsetzten. Ich will nicht sterben, dachte er unwillkürlich.

Die Reihen der Zuschauer füllten sich weiter. Als er sich umdrehte, sah er einige Frauen in der Nähe der Mönche stehen. Sonst waren die Vornehmeren unter ihnen so bunt gekleidet wie eine Schar Vögel. Doch heute hatten sie alle ihre langen, dunklen Mäntel herausgekramt und versteckten sich darunter. Als seine Augen über sie glitten, streifte eine von ihnen ihre Kapuze ab, und rotblondes Haar leuchtete gegen den grauen Himmel. Lena! Sie war sehr blass, aber gefasst. Neben ihr stand seine Mutter Ruth in der Tracht der Augustinerlaienschwestern, die Augen vom Weinen gerötet. Eine weitere Frau, Renata, hatte den Arm um sie gelegt. Es wäre schön, am Leben zu bleiben, dachte er, nur um Lena noch einmal in die Arme schließen zu können, der Apothekerin zu danken und noch ein paar Worte mit seiner Mutter zu wechseln, von der er geglaubt hatte, sie würde sich nur noch für Gott interessieren.

Aber da stießen sie ihn schon weiter vorwärts. Er stolperte zu den Rittern des Herzogs, die ihm die Kleider vom Leibe reißen wollten.

»Nein«, rief Kilian. »Nehmt ihm vor so vielen Leuten nicht seine Würde. Und außerdem ist es kalt.«

»Also gut, lasst ihm sein Hemd und die Beinlinge«, gab Balduin nach.

Bevor sich Valentin wundern konnte, dass Balduin auf seinen jungen Novizen hörte, drückte ihn der Recke Josef auf den Boden des Uferwegs. Stefan von Hardenberg selbst band ihm die Handgelenke mit den Fußknöcheln zusammen und richtete ihn auf, bis er sich in einer hockenden Stellung befand. So würde er also als Brathuhn jämmerlich ersaufen, dachte Valentin resigniert. Und dann schallte die Stimme des Dominikanerpriors über die Menschenmenge hinweg und übertönte sogar das Rauschen der Wellen.

»Die Lebensader der Stadt ist der Fluss«, rief er. »Er bringt Menschen und Waren nach Esslingen. Er tat das schon, als wir noch nicht geboren waren, und wird es tun, wenn wir nicht mehr sind. Doch wer lenkt die Wasserfluten?« Ein Seufzer ging durch die Menge. »Gott selbst ist es. Er bestimmt den Lauf der Jahreszeiten, lässt Stürme und Hochwasserfluten über die Stadt hinwegbrausen, entscheidet, ob Kriege sie verheeren oder sie im Frieden erblüht. Unser Mitbruder, Pater Ulrich, ist einem feigen Mordanschlag zum Opfer gefallen. Jetzt übergeben wir den Steinmetz, der dieses Verbrechens beschuldigt wird, den Wassermassen, damit der Schöpfer selbst über seine Schuld oder Unschuld entscheidet.«

Unbeirrt predigte der Prior dem Wind und dem Regen, aber in Valentins Rücken sprach jemand anders, jemand, der ungesehen hinter ihm kauerte, beharrlich und leise. Und er hörte ihm zu.

»Kannst du schwimmen?«, flüsterte die Stimme.

Er nickte. Natürlich konnte er das, sicher nicht gut, aber so, wie man es eben lernte, wenn man sich mit den anderen Jungs am Neckarufer herumtrieb. An heißen Tagen waren sie auf die Pfeiler der Brücke geklettert und ins Wasser gesprungen. Wer da nicht schwimmen oder wenigstens zum Ufer paddeln konnte wie ein Hund, der ertrank.

»Du darfst es auf keinen Fall tun, auch wenn sich die Fesseln lösen. Hörst du?«

Valentin runzelte die Stirn, doch dann wurde ihm klar, um was es ging. Wenn ihn das Wasser wieder hergab, war er des Todes.

»Bevor sie dich ins Wasser stoßen, atme tief ein. Dann lass dich fallen wie ein Stein, so gut es geht mit den Füßen nach unten und atme so langsam aus, wie du kannst. Am besten, du zählst bis fünfzig. Das hast du als Steinmetz doch sicher gelernt. Man kann lange unter Wasser bleiben, mehrere Minuten sogar, wenn man die Nerven behält. Und dann lass dich wieder hochziehen.«

Der da sprach, musste ja reichlich Erfahrung haben! Valentin versuchte, sich umzudrehen, doch er konnte nur den Kopf wenden. Aus den Augenwinkeln glaubte er, eine lange Gestalt in der Menschenmenge verschwinden zu sehen.

Doch jetzt war es mit seiner Ruhe vorbei. Josef packte ihn, befestigte ein weiteres Seil um seinen Bauch und zerrte ihn zur Mitte der Brücke. Wie tief war der Neckar hier eigentlich? Valentin erfasste Panik, doch über die Menschenmenge senkte sich Stille.

Als Josef ihn mühelos hochhob, hing Valentin einen Moment lang in der Luft wie ein Vogel, dem man die Schwingen gestutzt hatte. Dann flog er über die Brückenmauer durch die Luft und traf hart auf der Wasseroberfläche auf. Im letzten Moment dachte er an den Rat des Fremden und holte tief Luft. Dann schlugen die eisigen Fluten gurgelnd über ihm zusammen. Das Wasser war so kalt, dass ihm der Schock beinahe die Luft aus den Lungen presste. Hektisch begann er sich zu bewegen, zu strampeln und zu zappeln, um wieder nach oben zu kommen. Das ging nicht richtig, denn seine Arme und Beine waren ja gebunden, aber er spürte, wie er aufwärts trieb. Blasen drangen aus seinem Mund und stiegen nach oben, wo das Licht des Tages lockte. Zu viele Blasen. Er kam zur Vernunft, als es fast zu spät war. Was hatte der Fremde gesagt? Er musste sinken und langsam ausatmen. Jetzt hielt er die Luft an, die ihm noch verblieben war, jedes kleine Quentchen Luft, und machte sich so schwer er konnte. Tief ging es und immer tiefer in ein schummriges Halbdunkel. Fische trieben um ihn her, Wasserpflanzen zeigten ihm den Grund an, auf den er unsanft aufsetzte und Schlamm aufwirbelte. Blase für Blase ließ er aus seinem Mund, langsam, kontrolliert, doch jetzt waren seine Lungen fast leer. Wann, dachte er, würden sie ihn wieder raufziehen? Balduin würde die Sache sicher verzögern, Kilian und Johannes vielleicht ein wenig beschleunigen. Als das letzte bisschen Luft seine Lungen verlassen hatte, begann es in seinen Ohren zu rauschen. Er schloss die Augen. Rote Schlieren glitten über das Innere seiner Augendeckel und wurden Feuerräder, die sich immer schneller drehten. Wasser lief ihm in Mund und Nase. Also doch, dachte er. Zu Ende. Dann war er mit Kilian auf der Brücke. Wer springt zuerst? Der Kleine lachte ihn an. Im Traum war er noch kein Mönch, sondern ein Junge mit einem braunen Lockenschopf. Valentin sprang und flog und flog, doch komischerweise nicht durch die Luft und auch nicht ins Wasser. Es war keins von beiden, blau zwar, weit entfernt auch ein Licht, aber nicht von dieser Welt. Valentin merkte nicht, wie ihn Josef nach oben zog, über die Mauer zerrte und auf der Brücke ablegte wie einen frisch geangelten Fisch. Er hörte nicht, wie die Frauen herbeieilten, Lena durchdringend schrie und Prior Balduin lautstark seinen Tod verkündete. Zum Glück bekam er auch nicht mit, wie der Hardenberger sich auf seine Brust kniete und ein Schwall Wasser aus seinem Mund spritzte. Doch dann war es Bruder Thomas, der abwechselnd auf seinem Brustkorb herumdrückte und ihm seinen Atem in die Luftröhre zwang. Mit einem Ruck kehrte Valentin in seinen schmerzenden Körper und in sein ungewisses Schicksal zurück. Der Ort, an dem er gewesen war, hatte ihm besser gefallen. Nichts hatte ihm da weh getan, er hatte auch nicht gefroren, und es hatte eine wohltuende Stille geherrscht. Hustend und spuckend kam er zu sich, drehte sich auf den Bauch und erbrach den halben Neckar.

»Das war so nicht abgemacht«, schrie Balduin.

»O doch, mein Freund«, sagte Prior Johannes leise.

Das Wasser hatte sein Opfer angenommen.

20

Lena saß ganz allein in der Werkstatt und kratzte blaue Blätter ins Schwarz, eine Technik, die Lionel ihr vor seiner Abreise noch gezeigt hatte. Sie hatte den ganzen Hintergrund des Pfingstbilds auf blauem Glas geschwärzt. Die feinen Blattranken wurden mit Akribie und Feingefühl ausgekratzt. Eigentlich freute sie sich darüber, wie leicht ihr die Arbeit von der Hand ging. Aber heute reichte ihre Konzentration nicht weit.

Sie hatte nicht gewusst, dass man ein Loch im Herzen haben konnte. Seit Lionel fort war, war eine Leere in ihr eingekehrt, die keine Tätigkeit der Welt vertreiben konnte. Vor zwei Wochen war er mit unbekanntem Ziel aufgebrochen, und jeden Tag wurde das Gefühl stärker, dass er ein Stück von ihr mitgenommen hatte. Kein Zweifel, sie sehnte sich nach ihm mit jeder Faser ihres Herzens. Und das, obwohl Valentin bei den Franziskanern in Sicherheit war. Eigentlich müssten ihre Probleme damit gelöst sein, aber so fühlte sie sich nicht.

Oft fand sie den ganzen Tag über keine Ruhe, lief von der Küche in die Werkstatt und von dort in den Pferdestall, wo Bonne ganz alleine stand. Wasser, Futter und ein paar tröstende Worte für die Stute, die sich sicher fast so einsam fühlte wie sie selbst – dafür hatte Lena immer Zeit. Nur gut, dass der Anstetter sich nicht blicken ließ. Seit dem Tag, als sie glaubte, ihn vor dem Fürstenfelder Pfleghof erkannt zu haben, war er nicht wieder aufgetaucht.

Wenn sie nur nicht auch noch die ganze Werkstatt organisieren musste, durcheinander wie sie war! Denn Heinrich Luginsland lag seit seinem Besuch in Wimpfen krank im Bett. Er klagte über Enge in der Brust und ein unregelmäßiges Klopfen des Herzens. Renatas Kräuterauszüge halfen nicht richtig. Vielleicht sollten sie doch Bruder Thomas konsultieren, wie die Apothekerin geraten hatte. Aber Meister Heinrich war störrisch wie immer und wollte keinen Arzt. Und so war Lena dafür verantwortlich, die Lehrbuben und den Altgesellen so sinnvoll wie möglich zu beschäftigen. Heute hatte sie sie zum Glasofen geschickt, um ihn für den nächsten Brand zu säubern und vorzubereiten. Außer dem Chorfenster für die Franziskanerkirche war die Bildtafel mit dem Thron Salomonis für das Zisterzienserkloster Bebenhausen der einzige Auftrag. Das war viel zu wenig. Wenn das Geld, das vom Glasfenster der Franziskaner für die Werkstatt Luginsland abfiel, nicht bald kam, wäre ihre Geldschatulle sicher leer bis zu dem Hund, der auf den Grund gezeichnet war.

Nachdenklich kratzte Lena ein weiteres Blatt aus, so dass der Hintergrund des Pfingstbildes wie eine durchbrochene Spitze wirkte. Es war eines der schönsten, fand Lena. Die Apostel scharten sich um Maria, die als Teil der Gruppe und doch herausgehoben im Zentrum thronte. Sie schaute frontal aus dem Bild heraus, ihr fein gezeichnetes Gesicht war Lionel besonders ausdrucksvoll gelungen. Wie üblich trug sie ein rotes Kleid und einen blauen Mantel, für deren Faltenwurf und Schattierung der Meister selbst gesorgt hatte. Die Heiligen, die sie umgaben, drehten ihr die Gesichter teilweise im Profil, teilweise im Halbprofil zu. Von einer Taube, die ganz genau im Zentrum des Bildes saß, etwas oberhalb der Mitte, gingen Strahlen des Heiligen Geistes aus, die auf jeden der Apostel fielen. Gottes Gnade für alle Menschen. Wie wunderbar Lionel zeichnen konnte!

Mehrere Glasbilder waren jetzt fast fertig und warteten auf den letzten Brand. Lena erhob sich und ging zu den Fenstern hinüber, die in feine Leintücher verpackt waren. Nur das oberste lag offen da, Daniel in der Löwengrube. Nachdenklich zog sie mit dem Zeigefinger die Umrisse der Gesichter nach. Jedes einzelne war ein Meisterwerk. Noch nie, auch nicht in den vielen Fenstern der Stadtkirche St. Dionys, hatte sie so satte Farben und eine so wahrhaftig erzählte Geschichte gesehen. Das Leben des Gottessohns hatte der Meister mit einem kräftigen Blau hinterlegt, der Farbe des Himmels. Sein Gekreuzigter hing an einem Lebensbaum mit grünen Blättern. Die Idee, den Tod Christi mit einem Symbol des Lebens zu verbinden, kam zwar von Bruder Thomas, aber die Pflanze hatte Lionel im Süden selbst gesehen. Die vielen Szenen aus dem Alten Testament, die das Leben des Heilands rechts und links ergänzten, waren rot oder rotviolett hinterlegt. Der violette Bildgrund war meine Idee, dachte Lena zufrieden. Kilians Gesicht hatte sich so verfärbt, als sie ihn nach der Keuschheit der Mönche befragt hatte. Nur eines wunderte sie. Die Bilder wiesen kaum Gelb auf. Eigentlich sehnten sie sich nach dem Strahlen der Sonne, dachte sie, so wie ich mich nach Lionel, aber die Farbe kam nur in wenigen Flächen vor. Stattdessen befanden sich an einigen Stellen durchsichtige Glasfragmente, die sicher nicht so bleiben konnten. Vor allem die Haare und die Heiligenscheine der Personen nicht. Unwillkürlich fragte sie sich, ob er sie mit Schwarzlot ausmalen würde, denn etwas anderes wäre kaum mehr möglich.

»Ihr wartet auch auf euren Meister«, stellte Lena fest. Doch die Bilder schwiegen.

Ihr eigener Engel lehnte fix und fertig an der Wand. Für einen ersten Versuch war das Glasfenster gar nicht so schlecht geworden. Noch heute zuckte sie zusammen, wenn sie an das hohe sirrende Geräusch dachte, mit dem das heiße Eisen in das Glas geschnitten hatte. Zum Glück war es fast immer da gebrochen, wo es sollte. Glasschneiden, das wusste sie jetzt, war nicht einfach. Wer ein Glas verschnitt, hatte Geld- und Zeitverluste und musste, wenn es dumm kam, von vorne anfangen. Doch nachdem die Anfangsarbeiten erledigt waren, hatte die Glasmalerei selbst Lena vor keine allzu großen Schwierigkeiten gestellt. Das Schwarzlot war ihr gewissermaßen aus den Fingern geflossen, so froh war sie, überhaupt mal wieder etwas gestalten zu können. Und jetzt stand ihr kleiner Engel in einer leicht gedrehten Position auf der Bildfläche, seine Flügel umgaben ihn voller Eleganz, und seine Augen schauten tatendurstig in die Welt, fast so, als sei er lebendig. Kein Zweifel, so war es richtig: ein Bote Gottes, der auf Erden viel zu tun hatte. Hatte er ihr eben zugezwinkert? Sie brannte darauf, ihn Lionel zu zeigen.

Es war Zeit, dass sie ihrem Vater das Essen brachte. Über dem Hof lag ein klarer heller Spätsommertag, einer, an dem die Farben intensiver leuchteten und der Geruch des Herbstes in der Luft lag. Ein Tag wie das Chorfenster der Franziskanerkirche.

In der Küche standen Martha und Sanna am Tisch und formten Wecken mit Rosinen und Honig. Sanna runzelte hochkonzentriert die Stirn und drehte einen Ballen in den bemehlten Händen. Auf dem Feuer köchelte eine Rindfleischsuppe vor sich hin, die den Raum mit Dunst erfüllte.

»Hmm, lecker«, Lena stibitzte einen Finger voll Teig.

»Das darfst du aber nicht!«, sagte die kleine Sanna und drohte ihr mit dem Finger. Ein schwarzrotes Katzenjunges sprang auf den Tisch und haschte nach ihrer Hand.

»Schhh!«, machte Martha, und das Katzenkind hüpfte runter. »Die werden auch immer frecher. Über kurz oder lang müssen sie raus.«

Lena lachte und drückte ihr einen Kuss auf die Wange, bevor sie Martha in den Arm nahm. »Was gibt's denn heut zum Vesper?«

»Die Suppe mit Fleisch und Teigeinlagen«, sagte diese.

Lena stibitzte sich lieber einen der fertigen Krapfen, die sicher für den morgigen Sonntag bestimmt waren, und steckte ihn in den Mund.

Sanna lebte jetzt schon fast drei Wochen bei ihnen. Zuerst hatte sie in der Küche vor dem Feuer geschlafen. Aber weil sie jede Nacht schreiend vom immer gleichen Albtraum aufgewacht und durchs Haus geirrt war, hatte sie Martha in ihre Kammer geholt. Seitdem ging es besser, denn unter Marthas Fittichen fühlte sich Sanna sichtlich wohl und blühte auf. Lena, die sich daran erinnerte, wie gut ihr selbst Marthas Gegenwart nach dem Tod ihrer Mutter getan hatte, freute sich für die Kleine.

»Schau, Lena!« Martha deutete mit dem Kinn in Richtung des Regals, in dem sie das Tongeschirr aufbewahrte. »Ich hab dir das Tablett für den Vater schon gerichtet. Du musst nur noch etwas Suppe in den Teller schöpfen.«

An ihrer Nase klebte ein Klecks Teig, ein Anblick, der Sanna laut auflachen ließ. Martha kniff sie in die magere Hüfte, bis sie quietschte. »Was du immer zu lachen hast!«

»Aber Lena, achte drauf, dass der Vater auch wirklich etwas isst.«

Lena nickte und füllte den Suppenteller mit der heißen Rindfleischsuppe, bis er beinahe überlief. Auf dem Tablett lag ein großer Wecken aus Weizenmehl, dick mit Butter und einer fingerdicken Scheibe Schinken belegt, und einige süße, frisch gebackene Krapfen. Wenn der Vater alles aufaß, konnte er sich danach aus dem Bett rollen. Sie stellte einen Krug mit verdünntem Wein dazu und stieg die Treppe hinauf zu Meister Heinrichs Kammer. Dort öffnete sie die Tür mit dem Ellenbogen und trat ein. Heinrich saß hoch aufgerichtet in dem breiten Bett mit dem geschnitzten Kopfteil, in dem ihre Mutter nach der Geburt ihres Sohnes gestorben war. Durch das kleine Fenster drang mildes Licht und frische, fast schon zu kühle Luft. Lena nahm sich vor, ein Pergament davor zu spannen, was sie sonst nie vor November tat. Das Gesicht ihres Vaters war grau, irgendwie schienen auch seine Wangen schmaler als noch vor zwei Wochen zu sein. Sie würde bleiben, bis er zumindest fast alles aufgegessen hatte.

»Mein Liebling«, sagte er leise.

Sie schluckte und stellte das Tablett auf seine Knie.

»Vater.« Lenas Stimme war ganz erstickt von Tränen. Der Vater nahm ihre Hand.

»Nicht weinen.« Er legte seine Hand auf ihre. »Mein Leben war so gut.« Zwischen jedem Satz musste er tief Luft holen. »So reich.« Und wieder ein Atemzug. »Auch dank dir.«

War das ein Abschied? Nein, das konnte nicht sein, nicht so plötzlich und so früh. Ihr Vater war gerade eben fünfundfünfzig. Sie musste etwas tun, um ihm zu helfen, aber was?

Mühsam versteckte Lena ihre Angst hinter einer Maske der Geschäftigkeit und deckte den Suppenteller auf.

»Was bringst du mir Gutes?«, fragte der Vater.

»Schau, eine Rindfleischbrühe mit viel Fleisch und Flädle, wie sie nur Martha machen kann.« Sie drückte ihm den Löffel in die Hand.

»Wer soll das nur alles essen?« Er schüttelte den Kopf.

Aber sie sah ihn so ermutigend an, dass er nicht anders konnte, als sich Löffel um Löffel in den Mund zu schieben.

»Ah, Lena«, sagte er, als der Teller fast leer war. »Ich schaff den Wecken wohl nicht mehr.«

»Wir können ihn uns teilen.« Lena hatte nicht vor, so schnell schon klein beizugeben, brach das Brot in der Mitte durch und schob sich einen Brocken in den Mund. Hauptsache, sie achtete darauf, dass ihr Vater etwas aß.

Schließlich war das Tablett fast leer. Nur die Krapfen waren übrig geblieben. Lena stellte sie dem Vater auf den Nachttisch, falls er später wieder Hunger bekam. Gerade wollte sie sich umwenden, als er sie noch einmal zurück an den Bettrand rief. Sie setzte sich und nahm seine Hand. Seine Linke legte sich unwillkürlich auf sein Herz.

»Lena«, sagte er leise.

»Ja, Vater!«

»Es ist so schön, dass du zeichnen kannst. Du darfst nicht denken, dass ich dich ausnutzen wollte. Als ich sah, wie begeistert du ans Werk gehst, war es vielmehr, als sei ich selbst wieder jung.«

»Schon gut«, sagte Lena und dachte daran, dass er selbst es ihr auf Anstetters Weisung hin verboten hatte. So lange, bis Lionel ihre Verbannung in die Küche beendet hatte. Aber sie sprach diese bitteren Gedanken nicht aus.

»Es tut mir leid«, sagte ihr Vater.

Da waren sie wieder, die Tränen, die sie gerade eben so erfolgreich zurückgedrängt hatte. Seine Hand war so schwach, dass er ihre kaum drücken konnte. Heinrich machte eine Pause und holte rasselnd Luft.

»Dass ich den Anstetter ins Haus geholt habe.« Wieder zog er Luft in seine Lungen. »Er ist kein guter Mann. Ungerecht, selbstsüchtig, und ob er als Glasmaler etwas taugt, weiß auch keiner.« Das war ein langer Satz, nach dem ein tiefer Atemzug fällig war.

»Aber Vater«, sagte sie hilflos. »Was hätten wir denn anderes tun sollen. Die Anstetters sind unsere Konkurrenz. Und wenn wir sie an uns binden, schlagen wir zwei Fliegen mit einer Klappe.«

Lena wunderte sich, dass sie Heinrichs Entschluss mit seinen eigenen Argumenten verteidigte. Ihr Vater trug an der Misere die geringste Schuld. Schließlich hatte er nicht wissen können, was der Anstetter für ein Widerling war.

»Aber er darf dich nicht schlagen.« Heinrichs Gesicht verfärbte sich rot, und die Linke drückte stärker auf sein Herz.

»Vater«, rief Lena. »Geht es dir wieder schlechter?«

»Nein, nein.« Er schüttelte den Kopf und wagte ein Lächeln, das Lena wie das Grinsen eines Totenschädels erschien. »Mach dir keine Sorgen um mich«, fuhr er fort.

Sie streifte seine Wange, die stoppelig und ein bisschen feucht war, mit den Lippen. Morgen früh würde sie den Vater, der immer bartlos ging, rasieren.

Sie fasste den Entschluss, als sie auf der obersten Treppenstufe stand. Bruder Thomas musste her, jetzt gleich, egal, ob der Vater das wollte, und auch egal, ob sein Besuch ihre derzeitigen Finanzen überstieg.

»Nun, Jungfer Lena, was macht die Mördersuche?« Thomas von Mühlberg hob seine Feder und spitzte sie mit dem Messer nach. Lena stand in seiner Studierstube, die direkt neben der Krankenstation des Klosters lag. Nur eines der schmalen Betten in dem luftigen Krankensaal war belegt. Ein uralter Pater lag darin und erzählte von der Zeit, als König Rudolf von Habsburg noch an der Macht war. Bruder Thomas stand, einen dicken Folianten vor sich, an einem hohen Schreibpult, das von hinten mit dem hellen Licht des Nachmittags beschienen wurde. Lena schöpfte Hoffnung. Wenn er so viel Zeit für sein Studium aufbringen konnte, dann hatte er sicher etwas davon für ihren Vater übrig. An den Mord an Pater Ulrich hatte sie in den letzten zwei Wochen keinen einzigen Gedanken verschwendet. Da war Lionel, abwesend, aber ständig in ihren Gedanken, der kranke Vater und die Verantwortung für die Werkstatt. Und wieder Lionel. Ihr schwindelte von dem Durcheinander in ihrem Kopf.

»Ich dachte«, sagte sie schließlich, »dass die Sache sich mit Valentins Wasserprobe erledigt hätte.«

Der Franziskaner richtete seine grauen Augen auf sie. »Nicht ganz. Man hat den Schuldigen noch immer nicht gefunden. Solange das so ist, bleibt Valentin bei uns im Klosterasyl, wo jede Minute der Hardenberger auftauchen und seine Fragen stellen kann. Und wenn der König kommt, wird ihm der Prozess gemacht.«

»Was?« Lenas Augen wurden groß. Mir reicht es, dachte sie. Das alles wird mir zu viel. Sie sah sich nach einem

Hocker um, auf den sie sich fallen lassen konnte, aber es gab keinen, nicht einmal für Bruder Thomas.

In diesem Moment öffnete sich die Tür, zögerlich, weil der Besucher, der da Einlass begehrte, kaum groß genug war, um an die Klinke zu reichen.

»Ohh«, machte Lena, als sie ihn erkannte. In der Tür stand der kleine Franz, eine Wachstafel und einen Griffel in der Hand, und beachtete Lena nicht weiter. Seine Wangen glühten vor Eifer.

»Bruder Thomas«, sagte er leiser, als Lena ihn je gehört hatte. »Ist das gut so?«

»Komm doch rein, Junge!«, sagte der Franziskaner freundlich und betrachtete seine Schreibversuche. »Das ›G‹ musst du ein wenig runder machen. Schau her, so. Aber sonst ist es sehr schön. Und jetzt gehst du an das ›H‹.«

»Hallo Lena«, sagte Franz verspätet und stürmte zur offenen Tür hinaus.

»Was macht denn der hier?«, fragte Lena völlig perplex.

Bruder Thomas sah aus, als hätte sie ihn bei irgendetwas erwischt. Sie wusste nur nicht, wobei. »Seine Mutter meinte, fürs Lesenlernen bei den Dominikanern sei er noch zu jung. Aber er ist ein so wissbegieriges Bürschchen. Also gebe ich ihm Privatstunden.«

Seltsam, dachte Lena.

»Ab dem Frühjahr geht er dann zu diesem jungen Schulmeister ... Wie heißt er doch gleich? Er soll sehr begabt sein.«

»Kilian Kirchhof«, half sie ihm auf die Sprünge.

»Und was ist dann Euer Begehr, wenn Ihr die Mördersuche gerade ruhen lasst?« Da war ein Hauch von Spott in seiner Stimme, der Lena noch mehr verunsicherte.

»Ich …«, begann sie. »Mein Vater. Er ist krank.«

»Tatsächlich?« Der Franziskaner schaute sie ermutigend an. »Traut Euch ruhig, mich zu fragen. Ihr habt sicher inzwischen festgestellt, dass ich nur zu besonderen Gelegenheiten beiße.«

»Ja. Aber Ihr seid so beängstigend gelehrsam.« Lena biss sich auf die Zunge. Immer waren ihre Worte schneller als ihre Gedanken.

»Nun.« Der Pater lachte. »Ich weiß nicht, ob ich Euch da recht geben kann. Ich bin nicht William von Ockham, der den König theologisch rausgepaukt hat. Aber es stimmt. Ich widme mich meinen medizinischen Studien und versuche, die Lehre des Hippokrates mit der der heiligen Hildegard von Bingen in Einklang zu bringen. Ein studierter Physicus scheint die Leute einzuschüchtern. Die Säftelehre ist ihnen zu hoch, meine ich. Meist wählen sie den Bader oder die Heilerinnen. Und liegen damit vielleicht gar nicht mal so falsch. Aber was fehlt denn Eurem Vater?« Er klappte das Buch zu, auf dessen Einband Lena den Namen »Dioskurides« buchstabierte, der ihr irgendwie bekannt vorkam. Doch sie hatte jetzt keine Zeit, darüber nachzudenken, sondern schilderte dem Arzt die Symptome ihres Vaters, das plötzliche Herzrasen, die Enge und die Atemnot. Bruder Thomas zog seine dunklen Brauen zusammen.

»Das Herz ist es also«, sagte er. »Ich fürchte, dass ich da nur wenig tun kann. Aber ich werde mir Euren Vater gerne anschauen. Vielleicht lässt sich mit der richtigen Medizin und viel Ruhe etwas machen.«

»Heute Abend?«, flüsterte Lena.

Thomas lachte. »Immer ungestüm und mit dem Kopf durch die Wand. Gern, wenn Ihr es wünscht. Und jetzt«, fuhr er fort. »Besucht doch Euren Freund Valentin. Er ist in der Sakristei und arbeitet an einer Madonnenfigur.«

Ein Stich schlechten Gewissens machte ihr klar, dass Pater Thomas recht hatte. Sie hatte ihren Freund schnöde vernachlässigt.

Lena hörte das leise Klopfen, mit dem Valentin aus einem Block Kalksandstein eine Marienstatue herausholte, schon von weitem. *Tock, tock, tock*, erklang es in der friedlichen Stille des Kreuzgangs. Niemand begegnete ihr. Die Mönche waren beim Studium, manche vielleicht auch in der Stadt beim Almosengang zu den Armen, die sich auf die Franziskaner verließen wie auf keinen anderen Orden. Sie öffnete die Tür zur Sakristei und sah verwundert, dass sich der Raum verwandelt hatte. Werkzeuge lagen herum, in der Luft hing weißer Steinstaub, und auch die wenigen hölzernen Regale und Möbelstücke waren staubbedeckt. Überall lagen Teile von Maßwerk und ordentlich behauene Steine herum. Auf dem Boden hockte Streuner und schlug im Takt des Hammers mit dem Schwanz auf den Boden.

»Hallo, Valentin.«

Ihr Jugendfreund stand hinter dem halbfertigen Kunstwerk und hielt inne, als er sie in der Tür stehen sah. »Lena!«

In dem einen Wort lag so viel. Überraschung, Freude und vielleicht auch eine Spur zögerndes Misstrauen, das Lena, wie sie fand, verdient hatte. Valentin legte Hammer und Meißel an die Seite und wischte sich die Hände an seinem Leinenhemd ab.

»Magst du dich setzen?« Röte überzog seine Wangen. »Und willst du vielleicht etwas trinken? Meine Kehle jedenfalls kratzt von dem ganzen Staub. Ich schau mal, was die Klosterküche zu bieten hat.«

Nachdem er den Raum verlassen hatte, schaute sich Lena die Madonna genauer an, die Valentin für Prior Johannes anfertigte. Sie war nicht ganz einen Meter groß – gar nicht so klein für das Werkstück eines Lehrlings – , leicht in sich gedreht und hatte den Kopf geneigt, als ob sie über etwas nachdachte. Die Haare fielen ihr lang über den Rücken, die Hände, fein und sicher gestaltet, waren im Gebet aneinandergelegt, aber das Gesicht war noch unbehauen, ganz leer. Lena hatte gewusst, dass Valentin seine Arbeit liebte, aber wie begabt er war, hatten die Maßwerkstücke und Profile, die er auf der Baustelle der Liebfrauenkapelle behauen durfte, nicht erahnen lassen. Leise trat er hinter sie und stellte das Tablett mit frischem Traubenmost und zwei Bechern auf einem Tisch ab. Für Streuner hatte er eine kleine Schüssel mit Wasser und einen Knochen mitgebracht. Gierig machte sich der Hund darüber her.

»Sie ist gut«, sagte sie.

»Prior Johannes meint, ich solle meinen Plan aufgeben«.

»Welchen Plan?«

»Seit dem Tod meines Vaters wollte ich Baumeister werden. Einer, der Kirchen und Kathedralen plant und baut. Steinmetz wäre da nur der erste Schritt. Ich wollte den höchsten Chor der Welt bauen, bis zu den Wolken, und der Erste von vielen Bauleuten sein. Aber Vater Johannes meint, ich sei ein wirklich guter Bildhauer, einer, dem die Formen aus den Fingern fließen.« Er lachte verlegen und goss Most in die Zinnbecher. »Bei der Madonna ist das tatsächlich so. Sie geht mir ganz leicht von der Hand, und Zeit habe ich hier ja auch jede Menge.«

Lena nickte. »Das ist vielleicht gar keine so schlechte

Idee. Und Johannes hat wahrscheinlich auch ein sicheres Urteil. Was sagt denn Meister Heinrich Parler dazu?«

Valentin zuckte die Schultern. »Der spuckt Feuer. Er meinte, wenn ich mein Talent, das Erbe meines Vaters, hinschmeißen wollte, sollte ich das nur tun.«

Lena trank. Der Most rann süß und schwer durch ihre Kehle. Valentin war noch durstiger. Er schüttete den Inhalt des Bechers auf einen Zug in sich hinein und spülte damit den Steinstaub weg, der seinen Hals verstopfte.

»Aber wenigstens hat Heinrich nicht nein gesagt, als Prior Johannes ihn um einen Kalksandsteinblock gebeten hat. Und verschiedene andere Werkstücke hat er mir auch gebracht.« Er fasste den ganzen Raum mit einer Handbewegung zusammen. »Damit ich immer was zu tun habe und meine Gesellenprüfung als Gefangener in Angriff nehmen kann.«

Lena öffnete den Mund. »Aber ...«, begann sie. »Ich dachte ...«

Er lachte leise und bitter. »Lena, schau dich doch mal um. Ich bin im Klosterasyl, weil niemand so recht glauben kann, dass ich unschuldig am Tod von Pater Ulrich bin. Der Rat der Stadt nicht, Prior Balduin auch nicht, und der Hardenberger am allerwenigsten.«

»Aber sagt das Gottesurteil denn nicht genug? Deine Unschuld ist vor Gott bewiesen. Und der Ritter des Herzogs hat dir doch geholfen.«

»Als man mich wie eine ersoffene Ratte aus dem Wasser gezogen hat, ja. Er will halt seine Sache gut machen und ist ja auch kein Unmensch und so. Aber glaub mir, für ihn ist der Fall noch lange nicht abgeschlossen. Er hat sich in die Sache verbissen wie ein Jagdhund in seine Beute und sucht

Beweise. Und so warte ich hier auf den Besuch des Königs und darauf, dass man mir den Prozess macht. Vielleicht muss ich mir dann ja keine Gedanken mehr darüber machen, was ich werden soll ...«

Lena setzte sich auf den Tisch und baumelte mit den Beinen. Der Mörder musste her, der wirkliche Mörder! Valentin griff nach seinem Hammer und schlug sich damit ganz leicht in die geöffnete Handfläche, wieder und wieder. Lenas Gedanken kamen in Bewegung. Zum ersten Mal in den letzten Wochen dachte sie wieder über Pater Ulrich nach und die Sache mit der Sodo... – was war das noch mal gewesen?

»Der Hardenberger kommt fast täglich.« Valentin flüsterte fast. »Und will wissen, was ich gesehen habe.«

Ihre Augen wurden groß. »Du hast den Mord mit angesehen? Jetzt halt doch mal den Hammer still, das macht mich noch ganz verrückt!«

Seine Hände schlossen sich um den Stiel des Hammers, so fest, dass die Knöchel weiß hervortraten.

»Ja, ich habe den Mord gesehen. Das war fast so schrecklich wie der Tag, als Vater unter dem Turm lag.«

Lena erinnerte sich an den Johannestag vor sechs Jahren, als Valentins Vater vom Gerüst des Südturms gefallen war. Der Südturm der Stadtkirche hatte ihn von Anfang an vor Probleme gestellt. Nach der neusten Mode zarter und fragiler gebaut als sein Gegenstück auf der Nordseite, war der Turm weniger stabil, als Volkhard Murner errechnet hatte. Das war sogar den Steinmetzen bewusst geworden, die immer, wenn sie ihre Arbeit taten, ein leichtes Schwanken und Vibrieren wahrnahmen. Keiner konnte sich erklären, warum der Turm Sperenzchen machte, auch der Baumeister nicht. Am Tag seines Todes war er mit dem

Chorherrn Heinrich Schaugiebel, dem Vertreter des Domkapitels zu Speyer, dem die Kirche unterstand, aufs Gerüst gestiegen, um ihm einige kleine Risse zu zeigen. Niemand wusste, wie es sich zugetragen hatte – vielleicht hatte dem Baumeister die helle Mittagssonne ins Gesicht geschienen – jedenfalls hatte er beim Abstieg eine Stufe verfehlt und war in die Tiefe gestürzt, viele Klafter tief. Valentin und Lena, die an diesem Tag mit den anderen Kindern an der Kirchenbaustelle gespielt waren, hatten das Unglück beobachtet. Und dann lag er da, zwischen den Grabsteinen des Kirchhofs, mit gebrochenem Genick und geöffneten Augen, die den Himmel nie wieder erblicken würden. Ruth, Valentins Mutter, war von diesem Tag an nicht mehr sie selbst gewesen und suchte seither ihr Heil in der Pflege der Armen. Und Valentin stand seitdem allein da.

Sie nahm seine Hand. »Und, wie war es?«

»Ich …« Er zögerte. »Es war sehr spät. Sicher nach Mitternacht. Eigentlich ein Wunder, dass der Nachtwächter nicht vor Ort war. Ich befand mich südlich der Stadtkirche auf dem Friedhof. Und da habe ich es gehört. Zwei Männer hatten Streit, Pater Ulrich und ein anderer, den ich nicht kannte. Auf einmal wurde es still. Ich bin zum Wasser hinuntergelaufen. Und da, am Ufer des Kanals, sah ich sie miteinander ringen. Im Mondlicht. Wie zwei Schlangen. Einer war weiß gekleidet, das war Ulrich in seinem weißen Habit. Der Mörder trug einen schwarzen Mantel. Beide waren sehr groß.«

»Woher weißt du das denn?«

»Du hast Ulrich ja auch gekannt. Er war so lang und schmal gebaut wie eine Vogelscheuche. Und der andere Mann war genauso groß.«

»Aber du hast ihn nicht erkannt?«

Er schüttelte den Kopf. »Nein. Er trug eine Kapuze. Und dann hat er dem Dominikaner sein Messer entschlossen über die Kehle gezogen.«

»Wie Bruder Thomas gesagt hat«, wisperte Lena.

Valentin lachte leise und traurig. »Ja, und darum glauben mir die Franziskaner auch. Der Mann war gekommen, um Ulrich zu töten. Die ganze Diskussion vorher, das war nur ein Geplänkel. Da ging es nicht wirklich um die Sache. Das Leben des Dominikaners war schon vorher verwirkt.«

»Und dann?«

Valentin zuckte die Schultern. »Als er mich gesehen hat, ist er davongelaufen. Ich bin sofort hin, aber dem Pater war nicht mehr zu helfen. Und der Mörder hat sich in Richtung Kesselwasen davon gemacht – ich habe sein Gesicht nicht gesehen. Und dann, ich weiß auch nicht warum, habe ich den Rest der Nacht neben dem Pater ausgeharrt. Er hat mich so an meinen Vater erinnert, und ich wollte ihn nicht allein im kalten Wasser liegen lassen.«

Tränen waren in Valentins Augen gestiegen. Lena drückte seine Hand, doch ihre Gedanken machten sich selbstständig.

»Sag Valentin. Wie viele sehr große Männer gibt es in der Stadt?«

»Nicht so viele«, meinte er nachdenklich. »Jetzt, wo der Dominikaner nicht mehr da ist, einen weniger. Ich selbst bin auch nicht gerade klein. Aber der Mörder war noch größer.«

»Der Ratsherr Plieninger ist groß«, überlegte Lena. »Bäcker Stifels Sohn Reinhard ist auch ein langes Leiden, aber er hat nicht genug im Kopf.«

»Und außerdem hat er keinen Grund gehabt«, sagte Valentin. »Dein Lionel ist auch kein Zwerg.«

»Mein Lionel, was heißt denn das?«

»Es heißt, was es heißt«, sagte er.

Lena merkte, wie sie wieder mal rot wurde. *Ganz schnell vom Thema ablenken,* dachte sie. »Ich kenne noch jemand, der sehr groß ist«, sagte sie.

»Und wer?« Gespannt schaute er sie an.

»Prior Balduin von den Dominikanern.«

21

Er hatte seine Seele verspielt. Nicht sein Körper, seine ewige Seligkeit war das Pfand gewesen, das auf dem Spiel gestanden hatte. Was soll's, dachte Kilian leichthin. Er hatte es für seinen Freund getan, und so hatte es sich gelohnt.

Die Buben saßen in der Schulstube auf dem Boden und hielten ihre Tafeln vor sich auf den Knien. Zwanzig blonde, braune und rote Schöpfe neigten sich konzentriert über die Wachstafeln, auf denen die Griffel quietschend kratzten. Sonst war kein Laut zu hören. Die Jungen kannten ihren Schulmeister gut, sie wussten, wann Kilian seine Launen hatte und man ihn besser in Ruhe ließ.

»Jörg, Finger aus der Nase!«

Klatsch, die Rute war dem Rotschopf über die dreckige kleine Hand gefahren, noch bevor Kilian ausgeredet hatte. Jörg heulte auf, gehorchte aber aufs Wort.

Kilian war selbst als kleiner Junge bei den Dominikanern in die Schule gegangen und hatte so viele Tatzen abgekriegt, dass er wusste, was sich gehörte. Nur mit Strenge ließen sich die Lausebengel bändigen, und wer die Rute nicht einsetzte, brauchte sich nicht zu wundern, wenn sie ihm auf der Nase herumtanzten. Zu weit durfte es ein Schulmeister aber auch nicht treiben, sonst ging es seinem Kloster so wie St. Gallen, das im Jahr 937 abgebrannt war, weil ein Schüler, der der Prügelstrafe entgehen wollte, es vor lauter Verzweiflung angesteckt hatte.

»Auch wenn der Rücken krumm wird und die Augen tränen«, sagte Kilian streng. »Lesen und Schreiben lernen ist wichtig, denn in Büchern steht die ganze Welt.«

Die Buben schauten auf und nickten ihm zu. Dann las er weiter, in klarem, gut betontem Latein, ein kurzes Gedicht von Horaz, das sie mitschreiben und dann übersetzen sollten. Dabei würde er ihnen helfen, denn eigentlich waren sie noch lange nicht so weit. Aber er wollte ihnen zeigen, wie wunderbar die Sprache der antiken Kultur die Dinge auf den Punkt bringen konnte.

Anders als seine Schüler verstand Kilian auf Anhieb, was er las. Nur die wenigsten reichen Patriziersöhnchen und das ein oder andere Kind wohlhabender Kaufleute oder gut situierter Handwerksmeister würde so weit kommen, wenigstens etwas Küchenlatein zu beherrschen. Sie waren hauptsächlich hier, um Rechnen zu lernen und grundlegende Lesekenntnisse zu erwerben, die man bei den Dominikanern mit Bibelsprüchen erwarb.

Bei ihm war es anders gewesen. Als er sich mit sechs Jahren zum ersten Mal in die Schule gewagt hatte, im Schlepptau des etwas älteren Valentin, da waren ihm die Grundrechenarten und das Alphabet fast von allein zugefallen. Auch die Struktur des Lateinischen hatte sich ihm auf Anhieb erschlossen. Schon zwei Monate nach seinen ersten Grammatikstunden hatte er den älteren Mitbruder, der damals Schulmeister war, nach Cäsar und Seneca und Cicero ausgequetscht, bis dieser ihm die kostbaren Folianten aus der Klosterbibliothek gebracht hatte. Kilian hatte sie verschlungen – die Schriften über den Krieg, die Politik und die Liebe, die die Heiden in jener fernen Zeit, die man Antike nannte, aufgezeichnet hatten. Zuerst Buchstabe für

Buchstabe, dann Wort für Wort, doch schließlich war es leichter gegangen, denn die Struktur der Sprache hatte sich ihm geöffnet wie ein fein geknüpftes Gitternetz, dessen Knoten immer wiederkehrende Gesetzmäßigkeiten waren. Als es dem Schulmeister zu dumm geworden war, ihm ständig die Bücher zu holen, und er außerdem vor Kilians Spitzfindigkeiten seine Ruhe wollte, verbrachte er mehr und mehr Zeit in der Bibliothek. Valentin und seine Kumpels blieben in der Schulstube, aber Kilian unterrichtete sich ab diesem Tag selbst. Welche Wunder es dort gab, Werke über Geschichte und Theologie, Astronomie und Mathematik, die er alle gelesen, aber sicher nicht alle verstanden hatte. Schließlich war er dort ein und aus gegangen, so regelmäßig, dass die betagten Patres, die an ihren hohen Schreibpulten auf Pergamenten kratzten, den kleinen Jungen mit den braunen Locken als Teil vom Inventar betrachteten.

Die Bibliothek war morgens sein Zuhause, die Straße, wo er als Teil von Valentins Kinderbande allerlei Streiche aushecke, am Nachmittag. Das Patrizierhaus der Kirchhofs aber, zu deren Familie er durch die Herkunft seine Mutter gehörte, wurde ihm immer fremder. Seine schöne Mutter – wie sehr hätte er sich gewünscht, dass sie sich einmal für ihn interessieren möge. Doch als sie den Ulmer Kaufmann heiratete, der mit ihr eine neue Familie gründen wollte, war es ihr leichtgefallen, ihren kleinen Jungen, den Fehltritt ihrer Jugend, im Haus des Onkels zu lassen. Wissen war sowieso besser als ihre Liebe, als alle Liebe. Kilian lernte und lernte.

Und als er Latein besser beherrschte als sein Lehrer, hatte er sich eines Tages in die hinterste Ecke der Bibliothek begeben und dort im Sonnenlicht des kleinen Fensters, in dem tausend Staubkörnchen tanzten, einen von

Spinnweben bedeckten Schatz entdeckt. Eine ganze Reihe brauner, ledergebundener Handschriften stand dort aufgereiht, festgeklemmt in der Regalreihe. Sie sahen aus, als ob niemand sie in den letzten hundert Jahren angefasst hätte. Grund genug für den kleinen Kilian, diese Kostbarkeiten auf der Stelle aus dem Regal zu zerren. Es ging schwer, sie standen eng an eng, aber dann hatte er das erste Buch in der Hand, und die anderen polterten auf den Boden. Die Patres schauten von ihren Schreibarbeiten hoch, mit müden, tränentriefenden Augen, dann konzentrierten sie sich wieder aufs Kopieren. Und Kilian hatte seinen Schatz tief befriedigt aufgesammelt und zu seinem Pult getragen. Doch dann kam die Enttäuschung. Noch heute erinnerte er sich, wie verzweifelt er gewesen war, als er die Schrift nicht lesen konnte. Erst war sein Daumen darüber gefahren, dann seine Augen, aber die Zeichen waren anders als alles, was er bisher gesehen hatte. Bumms, die Tür war vor ihm ins Schloss gefallen.

»Das ist griechisch«, sagte da eine Stimme hinter ihm. Die sanfte und freundliche Stimme Prior Balduins, den Kilian bisher nur von weitem gesehen und vor dem er einen Heidenrespekt hatte. Fast hätte er sich vor Schreck an seiner Spucke verschluckt.

»Möchtest du es lernen?«

Und gemeinsam waren sie in eine Welt aufgebrochen, in der es beinahe noch mehr zu entdecken gab als bei den Römern. Da waren die Mathematiker, Thales, Euklid und Pythagoras, und auch die Welt des reinen Denkens, die Philosophie. Kilian hatte Platon und Aristoteles in ihren lateinischen Übersetzungen gelesen und wenig davon verstanden. Als er zehn Jahre alt war, las er sie im griechischen

Original und begriff sie etwas besser. Er hatte dazu den besten Lehrer, den man sich vorstellen konnte. Prior Balduin liebte die Sprache und brachte sie ihm bei, Buchstabe für Buchstabe – mit der Hingabe eines Mannes, der sieht, dass sein Tun auf fruchtbaren Boden fällt. Kilian sog alles Wissen auf wie ein Schwamm, und Balduin wurde sein Freund und Mentor.

So war es keine Frage, dass er im Alter von 12 Jahren ins Kloster aufgenommen wurde. Sein Onkel, der Bürgermeister Kirchhof, hatte Gefallen an der Idee gefunden, einen gelehrten Dominikaner in der Familie zu haben, und gerne für seinen Eintritt bezahlt. In den Orden der Wissenden, sagte Balduin. *Litteri nostri armi sunt*, hatte der heilige Dominikus gesagt, und befohlen, dieses Wissen im Kampf gegen die katharische Ketzerei im Süden Frankreichs einzusetzen. Und das wollte Kilian tun, Wissen nutzen, um die Unwissenden und Verirrten zu Gott zu führen. Aber zuerst wollte er studieren, in Köln, Bologna und Paris, überall, wo der Orden ihn hinschickte, und alles Wissen erwerben, das auf Erden zu haben war.

Kilian beendete die Lateinstunde für diesen Tag. »Feierabend«, rief er und klatschte in die Hände. Erleichtert warfen die Jungen ihre Wachstafeln auf die Seite und stürmten vor die Tür, wo ein warmer Herbsttag auf sie wartete und die Freiheit der Straße. Nur der kleine, blonde Sebastian blieb zurück.

»Ist noch was?«, fragte Kilian den Sohn des Weinhändlers Geiger.

Anders als seine Kameraden, brachte Sebastian mehr als nur einen Funken Interesse auf. »Möchtet Ihr es Euch ansehen?«, fragte er.

»Was denn?«

»Was ich geschrieben hab.«

Kilian betrachtete die Wachstafel mit den sauber gemalten, fehlerfreien Sätzen.

»Das hast du gut gemacht, Basti!«, lobte er.

Er wusste, dass der Kleine auch einigermaßen übersetzen konnte und dass er sich manchmal in einen Satz verbiss, bis er sein Geheimnis geknackt hatte. Wenn er es sich eingestand, war der Junge mit den blonden Locken sein Liebling in dieser Klasse voller Rüpel und Faulpelze.

»Bruder Kilian!«

»Was gibt es denn noch?«

»Ich …« Es fiel dem Zehnjährigen sichtlich schwer, auszusprechen, was er sagen wollte, und er druckste herum. »Ich wollte Euch etwas fragen. Wie wär es, wenn ich auch Novize werden könnte? Ich würde so gern noch mehr lernen.«

Entsetzen erfasste Kilian wie eine schwarze Woge. »Nein!«, rief er. »Verkauf lieber Wein, reise nach Paris und Venedig, aber werde bloß nicht Dominikaner.«

Ohne ein Wort zu sagen, drehte der Kleine sich um und rannte durch die Tür. Kilian stand auf und räumte das Klassenzimmer auf. Manchmal fühlte er sich wie ein alter Mann, aller Illusionen beraubt. Er zog die Kapuze über den Kopf und steckte die Hände in die Ärmel, ein würdevoller Mönch, der in seiner Kontemplation allein sein wollte.

Nach dem Mittagessen erging er sich eine Weile im Kreuzgang. Andere Mönche standen in Gruppen da, parlierten und disputierten über ihre Studien. Der Orden und besonders das Esslinger Kloster waren bekannt dafür, ein Hort des Wissens zu sein. Doch seit Valentin als Gefangener hinter die Mauern des Klosters gebracht worden war, hatte sich zwischen Kilian und seinen Mitbrüdern ein Graben aufgetan.

Sicher wussten sie, was zwischen dem Prior und seinem Adlatus geschah. Angefangen hatte es, als Kilian spürte, dass er kein Kind mehr war. War das wirklich erst ein Jahr her? Wie konnte man in einem Jahr so uralt geworden sein?

Er war gerade fünfzehn, im Jahr davor um einen Kopf gewachsen, und die Blicke des Priors hatten anders auf ihm geruht als vorher. Eines Tages hatte er ihn in seine Zelle gerufen, für Kilian kein Sonderfall, denn schon oft hatte er für Balduin in seiner schönen, gestochenen Schrift einen Brief geschrieben, den ihm dieser diktierte. Doch dann kam alles anders. Auf Balduins schmaler Pritsche lag eine kleine ledergebundene Abschrift, einer von Platons Dialogen, das Symposion oder Gastmahl.

»Hier schreibt der große Platon über den Eros«, hatte Balduin gesagt und mit ihm gemeinsam die einzelnen Szenen gelesen.

Für Kilian war es kein Problem, Platon zu verstehen. Griechisch konnte er inzwischen so perfekt wie Latein, und was der Philosoph mit seinem Dialog über die Liebe aussagen wollte, war ebenfalls klar: Es ging um die irdische und die himmlische Liebe, die zueinander in Kontrast und in Beziehung standen. Und die irdische war natürlich nur dazu da, in die transzendente Sphäre der keuschen Liebe, der himmlischen, überführt zu werden. Er hatte sich darüber in Hitze geredet. Bis er merkte, dass es Balduin keineswegs um einen gelehrten Disput ging. Neben ihm auf dem schmalen Bett sitzend, hatte der Prior plötzlich seine Hand ergriffen und unter seine Kutte geführt. Noch heute spürte Kilian die Mischung aus Ekel und Überraschung, als er Balduins heißes, steifes Glied berührte, die glatte, nasse Eichel, die sich ihm entgegenreckte wie ein neugieriges Tier.

»Immer, wenn ich dich ansehe, geht es mir so«, flüsterte der Prior.

Und dann hatte er seine Hand genommen und um den harten Schaft gelegt und gerieben und gerieben, so wie Kilian es sich Nacht für Nacht versagte und dafür mit den schlimmsten Träumen büßte, so lange, bis sein weißer Saft ihm über die Finger gelaufen war.

»Es ist gut, mein Sohn«, sagte Balduin danach. »Weißt du, dass es bei den Griechen eine Liebe gegeben hat, die viel reiner ist als die zwischen Mann und Weib?«

Kilian schüttelte verstockt den Kopf und wollte sich irgendwo die Hand abwischen, die noch immer Balduins schlaffes, glitschiges Glied umschloss. »Es ist die zwischen Knaben und Männern. Sie ist nicht dazu da, Kinder in die Welt zu setzen, sondern ist ein Ausdruck der Achtung, die der Schüler vor einem Lehrer hat.«

Und dann hatte er Kilian geküsst und ihm seine Zunge tief in den Mund gesteckt.

Die Kirche mischte sich in alles ein, was das Zeugen von Kindern betraf. Sogar die Häufigkeit und die Zeiten des Beischlafs wollte sie reglementieren, damit jedes Ehepaar diese Dinge nicht aus Vergnügen tat, sondern sich dabei nur um die Zeugung von Nachwuchs bemühte. Aber was im Kloster in der Zelle des Priors geschah, das war etwas Schlimmeres als ein Beischlaf am Freitag. Es war Sodomie, eine Todsünde, die sie beide, Kilian und seinen Liebhaber, die ewige Seligkeit kosten würde.

Bei dem einen Mal war es nicht geblieben. Es war eine Mischung aus Angst und Lust, die Kilian bewegte, wenn er Balduin im Kreuzgang oder in der Bibliothek begegnete. In der Zelle des Priors und zwischen den Regalen der Bibliothek, immer wieder nahm er das harte Glied des Priors zwischen die Finger. Und mehr und mehr erregte es ihn selbst, was sie da trieben. Das sah auch der Prior, der sich eines Tages vor ihn kniete, seine Kutte hob und Kilians steifes Glied in den Mund nahm. Das war so furchtbar und so köstlich zugleich gewesen, dass Kilian in einem Ausbruch von Lust fast sofort gekommen war. Und endlich hatte ihn Balduin da gehabt, wo er ihn haben wollte. Immer wieder führte er ihn mit dem Mund zum Gipfel und verlangte das Gleiche auch von seinem Liebhaber. Kilian hatte den Geschmack seines heißen Samens, der wie gekochte Hirse roch, noch auf den Lippen. Und Nacht für Nacht hatte er sich dafür gegeißelt und nach Gott gerufen, der beharrlich schwieg.

Doch eines hatte er Balduin bisher versagt. Seinen ganzen Körper zu besitzen. Der Prior wollte mit ihm schlafen, wie ein Mann einer Frau beiliegt. Kilian hatte sich geweigert, weil er dachte, dass sich, wenn sie etwas so Widernatürliches tun würden, die Pforten der Hölle augenblicklich für sie öffnen würden.

Und so hatte er ein Druckmittel gehabt, als die Schergen des Herzogs Valentin ins Kloster brachten. Mein Körper gegen Valentins Würde. Mein Arsch für Valentins Leben. Er hatte geklappt, der kleine Handel. Balduin fraß ihm aus der Hand, und Kilian hasste sich dafür. Er hatte Valentin gerettet, indem er ihn für die Wasserprobe vorgeschlagen hatte. Das war ein Risiko gewesen, und theologisch eigentlich nicht vertretbar, aber der Prior war trotzdem darauf eingegangen. Jetzt fehlte nur noch die Gegenleistung, zu der er sich bisher nicht hatte durchringen können.

Kilian schloss sich der Reihe der Mönche an, die zur Non in die Kirche zogen. Die hohe schlanke Gestalt Balduins führte sie an, und einen Moment lang ruhten seine hungrigen Augen auf ihm. Doch Kilian wandte sich ab, als hätte er nichts bemerkt. Die Gesänge und die rituellen Worte des Stundengebets beruhigten ihn, aber auch im Chorgestühl war es, als ob sich zwischen seinen Mitbrüdern und ihm ein Abgrund auftat. Sie hatten alle gewusst, dass der Prior eine Vorliebe für Jungen hatte, die sich an der Schwelle zum Mannsein befanden. Alle hatten Bescheid gewusst, doch nur Pater Ulrich mit seinem bedingungslosen Mut und seiner Unbestechlichkeit hatte sich getraut, Prior Balduin darauf anzusprechen.

»Bleibe fest im Glauben. Es geht vorüber«, raunte der Cellerar ihm zu. Ja, wenn er endgültig erwachsen war, würde ihn ein Jüngerer ablösen, aber noch hatte er seine Schuld nicht eingelöst. Schweigend zogen sie aus der Kirche. Irgendwann gehe ich nach Köln, dachte er.

»Da ist ein Mädchen für Euch, Bruder Kilian«, sagte der Konverse, der heute Dienst in der Pforte tat. »Sie sagt, sie muss Euch unbedingt sprechen.«

Unwillig folgte er ihm. Es konnte nur eine sein, die seine bittere Kontemplation störte. Diese Unruhestifterin! Er schluckte. Die Frage nach der Keuschheit der Mönche war schlimm für ihn gewesen, denn sie hatte ihm bewusst gemacht, dass sein Leben eine Lüge war. Da stand sie. Immer wieder vergaß er, wie schön sie geworden war – ein schlankes Mädchen mit langen rotgoldenen Haaren, dunkelblauen Augen und einem Mund, der gern lachte. Aber Valentin und Kilian hatten sie nicht wegen ihrer Schönheit geliebt. Jedenfalls nicht nur. Es war um Freundschaft gegangen, die, kostbar und empfindlich, unter dem Druck der Zeit zerbrochen war wie ein rohes Ei.

»Hallo!«, sagte sie und biss sich auf die Lippen, was ihn beinahe zum Lachen brachte. Er erinnerte sich, wie begierig sie die Buchstaben in sich aufgesogen hatte, die er ihr im Weinberg ihres Vaters beigebracht hatte. Nur zwei Wochen hatte es gedauert, und Lena konnte die Sätze aus der Bibel fehlerfrei buchstabieren. Wenig später konnte sie schreiben. Sie war sein kleines Experiment gewesen und hatte alle Mutmaßungen widerlegt, dass Frauen keine Bildung erwerben konnten.

Jetzt aber blitzte sie ihn mit dunklen Gewitteraugen an, und er wappnete sich. Peinlicher und schlimmer als die Frage, die sie beim letzten Mal gestellt hatte, konnte es ja wohl nicht kommen. »Was willst du?«

»Es ist noch nicht vorbei«, sagte sie.

»Was?«

»Der Hardenberger setzt dem Valentin noch immer zu.«

»Er will ihn also wieder einmal überführen. Und da suchst du wieder auf eigene Faust den Mörder? Vielleicht solltest du es noch in anderen Schenken versuchen.« Das kam spöttischer heraus, als er es eigentlich geplant hatte. Die Gewitteraugen wurden noch eine Spur dunkler.

»Entschuldigung!«, murmelte er.

»Schon gut! Glaub ja nicht, dass mir das Spaß macht. Aber anscheinend kümmert sich hier nur eine um die Wahrheit, und das bin ich.«

Widerwillig nickte er. Mut hatte Lena genug bewiesen.

»Also, schieß los. Ich habe nicht viel Zeit.« Die Studierzeit, in der er an seinem Kommentar zu Augustinus' Spätwerk »De civitate dei« schreiben durfte, verging immer viel zu schnell.

»Ich weiß nicht, wie ich es sagen soll.«

Er wunderte sich, denn normalerweise purzelten ihr die Worte aus dem Mund, bevor sie darüber nachdenken konnte.

»Es hat mit Prior Balduin zu tun.«

Alles Blut wich aus seinem Gesicht. Kilian spürte, wie seine Fingerspitzen taub und seine Knie weich wurden.

»Lena.« Er zog sie am Arm zur Seite. »Lass das, was du fragen willst, nicht über deine Lippen kommen, bitte. Du stocherst in einem Vipernnest.« Beschwörend sah er sie an. Sein Kartenhaus würde in sich zusammenfallen, wenn es ans Licht käme. Und er selbst würde sich in Asche auflösen und im Abendwind verwehen.

»Aber ...«

»Kein Wort mehr, hörst du!«

Lena drehte sich um und ging.

22

Irgendwann hatten sie sich aus den Augen verloren, Kilian, Valentin und Lena. Das Band der Freundschaft, das sie über ihre Kindheit gerettet hatte, war für immer zerrissen. *Alle drei waren sie ins Unglück geraten,* dachte Lena, als sie über den Marktplatz nach Hause ging. Valentin, dem der Prozess im Nacken saß, Kilian, der nur noch ein blasses Gespenst seiner selbst war, und sie selbst, der ein Leben an der Seite Marx Anstetters bevorstand. Durch den Tod des Dominikaners hatte sich ihr Leben zugespitzt. Warum nur hatte sie das Gefühl, dass sie den Mörder finden musste, damit alles wieder in Ordnung kam?

Es war ein blauer Herbsttag rund um Michaeli, ein Tag, an dem sich die Menschen mit vollen Börsen zwischen den Marktständen drängten und ihre Vorratskammern füllten. Die Tische und Buden quollen über von den reifen Früchten der Felder und Weinberge. Zwei Tagelöhner zogen einen Handkarren voll hellgrüner Trauben in Richtung des Fürstenfelder Hofs.

»Aus dem Weg!«, schrien sie. »Das ist das Eigentum des Königs.«

Lena wusste, dass Ludwig der Bayer den Neckarwein schätzte, der mehrmals im Jahr in großen Wagenkolonnen in Richtung seines Hausklosters transportiert wurde. Auf dem Rückweg nutzte man die Gelegenheit und die leeren Ochsenkarren und kaufte in Reichenhall in großem Stil

Salz ein. Von dem überladenen Traubenkarren tropfte der Saft süß und vergoren auf den Boden und zog einen Schwarm goldschwarzgestreifter Wespen an. Die Stadt vibrierte vor Geschäftigkeit. Auch in Luginslands Weinberg würde die Lese in den nächsten Tagen beginnen. Aber ihr Vater war noch immer krank, wenn es ihm auch durch die Medizin von Bruder Thomas etwas besserging. Eigentlich hatte sie weder die Zeit, hier über den Markt zu bummeln, noch dazu, den Mörder des Dominikaners zu suchen. Sie musste die Lese organisieren, den Altgesellen und die Lehrbuben einplanen, zwei Tagelöhner anwerben. Vielleicht hatten Rosis Brüder ja Zeit.

Und Lionel war noch immer nicht zurückgekehrt. Vielleicht kam er ja nie wieder nach Esslingen, und die Fertigstellung der schönen Fenster mit den weißen, durchsichtigen Glasfragmenten blieb an ihr hängen. Dann würden Maria und die Apostel Haare und Heiligenscheine aus Klarglas haben. Plötzlich ging ihr auf, dass Lionel genauso war wie seine Fenster – ein wunderbarer Mensch, bei dem sich plötzlich, wenn man es am wenigsten erwartete, rätselhafte blinde Flecken auftaten.

Ziellos schlenderte sie weiter. Dieser Gang über den Markt erschien ihr plötzlich kostbar, eine gestohlene halbe Stunde, in der sie sich vor der Verantwortung drücken konnte. Verstohlen sah sie sich um, zog das Schultertuch enger und sog den Geruch von Holzfeuern ein, der zwischen den Häusern hing und davon kündete, dass der Sommer endgültig zu Ende war.

Ein Bauer von den Fildern saß hinter einem Berg hellgrüner, glatt glänzender Kohlköpfe, manche so spitz wie Judenhüte, andere rund wie die Köpfe der Gassenkinder.

Martha würde ihm sicher einen ganzen Berg davon zum Einsalzen abkaufen. Daneben klickerte ein kleiner Junge in einem Korb mit Walnüssen, den eine zahnlose Alte aus dem Esslinger Umland anbot. Äpfel, rotwangig und knackig, ließen Lena das Wasser im Mund zusammenlaufen. Warum eigentlich nicht. Ein paar Münzen klimperten in ihrer Tasche. Aber Äpfel gab es daheim aus ihrem Garten am Hegensberg genug. Lena entschied sich für einen schmalztriefenden, mit Rosinen und Quark gefüllten Krapfen, kaufte ihn der drallen Bäckerin ab und biss hinein. Die Süße linderte ihre Enttäuschung über das Gespräch mit Kilian. Es war von vornherein klar gewesen, dass er nichts über das heikle Thema sagen würde. Ein Nestbeschmutzer des Dominikanerordens war Kilian sicher nicht. Aber es musste doch rauszukriegen sein, ob der Prior nicht doch in der Nacht von Vater Ulrichs Tod außerhalb der Klostermauern gewesen war.

Nachdenklich blieb Lena an einem Stand mit goldbedruckten, seidenen Tüchern stehen. Wie prächtig die Goldauflage auf dem durchsichtigen Stoff aussah, der sicher aus dem Orient kam!

»Das Blaugoldene würde Euch gut stehen, Jungfer«, sagte die Verkäuferin. Lena hatte sie noch nie gesehen. Zahllose Falten zogen sich durch ihr hakennasiges Gesicht, doch die dunklen Augen blickten wach wie bei einer listigen Krähe.

»Dafür reicht mein Geld leider nicht«, gab Lena zu.

»Das macht nichts.« Die Alte grinste sie zahnlos an, und Lena lief es kalt über den Rücken. »Reicht mir Eure Hand, Mädchen mit dem Feuerhaar, ich will die Zukunft daraus lesen. Es kostet nur einen Heller.«

Lena öffnete den Mund und wollte ablehnen, aber da

war die Alte schon wieselflink hinter ihrem Stand hervorgekommen, griff nach ihrer Hand und drehte sie schnell nach oben. Sie fuhr über die Linien in der Handfläche, denen Lena nie zuvor Beachtung geschenkt hatte. »Ein schönes Mädchen, geboren unter dem Zeichen des Schützen, mit dem Löwen im Aszendenten. Feuer nicht nur im Haar, auch in den Sternen deiner Geburt und im Herzen«, sagte die Alte.

Verdutzt schaute Lena die Alte an. »Wer seid Ihr?«

»Eine Fahrende.« Der schmale Mund verzog sich zu einem Lächeln. »Von weit her. Manche haben wie ich das alte Wissen.«

»Welches alte Wissen?«

Sie schüttelte den Kopf. »Sterne, Handlinien, Zahlen und das zweite Gesicht. Wann ist dein Geburtstag, Feuerkind?«

»Am 13. Dezember«, flüsterte Lena, der immer unheimlicher wurde.

»Recht hatte ich«, sagte die Alte befriedigt und vertiefte sich in Lenas Handlinien. »Und jetzt hör gut zu. Herz aus Feuer ... Hier ...« Ein spitzer Finger bohrte sich in ihre Hand. »... Sehe ich die Zukunft. Und da ist .... eine Wegkreuzung.« Sie drehte Lenas Rechte zum spärlichen Tageslicht und bog die Finger zurück. »Auf der einen Seite ist ein langes Leben eingezeichnet, ferne Länder und das Glück an der Seite eines Mannes. Doch es kann auch anders kommen.«

Sie schwieg.

»Was ist dann?«, flüsterte Lena, die jetzt wirklich Angst bekam.

»Es ist besser, ich sage nichts weiter.« Die Alte ließ Lenas Hand los und formte die eigene klauenartige Hand zur

Schale, um ihren Lohn zu empfangen, den Lena verschüchtert hineinlegte.

»Bitte sagt mir die Wahrheit!«

Da griff die Alte nach Lenas Hand und hielt sie fest. »Nicht jeder hält die Wahrheit aus. Aber du, Mädchen, das bereit ist, sein Leben für ihre Freunde zu opfern. Bist du stark genug?«

Lena wollte ihre Hand fortziehen, aber der Griff der Alten war eisenhart. »Du musst den Weg zu Ende gehen, den du eingeschlagen hast, hörst du. Du hast keine Wahl. Und es ist bald. An seinem Ende schlägt das Pendel aus, hin zum Leben – oder zum Tod.«

Jetzt hatte Lena genug. Sie riss sich mit aller Kraft los und lief davon. Das Lachen der Alten klang in ihren Ohren wie eine dunkle, scheppernde Glocke.

Sie rannte und rannte. Das Blut pochte in ihren Ohren, und das Markttreiben um sie herum wurde zu einem Reigentanz aus Farben, bis sie schließlich keuchend stehen blieb und sich die schmerzende Seite hielt. Überrascht stellte sie fest, dass sie das Wolfstor hinter sich gelassen hatte. Was hatte die Alte gesagt? Sie könne ihrer Bestimmung nicht entgehen, sei bereit, ihr Leben für ihre Freunde zu opfern? Trotzig hob Lena den Kopf und sah sich um. Noch war es wohl nicht so weit, denn das Dorf Mühlbronnen vor der Mauer erschien ihr alles andere als lebensgefährlich – außer, ihr lauerte ein Beutelschneider auf. Ihr wilder Lauf hatte sie geradewegs in die jämmerliche Gegend verschlagen, in der Rosi und ihre Familie lebten. Hier, außerhalb des Tors, wo es zur Handelsstraße ging, hatten ärmliche Handwerker ihre Werkstätten, hier wohnten die Witwen, die Winkelfeger und viele weitere Einwohner der reichen Stadt, die kein geregeltes Einkommen besaßen. Eigentlich hatte sie vorgehabt, den Vater heute Abend um Erlaubnis zu fragen, ob sie Rosis Brüder für die Lese einstellen dürfte. Aber jetzt, wo sie schon einmal da war, konnte sie es auch gleich tun. Und bei der Gelegenheit würde sie Rosi gleich um den Gefallen bitten, den diese ihr nach dem katastrophalen Abend in der Schenke schuldig war.

Entschlossen zog sie ihr Schultertuch über den Kopf und suchte das Häuschen der Familie Rufle. Es stand in zweiter Reihe hinter den Gebäuden, die sich an der Handelsstraße zusammendrängten wie ein Schwarm verlorener Hühner. Während in der Webergasse Häuser und Kontore der Patrizier bis zu vier Geschosse in den Himmel wuchsen, war hier nach einem oder zwei wacklig gebauten Stockwerken Schluss. Im Erdgeschoss lebten die Ziegen, falls die Familie welche hatte, weiter oben profitierten die Menschen von der Wärme, die von unten aufstieg. Kleine Ställe und baufällige Hütten, selbst gezimmert aus alten Brettern, umschlossen die Häuser wie ein Lumpenmantel. Familie Rufles Häuschen war besonders klein. Windschief duckte es sich an das Gebäude daneben. Die Tür hing knarrend in den Angeln und schien nicht richtig zu schließen. Als Lena in den Hof trat, rannte eine magere Ratte in Panik davon und verschwand unter einem Bretterstapel. Einige Enten und Gänse suchten den Boden nach essbaren Pflanzenresten ab. Drei kleine Kinder in geflickten Leinenhemden hockten barfuß im Staub und ließen Murmeln einen spitzen Lehmberg hinabrollen. Alle hatten lockige, dunkle Haare. Dünne Arme und Beine schauten aus den zerlumpten Kitteln. Wie viele Köpfe zählte die Familie Rufle eigentlich?

»Nein, Katterle!«, schrie der Älteste plötzlich. »Du bescheißt!« Er haute der kleinen Schwester eine runter, die sofort zu heulen begann. »Das darf man nicht!«

Ein Mädchen von vielleicht zwölf Jahren, kam aus dem Haus geschossen, dass das Federvieh nur so auseinanderstob. Es stellte eine Schale ab, aus der Bohnen und Wasser gleichzeitig auf den Boden schwappten, und versetzte seinen kleinen Geschwistern blitzschnell eine gepfefferte Ohrfeige, woraufhin auch die beiden älteren Buben zu heulen anfingen.

»Hans, Jacob, Katterle! Ihr sollt euch nicht streiten!«, rief sie und stemmte die Hände in die Hüften.

Lena fühlte sich inmitten des Trubels verloren und hätte fast das Weite gesucht, doch plötzlich drehte sich die Ältere zu ihr um. Ihre Hände waren vom kalten Wasser, in dem sie die Bohnen gewaschen hatte, rot und rissig. Misstrauisch kniff sie ihre Augen zusammen.

»He, was willst du da?«, rief sie feindselig.

Lena fasste sich ein Herz und trat näher. »Ich bin Lena. Ist die Rosi da?«, fragte sie. »Ich hab vielleicht eine Arbeit im Weinberg für euch.«

Schweigend verschwand die Kleine im Haus. Einen Moment später trat Rosi vor die Tür und wurde bleich wie ein Leintuch, als sie erkannte, wer sie da besuchte.

»Oh, Lena«, flüsterte sie und legte die Hand vor den Mund.

»Schon gut«, sagte Lena mürrisch. »Es war schließlich alles meine eigene Dummheit.«

Einen Augenblick später lagen sich die Mädchen in den Armen.

»Komm!«, sagte Rosi und zog Lena zu einer klapprigen

Bank, die unter einem spät blühenden, weißen Rosenstrauch an der Hauswand stand.

»Der Abend in der Schenke ist mir so nachgegangen!«, flüsterte Rosi. »Ich hatte ja keine Ahnung, dass Berthe und Hanna ihren Schabernack mit dir treiben würden.«

Lena sah, dass Rosi sich trotz der frühen Stunde die Lippen gefärbt hatte. Ihr Mieder zeigte offenherzig ihren beeindruckenden Brustansatz.

»Schon gut.« Lena machte eine wegwerfende Handbewegung. »Ich hätte merken müssen, dass mir der Wirt was ins Glas geschüttet hat.«

»Ich hab keine Arbeit mehr im Schwarzen Eber«, flüsterte Rosi.

Lenas Augen wurden groß. »Wegen mir?«

Rosi biss sich auf die Lippen und nickte. »Ich hab meinen Mund zu weit aufgemacht, gegen den Wirt. Und da bin ich rausgeflogen.«

Lena legte ihr den Arm um die Schultern. »Das wollt ich nicht.«

»Schon gut. Ich hab schon was Neues«, sagte Rosi geheimnisvoll.

»Wie schön! Aber ich bin noch wegen zwei anderer Sachen hier. Zum einen wollte ich fragen, ob der Karl und der Arnold uns bei der Lese helfen können.«

Rosis Augen leuchteten auf. »Klar können sie! Wir brauchen das Geld so dringend.«

Lena wusste, wie rar die Stellen im Weinbau selbst bei der Lese waren, und freute sich, der Familie helfen zu können. »Sag, wie viele seid ihr eigentlich?«

Rosi runzelte die Stirn und nahm die Finger zur Hilfe. »Acht Bälger«, sagte sie schließlich. »Sie hätten sich auch etwas zurückhalten können«, fügte sie bitter hinzu. »Aber die Mutter hat sich gut um uns gekümmert. Bei anderen Leuten sterben die Kinder wie die Fliegen. Nur der Kurt – der Zwillingsbruder von der Maria, die du eben gesehen hast – hatte es mit dem Herzen. Aber jetzt ist die Mutter selbst krank. Sie hat das Gliederreißen und kann nicht waschen oder Kräuter sammeln, wie sie sollte. Und bei den großen Buben muss man aufpassen, dass sie nicht dem Vater nachschlagen.« Sie hielt sich die Hand vor den Mund wie eine Flasche und tat so, als ob sie einen tiefen Schluck nahm.

»Also musst du mitverdienen«, sagte Lena nachdenklich und nahm sich vor, den beiden Brüdern ihren Lohn nur über Rosi auszuzahlen.

»Die Eva und ich, wir stopfen im Moment alle Mäuler alleine«, fuhr diese düster fort. »Aber wenigstens geht es dem Valentin besser.«

»Nicht wirklich«, sagte Lena düster. »Er sitzt in seinem Klosterasyl und wartet auf den Prozess durch den König.«

»O weh!« Rosi schlug die Hand vor den Mund. »Das ist wohl die Idee des Herzogs von Teck.«

Lena nickte. »Muss wohl. Und uns fehlt noch immer der wirkliche Mörder.«

»Und den suchst *du*?«

»Ja«, sagte Lena schlicht und rückte mit ihrer zweiten Bitte heraus. Einen Moment lang war Rosi sprachlos, doch dann begann sie nachzudenken.

»Komm morgen ins Bad hinter der Franziskanerkirche ...«

23

»Sator arepo tenet opera rotas.« Mühsam entzifferte Lena den Spruch, den Renata Wort für Wort in Form eines Quadrats auf ein Pergament geschrieben und ihrem Vater auf die Brust gelegt hatte. Verstanden hatte sie ihn damit noch lange nicht, bemerkte aber erstaunt, dass die Wörter von rechts nach links, von oben nach unten und umgekehrt immer das Gleiche ergaben.

S	A	T	O	R
A	R	E	P	O
T	E	N	E	T
O	P	E	R	A
R	O	T	A	S

»Du solltest den Hokuspokus bleiben lassen, Renata«, sagte Heinrich Luginsland mürrisch, zog sich den Pergamentfetzen von der Brust und ließ ihn zu Boden segeln, von wo ihn Lena aufsammelte und in ihre Tasche steckte. »Das ist reine Zeitverschwendung.«

Lenas Vater lag im Bett, die Decke hatte er wieder bis zum Kinn hochgezogen. Über seiner Stirn sträubte sich das wirre, graue Haar. Auf dem Tisch neben ihm stand eine Ansammlung von Flaschen und Fläschchen sowie ein Zweig Rosmarin in einer Vase, der seinen durchdringenden Duft im Krankenzimmer verteilte. Renata nahm keine Notiz von

Heinrichs Geschimpfe, sondern zog energisch den Pergamentrahmen von der Fensteröffnung weg, den Lena gegen die Kälte hineingespannt hatte.

»Der Satorspruch ist ein Heilspruch und hat noch niemandem geschadet. Aber in erster Linie brauchst du frische Luft und bessere Laune.«

»Da irrst du dich!«, brummte der Kranke. »Ich brauche Wärme und meine Ruhe vor besserwisserischen Apothekerinnen und ihren Freunden, den studierten Physicae, die sich an meinem Bett auf Lateinisch unterhalten und ihren halben Laden bei mir abstellen.«

Eine kräftige, sommersprossige Hand kam vorwurfsvoll unter der Decke hervor und deutete auf die Reihe Arzneiflaschen auf dem Tisch. Lena verbiss sich ein Lachen und tauschte einen verstohlenen Blick mit ihrer Freundin, die die Augenbrauen hochzog. Es ging ihrem Vater noch nicht gut, aber immerhin doch so viel besser, dass er sich lautstark beschweren konnte. Bruder Thomas war mehrmals bei ihm gewesen, hatte ihm Brust und Rücken abgehört und viel Ruhe sowie ein Medikament aus gering dosiertem Fingerhut verordnet. Von dem maß Renata ihm einen Löffel voll ab.

»Es war sehr gut, dass Thomas von Mühlberg nach dir geschaut hat«, sagte sie dann sanft und schob dem Kranken den Löffel in den Mund. Lenas Vater schluckte die Medizin widerwillig herunter. »Er wusste, wie stark ich den Fingerhut konzentrieren durfte. Wie du sicher weißt, handelt es sich bei der Pflanze um ein starkes Gift, wenn man es falsch dosiert.«

»Du könntest mir auch gleich das ganze Fläschchen auf einmal geben!«, sagte Heinrich.

Renata schüttelte den Kopf.

»Ich glaube, herzkrank heißt bei dir auch kummerkrank.« Sie beugte ihren dunklen Kopf über den alten Glasmaler und flüsterte ihm etwas ins Ohr. Das Fläschchen mit der Fingerhutarznei ließ sie in ihrer Schürzentasche verschwinden. Dann zeichnete sie ein Kreuz auf Heinrichs blasse Stirn.

»Der Herr Jesus, Maria und alle Heiligen beschützen dich«, sagte sie sanft und bedeutete Lena, mit ihr gemeinsam das Krankenzimmer zu verlassen.

»Uff!« Auf der Treppe wischte sie sich den Schweiß von der Stirn. »Dein Vater ist ein unglaublich eigensinniger Kranker!«

»Aber er macht Fortschritte.«

Renata nickte nachdenklich. »Ja«, sagte sie. »Wenn er lautstark protestieren kann, sicher. Aber er braucht noch sehr viel Ruhe, und die Sache mit dem Anstetter setzt seiner Seele ziemlich zu. Ihr lasst die Fingerhuttropfen besser nicht in seiner Nähe … Und ihr müsst unbedingt eine Lösung in der Sache mit deiner Verlobung finden. Heinrich macht sich Vorwürfe, dass er es so weit hat kommen lassen.«

Ratlos zuckte Lena mit den Schultern. »Der Anstetter ist seit – du weißt schon wann – nicht mehr bei uns aufgetaucht«, sagte sie. »Meinetwegen kann er bleiben, wo der Pfeffer wächst.«

Doch hatte er wirklich Esslingen verlassen? Am Tag, an dem Valentin verhaftet worden war, hatte ein Mann, der ihm verblüffend ähnlich sah, im Eingang zum Fürstenfelder Pfleghof gestanden.

»Und was machst du jetzt?«

Renata blieb stehen und zog ihre Haube glatt.

»In meiner Apotheke nach dem Rechten sehen. Ich habe etwas mit Anton zu besprechen, und dann werde ich Franz aus dem Franziskanerkloster abholen. Ich hoffe nur, dass der Hardenberger nicht wieder vor meiner Haustür steht.«

»Spioniert er dich immer noch aus?«

Renata zuckte die Schultern. »Ich fürchte, er kommt nicht nur wegen dem Mord«, sagte sie. »Meine Marmelade und meine Kräuteraufgüsse scheinen ihm zu munden.«

Sie hatten den Eingang erreicht. Renata legte Lena kurz die Hand an die Wange. »Lass deinem Vater noch einige Tage Zeit! Aber dann musst du darauf bestehen, dass er die Verlobung löst.«

Lena nickte. Aber sie hatte keine Ahnung, wie sie das bewerkstelligen sollte. Lieber konzentrierte sie sich auf den nächsten Schritt: Der Mörder des Dominikaners musste gefunden werden.

Es war zur Non, als der Bader in sein Horn blies und das Bad damit für geöffnet erklärte. Lena rannte die Treppe hoch ins Dachgeschoss, zog das dünne Leinenhemd, das die Frauen in den öffentlichen Badehäusern trugen, aus ihrer Truhe und schlich sich über die Stiege davon, deren dritte Stufe wie immer furchtbar knarrte. Verstohlen öffnete sie die Haustür und trat in den Hof hinaus. Wenn sie jemand bei diesem Treffen beobachtete, war ihr guter Ruf endgültig dahin. Aber ihre Chancen standen gut. Der Vater ruhte sich in seiner Stube aus, und Martha kaufte mit Sanna Kohlköpfe für ihr Sauerkrautfass ein. Was soll's, dachte sie. Anders kam sie nun einmal nicht an die Informationen, die sie so dringend brauchte. Die Familie des

Glasmalers Luginsland ging nur selten ins Badehaus, denn Großvater Lambert hatte eine eigene Badestube in sein Haus einbauen lassen, in dem, was der allergrößte Luxus war, ein Badezuber stand, den Martha jeden Samstag mit heißem Wasser füllte. Manchmal bedauerte Lena, was ihr dadurch entging. Denn die Badehäuser waren nicht nur Orte, an denen man sich reinigen und aufwärmen konnte, sondern sie dienten auch dazu, sich zu treffen. Klatsch und Tratsch gehörten zum Geschäftsprinzip, und so manche Handwerkerfrau und Händlergattin pflegte hier nicht nur ihr Äußeres, sondern erfuhr ganz nebenbei, was in der Stadt sonst so geschah.

Die Bewohner von Lenas Viertel besuchten eigentlich die Badestube in der Kirchgasse. Das Bad hinter der Franziskanerkirche wurde eher von den weniger Betuchten aus dem Viertel rund um den Holzmarkt in Anspruch genommen, was von Vorteil war, denn so war die Chance geringer, sofort einer Bekannten über den Weg zu laufen. Lena selbst war noch nie hier gewesen, obwohl es nicht weit entfernt lag. Schnell hatte sie das Gebäude erreicht, das sich von außen kaum von den Nachbarhäusern unterschied. Der Brunnen allerdings, der hinter dem Kloster der Franziskaner stand, war als Wasserspender auch für das Badehaus unerlässlich.

Auf der rechten Seite hatten sich einige Handwerksburschen vor dem Männereingang aufgereiht. Sie pfiffen anzüglich, als Lena sich zu den Frauen stellte. Sie nahm keine Notiz von ihnen, entlohnte den Gehilfen des Baders mit dem Badepfennig und trat ein. Frauen über Frauen drängten sich im feuchtwarmen Vorraum. Lena sah blonde und braunhaarige, graue und schwarze Köpfe, die sich im

Gespräch einander zuneigten. Es herrschte ein Geschnatter wie auf dem Gänsehof. Obwohl niemand Notiz von ihr nahm, klopfte ihr das Herz bis in den Hals. Sie folgte einer Schar schwatzender junger Frauen ins Vorbad, zog sich neben den anderen komplett aus und übergoss sich mit frischem, klarem Wasser, das lauwarm in Krügen bereitstand. Als die Gerberin Höfler, die Mutter des Verlobten ihrer Freundin Griet, sich abrupt umdrehte, traf sie deren Ellbogen in die Seite. »Au!«, rief Lena unwillkürlich.

»Verzeihung«, brummte die Alte, die überwältigend nach der Lauge stank, in der die Gerber das Leder einweichten. Lena hoffte inständig, dass sie sie nicht erkannt hatte. Auf ihre Kleider passte während der Zeit des Bades die Gewandhüterin auf, eine grantige Alte, die jeden anfuhr, der sich dem Kleiderhaufen grundlos näherte. Lena streifte sich das leichte Leinenhemd über und bedeckte damit ihre Blöße.

»Hier bin ich«, flüsterte es plötzlich neben ihr. Da stand Rosi, wie Gott sie geschaffen hatte. Mit ihren vollen Brüsten, der schmalen Taille und den ausladenden Hüften war sie eine Zierde ihres Geschlechts, und Lena kam sich neben ihr viel zu mager vor.

»Wie dünn du bist!«, flüsterte die Freundin neidisch und ging ihr voran ins Schwitzbad. Jetzt verstand Lena, warum Rosi diesen Treffpunkt vorgeschlagen hatte. Der große Raum lag in schummrigem Halbdunkel. Dampf quoll aus den Ritzen in der Nähe des Ofens und erfüllte die Luft mit glühend heißer Feuchtigkeit. Wer auf den Sitzbänken Platz genommen hatte, mit Leinenhemd oder nackt wie Eva, konnten die Mädchen kaum erkennen. Die Luft war so glühend heiß, dass Lena fast nicht atmen konnte. Schweiß sammelte sich auf ihrer Oberlippe und im Nacken und lief ihr in langen Rinnsalen den Rücken herunter. Rosi führte Lena durch den überfüllten vorderen Bereich des Schwitzbads nach hinten, wo sich nur wenige Frauen aufhielten.

Berthe und Hanna saßen im dichten Hitzenebel vor der hölzernen Trennwand, hinter der man die tiefen Stimmen der Männer hörte. Berthe, üppig und schwarzhaarig, lagerte halb liegend eine Stufe höher als ihre Freundin. Sie war nackt und hatte ihr langes Haar über ihre Brüste und ihre Taille gebreitet. Hanna trug ein dünnes, leinenes Hemd, dessen Träger ihr über die Schulter gerutscht waren. Lena spürte, wie ihr unter den spöttischen Blicken der beiden noch heißer wurde. Wie praktisch, dass der Dampf die Auswirkungen ihrer Verlegenheit überdeckte.

»Seid gegrüßt, Jungfer Lena!« Berthe deutete eine spöttische Verbeugung an. »Ihr müsst verzeihen, dass wir unser Bad abseits von den ›anständigen‹ Frauen nehmen.«

Die Mädchen setzten sich etwas unterhalb auf die steinerne Bank. Lena zog die Beine hoch und legte die Arme darum. Ihr Badekleid war so nass, dass man es auswringen konnte.

»Ich brauche euren Rat!«

»Ach, tatsächlich?« Hanna, deren Locken schwer vor Feuchtigkeit auf ihren Schultern lagen, schüttete sich aus vor Lachen. »Fachlich oder nicht? Wenn's ums Blasen, Küssen und Vögeln geht, sind wir Expertinnen.«

Lena musste schlucken. Verflixt! Immer wieder gelang es den beiden, sie in Verlegenheit zu bringen.

»Nun, gewissermaßen ...«

»Schon gut«, mischte sich Berthe ein. »Wir haben dir

beim letzten Mal übel mitgespielt, Kleine. Stell deine Frage, und wir werden sie, so gut wir können, beantworten.«

»Ich suche noch immer den Mörder des Dominikaners«, flüsterte sie. Salziger Schweiß lief ihr den Hals herunter und sammelte sich zwischen ihren Brüsten.

»Nun, da sind wir nicht die richtigen Ansprechpartner«, sagte Hanna bitter. »Die Dinge, auf die wir uns verstehen, hat er nicht praktiziert. Im Gegenteil, er drohte uns mit der Hölle.«

Lena nickte. »Ich weiß. Aber was ist mit meinem Verdacht, dass er jemandem auf die Schliche gekommen sein könnte?«

Berthe schaute sie nachdenklich an. »Dein Freund Valentin sitzt im Franziskanerkloster und wartet auf seinen Prozess. Als ob Gott sich bei der Wasserprobe nicht für ihn entschieden hätte. Und du willst ihn immer noch raushauen.«

Sie setzte sich auf und legte die Hände auf ihre ausladenden Schenkel. »Jetzt pass auf und hör gut zu. Die Dinge, die wir tun, liegen im Wesen von Männern und Weibern. Auch du wirst das früh genug merken. Na ja, vielleicht nicht unbedingt mit deinem Anstetter.« Als sie auf Lena herunterschaute, wickelte diese ihre feuchten Haare um sich wie einen Mantel, der ihre Verlegenheit überdeckte. »Das Gebot der Keuschheit aber, das die Kirche von ihren Dienern verlangt, widerspricht der Natur. Ob Dominikaner oder Augustiner, ob Benediktiner oder Weltpriester, die Verlockung der Wollust ist für viele zu groß. Das haben wir dir auch beim letzten Mal gesagt. Ihr Orden drückt hin und wieder zwei Augen gleichzeitig zu. Und wir ... nun, wir profitieren davon.«

»Das ist mir schon klar.« Lena steckte sich ein paar Haarsträhnen hinter die Ohren und schaute herausfordernd zu Berthe hoch. »Aber mir geht es um etwas anderes! Bei unserem letzten Treffen hast du gesagt, dass der Prior Balduin junge Novizen ...« Ihr fehlten die Worte, und sie verhaspelte sich. »Dass er junge Novizen ...«

Hanna lachte. »Was willst du sagen? Bevorzugt, vögelt, liebt?«

Lena schluckte wieder. Ihr Mund war staubtrocken von der Hitze, aber sie nickte tapfer.

»Nun, man munkelt so einiges in der Stadt. Es ist ein Gerücht. Aber wenn das ans Tageslicht kommt, gibt es einen handfesten Skandal.«

Es war also genauso, wie Lionel gesagt hatte. Nun musste sie nur noch herausfinden, ob es wirklich stimmte. »Ich habe Kilian schon gefragt, aber der wollte mir nichts sagen.«

Berthe stieß Hanna an, und die schnippte mit der Fußspitze nach Rosi. Dann lachten sie alle drei, bis sie sich die Bäuche halten mussten. Berthe fasste sich als Erste wieder. »Bist du von Sinnen? Dein Freund Kilian ist Teil dieses Klosters. Wenn auch nur ein Körnchen davon wahr ist, lieferte er die Esslinger Dominikaner mit einem Wort ans Messer.«

»Und überhaupt – Sodomie.« Hanna schnaubte verächtlich. »Uns ist vollkommen egal, ob ein Mann eine Frau, einen anderen Mann oder einen Esel liebt.«

Berthe nickte. »Oder alle drei gleichzeitig. Bei Kindern sieht es anders aus. Wir mögen gar nicht, wenn sie zu diesen Dingen gezwungen werden.«

»Eigene schlechte Erfahrungen.« Hanna schnaubte.

Berthe stand auf, streckte ihren ausladenden Körper

und ließ ihre Brüste auf und ab hüpfen. »Prior Balduin ist mächtig, und seine Novizen sind jung und von ihm abhängig. Es bleibt dahingestellt, ob sie ihm freiwillig das geben, was er von ihnen will. Weißt du was? Wir werden unsere Ohren aufhalten. Hanna hat – nun ja – hin und wieder ›geschäftliche Beziehungen‹ zum Cellerar ....«

»Aber ich kann bald nicht mehr arbeiten.« Die junge Hure stand auf. Unter dem Leinenhemd wölbte sich unübersehbar ein Bäuchlein, das Berthe liebevoll tätschelte. »Nur noch ein paar Wochen. Und das trotz Petersilientrunk«, sagte sie.

»Das Kleine ist meine letzte Chance«, sagte Hanna mit erstickter Stimme.

»Schon gut. Wir haben einen würdigen Ersatz gefunden, vorübergehend.« Berthe lachte und deutete auf Rosi, die ihre Augen niederschlug.

Lena bekam den Mund nicht wieder zu. »Aber ...«

»Schau nicht so«, flüsterte Rosi. »Ich muss eine Familie durchbringen.«

»Ich sag ja gar nichts«, wisperte Lena.

Berthe klopfte Rosis Schulter. »Ich passe schon auf deine Freundin auf, kleine Glasmalerin. Und wir betrachten diese Zeit als Probezeit.« Sie schaute sich um. »So, Mädels! Lasst uns schauen, was sich auf der anderen Seite verbirgt. Und du, Lena Luginsland, sei etwas vorsichtiger und halte dir den Burgunder warm, der dich in der Taverne beschützt hat. Das ist ein würdigeres Mannsbild als dein Tübinger.«

Weil sie schon so rot wie ein gesottener Flusskrebs war, konnten die anderen den Schwall zusätzlicher Hitze nicht sehen, der Lena überlief, als hätte man sie unter einen heißen Wasserfall gestellt. Ohne ein Wort flüchtete sie in den Vorraum, wusch sich mit flüssiger Lauge die Haare und den Körper und machte sich auf nach Hause.

24

Als das Brückentor hinter ihm lag, senkte sich ein eiserner Ring um Lionels Brust. Waren es die engen Gassen und die Menschenmassen der kleinen Stadt, die ihm sein Herz eng machten? Oder war es seine Vergangenheit, die darin mit der Zukunft rang? Étoile, der im Schatten der Tore ganz grau aussah, stampfte unruhig mit den Füßen.

»*Tout est bien!*« Lionel klopfte ihm den schweißnassen Hals. Der Hengst hatte sich seinen Stall und eine zusätzliche Portion Hafer redlich verdient.

»He, was ist los, Burgunder?«, fragte Konrad Stocker und schloss zu ihm auf. Der Glasmaler hatte sich wenig verändert, seit er gemeinsam mit Lionel in Straßburg an den Münsterfenstern gearbeitet hatte. Noch immer liebte er gutes Essen und Wein, was sich an seinem Gürtel abzeichnete, den er immer weiter schnallen musste. Er trug einen lockigen Bart und hatte sich den Humor bewahrt, der sich in seinen grünen Augen spiegelte. Doch nicht nur sein gemütliches Äußeres hatte Lionel bewogen, Konrad in Freiburg einen Besuch abzustatten und ihm einen Vorschlag zu machen. In erster Linie war er ein ausgezeichneter Handwerker und vollkommen vertrauenswürdig – ein wichtiger Umstand für die Aufgabe, die Lionel ihm zugedacht hatte.

»Alles in Ordnung«, murmelte er und brachte Étoile auf Kurs.

Nebeneinander ritten sie über die Straße, die die äußere

Neckarbrücke durch das sumpfige Pliensauviertel hindurch mit der Inneren Brücke verband und durchs Finstere Tor führte. Wenn man ihr folgte, kam man durch das Wolfstor schnurstracks wieder aus Esslingen heraus und auf die Handelsstraße in Richtung Ulm. Was wäre, wenn er, Lionel Jourdain, der Stadt einfach den Rücken kehrte und sein Leben weiterführte, so wie er es die letzten acht Jahre getan hatte? Ohne Verantwortung und ohne Verpflichtungen? Konrad Stocker würde den Auftrag schon zu Ende führen, auch wenn ihm noch wichtige Kenntnisse dafür fehlten. Aber er war nicht nur wegen des Chorfensters der Franziskaner zurückgekommen. Und so hielt er Kurs auf die Stadtkirche.

Trotz der fortgeschrittenen Stunde waren an den Straßenrändern Stände aufgebaut, an denen mit neuem Wein, Zwiebeln, Äpfeln, Kohl und anderen Feldfrüchten gehandelt wurde.

»Bei mir könnt Ihr Eure Vorräte auffüllen!«, rief eine dralle Blonde und deutete auf ihren Stand mit Brot und Wein. Lionel schüttelte lachend den Kopf.

Als er im Sommer zum ersten Mal in die Stadt gekommen war, hatte Frère Mort an der Ecke des Fischmarktes gestanden und ihm den Schrecken seines Lebens beschert. Er konnte nicht leugnen, dass er erleichtert war, ihn dort heute nicht zu sehen. Die einzige unangenehme Erfahrung beim Überqueren des Platzes war der Geruch von nicht mehr ganz frischem Neckarfisch. Lionel erzählte Konrad nichts von seiner Begegnung mit Pater Ulrich. Obwohl er schon mehrmals mit ihm zusammengearbeitet hatte, kannte dieser zwar Joëlles Namen, ahnte aber nichts von den Umständen ihres Todes.

Doch hier, in dieser viel zu engen Stadt, wartete auch Madeleine, und das ließ Lionels Herz klopfen. Étoile spürte seine Unruhe und setzte seine Hufe schneller auf. Joëlle, verzeih mir, dachte er wehmütig. Frère Mort war tot und Joëlle auch, und er spürte schmerzlich, dass er noch lebte.

Der Abend senkte sich über die Stadt. Als sie den Kornmarkt überquerten, leuchteten die Mauern der Stadtkirche St. Dionys golden, und die großen Häuser in der Webergasse warfen lange Schatten. Im Eingang der Apotheke genoss der Neffe der kräuterkundigen Apothekerin Renata die letzten Sonnenstrahlen und nickte Lionel und seinem Begleiter zu.

Das Tor zum Hof der Werkstatt Luginsland stand offen, denn die Köchin Martha war gerade dabei, einen Karren voller Kohlköpfe hineinzubefördern. Mit knallrotem Kopf stand die kleine Sanna am hinteren Ende und schob, erreichte aber nicht viel.

»Nun mach doch, Sannale!«, keuchte Martha, als der Wagen partout nicht über die Schwelle wollte. Lionel saß ab, übergab den Zügel von Étoile an Konrad und bugsierte den Karren in den Hof. »Voilà!«, sagte er, grinste und deutete eine Verbeugung an.

»Ah, Meister Lionel.« Die Köchin legte der kleinen Sanna, die hinter ihnen in den Hof getreten war, den Arm um die Schultern. »Man hat schon auf Euch gewartet.«

Er nickte. Die Glasfenster bemalten sich nicht von allein, aber mit Konrad und Madeleine würde er seinen Auftrag noch bis zum Besuch des Königs erfüllen. Sein Freund führte den prächtigen Weißen und seinen eigenen falben Wallach hinein und sah sich dann erwartungsvoll um.

»Wo ist die Werkstatt?«, fragte er.

Lionel deutete grinsend auf das Nebengebäude. »Du kannst es wirklich nicht abwarten.«

»Du weißt, dass ich immer sofort sehen muss, was du gemacht hast.«

»Morgen«, sagte Lionel verlegen. »Heute wartet der beste Keller Esslingens auf uns. Er kann sich zwar nicht mit meinem Keller daheim messen, aber für diese Gegend ist er ... *formidable*.«

Konrad zuckte die Schultern und schüttelte den Kopf. Er lebte für die Glasmalerei, das wusste Lionel. Darum hatte er ihn auch auf seiner Rückreise aus Burgund in der Freiburger Münsterwerkstatt aufgesucht, und ihm eine Partnerschaft für den letzten Feinschliff und den Einbau der Gläser ins Chorfenster der Franziskanerkirche angeboten. Für seine Ablöse hatte er eine erkleckliche Summe gezahlt. Aber die Mitarbeit in der Esslinger Werkstatt konnte sich für Konrad auch in anderer Hinsicht lohnen. Lionel lachte leise in sich hinein bei der Vorstellung, was Lena und der Freiburger Geselle sagen würden, wenn sich die Heiligenscheine und Haare der Figuren plötzlich mit Farbe füllten.

Wo war sie überhaupt? Suchend sah er sich um, doch da kam sie schon aus der Küche gestürzt, putzte ihre Hände hektisch an der Schürze ab und lag einen Moment später in seinen Armen. Es dauerte nur zwei Herzschläge, gerade lang genug, um den Muskatduft ihrer Haare einzuatmen, dann hörten sie Marthas Räuspern hinter ihrem Rücken und lösten sich voneinander. Seine Hand blieb noch einen Moment länger auf ihrem Rücken liegen und spürte die zarten Knochen unter dem Leinenhemd.

»Wo wart Ihr nur so lange?«, fragte Madeleine atemlos. »Und wer ist das da?«

Konrad grinste, und neigte den fülligen Körper. »Konrad Stocker, Glasmalergeselle«, stellte er sich vor.

»Es gibt genug Arbeit für drei«, erklärte Lionel.

»Ja, weil Ihr viel zu spät aus Eurem dummen Burgund zurückgekommen seid!« Sie drehte sich auf dem Absatz um und stiefelte in die Küche. Die Männer blieben auf dem Hof stehen, Konrad nickte sachte.

»Anstatt Maulaffen feilzuhalten, könntet Ihr mir mit den Kohlköpfen helfen!«, schlug Martha vor. Also packten die Männer mit an und luden den ganzen Karren ab, auf dem so viel Kraut gestapelt war, dass Martha damit locker eine Söldnertruppe durch den Winter bringen konnte. Sie versorgten die Pferde und gingen dann zum Abendessen in der Küche. Madeleine mied noch immer Lionels Blick.

Die Arbeit in der Werkstatt begann bei Morgengrauen. Konrad und Lionel sichteten die fertigen Fenster und berieten über das, was noch getan werden musste. Einige Fenster mit Motiven aus dem Alten und dem Neuen Testament standen noch an. Deren Ausführung übertrug Lionel dem Freiburger Gesellen. Zufrieden betrachteten sie dann die Ergänzungen und Hintergründe, die Lena ausgeführt hatte.

»Sie hat saubere Arbeit geleistet, die Kleine«, sagte Konrad. »Man sollte nicht unterschätzen, welche Wirkung von einem ordentlich gemalten Hintergrund ausgeht.«

»Ich habe ihr auch gezeigt, wie man Blatthintergründe ausradiert.« Lionel deutete auf das Pfingstbild, bei dem der blaue Hintergrund mit Schwarzlot bemalt gewesen war und Lena sorgfältig Akanthusblätter herausgearbeitet hatte. »Und sie wird noch viel besser werden.« Lionel zog den

Engel hervor, der genauso auf den zweiten Brand wartete wie die meisten der Fenster für die Franziskanerkirche.

Konrad pfiff durch die Zähne. »Zeichnerisch eine wirklich gute Hand! Und die Flächengestaltung verrät ebenfalls Begabung.«

»Ja, und trotzdem will ihr Bräutigam es ihr verbieten.«

Konrad schüttelte den Kopf. »Ein Jammer! – Und was sagt die Zunft?«

»Die drückt ein Auge zu, solange nicht zu offensichtlich wird, dass ihr Vater nicht mehr arbeiten kann.«

»Hm«, machte Konrad. »Das Übliche also. Aber es wird sich doch wohl eine Lösung finden lassen.«

»Ich arbeite dran«, sagte Lionel.

Etwas später drückte sich Lena verlegen durch die Tür.

»Tut mir leid«, sagte sie und setzte sich schweigend an den Zeichentisch.

»Das macht nichts«, sagte Lionel großmütig. »Wir haben schon mal ohne Euch angefangen.«

»Wenn man wie Ihr die letzten Wochen in Burgund verbummelt hat, wird es auch höchste Zeit, endlich anzufangen«, entgegnete Lena schnippisch und erhitzte ein Schneideisen über dem Feuer. Ihre Augen funkelten, und ihre Haare sträubten sich über der Stirn wie bei einer gereizten Katze. Widerwillig gestand Lionel sich ein, dass er sie, wenn sie zornig war, mindestens ebenso anziehend fand, wie wenn sie lachte. Mit ihrer Lebensfreude hatte sie die Schale geknackt, die er in all den Jahren um sein Herz gelegt hatte. Er stand auf und berührte sie am Arm. »Wir sollten reden!«

Während Lena das Eisen beiseitelegte und sich zögernd erhob, tat Konrad, als würde er nichts bemerken, und pfiff bei der Arbeit weiter vor sich hin.

Lena folgte Lionel widerwillig in den Hof, wo er sie in eine Ecke nahe der Gartenmauer zog, die vom Haus aus nicht einsehbar war.

»Was ist mit Euch los?« Der Glasmaler blickte sie auffordernd an.

Lena stemmte ihre Hände in die Hüften und machte ihrem Zorn Luft. »Das fragt Ihr noch? Erst lasst Ihr mich wochenlang allein mit der Arbeit, und dann taucht Ihr wieder auf, ausgerechnet dann, wenn ich eigentlich im Weinberg bei der Lese sein müsste oder wenigstens mit Martha Kraut hobeln, und braucht mich nicht mehr!«

Ungläubig starrte er sie an. Ob er den Capricen eines Frauenverstands je folgen konnte, wusste er nicht.

»Madeleine«, sagte er begütigend und griff nach ihrer Hand.

Das hätte er nicht tun sollen. Die Berührung raubte ihm den Atem. Lena ging es nicht anders, wie er mit Genugtuung feststellte. Einen Moment später lag sie in seinen Armen, und er küsste sie. Flüssiges Glas, Feuer, das durch seine Adern floss, sie hoben ab und zerschmolzen. Der Augenblick verging, und sie landeten, schwer atmend, wieder auf dem Boden.

Fassungslos und außer Atem starrten sie sich an.

»Mon Dieu – das hätte ich nicht tun sollen.«

»Schon gut«, sagte Lena und lächelte. Ihr Mund sah aus wie eine frisch erblühte Rose. Sprenkel zogen sich über ihre Stirn, Nase und Wangen wie Sternbilder. Allein in dem Anblick hätte er ertrinken können. »Was hast du so lange in Burgund gemacht?«

»Ich hatte etwas zu klären«, sagte er und fasste einen Entschluss. »Frag mich bitte nicht nach meiner Herkunft. Das geht niemandem etwas an. Aber eines kann ich dir sagen. Dort gibt es ein Landgut, aus dem mir Einkünfte zustehen. Von denen zahle ich Konrads Ablöse und einen Vorschuss.«

»Das war alles geplant?«

Er nickte. »Ich brauche Konrad.«

Tränen traten in ihre Augen. »Und mich nicht mehr?«

»Natürlich brauche ich dich. Immer, jeden Tag.«

Wieder ließ sie sich in seine Arme ziehen und küssen. Als ihre Münder sich widerstrebend trennten, war der Himmel ein Stück heller.

»Konrad macht mir einige Fenster selbständig nach meinem Entwurf.«

Sie nickte traurig. »Das kann ich noch nicht.«

Er lachte und legte ihr einen Finger auf den Mund. »O doch, *la femme par la femme* – du wirst die Königin von Saba machen.« Die Salomon den Kopf verdreht hat, wollte er schon hinzufügen, so wie du mir, ließ es dann aber lieber bleiben.

»Wirklich?«, flüsterte sie glücklich.

»Ich brauche jede helfende Hand, und zeichnerisch bist du so weit. Doch für den Aus- und den Einbau ist Konrad wichtig, denn deinen Vater kann ich nicht auf das Gerüst schicken, und der Altgeselle Johann macht mir zu viele Fehler.«

Madeleine nickte. »Valentin wird dir sicher auch gerne helfen.«

»Dann ist er immer noch im Franziskanerkloster?«

»Wenn der König kommt, werden sie ihm den Prozess machen.«

»Keine Angst.« Er strich über ihre Wange. Die Pfirsiche in der Provence fühlten sich genauso an. »König Ludwig ist

ein gerechter Mann. Und er hört auf die Franziskaner.«
Hand in Hand gingen sie zurück in die Werkstatt. Konrad hob die Augenbrauen, als er sie sah, sagte aber nichts.

Noch nie war die Arbeit Lionel so schnell von der Hand gegangen. Er war wie beflügelt, von einem Engel geküsst, hätte seine Mutter gesagt. Aber die Löwin, die ihm von ihrem Tisch aus verschwörerisch zublinzelte, war nichts weniger als das. Eine sehr junge Löwin allerdings.

Weil Lena den Blick nicht von ihm wenden konnte, vergaß sie das Schneideisen im Feuer und erschreckte sich fürchterlich, als es brandrot glühte. Nachdem es abgekühlt war, stockte sie und betrachtete verunsichert das Glasstück, das sie schneiden sollte. Bis jetzt hatte sie erst einmal Glas zugeschnitten, und nun reichte ihr Mut nicht für ihr Vorhaben. Da trat Lionel von hinten heran, nahm ihre Hand und führte das immer noch heiße Schneidewerkzeug über die geschwärzte Linie auf der blauen Glasplatte, die mit einem unangenehm hohen Knacken auseinanderbrach. Ein Stück Hintergrund lag vor ihnen, der Himmel für eines der neutestamentarischen Bilder.

»Man braucht den richtigen Druck«, sagte er. »Wie für so vieles.«

Sie drehte sich um und lächelte ihn an. »Meine Hand.« Er ließ sie los.

Später arbeiteten sie still vor sich hin. – Lena radierte einen Rankenhintergrund aus, Konrad setzte die Fragmente eines Bildes mit Hilfe von Kitt in ihre H-förmigen Bleiruten ein, und Lionel nahm sich den eigentümlich farblosen Heiligenschein der Maria im Pfingstbild vor.

Lena wurde neugierig. Leise stellte sie sich hinter ihn. Auch Konrad blickte auf.

»Was machst du da?«

»Komm rüber!«, sagte Lionel.

Er drehte das Fenster vorsichtig auf die Rückseite und bemalte den Heiligenschein um die zentrale Marienfigur mit dem unscheinbaren braunen Brei, der entstand, wenn man Silbernitrat mit Tonerde vermischte. Von hinten bildeten die Bleiruten breite Grate, und das Ganze war kein Wunder an Lichtdurchlässigkeit mehr, sondern nur noch eine Ansammlung grober Glasstückchen.

»Igitt!«, rief Lena. »Warum verhunzt du das Fenster?«

»Und warum bemalst du die Außenseite? Oder sollte ich sagen: verschmierst?« Konrad schüttelte verständnislos den Kopf.

Lionel aber lachte leise vor sich hin und bestrich den Heiligenschein des Apostels Johannes, der danach aussah, als hätte er den Kopf in eine Lehmgrube gesteckt. Danach griff er sich das nächste Werkstück.

Das machte er mit allen Fenstern so, in denen es noch durchsichtige Fragmente gab, so dass der Stapel mit braun beschmierten Gläsern unaufhörlich in die Höhe wuchs. Konrad und Lena standen kopfschüttelnd daneben.

»Wenn du meine Hintergründe versaust, lernst du mich kennen!«, drohte sie und stemmte die Hände in die Hüften. Doch darauf ging er erst gar nicht ein.

»Der Altgeselle wartet beim Brennofen auf uns«, sagte er.

Also ließen sie die Dreckschicht trocknen und transportierten die Fenster mit dem Handkarren vorsichtig zum Brennofen auf dem Bleichwasen. Hier, nahe der Neckarnebenarme, war es Großvater Lambert erlaubt worden, die Glasfenster nach dem Bemalen ein zweites Mal zu brennen und das Blei aufzuschmelzen. Lionel und Konrad zogen, Lena und die kleine Sanna gingen hinterher und passten auf, dass der Karren nicht kippte. Nicht wenige Augen folgten der kleinen Prozession, die sich durch das Marktgetümmel drängte.

»Na, Meister Jourdain, geht es mit den Fenstern voran?«, fragte der Almosenpfleger der Franziskaner, der am Finsteren Tor Brot an die Armen verteilte. Lionel nickte, hob einen Kanten auf, der im Dreck gelandet war, putzte ihn an seinem Hemd ab und reichte ihn einem Jungen, dem der Hunger in den Augen stand.

»Wenn jemand die braunen Stellen sieht, bist du deinen guten Ruf los, Burgunder.« Konrad schüttelte den Kopf und schob sich die Mütze in den Nacken.

Aber Lionel lachte bloß, siegesgewiss und übermütig, als hätte es die letzten acht Jahre nicht gegeben.

»Er ist vollkommen verrückt«, rief der Freiburger Geselle in Lenas Richtung, die die Achseln zuckte. Vielleicht hatte er sogar recht.

»Es ist alles bereit.« Johann, der Altgeselle, stand in der Tür zur Brennwerkstatt und erwartete sie schon.

»Gut so.« Lionel nickte und begann, die Öfen mit Buchenholz zu füttern, damit sie die mäßige Temperatur erreichten, die für den zweiten Brand, der die Malfarbe darauf fixieren sollte, gerade richtig war. Nur, dass es hier nicht um Schwarzlot, sondern um Silbergelb ging. Als Lionel die verschmierten Fenster aus ihrer Verpackung holte, bekam der Altgeselle den Mund nicht wieder zu. Sogar die kleine Sanna merkte, dass hier etwas nicht stimmte.

»Wenn das der Johannes sieht«, sagte sie und drückte sich die Hand vor den Mund.

Lionel kümmerte sich nicht darum, sondern legte seine Werkstücke eins nach dem andern in den Ofen. Als das erste Fenster fertig war, holte er es vorsichtig mit zwei Zangen heraus und ließ es in aller Ruhe abkühlen. Sorgfältig kratzte er dann die braune Schicht vom Haar des kleinen Moses, der in seinem Körbchen lag, als würde ihn die Sensation, die hier vonstatten ging, nicht wirklich interessieren. Das bräunliche Pulver, das dabei abfiel, sammelte er sorgfältig ein. Es enthielt genügend Silber, dass man es ein weiteres Mal verwenden konnte. Lena, die hinter ihm stand, hielt die Luft an. Konrad atmete hektisch, und sogar Johann riskierte einen zweifelnden Blick. Unter der Schicht war das Haar des Kindes dunkelgolden. Das Gleiche tat Lionel mit dem Scheitel der ägyptischen Königstochter rechts über Moses, der jetzt nicht mehr schmutzig braun, sondern goldblond aus dem Schleier lugte.

»Voilà«, sagte er und lehnte sich zurück. Die Anwesenden waren noch einen Moment lang still, doch dann redeten sie plötzlich alle durcheinander.

»Das ist Hexenwerk«, sagte der Altgeselle und machte das Zeichen gegen den bösen Blick.

»Aber es sieht so schön aus!« Sanna hatte es erfasst.

»Es gab Gerüchte, aber geglaubt hat sie niemand«, sagte Konrad erschüttert.

Eine Hand legte sich auf Lionels Schulter. Sie gehörte Lena. »Was ist das?«, fragte sie schüchtern.

Er drehte sich um und sah sie einen nach dem anderen an. »Es ist vielleicht das erste Mal, dass so weit rechts des Rheins mit Silbergelb gearbeitet wird. Aber es wird nicht das letzte Mal sein.«

»Es ist also eine Malfarbe«, sagte Lena langsam. »Eine weitere neben dem Schwarzlot.«

Lionel sah, wie es in ihr arbeitete.

»Daraus ergeben sich unglaubliche Möglichkeiten.«

»Du begreifst schnell.« Lionel lachte.

»Und wie entsteht das Ganze nun?« Wie jeder gute Handwerker schaute sich Konrad Neuerungen mit einem gesunden Misstrauen an.

»Das Geheimnis kommt von der Isle de France«, erläuterte Lionel. »Mein Meister Thierry hat es vor einigen Jahren entdeckt, indem er einen Trick der Goldschmiede auf die Glasmalerei übertrug. Es ist Silberlot, eine Farbe, die in eine Trägersubstanz aus Tonerde eingebracht und meistens auf der Rückseite aufgetragen wird. Nach dem Brennen bleibt ein Goldton zurück, der ganz verschieden ausfallen kann.«

Die Farbpalette reichte je nach Brenndauer und Stärke des Auftrags von einem hellen Zitronengelb bis hin zu einem satten Rostton.

»Dann kann man künftig auch Kronen und Wappen mit Gold gestalten.« Lena legte die Hände zusammen.

»Du hast es erfasst!«

»Und Gewänder mit Gold verzieren.«

»Und«, fügte Konrad nachdenklich hinzu. »Man könnte sogar wie durch Zauberei ein Grün entstehen lassen, indem man eine blaue Fläche mit dem Gelb übermalt. Hast du mich deshalb aus Freiburg geholt?«

»Auch – aber nicht nur«, sagte Lionel.

Bei dem Wort Zauberei hatte Johann wieder die Finger gekreuzt.

»Mein Vater! Das müssen wir ihm unbedingt zeigen.« Lena blickte Lionel erwartungsvoll an.

»Wir werden eins der Glasfenster an sein Krankenbett bringen«, sagte dieser. »Und wenn es ihm bessergeht, kann er den Herstellungsprozess miterleben. Aber jetzt sollte der Ofen nicht kalt werden. Johann, könntest du bitte Feuerholz nachlegen!«

Bis in den Nachmittag hinein brannten sie alle mitgebrachten Scheiben.

25

»Das ist ein Fenster zum Himmel.« Es war Zeit für die erste Präsentation. Prior Johannes hob das Pfingstbild an und ließ die Sonne durch die edelsteingleichen Farben der Glasfragmente leuchten. Zwischen den Wänden des Chors stand das Licht des Mittags und malte aus den Farben des alten Chorfensters Regenbogensplitter auf den Fliesenboden. Lionel hatte den vielteiligen Entwurf für das neue Fenster auf eine große Leinwand gezeichnet und zwischen die Reihen des Chorgestühls auf dem Boden ausgelegt. Drum herum lagen die Scheiben, die sie gestern gebrannt hatten. Das Silbergelb, das dem Haar und den Heiligenscheinen der Figuren ihre endgültige Farbe gab, erstrahlte im Licht und ließ die bemalten Stellen wirken, als sei der Wind hindurchgegangen, lebendiger als jede Glasmalerei, die Lena zuvor gesehen hatte. Sie stand an der Wand nahe der Nische für das Altargerät, in der sich, wenn man sie öffnete, ein goldglänzendes Portrait des Ordensgründers und seiner ersten Nachfolgerin, der heiligen Klara, verbarg. Neben ihr lehnte Valentin mit dem Rücken an der Mauer, ein Bein leicht angewinkelt, und schaute skeptisch.

»Es ist noch viel schöner geworden, als ich dachte«, sagte der Prior leise. »Wie mir scheint, habt Ihr in Paris auch Buchmalerei studiert!«

»Ihr wisst, dass ich zuerst in einem Kloster ausgebildet wurde.«

Lena hielt den Atem an. Lionel war vielleicht ebenso wie Kilian ein Novize gewesen und hatte sich dann für eine andere Laufbahn entschieden? Was zwischen ihnen zu wachsen begann, war noch neu und kostbarer als das Silbergelb, das Lionel ihnen gestern zum Geschenk gemacht hatte. Lena sammelte jede Information über ihn so sorgfältig wie Goldmünzen, die sie auf dem Boden fand.

»Jeder weiß, dass man nach Frankreich reisen muss, wenn man etwas wirklich Neues lernen will«, sagte Valentin leichthin.

»Wenn du die großen Kathedralen meinst, sicher.« Konrad trat aus der Tür der Sakristei. »Aber so neu sind die nun auch wieder nicht.«

Lionel hob den Kopf. »Die Zukunft liegt woanders.« Seine braunen Augen trafen sich mit denen Lenas.

»Und wo dann?«, fragte Valentin mürrisch.

Lionel schaute auch ihn prüfend an, bevor er antwortete. »Wer etwas wirklich Neues lernen will, sollte in die Städte Ober- und Mittelitaliens gehen.«

»Du kannst dem Burgunder glauben, Junge«, warf Konrad ein. »Für die Kunst hat er eine so gute Nase wie ein Trüffelschwein.«

»Italien.« Valentin kostete den Geschmack der Silben wie Pfeffer und Zitrone auf der Zunge. Lena aber stemmte die Hände in die Seiten. Wie konnte er sich ausmalen, das Land zu verlassen, bevor er seinen Prozess überstanden hatte!

»Solange wir nicht wissen, wer Pater Ulrich umgebracht hat, gehst du nirgendwohin.«

Sein Mund verzog sich zu einem bitteren Grinsen. »Es ist noch ein Monat bis zu meinem Prozess. Du meinst wohl, dass ich danach nirgendwo mehr hingehe.«

»So kann man es auch sagen«, entgegnete Lena schnippisch.

Wütend starrten sie sich an. Valentins Hände waren weiß vom Steinstaub der Marienskulptur, der auch auf seinen Haaren und dem Arbeitshemd lag. Aber tief auf dem Grund seiner blauen Augen lag etwas, das Lena dazu brachte, als Erste den Blick abzuwenden.

»Welches Fenster werdet Ihr als Nächstes machen?«, fragte der Prior neugierig. Die roten Flecken auf seinen Wangen leuchteten hektisch.

Lionel richtete sich zu seiner vollen Größe auf, wandte sich dann aber nicht dem Franziskaner zu, sondern Lena. »Das von Jona und dem Wal«, sagte er. »Denn manchmal wird man nach langer Zeit aus tiefer Dunkelheit befreit. Sogar, wenn man es nicht mehr erwartet.«

Da war Freude in Lena, wie ein hoher und ein tiefer Ton, der gleichzeitig erklang, wie ein Stern in der Hand, vielleicht auch wie eine Quelle. Sie lächelte.

Valentin aber drehte sich in Richtung des Langhauses und zog verwundert die Augenbrauen zusammen.

Von der Chorschranke, die mit ihren Arkaden das Langschiff vom Chor trennte, näherte sich ein Mädchen. Sie machte langsame, kleine Schritte, als gehöre sie nicht hierher, und ließ ihre Augen zögernd über die Wände schweifen. Als sie schon fast neben den Glasmalern stand, streifte sie sich mit einer schnellen Bewegung das gelbe Tuch vom Kopf, das sie als Hure kennzeichnete. Lena hielt den Atem an. Rosi! Und das, wo selbst sie sich kaum hierhertraute. Lena sah, wie sie die Lippen fest zusammenpresste. Entschlossen trat sie neben ihre Freundin und legte ihr den Arm um die Schultern.

»Guck nicht so dumm!«, zischte sie in Valentins Richtung, der seinen Mund nicht mehr zubekam.

»Möchtest du beichten, meine Tochter?« Prior Johannes' Knie knackten, als er mühsam aufstand. Er warf den Glasbildern einen letzten bedauernden Blick zu und nahm sich dann seiner seelsorgerischen Pflichten an. »Der heilige Franziskus hat Erbarmen mit allen Sündern.«

Lena wusste, dass nur die Franziskaner den Huren in der Stadt die Beichte abnahmen.

»Ich …« Rosi biss sich auf die Lippe. »Nein, Hochwürden. Ich … will nur mit Lena reden.«

Sie zog sie am Ärmel an die Seitenwand, wo sie auf einem Sitz des Chorgestühls Platz nahmen. Valentin betrachtete sie mit undefinierbarem Gesichtsausdruck, und Lionel schickte ihr einen besorgten Blick hinterher.

»Lena!«, wisperte Rosi. »Berthe muss dich unbedingt sprechen.«

Lena zog scharf die Luft ein. »Hat sie etwas herausgefunden?«

Rosi schaute sich um, ließ ihre Augen über die Glasmaler wandern, die am Boden knieten und die fertigen Bilder vorsichtig in Leintücher verpackten, und streifte dann Valentin, der seine Arme vor der Brust verschränkt hatte und sie finster anstarrte. »Hanna war es. Und es hat ihr gar nicht gutgetan. Die Hebamme, weißt du, die alte Gerstetterin. Sie sagt, sie muss liegen, wenn sie das Kind zur Welt bringen will …«

»Und da bist du für sie eingesprungen.« Stirnrunzelnd schaute Lena Rosi an, die herausfordernd zurückstarrte. Ihr Mieder gab ihren Brustansatz preis, und auf ihren Wangen und Lippen lag rote Farbe, die sie im Eifer des Gefechts verschmiert hatte. Entschlossen schob sie das gelbe Tuch über ihren Ausschnitt.

»Na und«, sagte sie schnippisch. »Mir blieb sowieso keine andere Wahl. Aber der Quirin, dieser Henker, dem die Huren unterstellt sind ...«

Lena schlug entsetzt die Hand vor den Mund. Sie hatte gewusst, dass Quirin, der für seine mustergültigen Hinrichtungen bekannt war, die Oberaufsicht über das städtische Frauenhaus führte. Dass er aber auch bei den freien Huren ein Wort mitzureden hatte, war ihr nicht klar gewesen.

»Hält er etwa auch die Hand auf?«, fragte sie.

Rosi nickte. »Und er hat mir dieses blöde Tuch aufgezwungen.« Sie zupfte an dem leichten, gelben Wollstoff, der allen unweigerlich kundtat, womit sie ihren Lebensunterhalt verdiente.

»Und jetzt weiß jeder ...«

»Es war sowieso nur eine Frage der Zeit.« Rosi schüttelte entschlossen den Kopf. »Du glaubst gar nicht, was es mich gekostet hat, mich hier so zu zeigen.« Als ihre Augen zu Valentin glitten, vertieften sich die roten Flecken auf ihren Wangen. »Und dabei habe ich noch nicht einmal angefangen zu arbeiten.«

»Verdammt!«, sagte Lena trotz ihres heiligen Aufenthaltsorts. Der heilige Franziskus würde es ihr sicher nachsehen.

»Aber weißt du, unsere Mutter, die hat das Gliederreißen jetzt immer stärker. Ihre Fingerknöchel werden dicker und dicker, und Renata sagt, dass sie unmöglich weiter nähen und waschen kann.«

Lena dachte an die hungrige Kinderschar im schäbigen Hof der Rufles und war plötzlich froh über ihr eigenes Schicksal.

»Weißt du, morgen, da gehe ich in den Weinberg zur Lese«, flüsterte sie. »Es wird höchste Zeit, aber wir mussten den ersten Schwung Gläser vorher brennen. Wenn du willst, schick doch außer deinen Brüdern auch die Kratzbürste vorbei, wie heißt sie noch?«

»Maria«, sagte Rosi leise.

»Sie können alle helfen. Wir sind eh schon spät dran. Und was die Sache mit …« Lena formte den Namen ›Balduin‹ nur mit den Lippen, »… angeht. Morgen Abend kann ich mich mit Berthe treffen, unterhalb der Stadtmauer, da wo es zur Burg hinaufgeht.«

»Lass es lieber, Lena!«, mischte sich Valentin ein. Er deutete mit dem Kinn in Rosis Richtung. »Es war ja klar, was aus der mal wird.«

Rosi sprang auf und stemmte beide Hände in die Seiten. »Valentin Murner, du hast anscheinend nicht bemerkt, dass Lena sich hier für dich allein in Gefahr begibt. Also halt dich lieber raus.« Zornig funkelte sie ihn an. »Und über mich zu urteilen, steht dir erst recht nicht zu. Schau stattdessen lieber, dass du deinen eigenen Dreck am Stecken wegkriegst.«

»Kinder.« Prior Johannes hob beschwichtigend die Hände. »Auch wenn dieser Chor im Moment mehr wie eine Glasmalerwerkstatt aussieht, bleibt er doch Gottes Haus, in dem man nicht wie ein Fischweib herumkrakeelt.« Ein scharfer Blick galt Rosi.

»Und du, Valentin, beherzigst besser Jesu Wort, dass nur wer ohne Sünde ist, den ersten Stein zu werfen hat.«

Valentin wurde knallrot. »Tut mir leid!«, stotterte er.

Rosi drehte sich auf dem Absatz um, dass ihre Röcke rauschten, und verließ mit eiligen Schritten die Kirche.

Valentin starrte ihr nach. »Muss das sein, Lena?«

»Was?«

»Dass du dich mit der da abgibst und dabei weiter im Schlamm rumstocherst. Dein guter Ruf steht auf dem Spiel und eventuell dein Leben, wenn du dem Täter in die Quere kommst.«

Lena schüttelte ungeduldig den Kopf. »Unsinn. Mein guter Ruf ist eh hinüber, und der Täter wird mir schon nicht pausenlos nachstellen.«

»Vielleicht doch«, sagte Valentin.

»Sicher nicht«, gab sie trotzig zurück, zog ihn am Ärmel näher zu sich heran und flüsterte ihm ins Ohr. »Es geht um Prior Balduin. Vielleicht betreibt er ... Sodo dingsda!«

Valentins Blut schoss ihm in die Wangen. »Lena, bitte!«

»Die Wahrheit muss dir nicht peinlich sein«, sagte sie großzügig. »Vielleicht ist ihm der Pater auf die Schliche gekommen und wollte die Sache öffentlich machen!«

Valentins warme Hand legte sich auf ihren Arm. »Bitte sei vorsichtig. Wenn nicht für mich, dann für Lionel!«

Lena, die sonst nicht um Worte verlegen war, verschlug es die Sprache.

»Ich hab doch Augen im Kopf«, fuhr er fort. »Wer Augen hat zu sehen, der ist nicht der Diener zweier Herren ....«

»Was?«, fragte sie verständnislos.

»Keine Ahnung«, sagte er und zuckte die Schultern. »Es kam so über mich. Ich bin wohl heute etwas wirr im Kopf, und da werd ich ganz groß im Sprücheklopfen.«

Kopfschüttelnd ging Lena zu den Glasmalern hinüber und half ihnen, die restlichen Fenster einzupacken. Valentin wandte sich seiner Madonna in der Sakristei zu, der er liebevoll das Tuch vom Kopf zog. Streuner, der auf ihn gewartet hatte, bellte leise. »Frauen«, hörte sie ihn leise sagen.

»Gott wird durch die Kunst am besten gelobt«, sagte Prior Johannes, dem es ganz recht zu sein schien, dass sich sein Chor in eine Werkstatt verwandelt hatte. »Und so hat sie ihre Berechtigung auch in einer Kirche. Ach, was sage ich, gerade dort! Aber jetzt …« Er wandte sich dem Refektorium zu, aus dem es appetitlich nach Mittagessen duftete.

Es wurde still im Chor der Franziskanerkirche, so still, dass Lena den Lärm des Holzmarkts draußen wie ein leises Rauschen hören konnte. Stäubchen tanzten im bunten Sonnenlicht, das durch die Ornamentfenster fiel. Konrad und Lionel berieten sich in der Sakristei mit Valentin über den Zeitpunkt für den Einbau des Chorfensters.

Lena hob gerade eines der eingepackten Glasbilder auf, um es zu den anderen auf den Stapel zu legen, als sie von der Chorschranke her Tumult hörte. Eisig fuhr ihr der Schreck in die Glieder. Unter den Arkadenbögen stand Marx Anstetter und stritt sich lautstark mit einem Novizen. Sie begann zu zittern.

»Aber Ihr könnt da nicht hinein«, schrie der Novize, der so jung war, dass seine Stimme kiekste, und hielt den Tübinger an seinem edlen Mantel fest. Dieser befreite sich mit einem Ruck und stürmte durch den Chor auf sie zu. Lenas Herz klopfte. Lionel, der den Lärm ebenfalls gehört hatte, stellte sich lautlos hinter sie und legte ihr die Hand auf den Arm.

»Keine Angst«, flüsterte er.

Die hohen Wände hallten von Anstetters schnellen Schritten, aber kurz bevor er sie erreicht hatte, stockte er und zögerte. Seinen Hut drehte er dabei unaufhörlich in den Händen. Er nickte, als sehe er bestätigt, was er schon seit langem heimlich vermutet hatte.

»Das hätte ich mir ja denken können, dass die Metze jetzt für Euch die Beine breit macht«, sagte er grob. Die Worte, die Lena sich zurechtgelegt hatte, zerrannen wie Schneegestöber in ihrem Kopf.

»So nicht! Nicht mit mir!«

Valentin gesellte sich zu Konrad in die offene Tür der Sakristei. Beide verschränkten die Arme unter der Brust.

»Meister Anstetter!« Verzweifelt versuchte sie, die Gedanken in ihrem Kopf zu sortieren.

Doch er konnte einfach nicht aufhören, den Kopf zu schütteln. »Mich hast du abserviert und denkst, dass du statt meiner den Burgunder kriegst, dem der Adel aus dem Mund stinkt. Glaubst du wirklich, dass der dich nimmt? Für den bist du vielleicht ein Zeitvertreib, mehr aber nicht.«

Lena runzelte die Stirn. Was redete er da? Lionels Hand lag schwer auf ihrer Schulter.

»So geht das nicht!« Anstetter trat so nahe, dass sie seinen sauren Atem roch. Lena bewegte sich unwillkürlich zurück und trat Lionel auf den Fuß, der keinen Zoll nach hinten wich.

»Wir werden das gütlich regeln, Meister Anstetter«, sagte er.

»Das denkt Ihr«, höhnte der Tübinger. »Aber Ihr habt ja keine Ahnung. Ich war gerade bei ihrem Vater. Auch der wollte sich aus der Verlobung herauswinden wie ein Aal.«

Lena zog scharf die Luft ein.

»Und seine eigene Abmachung nicht mehr kennen.«

Sie konnte Anstetters schiefe Vorderzähne sehen, die vorstanden wie bei einem Frettchen.

»Von wegen Mitgift!« Ein Spucketröpfchen traf ihr rechtes Auge, das sie nicht einmal wegwischen konnte, weil sie noch immer das Glasbild in den Händen hielt.

»Weißt du was, Lena? Es gibt Verträge, und es ist Geld geflossen. Dein Vater hat uns Anstetters teuer dafür bezahlen lassen, dass wir in die Stadtkirchenwerkstatt einheiraten dürfen.«

»Was?« Dass es so schlecht um die Werkstatt stand, war Lena nicht klar gewesen. Eigentlich hätte sie zornig auf ihren Vater sein müssen, der sie hin und her schob wie eine Schachfigur, aber sie spürte nur Mitleid. Kein Wunder, dass er sich so schlecht erholte.

»Gib mich frei!«, sagte sie schlicht. »Geld kann man zurückzahlen.«

Sie wusste zwar nicht, wie, aber Lionel schien welches zu haben. Vielleicht reichte es ja, um sie freizukaufen. Sie spürte seine Hand tröstlich auf ihrer Schulter.

Doch Anstetter schüttelte den Kopf. »O nein!«, sagte er. »So billig kommt ihr mir nicht davon. Die Gelegenheit, in Esslingen Fuß zu fassen, können wir Anstetters uns nicht entgehen lassen. Du wirst mich heiraten, ob du es nun willst oder nicht, und dein ganzes Leben lang büßen, was du mir angetan hast.«

»Eher friert die Hölle zu!« Lionels Stimme war so kalt, dass Lena ein eisiger Schauder über den Rücken lief.

»Ach was! Der feine Pinkel lästert Gott in seinem Haus! Ich sage, meine Braut bleibt meine Braut.«

»Nein!«, schrie Lena.

»Doch, mein Kind!«

»Aber was ist mit der Magd Loisl aus dem Fürstenfelder Pfleghof?«, rief sie.

»Gerade du musst mir das vorwerfen, untreue Metze«, sagte er leichthin. »Wage es ja nicht wieder, dich in meine Angelegenheiten einzumischen.«

Lena starrte ihn an, und er starrte zurück. Er war also die ganze Zeit in Esslingen gewesen und hatte ihr keine Hilfe angeboten, als sie mit der Arbeit allein zurechtkommen musste. Sie begriff, dass es ihm gerade recht gewesen war, sie schmoren zu lassen und den Auftrag für die Franziskaner in die Länge zu ziehen.

»Mistkerl«, zischte sie.

Anstetter bedachte Lena noch einmal mit einem verächtlichen Blick. Dann drehte er sich auf dem Absatz um und ging davon.

»Madeleine«, sagte Lionel eindringlich. »Wir werden das nicht zulassen.«

Konrad und Valentin standen plötzlich neben ihr. Drei starke Männer für Lena gegen den Rest der Welt. Aber was nutzte das, wenn Anstetter Verträge vorweisen konnte?

»Ich …«

Ihre Hände waren gefühllos, taub, eiskalt. Das Glasfenster, das sie die ganze Zeit über gehalten hatte, rutschte aus ihrem Griff, fiel zu Boden und zersplitterte in tausend Stücke, die aus dem Leinentuch quollen wie Nadeln. Sie bückte sich und entfernte das Tuch, Splitter schnitten in ihre Hände, Blut tropfte auf rubinrote Reste. Es war das Pfingstbild gewesen. In den sanften Augen der Madonna, die aus ihrer Bleihalterung gebrochen war, stand ein stiller Vorwurf. Lionel und Konrad bückten sich und sammelten die Scherben ein. Dass Glasfenster zerbrachen, kam vor, nichts war unersetzbar. Aber Lena hatte nicht gewusst, dass Herzen genauso zerbrechen konnten. Ihre Knie gaben nach, und sie hockte sich auf die Fersen, die Hände wie zwei Schalen auf die angewinkelten Beine gelegt. Als Anstetter schon zwischen den Arkadenbögen stand, drehte er sich noch einmal um.

»Glasmalerin!«, sagte er spöttisch.

26

»Du hast dich mit ihm gestritten, damals, in jener Nacht.« Kilian stand am Tisch und goss Wein in zwei kostbare Pokale aus venezianischem Glas.

»Mit wem?«

»Mit Pater Ulrich!«

Der Wein war samtig rot und floss schwer wie Blut über die durchsichtigen Glaswände. Er spürte Balduins dunklen Blick auf seinem nackten Körper und sah sich plötzlich mit seinen Augen, den mageren Rücken, die Haut, die auch im Winter nicht ganz weiß wurde, die sehnigen Arme, die ihm sein unbekannter Vater vererbt haben musste.

»Es ist, weil ich dich liebe«, sagte der Prior, und Kilian glaubte ihm.

Balduin lag auf der schmalen Pritsche und stützte sich auf seinen angewinkelten Arm. »Er ist mir in die Quere gekommen, hat sich eingemischt in mein Leben und mein Kloster.«

»Musste er darum sterben?« Kilian stieg über das Durcheinander von weißen Kutten und schwarzen Umhängen, die sie in aller Eile abgestreift und auf den Boden geworfen hatten, und setzte sich auf den Bettrand. Ulrich hatte nach der Wahrheit gesucht und Balduin mit dem Bruch seines Keuschheitsgelübdes konfrontiert. War ihm das zum Verhängnis geworden? Welche Regeln galten in diesem Kloster – Gottes Gesetz oder das des Priors?

Balduin drehte sich auf den Rücken und verschränkte

die Arme unter dem Kopf. »Es ist schade, dass dieser Junge nicht bei der Wasserprobe ertrunken ist. Dann hätte deine Fragerei ein Ende! Komm!«

Kilian trank den Pokal leer bis auf den Grund und legte sich dann neben den Prior. Valentin lebte. Nichts sonst zählte. Und bald hatte auch er seine Schuld abgezahlt. Er lag in der Beuge von Balduins Körper wie eine Auster in der Schale, spürte seine langen, schmalen Schenkel hinter seinen Beinen und den mageren Brustkorb an seinem Rücken. Ein weißer Arm mit bemerkenswert schwarzen Haaren senkte sich über ihn und zog ihn näher zu sich. Der Prior vergrub seine Hände in Kilians Locken, die nach dem Scheren der Tonsur und dem Schnitt des Haupthaars jedes Mal viel zu schnell und ungebändigt nachwuchsen. Noch vor einigen Jahren hätte er sich einen Vater gewünscht, der ihn in den Arm nahm, doch was sie taten, hatte mit der Liebe zwischen Vater und Sohn nichts zu tun.

Es musste noch vor Mitternacht sein, im Zenit der dunklen Stunden, in denen die Mönche schlafen durften. Die Öllampe auf dem gedrechselten Holztisch flackerte im Luftzug. Balduins Zelle war behaglicher als die Unterkünfte seiner Mönche. Auf dem Boden lag ein dicker Teppich, den ihm ein Händler aus Venedig mitgebracht hatte. Er kam von Gott weiß woher, aus Persien, dem Heiligen Land oder Arabien, durch dessen Wüste solche Pferde stoben, wie der burgundische Glasmaler eines besaß. Balduins Sessel stand vor dem Tisch, und daneben hatte er seine Truhe voller Bücher platziert. Griechische Bücher, die sie miteinander gelesen hatten, intellektuell auf Augenhöhe. Niemand außer Kilian ahnte, dass Balduin Abschriften von Büchern als persönliches Eigentum besaß, die noch vor dem Wirken des Heilands auf Erden geschrieben worden waren. Vielleicht kamen sie sogar aus der Bibliothek von Alexandria. Auf dem Teppich, blau, rot, grün, mit seinen Mustern von Pfauen und Blumen, war es das erste Mal passiert. Während der Prior von hinten in ihn stieß, hatte Kilian die Muster betrachtet, die kompliziert verschlungenen Kreise, die Vögel, Spiralen und Blumen. Sie waren wirkliche Künstler, die Orientalen. Und dann noch einmal auf dem schmalen Bett. Und wieder spürte er, wie Balduins Hände von seinen Schultern abwärts glitten, den Rücken, den Bauch, die Schenkel hinunter. Bald, bald, würde er seine Schuld bezahlt haben und wäre frei für seine Buße. Wenn nur sein Körper nicht so willig auf die Berührungen des anderen reagieren würde. Jetzt erst verstand er die antike Parabel vom Wagenlenker. Er hatte die Gewalt über die seltsame Einheit verloren, die aus Körper, Geist und Seele bestand, und überließ dem wilden Tier in sich allen Raum, das nichts anderes wollte, als seine Lust zu stillen.

Etwas später schlief Balduin tief und erschöpft. Kilian befreite sich aus seiner Umarmung, die ihm die Luft zum Atmen raubte, streifte seine Kutte über und suchte seine Sandalen aus dem Haufen vor der Pritsche. Sein Körper schmerzte an Stellen, die man nicht erwähnen durfte, aber er ignorierte das. Fast hätte er eine von Balduins Sandalen angezogen, die ein gutes Stück länger als seine eigenen waren. Er stellte sich kurz vor, dass er die beiden verschiedenen Schuhe zur Prim an den Füßen tragen und einer der Mitbrüder die absurde Missstimmigkeit bemerken würde. Aber auch das würde nichts ändern. Es gab keinen in diesem Kloster, der nicht schon lange wusste, wer Balduins Favorit war.

Leise schlich er sich aus der Zelle und tappte über den dunklen Gang. Noch vor ein paar Tagen hatte er gedacht, Gott würde die Pforten der Hölle für Balduin und ihn öffnen, wenn sie diese Dinge taten, aber jetzt wusste er es besser. Gott strafte sie durch sein Schweigen, das in den Gängen des Klosters widerhallte.

Anders als die anderen Novizen schlief er nicht im Dormitorium, wo sich Nacht für Nacht zehn weitere angehende Mönche furzend und schnarchend auf ihren Pritschen herumwälzten, sondern er besaß seine eigene Zelle. Er hatte diesen Umstand darauf zurückgeführt, dass man ihm schon in jungen Jahren das Amt des Schulmeisters übertragen hatte und dass er für seine Vorbereitungen, aber auch für seine ehrgeizigen Studien, Raum und Ruhe brauchte. Doch vielleicht machte sich auch hier der Einfluss des Priors bemerkbar, der seinen Jungen ganz für sich haben wollte.

Er öffnete die Tür seiner Zelle und schlüpfte hinein. Wo war das Seil? Er bückte sich und zog den Holzkasten unter seiner Pritsche hervor, in dem er seine wenigen Habseligkeiten aufbewahrte. Tatsächlich, da lag es zusammengerollt wie eine schlafende Schlange. Er hatte es dem Rabauken Jörg abgenommen, der damit seine Spießgesellen fesseln wollte, und einer Eingebung folgend behalten. Als er es in die Tasche seiner Kutte steckte, glitten die Hanffasern rau und verheißungsvoll über seine Finger. Zweifellos war es ein Weg. Er warf noch einmal einen Blick zurück auf sein Reich, das schmale Bett mit der Strohschütte und dem Leinenlaken, das seiner Lebensweise als Bettelmönch entsprach. Die Bücher, die er sich aus der Bibliothek geliehen hatte. Ein letztes Mal glitten seine Finger über die dicken Pergamentseiten und die prächtig illuminierten Initialen. Er hatte nicht gewusst, dass Farben Hitze und Kühle ausstrahlen konnten wie verschiedenes Wetter und dass sich Rot und Blau in die Fingerspitzen setzten, wenn man sie berührte. Davor lag der Kommentar zu Augustinus, der nun nicht mehr fertiggeschrieben werden würde.

Er verließ seine Zelle ohne Bedauern und schlich sich aus dem Kloster wie ein Dieb. Weiß gekalkte Wände, die ihn einschlossen, die ihm die Luft zum Atmen nahmen. Hatte es auch Prior Balduin so gemacht, in der Nacht, als Pater Ulrich starb? War er dem Pater nachgeschlichen, was auch immer diesen in die Stadt getrieben haben mochte? In den Mauern seines Klosters regierte der adlige Prior wie ein König, war selbst das Gesetz. Niemand traute sich, ihm Vorhaltungen zu machen, niemand außer Pater Ulrich, der sich mit heiligem Misstrauen und brennendem Eifer darangemacht hatte, die Verfehlungen seiner Mitbrüder aufzudecken, und dabei, unbestechlich wie er war, auch den eigenen Prior nicht ausgelassen hatte ...

Vorsichtig öffnete Kilian die Pforte. Sie war unverschlossen, zum Glück! Wieder ein Zeichen für die laxe Zucht unter den Esslinger Dominikanern.

Er stand draußen, auf dem Platz zwischen Spital und Klosterkirche, und atmete gierig die kühle Nachtluft ein. Ein bleicher, silbriger Vollmond übergoss den Platz mit seinem Licht. Was jetzt? Irgendwie musste er die Stunden überbrücken, bis die Tore geöffnet wurden. Kilian kauerte sich an die Wand des Spitals und dachte nach. Hätte er nach Hause gehen können? Was für eine sentimentale Anwandlung! Onkel Marquard, ich komme geradewegs aus dem Bett des Priors, in das ich gefallen bin wie eine reife Frucht. Fast hätte Kilian über die Vorstellung gelacht. Sein Onkel aber sicher nicht. Und seine Mutter war schon lange fort.

Nie, niemals, ganz egal wie sehr er ihr als kleiner Junge zugesetzt hatte, hatte sie ihm verraten, wer sein Vater gewesen war. Die Familie Kirchhof war reich genug, um über den Skandal hinwegzusehen, hatte aber ihre wenig tugendhafte Tochter bei der ersten sich bietenden Gelegenheit verheiratet. Sein verwitweter Onkel Marquard hatte sich zwar nicht gerade mit Hingabe um den kleinen Bastard gekümmert, ihn aber auch nicht im Spital abgegeben, was ihm durchaus zugestanden hätte. Es war nicht einfach mit Kilian gewesen – als Kind hatte er den Erwachsenen Löcher in den Bauch gefragt. Aber heute war er nicht mehr der schlafwandelnde Junge, dem der Vollmond so zusetzte, dass ihn sein Onkel mehr als einmal nachts von der Gasse auflesen musste.

So oder so, es war vorbei. Im Osten graute der Morgen und übergoss den Himmel mit Feuer, Aschestreifen in seiner Mitte. Es würde Regen geben. Nie wieder würde er mit den anderen Dominikanern bei der Laudes Christus als aufgehende Sonne loben. Er stand auf, dehnte die kalten, steifen Glieder und machte sich auf in Richtung des Mettinger Tors, das er problemlos durchschritt. Die Torwächter nickten dem Dominikaner ehrerbietig zu, der seine Hände in die Ärmel der weißen Kutte gesteckt hatte. Eine Bauernfamilie kam ihm entgegen, deren Handkarren vor überreifen Zwetschgen überquoll, im Inneren des Tores umkippte und seine faulige Fracht in dunkle Tiefen ergoss. Kilian konnte gerade noch zur Seite springen.

»Heilenssackel!«, brüllte der Bauer. Kein Verdienst heute! Die Kinder, die hinten geschoben hatten, schauten schuldbewusst.

Außerhalb des Tores stieg er steil bergan in die Weinberge. Er hatte sich eine gute Zeit ausgesucht, die Lese war beinahe beendet, die Lagen menschenleer. Es war ein schöner Tag für einen Morgenspaziergang, blauer Himmel, tief unter ihm floss der Neckar dunkelgrün nach Westen. Er kam an den Hängen der Pfleghöfe vorbei, wo die Trauben schon geerntet waren. Da lag der sonnenbeglänzte Weinberg des Zisterzienserklosters Salem, das einen qualitätvollen Weißen in Esslingen anbaute, da die Hänge des Klosters Fürstenfeld, das als Hauskloster König Ludwig selbst belieferte. Bebenhausen bei Tübingen, Blaubeuren vor Ulm, sie alle schworen auf den Neckarwein, der auch seine Familie reich gemacht hatte. Kilian schaute sich um und atmete tief durch. Die Sonne leuchtete golden über den Weinlagen, noch waren die Stöcke grün, noch hatte der Frost sie nicht mit Rot und Schwarz überzogen. Alles war still. Aber was war das?

Etwas unterhalb des Weges, der sich serpentinenförmig den Hang heraufwand, wimmelte es von Menschen. Er trat einen Schritt zurück und unterdrückte einen Fluch. Ausgerechnet die Glasmalerfamilie Luginsland war mit der Arbeit nicht nachgekommen und steckte noch mitten in der Lese. Kilian erkannte Lena am roten Zopf, der ihr lang über den Rücken hing, und an der hellen Stimme, mit der sie ihre Helfer herumkommandierte. Neben ihr teilte der burgundische Glasmaler Kiepen für die Trauben aus. Sie hatten eine ganze Reihe Helfer mitgebracht, mindestens sechs oder acht Tagelöhner und die Lehrbuben. Er hätte wissen müssen, dass die Werkstatt mit dem Chorfenster für die Franziskanerkirche in Verzug war. Die Buben hatten ihm gesteckt, dass sich der Burgunder nach Valentins Gottesurteil für einige Wochen aus dem Staub gemacht hatte. Und Meister Heinrich war krank. Alleine hatte Lena die Arbeit sicher nicht bewältigen können.

Er duckte sich, damit ihn niemand sah, und nahm eine schmale Stiege durch den Weinberg, steil den Hang hinauf, die ihn ein gutes Stück höher wieder auf den Weg führte. Zwischen den abgeernteten Rebstöcken lagen vergoren riechende Traubenreste, über die sich die Wespen hermachten. Die Weinstöcke waren unter dem blauen Morgenhimmel goldgrün, nur ganz am Rand waren die Blätter wie von Rost gesprenkelt. Blutrot leuchteten Hagebutten am Wegrand. Wieder stieg er auf diese Weise steil bergan, bis er völlig außer Atem oben ankam, der Sonne ganz nahe auf der Neckarhalde. Wo hier der Hang in die Hochebene überging, waren die besten Lagen. Einige davon gehörten seiner Familie. Dahinter begannen die Obstwiesen mit ihren Apfel-, Birnen- und Zwetschgenbäumen. Das bräunliche Gras darunter war von blassen lila Herbstzeitlosen gesprenkelt. Weit weg im Dorf Sulzgries krähte ein Hahn.

Kilian überquerte die Wiese, bis er zu einem dornigen Brombeergebüsch kam. Dahinter stand versteckt und von der Wiese aus fast unsichtbar ein Birnbaum, der voller gelber, überreifer Früchte hing. Wespen umschwirrten sie, aber Kilian hatte keinen Hunger. Er setzte sich auf den Boden, den Rücken an den Baum gelehnt, dessen Rinde sich rau durch seine Kutte drückte. Als Kinder hatten sich

Kilian, Valentin und Lena im Herbst hier getroffen und die süßen Birnen verspeist, bis ihnen beinahe die Bäuche platzten.

Eigentlich hatte er gedacht, dass sich am Ende eines Lebens alle Erinnerungen auf einmal einstellten, dass man Bilanz zog, aber das war nicht so. Sein Entschluss war gefasst, aber sein Kopf blieb leer. Er saß da und wartete, ließ die sandige Erde durch seine Finger gleiten, ein trockener Herbst, der den Boden auszehrte, und dachte an nichts. Mit den Fingern zeichnete er die griechischen Buchstaben für Alpha und Omega in den Sand. Anfang und Ende, so viele zerronnene Träume. Aber es war nur angemessen. Auge um Auge, Zahn um Zahn, ein Leben für ein Leben. In der Tasche seiner Kutte lag das Seil und wollte gebraucht werden.

Irgendwann kam ein Junge vorbei, mager, mit nichts als einem zerlumpten Kittel bekleidet, der eine Herde neugieriger Ziegen vor sich hertrieb. Er bemerkte ihn zwar, grüßte ihn sogar ehrerbietig, machte sich dann aber mit Genuss über die Birnen her. Woher hätte er auch wissen sollen, dass man Kilian im Kloster sicher suchen würde, weil er schon mehrere Gebetszeiten verpasst hatte und seine Schüler vergeblich auf ihn warteten. Der da konnte sicher noch nicht einmal seinen Namen buchstabieren. Gegen Mittag aß auch Kilian eine Birne. Der süße Saft rann ihm übers Kinn.

Irgendwie gab ihm die Frucht die Kraft, zu tun, was getan werden musste. Er stand auf, über ihm dehnte sich riesig und durchsichtig der Himmel. Weiße Wolken glitten durchs Blau. Das Seil fühlte sich rau an, er knüpfte eine Schlinge und darunter einen Knoten, den er mit einem kräftigen Zug ausprobierte. Hoffentlich hielt der auch, was wusste er denn, wie man so etwas machte! Dann suchte er sich einen Felsblock, auf den er steigen konnte, fand einen nahe am Weg, musste aber feststellen, dass dieser viel zu schwer für ihn war. Mist, er hätte an Alternativen denken sollen! Über den anstrengenden Vorbereitungen vergaß er fast, weshalb er hergekommen war. Aber schließlich fand er, was er suchte. Er trug den Baumstumpf aus einem frisch geschlagenen Stapel Obstholz zu seinem Birnbaum, stieg darauf und befestigte das Seil an einem Ast. Noch einmal dran ziehen – das Seil hielt. Alles bestens. Jetzt konnte er es doch eigentlich gleich tun. Aber nein. Er stieg wieder hinunter und rannte mit federnden Sprüngen zum Rand der Wiese, die ihm einen unglaublichen Ausblick über das Neckartal bot. Weite, bis hin zu den Hügelketten der Schwäbischen Alb, die im Blau verschwanden. Killian hatte gar nicht gewusst, dass Luft so köstlich schmecken konnte. Er blieb stehen und drehte sich selbstvergessen im Kreis herum. Die Hänge, der Fluss, der Himmel. Er nahm Abschied von allen, die ihm je etwas bedeutet hatten. Valentin, Lena, sein Onkel, sogar seine sehr viel älteren Vettern, die den kleinen Kilian immer übersehen hatten, die Lehrer in der Schule, die ihn mit den Büchern bekannt gemacht hatten. Nur Balduin, dem gönnte er keinen Gedanken mehr. Dann ging er zurück, stieg auf den Baumstumpf, steckte den Kopf in die Schlinge und sprang.

Der Druck auf seine Kehle war fürchterlich. Sein Kopf schien aus seiner Verankerung im Rückgrat zu springen, Schmerz, der seine Augäpfel aus den Höhlen trieb, rote Schlieren vor den Augen. Er strampelte mit den Beinen und fühlte nicht, wie sein Urin ihm die Beine herunterlief, denn in diesem Moment brach der Ast, an dem das Seil hing, und Kilian landete unsanft auf dem Boden. Sofort ließ der Druck auf seinen Kehlkopf nach. Eben hatte er noch sterben wollen, jetzt sehnte er sich nach einem einzigen ungestörten Atemzug. Luft! Er warf sich auf den Boden und rang danach mit aller Kraft. Luft war so kostbar. Odem, Atem, mit dem Gott Adam ins Leben gerufen hatte. Würde er jetzt ersticken, langsam, qualvoll, weil er sich bei seinem Versuch, sich das Leben zu nehmen, die Kehle zerfetzt hatte? Panik ergriff ihn. Er saugte den rettenden Lebensstrom wie durch einen Strohhalm in seine Lungen, unendlich mühsam und immer zu wenig. Die roten Schlieren vor seinen Augen wurden intensiver, verfärbten sein Blickfeld.

Da hörte er Stimmen, eine hohe und eine tiefere.

»Der Birnbaum, da ist er. Er hat die süßesten Birnen in ganz Esslingen. Den wollte ich dir zeigen.«

Hatte Gott seine Engel geschickt, um ihn doch noch von den Schmerzen des Fleisches zu erlösen? Oder kamen die Boten gar von der anderen Seite, die ihn in die ewige Verdammnis ziehen wollte, wo er zweifellos hingehörte? Die beiden stritten miteinander, was die zweite Alternative wahrscheinlicher machte, auch wenn sie sich sicher mehr über einen Apfelbaum mit Schlange gefreut hätten.

»Aber du kannst nicht zu diesem Treffpunkt gehen«, sagte die tiefere Stimme.

»Natürlich kann ich, und versuch ja nicht, mir noch einmal irgendetwas zu befehlen«, keifte die höhere.

»Aber diese Berthe, diese ... Pétasse!«

»Na und, dann ist sie eben eine Hure. Da pfeif ich doch drauf.«

Oh, verdammt! Er kannte zumindest eine der Stimmen.

Sie war höchst irdisch, und beide kamen näher. Kilian fehlte die Kraft, um sich zu verkriechen.

»Madeleine!«, sagte die warme, tiefe Stimme, in der ein kaum hörbarer Akzent mitklang. »Wir müssen uns außerdem überlegen, wie du aus deiner Verlobung heraus... *Diable!*«

Aha, dachte Kilian.

Die Stimme stockte entsetzt, und Kilian hätte sich am liebsten unsichtbar gemacht. Im nächsten Augenblick war Lena neben ihm und flüsterte seinen Namen.

27

Die Mönche waren gerade zum abendlichen Stundengebet in der Kirche, als es an der Klosterpforte polterte, als ob jemand die Tür einschlagen wollte.

Streuner bellte und knurrte tief im Hals. Valentin räumte gerade die Sakristei auf, in der die fertige Madonna auf einem Steinsockel stand, anmutig, wunderschön. Noch einmal rummste es gegen die Tür, dass die Wände wackelten. Aus dem Chor der Kirche erklang der mehrstimmige lateinische Wechselgesang der Psalmen, der anzeigte, dass die Mönche noch eine Weile mit der Vesper beschäftigt sein würden und der Bruder Pförtner wahrscheinlich mal wieder nichts hörte.

»Also gut!«, brummte er und lief, Streuner an den Fersen, in Richtung Pforte, wo dem uralten Pater das Kinn auf die Brust gesunken war.

»He, Bruder Nepomuk!« Er rüttelte den Alten leicht an der Schulter, der unbekümmert weiterschnarchte.

»Beeilt Euch!«, rief draußen eine hohe Stimme, die er sehr gut kannte. Schnell öffnete er die Klappe im oberen Drittel der Tür, die einem vorab Gewissheit über ungebetene Besucher verschaffte. Wie er vermutet hatte, stand da Lena, verschwitzt und blass um die Nase, neben ihr Lionel und zwischen ihnen ein Dominikaner, den er zwar nicht erkennen konnte, weil ihm die Kapuze seines schwarzen Mantels übers Gesicht gerutscht war, der ihm aber vage bekannt vorkam.

»Ist das ...«

»Ja, verdammt. Nun mach schon auf! Und hol Bruder Thomas!«

Er öffnete die Pforte, und sie bugsierten Kilian hinein.

»Ist er bewusstlos?«, fragte er begriffsstutzig.

»Sonst würde er sicher nicht so herumhängen«, schimpfte Lena.

Sie zogen Kilian in den Pfortenraum. Um Lena abzulösen, legte sich Valentin Kilians Arm um den Nacken und merkte, dass sein schmal gebauter Freund ziemlich schwer sein konnte, wenn er nicht bei sich war. »Er ist aber doch nicht ...?« Tot wollte er sagen, aber das Wort kam ihm nicht über die Lippen.

»Ich glaub nicht!« Sie stützte sich völlig außer Atem an der Wand ab. »Wir haben uns so beeilt, und jetzt kann ... ich ... nicht ... mehr.«

»Er ist uns erst innerhalb des Tors richtig weggekippt«, sagte Lionel leise. Bruder Nepomuk, der bei dem Lärm nicht weiterschlafen konnte, blickte verwirrt von einem zum andern und fragte nach dem Abendessen.

»Die ganzen Hänge runter hat Lionel ihn getragen«, erklärte Lena.

Weil Valentin jetzt Kilian stützte, machte sie sich selbst in Richtung Krankenstube auf und erklärte dem entsetzten Bruder Thomas alles Nötige. Als Valentin die schnellen Schritte des Infirmarius im Gang hörte, hing Kilian noch immer wie ein nasser Sack zwischen ihm und dem unerschütterlichen Lionel. Thomas erfasste die Lage sofort.

»Wir müssen ihn in deine Zelle schaffen, Valentin. Nimm seine Füße!«, sagte er entschlossen. »Ihr, Meister

Lionel, packt unter den Schultern an! Und stolpert nicht über den Hund!«

Zuerst hatte Prior Johannes nicht so recht gewusst wohin mit Valentin, der weder ein Novize noch ein Mönch war, der seine Gelübde abgelegt hatte. Die kostbar eingerichteten Gästequartiere, in denen im November der König übernachten sollte, entsprachen nicht seinem Stand. Dann war ein uralter Mitbruder gestorben, und er hatte seinen Schützling kurzerhand in dessen Zelle inmitten der Klausur verfrachtet. Valentin war froh über das Privileg, sich anders als die Novizen, die gemeinsam im Dormitorium schliefen, nachts in einen eigenen Raum zurückziehen zu können.

Während sie Kilian durch die stillen Gänge trugen, fragte Valentin sich, warum sie ihn nicht in die Krankenstube brachten. Den Grund dafür begriff er erst, als sie ihn in seiner Zelle auf sein zerrauftes Bett gelegt und die Kapuze zurückgezogen hatten. Ein handbreiter Streifen zog sich knapp unter dem Kinn quer über den Hals, blau, violett und aufgescheuert. Die Verletzung sah der durchschnittenen Kehle von Pater Ulrich so ähnlich, dass Valentins Magen einen Satz machte.

»Das sollte niemand sehen«, erläuterte Lionel. »Darum haben wir ihm die Kapuze übergezogen.«

»Das habt Ihr richtig gemacht, Meister Jourdain«, lobte Thomas und begann, Kilians Hals vorsichtig zu untersuchen.

Wenn es Valentin richtig deutete, hatte Kilian versucht, sich das Leben zu nehmen. Welche Konsequenzen diese Todsünde für den Novizen eines Klosters hatte, wollte er sich lieber nicht ausmalen.

Währenddessen berichtete Lena, was sich zugetragen hatte. Wie sie Kilian während ihrer Mittagspause unter dem Birnbaum gefunden hatten, der im Herbst immer ein beliebter Treffpunkt der Kinderbande gewesen war. Mit einem Strick um den Hals. Und wie sie ihn unter Aufbietung aller Kräfte in die Stadt gebracht hatten. »Er konnte kaum laufen. Aber im Mettinger Tor dachten die Stadtwächter, wir hätten ihn betrunken irgendwo aufgelesen, und ließen uns durch.«

Valentin schüttelte den Kopf, denn über den Verdacht, dem Wein zu sehr zuzusprechen, war Kilian mehr als erhaben.

»Aber warum?«, fragte er. »Warum hat er das getan?«

»Er muss sehr verzweifelt gewesen sein.« Lena griff nach Kilians schmaler, brauner Hand, die still neben seinem Körper auf dem Laken lag.

»Aber warum hat er uns nichts davon erzählt?«

»Weil …« Tränen standen in Lenas Augen. Er sah, wie sie sich zusammenriss. »Ein jeder lebt sein Leben, und was im Dominikanerkloster geschieht, wissen wir nicht.«

Ein jeder lebte sein Leben, das konnte auch für Lena und ihn gelten und für das, was einmal eine gemeinsame Zukunft hätte werden können. Ihr Zopf hatte sich gelöst und ihr Haar, in dem sich Kletten und kleine Grashalme verfangen hatten, fiel wie ein rotgoldener Vorhang über ihr Gesicht und ihre Schultern. Er schluckte und lenkte seinen Blick zu Lionel, der ihn ruhig beobachtete. Wenn schon nicht mich, dann soll sie wenigstens ihn kriegen, dachte er. Auf jeden Fall werde ich verhindern, dass der Tübinger sie wie eine fette Beute in ihr eigenes Haus trägt.

»Helft mir mal, Meister Lionel!« Behutsam griff Bruder

Thomas dem Kranken unter die Achseln und hob seinen Oberkörper an, bis er fast senkrecht saß und Lionel ihn stützen konnte. Thomas prüfte Kilians Wirbelsäule, indem er den Kopf auf den Schultern vorsichtig von links nach rechts drehte. Der Kranke stöhnte leise, wachte aber nicht auf. Beim Atmen pfiff es in seiner Kehle, und seine magere Brust bewegte sich viel zu schnell auf und ab. Valentin ertappte sich dabei, wie er mit Kilian im Takt atmete. Eine Bewegung an der Tür ließ ihn zusammenfahren. Doch es war nur Prior Johannes, der eintrat und sie besorgt betrachtete. »Wie geht es ihm?«

»Sicher kann man es noch nicht sagen.« Thomas wandte Johannes seinen Blick zu. »Konnte er seine Beine bewegen, Meister Jourdain?«

Lionel nickte. »Wenn man es so nennen will.«

»Es sieht ganz so aus, als hätte der Junge noch einmal Glück gehabt. Er hat sich nicht den Hals gebrochen, und auch keinen der Wirbel, soweit ich es sagen kann. Ob die Hände und die Bewegungsfähigkeit des Kopfes eingeschränkt sind, wird sich erst noch zeigen.«

Kilian rang pfeifend nach Luft.

»Und sein Atem?«, flüsterte Valentin.

»Das wird sich geben, hoffe ich. Sein Hals – sowohl die Kehle als auch seine Luft- und Speiseröhre – ist geprellt und geschwollen. Aber das ist klar bei …« Der Arzt räusperte sich, »… dem Druck, dem seine Kehle ausgesetzt gewesen ist.«

Entsetzen erfasste Valentin wie eine schwarze Woge. Warum hatte Kilian das getan, bei den Chancen, die ihm sein Orden bot? Er hätte studieren und ein gelehrter Dominikaner werden können, so wie er es sich immer gewünscht hatte.

»Etwas muss ganz furchtbar schiefgelaufen sein«, stellte Lena fest, die noch immer Kilians Rechte in ihrer Hand hielt. »Ich dachte neulich schon, dass es ihm nicht gutgeht, aber er sprach ja nicht mit mir.«

In diesem Moment hörten sie den Tumult im Gang der Klausur. »Hochwürden, nein!«, schrie eine Stimme und kippte dabei in eine höhere Tonlage. Der gleiche Novize, der erst gestern vergeblich versucht hatte, Marx Anstetter abzuweisen, stritt sich wieder mit einem ungebetenen Besucher und zog ein zweites Mal den Kürzeren.

»Ich darf Euch nicht durchlassen!«

Valentin runzelte die Stirn. Vielleicht sollte er dem Prior empfehlen, sich mit einer Horde Landsknechte zu umgeben.

»Oh, doch. Ihr dürft, Ihr müsst sogar.«

»Nicht!«, schrie der Novize noch einmal, aber es war zu spät.

Mit einem Ruck stieß Prior Balduin die Tür auf. Als er Kilian auf dem Bett liegen sah, wurde er so weiß wie die frisch gekalkte Wand. »Oh, mein Gott…« Neben dem Bett sank er auf die Knie und nahm Kilians Hand.

»Kilian!«

Das klang so verloren, dass Valentin unwillkürlich die Stirn runzelte. Für einen kurzen Moment fiel die arrogante Maske von Balduins Gesicht und offenbarte sein Inneres. Schmerz und Schuld, dachte Valentin verwundert. Aber Balduin streifte seine Rolle schneller wieder über als seine Kutte. Sein Blick erreichte die Umstehenden und blieb voll blankem Hass an Valentin hängen, dem ein kalter Schauder den Rücken herunterlief. Er hatte nicht vergessen, wie gern der Prior ihn dem nassen Tod überantwortet hätte, und fragte sich, wodurch er dessen Hass auf sich gezogen hatte.

»Ich hole ihn heim. Draußen warten zwei Träger mit einer Bahre, die ihn nach Hause bringen werden.«

Prior Johannes stand auf und ließ seine Augen kurz zu Bruder Thomas wandern, der unmerklich den Kopf schüttelte.

»Nein, Balduin, mein Freund.« Seine Stimme war ebenso mild wie unerbittlich. »Er ist nicht transportfähig.«

»Aber ...« Eine Ader schwoll auf der hohen Stirn des Dominikaners, der aufstand und auf den kleineren Johannes herunterblickte. Die dunklen Augen funkelten vor Wut. »Er ist Novize MEINES Klosters und untersteht MEINER Aufsicht!« Es klang kalt und beherrscht, aber unter seinen Worten lag etwas, das Valentin nicht deuten konnte.

Prior Johannes legte seine kräftige Hand auf Balduins Arm. »Im Moment bleibt er in der Obhut meines fähigen Infirmarius, dessen Hilfe er noch bedarf. Besser kann er nicht versorgt sein, auch bei deinem Bruder Krankenpfleger nicht.«

Es war ein offenes Geheimnis, dass die Esslinger Franziskaner die Dominikaner in der Krankenpflege übertrafen. Schließlich warteten sie mit einem berühmten und gelehrten Physicus auf, dem Balduin nichts entgegenzusetzen hatte.

»Das hat ein Nachspiel! Die Kirche sieht es gar nicht gern, wenn ihre Priester Ärzte sind und damit Gott in den Plan pfuschen.«

»Wenn es Gottes Plan gewesen wäre, hätte er ihn in den Weinbergen sterben lassen«, sagte Lionel. Der Prior musterte ihn ebenso eiskalt wie Valentin und verließ dann den Raum.

»Puh.« Bruder Thomas wischte sich den Schweiß von der Stirn. »Das wäre geschafft. Jedenfalls fürs Erste. Ich weiß nicht, was den jungen Kirchhof zu diesem Schritt getrieben hat. Aber es besteht zumindest die Möglichkeit, dass seine Motive im Predigerkloster liegen. Grund genug, dass er es in den nächsten Wochen meidet. Valentin!«

Dieser schreckte aus seinen düsteren Gedanken auf. »Ja?«

»Er wird in der Nacht jemanden brauchen, der bei ihm ist. Könntest du mich unterstützen?«

Valentin nickte abwesend. Natürlich würde er sich an der Pflege von Kilian beteiligen, auch wenn er die ganze Nacht bei ihm wachen müsste. Vielleicht würde das die Schuldgefühle betäuben, die in ihm brannten.

Streuner im Schlepptau machte er sich auf, um die Madonna in der Sakristei abzudecken. Dabei versuchte er, sich die Tage im Dominikanerkloster vor Augen zu führen, als er auf die Wasserprobe gewartet hatte. Kilian hatte bedrückt gewirkt, vielleicht sogar verzweifelt. Valentin hatte seinen Zustand auf seine eigene Situation bezogen und sich nur auf seine Todesangst konzentrieren können. Abwesend polierte er sein Werkzeug und sortierte es in die Regale an der Wand der Sakristei ein, als er auf dem Gang Stimmen hörte.

»Oh, Mist!«, schimpfte Lena. »Jetzt verpasse ich das Treffen mit Berthe.«

Valentin sah beinahe vor sich, wie sie ihre Stirn runzelte und die Augenbrauen zusammenzog. Das tat sie immer, wenn die Dinge nicht so liefen, wie sie wollte.

»Was ist wichtiger«, fragte Lionel amüsiert. »Dass dein Freund überlebt hat oder dass du dich mit der Hure triffst?«

»Hm. Vielleicht schaffe ich es ja noch, wenn ich mich beeile.«

Ihr leichter Schritt entfernte sich. Kaum einen Moment später stand Lionel in der Sakristei und näherte sich langsam der Madonna.

»Darf ich?«

Wäre Valentin doch nur etwas schneller gewesen und hätte ihr das Leintuch wieder über den Kopf gezogen! Trotz der Hitze, die ihm in Wangen und Ohren stieg, nickte er widerwillig.

Lionel stellte sich vor seine Arbeit, legte die Hände auf dem Rücken zusammen und betrachtete sie lange.

»Sie ist gut«, sagte er schließlich leise und ohne sich umzudrehen.

»Hmm«, machte Valentin, freute sich aber trotzdem über das Lob.

»Ziemlich gut sogar. Aber dieses Gesicht ….« Schalk schwang in seiner Stimme mit. »Es erinnert mich an jemanden.«

»Tatsächlich?« Er hatte sie verfremdet, so gut es ging. Es war kein Porträt, wirklich nicht. Niemand in der Stadt sollte sie erkennen. Aber er hatte ihr den passenden Ausdruck gegeben, voller Eigensinn, Humor und Kraft, mit der sie ihre Umgebung wärmte wie eine Sonne.

»Du musst sie sehr lieben.«

Valentin fühlte, wie sich die Röte in seinem Gesicht vertiefte, und sagte leise: »Du auch.« Der Glasmaler nickte und ging.

In der Nacht streckte das Fieber seine Klauenhand nach Kilian aus. Noch immer ohne Bewusstsein, wälzte er sich auf Valentins schmaler Pritsche hin und her und schwitzte die Leintücher durch. Als Valentin ihm seine durchgeschwitzte Kutte abstreifen wollte, schreckte er vor der Hitze seiner Haut zurück, die glühte, als hätte jemand darunter ein Feuer geschürt. Er zuckte zurück, als er den Hanfgurt um Kilians Bauch sah, unter dem die Haut rau und aufgerieben war.

»Er hat sich schon eine Weile kasteit«, sagte Thomas nachdenklich. »Wieder ein Zeichen, dass etwas nicht stimmt.« Entschlossen säbelte er den Strick mit einem Messer durch.

»Das wissen wir ja jetzt«, murmelte Valentin. »Aber ich frage mich, warum er nicht endlich aufwacht, damit wir ihn fragen können, was ihn dazu getrieben hat.«

»Mich überrascht das Fieber nicht.« Thomas holte einen Stoffstreifen aus einem Wassereimer, den Valentin mit frischem Brunnenwasser gefüllt hatte, wrang ihn aus und legte ihn dem Novizen auf die Stirn. »Er ist nicht nur äußerlich schwer verletzt. Auch seine Seele leidet und drückt das durch die glühende Hitze aus.«

»Er hat Angst, zu sich zu kommen?«

»Er lässt sich die Zeit, die er braucht.«

Valentin griff nach der heißen, trockenen Hand, die auf der Bettdecke lag. »Was glaubt Ihr, Vater, wird ihn das, was er getan hat ...« Der Gedanke quälte ihn, seit sie Kilian am Nachmittag gebracht hatten. Thomas richtete seine kühlen, grauen Augen abschätzend auf ihn. »Was willst du fragen, mein Sohn?«

Er flüsterte. »Wird ihn das seine ewige Seligkeit kosten?«

»Was glaubst du?«

»Ich weiß es nicht. Und wenn ich darüber nachdenke, fange ich an, Gott in Zweifel zu ziehen.«

»Wie jeder von uns manchmal.« Thomas lachte leise. »Aber sag, Valentin, was ist Gott für dich – der strenge

Richter oder der liebende Vater, der seinen Sohn auf die Welt geschickt hat, um uns zu erlösen?«

»Keine Ahnung.« Hin und wieder machte er sich zwar Gedanken über Gott, aber zu wirklichen Erkenntnissen war er noch nicht gekommen. »Ich dachte, so etwas weiß Kilian am besten. Aber vielleicht stimmt das gar nicht.«

»Werde dir selber klar, Valentin. Das Denken nehmen dir die Vertreter der Kirche nämlich nicht ab, egal, was man dich gelehrt hat. Und jetzt ...« Bruder Thomas erhob sich vom Bettrand, »... wollen wir mal sehen, ob wir das Fieber herunterbekommen. Dafür werde ich dem Kranken zuerst einen Weidenrindentee aus den Vorräten Frau Renatas aufbrühen. Wenn er Kilian Linderung verschafft hat, reicht es bei mir vielleicht für die Prim, auch wenn meine Mitbrüder meine Stimme beim Wechselgesang durchaus nicht vermissen werden.«

»Geht nur«, sagte Valentin. »Ich bleibe bei ihm.«

Der Weidenrindentee senkte das Fieber zwar, verhinderte aber nicht, dass Kilian von Alpträumen geplagt wurde. Gegen Morgen wurden die dunklen Träume so schwarz, dass Kilian stimmlos schrie und sich aufbäumte, als seien tausend Teufel hinter ihm her.

Noch zweimal schwitzte er in dieser Nacht sein Laken und die franziskanische Kutte durch, die sie ihm ersatzweise angezogen hatten, aber gegen Morgen fiel er in einen tiefen, ruhigen Schlaf. Auch Valentin war todmüde und konnte nicht verhindern, dass sein Kopf, während er auf einem Schemel neben dem Bett hockte, auf den Bettrand sackte und er zu schnarchen anfing. In seinen Träumen waren Kilian, Lena und er selbst wieder Kinder, die frei wie die Vögel durch die Weinberge rannten. Er erwachte, weil

Kilians Hand schwer auf seinem Kopf lag. Durch die schmale Fensterluke drang kühle, regenschwangere Luft.

»Dir geht's wieder besser«, murmelte Valentin schlaftrunken.

Kilians dunkle Augen waren klar. Verwundert befingerte er die braune Kutte, die sie ihm angezogen hatten.

»Möchtest du etwas trinken?«

Als Kilian nickte, erfasste Valentin eine unbändige Freude. Er goss seinem Freund einen Becher verdünnten Wein ein, den Kilian mühsam Schluck für Schluck leerte. Kurz darauf kam Bruder Thomas und untersuchte den Novizen, dessen Zustand viel stabiler geworden war. Nur seine Stimme war noch immer heiser und krächzend. Erst gegen Mittag, nachdem Kilian fast den ganzen Morgen verschlafen hatte, wagte Valentin ihn zu fragen.

»Warum hast du das getan?« Im nächsten Moment bereute er, den Mund aufgemacht zu haben.

Kilian nahm sich einen Moment Zeit mit der Antwort. Dann winkte er Valentin zu sich heran und krächzte: »Meine Buße!«

»Aber wofür?«, fragte Valentin verzweifelt, doch Kilian starrte an die Decke und sagte nichts mehr.

28

»Madeleine kann hier nicht bleiben.« Lionel legte seinen Arm um Lena und zog sie an seine Seite. Ihr Vater saß blass und schmal am Tisch und schaute sie nachdenklich an. Auf einem großen Teller lag ein gerupftes Suppenhuhn und ließ seinen Kopf schlaff auf die Platte hängen. Beiläufig verscheuchte Meister Heinrich die rote Katze, die Anstalten machte, auf den Tisch zu springen. So schwach er auch sein mochte, die Lage hatte sich derart zugespitzt, dass er sich nicht länger im Bett erholen konnte.

Als Lena gestern Abend todmüde von ihrem erfolglosen Versuch, Berthe zu treffen, heimgekehrt war, saß der Tübinger in der Küche, hatte die Beine unter den Tisch geschoben und ließ sich von der erbosten Martha außer der Reihe mit Fleisch und Brot bewirten. Und beim Abendessen hatte er Lena so besitzergreifend in der Küche herumgescheucht, als sei er schon der Herr des Hauses. Sie war früh zu Bett gegangen und hatte wieder die Truhe unter die Klinke ihrer Zimmertür geschoben. In der Nacht weckte sie ein Geräusch. Wollte sich der Tübinger etwa wieder gegen ihren Willen Zutritt zu ihrer Kammer verschaffen? Mit klopfendem Herzen war sie zur Tür geschlichen, hatte die Truhe beiseitegeschoben und wäre fast über Lionel gestolpert, der sich auf dem Boden in seinen Mantel gewickelt hatte. Sie tauschten nichts weiter als ein verschwörerisches Lächeln. Die Wände hatten Ohren, und Meister Heinrich schlief nur ein Stockwerk höher.

»Sonst muss Lionel wieder im Flur schlafen«, sagte sie.

»Nein«, sagte ihr Vater leise. »Das können wir ihm nicht zumuten. Lena sollte das Haus verlassen. Vielleicht ist sie am besten im Remstal bei ihren Großeltern aufgehoben.«

Lena schüttelte den Kopf. »Auf keinen Fall. Ich möchte zu Renata.«

»Nicht in die einsame Kate vor der Mauer«, sagte ihr Vater.

»Ihr habt recht, das geht nicht«, sagte Lionel. »Madeleine sollte zu dem Apotheker gehen, wie heißt er doch gleich?«

»Anton, aber er lebt allein«, sagte sie kleinlaut. Niemals würde ihr Vater zulassen, dass sie sich bei dem Junggesellen einquartierte.

»Renata könnte so lange in der Stadt wohnen. Ihr kleiner Junge geht doch sowieso bei Pater Thomas in die Schule. Ich werde sie noch heute fragen.« Lionel drückte Lena fester an sich. Sein Körper war warm und sicher.

Der graue Blick ihres Vaters bohrte sich in seine Augen. »Gehe ich recht in der Annahme, dass Ihr Euch mit der Absicht tragt, um meine Tochter anzuhalten, Meister Jourdain?«, fragte er streng.

»Ja«, sagte er schlicht, und Lena wurde vor Glück ganz schwindlig. »Und wenn sich die Ereignisse nicht gerade überschlagen würden, hätte ich Euch sicher in einem besseren Moment gefragt. Wollt Ihr sie mir denn geben?«

Ihr Vater nickte. »Nichts würde ich lieber. Aber ich werde die Verlobung wohl nicht lösen können.«

Sie setzten sich an den Tisch, auf dem zwei Urkunden lagen. Lionel rollte das erste Blatt auf, und begann zu lesen. Kopfschüttelnd legte er es beiseite und griff sich das zweite.

»Das Dokument wurde von einem Advokaten aufgesetzt

und gesiegelt«, sagte er. »Und es sind zwanzig Florentiner Gulden geflossen.«

Lena hielt die Luft an. So viel Geld! Lionel setzte sich derweil zurück. »Wie konntet Ihr das nur tun, ohne den Bräutigam vorher – nun, genau zu inspizieren – oder zu prüfen, oder ...«

Ihr Vater wand sich. »Es stand sehr schlecht um die Werkstatt. Meine letzten kirchlichen Auftraggeber wollten nicht zahlen. Und es gibt Gläubiger.«

»Ach, Vater«, sagte Lena, die sich plötzlich sehr müde fühlte. »Warum hast du mir nichts davon gesagt?«

»Ich wollte dich nicht belasten. Du trugst doch schon die ganze Verantwortung.«

»Stattdessen habt Ihr sie verschachert. *Merde!*« Lionel stand auf und begann, in der Küche auf und ab zu laufen. »Mit Hilfe eines Advocatus seid Ihr in die Lage gekommen, und so einer wird Euch auch wieder raushelfen. Darum kann ich mich kümmern. Und das Geld muss bis auf den letzten Heller zurückgezahlt werden.« Er setzte sich wieder.

»Das kann ich nicht mehr«, sagte der Vater. »Es ist zum größten Teil ausgegeben, um die dringendsten Verpflichtungen zu begleichen.«

»Auch ich verfüge nicht über so viel Geld«, sagte Lionel leise. »Ich habe zwar noch etwas hier, aber nicht so eine große Summe. Um die aufzubringen, müsste ich wieder ins Burgund. Das Honorar für das Fenster der Franziskaner könnte einen Teil begleichen. Den Rest leihen wir uns bei den Juden.«

In diesem Moment schwang die Tür auf, und Meister Marx stand im dunklen Rahmen. Die blanke Wut in seinen Augen deutete darauf hin, dass er schon länger gelauscht hatte.

»Ins Burgund und wieder zurückfliegen könnt nicht einmal Ihr, Meister Jourdain. Und das Geld für das Chorfenster bekommt Ihr erst, wenn es fertig ist. Die Zeit ist gegen Euch.« Mit zwei schnellen Schritten war er am Tisch, packte Lenas Arm und zog sie auf die Füße. Sie wehrte sich, aber sein Griff drückte um ihr Handgelenk wie ein Schraubstock. »Denn ich werde mit der Metze schon am nächsten Sonntag vor die Kirchentür treten. Nichts und niemand auf der Welt kann das verhindern.« Der Schraubstock um ihren Arm zog sich fester.

Lionel stand auf und schaute auf ihn herunter.

»Seid Euch da nicht so sicher«, sagte er kalt.

»Begreift doch, Burgunder.« Anstetters Stimme war beinahe sanft. »Ihr kommt zu spät.«

Er zog Lena an sich und drückte einen unbeholfenen Kuss auf ihre Lippen, der sich anfühlte wie eine schleimige Schnecke. Dann schleuderte er sie an die Umrandung der Feuerstelle. Lena blieb einen Moment lang benommen liegen. Ihre Rippen schmerzten höllisch, und als sie sich aufrichtete, ging hinter ihren Augenlidern ein Funkenregen zu Boden. Eine starke Hand half ihr auf die Füße.

»Geht es?«, fragte ihr Vater.

»Schon gut.« Vorsichtig versuchte sie zu atmen und wunderte sich, warum es in der Küche so still war. Was sie sah, ließ sie so schnell Luft holen, dass ihre Rippen noch mehr stachen. Lionel hatte den Tübinger an die Wand gedrängt und schaute mit einem Blick auf ihn herunter, der ihr das Blut in den Adern gefrieren ließ. Anstetter ging es genauso. Er war kalkweiß, und seine Brust hob und senkte sich.

»Wenn Ihr sie noch einmal anfasst, töte ich Euch«, sagte Lionel leise. Jeder in diesem Raum wusste, dass er die Wahrheit sprach. Mit einem Ruck stieß er Anstetter zur Tür.

»Ihr ….« Der Tübinger holte krampfhaft Luft. »Das werdet Ihr bereuen. Und … sie … Ich komme mit dem Büttel wieder. Ihr … Mörder …«

In der Küchentür stieß er mit Martha zusammen, die mit Sanna auf dem Markt gewesen war. Ein Korb reifer Herbstzwetschgen verteilte sich auf dem Boden. Resigniert bückte sich Lena und half den beiden, die Zwetschgen wieder einzusammeln, die in alle Richtungen davon kullerten.

»Was hatte denn der Saukerl? Der sah ja aus, als sei ihm ein Geist begegnet! Nicht, als ob ich es ihm nicht gönnen würde.«

»Es war nur Lionel!«, flüsterte Lena.

»Das hat er gut gemacht.« Martha stand auf und putzte sich die klebrigen Hände an ihrer Schürze ab. »Den Denkzettel, den hat der Tübinger schon längst verdient, oder Heinrich?«

»Nun.« Der Glasmaler räusperte sich.

Martha stemmte die Hände in die Hüften.

»Schon gut!«, sagte Lionel. Im nächsten Moment lag Lena an seiner Brust. Er war wie ein Fels im Fluss, um den herum sich die Wellen teilten.

Vorsichtig nahm er ihr Gesicht in seine Hände. »Am besten wäre es, wenn du nicht aus dem Haus gehen würdest, bis ich mit Renata wieder zurück bin.«

»Hier bin ich auch nicht sicher«, sagte Lena traurig. »Er schneit hier hinein und wieder hinaus, als würde ihm schon alles gehören. Und ich wollte nach Kilian sehen.«

Lionel zögerte. »Also gut«, sagte er dann. »Ich liefere dich an der Pforte des Franziskanerklosters ab, und du weichst Bruder Thomas und Valentin nicht von der Seite.« Lena biss sich auf die Lippen und nickte.

Es war Nachmittag, als sie im Nieselregen an der Klosterpforte standen. Lionel schilderte Bruder Thomas und Valentin kurz die Lage, dann drückte er Lenas Hand und machte sich auf den Weg zu Renatas Kate. Lena seufzte und zog ihr feuchtes Kopftuch von den Haaren.

»Wie geht es Kilian heute?«, fragte sie.

»Besser«, sagte Bruder Thomas.

»Aber er will uns nicht erzählen, was ihn dazu getrieben hat«, sagte Valentin verbissen. »Nur, wenn wir wissen, was los war, können wir ihm wirklich helfen.«

Bruder Thomas schüttelte den Kopf.

»Du musst ihm Zeit geben, Valentin! Seine Seele muss zur Ruhe kommen. Nur dann kann er sich öffnen.«

Lena runzelte die Stirn. Bruder Thomas brachte sie zur Tür von Valentins Zelle und zog sich dann in seine Krankenstube zurück, in der es einige neue Fieberfälle gab. Als Lena und Valentin eintraten, lag Kilian auf dem Rücken und starrte an die Decke. Der Bluterguss an seinem Hals zeigte alle Schattierungen zwischen Blau, Grün und Violett. Lena musste schlucken.

»So liegt er schon die ganze Zeit«, sagte Valentin traurig.

Lena setzte sich auf den Bettrand und nahm Kilians Hand. »Wie geht es dir?«

»Grässlich«, flüsterte er. Seine Stimme klang noch lange nicht normal. Aber er drückte ganz leicht ihre Hand und zeigte damit, dass er ihre Gegenwart ertragen konnte.

»Willst du etwas trinken?« Valentin konnte seine Sorge nicht verbergen.

»Wein«, sagte Kilian. Während Valentin den Becher füllte, half ihm Lena, sich aufzusetzen, und gab ihm den Becher. Kilian trank langsam, Schluck für Schluck, als ob seine Kehle noch immer zu eng war, um etwas durchzulassen. Aber er verschüttete keinen Tropfen.

»Heute Mittag war der Bürgermeister da und wollte Kilian sehen«, sagte Valentin. »Wir konnten ihn gerade noch abwimmeln.«

»Wenigstens macht er sich Sorgen.« Lena nahm Kilian den Becher ab und stellte ihn auf den Tisch.

Kilian nickte. »Mein Onkel ... meint es gut mit mir.«

»So wie wir«, sagte sie und nahm wieder seine heiße, trockene Hand. Allein, dass er sich das gefallen ließ, war ein gutes Zeichen.

»Ihr ... habt mir das Leben gerettet«, krächzte er. »Du und der Burgunder.«

»Darin ist er gut«, warf Valentin ein.

»Was?«

»Bei der Wasserprobe ...« Er machte eine wegwerfende Handbewegung. »Ach, vergesst es. Jetzt ist Kilian wichtiger.«

»Nun sag schon!«

»Als ich auf der Brücke hockte wie ein zusammengeschnürtes Brathuhn, da hat er mir erklärt, wie man es schafft, nicht so schnell wieder aufzutauchen.«

Kilian lachte heiser. Bei dem Geräusch zog sich Lenas Herz vor Traurigkeit zusammen. Auch wenn ihre Rippen fast so sehr stachen wie ihr Herz, ging es ihm immer noch schlechter als ihr.

»Ich hab es gerade noch geschafft«, sagte Valentin.

»Zum Glück!«

»Der Burgunder tut meistens das Richtige.« Sie sah, welche Überwindung Valentin diese Bemerkung kostete.

Wenn ich ihm jetzt erzähle, dass Anstetter mich am Sonntag vor die Kirchentür zerren will, fange ich an zu heulen, dachte sie und sagte nichts.

Schweigend saßen sie eine Weile beieinander, Lena auf der Bettkante und Valentin auf einem Schemel neben ihr. So lange, bis es Valentin nicht mehr aushielt.

»Kilian!«, drängte er. »Warum sagtest du, was du getan hast .... sei deine Buße?«

Lena trat ihm kräftig vors Schienbein, und Valentin unterdrückte einen Fluch. Kilian sagte zunächst nichts, aber er winkte sie näher zu sich heran und flüsterte: »Es tut mir leid.«

»Aber was denn nur, verflixt?«, rief Valentin zornig. »Du bist der perfekteste Mensch, den ich kenne. Klug und gebildet und gottesfürchtig.«

»Es ... tut mir leid, dass ich nicht mehr euer Freund sein wollte. Ich wollte alles für den Orden tun. Und du, Lena bist nur eine Frau. Und Valentin, dich ...« Er dachte einen Moment lang nach. »Du bist weltlich. Ich wollte mich von allem lösen, was nicht der strengen Zucht im Kloster entspricht.«

In diesem Moment klopfte es an die Tür der Zelle.

»Herein«, sagte Valentin ungehalten. Schüchtern drückte sich der gleiche Novize durch die Tür, der auch gestern den Wachdienst geschoben hatte.

»Was ist, Bruder Benedikt?«, fragte Valentin.

»Da draußen steht dieser Gassenbub Fredi«, sagte er. »Er will unbedingt Jungfer Lena und dich sprechen – zusammen, sagte er.« Als sein Blick zu Lena glitt, wurde er knallrot.

»Und was will er?« Der junge Mönch zuckte die Achseln. Auf seiner braunen Kutte war ein Fettfleck. Wahrscheinlich half er nicht nur Bruder Nepomuk an der Pforte aus, sondern auch dem Bruder Küchenmeister. »Er wollte es mir nicht sagen. Nur, dass es wichtig sei.«

Lena stand auf und strich ihren Rock glatt. Auch Valentin erhob sich. »Du brauchst mich nicht zu begleiten. Auf dem kurzen Weg bis zur Pforte wird mich der Anstetter wohl kaum entführen«, spottete sie.

Aber Valentin schaute sie nur todernst an. »Ich habe Lionel Jourdain versprochen, dich keinen Moment lang aus den Augen zu lassen.« Lena zuckte die Schultern. »Dann kommst du eben mit!«

Bruder Benedikt setzte sich auf einen Schemel an den Tisch, denn Kilian sollte ebenfalls nicht allein bleiben.

29

Er verschränkte seine Arme hinter dem Kopf und starrte zur Decke, deren frisch gekalkte Fläche im trüben Licht des Tages grau wirkte. Dich liebe ich zu sehr, hatte er zu Valentin sagen wollen. Die unausgesprochenen Worte brannten auf seiner Zunge wie Feuer, aber nicht so sehr wie die Hand, die Valentins Hand gehalten hatte. Klar stand ihre Dreierfreundschaft hier im Vordergrund, aber er liebte Valentin so, wie dieser Lena liebte, die den Burgunder heiraten wollte, aber einem anderen versprochen war. Es war so verworren, dass er beinahe darüber gelacht hätte. Wenn er nicht so traurig gewesen wäre. Das Leben tat weh, so weh wie jeder Atemzug, der in seiner Kehle wie Feuer brannte, und er fühlte sich wie auf des Messers Schneide. Kilian wusste noch nicht, ob er sich dem Schmerz auf Dauer stellen wollte. Er war nur unendlich froh darüber, im Franziskanerkloster zu sein, weit fort von Balduin, der ihn zweifellos ebenfalls liebte. Auf seine Weise, sündig und unvollkommen, aber auch so konnte die Liebe sein. Liebe und Tod, Eros und Thanatos waren nur zwei Seiten einer Medaille. Welche dabei vorzuziehen war, ließ sich gar nicht so leicht klären. Über der philosophischen Betrachtung dieses Problems vergaß er beinahe die Zeit. Irgendwann fiel ihm auf, dass Valentin und Lena nicht zurückgekommen waren. Nicht gut, dachte er beunruhigt.

Dann klopfte es wieder, und der mürrische Infirmarius

trat ein, der sich schon gestern um ihn gekümmert hatte. Mit einer Gebärde bedeutete er Benedikt, den Raum zu verlassen, und setzte sich auf die Bettkante.

»Wie geht es Euch heute, Bruder Kilian?«, fragte er. Seine grauen Augen ruhten mit solch analytischer Klarheit auf ihm, dass Kilian sich einen Moment lang fragte, ob er seine Hirnschale durchdringen und seine Gedanken lesen konnte.

»Besser«, krächzte er. »Wo sind Valentin und Lena?«

»Sie haben das Kloster verlassen«, sagte der Franziskaner. »Nur kurz. Lena wollte jemanden treffen.«

»Was!« Vor Schreck sah Kilian einen Moment lang nur Sterne. »Aber Valentin darf nicht in die Stadt gehen. Da draußen – warten Menschen auf ihn, die ihm schaden wollen.«

Er dachte dabei weniger an den Hardenberger, sondern an Balduin, der Valentin hasste, weil er ganz genau wusste, was dieser für Kilian bedeutete.

»Nur kurz.« Bruder Thomas hob beschwichtigend die Hand. »Valentin wollte Lena nicht allein gehen lassen.«

Er rennt in sein Unglück, dachte Kilian beklommen und ertrug die sanften, geschickten Hände des Arztes mit stoischem Gleichmut. Dieser hörte seine Brust ab, überprüfte die Beweglichkeit des Kopfes und schätzte seine Körpertemperatur.

»Ihr habt die Konstitution eines Ochsen und werdet wohl bald ganz genesen sein.« Der Franziskaner schüttelte verwundert den Kopf.

»Altes Esslinger Händler- und Ganovenblut«, brummte Kilian. Was sein unbekannter Vater dazu beigetragen hatte, ließ er lieber außen vor.

»Gut!«, sagte der Franziskaner. »Und was wollt Ihr tun?

Ins Dominikanerkloster zurückkehren? Prior Balduin ist eben wieder vorstellig geworden und hat Vater Johannes wegen Euch die Hölle heiß gemacht.«

»Wieder!« Bestürzt starrte er den Arzt an, der nickte, als habe er nichts anderes erwartet.

»Ihr müsst nicht gehen. Seid unser Gast, so lange wie Ihr wollt.«

»War Balduin gestern da?«, fragte Kilian leise. »Hat er gesehen, was ich getan habe?«

»Natürlich beehrte uns der Prior auch gestern mit seiner Anwesenheit, und der Bluterguss an Eurem Hals spricht eine klare Sprache.«

Er nickte. Balduin wusste also Bescheid und wollte verhindern, dass Kilian plauderte. Der Skandal, dass der Neffe des Bürgermeisters freiwillig aus dem Leben scheiden wollte, würde die Grundfesten des Dominikanerklosters erschüttern, auch wenn sich der Grund nicht eindeutig offenbarte. Er war sich nicht sicher, ob er Balduin bloßstellen wollte, brauchte Bedenkzeit.

»Ich danke Euch für das Angebot«, sagte er nach kurzem Zögern. »Ich bleibe, solange es notwendig ist, und bin sicher, dass mein Onkel den Franziskanern ihre Gastfreundschaft vergelten wird.«

»Darüber reden wir, wenn es so weit ist«, sagte Bruder Thomas. »Vielleicht solltet Ihr aber noch nicht alle Brücken hinter Euch abbrechen.«

»Was wollt Ihr damit sagen?«

»Nun, wie ich hörte, seid Ihr auf dem Wege, ein Gelehrter zu werden. Die Möglichkeiten Eures Ordens, Eure Begabung zu fördern, sind immens.«

»Sie wollten mich in Köln studieren lassen«, sagte Kilian

kleinlaut. »Aber mir gelingt nichts. Ich schaffe nicht einmal, mich anständig umzubringen.«

»Was auch immer Euch in Eurem Konvent zugestoßen ist, Bruder Kilian.« Der Arzt sah ihn prüfend an. »Meint Ihr nicht, dass Gott selbst Euch gerettet hat, indem er den Ast beizeiten brechen ließ und Lena und Lionel Jourdain vorbeischickte?«

»Ein Gottesurteil?«

»Gott hat auf jeden Fall noch etwas mit Euch vor. Wenn Ihr gestern gestorben wärt, würdet Ihr nie erfahren, was das ist.«

Plötzlich hatte Kilian das Bedürfnis, mit dem ruhigen Mann an seiner Seite zu sprechen.

»Ich bin in diesem Kloster allem Möglichen begegnet, aber nicht Gott.«

Bruder Thomas stand auf und begann in der Zelle auf und ab zu gehen. »Es gibt viele Dominikanerklöster, in denen Gott in tiefem Ernst gesucht wird.«

»Nicht hier«, sagte Kilian leise.

»Gott hat Euch einen weiten Weg geführt. Beten, arbeiten, sich selbst kasteien, manchmal scheint das nicht zu genügen. Dann führt der Weg über die Schuld und die Vergebung.«

Kilian fühlte, wie Hitze sein Gesicht übergoss. Er hatte gefiebert. Und da waren Träume gewesen, bitter wie Wermutsaft und süß wie französischer Wein. Und er begriff. »Ihr sprecht fließend Latein?«

Der Arzt legte seine Hand auf Kilians Arm, der sich am liebsten in seinem Strohsack verkrochen hätte. »Keine Sorge. Euer Geheimnis ist bei mir sicher. Sodom und Gomorrha hinter Klostermauern – das kommt häufiger vor, als Ihr denkt. Und Prior Balduins Ruf war schon vorher – sagen wir mal – nicht unbefleckt.«

»Aber ich habe es genossen«, sagte er leise.

Der Arzt zuckte die Schultern. »Ihr seid jung und habt diese Dinge nicht freiwillig mit Euch geschehen lassen. Geht nicht zu hart mit Euch ins Gericht.«

»Wenn es rauskommt, ist Balduins Laufbahn zu Ende«, sagte Kilian und schluckte einen Atemzug Feuer herunter. »Und Gott schweigt.«

»Das tut er manchmal.« Der Arzt grinste schief. »Bei mir auch schon hin und wieder. Natürlich könnt Ihr Euch ganz von einer kirchlichen Laufbahn abwenden und in das Kontor Eures Onkels eintreten. Aber bevor Ihr das tut, vergesst nicht, dass auch wir Franziskaner begabte Novizen auf die Universität schicken. In den Dominikanerklöstern wird die Bildung gepflegt. Aber wir halten es mit dem Poverello, dem kleinen Armen, der in der verfallenen Kirche von San Damiano Gottes Stimme gehört hat, die ihm befahl, Seine Kirche wieder aufzubauen. Und das dürfte vorerst genug Stoff zum Nachdenken sein.«

Er stand auf und verließ den Raum. Kurz darauf drückte sich Benedikt wieder durch die Tür und setzte sich auf den Schemel neben Valentins Tisch. Der kleine Hund Streuner saß daneben, gähnte gelangweilt und klopfte mit dem Schwanz auf den Boden. Benedikt räusperte sich kurz und öffnete dann das Buch, das er in der Hand hielt. Kilian entzifferte mühsam die Überschrift. Es war Senecas »De brevitate vitae« (Von der Kürze des Lebens), aus dem ihm der Novize stockend vorzulesen begann.

Dieser Arzt!

30

Der Tag trug ein Kleid aus Regen. Nebelschwaden hingen zwischen den Häusern, die Valentin seltsam fremd vorkamen. Das lag nicht nur an der veränderten Jahreszeit, sondern auch daran, dass er selbst ein anderer geworden war. Er ging neben Lena, und die Straßen schwankten leise, als hätten sich die Wolken des Himmels unter seine Füße gelegt. Feuchtigkeit setzte sich auf seine Haut und in seine Haare und kräuselte Lenas geflochtenen Zopf. Ihre Augen waren so grau wie der Regen, darunter lagen schwarze Schatten. Gehetzt blickte er sich um. Kaum jemand war auf den Straßen. Wer ging bei diesem Nieselwetter auch schon freiwillig aus dem Haus? Die Hausfrauen heizten die Küchenfeuer an, und die Handwerker blieben in ihren Werkstätten und arbeiteten besonders eifrig, um sich warm zu halten. Auch der Markt war menschenleer. Missmutig packten die Händler im Dämmerlicht des Herbstnachmittags ihre Stände zusammen und hauchten sich in die kalten Finger. Ein Würzwein wäre jetzt gerade richtig, dachte Valentin, aber Lena folgte dem Gassenjungen Fredi, ohne sich nach rechts und links umzusehen. Sie schien auch ihn ganz vergessen zu haben.

Berthes Bote lief drei Schritte vor ihnen. Valentin schaute auf dessen verfilzten Lockenschopf und den verschlissenen Kittel. Fredi hatte keine Familie und verdiente seinen Lebensunterhalt, indem er auf dem Markt aushalf. Er hätte auch ins Spital gehen können, wo seine Mutter mit den anderen Augustinerschwestern für die Bedürftigen und Waisenkinder sorgte. Aber wahrscheinlich brauchte der Junge seine Freiheit. Valentin war sich sicher, dass er sein Einkommen mit kleinen Gaunereien aufbesserte.

»Jetzt lauft etwas schneller.« Der Junge drehte sich um und schaute sie aus braunen Augen an. Hunger stand in seinem schmalen Rattengesicht. »Berthe hat nicht ewig Zeit.«

»Nein, die muss sich um ihr Geschäft kümmern«, spottete Valentin.

»Wir sollten uns wirklich beeilen«, warf Lena ein. »Du musst so schnell wie möglich ins Kloster zurück.« Damit hatte sie recht.

Sie gingen über den Kornmarkt und am Spital vorbei. Der Regen legte sich wie ein Schleier über sein Gesicht. Flüchtig überlegte er, ob er seiner Mutter einen Besuch abstatten sollte, aber Lena hatte recht. Er gehörte nicht in diese Umgebung. Unruhig schaute er sich nach Stefan von Hardenberg um, der ihn sicher gern einkassiert hätte, doch vor dem Spital machte nur eine frierende Pilgergruppe halt, die um Einlass bat und ihre Pilgermuscheln vorwies.

Valentins Augen wanderten zur Baustelle der Liebfrauenkapelle, die leicht erhöht nordwestlich vom Marktplatz lag. Um den halbfertigen Chor waberten Nebelschleier. Bald würde der Bau über den Winter ruhen. Aber noch wurde geklopft und gehämmert. Donnernd ergoss sich eine Fuhre Sandsteine vom Schurwald von der Ladefläche eines Karrens auf den Boden an der Südwand des Chores und wurde von den Steinmetzen genauestens begutachtet. Valentin wusste, dass der Parler nichts von heimischem Baumaterial hielt. Die Esslinger Geistlichkeit aber bestand als

Bauherr auf dem günstigen, schnell verfügbaren Stein. Leichtfüßig wie ein junger Bursche stieg Meister Heinrich Parler vom Gerüst, zog sich die Wollmütze vom Kopf und raufte sich beim Anblick des Sandsteins den weißen, wolligen Schopf. Bevor er mit dem Kärcher sprechen konnte, bemerkte er Valentin und Lena unten am Marktplatz und schwenkte gut gelaunt seine Mütze. Valentin schluckte. Da legte sich Lenas Hand auf seine.

»Lass uns ihn besuchen. Nur kurz.«

Fredi verdrehte die Augen, aber sie strebte schon zielstrebig den kleinen Hang hinauf, der den Spitalplatz von der Baustelle trennte. Im Nu waren sie von den Steinhauern, den Steinmetzen und Maurern umgeben. Es herrschte ein großes Hallo. Auch Meister Heinrich Parler freute sich sichtlich und klopfte ihm auf die Schultern.

»Na, Valentin.« Der Alte sah ihn prüfend an. »Dir scheint das Klosterleben zu bekommen. Fett wirst du da zwar nicht, aber gewachsen bist du trotzdem noch ein bisschen.«

Valentin wusste nicht, was er darauf sagen sollte. Dass die letzten Monate ihn zu einem anderen gemacht hatten. Eine Handbreit zusätzliche Körpergröße war da nicht weiter wichtig.

»Aber du, Lena, bist blass um die Nase.«

Lena nickte. »Ich hab auch Grund dazu«, flüsterte sie, und der Alte nickte wissend.

»Es spricht sich rum, was geschieht«, sagte er. »Sieh zu, dass du da wieder rauskommst und dass du dir den Glasmaler aus Burgund angelst! Und du, Valentin bist mir immer willkommen, wenn du deinen Prozess überstanden hast. Wir jedenfalls haben an deine Unschuld glaubt.« Die Männer standen im Kreis und nickten.

Es stimmte, die Steinmetze hatten zu ihm gehalten, wie sie es immer taten, wenn einer von ihnen in Not geriet. Valentin war so gerührt, dass er schlucken musste, aber Fredi trat vor Eile von einem Bein aufs andere.

»Jetzt macht schon!«

Lenas Hand legte sich auf Valentins Arm. »Bald arbeitest du wieder für Meister Heinrich«, sagte sie leise. »Und jetzt gehen wir daran, deine Ehre wiederherzustellen.«

Er nickte abwesend.

Sie gingen durchs Mettinger Tor, wo der Stadtwächter sie misstrauisch beäugte, und zogen dann die Weinberge hinauf. Fredi legte noch einen Schritt zu, denn sie mussten sich nicht nur deshalb beeilen, weil Berthes Zeit knapp bemessen war, sondern auch weil ihnen das Tor sonst auf dem Rückweg vor der Nase zugemacht werden würde.

Umso höher sie kamen, desto dichter wurde der Nebel. Am Hang gerieten sie in eine dunkelgraue Nebelbank, die das herbstliche Gelb und Blutrot der Rebstöcke in sich einsog. Nässe legte sich pelzig auf Valentins Augenlider, tropfte seine Stirn herunter und in seinen Kragen.

»Ich kann fast nichts mehr erkennen«, flüsterte Lena.

Er nahm ihre eiskalten Finger und wärmte sie. »Gut, dass ihr die Lese gestern erledigt habt.«

»Zum Glück hatte ich meine Erntehelfer.«

Mühsam stiegen sie weiter hinauf. Sie waren fast auf der Kuppe angelangt, da, wo sich im Sommer die besten Lagen der Sonne entgegenstreckten und jetzt die Wolken wie ein Grabtuch über der Erde lagen. Fredi führte sie an die Wegkreuzung, von der aus es links ins Neckartal nach Württemberg ging, während der Pfad rechts nach Sulzgries auf der Höhe abzweigte.

An der Gabelung standen unterschiedlich hohe Steinbänke, auf denen die Weingärtner und ihre Frauen Rast machen und ihre Lasten absetzen konnten. Völlig aus der Puste setzte sich Lena auf eine davon und presste ihre Hand an den Brustkorb. Valentin hörte ihre schnellen, kurzen Atemzüge.

»Uff«, stöhnte sie mit kalkweißem Gesicht. Es war klar, dass sie nicht mehr weiterkonnte.

»Wie weit ist es denn noch?«, herrschte er Fredi an.

»Wir sind gleich da!«, rief der, rannte ein Stück voraus und verschwand, als habe der Nebel ihn in sein gewaltiges Maul gesogen.

Die Stille hüllte sie ein wie ein Leichentuch. Ein großer, schwarzer Rabe setzte sich einige Meter vor ihnen auf den Weg nach Württemberg und musterte sie aus schlauen Augen.

»Fredi?« Valentin lief bis zur Gabelung und sah sich nach allen Seiten um. Kein Fredi, nirgendwo! Zornig krächzend flog der Rabe davon.

»Wo ist der Saukerl?«, rief er. »Und wo ist die Hure?« Seine Stimme trug nicht weiter als ein paar Meter.

Lena wischte sich den Schweiß von der Stirn und stemmte sich hoch. »Weit kann es nicht sein. Den Rest schaffen wir auch all…«

Und dann schrie sie plötzlich los, gellend und so laut, dass Valentin das Blut in den Adern gefror.

Blitzschnell war er bei der Steinbank und sah, was Lena gesehen hatte. Bittere Galle stieg in seinen Mund, die er krampfhaft runterschluckte. Verdammt! Hinter der Bank lag Marx Anstetter auf der Seite, quasi um einen Pfosten gewickelt und rührte sich nicht. Mit einem Satz war Valentin bei ihm und drehte ihn vorsichtig auf den Rücken. Es war zu spät. Leer starrten Anstetters Augen in den grauen Himmel, und ein schmaler Faden Blut zog sich aus dem Mundwinkel seine Wange herab. Links in seiner Brust steckte, umgeben von einem rubinroten Kranz aus Blut, ein Messer – genau da, wo sich das Herz befand und ein einziger Stich einen Mann sterben ließ. Überall war Blut, tränkte den kostbaren Mantel des Tübingers, vermischte sich mit dem Nieselregen und versickerte dickflüssig im Boden. Valentin putzte sich die Finger an seinem Kittel ab, wieder und wieder. Das Messer in Anstetters Brust war kostbar. Im Dämmerlicht hingen trübe Juwelen an einem kunstvoll gearbeiteten, schwarzen Knauf. Lena hatte aufgehört zu schreien und drückte sich die Faust vor den offenen Mund. Tränen liefen über ihre Wangen.

»Was machen wir jetzt?«, fragte sie.

»Das lasst mal meine Sorge sein.« Die Stimme klang gelassen, fast freundlich, zerschnitt den Nebel mühelos, und Valentin kannte sie. Hemdsärmlig und zufrieden stand der Hardenberger mit seinen Männern auf dem Pfad in Richtung Stadt und schnitt ihnen den Rückweg ab. Der Stadtbüttel Hans Wollschläger hatte sich ihm mit seinen Esslinger Bewaffneten angeschlossen. Neben dem Recken Josef sah er richtig klein aus, fand Valentin.

»Lauf!«, schrie Lena wild.

Vor Schreck wie gelähmt, brauchte Valentin einen Moment, um sich zu orientieren. Dann aber trugen ihn seine Beine davon, als sei er ein fliehender Hirsch. Er hatte eine Chance, dachte er, denn er war ein guter Läufer und seine Verfolger lagen einige Schritte zurück. An der Weggabelung stockte er kurz, wandte sich dann aber in Richtung des

Feindes, gen Württemberg, wo die Reichsstadt keine Macht mehr hatte. Er lief und lief, rannte, ohne sich umzudrehen, um seine Freiheit und sein Leben. Aber hinter sich hörte er jemand mühelos Luft in eine Lunge saugen, die deutlich größer war als seine eigene. Josef! Und Josef holte auf. Nein! dachte er. Nicht noch einmal. Ich ergebe mich nicht. Er schlug sich nach links in einen der schmalen Wege, die durch die Rebhänge steil abwärts zum Fluss führten, und hoffte, dass ihm Josef hierher nicht folgen konnte. So schnell er konnte, stolperte er den Hang hinunter. Sicher war es hier viel zu eng für einen wie Josef. Doch er hatte sich geirrt. Der Riese trat die Weinstöcke, die ihm rechts und links im Wege standen, einfach nieder wie eine Wiese im Hochsommer. Eine gigantische Pranke langte nach ihm. Fast hatte sie seinen Kittel gepackt, aber er legte einen Schritt zu und noch einen. Josef ebenfalls. Und dann war es vorbei. Der Riese riss ihn zwischen den Reben zu Boden und drehte ihm den Arm auf den Rücken, wo er mit einem hässlichen Geräusch brach. Schmerz senkte sich über Valentin wie eine schwarze Welle und ließ ihn ohnmächtig werden.

Josef musste ihn so mühelos getragen haben wie ein Kind. Als Valentin wieder zu sich kam, beugte sich der Hardenberger über ihn. Sein fahles Haar stand blass vor dem nun fast dunklen Himmel, und an seiner Nase hing ein Tropfen, den er geräuschvoll hochzog. Im Kreis um ihn herum standen die Esslinger Büttel neben den Bewaffneten des Herzogs. Valentins linke Hand tastete nach seinem rechten Arm, der furchtbar weh tat. Er biss die Zähne zusammen, um nicht vor Schmerz und Verzweiflung zu weinen. Josef hielt sich abseits und schaute dümmlich auf ihn herunter.

»Auf frischer Tat ertappt.« Der Ritter rieb sich zufrieden die Hände. »Valentin Murner, ich verhafte dich wegen Mordes an Pater Ulrich von Teck und Marx Anstetter. Und diesmal ist Prior Johannes weit weg.«

»Nein!«, schrie Lena verzweifelt. »Wir sind doch selbst gerade erst gekommen, da war der Anstetter schon tot.«

Der Hardenberger richtete sich mühsam auf. Mit merkwürdiger Klarheit hörte Valentin seine Knie knacken. »Jungfer Lena! Denkt Ihr wirklich, dass Ihr da etwas mitzureden habt? Die ganze Stadt weiß doch, dass Ihr Marx Anstetter nicht gerade zugetan wart.«

Lena schwieg entsetzt. Der Hardenberger wandte sich an die Umstehenden. »Ihr habt sie schreien gehört. Das Mädel war sicher nicht am Mord beteiligt. Doch anders als bei Pater Ulrich gibt es hier ein klares Motiv. Der Junge wollte seinen Nebenbuhler aus dem Weg schaffen und sie auf diese Weise für sich gewinnen.«

Alle Worte, die Valentin sich zu seiner Verteidigung zurechtgelegt hatte, zerrannen wie Schnee in der Frühlingssonne. Ein Raunen ging durch die Menge. Die Männer drehten sich zu Lena um und musterten sie feindlich. *Nicht sie!*, dachte Valentin.

»Dann war sie vielleicht seine Komplizin«, reimte sich der Stadtbüttel Wollschläger zusammen.

»So weit würde ich nicht gehen.« Der Hardenberger starrte ihn herausfordernd an. »Jungfer Lena hatte schwer unter ihrem Bräutigam zu leiden. Ich glaube eher, dass der Steinmetz sie von dieser Bürde befreien wollte. Aber haltet Euch bereit, Jungfer Lena! Um Euch kümmere ich mich noch.«

Die Gesichter wandten sich Valentin zu. Als ihn Josef in die Höhe hob, sank er erneut in gnädige Bewusstlosigkeit.

31

Der dunkle Himmel glich rußigem Glas. Lena rannte bergab. Ihre Lunge brannte, und ihre geprellten Rippen schmerzten höllisch. Der Weg war schmal und durchsetzt von steilen Treppenabschnitten, die fast senkrecht durch den Rebhang ins Tal hinunterführten. Spitze Steine drückten sich durch ihre dünnen Schuhsohlen, andauernd stolperte sie über die Stufen, und die Weinstöcke rechts und links rissen an ihrem Umhang. Hin und wieder rutschte sie auf dem glitschigfeuchten Weg aus, taumelte und fing sich wieder. Sie hatte die Abkürzung genommen, weil sie sich beeilen musste, wenn sie vor den Bewaffneten in der Stadt sein wollte. Der Hardenberger hatte eine Gruppe losgeschickt, um eine Bahre für den toten Anstetter zu holen und gleichzeitig Valentin in den Turm bringen zu lassen. Oh, Valentin! Wieder würde er für eine Tat büßen, die er nicht begangen hatte. Doch anders als bei Pater Ulrich wusste Lena diesmal, wer der Mörder war. Schwarzes Entsetzen hielt sie gefangen, seit sie den Toten hinter der Steinbank entdeckt hatte. Denn in seiner Brust steckte ihr kostbarer Dolch von Meister Christoph Messerschmied aus Augsburg. Lionel musste die Stadt so schnell wie möglich verlassen.

Völlig außer Atem schaffte sie es unter den anzüglichen Pfiffen der Wächter gerade noch so durchs Stadttor. Knapp unterhalb der Kapellenbaustelle stoppte sie und hielt sich den schmerzenden Brustkorb. Die geprellten Rippen waren im Moment ihr geringstes Problem, ebenso das Seitenstechen und die Luft, die wie Feuer in ihrer Kehle brannte. Lionel! Sie konnte nicht mehr. Die chaotischen letzten Tage waren zu viel für sie gewesen. Dann muss es eben so gehen – ohne Kraft, dachte sie, biss die Zähne zusammen und machte sich auf den Weg nach Hause, Schritt für Schritt.

Als sie in den Hof trat, löste sich der Nebel, und der Mond trat hinter einer Wolke hervor. Flackernder Lichtschein ließ erkennen, dass in der Werkstatt noch gearbeitet wurde. Sie stieß die Tür auf, doch am Zeichentisch saß nur Konrad, der das Glasbild mit der Opferung Isaaks bemalte.

»Wo ist Lionel?«

Sein prüfender Blick traf sie. »Keine Ahnung. Er hat vor zwei Stunden die Stadt verlassen. Nachdem er von Renata zurückgekommen ist.«

Lena packte ihn am Ärmel. »Mit beiden Pferden?«

»Mit Étoile. Aber was ist mit dir? Du siehst völlig fertig aus.« Er schüttelte verwundert den Kopf.

Tränen stürzten aus ihren Augen. »Ich, nein. Mir geht es gut!«

Bevor er nachfragen konnte, verließ sie hastig die Werkstatt und rannte zum Haus. Aus der Küche drangen gedämpfte Stimmen, und das weiche Licht der Öllampe quoll unter der Tür hervor. Lena atmete tief durch und trat ein. Die Lehrlinge Titus und Hans, der Altgeselle Johann, Meister Heinrich, Martha und die kleine Sanna saßen am Tisch, erzählten sich gegenseitig von den Erlebnissen des Tages und lachten über die Späße der Buben und Sannas altkluge Fragen.

»Ich bin da«, sagte sie. Es roch nach dickem, salzigem

Brei mit Zwiebeln und Speck. Ihr Magen begann zu knurren, besonders, als sie sich vorstellte, dass Martha zum Nachtisch Zwetschgenkompott mit süßem Rahm servieren würde. Ihr Vater rutschte auf der Bank ein Stück zur Seite. »Komm und setz dich!«

»Gleich.« Sie hatten anscheinend noch nicht von Anstetters Tod gehört. Von Lena würden sie es auch nicht erfahren.

»Aber Mädel, du musst doch etwas essen!«, warf Martha ein. Doch sie schüttelte den Kopf, schloss leise die Tür und stieg ins Dachgeschoss hinauf. Wie eine Katze übersprang sie die drittletzte Stufe, die immer knarrte. Denn was sie vorhatte, ging niemanden etwas an. Lionel hatte die Konsequenzen aus seiner Tat gezogen und die Stadt verlassen. So würden sie zwar niemals heiraten können, aber er war zumindest in Sicherheit.

Im Schein des Vollmonds sah ihr Zimmer so aus wie immer. Das Bett stand an der Wand, die Truhe mit ihren Kleidern neben der Tür. Der Tisch, den sie unter das Fenster gerückt hatte, war wieder zum Zeichentisch und zur Ablage ihrer Entwürfe geworden. Und dennoch hatte sich etwas verändert. Jemand musste hier gewesen sein, getrieben von der Absicht, den schlechtesten Mann in Schwaben auszuschalten. Doch so zu sterben hatte nicht einmal Marx Anstetter verdient. Sein starrer, toter Blick hatte sich hinter ihren Lidern eingegraben wie ein Holzschnitt, ein sinnloser Totentanz, der sie verfolgte, sobald sie die Augen schloss.

Lena seufzte. Es hatte keinen Sinn, die endgültige Gewissheit noch länger aufzuschieben. Sie kniete sich vor das Bett, bückte sich, so tief sie konnte, und schob ihren Arm darunter. Da war es, das eckige Kästchen mit den Intarsienarbeiten, in dem sie ihre Schätze aufbewahrte. Täuschte sie sich, oder hatte es der Dieb leicht schräg an seinen Platz zurückgestellt? Egal. Sie zog es hervor, öffnete den Deckel und spürte dabei seltsam unbeteiligt, wie ihr die Tränen die Wangen herunterliefen. Malutensilien, Pigmente und weiche Dachshaarpinsel, die Perlen ihrer Mutter, ein kostbarer Psalter und die Rose, die Valentin ihr geschenkt hatte, als sie vierzehn war. Sie griff hinein, drückte die Rose beiseite, die prompt alle Blätter verlor, und tastete nach dem Dolch, den sie in einen blauen Seidenschal gewickelt hatte. Das Tuch war leer.

Lena ließ sich auf ihre Fersen sinken und dachte nach. Das verschwundene Messer besiegelte ihre Gewissheit. Sie kreidete Lionel den Vertrauensbruch nicht an. Es gehörte ihm ja eigentlich immer noch, denn sie war mit der Arbeit in der Werkstatt noch lange nicht fertig. Aber hätte er ihr nicht wenigstens von seinem Plan berichten können, Anstetter zu beseitigen? Niemals hätte sie dann Valentin in die Weinberge geführt. Zeit verging, in der sie einfach nur dasaß und ihre Hände betrachtete. Der Mond stand jetzt im Fenster und zeichnete eine blasse Spur auf den Holzfußboden.

Angestrengt dachte sie nach und erinnerte sich an den Tod von Pater Ulrich. »Frère Mort«, hatte Lionel ihn genannt, der Bruder, der den Tod bedeutet. Warum eigentlich?

»Es gibt tausend Leute, die einen Grund haben, ihn zu töten, aber nur dem einen, der keinen hatte, gelingt es.«

Hatte Lionel den Dominikaner gekannt? Beide Morde waren saubere Arbeit gewesen, schnell, effektiv und gezielt.

Das passte zu ihm. Was wusste sie eigentlich von Lionel, der sich selbst und seine Lebensgeschichte hinter tausend Masken verbarg? Konnte er beide Männer umgebracht haben, oder trug doch Prior Balduin die Schuld an Ulrichs Tod? Lenas Gedanken drehten sich im Kreis. Wer auch immer den ersten Mord begangen hatte, niemand würde je von ihr erfahren, dass Lionel für den zweiten verantwortlich war. Und trotzdem musste sie versuchen, Valentin zu entlasten. Es fragte sich nur, wie.

Nach einer Weile schlich sich Lena wieder aus dem Haus. Als sie die Tür vorsichtig hinter sich ins Schloss zog, lag der Hof im vollen Licht des Mondes, der rund am Himmel stand und das Licht der Sterne aufsog. Auf der Mauer balancierte die Katze und maunzte sie an. Lena nahm keine Notiz von ihr und zog ihren Mantel eng um sich. Den geflochtenen Zopf versteckte sie unter der Kapuze. Auf ihrem Weg durch die Stadt hielt sie sich nahe an den Hauswänden und mied die Gruppen trunkener Handwerksburschen, denen sie von Zeit zu Zeit begegnete – genauso wie den Nachtwächter, der ihr sicher unbequeme Fragen gestellt hätte. Lionel ist fort, dachte sie bei jedem Schritt. Kummer biss in ihr Herz. Sie hätten nur eine Chance auf ein gemeinsames Leben, wenn sie ihm folgte. Doch was wäre dann mit der Werkstatt? Und wollte er überhaupt, dass sie ihn fand?

Berthe und Hanna wohnten in einem kleinen Haus in der Nähe der östlichen Stadtmauer zur Miete, das einer Witwe gehörte. Lena schlich sich die Außentreppe hinauf und klopfte mit dem Türklopfer, der einem Löwenkopf glich. Das Geräusch zerriss die Stille in der schlafenden Stadt, aber ihr Herz pochte lauter. Es dauerte eine Weile, bis jemand kam und die Tür einen Spalt weit öffnete. Hinter der vorgelegten Kette erschien ein bekanntes Gesicht. Rosi! Lenas Knie knickten unter ihr weg, und die Freundin schaffte es gerade noch, die Kette zu entfernen und sie aufzufangen.

»Ich hab's schon gehört.« Die junge Frau zog Lena hoch, die spürte, dass sie sich keinen Moment länger beherrschen konnte. Tränen tropften auf ihre Schultern.

»Ein Gutes hat es ja.« Rosi klopfte ihr den Rücken. »Den Anstetter bist du los.«

Lena schüttelte den Kopf. »So zu sterben hat nicht einmal der verdient.«

»Doch!«, sagte Rosi kalt. »So wie er dich behandelt hat.«

»Aber sie haben wieder den Valentin festgenommen. Und mir glauben sie nicht, dass wir den Anstetter schon tot gefunden haben.«

»Der Hardenberger glaubt, was er glauben will. Aber wir kriegen den Valentin schon wieder frei. Schließlich hat er die Franziskaner auf seiner Seite.«

Lena schluchzte laut.

»Komm einfach rein!« Rosi zog sie über die Schwelle. Innen war es überraschend gemütlich. Die kleine Wohnung hatte zwei Zimmer, eine Küche mit Kochstelle, einem Tisch vor der Ofenbank und ein Schlafzimmer, das sich die Frauen teilten.

Zögernd blieb Lena auf der Schwelle stehen. Auf der Bettstatt lag Hanna und hielt das kleinste Neugeborene im Arm, das Lena je gesehen hatte. Berthe stand am Tisch und goss einen dampfenden Kräuteraufguss in eine angeschlagene Tasse.

»Komm ruhig näher!«, sagte sie leise. »Wir haben es überstanden.«

Lena trat ein. »Herzlichen Glückwunsch!«

Hanna sah mitgenommen aus, nickte aber tapfer, während Berthe ihr den Becher an den Mund setzte. Das Kind erschien ihr fast so klein wie ein neugeborenes Katzenjunges und sah genauso unfertig und hilflos aus. Die Augen lagen wie kleine Schlitze in dem winzigen, totenkopfartigen Schädel, und ein Arm, der aus einem weichen Lammfell schaute, war so dünn wie ein mit faltiger Haut besetztes Stöckchen. Aber es atmete.

»Du musst schon noch etwas mehr trinken, Hanna, wenn du die Kleine nähren willst.«

Hanna verzog das Gesicht und setzte den Becher dann tapfer wieder an die Lippen.

»Hier war was los!« Rosi verdrehte die Augen. »Kaum war Berthe gestern heimgekommen ...«

»Nachdem du nicht beim vereinbarten Treffpunkt erschienen warst, Lena«, warf diese vorwurfsvoll ein.

»Weil ich den Kilian im Weinberg gefunden hab«, rechtfertigte sich Lena.

»Ja, klar, und das war gut so«, sagte Berthe.

»Nun, kaum war Berthe wieder da, kriegte die Hanna Wehen. Wir haben sofort die Hebamme gerufen, aber es war nichts mehr zu machen.«

»Meine Mia wollte auf die Welt.« Hanna schob ihren Finger dem Kindchen entgegen, das ihn mit einer Faust umklammerte, die Lena so klein vorkam wie der Fingernagel seiner Mutter. Aber fünf winzige Finger waren dran.

»Zwei Monate zu früh«, gab Berthe zu bedenken.

»Aber sie hat eine Chance«, sagte Hanna hartnäckig. »Wenn sie gut trinkt und es immer warm hat.«

»Siebenmonatskinder bringt sie manchmal durch, meinte

die Gerstätterin. Sie hat Mia gleich getauft und uns den Rat gegeben, sie so oft wie möglich auf Hannas Brust zu legen.«

Lena nickte. Wenn die Kleine die Nähe der Mutter so sehr brauchte, konnte Hanna sicher mindestens zwei Monate lang nicht arbeiten. Was das für Rosi bedeutete, wollte sie lieber nicht wissen.

»Nun.« Berthe schaute Mutter und Kind resolut an. »Jetzt ist Lena ja da, und ich kann ihr unsere Neuigkeiten erzählen. Du, Hanna, schläfst am besten eine Runde.«

Die frischgebackene Mutter nickte erleichtert und schloss die Augen. Mia blinzelte noch einmal in die Runde und tat es ihr nach.

Berthe ging den beiden Mädchen voran in die Küche und schnitt eine Scheibe Brot und ein Stück Schinken ab. Lena merkte, wie ihr das Wasser im Mund zusammenlief.

»Iss!« Berthe packte die Mahlzeit auf ein Holzbrett und schob sie zu Lena hinüber. »Du siehst aus wie dein eigener Geist.«

Lena biss in die knusprige Scheibe und genoss den salzigen Geschmack des Schinkens. Als sie fertig war, reichte ihr Berthe die nächste Scheibe und goss heißen Würzwein in drei Becher. Sie war so durstig, dass sie sich beinahe den Mund verbrannte.

»Trink nicht zu schnell!«, empfahl die Hure, lehnte sich zurück und faltete die Hände über ihrem ausladenden Bauch. »Das sind ja interessante Neuigkeiten. Der Anstetter ist jetzt auch tot. Nicht, dass es um den schade wäre.«

Rosi nippte an ihrem Würzwein. »Irgendeiner bringt die Mistkerle in der Stadt um. Ich wüsst noch ein paar.«

»Aber wieder haben sie den Valentin einkassiert.« Lena legte die Stirn in Falten.

»Der arme Unglücksrabe«, sagte Berthe. »Aber ein Mord nach dem anderen. Zum Tod von Pater Ulrich haben wir Interessantes herausgefunden. Ausgerechnet vom Kindsvater.«

Lena machte große Augen.

»Ja.« Berthe hob mit der Hand ihren dicken, schwarzen Zopf und kühlte sich den Nacken. »Es ist der Cellerar der Dominikaner. Den hat die Hanna lieber, als sie dürfte.«

Lena nickte.

»Und der sie wohl auch. Aber das heißt noch lange nicht, dass er sich um seinen Nachwuchs kümmern wird.«

»Uff«, sagte Lena und wischte sich den Schweiß von der Stirn. Sie schwitzte nicht nur von der Hitze in der dämpfigen Küche und dem Wein, sondern von den Komplikationen, die sich rund um sie auftaten wie das Netz einer fetten Spinne.

Berthe beugte sich vor und legte die Hände gefaltet zwischen ihre aufgestützten Ellbogen. »Der Fisch stinkt vom Kopf her. Prior Balduin könnte einen Grund gehabt haben, seinen Ordensbruder vom Leben zum Tode zu befördern.« Sie machte eine effektvolle Pause. »Wir haben dir ja schon gesagt, dass er seine jungen Novizen mehr, nun … fördert, als es ihnen guttut. Und jetzt rate mal, wer in letzter Zeit sein Favorit war!«

Noch bevor Berthe weitersprechen konnte, wusste Lena die Antwort. Es war ja alles so sonnenklar. Sie schlug sich mit der Hand an die Stirn.

»Kilian!«, sagte sie. »Warum bin ich da nicht viel eher drauf gekommen?« Und der Grund für seinen Selbstmordversuch lag damit ebenfalls auf der Hand.

»Weil man an das Naheliegende meistens zuletzt denkt«, meinte Berthe. »Wenn es ans Tageslicht kommt, dass der Prior den Neffen des Bürgermeisters vögelt, wäre das …«

»Ein Riesenskandal«, schloss Rosi.

»Und ein mordsmäßiges Mordmotiv«, sagte Lena. Wenigstens hatte Lionel nicht auch noch den Pater umgebracht. Plötzlich war sie so todmüde, dass ihr beinahe die Augen zufielen. Berthe sah, wie es ihr ging.

»Du kannst hier übernachten«, schlug sie vor. »Mit der Rosi in der Küche. Ich schlafe bei der Wöchnerin.«

Sie erhob sich und ließ ihre Knie knacken. »So eine Geburt kann einen ganz schön schlauchen. Selbst wenn man nicht die Mutter ist.«

Lena und Rosi machten es sich über Eck auf der Ofenbank bequem und steckten die Köpfe zusammen.

»Berthe war echt toll«, flüsterte Rosi. »Sie ist die letzte Nacht und den ganzen Tag nicht von Hannas Seite gewichen, hat ihr die Hand gehalten, ihr das Gesicht gekühlt und ein Stück Holz zum Draufbeißen gegeben. Die Geburt hat schrecklich lange gedauert, obwohl das Kindchen so klein ist, weil bei Hanna die Wehen aufgehört haben.«

»Gut, dass das Kleine lebt …«

»Ja«, sagte Rosi. »Es ist immer wieder schön. Sogar, wenn sie einem hinterher die Haare vom Kopf fressen und einem höllisch auf die Nerven gehen wie meine kleinen Geschwister.«

»Sag, Rosi«, wisperte Lena. »Hast du jetzt eigentlich …« Sogar unter der Decke spürte sie, wie ihr die Hitze ins Gesicht stieg.

»Was meinst du?« Rosi lachte. »Ach das. Ja, hab ich. Und da hab ich dir was voraus, nicht?«

»Wie ist es denn so?«

»Oh, du meine Güte. Es ist eben mein Geschäft. Da hält sich die Freude in Grenzen. Aber wenn einem der Kerl nicht allzu unsympathisch ist und sich nicht letzte Weihnachten zuletzt gewaschen hat, lässt es sich aushalten.«

Trotz des fürchterlichen Tages und all der Ungewissheiten musste Lena kichern. »Schick sie vorher ins Badehaus!«

»Und weißt du was? Mit dem Quirin hat es am meisten Spaß gemacht. Er hat sich das Recht ausbedungen, dass er als Herr der Esslinger Huren auch mal randarf. Umsonst, versteht sich.«

»Nein, das ist nicht wahr!« Quirin war der Henker von Esslingen.

»Das ist halt ein ganzer Kerl.«

Lena dachte an Valentin, und das Lachen verging ihr. Hoffentlich musste der ihn nicht näher kennenlernen.

»Und dein Burgunder?«

»Er ist fort«, sagte sie, und es zerriss ihr fast das Herz.

Rosis Hand kam unter der Decke hervor. Sehr zart strich sie ihr übers Haar. »Er kommt schon wieder!«

»Ich glaub nicht«, sagte Lena und weinte sich in den Schlaf.

32

»Hier, Murner, dein Schweinefraß!« Der Wächter pfefferte den Eimer so heftig auf den Boden, dass er überschwappte. Dann schlug er die Tür hinter sich zu, ohne sich noch einmal umzusehen. Valentin saß mit dem Rücken zur Wand und hatte keinen Hunger. Seine Welt bestand aus Schmerz, der in seinem Arm steckte wie ein bissiges Tier, ihm mit stetigem Klopfen den Kopf füllte und hinter seinen Augendeckeln lauerte, um ihn anzufallen, wenn er schlafen wollte. Dumpfer Schmerz, pochender Schmerz, andauernder Schmerz, der ihn ohnmächtig werden ließ und viel zu früh wieder aufweckte. Valentin wünschte sich, dass es aufhörte, auch wenn es das Ende seines Lebens bedeutete. Aber er starb nicht. Sein Herz klopfte gesund und stark und ließ sich von so etwas wie einem gebrochenen Arm nicht davon abhalten.

Er saß mit ausgestreckten Beinen auf dem Boden, den Rücken an der feuchten Kerkerwand. Dicht neben ihm stand der Eimer, den er benutzen sollte, wenn er mal musste. Der Raum war dämmrig, jedoch nicht ganz dunkel, so dass er die Tageszeiten mitbekam, aber auch darüber freute er sich nicht. Denn hin und wieder fiel sein Blick auf seinen Arm, aus dem das Knochenstück ragte, weiß auf blau und rot. Als sich eine Fliege darauf niederließ, drehte sich sein Magen um. Seine Hand war doppelt so dick wie sonst, die Finger bläulich und geschwollen. Diesmal hatte er verschissen. Diesmal würde er für die Morde büßen, die er nicht begangen hatte, wenn er nicht vorher am Wundbrand krepierte.

Aus dem Eimer stieg ein vergorener Geruch, als sei das Gemüse, das darin verkocht worden war, faulig und sauer gewesen. »Blubb« machte es und bestätigte seine Vermutung.

Eine Ratte schaute um die Ecke, schnupperte und näherte sich vorsichtig. Es war ein mageres Vieh, das entfernte Ähnlichkeit mit Streuner hatte. Sie kam heran, betrachtete mit zuckenden Barthaaren seine nackten Zehen und wendete sich dann interessiert dem Eimer zu, dessen übler Geruch sie nicht zu stören schien. Die Ratte nahm Anlauf, sprang, landete auf dem Rand des Eimers, balancierte sich falsch aus und plumpste hinein. Valentin hörte ihr empörtes Fiepen. Dann verstummte sie und kämpfte vergeblich darum, sich an den Eimerwänden heraufarbeiten und ihr Leben retten zu können. Dummes Vieh!, dachte er und stellte sich mit diebischem Vergnügen das Gesicht des Wächters vor, wenn er die ersoffene Ratte im Schweinefraß entdecken würde. Doch dann ging ihm auf, wie sehr der Todeskampf der Ratte seinem eigenen Schicksal glich. Mit einem Anflug von Ekel robbte er an den Eimer heran, beugte sich darüber, packte das zappelnde Tier um den Bauch, hob es aus dem Eimer und setzte es auf den Boden. Die Ratte schüttelte sich, dass der vergorene Eintopf in alle Ecken spritzte, und verschwand blitzschnell in ihrem Versteck. Als er sich zurücklehnte, tat sein Arm einen Moment lang so höllisch weh, dass er nur Sterne sah. Unglaublich – er, der vermeintliche Meuchelmörder zweier ehrenwerter Mitglieder der Gesellschaft, hatte einer Ratte das Leben gerettet!

Seine Augen glitten zum Fensterviereck weit oben in der kreisrunden Wand des Turms. Der Himmel war grau und verhangen wie schon den ganzen Tag. Nie hätte er sich träumen lassen, dass sie ihn einmal im Turm einsperren würden, wie man es mit dem Esslinger Abschaum tat. Beutelschneider, Betrüger, keifende Weiber, die versucht hatten, ihre prügelnden Ehemänner aus dem Weg zu schaffen – sie alle wurden hier eingekerkert. Aber ein waschechter Doppelmörder, das konnte sich schon sehen lassen. Er lachte leise. Dann erfasste ihn Trostlosigkeit. Er war unschuldig, aber davon würde er angesichts der Tatsache, beide Male direkt neben dem Toten gefunden worden zu sein, nicht einmal die Franziskaner überzeugen können. Und bei Marx Anstetter hatte er ein Motiv gehabt. Es war stadtbekannt, dass er Lena für sich gewinnen wollte. Was lag da näher, als ihren gewalttätigen Bräutigam zu beseitigen?

Er hatte keine Chance, dachte er. Immer tiefer senkte sich die herbstliche Dämmerung über das Verlies. Er musste mal, robbte an den zweiten Eimer heran, kniete sich hin und schaffte es gerade so, nicht daneben zu zielen. Getrunken hätte er auch gerne etwas, aber wenn er an den stinkenden Eimer dachte, in dem die Ratte geschwommen war, verging ihm der Durst. Endlos zogen sich die Stunden hin. Das graue Fensterviereck wurde dunkler, dann schwarz, und Valentin saß noch immer auf dem mit schimmligem Stroh bedeckten Boden und konnte nicht schlafen. Es wurde kälter. Langsam gewöhnten sich seine Augen an die Dunkelheit, so dass er Umrisse wahrnahm, seinen eigenen Körper, die Ziegelwände des Verlieses, die Ratte, die ihn von ihrem Versteck aus neugierig beäugte. Der Eimer stank immer mehr ... Oder war es der andere?

Da drehte sich der Schlüssel im Schloss, und die Ratte flitzte in ihr Schlupfloch. Der Wächter trat ein. Hinter ihm erschien Bruder Thomas, der ein kleines Öllicht mit sich trug und einen Fluch unterdrückte, der sich ganz unchristlich über seine Lippen stehlen wollte. Valentin wurde es einen Moment lang schwindlig vor Erleichterung.

»Du kannst gehen«, sagte der Franziskaner gallig zur Wache. »Und nimm diese widerlichen Eimer mit! Stattdessen bring uns eine Schale frisches Brunnenwasser und einen sauberen Behälter für die Notdurft.«

Mit einem schnellen Schritt war er bei Valentin und setzte das Licht auf den Boden. Er blinzelte von der ungewohnten Helligkeit.

»Wie geht es dir?«, fragte Bruder Thomas.

»Schlecht«, stöhnte er. »Mein Arm!«

Der Franziskaner beugte sich über ihn. »Hmm. Ein offener Bruch. Wie ich befürchtet habe.«

»Könnt Ihr ... mich wieder ... zusammenflicken?«

»Nun«, sagte der Franziskaner munter. »Bader und Chirurgen dürften dazu besser geeignet sein als ein Physicus wie ich. Unsereins studiert anhand von Galens Schriften, und der hat sich bei der Anatomie an Schweine gehalten.«

Valentins Hoffnung fiel in sich zusammen wie ein niedergebranntes Herdfeuer.

»Dennoch, Schweine und Menschen sind einander ähnlicher, als du denkst. Obwohl sich unsere tierischen Verwandten meist besser benehmen. Aber ich werde sehen, was ich tun kann. Der Bruch sollte gerichtet werden, solange die Entzündung noch nicht ausgebrochen ist.«

Bruder Thomas hatte ein Bündel mitgebracht, aus dem er einige saubere Tücher holte. Er breitete sie auf dem Boden aus und legte ein Operationsbesteck darauf, bei dessen Anblick es Valentin kalt über den Rücken lief. Zuletzt stellte er eine große Flasche Schnaps, ein Stück Holz und einen Leinenbeutel auf seinem provisorischen Operationstisch ab.

»Das wird kein Spaziergang.« Bruder Thomas rieb sich die Hände.

Valentin konnte sich des Gefühls nicht erwehren, dass der Arzt sich aus rein fachlichen Gründen darüber freute.

»Und was ist, wenn wir das nicht machen?«

»Dann stirbst du am Wundbrand.«

Valentin straffte sich. Er würde ohnehin sterben, aber ein Tod am Galgen oder unter dem Beil des Henkers war dem Wundbrand durchaus vorzuziehen. Das ging wenigstens schnell.

»Trink!«, sagte Thomas und hielt ihm die Flasche an den Mund. Der Schnaps brannte wie Feuer in Valentins Kehle und füllte seinen Bauch mit wohliger Wärme. »Und jetzt steck dir am besten das Holz in den Mund.«

In diesem Moment öffnete sich die Tür des Kerkers erneut. Herein trat der Wächter mit einer Schale frischen Wassers.

»Danke!« Der Ton in der Stimme des Arztes bestätigte dessen adelige Herkunft voll und ganz. »Und als Nächstes schaffst du frisches Stroh und anständiges Essen herbei. Nicht umsonst, versteht sich.«

Wie er die nächste halbe Stunde überstanden hatte, wusste Valentin später nicht mehr. Es war, als würde der Franziskaner seinen Arm mit einem glühenden Eisen durchbohren, und nur das Holzstück, in das er seine Zähne drückte, verhinderte, dass er den ganzen Kerkerturm wie unter der

Folter zusammenschrie. Mit Hilfe von ziemlich viel Schnaps, den Thomas ungeniert über die Wunde goss, und ebenso viel roher Gewalt beförderte der Franziskaner den Knochen wieder an seinen Platz in Valentins Arm zurück. Am Ende versank Valentin in gnädiger Bewusstlosigkeit. Er kam nur einmal kurz zu sich und erkannte mit Schrecken, dass der Pater in Begriff war, ihm eine ekelhaft riechende Paste aus seinem Beutel auf den Arm zu schmieren.

»Was ist das?«, fragte er entsetzt.

»Die Salbe hat Frau Renata aus Schafskot, Käseschimmel und Honig hergestellt«, sagte der Franziskaner gleichmütig. »Sie soll sehr gut gegen Entzündungen helfen.« Bevor Valentin protestieren konnte, zog ihn die tiefe Nacht an ihre Brust.

Als er erwachte, kniete der Arzt noch immer neben ihm. »Wie geht es dir jetzt?«, fragte er und setzte sich mit knackenden Gelenken auf seine Fersen. Valentin konnte nichts sagen. Sein Arm war bandagiert und lag auf einem Schienbrett aus Holz. Die Schmerzen hielten sich in Grenzen, aber er war unglaublich müde.

»Schon gut.« Thomas kühle Hand legte sich auf seine Stirn. »Der Arm ist gerade. Aber in den nächsten Stunden wird das Fieber steigen, und dann werde ich das hier wieder brauchen.«

Er deutete auf den Leinenbeutel, aus dem es verschimmelt roch. »Frau Renata hat nach meinen Anweisungen eine ganze Reihe von Töpfen mit dieser Mischung angesetzt. Das Rezept stammt aus einem alten Klosterhandbuch der Medizin.«

Valentins Augen wurden groß. »Habt Ihr die Salbe schon einmal vorher ausprobiert?«

Der Arzt zögerte. »An einem entzündeten Zeh.«

Damit wollte sich Valentin wirklich nicht auseinandersetzen. Stattdessen schloss er die Augen und fiel in einen tiefen, erholsamen Schlaf.

33

»Das ist Eure Chance«, sagte Raban von Roteneck.

»Nein.« Der Mann am Fenster schüttelte den Kopf. Die Burg in Oberbayern, auf die er sich zurückgezogen hatte, bot Aussicht auf eine gezackte Gipfelkette, die er viel interessanter fand als seinen ungebetenen Besucher. Unter den felsigen Gipfeln hatten sich die Wälder prächtig verfärbt, rot, gold und rostbraun wie poliertes Kupfer. Ein frischer Wind trug den Geruch des Herbstes herein, nach Sommer, den die Natur viele Monate aufgesogen hatte, und der jetzt unweigerlich dem Verfall preisgegeben wurde.

Roteneck war zornig, denn sein vornehmes Gegenüber ließ von sich seit geraumer Zeit nur die elegant gekleidete Kehrseite sehen. Der Raum, in dem er empfangen wurde, bot jeglichen Komfort. Er enthielt ein geschnitztes Bett, einen Betstuhl mit einer prächtig illuminierten Bibel und einen Tisch, auf dem ein Diener ihnen Hühnchen, Trauben, Brot und Käse serviert hatte. Die herbstlichen Wälder rundum waren bestes Jagdgebiet, wimmelten von Hirschen und Wildschweinen und gaben alles her, was das Herz eines Edelmannes und begeisterten Falkners begehrte. *Trotzdem ist das hier ein Kerker*, dachte der Ritter düster.

»Sein Streit mit dem Papst wird ihn schwächen, mein König«, sagte er eindringlich. »Schon jetzt ist er exkommuniziert und hat das Interdikt auf seine Länder gebracht.«

Der Mann am Fenster schüttelte den Kopf. Seine Schultern bebten.

»Was gibt es zu lachen, wenn Ludwig das Feuer der Hölle über uns alle bringt?«, fragte Roteneck entrüstet.

»Nun, die Regensburger haben den Boten, der ihnen mit der Exkommunikation Ludwigs kam, in die Donau geworfen«, sagte der Mann und drehte sich um. »Und der Bamberger Bürgermeister hat sich erkundigt, warum er der fetten Kröte aus Avignon sein Ohr leihen soll, die die Franziskaner als Ketzer entlarvt hätten.«

Der Ritter ballte die Fäuste.

Einiges war von den Merkmalen geblieben, die Friedrich von Habsburg in seiner Jugend den Beinamen ›der Schöne‹ eingebracht hatten. Sein Gesicht war ebenmäßig, die Nase lang und gerade, das Kinn entschlossen. Doch seine leicht hervorstehenden blauen Augen blickten melancholisch. Und um seinen Mund lag ein Zug, der von Resignation kündete. Roteneck fragte sich, wo der stolze Mann geblieben war, der bis 1322 so tapfer um den Thron gekämpft hatte, den ihm der Usurpator auf dem Schlachtfeld streitig gemacht hatte. Nach dem Geschlagenen am Fenster griff der Tod mit seinen Knochenhänden.

»Nein«, sagte Friedrich. »Meine Zeit ist vorüber. Ich habe gekämpft und verloren.«

Roteneck biss sich auf die Zähne, für ihn war Kapitulation vollkommen undenkbar. *Lieber den Tod*, dachte er.

»Aber was kostet es Euch, es noch einmal zu versuchen?«, drängte er. »Ludwig wird im Herbst einige Reichsstädte besuchen und dann langsam aber sicher nach Italien ziehen, wo er sich zum Kaiser krönen lassen will. Es fragt sich nur, von wem.« Nach einer kurzen Pause begann er neu. Es war zu ungeheuerlich, was er sagen musste. »Wahrscheinlich setzt er sich selbst die Krone auf.«

»Nun.« Der Mann am Fenster schaute ihn mit seinen großen, traurigen Augen an. »Solange er fort ist, hat er mir die Mitregentschaft angetragen.«

»Mummenschanz!« Er spuckte das Wort förmlich aus.

»Vielleicht.«

»Aber warum habt Ihr Euch auf dieses falsche Spiel eingelassen?«

Sein Stand ließ nicht zu, dass er dem Höhergeborenen etwas vorwerfen durfte. Doch sein Zorn war mittlerweile so groß, dass er alle Höflichkeit vergaß.

Mit der Auflage, dass Friedrich seine aufständischen Brüder unterwerfen sollte, hatte König Ludwig seinen Rivalen vor gut einem Jahr aus der Haft auf Burg Trausitz entlassen. Doch als Friedrich sie nicht zur Raison bringen konnte, war er freiwillig nach München gekommen, um sich erneut in Gewahrsam zu begeben.

»Warum habt Ihr das getan?«, bohrte der Ritter weiter.

»Weil meine Ehre es mir geboten hat«, sagte der Mann, der beinahe König geworden war, schlicht.

Als Roteneck das Zimmer verließ, zog er die Tür etwas zu laut hinter sich zu. Schwer atmend stand er draußen im Flur und betrachtete seine geplatzten Träume. Er würde sein Ziel nicht aus den Augen verlieren, das so viele Menschen mit ihm teilten. Auch der König von Frankreich und der Herr der Christenheit hassten den Usurpator und taten alles, um ihn zu stürzen. Er atmete aus. Friedrich ahnte nicht, dass er seine Pläne in die Hände von Papst Johannes gelegt hatte, der die Fäden des großen Spiels in den Händen hielt wie eine gigantische Spinne in ihrem Netz.

Nachdenklich sattelte er sein Streitross, den riesigen

Apfelschimmel, der fast den Rest des Vermögens derer von Roteneck gekostet hatte. Beinahe hätte sich das Problem vor einigen Wochen von allein gelöst, als dieses störrische Ding, kurz bevor er mit seinen Reitern die Stadt verlassen wollte, unter seine Hufe geraten war. Plötzlich hatte sie vor ihm im Staub der Straße gelegen. Eine Wolke roter Haare, zu Tode erschreckte blaue Augen. Mit unfehlbarem Talent tauchte sie immer genau da auf, wo sie nicht hingehörte! Kurz hatte er mit dem Gedanken gespielt, das Problem zu lösen, indem er das Streitross einfach steigen ließ. Er hatte sich dagegen entschieden, auch weil dieser burgundische Glasmaler eingeschritten war. Die Kleine, um die sich dieser bemühte, war ein Pfand im Spiel um die Macht und konnte ihm lebendig nützlicher sein als tot.

Er ritt nach München und überquerte zwischen Händlern, Stadtbürgern und Marktfrauen die Isar. Für die Wachen war er der Gesandte des Königs, der sich mit dem Reichsadler auf dem Waffenrock auswies. Sie ließen ihn problemlos durch. Die Stadt brummte vor Geschäftigkeit wie ein Bienenkorb. Überall war das Hämmern, Rufen und Lärmen der Bauleute zu hören, die aus dem Provinznest eine Residenzstadt bauen sollten, eine kaiserliche gar. Ebenso schnell, dachte er, kann sich das Rad Fortunas für euch und euren König wieder nach unten drehen und die Stadt erneut zu Staub zerfallen.

Vor der brandneuen Stadtresidenz saß er ab und übergab sein Pferd einem der herbeieilenden Knappen. Ludwig weilte nicht in München, sonst hätte er sich nicht genähert. Aber er wollte auch gar nicht ins Schloss, sondern in die Lorenzikapelle, in der die Insignien des Reiches aufbewahrt wurden.

Er überquerte den Hof, in dem das Abendlicht schon lange Schatten warf. Als er in das Zwielicht der Kapelle trat, flackerten Kerzen im Luftzug. Ein Mönch, Zisterzienser aus Fürstenfeld, näherte sich ehrerbietig.

»Was ist Euer Begehr, Herr Ritter von Roteneck?« Seine Stimme war ein Wispern, das die heilige Stille kaum durchdrang.

»Ich will allein sein und beten«, sagte er, durchschritt den Mittelgang und beugte das Knie. Doch sein Blick galt nicht dem Kreuz und dem gekreuzigten Gottessohn, der ihm mit seinen Augen ins Herz blicken wollte.

Da lagen sie, die Krone, das Zepter, der Reichsapfel, die die Würde des Reiches repräsentierten. Sie wurden dem gewählten Monarchen bei der Krönung überreicht und verliehen ihm das Recht, in der ehrenvollen Reihe der deutschen Könige zu regieren. Ludwig gehörte keines der Kleinodien rechtmäßig. Ebenso wie den Thron hatte er sich die heiligen Gegenstände nur erschlichen.

Denn im Jahr 1314 hatte es nach dem Tode des Luxemburgers Heinrichs VII. eine Doppelkönigswahl gegeben. Am 19. Oktober war Friedrich von Habsburg zum König gewählt worden. Die Wittelsbachsche Partei hatte ihren Kandidaten Ludwig am 20. nachgeschoben, einen Tag nachdem Friedrich in Amt und Würden gesetzt worden war. Beide wurden am 25. Oktober gekrönt. Die Krönung Friedrichs hatte der Kölner Erzbischof in Bonn mit den Reichsinsignien vorgenommen. Sein Konkurrent war zwar in Aachen, am rechtmäßigen Ort, aber ohne die wichtigen Zeichen seiner Würde gekrönt worden. Ein Patt entstand, das durch den Umstand verschlimmert wurde, dass 1314 auch der Papstthron vakant gewesen war, so dass es niemanden gab, der einen der beiden Rivalen bestätigen konnte. So hatte sich die Frage, wer König war, auf dem Schlachtfeld entschieden, zugunsten Ludwigs. Erst später waren Krone, Zepter und Reichsapfel in seine Hände gefallen. Kein Wunder, dass er diese Dinge von den Mönchen seines Hausklosters wie seine Augäpfel bewachen ließ. Er ballte die Fäuste. Hier lag seine Chance. Denn die Insignien des Reiches würde Ludwig brauchen, um sich in Rom von wem auch immer zum Kaiser krönen zu lassen. Was er zweifellos vorhatte, auch wenn Papst Johannes in Avignon vor Wut schäumen würde. Oder vielleicht gerade deshalb.

Roteneck hob die Augen und betrachtete die kostbaren Gegenstände, auf denen das Königtum des Heiligen Römischen Reiches ruhte. Da war die Lanze, die Hauptmann Longinus Christus nach seinem Tod ins Herz gestoßen hatte, woraufhin Blut und Wasser getrennt geflossen waren und seinen Tod anzeigten. Ein Splitter aus dem Kreuz des Herrn bekräftigte ihren Anspruch auf Heiligkeit. Daneben lag das Zepter als Zeichen der Regentschaft und dort, schwer und mit einem Kreuz bekrönt, der Reichsapfel, das Sinnbild des Weltenkreises. Die Kleinodien waren so unglaublich kostbar, dass dem Ritter der Atem stockte. Sie erzählten von Ehre, Leid und Blut, von Jahrhunderten des Krieges und der Herrschaft der von Gott gewollten Könige und Kaiser, die Ludwig in den Staub zog. Doch dann sah er die Krone und hielt den Atem an. Sie war das Schönste und Würdevollste unter den Insignien des Reiches. Über und über mit Edelsteinen besetzt, fing sie die wenigen Lichtstrahlen in der dämmrigen Kapelle ein, als hätte sie allein die Macht dazu.

Die Krone, dachte er verzaubert. Sie würde dem Usurpator nicht in die Hände fallen. Und plötzlich wusste er, was er tun musste. Es waren Erkundigungen fällig, die ihm Klarheit über die Rolle des burgundischen Glasmalers gaben, dessen Manieren für einen Handwerker viel zu höfisch waren.

34

Die Schreibstube war von mildem Herbstlicht erfüllt. Er stand unter dem Fenster, die Sonne schien auf seine Tonsur, auf der die Haare in kurzen, dunklen Stoppeln nachwuchsen, und die Feder kratzte über das Pergament wie die vorsichtigen Schritte einer Maus über den Küchenboden.

»Kilian«, sagte Lena leise.

Unwillig hob er den Kopf, als könne er sich von den sauber gemalten Buchstaben auf der Fläche vor ihm nicht trennen. »Lena! Du bist's!«

Der Bluterguss an seinem Hals war zu einem gelblich grünen Streifen verblasst. Mit den Narben auf seiner Seele sah es sicher anders aus.

Sie trat einen Schritt näher, wusste nicht recht, wie sie nach dem, was vorgefallen war, mit ihm reden sollte. »Ich konnte mich erst heute loseisen. In der Werkstatt war die Hölle los. Aber heute brennen sie einen Haufen Scheiben und brauchen mich nicht unbedingt.«

»Schon gut!« Kilian raffte die eng beschriebenen Blätter der Kopie zusammen und legte sie mit der kostbaren Vorlage auf dem Schreibpult von Bruder Thomas ab.

Es war ein blauer Herbstmorgen zwei Wochen nach dem Erntedankfest. Die stillen Korridore hallten von ihren Schritten wider. Staubteilchen tanzten im Sonnenlicht, das schräg durch die Fensteröffnungen fiel. Kilian führte Lena in Valentins Zelle, wo sie sich zögernd auf seiner schmalen

Pritsche niederließ, und setzte sich selbst auf den Schemel an dem einfachen Holztisch.

»Wie ist es dir gegangen?«, fragte er.

Ich bin am Ende, dachte sie, aufgebraucht, verdunstet wie eine Pfütze in der Sonne. Sie zuckte die Schultern.

»Lionel ist fort.«

Zwei Wochen hatte er sich nicht gemeldet, und das, obwohl das große Chorfenster der Franziskanerkirche auf seine Fertigstellung wartete. Weil der Besuch des Königs unweigerlich näher rückte, mussten sie wohl oder übel ohne den Meister weiterarbeiten. Sogar der Mord an Marx Anstetter verlor unter dem Zeitdruck an Priorität. Vielleicht war das ganz gut so, denn so konnten sie weder dem Entsetzen noch der unterschwelligen Erleichterung, die die Hausgemeinschaft bei Anstetters Tod ergriffen hatte, Raum geben. Die Aufsicht und die Planung des Auftrags hatte wieder ihr Vater übernommen, Konrad war für die Ausführung zuständig und sie selbst für alle einfacheren Malereien und Hintergründe. Nur das Fenster der Königin von Saba gestaltete sie selbständig, wie Lionel es ihr versprochen hatte.

»Er kommt sicher wieder zurück«, tröstete Kilian sie.

Lena schüttelte hartnäckig den Kopf. »Er kann nicht. Aber lass uns lieber von Valentin reden. Wie geht es ihm?«

»Den Umständen entsprechend gut. Bruder Thomas hat seinen Arm gerichtet und einige Münzen dafür springen lassen, dass sein Kerker etwas besser ausgestattet wird und sie ihn anständig verpflegen. Aber der Rat der Stadt drängt auf seinen Prozess.«

»Oh, nein!« Lenas Herz überschlug sich. Mit dem Rocksaum wischte sie sich ein paar Tränen aus dem Augenwinkel. »Diesmal habe ich ihn wirklich in Schwierigkeiten gebracht.« Sie schnäuzte sich geräuschvoll.

Plötzlich lag eine schmale, braune Hand auf ihrer. »Weine nicht!«, sagte Kilian. »Lass uns lieber gemeinsam nachdenken, was genau an dem Nachmittag geschehen ist, als die Hure dich zum Treffpunkt bestellt hat. Vielleicht ist ja alles ganz anders, als du denkst.«

Lena setzte sich aufrecht und sammelte ihre Gedanken. Der ganze Vorfall steckte so voller Ungereimtheiten, dass sie ihn kaum in einen sinnvollen Zusammenhang bringen konnte.

»Fredi, dieser rotzfreche Gassenjunge, du weißt schon, hat uns in den Weinberg gelotst. Aber Berthe war nicht am Treffpunkt, und das konnte sie auch gar nicht.«

»Warum?«

»Weil ihre Freundin Hanna ein Kind bekommen hat. Über zwölf Stunden hat Berthe ihr beigestanden.«

Kilian fuhr sich nachdenklich durch seine kurzen Locken. »Du meinst, sie war verhindert?«

»Ja. Ich habe sie nämlich besucht und dabei erfahren ...« Lena schlug sich die Hand vor den Mund.

»Was?«, fragte er misstrauisch.

»Ach nichts ...« Lieber hätte sie sich die Zunge abgebissen, als Kilian mit ihrem Wissen um seine Beziehung zu Prior Balduin zu konfrontieren.

»Vielleicht war es ja gar nicht Berthe, die euch in den Weinberg bestellt hat.«

Lena dachte nach. »Fredi sagte das. Aber eigentlich ...«

»... könnte der Bengel auch lügen, was ganz gut zu ihm passen würde«, schloss er und nickte. »Weißt du, ich habe hier jede Menge Zeit zum Nachdenken und frage mich schon dauernd, wem daran gelegen sein könnte, dass ihr beide die Leiche findet und euch der Hardenberger auch noch folgt.«

Lenas Augen wurden groß. »Dem wirklichen Mörder natürlich.«

»Wenn wir davon ausgehen, dass nicht Valentin deinen Bräutigam vom Leben zum Tode befördert hat, muss es jemanden geben, der versucht, die Schuld für den Mord an Pater Ulrich und an Marx Anstetter auf ihn abzuwälzen.«

»Hmm«, machte Lena und biss sich auf die Lippe. In ihr arbeitete es. Niemand, auch Kilian nicht, durfte je erfahren, dass Lionels Messer die Tatwaffe war. Traute sie ihm zu, dass er sie in den Weinberg bestellt hatte, um sie reinzureiten? Alles in ihr weigerte sich, das zu glauben. Aber was wusste sie wirklich über Lionel? Und da war immer noch das blutige Messer. Die schärfste Waffe im Neckartal war für einen gemeinen Mord eingesetzt worden. Lena seufzte schwer.

Kilian stand auf und machte sich an der Holztruhe in Valentins Zelle zu schaffen.

»Nicht gerade viel Auswahl.« Stirnrunzelnd sah er an seiner braunen Franziskanerkutte hinab.

»Du willst dich verkleiden?«

Er nickte verbissen, sein blasses Gesicht starr vor Entschlossenheit. »Wir sollten uns umhören. Mal schauen, ob Valentin Beinlinge und einen Kittel zum Wechseln hat, die mir passen. Und, Lena, darf ich dich bitten, mir von … draußen … eine Gugel zu besorgen.«

Sie nickte. Es war verständlich, dass er seinen Hals verbergen wollte. »Ich schaue mal, ob unser Titus eine hat.«

So schnell sie konnte, lief sie zum Haus in der Webergasse, lieh sich bei ihrem verblüfften Lehrburschen die gewünschte Kopfbedeckung und kehrte zurück zum Kloster. Kilian stand vor der Pforte und wartete dort auf sie. Seine Verwandlung war erstaunlich. Aus dem blasierten Novizen war ein Handwerksbursche mit waidblauem Kittel und geschnürten Beinlingen geworden, dem man nicht ansah, dass er vor seiner Entscheidung für den geistlichen Stand als Neffe des Bürgermeisters teures Tuch getragen hatte. Sprachlos starrte sie ihn an.

»Kleider machen Leute«, sagte er verlegen und stülpte die Gugel über den Kopf, die den Eindruck perfekt machte. Die lange Kapuze legte er um seinen Hals, so dass sie den verräterischen Bluterguss verbarg. »So dürfte mich niemand erkennen.«

»Und was machen wir jetzt?«

»Jetzt suchen wir die kleine Ratte, die euch in den Weinberg gelockt hat.« Seine Stimme bebte vor unterdrücktem Zorn.

Es war noch früh am Morgen. Zwischen den Häusern lagen tiefe Schatten, doch darüber wölbte sich hoch und blau der Himmel. In der Nacht hatte es gefroren, so dass die schlammigen Furchen in den Straßen erstarrt waren, Knochenfährten, in denen die Karrenräder der Bauern steckenblieben. Kilian und Lena machten sich gemeinsam ins Gewimmel rund um Kraut- und Fischmarkt auf, wo sich trotz der frühen Stunden die Leute rund um die gut gefüllten Stände drängten.

Kilians Augen glitten über das Schauspiel. »Die Stadt sieht anders aus.«

»Aber du warst doch noch letzte Woche hier.«

»Nicht Esslingen hat sich verändert.«

Lena sagte nichts. Wenn Berthes Anschuldigungen stimmten, hatte er die Hölle durchgemacht. Der Prior, der sein Vorbild, Mentor und Freund gewesen war, hatte ihn in Abgründe aus Schmerz und Schuld gestoßen, an die sie nicht einmal denken wollte.

»Du siehst alles mit neuen Augen«, sagte sie leise.

Kilian nickte, griff flüchtig nach ihrer Hand und ließ sie so schnell wieder los, als hätte er sich verbrannt. Schnell waren sie an der frisch bebauten Hofstatt angelangt, vor der die Krautbauern von den Fildern ihre Stände aufgebaut hatten.

»Kohl, gesund und lecker«, sagte ein Händler und deutete auf seinen Krautvorrat, der auf einem wackligen Schragentisch lag. »Füllt Euer Fass, junge Hausfrau, und versorgt Euren Gatten im Winter mit gesundem Kraut. Dann stellt sich der Nachwuchs ganz von alleine ein.«

Lena wurde gegen ihren Willen knallrot.

»Wir sind nicht hier, um Geschäfte zu machen, Gevatter«, sagte Kilian ungeduldig. »Wir suchen einen Jungen, der manchmal auf dem Markt aushilft. Er nennt sich Fredi.«

Der Mann kratzte sich am Kinn, auf dem eine Warze in Münzgröße wuchs, und nickte langsam. »Den Gauner kenne ich. Hilft hier und da beim Auf- und Abbau. Hat er Euch auch übers Ohr gehauen?«

»Nein, nein.« Kilian hob abwehrend die Hände. »Wir wollen ihn nur etwas fragen.«

»Dann schaut am besten beim Zieglerwirt vorbei. Da spült er um diese Zeit manchmal die Teller.«

Die brandneue Zieglerschenke öffnete sich mit ihrer Fassade einladend zum Krautmarkt. Das Erdgeschoss des neu erbauten Hauses bot Platz für alle Zecher und Weinnasen der Stadt. Recht gut essen konnte man hier auch. Schon jetzt lag ein leckerer Geruch nach Sauerkraut und gebratenem Fleisch in der Luft, der Lena das Wasser im Munde zusammenlaufen ließ. Sie betraten die Schenke durch ein geräumiges Tor. An den gescheuerten Holztischen saßen Gruppen von Stadtbürgern, Händlern und Handwerkern, tranken Wein, besprachen ihre Geschäfte und tauschten den neuesten Klatsch aus. Lena atmete tief ein und aus. Die angesehene Schenke war ein anderes Pflaster als der Schwarze Eber. Hinter der Theke stand Bethe, die Schwiegertochter des Wirts, ein zierliches, blondes Mädchen mit Hasenzähnen, das Lena flüchtig vom Brunnen kannte, und nickte ihnen zu. »Magst du einen Becher Würzwein, Lena? Es ist ein kalter Tag!«

»Nein, danke, wir suchen nur jemanden.«

Trotzdem drückte Bethe sowohl Kilian als auch ihr einen Becher heißen, gewürzten Wein in die Hände. Lena bewunderte ihren Geschäftssinn. So band man Kunden an sich und sein Wirtshaus.

Der Zieglerwirt, der gerade Wacholderbier aus einem Fass gezapft hatte, wischte sich die Hände an seiner Schürze ab und kam auf sie zu, dünn und staksig wie ein Reiher auf einer der Neckarinseln. Sein Gesicht mit der schnabelförmigen Nase passte zu dem vogelartigen Gesamteindruck. »Grüß Euch Gott, Jungfer Lena.« Er reckte den Kopf auf dem langen Hals vor und musterte ihren Begleiter so lange, bis ihm ein Licht aufging. »Bruder Kilian!«, sagte er verwundert.

»Herr Ziegler«, begann Kilian, der sich unter seiner Kugel purpurrot verfärbt hatte. »Wir haben etwas mit dem Fredi zu bereden. Auf dem Markt sagte man uns, dass wir ihn bei Euch finden.«

»Nicht so förmlich, Bruder Kilian. Hinten sitzt Euer Onkel und trinkt einen Wein mit Gästen aus Reutlingen. Setzt Euch doch dazu. Ich spendiere eine Runde aufs Haus.«

Tatsächlich, in der Ecke saß eine Gruppe gutgekleideter Weinhändler und unterhielt sich angeregt mit Bürgermeister Kirchhof, über dessen Bauch sich die Bürgermeisterkette spannte.

»Nein, nein!« Kilians Hände wanderten zuerst an seinen Hals und dann abwehrend in die Luft. Lena konnte sich ein Lächeln nicht verkneifen, nippte am heißen Würzwein und verbrannte sich fast den Mund. Was wohl sein standesbewusster Onkel zu seiner Aufmachung sagen würde? Was würde er denken, wenn ihm klarwurde, dass Kilian seine Kutte abgelegt hatte?

»Fredi sucht Ihr.« Der Wirt sah sich suchend um. »Wo steckt der Bengel nur wieder?«

»Kommt mit!« Bethe bedeutete ihnen, ihr zu folgen, bis sie in einem kleinen Innenhof standen, um den sich die Hauswände in erstickender Enge gen Himmel schoben. Die Bebauung der Hofstatt war so neu, dass sich an manchen Häusern noch die Gerüste der Bauleute erhoben. Doch der Hof war außer einem seifigen Eimer und einem Stapel schmutziger Teller leer. Das Schankmädchen hob bedauernd die Hände. »Eigentlich sollt' er hier spülen.«

»Dieser kleine Halunke scheint immer dann zu verschwinden, wenn man ihn am dringendsten braucht«, sagte Kilian.

Gemeinsam traten sie auf die Gasse hinaus, die inzwischen in der Sonne glänzte. Der silbrig gefrorene Boden taute zu dunkelbraunem Matsch.

Frustriert trat Kilian einen Stein beiseite. »Haben wir noch irgendeinen Anhaltspunkt?«

Lena zuckte die Schultern. »Wir suchen alle Märkte und die Handelsstraße ab, so lange, bis wir ihn haben.«

Die Sonne war höher gestiegen und beleuchtete das Treiben auf den Straßen. Sie überquerten den Fischmarkt und standen plötzlich an der Abzweigung der Handelsstraße, auf der sich der Verkehr drängte. Sehnsüchtig schaute Lena einem Ochsenfuhrwerk zu, auf dem Stoffballen lagen, die ihr Besitzer für den Transport in wasserdichte Tierhäute genäht hatte. Auf dem Kutschbock saß ein farbenprächtig gekleideter Sarazene mit roter Kappe und einem Ring im Ohr und neigte den Kopf. Lena grüßte zurück.

Kilian lachte leise. »Ein Seidenhändler auf dem Weg nach Speyer. Putzsucht! Dein Burgunder ist sicher nicht ohne Vermögen. Wenn ihr erst verheiratet seid, wirst du gewiss nicht darben müssen.«

»Nein«, sagte sie. »Es ist etwas ganz anderes. Immer, wenn ich auf der Handelsstraße stehe, frage ich mich, wie es wäre, die Stadt zu verlassen. Richtig zu verlassen, meine ich, nicht nur bis Sulzgries.«

Sie seufzte und wandte sich einer Hökerin zu, die Nadeln und Nähzubehör anbot. Etwas blaues Seidengarn zum Flicken ihres guten Überkleids musste trotz der leeren Haushaltskasse wohl noch drin sein. Sie suchte den richtigen Faden aus und bezahlte mit einigen kleinen Münzen aus ihrer Geldkatze.

Kilian schlenderte zum Rathaus hinüber, wo sich ein Menschenauflauf gebildet hatte. Lena folgte ihm und stellte sich hinter die dicht gedrängte Masse, deren Spott dem Pranger an der Treppe galt. Zwei Frauen standen da, aneinandergefesselt durch die doppelte Halsgeige, mit der die Obrigkeit gern zänkische Weiber bestrafte. Vielleicht hoffte der Rat ja, dass sie ihren Streit begraben würden, wenn sie gemeinsam die Schmährufe der Zuschauer auszuhalten hatten. Bei diesen beiden bezweifelte Lena das. Die Kleinbäuerin Griet, die vor der Stadtmauer wohnte und dort Obst und Gemüse anbaute, und die Bäckerin Huber bezichtigten sich schon seit Jahren gegenseitig des Betrugs und der falschen Nachrede und waren sich auch am Pranger spinnefeind. Für beste Unterhaltung des Publikums war auf diese Weise allemal gesorgt.

»Und ich sag, dass die Brotfälscherin zu leicht gewogen hat«, giftete Griet und versuchte vergeblich, ihren Kopf in Richtung ihrer Leidensgefährtin zu drehen. »Und das nehm ich nicht zurück.«

»Altes Bettelweib!« Die Huberin bestrafte sie mit Nichtachtung und beachtete auch den halben, faulen Kohlkopf nicht weiter, der von rechts auf ihrem Bauch landete. Dort stand eine Rasselbande und warf mit allerlei Gassendreck nach den beiden Frauen. Einer bückte sich und hob etwas auf, das aussah wie ein Fladen getrockneter Ochsenscheiße.

»Kilian«, sagte Lena leise.

Aber er hatte ihn schon gesehen. Rücksichtslos drängte er sich durch die Menge, packte Fredi, der gerade zum Wurf ausholte, am Kragen und zerrte ihn hinter sich her zu Lena. Der Bub strampelte mit Armen und Beinen, aber Kilian hielt ihn mit einer Kraft fest, die Lena ihm gar nicht zugetraut hätte. In seinem Gesicht stand eiskalte, weiße Wut.

»He, Fredi. Beruhig dich doch, verdammt nochmal!«, schrie Lena und wusste im selben Moment, dass sie den Fluch am nächsten Sonntag beichten musste.

Aber der Junge kämpfte mit dem Mut der Verzweiflung. Ein Tritt landete auf Kilians Schienbein, ein zweiter in seinem Schritt.

»Au!«, schrie er, krümmte sich und presste seine Hand auf die schmerzende Stelle. Fredi rannte davon, hatte aber nicht mit Lena gerechnet, die ihm so schnell wie der Wind folgte. Jetzt zahlte sich aus, dass sie als Kind bei den Wettrennen mit den Jungs niemals aufgegeben hatte. Doch der Gassenjunge war besser in Übung. Er schlüpfte durch die Menge wie ein Aal, flitzte zum Fischmarkt und rammte einen Schragentisch, dessen hölzerne Tischböcke unter der Tischplatte zusammenbrachen. Eine Flut glitschiger, silbrig grauer Neckarfisch ergoss sich auf den Boden und schlitterte über die gesamte Breite der Gasse. Fredi glitt aus, verlor das Gleichgewicht und stolperte. Lena hatte mehr Glück, schlängelte sich zwischen den Fischleibern hindurch, fiel auf den Bauch und packte Fredis Knöchel.

»Hab ich dich«, stieß sie hervor und zog den strampelnden, um sich tretenden Kerl zu sich heran, während die Fische unter ihr zu Mus zerdrückt wurden. Und da war auch schon Kilian, mit dessen Hilfe sie den Bengel endgültig bändigte. Der Novize zog ihn auf die Füße und drängte ihn an eine Mauer am Rande der Handelsstraße, wo der Verkehr weiterlief, als sei nichts geschehen. Nur das Fischweib rang zeternd die Hände.

»Und, was hast du uns zu sagen?«, fragte Kilian.

»Ich weiß nicht, wovon ihr redet!«

»Tu nicht so! Oder kennst du die Lena nicht mehr, die du vor zwei Wochen mit Valentin in den Weinberg gelockt hast?«

Fredi blickte sich gehetzt um. »Was willst du wissen?«

»Na also«, stieß Kilian zwischen zusammengebissenen Zähnen hervor. »Wer war dein Auftraggeber?«

»Die dicke Berthe«, heulte Fredi. »Die Hur'.«

»Wir wissen zufällig, dass sie den ganzen Tag nicht vor der Tür war«, sagte Lena leise.

Kilian packte Fredi am Kragen und schob ihn näher an die Mauer. »Sag bloß die Wahrheit, Bengel!«

»Der Teufel war's«, schrie Fredi.

Kilian lachte bitter. »Oh, der läuft für gewöhnlich nicht am helllichten Tage in Esslingen herum. Und wenn, dann tät's garantiert knallen und stinken.«

»Doch, ich bin mir sicher. Ein großer Mann, ganz schwarz. Mit Hut.«

Lena stockte der Atem. Wenn Prior Balduin seine Identität durch weltliche Kleidung verborgen hatte, konnte das auf ihn zutreffen. Er war dunkelhaarig und einer der größten Männer in der Stadt. Oder hatte sich Lionel vielleicht so verkleidet? Unwillkürlich schlug sie das Kreuzzeichen.

»Ich glaub dir nicht«, sagte Kilian leise und hob Fredi ein kleines Stück hoch. »Du lügst doch.«

»Nein. Er war bös. Das hab ich gespürt.«

Kilians Finger gruben sich in seine Schultern. »Aber seinen Judaslohn, den hast du trotzdem genommen.« Er drückte Fredi jetzt so eng an die Mauer, dass dieser mühsam nach Luft schnappte. »Was war es, dreißig Silberlinge?«

Lena legte ihm die Hand auf den Arm. »Merkst du nicht, dass er Todesangst hat?«

Plötzlich hatte sie Mitleid mit Fredi. Klar, er hatte sie in Schwierigkeiten gebracht, aber er war auch ein verängstigter Junge ohne Eltern, der nach Ochsenscheiße stank. Mit einem Ruck ließ Kilian den Jungen los, der davonrannte, als sei der Leibhaftige hinter ihm her.

»Puh.« Schwer atmend wischte sich Kilian den Schweiß von der Stirn.

»Wer kann das gewesen sein?«

Er schüttelte den Kopf. »Ich weiß es nicht. Nur, dass der Bub eine Höllenangst vor ihm hatte. Und dass es sein kann, dass er Balduin in weltlicher Kleidung nicht erkannt hat.«

»Würdest du es ihm zutrauen?«

Kilian sah sie wild an und nickte verbissen. »Er hasst Valentin.«

Lena zog die Stirn kraus. »Aber warum?«

»Frag nicht!«

35

Kilian wandte sich um, stapfte davon und ließ Lena einfach stehen. Verdutzt trat sie einige Schritte auf die Straße und schaute hinter ihm her, während sich um sie herum Wanderer, Wagen und Karren stauten wie um ein Hindernis in einem Fluss.

»Steh nicht rum, Kleine! Halt den Verkehr nicht auf!«, schimpfte ein Bauer von den Fildern, der eine späte Fuhre Kohlköpfe in die Stadt brachte. Während sie ihn vorbeiließ, starrten die Ochsen blöde und stampften durch den Fischbrei.

»Das bezahlst du mir«, keifte die Fischverkäuferin, aber Lena nahm keine Notiz von ihr. Stattdessen bahnte sie sich einen Weg durch die Menge und folgte Kilian, der so konstant in Richtung des Friedhofs unterhalb der Stadtkirche ging, als würde er an Fäden gezogen. Seine blaue Silhouette tauchte in den Schatten des Südturms ein, und ihr kam ein schlimmer Verdacht.

»Kilian!«, rief sie, aber er drehte sich nicht einmal um, sondern beschleunigte seine Schritte.

»Warte!« Lena lief los.

Hatten auf dem Friedhof, den die Esslinger wie alle guten Christen so nahe am Haus des Herrn wie möglich angelegt hatten, immer so viele umgekippte Grabsteine gelegen, oder herrschte nur heute solches Chaos? Lena wich einigen aus und übersprang sogar mit gerafften Röcken ein besonders verwittertes Exemplar, aber Kilian lief ihr weiter davon. Er wurde dabei immer schneller und hielt dabei genau die Richtung ein, die er auf keinen Fall einschlagen durfte. Dieser Mistkerl! Zorn erfasste sie auf die Männer, die ohne Rücksicht auf Verluste immer das taten, was sie wollten. Lionel, der einfach die Stadt verließ und sie mit dem Verdacht allein ließ, er könne Anstetters Mörder sein; Valentin, der sich nicht davon abbringen ließ, sie zu lieben; Kilian, der sie unterschwellig noch immer spüren ließ, dass er Frauen für reichlich beschränkt hielt, und dabei – dümmer ging es ja wohl nicht! – schnurstracks in sein Unglück rannte. Sie legte noch einen Schritt zu. Der Atem wurde ihr knapp und brannte in der Kehle wie Feuer. Schließlich war sie gerade auch schon Fredi hinterhergerannt. Die Seite mit den geprellten Rippen begann zu stechen. Doch kurz vor der Pforte des Dominikanerklosters hatte sie Kilian eingeholt und hielt ihn entschlossen am Ärmel fest.

»Du darfst das nicht tun!«

Er befreite sich mit einer unwirschen Geste und starrte sie funkelnd an. Sein Zorn schlug ihr wie eine glutrote Welle entgegen. »Lass mich!«

Neben ihnen ragte die Fachwerkwand des Katharinenspitals in die Höhe. Eine schlanke, sorgenvergrämte Laienschwester trat aus einer Seitenpforte und begann, eine wollene Decke auszuschütteln. Mit leichter Hand und traurigem Lächeln winkte sie ihnen zu. Es war Ruth, Valentins Mutter. Lena grüßte leise und schuldbewusst zurück und wandte sich wieder an Kilian. »Es geht einfach nicht!«

»Was ich tue, tue ich auch für sie«, sagte Kilian.

»Sie glaubt ohnehin, dass Gott sie für irgendwelche unbekannten Sünden straft. Aber du kannst Valentin nicht befreien, indem du den Prior mit seiner Schuld konfrontierst. Er wird das niemals zugeben.«

Kilian trat einen Stein beiseite. »Vielleicht verrät er sich. Er rechnet nicht damit, dass ich komme. Und so habe ich das Überraschungsmoment auf meiner Seite.«

Lena schüttelte den Kopf. »Er ist viel zu klug.«

»Was willst du damit sagen«, stieß er hasserfüllt hervor. »Dass mir seine Sandalen immer zu groß sein werden und ich ein armseliges Mönchlein bin, das sich nur in der Welt der Bücher behaupten kann?«

»Das denkst du ja nur von dir selber«, schrie Lena.

Abrupt drehte er sich um und ließ sie stehen. Es waren nur noch wenige Schritte bis zur Pforte. Schon hatte er den Bruder Pförtner angesprochen. Was sollte sie tun? Lena biss sich auf die Lippen und strich, wie immer, wenn sie sich unsicher fühlte, mit einem Bein die Wade des anderen rauf und runter.

»Verflixt!«, flüsterte sie. Noch mehr Flüche für ihre sonntägliche Beichte! Sie fürchtete sich vor Prior Balduin, aber sie konnte Kilian nicht allein lassen – erst recht nicht, wenn er sie nicht bei sich haben wollte.

Einen Moment später stand sie neben ihm und schaute dem Bruder Pförtner ins Gesicht, der sie kurzsichtig anblinzelte. »Grüß Gott!«

»Muss das sein?«, zischte Kilian.

Sie nickte verbissen.

»Er verachtet dich.«

»Das macht nichts«, flüsterte sie.

Kopfschüttelnd bat der in die Jahre gekommene Dominikaner die beiden herein und kündigte sie beim Prior an, während sie wartend im Torraum herumstanden und die

Wände anstarrten. In dem jungen Handwerker hatte sein Mitbruder mit Mühe den begabten Novizen und Bruder Schulmeister erkannt. Doch dass eine Frau um eine Audienz bat, war gänzlich unerhört.

Als er zurückkam, druckste er herum. »Prior Balduin erwartet dich, Bruder Kilian. Aber die *Dame* ...« In das Wort legte er so viel Verachtung wie möglich. »Sie muss vor dem Tor des Klosters warten. Der Konvent ist auf ihren Besuch nicht eingerichtet.«

»Nein.« Kilian schüttelte beharrlich den Kopf. »Lena Luginsland begleitet mich. Dann muss Balduin eben zu uns kommen.«

Bei der würdelosen Anrede wurde der alte Mönch zuerst blass und dann knallrot. Er verließ sie, um seinen Prior von der neusten Entwicklung der Dinge zu unterrichten. Gäste, die auch noch Ansprüche stellten!

Währenddessen warteten sie im Windschatten der Spitalmauer. Darüber wölbte sich ein klarer, blauer Himmel, der die Kälte nicht vertreiben konnte. In einen dunkelgrauen Mantel gehüllt, ging ein Aussätziger vorüber und klingelte mit seinem Glöckchen. Unwillkürlich hob Kilian seine Hand und segnete ihn.

»Meinst du wirklich, er gibt sich die Blöße und kommt?« Unsicher trat Lena von einem Bein aufs andere.

»Wir werden sehen«, sagte Kilian.

»Hoffentlich«, sagte sie und versuchte, daran zu glauben.

Nach erstaunlich kurzer Zeit öffnete sich das Tor, und heraus trat mit weit ausgreifenden Schritten der Prior. Er sah sich um und kam auf sie zu. Lenas Herz begann zu klopfen. Groß, schlank und in sein schwarzweißes Habit gekleidet, war er eine imposante Erscheinung. Über seinen

Kopf hatte er die Kapuze geschoben und die Hände in die weiten Ärmel gesteckt. Ganz klar, mit den beiden jungen Menschen, dem abtrünnigen Novizen und der Frau, wollte er nicht gesehen werden. Als er herangekommen war, streifte er die Kapuze zurück. Flammende Augen senkten sich auf Kilians Gesicht und erinnerten Lena an die dunklen Blutegel beim Bader, die sich auf der Haut der Kranken festsaugten.

»Ich sehe, du hast dir Verstärkung mitgebracht, Kilian.«

Lena trat einen Schritt zurück, so viel Verachtung lag in den Worten des Priors.

»Das tut hier nichts zur Sache.«

»Nun, jedenfalls bist du zu mir zurückgekommen.« Eine langfingrige Hand schob sich aus dem Ärmel und hob sich Kilians Gesicht entgegen, der, die Mauer im Rücken, so weit wie möglich zurückwich.

»Nicht, um zu bleiben!«, sagte er.

Der Prior nickte. »Du hast franziskanische Freunde gefunden. Es scheint dir nicht schwerzufallen, dein Fähnchen nach dem königlichen Wind zu drehen.«

»Darum geht es hier nicht.«

»Und worum geht es dann?« Die Stimme des Priors war sanft, fast freundlich. Aber Lena hörte den lauernden Unterton. Und da war noch etwas anderes, das sie nicht benennen konnte. Kilian, der einen ganzen Kopf kleiner war als der Prior, machte einen Schritt auf ihn zu und starrte ihm herausfordernd in die Augen.

»Ich frage dich, Balduin von Stetten: Hast du Bruder Ulrich von Teck und Marx Anstetter ermordet?«

Lena zuckte zusammen. Warum musste Kilian so ohne Umschweife mit der Tür ins Haus fallen? Der Prior lachte kurz auf. Wirklich überrascht hatte ihn die Frage nicht. »Du hast ja eine gute Meinung von mir! Warum sollte ich das tun?«

»Du hattest allen Grund dazu«, sagte Kilian kalt.

»Es stimmt, Bruder Ulrich hat seine lange Nase in Dinge gesteckt, die ihn nichts angingen. Und durch seine Verwandtschaft mit dem Herzog war er in der Lage, mir in die Suppe zu spucken. Aber umbringen …« Der Prior schüttelte den Kopf. »Ich mache mir ungern die Hände schmutzig. Und Meister Anstetter … Ich bitte dich, Kilian. Deine intellektuellen Fähigkeiten sollten über solche irrationalen Verdächtigungen erhaben sein. Oder hat dir etwa das Mädchen den Kopf verdreht?«

»Es ist wegen Valentin«, sagte Kilian sehr leise.

»Schwing dich nicht zu meinem Richter auf!«, zischte der Prior.

»Woher weiß ich, dass du die Wahrheit sprichst?«

Balduin zuckte die Schultern. »Das musst du schon selbst entscheiden. Wenn du deinen Verstand nicht an der Klosterpforte der Franziskaner abgegeben hast.« Noch einmal hob er die Hand. Aber sie blieb auf halbem Weg zu Kilian in der Luft stehen. »Ich dachte, das mit uns sei etwas Besonderes«, sagte er. »Aber vielleicht hast du ja wirklich etwas mit der Kleinen.«

Zum ersten Mal richtete er seine dunklen Augen auf Lena. *Wie Kohlestückchen, die zu lange im Herd gelegen haben,* dachte sie. Mit einer schnellen Bewegung griff er in ihre Haare und drehte eine seidige Strähne um sein Handgelenk. Sie war so erschrocken, dass sie nicht einmal schreien konnte.

»Schau sie dir an, Kilian. Siehst du nicht, was sie ist. Ein

Lockvögelchen des Bösen, ein Lustversprechen, mit dem der Teufel uns versucht.« Seine große Nase bewegte sich witternd auf und ab. »Und riechst du es nicht, Kilian. Sie stinkt nach Fisch. Was ist unter der glänzenden Fassade, nichts weiter als Blut und schleimiges Fleisch und Verfall. Wahrhaft ein hübsches Kind!«

Lena stiegen die Tränen in die Augen. Nur in der Gegenwart von Marx Anstetter hatte sie sich so beschmutzt gefühlt.

»Lass sie los!«, rief Kilian.

Mit einem leisen Lachen löste der Prior die Hand aus Lenas Haar, die es mit einer schnellen Bewegung unter ihre Kapuze strich. Sie würde ein Bad nehmen müssen. Und zwar nicht nur wegen des Fischgeruchs. Ich will hier weg, dachte sie.

»Ich weiß nicht, ob ich dir glauben kann«, sagte Kilian leise. »Aber ich weiß, dass man in der Hölle brennt, wenn man so lebt, als gäbe es keinen Gott.«

Der Prior schickte ihm ein mildes, fast abgeklärtes Lächeln. »Schon wieder ein Denkfehler, Kilian!« Er schüttelte den Kopf. »Ts, ts, was soll ich nur von dir denken? Wenn es so ist, wie du meinst, dann gibt es auch keine Hölle.«

Ohne ihn noch einmal anzusehen, drehte er sich um, zog die Kapuze über seine Augen und ging zu seinem Kloster zurück. Kilians Blick folgte ihm.

»War er's nun oder war er's nicht?«, fragte Lena.

»Ich weiß es nicht«, erwiderte er müde und setzte sich in Bewegung, zurück in den belebteren Teil der Stadt.

»Aber wenn er es nicht war, wer dann?«

»Dein Burgunder jedenfalls nicht. Fredis Beschreibung passt nicht auf ihn.«

Es gab so viele Fragen, auf die sie keine Antwort fanden.

Als sie den Kornmarkt überquert hatten, standen sie ganz plötzlich am Scheideweg – dort, wo die Webergasse geradeaus weiterführte und der Weg zum Franziskanerkloster nach rechts abbog. Kilian stockte.

»Was ist?« Lena schaute ihn stirnrunzelnd an. »Du könntest mit mir kommen. Heute gibt es bei uns Zwiebelkuchen. Der von Martha ist der beste in der ganzen Stadt. Und danach gehst du heim zu deinem Onkel.«

Kilian lachte leise. »Genau das habe ich eben auch gedacht und mir ein warmes Federbett und ein heißes Bad außer der Reihe gewünscht.« Aber dann schüttelte er den Kopf und wandte sich nach rechts. »Eine Pritsche bei den Franziskanern tut es auch.«

Er winkte zum Abschied und ließ Lena allein.

Unschlüssig stand diese am Eingang der Straße und dachte nach. Was hatte der Ausflug in die Stadt ergeben? Herzlich wenig, außer einer unfreiwilligen Begegnung mit einem Fischstand, die sich – sie schnupperte unwillig – immer weniger verleugnen ließ. Fredi war von einem großen Mann mit Hut in den Weinberg geschickt worden, vor dem er eine Heidenangst hatte. Ob dieser Balduin von Stetten war, würde sich nicht so leicht beweisen lassen. Aber wenigstens war es nicht Lionel. Ihre Ermittlungen gerieten ins Stocken.

In diesem Moment kam Lena eine Idee. Warum war sie nicht schon viel früher darauf gekommen? Sie setzte sich in Bewegung, ging ein kleines Stück in die Webergasse hinein und bog dann nach rechts ab in Richtung des Fürstenfelder Hofs. Hier lebte jemand, der Meister Anstetter sehr nahegestanden hatte und vielleicht über seine Pläne und das Stelldichein im Weinberg informiert gewesen war. Die Magd Loisl, auf die sich Lena gar nicht freute, denn gewiss würde ihre Begegnung nicht ohne Vorhaltungen und Streitereien ablaufen. Aber nicht zu ändern, sie musste einfach die Wahrheit wissen! Lena hob den Kopf und streckte entschlossen den Rücken. Nur nicht nachdenken! Schneller, als ihr lieb war, stand sie vor dem Tor des Pfleghofs, hob den schweren Türklopfer und ließ ihn gegen das Holz fallen. Das Geräusch zerriss die Stille in der Gasse. Jedoch nichts passierte. Der Pater Pfleger und seine Helfer waren sicher alle in der Kelter. Es kommt niemand, dachte sie erleichtert, während ihr das Herz bis in den Hals hoch klopfte. Aber dann, nach einer gefühlten Ewigkeit, öffnete sich die Tür ein Stück.

»Hä!« Ein alter Hausknecht steckte seinen grauen Schopf heraus und blinzelte sie mit kurzsichtigen Augen an.

»Ist das Loisl da?«, fragte Lena.

»Wer?« Er legte die Hand an sein Ohr.

Sie verdrehte die Augen zum Himmel. Warum musste der Mann zu allem Überfluss auch noch schwerhörig sein!

»Die Magd Loisl!«, schrie sie.

Auf der Straße kam gerade die Marchthalerin vorbei und musterte sie missbilligend. Sie trug ein pelzgesäumtes, weißblaues Kleid aus Brokat mit Schleppe, die sie vorsichtig raffte, um über den Gassendreck zu steigen. Sicher war sie auf dem Markt gewesen und hatte sich auch dort nicht die Hände schmutzig gemacht. Den Korb mit Obst und Gemüse trug ihr die Magd hinterher. Das Kleid hat bestimmt ein Vermögen gekostet, dachte Lena und versuchte ein schiefes Grinsen, aber die Frau schob die Nase in die Luft und ging grußlos an ihr vorbei. Kein Wunder! Dem

Standesbewusstsein der edel gekleideten Kaufmannsgattin entsprach sie, zerrauft und schmutzig, wie sie wieder einmal aussah, ganz gewiss nicht. Wenigstens war sie nicht mit ihrem guten blauen Samtmantel in den Fischhaufen gefallen, sondern hatte sich wegen der Kälte für ihren alten Wollmantel entschieden.

Der Knecht verschwand im Inneren des Hauses. Sie wartete und wartete. Ungeduldig trat sie von einem schmerzenden Fuß auf den anderen. Konnte der Alte nicht etwas schneller machen, oder hatte er einfach vergessen, was sie ihm aufgetragen hatte? Lena wollte gerade gehen, erleichtert, dass sich die Begegnung mit Anstetters Zweitfrau so einfach verschieben ließ, als die Tür ein zweites Mal aufschwang.

Aus dem Schatten im Inneren des Hauses trat ein Mann. Lena spürte widerwillig, wie sie unter seinem prüfenden Blick errötete. Er war groß, gut gekleidet, und seine langen Haare lagen dunkel wie Rabenfedern auf seinen Schultern.

»Herr ... Bote des Königs«, stammelte sie und schluckte die Angst herunter, die sich mit bitterem Speichel in ihrem Mund sammelte. Seinen richtigen Namen hatte sie vergessen, aber die Begegnungen mit ihm standen ihr vor Augen, als wären sie gestern gewesen. Ungeachtet seines Standes half er ihr höflich über den peinlichen Moment hinweg und verbeugte sich galant, während sie ihre Hände verlegen in ihre Manteltaschen steckte und sich furchtbar für den Fischgeruch schämte.

»Mein Name ist Raban von Roteneck, und Ihr seid die Jungfer Luginsland, die Tochter des Glasmalers«, sagte er freundlich. »Habt Ihr an einem Fischstand ausgeholfen?«

Lena biss sich auf die Lippen. »Ein, ähmm, ein Unfall. Ich suche nur das Loisl.«

»So, so.« Der Fremde musterte sie einen Moment lang amüsiert. Er sieht mir bis auf den Grund meiner Seele, dachte sie unbehaglich und senkte die Augen. Einladend bot er ihr den Arm.

»Kommt nur herein. Ich bringe Euch zur Louise.«

»Wie? Nein!« Sie hatte sich eigentlich eher ein klärendes Gespräch mit Loisl auf der frisch gescheuerten Schwelle des Pfleghofs vorgestellt. In Panik schaute sie sich um, doch die Straße lag schattig und still hinter ihr. Niemand war da, der sie aus dieser verstörenden Situation befreite.

»Doch, doch, kommt nur herein!«, drängte er freundlich. »Der Pater Pfleger und seine Leute sind gerade in der Kelter. Da kann ich Euch schon zu ihr führen.«

Zögernd trat Lena über die Schwelle in die kühle Dunkelheit des Hauses. Die Hand des Boten – kantig, waffengewohnt – legte sich auf ihren Arm, so dass sich all ihre Härchen aufstellten. An seinem mittleren Finger steckte ein Rubin, der ihr vage bekannt vorkam. Er war schön geschliffen, doch im dämmrigen Flur sah er fast schwarz aus. Sie wusste selbst nicht genau, warum sie so sicher war, dass sich seine Spitze schon einmal in ihr Gesicht gebohrt hatte. Unwillkürlich glitt ihre Hand an ihre Wange, auf der die Narbe zwischen all den Sprenkeln verblasst war.

»Habt ihr den schon länger?«

Der Bote des Königs lachte, kurz und atemlos. »Nein, erst seit kurzem.«

Mit einem dumpfen Knall fiel die Tür hinter Lena ins Schloss.

36

Er saß ab und führte Étoile durch das Tor in den Hof hinein. Darüber war der Himmel dunkelblau und zeigte einen messerscharfen Sichelmond.

»Lionel, Lionel! Du bist wieder da!« Ein Schatten löste sich aus der Tür des Hauses, sprang auf ihn zu und landete mit einem abenteuerlichen Satz auf seinem Arm.

»Hoppla, Sanna!« Lionel ging in die Knie und setzte sie lachend auf den Boden. Er machte sich nichts vor. Er hatte Feinde und Widersacher genug, aber Kinder und Tiere liebten ihn, grundlos und bedingungslos. Und da machte auch Madeleines Findling keine Ausnahme.

»*Allo*, du kleiner Kobold!«

Sanna grinste und zeigte ihre obere Zahnreihe, in der sich eine geräumige Lücke auftat. »Guck mal!«, sagte sie.

Lionel stellte sich überrascht. »Mon dieu! War der nicht letztens noch anwesend? Wo …«

Er drehte sich einmal kurz im Kreis. »… ist er nur hin?«

Das Kind kicherte und machte eine wegwerfende Handbewegung. »Den hat mir die Martha gezogen. Nachdem ich eine Woche dran rumgewackelt hab! Und guck noch mal!«

Mit wichtiger Miene hob sie ihre Hand und drehte an dem verbliebenen vorderen Schneidezahn, der sich fast senkrecht aufstellen ließ und damit bewies, dass er nur noch am sprichwörtlichen seidenen Faden hing

»Beeindruckend«, murmelte er.

»Willst du ihn mir nicht ziehen?«, fragte sie.

Das hätte ihm gerade noch gefehlt! »Nein. Aber du kannst mir sagen, wo ich die anderen finde.« Wo ich Madeleine finde, hatte er eigentlich sagen wollen, verkniff es sich aber gerade noch.

Sanna zog die Stirn kraus und sah sich um. »Die Martha ist in der Küche und macht Abendessen. Sie grummelt, nachdem sie ihr heut Mittag den ganzen Zwiebelkuchen weggefressen haben. Und der Meister Luginsland, der ist mit dem Konrad in der Werkstatt.«

Ihre Augen wurden groß. »Ich glaub, sie haben schon auf dich gewartet.«

Nachdenklich ging er in den Stall, der dämmrig und warm war, und füllte den Trog von Bonne und Étoile mit einer doppelten Portion Hafer. Die Stute, die Madeleine bestens versorgt hatte, trat einen Schritt heran und rieb den Kopf an seinem Arm. Er sog ihren saubereren Pferdegeruch ein, in den sich Étoiles Schweiß drängte. Während er den Hengst, der durstig seinen Kopf in einen Wassereimer steckte, absattelte und ihn dann mit Stroh abrieb, zog er Bilanz.

Er war lange fort gewesen, und das in einer Zeit, in der ihm die Arbeit unter den Nägeln brannte. Aber die Botschaft des Königs hatte seine ganze Aufmerksamkeit erfordert. Als er von Renata zurückgekehrt war, zu Fuß an der Burg vorbei und die schmale Beutauklinge herunter, hatte der Kundschafter Ludwigs ihn am Stadttor erwartet und nach München einbestellt. Eine dringende Notlage sei eingetreten, die seine Anwesenheit erfordere. Zur Eile gedrängt, hatte Lionel im Haus des Glasmalers vergeblich nach Madeleine gesucht und sie auch im Franziskanerkloster nicht gefunden. Danach sattelte er Étoile und folgte dem Kundschafter, der darauf bestand, dass er alles hinter sich ließ und die Nacht durchritt. Lionel spürte einen Stich schlechten Gewissens, auch den Glasmalern gegenüber, die er mit der Arbeit alleingelassen hatte, aber sein Auftrag duldete keinen Aufschub. Er schätzte Ludwig von Bayern und gönnte ihm die Macht mehr als dem ehrenhaften, aber schwachen Habsburger und dem Papst, dessen Intrigen es wieder und wieder zu vereiteln galt. Denn Ludwig schenkte sein Wohlwollen den Franziskanern, die ebenso wenig auf weltlichen Pomp und Tand gaben wie Lionel. Ihre Ansichten spiegelten ein konsequent gelebtes Christentum, das Lionel glaubhafter erschien als das, was die Vertreter der Kirche sonst so vorlebten.

Und der König, großzügig, fröhlich und manchmal etwas unbedacht, hatte ihm dafür sein Vertrauen geschenkt. Aber Spitzeldienste verrichtete Lionel eigentlich nicht für ihn. Bis sich vor einer Woche die Ausgangslage geändert hatte.

Der Kundschafter führte ihn geradewegs in die Residenz in München, wo ihn der König, umgeben von seinem engsten Kreis, bereits erwartete. Ludwig war beunruhigt. Ein anonymer Brief an Papst Johannes, abgefangen von einem seiner Spione, deutete auf ein Sicherheitsleck, ja sogar auf Mordpläne in Ludwigs Umfeld hin, und das kurz vor seinem Besuch in einer Reihe süddeutscher Reichsstädte, bei dem er einem erhöhten Risiko ausgesetzt sein würde. Er hatte in den Jahren seiner Regentschaft begriffen, dass seine Feinde niemals schliefen und alles tun würden, um ihm zu schaden. Und hier kam Lionel ins Spiel, der in einer der besagten Reichsstädte arbeitete. Was tat sich in der lebhaften Brückenstadt Esslingen, in die es den international gefragten Glasmaler verschlagen hatte? Der König hatte nicht vergessen, dass die Stadt früher dem Geschlecht der Habsburger zugetan gewesen war und ihr Fähnchen gerne nach dem Wind hing. Gab es Tendenzen, dass sie sich wieder dem Konkurrenten zuwenden würde, dem Ludwig in der ihm eigenen Großmut vergeben, ihn aber genau damit wirksam kaltgestellt hatte. Oder hielt man es gar mit der Spinne in Avignon?

Ludwig der Bayer hatte ihn in seinem bequemen Lehnstuhl empfangen und erwartungsvoll angeblickt.

»Hmm«, hatte Lionel gesagt und seine Fingernägel betrachtet.

Wirksam hatte er in den letzten Wochen jede Begegnung mit dem Rat und dem Bürgermeister der Stadt vermieden und konnte kaum etwas berichten. Nur dass der Bote das königliche Quartier im Franziskanerkloster inspiziert und danach die Stadt verlassen hatte. Der Mord an dem adlig geborenen Dominikaner, der als Skandal ganz Schwaben erschüttert hatte, erschien ihm weniger erwähnenswert. Seither waren ja auch schon beinahe drei Monate ins Land gegangen.

Obwohl Lionel seine Erwartungen nicht erfüllen konnte, bewies der König auch dieses Mal, dass er einen Narren an ihm gefressen hatte, und ließ ihn erst ziehen, nachdem er ihn auf eine mehrtägige Jagd und auf ein abendliches Bankett begleitet hatte. Manchmal erschien es Lionel, als ob er sich mit ihm schmückte, wie er es mit den exotischen Tieren, den Affen und Panthern seiner Menagerie tat. Außerdem nahm er ihm das Versprechen ab, in den letzten Wochen vor dem Besuch des Königs alle Vorgänge in der

Stadt genau zu beobachten. Als ob Lionel mit der Fertigstellung und dem Einbau des Chorfensters nicht vollauf beschäftigt gewesen wäre. Und ganz nebenbei hatte er sich mit Madeleines leidiger Verlobung zu beschäftigen, die es auf möglichst diskrete Weise zu lösen galt.

Er seufzte, klopfte den Pferden ein letztes Mal den Hals und fuhr sich durch die zerrauften Haare. Es war Zeit, Madeleine zu suchen, die ihm sicher beinahe die Augen auskratzen würde, und sie um Entschuldigung zu bitten. Vielleicht half sie ja Martha beim Abendessen. Doch in der Küche traf er nur die Köchin, Sanna und die Katze an, die sofort begann, ihm um die Beine zu streichen. Er setzte sich und ließ sich einen heißen Würzwein servieren, der beinahe umgefallen wäre, als ihm die Katze auf den Schoß und von da auf den Tisch sprang. Geistesgegenwärtig griff er im letzten Moment zu, so dass nur ein gutes Drittel des Trunks auf Marthas geschrubbter Tischplatte landete. Ein Katzenjunges saß auf Sannas Schoß, ließ sich kraulen und schnurrte lautstark.

»Das haben wir behalten«, berichtete Sanna. »Es ist, glaub ich, ein Kater.«

»Das werdet ihr spätestens im nächsten Frühjahr feststellen«, sagte Lionel trocken.

»Warum?« Sanna machte große Augen.

Lionel verzichtete auf ausführliche Erklärungen und fragte stattdessen Martha nach Lena.

»Ja, wo steckt sie eigentlich? Ich hab sie seit heut morgen nicht gesehen.« Schwungvoll rührte sie im Kessel, in dem der braune Brei blubberte, den sie mit Speck und Zwiebeln gewürzt hatte. Er roch so gut, dass Lionels Magen zu knurren begann.

»Wartet nur noch einen Moment, dann ist der Brei fertig und Ihr könnt eine Schüssel essen.«

Lionel hob die Katze von seinem Schoß und stand auf. »Später mit Vergnügen«, sagte er. »Jetzt muss ich erst Madeleine suchen. Wahrscheinlich ist sie bei ihrem Vater und Konrad in der Werkstatt.«

»So wird's sein«, brummte Martha und kratzte mit dem Rührlöffel über den Boden des Kessels, an dem der Brei anzusetzen begann.

Lionel ging in die Werkstatt, die dunkel und verlassen dalag. Er zündete eine Öllampe an und betrachtete seine Entwürfe, die, mit Kohle auf dünne Holzbretter gezeichnet, hintereinander an der Wand lehnten. Nächtelang hatte er die Ideen von Bruder Thomas umgesetzt, hatte die biblischen Geschichten mit der ihm eigenen Verve und Kraft ins Leben geholt, bis ihm die Augen weh taten. Als Glasfenster würden die Scheiben nicht nur die Herrlichkeit Gottes spiegeln, sondern vor allem von der Erlösungstat seines Sohnes berichten, von seinem Leben, Leiden und Sterben, aber auch von der Auferstehung, dem Trost der Menschen im irdischen Jammertal. Fünfundvierzig Scheiben, was für ein Haufen Arbeit! Wie gut, dass er Konrad geholt hatte, der in der Lage war, die Entwürfe nach seinen Vorstellungen ins Bild zu setzen. Und ebenso gut war es, dass Meister Luginsland nicht mehr krank im Bett lag, sondern sogar die Planung der Arbeit übernehmen konnte. Fünfundzwanzig Fenster waren vollständig fertiggestellt, fünfzehn steckten in verschiedenen Stadien der Herstellung, und fünf existierten bisher nur als Entwurf, darunter die wichtigen Bilder der Auferstehung und des Weltgerichts. Lionel überschlug die Zeit. Wenn sie sich ranhielten, würden sie es bis zum Besuch des Königs schaffen, vorausgesetzt, Marx Anstetter hielt sich mit seinen Attacken zurück und das Komplott gegen den König existierte nur in dessen Phantasie.

In diesem Moment öffnete sich die Werkstatttür, und Heinrich Luginsland trat mit Konrad ein.

»Ich habe das Licht schon von draußen gesehen.« Heinrich kam einen Schritt auf ihn zu und klopfte ihm auf die Schulter. »Ich freue mich, dass Ihr wieder da seid, Meister Jourdain.« Sein Gesicht war von der Kälte gerötet.

»Das wurde aber auch Zeit«, sagte Konrad missmutig und rieb sich die eisigen Hände.

»Heute haben wir einen ganzen Stapel Scheiben gebrannt, die wir jetzt alle nacheinander bemalen können«, sagte der alte Glasmaler. »Dafür werden wir jede Hand brauchen.«

»Und ganz besonders meine.« Lionel nickte. »Zu dritt schaffen wir es schon. Konrad, ich und …« Er schaute sich um. Warum war sie nicht mit ihrem Vater in die Werkstatt gekommen?

»Wo ist Madeleine?«, fragte er alarmiert.

Heinrich runzelte die Stirn. »Ja, ist sie nicht bei Martha in der Küche? Am Ofen konnte sie uns nicht viel helfen, und darum habe ich ihr heute frei gegeben. Heute Morgen wollte sie Kilian im Franziskanerkloster besuchen, aber jetzt müsste sie doch schon längst wieder zurück sein.«

»Das ist sie aber nicht«, sagte Lionel beunruhigt und stand auf. »Ich werde sie suchen.« Er hob seinen Mantel auf, den er über den Schemel gelegt hatte, zog ihn eng um die Schulter und ging zur Tür.

»Meister Jourdain!« Heinrich war aufgestanden und

hatte seine großen Hände fest auf den Zeichentisch gelegt. Etwas in seinem Blick ließ Lionel innehalten.

»Was ist?«, fragte er.

»Ihr solltet etwas wissen … Es hat sich einiges verändert.« Er schwieg und suchte nach Worten. »Grundlegendes. Meister Marx Anstetter ist tot.«

»Was!?!« Lionel blieb einen Moment die Spucke weg. Er wusste nicht, ob vor Erleichterung oder vor Entsetzen.

»Er wurde ermordet«, sagte Konrad leise. »In den Weinbergen, und zwar an dem Tag, als Ihr verschwunden seid. Lena und Valentin haben ihn gefunden.«

»*Oh non! Merde!* Und sie haben Valentin dafür …« Wie konnte es anders sein? Dieser unglückliche Tropf!

»Richtig! Er sitzt im Turm.« Heinrich nickte düster.

»Ich gehe und suche Madeleine«, sagte Lionel. Sein Blut war wie gefroren. Angst durchströmte ihn und Zorn auf die Familie, die zuließ, dass sie das Haus verließ. Natürlich hatte Madeleine wieder versucht, Valentin zu entlasten. Wie nahe war sie dabei dem wirklichen Mörder gekommen? Oder waren es inzwischen zwei?

Lionel öffnete das Hoftor und trat hinaus auf die Gasse. Beidseitig schoben sich die Häuser der Patrizier in die Höhe, so hoch und eng beieinander, dass sie den Blick auf den Himmel versperrten. Lionel konnte seit seiner Zeit im Kloster keine engen Räume mehr ertragen. Mühsam holte er Luft und schaute auf den schmalen Ausschnitt über ihm, der von Weite sprach, auch wenn sie sich im Moment nur ahnen ließ. Er brauchte das Meer um sich, große Wiesen oder Madeleine mit ihren heiteren, trotzigen Gedanken und ihrem Lebensmut. Es war so kalt, dass die Luft ihm wie ein weißes Tuch vor dem Mund stand, aber Lionel merkte nichts davon, sondern schritt so schnell aus, dass er das Kloster im Nu erreicht hatte. Wütend polterte an die Pforte.

»*Ouvrez, vite!*« Die Dringlichkeit seines Anliegens ließ ihn in seine Muttersprache fallen, aber schon ging die Pforte ein Stück weit auf.

»Was fällt Euch ein, unsere Kontemplation zu stören! Und dazu noch auf Französisch! Es ist Nacht.« Die Luke im oberen Teil der Tür ging auf und zeigte ein grimmiges Gesicht mit einem grauweiß gesträhnten Bart. »Ihr seid es!«

»Ja, schnell, macht auf!«

»Gut, dass Ihr Euch auch mal wieder in Esslingen blicken lasst«, schimpfte Bruder Thomas, während er die Pforte entriegelte und den späten Besucher einließ. »Es wird Zeit, dass das Chorfenster fertig wird. Prior Johannes wartet schon.«

Lionel schob sich durch die Tür. »Ob Ihr's glaubt oder nicht. Mich drücken im Moment ganz andere Sorgen.«

Der Franziskaner führte ihn in sein Studierzimmer, in dem so viele Kerzen brannten, dass er sich auch abends noch mit seinen Büchern beschäftigen konnte. Dort drückte er ihn auf einen Stuhl. Auf dem Schreibpult lag aufgeschlagen eine kostbare Handschrift. Lionel starrte auf die farbig illuminierten Buchstaben, die im Licht der Kerzen glänzten, und blickte irritiert auf, als er aus dem Krankensaal leises Stöhnen hörte.

»Ich habe einige Fieberkranke hier, aber nichts Lebensbedrohliches.« Bruder Thomas hob beruhigend die Hand. »Aber was ist mit Euch? Ihr seht aus, als hättet Ihr einen Geist gesehen.«

Lionel nickte. »So fühle ich mich auch. Ich komme nach

Esslingen zurück und finde die Stadt voller Gespenster und die Welt aus den Fugen.«

»Nun, wenn Ihr den Mord an Anstetter meint ...« Thomas stützte seine Hände auf den Tisch und schaute Lionel offen in die Augen. »Wir kriegen Valentin schon frei. Die Argumentation der Anklage steht auf tönernen Füßen. Rein zeitlich konnte er den Tübinger gar nicht umbringen.«

»Es geht mir jetzt weniger um ihn, sondern um Madeleine – auch wenn das eine vielleicht mit dem anderen zu tun hat. Sie ist verschwunden.«

»Was?« Thomas stand auf. Alle Farbe war aus seinem Gesicht gewichen. »Wartet!« Er ging zur Tür. »Ich hole Kilian. Sie hat ihn heute Morgen noch besucht.«

Mit großen Schritten verließ er die Studierstube und kehrte kurz darauf zurück, im Schlepptau den Novizen, aus dem jetzt, eine gute Woche nach seiner Rettung, wieder ein hübscher Bursche mit braunem, lockigen Haar geworden war, dessen Hals allerdings noch in verschiedenen Gold- und Grüntönen schillerte. Jetzt war er sehr blass, und seine dunklen Augen blickten bekümmert.

»Setzt Euch!« Bruder Thomas schob Kilian auf den letzten freien Stuhl und schenkte beiden einen Becher klares Brunnenwasser ein. »Und trinkt! Es ist nur Gänsewein, aber ein kühler Schluck beruhigt alle Mal.«

»Meister Lionel! Ihr müsst mir glauben! Ich habe Lena seit heute Mittag nicht mehr gesehen.« Kilian schob den Becher von sich. »Ich hätte sie da nicht reinziehen sollen.«

Lionel nickte und biss sich auf die Lippen. So etwas hatte er schon befürchtet.

»Nur Ruhe, Bruder Kilian«, sagte Thomas beruhigend.

»Es hat niemand etwas davon, wenn Ihr uns hier zusammenklappt. Trinkt! Und dann berichtet!«

Stockend und mit Unterbrechungen erzählte Kilian die ganze Geschichte. Wie sie den Gassenjungen gesucht und schließlich gestellt hatten, wie sich ihr Verdacht gegen Prior Balduin erhärtete. Und wie sie versucht hatten, den Obersten der Esslinger Dominikaner aus der Reserve zu locken.

»So ein Unsinn!«, warf Bruder Thomas an dieser Stelle ein. »Auch wenn Bruder Ulrich ihm auf die Füße getreten ist. – Ihr glaubt doch nicht wirklich, dass sich der Prior nachts aus dem Kloster stiehlt und zum Meuchelmörder wird!«

»Er hatte Grund genug dazu.«

Lionel und Thomas wussten beide, was er meinte. Aber weder dem einen noch dem anderen würde das Wort »Sodomie« in Kilians Gegenwart über die Lippen kommen.

»Trotzdem, er hat andere Möglichkeiten, jemanden kaltzustellen«, beharrte Thomas. »Und aus welchem Grund sollte er Marx Anstetter töten?«

»Wegen Valentin«, sagte Kilian leise.

Lionel zog die Augenbrauen hoch. Da taten sich Abgründe auf, von denen er lieber nichts wissen wollte.

Thomas schüttelte den Kopf. »Man kann von Prior Balduin denken, was man will. Aber ihm Rachsucht zu unterstellen, geht sicher zu weit. Ich gebe Euch einen guten Rat, Kilian: Macht Eure Hände nicht mit der Suche nach dem Mörder schmutzig. Um Valentins Unschuld zu beweisen, ist das gar nicht notwendig. Er kann Anstetter nicht umgebracht haben.«

»Aber der Mörder muss noch in Esslingen herumlaufen«, sagte Kilian eindringlich. »Und jetzt hat er höchstwahrscheinlich Lena in seiner Gewalt. Dieser Gassenjunge Fredi hat uns erzählt, dass sein Auftraggeber ein großer Mann war, dunkel gekleidet und mit schwarzem Hut. Das könnte auf Balduin passen. Ich muss unbedingt zurück ins Dominikanerkloster.«

Kilian wollte aufspringen, aber Lionel griff blitzschnell zu und drückte ihn wieder auf den Stuhl.

»Das werdet Ihr bleiben lassen.« Er hatte den Tag in den Knochen, den Ritt nach Esslingen und den Schreck, als er Madeleine nicht daheim angetroffen hatte. Und die Schwierigkeiten waren noch lange nicht zu Ende. Warum musste er auch da noch junge Novizen von ihren leichtsinnigen Taten abhalten? »Ihr habt doch gehört, dass Balduin kein glaubhaftes Motiv hatte, das ihm Grund dazu gab, seine sichere Position aufs Spiel zu setzen.«

»Ich bin das Motiv«, gab Kilian leise zurück. »Wenn herauskommt, was geschehen ist, gibt es einen Skandal, der sich gewaschen hat.« Sein Gesicht über dem schillernden Bluterguss färbte sich scharlachrot.

Lionel sah ihn aufmerksam an. »Aber als die Morde geschahen, war ihm noch nicht klar, dass er Euch nicht kontrollieren kann.«

Lionel stand auf. Er hatte keine Lust, noch länger zu warten.

»Wo geht Ihr hin?«, fragte Thomas.

»Ich klappere die Kneipen der Stadt ab und suche Berthe und Hanna und diese Rosi. Vielleicht wissen sie ja mehr. Aber wenn nicht, dann rollen wir morgen früh beide Morde wieder auf, von Anfang an.«

Ein Fluch kam ihm über die Lippen, ein unflätiger, französischer, von dem er hoffte, dass ihn Bruder Thomas mit seiner umfassenden Bildung nicht verstanden hatte. »Frère Mort lässt mich einfach nicht in Ruhe, nicht einmal als Toter.«

Lionel nickte den beiden kurz zu und verließ den Raum. In den dunklen Gängen hallten seine Schritte wider. Als er vor das Tor hinaus ins Herz der Nacht trat, traf ihn die Kälte wie ein Schlag. Aber er spürte sie noch immer nicht.

37

»Was meinst du, wird er mit uns tun?«
»Was wird er wohl mit uns tun? Uns töten, was sonst?« Die Stimme war leise, wispernd, aber die Worte hingen wie Schwerter in der Dunkelheit. Das Verlies war so vollkommen dunkel, dass Lena sich an der Wand abstützen musste, um einzuschätzen, wo sie sich befand. Sie tastete sich einige Schritte voran und stieß dann mit dem Fuß an etwas Stoffiges, aus dem ein Schluchzen drang. Vorsichtig ließ sie sich nieder und suchte nach Loisls Hand.

»Nicht weinen!«, sagte Lena. »Noch sind wir nicht tot.«
»Du stinkst!« Die Magd zog geräuschvoll die Nase hoch, zog aber die Hand nicht weg. Lena wusste nicht, wie lange sie sich hier schon befanden. Als sie bemerkt hatte, in wessen Hände sie gefallen war, hatte sie um sich getreten, gebissen und gekratzt. Aber der Bote des Königs hatte ihren erbärmlichen Befreiungsversuchen mit einem gezielten Schlag gegen die Schläfe ein Ende gesetzt. Aufgewacht war sie in dem lichtlosen Kellerloch, das sie nun schon seit Stunden mit Loisl teilte. Sie saßen in vollständiger Dunkelheit, die sich zusammen mit der feuchten, muffigen Luft auf ihr Gesicht legte wie ein Tuch aus Verzweiflung. Vielleicht bin ich schon blind, dachte sie. Zuerst hatte es noch eine Öllampe gegeben, deren flackerndes Licht die Ausmaße des Gefängnisses erkennen ließ – ein viereckiges, gemauertes, Loch, das man mit fünf Schritten durchqueren konnte. Davor befand sich eine vergitterte Tür, die den Blick auf

einen geräumigen, feuchten Kellerkorridor freigab. Aber die Lampe war in einem unerwarteten Luftzug verloschen, und seitdem saßen sie im Dunkeln, ohne Wasser und ohne einen Kanten Brot. Was wäre, wenn sich der Mörder nicht einmal die Mühe machte, sie zu beseitigen, sondern einfach abwartete, bis sie verhungert und verdurstet waren? Irgendwann, viel zu spät, würden die Leute ihre kahlen, weißen Skelette finden. Lena schauderte, schluckte die aufsteigende Panik herunter, zog sich den Mantel von den Schultern und legte ihn um sich und die Frau, die einmal ihre Feindin gewesen war. Loisl hatte in den ersten Stunden ihrer gemeinsamen Gefangenschaft kein Wort gesprochen und so getan, als würde Lena nicht existieren. Erst seitdem es stockfinster geworden war, machte sie hin und wieder den Mund auf. Wenn wir reden, wissen wir, dass wir noch leben, dachte Lena und verkreuzte die Finger ihrer rechten Hand mit Loisls.

»Du bist ja ganz warm!«, sagte diese verwundert.

»Im Gegensatz zu dir.« Lena drückte die eisige Hand. »Ich bin zornig, da habe ich keine Zeit zum Frieren. Noch nicht.«

»Wo sind wir hier wohl?«

Lena atmete tief ein – abgestandene Luft, die entfernt nach schlechtem Wein roch. »In irgendeinem Weinkeller.« Mehr wusste sie auch nicht. Aber dann begann sie zu erklären. »Du bist noch nicht lang in Esslingen, oder?«

»Ein knappes Jahr«, gab Loisl zurück. »Wäre ich doch in Fürstenfeld geblieben!«

»Nun, unter der Webergasse und den angrenzenden Gassen sind die Weinkeller alle miteinander verbunden. Man kann also, wenn man die richtigen Schlüssel hat, unterirdisch von einem zum anderen gelangen.«

»Er ist also einfach mit uns einen Keller weiter gegangen.«

»Einen oder sogar mehrere. Es muss ein verlassener sein. Ich zerbreche mir schon die ganze Zeit den Kopf, wo er sich befinden kann.« Es war müßig, darüber nachzudenken, denn der Bote des Königs hatte die Tür zum Verlies so fest verriegelt, dass sie sie niemals würde öffnen können. »Was ist eigentlich geschehen?«, fragte sie stattdessen leise. »Warum hat der Bote des Königs den Anstetter, ich meine den Marx ...«

»Du!«, giftete Loisl. »Du hast ihn doch sowieso nicht leiden können. Das merkt man schon an deinem Gerede!«

Lena merkte, wie Hitze ihr ins Gesicht stieg. Mit der Annahme, dass sie Anstetter verabscheut hatte, lag Loisl vollkommen richtig.

»Dabei hat er sich solche Mühe gegeben, um dein Herz zu gewinnen. Und dann wollte er dich heiraten und endlich die schöne Werkstatt übernehmen. Ich wäre mitgekommen, als Kebsweib.«

»Ach so!«, sagte Lena perplex, die sich absolut nicht vorstellen konnte, was der Tübinger je getan hatte, um sie für sich einzunehmen. Mundtot machen, das ja, aber sonst ...

»Aber du bist kalt wie ein Fisch, sagte er immer. Und jetzt riechst du sogar danach.« Die Magd begann wieder zu schluchzen.

»Loisl«, begann Lena. »Vielleicht wäre es gut, wenn du mir sagen würdest, was den Boten veranlasst hat zu tun, was er getan hat. Vielleicht hilft uns die Wahrheit weiter.«

Stille kehrte ein, unterbrochen von einigen letzten Schluchzern der Magd. Lena starrte in die Dunkelheit, ihr Kopf sackte auf die Brust, und die Kälte begann sie von unten her langsam zu erobern – erst den Po, dann die Beine, dann ihre Hüften und den Rücken, Stück für Stück. Mit einem Ruck schreckte sie hoch, als Loisl wieder zu sprechen begann. »Der Marx ist ihm auf die Schliche gekommen. Seinen wahren Plänen.«

»Aber was denn für welchen?« Lena rappelte sich auf und streckte sich, was nicht einfach war, denn ihr linkes Bein war eingeschlafen und kribbelte wie ein Ameisenhaufen. Sie trat von einem Bein auf das andere, um wieder Gefühl in die Füße zu bekommen. »Der … hat … doch … nur.« Sie holte tief Atem. »Das Quartier für den König vorbereitet.«

»Keine Ahnung. Marx hat es mir nicht erzählt«, erwiderte Loisl. »Er sagte, er wolle mich schützen. Aber er muss etwas wirklich Schreckliches vorhaben, sonst hätte er nicht so reagiert.«

»Nein, wohl wirklich nicht.« Was rechtfertigte einen Mord? Ein anderer, ganz klar.

»Er hat den Dominikaner ermordet«, rief Lena überrascht.

»Nicht so laut«, ermahnte sie Loisl. »Ja. Marx hat ihn heimkommen sehen, am frühen Morgen nach dem Tod von Pater Ulrich. Auf seinem Mantel war Blut. Es war kurz nachdem wir uns kennengelernt hatten, und wir waren, nun ja, die ganze Nacht hindurch zusammen gewesen. Der Pfleger, Pater Aloysius, ist nämlich Marx' Onkel mütterlicherseits. Oder war …«

Lena verdrehte die Augen, denn das Geschluchze ging schon wieder los. »Loisl«, sagte sie eindringlich. »Du musst aufhören zu weinen. Das ist wichtig, denn wer weint, kann nicht mehr gut nachdenken.«

»Ich versuch's ja«, kam es betreten von unten. »Aber es

ist nicht einfach. Der Marx war meine große Liebe. Aber der Mord, das ist nicht alles. Zuerst wollte Marx den Boten des Königs auch gar nicht mit seiner Schuld konfrontieren. Er fand es sogar ganz gut, dass der Valentin verdächtigt wurde – ein Nebenbuhler weniger, sagte er.«

»Dieses Schwein«, flüsterte Lena und hoffte, dass Loisl so in ihre Geschichte vertieft war, dass sie es nicht hörte.

»Aber dann hat er noch weitere Dinge herausgefunden, die den Boten betreffen, und die müssen ganz schlimm sein.«

Lena fiel es wie Schuppen von den Augen. Natürlich! »Der Anstetter hat den Roteneck erpresst.«

»Ja«, antwortete Loisl nach einer Pause verschämt.

»Na, dann wird mir alles klar.« Schneid hatte er gehabt, der Anstetter. Oder er war einfach nur unglaublich leichtsinnig gewesen.

»Ich hab versucht, es ihm auszureden. Mit einem wie dem legt man sich nicht an, sagte ich. Ein Ritter des Königs! Der steht meilenweit über uns. Aber er wollte nicht auf mich hören.«

»Und das hat er mit dem Leben bezahlt«, sagte Lena nachdenklich und ließ sich wieder an der Wand herabgleiten, bis sie auf ihren Fersen saß.

Loisl schniefte laut und fuhr fort. »Aber jetzt hab ich was. Etwas Kostbares, das dem Roteneck noch nicht einmal gehört. Und damit hab ich ihn in der Hand.« Lena konnte sich nicht vorstellen, was sie damit meinen konnte.

»Das Messer?«, riet sie schließlich aufs Geratewohl.

»Nein. Etwas anderes. Aber das Messer – es war seins. Das sagte er mir jedenfalls, und dann wurde er damit ....« Sie begann wieder zu weinen.

»Hmm«, machte Lena. Er hatte es also gestohlen, nachdem er ohne Gewissensbisse in ihren Sachen herumgeschnüffelt hatte. Es wäre ihm ja sowieso nach der Hochzeit in die Hände gefallen, genau wie Lena, ihre Perlenkette und die Werkstatt. Erleichterung breitete sich in ihr aus wie ein Licht, das ihren Brustkorb erfüllte. Lionel war aus dem Schneider. Sie stupste die schluchzende Loisl an der Schulter. »Weißt du was? Wir stehen jetzt auf.«

»Nein«, sagte diese.

»Doch. Wenn wir uns bewegen, wird uns warm.«

Widerwillig erhob sich die Magd, streckte sich und seufzte. »Meine Beine sind ganz steif. Und was machen wir jetzt?«

»Jetzt hüpfen wir auf und ab!«

Mürrisch tat sie, was Lena vorgeschlagen hatte. Danach gingen sie in die Knie, wieder und wieder, lachten, als sie auf dem Boden landeten und einander an den Händen hochziehen mussten, und waren schließlich völlig außer Atem. Zwischendurch vergaßen sie fast, dass sie in einem stockdunklen Kerker festsaßen, und kicherten, bis sie nicht mehr konnten.

»Hu«, keuchte Loisl. »Bei dem Gehüpfe hab ich fast vergessen, wie dreckig es uns geht.«

»Gut so«, rief Lena und hüpfte noch eine Weile auf und ab. Irgendwann setzten sie sich auf Lenas Mantel, lehnten sich an die Wand und schliefen ein.

Lena wurde wach, als das flackernde Licht einer Öllampe ihr in die Augen schien. Es war hell wie ein Blitz nach der langen Dunkelheit.

Im Schein der Lampe starrte sie ein Bewaffneter verächtlich an. »Mitkommen! Alle beide!«, blaffte er.

Mühsam richtete Lena sich auf und rieb sich die plötzliche Blindheit aus den Augen. Dann rüttelte sie Loisl, die auf ihrem Mantel tief eingeschlafen war, an der Schulter und half ihr hoch. Arm in Arm folgten die beiden Mädchen dem Fremden, der sich kein einziges Mal nach ihnen umdrehte. Lena spürte, dass Loisl neben ihr ganz steif vor Angst war, und richtete sich auf, um die Freundin zu stützen. Auch wenn sie sich genauso fürchtete, war das noch lange kein Grund, es diesem Mann oder gar dem Roteneck zu zeigen. Doch ihrem Führer war sowieso egal, was sie taten. Mürrisch und ohne ein Wort schritt er ihnen voran durch die dunklen Gänge des fremden Weinkellers, in dem eine Reihe Fässer ungenutzt herumlagen – welche Verschwendung, dachte Lena –, schloss eine Tür auf und führte sie in einen weiteren verlassenen Keller, in dem es nur halb verfaulte Kohlköpfe und eine Stiege voller gelbroter Äpfel gab, deren frischer Geruch ihr in die Nase stieg. Hatte sie einen Hunger! Eine Maus, die sich an den Äpfeln gütlich getan hatte, verschwand blitzschnell hinter einem Bretterstapel. Ein Haus ohne Katze, dachte Lena missbilligend, ist sicher auch ein Haus ohne Hausfrau, in dem polternde Krieger ihre Beine auf den Tisch legten und das Recht des Stärkeren herrschte.

Schließlich stiegen sie eine schmale Treppe hinauf und kamen in ein Gebäude, das sie noch nie zuvor betreten hatte. Vor dem Ausgang stand mit der Hand am Heft seines Schwertes ein weiterer bewaffneter Krieger und bewachte den Hausflur. Der frische Luftzug drang durch die geschlossenen Fensterläden, deren Ritzen helle Streifen zeigten, aber den Standort des Hauses nicht verrieten. Wo konnte es nur liegen? Nicht allzu weit weg vom Fürstenfelder Pfleghof. Oder vielleicht doch? Für einen Moment verschwamm die Realität vor Lenas Augen, und es schien ihr, als habe der Bote des Königs sie an einen Ort außerhalb von Raum und Zeit gebracht. Als sie zitternd ein- und ausatmete, spürte sie Loisls besorgten Blick und ihren Händedruck. Die Panik verging, und sie schaute sich weiter um. Hinter einer halb geöffneten Tür erkannte sie im Zwielicht einen alten Webstuhl. Ohne Kette, Schuss und ein angefangenes Webstück sah er irgendwie traurig aus. Vielleicht hatten hier Wollweber gewohnt, die ihre Kinderschar mitarbeiten lassen mussten, um überleben zu können. Was war wohl mit ihnen geschehen?

Der Fremde führte sie in die Küche, in der ein wohlig warmes Feuer brannte. Loisl fühlte sich sofort magisch angezogen und wärmte sich die eisigen Hände an den gelbroten Flammen, die die einzige Lichtquelle bildeten. Lena wandte die Augen zum Fenster, vor dem wieder ein Bewaffneter stand. Mist! Die Läden waren auch hier geschlossen. Es roch nach ungewaschenen Männern und feuchten Hunden. Sie schaute sich um und entdeckte zwei riesengroße Jagdhunde unter dem Tisch, die den Kopf auf die Pfoten gelegt hatten.

»Ihr braucht nicht an Flucht zu denken.« Rotenecks sanfte Stimme kam aus der dunkelsten Ecke der Küche, neben dem Tellerregal, auf dem ein chaotisches Sammelsurium von Tongeschirr stand. Er sagte es beiläufig, aber Lena hörte, wie ernst es ihm mit der Anweisung war.

»Wieso sollten wir?«, gab sie spöttisch zurück. »Wir sind zwar nur zwei Jungfern, aber Ihr lasst das Haus bewachen, als hättet Ihr es mit einem ganzen feindlichen Heer zu tun.«

Roteneck lachte. »Ein Zeichen der Achtung, Lena Luginsland. Ihr habt mir lange genug die Stirn geboten!«

Und das werde ich weiter tun, dachte sie grimmig, setzte sich an den Tisch und schaute dem Ritter in die Augen. Roteneck wies auf die Mahlzeit, die dort angerichtet stand: ein frisches, duftendes Brot, Käse und einen Krug mit Würzwein, dazu Tonbecher und Teller. Noch wollte er sie also nicht verhungern lassen. Die Hunde verzogen sich in Richtung des Kaminfeuers.

»Greift zu, meine Damen!« Er schenkte das dampfende Getränk in zwei Becher. Es roch so verlockend, dass Hunger und Durst ihren Widerstand mühelos brachen. Die Mädchen setzten sich und griffen zu, verbrannten sich fast den Mund an dem heißen Getränk und bissen in die knusprigen Brotscheiben, als hätten sie wochenlang nichts zu essen bekommen. Danach war Lena fast schon wieder in der Lage, Pläne zu schmieden, wie dem Scheusal Roteneck zu entrinnen war. Man würde sehen, dachte sie, ob sie nicht genug Erfindungsgeist aufbringen konnte, um einen Weg hier heraus zu finden.

Der Ritter setzte sich zurück, streckte die langen Beine aus und verschränkte die Hände entspannt im Nacken. »Ich sehe, dass Euch die Gefangenschaft nicht den Appetit verschlagen hat.«

Lena starrte ihren Peiniger voller Verachtung an. »Es wäre vielleicht etwas einfacher gewesen, wenn Ihr in diesem – Loch – für ausreichend Beleuchtung und etwas Brot und Wasser gesorgt hättet.«

Er lachte leise. »Oh, hat Euch die Dunkelheit schon mürbe gemacht? Da sieht man mal wieder, was eine Nacht unter Kerkerbedingungen für Wunder vollbringen kann.« Er prostete ihr mit höfisch vollendeten Manieren zu und nippte an seinem Becher.

»Werdet Ihr uns jetzt verraten, was Ihr vorhabt?«

Sein dunkler Blick glitt lauernd von einer zur anderen. Lena sah, dass Loisl, die neben ihr auf der Bank saß, zusammenschrumpfte, als würde sie sich am liebsten zwischen den Holzdielen des Fußbodens verkriechen.

»Nun, ich denke, ich habe für Euch beide Verwendung.« Sein Lächeln war noch immer sanft und freundlich. Genüsslich ließ er seine Augen über Lenas zarte Gestalt und die üppigen Rundungen der Magd schweifen. »Ihr könnt mir in so mancher Hinsicht zu Diensten sein. Beide zusammen oder alleine.« Er legte den Kopf in den Nacken und lachte lauthals, als hätte er für den besten Spaß des Morgens gesorgt.

Versuch's nur, dachte Lena grimmig. Loisl aber wurde weißer als die Wand und hustete sich an einem Krümel fast die Seele aus dem Leib. Doch Roteneck beachtete die Magd nicht weiter, stand auf und schaute auf Lena herunter. Die Wärme in seinen Augen war verschwunden. »Ich möchte Euch, Jungfer Lena, so bald wie möglich sprechen. Davor solltet ihr …« Er rümpfte verstohlen die Nase. »… ein Bad nehmen und Euch dabei von der Magd aufwarten lassen. Verweist die Kebse ruhig an ihren Platz.«

Lenas Zorn schwappte über wie ein zu voll gegossener Weinkrug. Ihr Mund öffnete sich, aber Loisl unterbrach sie mit einem geistesgegenwärtigen »Natürlich, Herr!« und rettete damit die Situation.

Ein weiterer Bewaffneter wartete schon an der Tür und führte die Frauen die Treppe hinauf in ein Zimmer, in dem, erkennbar im schummrigen Licht einer Öllampe, ein Bett, eine leere Wiege und eine hölzerne Truhe standen, alles einfach, aber solide gearbeitet. Der Fensterladen war mit einem Schloss verriegelt, was es dem Bewaffneten ermöglichte, das Zimmer zu verlassen. Als sich die Tür hinter ihm geschlossen hatte, schaute sich Lena zögernd um. Sie ging von einem Möbelstück zum anderen und strich mit der Hand über die glatte, kühle Kante der Wiege. Der Deckel der Truhe stand offen und zeigte auf ihrem Boden den gemalten Hund, der davon sprach, dass sie einmal als Behältnis für die Aussteuer der Frau gedient hatte, von der es keine Spuren mehr gab. Auf dem Bett lag eine komplette Garnitur Kleider. Daneben hatte man, umgeben von mehreren dampfenden Kannen, einen Badezuber gestellt. Loisl krempelte die Ärmel hoch und begann, das heiße Wasser einzufüllen, von dem weiße Schwaden aufstiegen.

»Und was jetzt?«, fragte Lena unsicher.

»Jetzt, Lena«, sagte Loisl praktisch, »ziehst du dich aus und steigst ins Wasser. Weil ... nötig hast du es allemal.«

Auch zu Hause hatte Lena selten alleine gebadet. Das lag an ihren dichten langen Haaren, die sich ohne Hilfe kaum entwirren ließen. Die Köchin, die ihr liebevoll den Rücken und die Haare gewaschen und das Handtuch gereicht hatte, war mehr eine Mutter als eine Dienstbotin für sie gewesen und stand in der Rangfolge im Haus nur knapp unterhalb der Tochter des Meisters. Dass Loisl, die in dieser Nacht so etwas wie ihre Freundin geworden war, jetzt die Dienste einer Magd an ihr verrichten sollte, erschien Lena nicht recht.

»Na los, jetzt mach schon!«, drängte sie jedoch gutmütig.

Also gut, dachte Lena, widersprach nicht länger und schälte sich aus ihren verschmutzten, stinkenden Kleidern, die Loisl mit spitzen Fingern an die Seite legte.

»Dass Fisch nach einem Tag noch ärger riecht ...«,

brummte Lena. War es wirklich erst gestern gewesen, dass sie mit Kilian die Straßen der Stadt unsicher gemacht hatte und dabei zusammen mit dem Inhalt des Fischstands auf der Straße gelandet war? Vor nicht einmal vierundzwanzig Stunden hatte sie ihr Leben noch selbst bestimmt, und nun war sie in die Hände eines Unholds gefallen, der das Blut eines Menschen so bedenkenlos vergoss, wie er Wein in einen Trinkbecher füllte. Sie schauderte.

»Jetzt aber los!«, sagte Loisl und stemmte die Hände in die Hüften. »Du hast Gänsehaut wie eine gerupfte Gans an Martini! Und dünn bist du. Ein Knochengerüst. Kocht Eure Magd so schlecht, dass du hungern musst?«

Schnell stieg Lena in den dampfenden Zuber, dessen Wasser sich wie eine warme Decke um sie legte – eine unglaubliche Wohltat nach der Tortur der letzten Nacht. Zufrieden seufzend tauchte sie unter und wieder auf und breitete ihr nasses Haar wie feuchte Wasserpflanzen über die Wasseroberfläche aus. Eifrig begann Loisl, sie mit einem seifigen Leintuch abzureiben und ihr Haar mit Kernseife zu waschen. Dafür, dass sie sich unfreiwilligerweise einen Bräutigam geteilt hatten, waren ihre Hände bemerkenswert sanft.

»So«, sagte sie nach geraumer Zeit. »Jetzt bist du wieder annehmbar.«

»Und jetzt steige ich hinaus und du hinein«, sagte Lena.

»Was?« Die Magd schüttelte ungläubig den Kopf.

»Ja klar, wir vertauschen die Rollen. Das Wasser ist unglaublich wohltuend und noch warm.«

»Meinst du wirklich?«

Statt einer Antwort stieg Lena aus der Wanne, tropfte die Holzdielen voll, schnappte sich ein Handtuch, rieb sich trocken und schlüpfte zähneknirschend in die Ersatzgarnitur Kleider, die Roteneck für sie hatte zurechtlegen lassen.

Was blieb Loisl anderes übrig, als sich auf den Handel einzulassen? Kopfschüttelnd legte sie ihre Kleider ab, setzte sich an den Platz, den eben noch Lena eingenommen hatte, und konnte ein genüssliches Seufzen nicht unterdrücken.

»Ich habe unser Pflegekind auch schon gebadet«, erklärte Lena, während sie der Magd den Rücken wusch. »Eigentlich mache ich das ganz gerne. Sanna hat so schöne, blonde Haare. Aber deine sind auch ganz hübsch.«

»Das hat zuletzt meine Mutter für mich getan«, flüsterte Loisl und löste ihren Zopf.

»Na, dann wird es aber Zeit«, Lena drückte den Lappen über ihrem Kopf aus. Loisl hatte flachsblonde Locken, die im feuchten Zustand nur wenig dunkler erschienen. Das warme Wasser zauberte Schweißperlen auf ihre Oberlippe, und ihre Brüste tauchten rund wie zu groß geratene Äpfel aus dem Bottich. Ein Bild glitt wie ein Schatten in Lenas Vorstellung. Hatte Loisls williger, üppiger Körper freiwillig mit Anstetter die Dinge getan, die ihr so zuwider gewesen waren? Sie schüttelte sich, und der Tagtraum, in dem Anstetter schnaufend auf Loisl lag, zerrann wie ein Nachtgespenst. Lena half der Magd aus der Wanne und reichte ihr das Handtuch.

Viel zu schnell verging diese Stunde, die nur ihnen gehörte. Schließlich stand Lena in einem fast leeren Raum im Erdgeschoss Roteneck gegenüber, der sie mit spöttischem Wohlwollen musterte.

»Wieder vorzeigbar, Jungfer Lena?« Er trug ein rotgoldenes Übergewand aus einem kostbaren Brokatstoff und eng anliegende schwarze Beinlinge, wie gemacht für einen Ritter des Königs. Dunkel und glänzend lag sein langes Haar auf seinen Schultern, der Bart war perfekt gestutzt. Sein Aussehen war so untadelig, dass es fast über seinen wahren Charakter hinweggetäuscht hätte.

Wütend funkelte sie ihn an. »Bestimmt nicht für Euch.«

Belustigt zog er die Augenbrauen hoch und bot ihr mit einer großzügigen Geste einen Platz am Tisch an, auf dem ein kostbarer Glaskrug stand, der bis an den Rand mit einem schweren Rotwein gefüllt war. Roteneck füllte zwei geschliffene Gläser mit dem Wein und trank ihr lächelnd zu. Lena konnte sich nicht dazu überwinden, es ihm gleichzutun. Irgendwie drehte sich ihr Magen um beim Anblick der Flüssigkeit, die fast so schwarz wie Rotenecks Augen war.

»Nun lasst uns das Wesentliche besprechen«, sagte er und drehte das schwere Glas in seinen Händen. »Wie seid Ihr mir auf die Schliche gekommen?«

»Bis heute Nacht wusste ich nicht, dass Ihr …« Sie biss sich auf die Lippen und hatte mehr und mehr das Gefühl, dass er mit ihr spielte wie eine Katze mit der Maus.

»Dass ich was?«, fragte er. »Die Dinge getan habe, die notwendig waren? Oder dass ich Euch im Spionieren ebenbürtig bin?«

Er setzte sich zurück und streckte seine Beine aus, die so lang waren, dass sie, wenn er gerade saß, an die Tischkante stießen. Wie hatte sie nur so blind sein können, ihn nicht auf die Liste der großen Männer in der Stadt zu setzen?

»Ich wusste wirklich nichts von Euch«, bekräftigte sie.

»Lügt mich nicht an!«, befahl er in einem Anflug von Zorn. »Meine Kundschafter sind Euch gestern durch die Stadt gefolgt und haben den Gassenjungen ausgefragt, kaum war er Euren Klauen entkommen.«

»Aber Fredi kannte Euch doch gar nicht!«

»Nein, aber er hat eine komplette Beschreibung meiner Person geliefert, mit der Ihr und der oberschlaue Novize gleich zu Prior Balduin gelaufen seid.«

Lena klappte den Mund auf und wieder zu. »Das war ein Missverständnis«, flüsterte sie.

»Tatsächlich? Wie soll ich mir dessen sicher sein? Und da musste ich die gute Gelegenheit, die sich mir bot, als Ihr vor der Tür des Pfleghofs standet, doch beim Schopfe fassen, oder nicht?«

Lena nippte jetzt doch an ihrem Wein, dessen exquisiter Geschmack ihr völlig egal war. Die Flüssigkeit, die wie Feuer durch ihre Kehle rann, bot ihr den Moment Zeit zum Nachdenken, den sie brauchte. Roteneck musterte sie amüsiert. Er war auch weiterhin in Plauderlaune. »Sicher wollt Ihr wissen, warum ich zwei so ehrenwerte Zeitgenossen wie Pater Ulrich und Meister Marx ins Jenseits befördert habe?«

Lena nickte zögernd, und ihr Herz begann zu klopfen. Warum erzählte er ihr das alles?

»Weil sie mir in die Quere gekommen sind. Sie waren nichts als Hindernisse auf dem Weg zu einem großen und ehrenwerten Ziel.«

Eiskalt rann es Lena über den Rücken. Was mochte er damit meinen?

»Warum Pater Ulrich?«, schaffte sie es zu fragen.

»Nun, Ihr kanntet ihn, den Wanderprediger, den Starrkopf, der sich in das Leben der Menschen rundherum einmischte, als sei er von Gott dazu bestimmt, sie wie verirrte Schafe auf den richtigen Weg zu führen.«

»Und das wollte er mit Euch genauso tun und hat dabei Eure schwarze Seele übersehen.«

Roteneck schob sich an den Tisch heran und lachte schallend. »Er kannte mich gut genug, um zu wissen, auf wen er sich einlässt. Trotzdem konnte er es nicht lassen. Sein Fehler ...«

»Und Anstetter?«

»Er wollte mit seinem Wissen um Pater Ulrichs Tod das große Geld machen. Ihr müsst verstehen, dass das nicht zu akzeptieren war.« Er trank einen großen Schluck Wein. Als er sich zu ihr beugte, stieg ihr sein saurer Atem in die Nase. »Oder nicht?«

Lena hielt die Luft an und versuchte, sich ihre Angst nicht anmerken zu lassen.

»Aber Loisl«, begann sie. »Warum lasst Ihr sie nicht frei? Niemand würde ihr glauben, wenn sie Euch beschuldigt, denn sie ist eine Magd, und Ihr seid ein Ritter des Königs.«

Er schwieg einen Moment. »Loisl, meine liebe Lena«, sagte er dann geheimniskrämerisch, »hat etwas, das mir gehört und das sie mir nicht geben will.«

Ihre Jungfräulichkeit kann es ja wohl nicht mehr sein, dachte Lena ratlos. Hatte Anstetter schon etwas Geld erpresst, dass der Ritter jetzt zurückforderte? Sie nahm sich vor, die Magd bei nächster Gelegenheit darauf anzusprechen.

Eine Weile schwiegen sie sich an und hingen ihren Gedanken nach. Dann hob sich Rotenecks Blick, und ein anderer, lüsterner Ausdruck trat in seine Augen.

»Aber wenn ich Euch schon da habe ...« Lena hörte am Ton, dass er weit weniger nüchtern war, als es sich zu so früher Stunde gehörte. »Dann würde ich die kleine Wildkatze auch gerne – nun sagen wir, auf andere Weise kennenlernen.«

So schnell sie konnte, sprang sie auf und rannte zur Tür. Doch dort erwartete Roteneck sie schon, fasste sie lachend um ihre Mitte und schwang sie einmal herum.

»Du entkommst mir nicht!« Triumphierend trug er sie quer durch den Raum, drängte sie an die Tischkante, schob seine Hand in den Ausschnitt ihres Kleides und begann, ihre Brust zu kneten. Völlig außer sich wehrte sich Lena, kratzte, schrie und trat, aber der Ritter war so groß und kräftig, dass sie sich fühlte, als hätte man ihr einen Felsblock vor den Leib geworfen.

»Ein trotziger Rotschopf – unwiderstehlich.« Der Wein roch so sauer aus seinem Mund, dass sich Lena der Magen umdrehte. »Vom ersten Moment an wollte ich dich. Weißt du noch? Das Mädchen im Brombeergebüsch.«

Voller Panik hob Lena die Hand und fuhr ihm mit ihren Fingernägeln quer durchs Gesicht. Die rote Kratzspur schien ihn nur noch mehr anzustacheln. »Wusste ich doch, dass du niemals aufgibst«, frohlockte er, riss ihren Kopf an den Haaren zurück, küsste sie und presste sein steifes Glied durch sein Obergewand hindurch an ihren Körper. Seine Hände glitten unter ihren Rock, ihre Schenkel hinauf und zwischen ihre Beine. Verzweifelt spürte Lena, wie sich eine grobe Hand dahin schob, wo sie selbst sich kaum zu berühren traute.

»Wunderbar«, murmelte er, »eine Haut wie Seide und eine Pforte, die mir der Glasmaler als Ehrenmann sicher unberührt überlassen hat. Eine Blume, die ich nur noch zu pflücken brauche.« Der Finger, der die zarte Haut an dieser unaussprechlichen Stelle auseinanderdrückte, drang immer tiefer.

»Nein«, schrie sie und versuchte vergeblich, ihn zu treten. Und dann war sie da, eine plötzliche Idee, schneller als ein Augenaufschlag. »Ich verhexe Euch, Eure Manneskraft, Eure ganze Familie und Eure Nachkommen! Alle sollt ihr in der Hölle schmoren.« Er stockte einen Moment und sah sie ungläubig an.

»Sator arepo tenet opera otas«, rief sie in den Raum hinein. Sie hatte keine Ahnung, was der lateinische Heilspruch bedeutete, den Renata ihrem Vater auf die Brust gelegt hatte, aber ein Zauberspruch war es sicher nicht.

»Was?« Ungläubig starrte er sie an, dann wandten sich seine Augen zur Decke, und er lachte, bis er nicht mehr konnte. Sein pralles Glied erschlaffte, aber sein Körper drängte sich weiter an ihren und presste ihren Rücken schmerzhaft an die Tischkante. Schließlich ließ er von ihr ab, umfasste ihre Schultern und hielt sie von sich wie eine Beute, die man nach der Jagd auf ihre Tauglichkeit überprüfte. Lena, die sich fühlte, als hätte man ihr einen Schrank von der Brust genommen, schnappte ächzend nach Luft.

»Ihr seid die beste Unterhaltung, die ich kenne, Jungfer Lena«, sagte er atemlos. »Warum sollte ich Eure süßesten Früchte jetzt schon ernten, wo sie durch Eure wachsende Furcht doch immer köstlicher werden.«

Er zwang seine Lippen ein letztes Mal auf ihren Mund, knetete ihre inzwischen bloßliegenden Brüste, verbeugte sich dann spöttisch und wandte ihr den Rücken zu.

»Wir haben Zeit«, murmelte er, als er den Raum verließ. »Viel Zeit.«

38

Der Junge lag mit unnatürlich verdrehtem Hals neben dem Eimer mit ungespülten Tellern. Sein Mund stand offen, ein Faden Blut hing an seinem Kinn, und seine aufgerissenen Augen würden den Blick auf das Entsetzen, das sie zuletzt gesehen hatten, nie wieder loswerden. Darüber stand mit trügerischer Tröstlichkeit ein Stück blauer Herbsthimmel. Kilian schluckte die aufsteigende Übelkeit herunter und sah sich nach seinen Begleitern um. Bruder Thomas glitt neben das Kind und suchte als Zeugnis des Lebens die Ader am Hals, die bei ihm nie wieder schlagen würde. Fredi war tot.

»Der Herr sei seiner Seele gnädig«, sagte er, schüttelte den Kopf und schloss dem toten Jungen die Augen.

Lionel Jourdains Gesicht war völlig ausdruckslos. »Kilian«, sagte er dann. »Holt den Hardenberger!«

Verwirrt schaute er sich in dem engen Innenhof der Zieglerschenke um, von dessen Rand aus die Hauswände der Hofstatt auf ihn zuzuschwanken schienen, und wischte sich über die schweißnasse Stirn.

»Aber wo soll ich ihn suchen?«, fragte er.

»Ihr habt es nicht weit.« In der Tür zum Haus stand der Zieglerwirt, das Gesicht fahl, die Stimme hohl vor Entsetzen. »Der Herr von Hardenberg ist schon seit Wochen unser Gast.« Seine Schwiegertochter Bethe trat hinzu, ein Geschirrtuch unter den Arm geklemmt, und begann zu schreien, dass es von den umliegenden Wänden widerhallte. Weitere Gäste, eine Magd und ein Knecht kamen aus der Gaststube und bauten sich schweigend in dem kleinen Hof auf, in dem Fredi niemals mehr spülen würde. Darunter war eine Gruppe Gerbergesellen, die eigentlich an ihre Kessel gehörten, ein gut gekleidetes Paar, das sicher in den Gastzimmern der Schenke übernachtet hatte, und drei Kaufherren aus Augsburg, von denen einer Kilian aus dem Kontor seines Onkels vage bekannt vorkam. Bethe schrie sich weiter die Seele aus dem Leib, doch irgendwie brachte gerade dieser laute, schrille Dauerton Kilian wieder zur Vernunft. Er rannte, am ganzen Leibe zitternd, die Stiege zum Obergeschoss hinauf, wo er die Gästezimmer vermutete. Froh war er nur darüber, dass er sich wieder in seine Handwerkerkluft geworfen hatte und sich nicht als Novize eines ortsansässigen Bettelordens zum Narren machte.

»Herr von Hardenberg«, schrie er schon im Flur.

»Wer wagt es, mich zu stören?« Eine Tür ging auf, und heraus trat, das Gesicht voller Rasierseife, der Gesuchte. Sein junger Knappe stand ratlos hinter ihm in der offenen Tür, das Rasiermesser in der Hand.

»Der Fredi«, rief Kilian aufgeregt. »Der Gassenbub. Er ist tot.«

»Wer ist tot?« Der Hardenberger ließ sich ein Handtuch reichen und wischte sich den Schaum aus dem Gesicht. Halb rasiert war immerhin noch besser als gar nicht.

»So versteht doch. Der Bub, der Lena und Valentin in die Weinberge geführt hat. Er liegt mit gebrochenem Genick im Hof.«

»Ich komme«, sagte der Ritter kurz angebunden. Einige Minuten später stand er gestiefelt und gespornt im Innenhof und kniete sich neben die Leiche. Die Schaulustigen drängten sich am Rande, und sogar Bethe hatte aufgehört zu schreien und drückte sich ihr Geschirrtuch vor den Mund. Langsam sammelten sich auch die Hardenberg'schen Gefolgsleute im Hof, so dass der Platz fast nicht mehr ausreiche. Der Recke Josef baute sich hinter ihnen auf und glotzte blöde auf die Leiche.

»Wie ist er gestorben?« Hardenbergs Stimme war tonlos.

»Man hat ihm das Genick gebrochen«, sagte Bruder Thomas traurig. »Wahrscheinlich, indem man den Kopf überdreht hat. Das muss ein starker und entschlossener Kämpe gewesen sein.«

»Gerade so wie der Mörder von Bruder Ulrich und Marx Anstetter«, fügte der burgundische Glasmaler leise hinzu.

»Und ganz sicher war es nicht Valentin.« Kilian hörte seine Stimme in der Stille widerhallen. »Denn der sitzt im Turm.«

Nein, damit war Valentin endgültig aus dem Schneider, aber was war mit Balduin, der, so fand Kilian, noch immer Grund genug hatte, seine Schandtaten zu verbergen? Der Hardenberger drehte sich zu den Leuten um, die nun, wo der erste Schock vorüber war, durcheinanderredeten wie ein gackernder Haufen Hühner. Die Kaufleute rangen die Hände, und die reich gekleidete Dame hatte ihren Kopf an die Schulter ihres Mannes gelegt.

»Herr Ziegler«, sagte der Hardenberger, und es wurde sofort totenstill. »Gehe ich recht in der Annahme, dass dieser Innenhof nur durch die Schenke betreten werden kann?«

Der Wirt nickte.

»Hat jemand einen Mann gesehen, der dem Bub in den

Hof gefolgt sein könnte?« Sein strenger Blick blieb an den Schaulustigen hängen, die plötzlich zu Zeugen in einem Mordfall geworden waren und sich betreten ansahen.

»Also, wir waren zu sehr mit unseren Geschäften zugange, um auf andere Gäste achten zu können«, sagte einer der Augsburger Kaufleute. Die Gerbergesellen schauten verlegen auf ihre Stiefelspitzen und verstärkten Kilians Verdacht, dass ihre Meister sie in den Werkstätten jetzt schon vermissten.

»Vielleicht hat den Bengel ein Beutelschneider aus dem Esslinger Diebesgesindel auf dem Gewissen«, schlug der Knecht vor. »Genug auf dem Kerbholz hatte der ja.«

»Das musst du grad sagen.« Die Magd stemmte ihre Hände in die breiten Hüften. »Du und der Herr Ziegler, ihr wart doch am frühen Morgen gar nicht in der Schenke. Da kam doch die neue Lieferung Wein.«

Kilian blickte sich gespannt um. Zwei Zeugen weniger. In den Gesichtern rund herum stand ratloses Schweigen. Doch da zog Bethe verschämt das Tuch von ihrem Mund, schob sich die blonden Haare aus der Stirn und begann zu sprechen.

»Ich glaub, ich hab jemanden gesehen«, sagte sie leise. »Heut Morgen, als die Schenke sich zu füllen begann. Ich stand an der Theke. Er ging gerade durch, an mir vorbei, mit unheimlich starrendem Blick.« Sie begann zu weinen. »Ich hab ihm sogar noch etwas zugerufen, aber in dem Moment ging ein Tonkrug zu Bruch.« Ihr strafender Blick blieb an den Gerbergesellen hängen. »Ein gefüllter. Und da hab ich ihn einfach vergessen.«

Kilian schnaubte. Wie konnte man nur so schlecht auf seine Schenke aufpassen!

»Beruhigt euch, Bethe«, sagte Lionel Jourdain sanft. »Ihr helft uns allen weiter, indem Ihr Euch, so gut es geht, erinnert. Kanntet Ihr den Mann?«

Bethe schaute sich um, zog die Nase hoch und fuhr fort. »Ich bin mir nicht sicher, ob er aus Esslingen war. Er trug einen Brustpanzer und hat sein Gesicht unter einem Helm verborgen.«

»Ein Mitglied der Stadtwache?«, schlug der Hardenberger vor.

»Nein«, überlegte Bethe. »Auf die Schnelle hab ich keinerlei Abzeichen auf seiner Rüstung gesehen. Und sein Gesicht konnte ich nicht erkennen.«

Bruder Thomas, der die ganze Zeit neben dem toten Fredi gekniet und gebetet hatte, richtete sich mühsam auf und schaute ihr ins Gesicht. »Ihr habt Euch nichts vorzuwerfen, Bethe. Der Mörder wollte nicht erkannt werden und wusste, wie er sich zu verhalten hatte. Für mich steht fest, dass es sich um einen Mann mit Kampferfahrung handeln muss und dass er wahrscheinlich nicht aus Esslingen kommt.«

»Aber warum sollte er den Jungen erschlagen?« Als sich der Hardenberger aufrichtete, hielt er sich ächzend das Knie.

»Den Grund werden wir herausfinden«, sagte Bruder Thomas mit einer Zuversicht, die Kilian rätselhaft war. »Und genauso, durch wen Bruder Ulrich und Marx Anstetter zu Tode kamen. Das duldet keinen Aufschub. Ihr, Meister Ziegler, ruft die Stadtwache und den Büttel und kümmert Euch um die sterblichen Überreste des armen Jungen.«

Der Zieglerwirt nickte bekümmert und hob dann alarmiert den Kopf. Qualm stand in der Luft.

»Mein Kraut!«, rief die Magd, raffte ihren Rock bis über die Knie und rannte ins Haus.

Wie auf ein Zeichen machten sich der Ritter, der Glasmaler, der Arzt und Kilian durch die leergefegte Schenke nach draußen auf, wo sie die milde Sonne eines weiteren hellen Herbsttags erwartete. Der Recke Josef folgte ihnen in gebührendem Abstand.

»Kann nicht doch Valentin Murner der Schuldige sein?«, fragte der Hardenberger, während sie den Krautmarkt überquerten.

»Valentin sitzt im Turm«, entgegnete Kilian kalt.

»Versteht Ihr noch immer nicht, dass alles miteinander verknüpft ist?« Lionel Jourdain schüttelte ungeduldig den Kopf. »Es ist wie ein Netz, das sich immer enger um uns zusammenzieht, bis wir in den Maschen steckenbleiben.«

Kilian sah ihm die durchwachte Nacht an, in der er Lena ohne viel Hoffnung weitergesucht und sich dann im Morgengrauen an die Arbeit an seinem Chorfenster gemacht hatte. Er war blass, und unter seinen Augen lagen tiefe Schatten.

»Aber wer steckt dahinter? Und warum?«

»Das wissen wir noch nicht«, sagte der Franziskaner. »Aber wir müssen es bald herausfinden. Denn Ihr müsst wissen, dass noch etwas anderes passiert ist. Lena Luginsland ist spurlos verschwunden.«

Der Hardenberger schwieg erschrocken. »Das war zu erwarten«, murmelte er dann mehr zu sich selbst und raufte sich die Haare. »Das Mädchen musste sich aber auch in alles einmischen!«

Obwohl Kilian sich vorgenommen hatte, nichts zu sagen, brach es aus ihm heraus. »Ihr müsst doch jetzt einsehen, dass Ihr einen schlimmen Irrtum der Justitia befördert, wenn Ihr Valentin weiterhin im Turm lasst. Er konnte Lena gar nicht verschwinden lassen, geschweige denn den Jungen töten.«

Der Hardenberger streifte ihn mit einem abschätzigen Blick – die Gugel, den Kittel, die Beinlinge. »Euer Knecht riskiert eine dicke Lippe«, sagte er zu Bruder Thomas. »Ich frage mich nur, woher er diese Wortwahl hat.«

Bruder Thomas lachte leise. »Unter der Kleidung eines braven Handwerkers verbirgt sich der hoffnungsvollste Novize in ganz Esslingen. Nur ist er gerade ein bisschen verhindert ...«

Kilian, der spürte, wie sein Gesicht unter der Mütze heiß wurde, freute sich mehr über das Lob, als er gedacht hatte. Demnach war seine Laufbahn noch nicht zu Ende, auch wenn er nicht wusste, zu welchem Orden er gehören wollte. Es geht weiter, dachte er benommen und fragte sich, ob die Brücke in die Zukunft tragfähig sein würde. Und plötzlich wusste er, dass er, um selbst weiterleben zu können, das dichte Gespinst an Lügen und Gewalt entwirren musste, in dem sich Lena und Valentin verfangen hatten. Mit oder ohne Lionel und Bruder Thomas. Er musste es tun, weil sie Freunde waren und weil er für Valentin mehr empfand, als er durfte.

Unter solchen Gedanken erreichte er die Gassen nahe des Franziskanerklosters, in denen dicht an dicht kleine Werkstätten lagen. Hier saßen die Menschen in den Hauseingängen und gingen ihren bescheidenen Berufen nach. Ein Ledernäher stach flink in ein Werkstück, das einmal ein Beutel für den Gürtel werden würde, und seine Frau rupfte eine Gans, dass die Federn bis zur gegenüberstehenden Häuserzeile flogen. Nebenan ließ eine alte Frau die Spindel so flink kreisen, dass sie in der Luft verschwamm. Es roch nach Blut, fetter Wolle und nach dem Mist des überall herumlaufenden Federviehs. Sie machten einen Bogen um eine Gruppe kleiner Kinder, die mit Murmeln spielten, und wichen einer Katze aus, die hinter einer Ratte her war, die aus einem Abfallhaufen hervorgeschossen kam.

Irgendwann wurde Kilian klar, wohin Lionel Jourdain sie führte. Als sie den Turm nahe des Wolfstors betraten, in dem Valentin seit einer Woche gefangen saß, begann sein Herz zu klopfen. Den Wächter hatte Bruder Thomas in den letzten Tagen mit so viel Kleingeld geschmiert, dass er seinem Laster, dem Saufen, bedenkenlos frönen konnte. Mit glasigen Augen und einem unterwürfigen Lächeln, bei dem es Kilian kalt über den Rücken lief, schloss dieser die Kerkertür auf. Das Gesicht in die Hand gestützt, saß Valentin an einem einfach gezimmerten Holztisch, las in einer Handschrift und schaute überrascht auf.

»Valentin!«, flüsterte Kilian, und sein Herz zog sich zusammen. Den Kerker hatte er sich schlimmer vorgestellt. Am Rande des kreisrunden Raums lag sauberes Stroh aufgeschüttet und bildete eine halbwegs annehmbare Lagerstatt, ein Kohlebecken verbreitete wohlige Wärme.

»Wie geht es dir?«, fragte Bruder Thomas besorgt, trat an den Tisch heran und begutachtete den Verband um Valentins gebrochenen Arm.

»Es tut fast nicht mehr weh.« Valentin musterte die Reihe seiner Besucher, nickte Kilian zu, schaute über den Hardenberger hinweg und streifte Josef mit einem unbehaglichen Blick, der sich mit stoischem Gesichtsausdruck neben der Eingangstür postiert hatte. »Nur krieg ich hier drin langsam den Kerkerkoller.«

»Wir werden sehen, was wir tun können«, sagte der Hardenberger leise.

Valentin zog überrascht die Augenbrauen hoch. »Ach was«, gab er zurück. »Bin ich nicht mehr der einzige Verdächtige? Solltet Ihr Euch etwa auf die Suche nach dem wahren Täter gemacht haben?«

So bitter war Valentin sonst nie gewesen. Kein Wunder, dachte Kilian. Man hatte ihm übel mitgespielt.

Der Ritter räusperte sich. »In der Tat haben sich neue Umstände ergeben, die deine Täterschaft unwahrscheinlich, aber nicht unmöglich machen.«

»Der Gassenjunge Fredi ist ermordet worden«, sagte der Glasmaler ruhig und wärmte seine Hände weiter an dem Kohlenbecken, das fast zu viel Hitze verströmte. Valentin schwieg. »Und Lena ist verschwunden.«

Kilian hörte, was Lionel dieser Satz kostete. Aber mit Valentins Reaktion hatte er nicht gerechnet. Er sprang vom Tisch auf, lief zur Tür und schlug mit aller Kraft gegen das Eichenholz, das seinen Weg in die Freiheit versperrte.

»Da draußen ist ein Mörder. Einer, der Kinder umbringt und Mädchen entführt. Versteht ihr nicht, dass ich Lena suchen muss, wie sie es für mich getan hat?«

»Valentin!« Bruder Thomas legte ihm den Arm um die Schulter. »Es ist klar, was du empfindest. Aber du kannst uns besser helfen, wenn du uns so genau wie möglich erzählst, was passiert ist, als du in Verdacht gekommen bist, Bruder Ulrich ermordet zu haben.«

Er führte ihn zum Tisch. Kilian sah, dass Valentins Wangen nass von Tränen waren und sein Gesicht Verzweiflung spiegelte. Er spürte eine merkwürdige Mischung aus Eifersucht und Mitleid. Wenn jemand nicht verdiente, was ihm geschah, dann war es Valentin. Aber warum war es Lena, die er liebte?

»Wir holen dich hier raus.« Unbeholfen legte er dem Freund die Hand auf den gesunden Arm. »Und dann finden wir Lena gemeinsam.«

Valentin schüttelte wieder und wieder den Kopf. »Sie hätte niemals nach dem Täter suchen dürfen.«

»Kannst du sie von etwas abhalten, das sie sich einmal in den Kopf gesetzt hat?«

Wie unmöglich das war, hatten sie in den gemeinsamen Jahren ihrer Kindheit gelernt. Lionel, der noch immer im Hintergrund stand, nickte Kilian grimmig zu. Zum ersten Mal fragte dieser sich, ob die logische Konsequenz ihrer Ermittlungen nicht sein musste, dass Prior Balduin Lena entführt hatte. Nein, dachte Kilian dann. Gestern hatte der Prior Lena nur als sein Anhängsel betrachtet, als ein Etwas, das seinen Favoriten von ihm entfernte und das es deshalb zu beleidigen galt. Für ihn war sie nicht bedeutend genug. Aber wer hatte die Morde dann begangen?

»Wir müssen von vorne anfangen«, sagte Lionel und ging vor Valentin in die Hocke. »Wo hast du Pater Ulrich kennengelernt?«

Valentin runzelte die Stirn. »Den kannte doch jeder. Der hat doch immer auf den Plätzen gestanden und den Leuten die Hölle heißgemacht.«

»In der Tat. An jeder Ecke hat er seine Predigten gehalten und dabei viel Volk angezogen.« Bruder Thomas stützte sich auf die Tischkante. »Wer weiß, wem die Dinge, die er gesagt hat, sauer aufgestoßen sind.«

»Ihm da sicher.« Der Hardenberger deutete mit dem Kinn auf Valentin. »Am Tag, bevor er starb, hat Pater Ulrich vor der Franziskanerkirche gepredigt, und Valentin war unter seinen Zuhörern. Dann hat er den Platz so schnell es ging verlassen. Ich frage mich schon die ganze Zeit, warum?«

»Weil ...« Valentin raufte sich die Haare. »Er hat mir Angst gemacht.«

»Das verstehe ich«, sagte Lionel bitter.

»Er hat irgendetwas gesagt, was Biblisches, und mir dabei in die Augen geschaut, als würde er nur mich damit meinen. Ich ... ich ... hatte das Gefühl, als sperre er mich aus dem Himmel aus.« Er legte sein Gesicht in seine großen Hände mit den eckigen Fingerspitzen.

»Weißt du noch, was genau es war, das er gesagt hat?«

»Irgendwas vom Diener zweier Herren. Aber ich konnte mir schon da keinen Reim darauf machen.«

Kilian runzelte die Stirn und schaute Bruder Thomas fragend an, der den Kopf schüttelte. »Wie sollte das Gleichnis vom Diener zweier Herren Valentin betreffen? Zwischen Gott und dem Mammon hat er nun wirklich nicht zu entscheiden.«

»Und wenn er etwas anderes gemeint hat.«

»Aber was? Das ergibt keinen Sinn.«

Kilian biss die Zähne zusammen. Alles war so verfahren.

»Und wann bist du ihm wieder begegnet, Murner?«, mischte sich der Hardenberger mürrisch ein.

Valentin musterte ihn kalt. »Als er in meinen Armen gestorben ist.«

Die Härchen an Kilians Armen richteten sich auf. »Aber warum hast du da nicht die Wache gerufen?«

Valentins blaue Augen richteten sich auf ihn. »Ich habe in diesem Moment gar nichts gedacht. Nur an meinen Vater. Außerdem, wer hätte mir schon geglaubt?«

Kilian nickte unwillig.

»Und dann?«, fragte Bruder Thomas.

»Den Rest kennt ihr.«

»Das ist ja eine magere Ausbeute.« Der Hardenberger wandte sich zur Tür. »Wir werden sehen, was wir für dich tun können, Murner. Aber halte dich bereit für weitere Fragen.«

Josef folgte ihm, nicht ohne vorher einen Blick auf Valentins geschientem Arm zu werfen. Als Kilian ihm nachgehen wollte, stand Valentin plötzlich auf und umarmte ihn. Ganz nahe war er ihm, Wange an Wange, so nah, dass Kilian seine fettigen Haare und seine ungewaschenen Kleider riechen konnte. Trotzdem war er nie glücklicher gewesen.

»Danke«, sagte sein Freund und hielt ihn einen Moment an den Schultern fest. Kilian war so verwirrt, dass ihm keine Antwort einfiel. Als er hinter Bruder Thomas durch die Tür ging, sah er, wie Valentin Lionel etwas zuflüsterte. Dann fiel die Tür hinter ihm ins Schloss.

39

»Lionel!« Die Küche war von oben bis unten voller Qualm. Sanna stand auf einem Schemel vor der Feuerstelle und rührte mit aller Kraft im Kessel, in dem es verdächtig laut blubberte. Suppenlachen schossen über den glühend heißen Rand und landeten auf Sannas Rock und dem Boden, wo sich schon eine Pfütze gebildet hatte.

»*Mon Dieu!*« Lionel hob die Kleine von ihrem Hocker. Er nahm den Kessel vom Dreizack und setzte ihn auf den Steinboden, wobei einige heiße Spritzer auf seine Arme flogen.

»Was machst du nur?« Er bückte sich und packte Sanna an den Schultern. Tränen stiegen in ihre Augen. Der Dampf hatte ihre Wangen rosenrot gefärbt.

»Es ist nur, weil …« Sie schniefte leise und traurig. »Die Martha und der Meister Heinrich, die kommen gar nicht mehr aus der Stube.«

Er nickte. »Und da hast du gedacht, du kannst die Suppe auch allein kochen.«

»Das kann ich auch. Aber das Feuer war zu heiß.«

Das stimmte. Unter dem Dreizack loderte es hell und laut wie in der Hölle. Stirnrunzelnd betrachtete Sanna das Inferno. »Wie kriegt man es nur schwächer?«

»Ja, was hast du denn damit angestellt?«

»Angeheizt und angeheizt.«

Lionel lachte und ließ die Kleine los. »Ich glaube, deine Suppe ist fertig. Mal schauen, ob ich die beiden aus der Stube loseisen kann.«

»Versuch nur dein Glück!« Sanna stemmte die Hände in die Hüften. »Sie haben einen Weinkrug dabei.«

»Ich gehe sie holen.«

Im Haus herrschte Totenstille. Keine Spur von den Lehrbuben, dem Altgesellen und Konrad, die vermutlich noch in der Werkstatt arbeiteten. Lionel war todmüde und hungrig, aber seine Sinne waren von der durchwachten Nacht und dem anstrengenden Tag so geschärft, dass er die Fachwerkbalken des Hauses im Wind ächzen hörte. In seiner Lehrzeit hatte er eine Scheibe Bildglas schief in ihren Rahmen gefügt, die einen Moment später zu Glasstaub zerborsten war. Er fühlte sich genau wie dieses unter Spannung stehende Stück Glas, denn er hatte Madeleine nicht gefunden. Sie tappten völlig im Dunkeln, und er zweifelte immer weniger daran, dass der Entführer sein grausames Spiel mit ihnen trieb.

Bevor Lionel die Tür zur Stube öffnete, wappnete er sich, denn der Glasmalermeister war schon am Morgen völlig verzweifelt und voller Selbstvorwürfe gewesen. Jetzt saß er mit grauem Gesicht vor dem fast leeren Weinkrug. Die Kerze auf dem dunklen Holztisch flackerte und konnte die dunklen Schatten in den Ecken nicht vertreiben. Martha saß neben dem Meister und hatte ihre Hand auf seine gelegt. Lionel fragte sich einen Moment lang, wie ihre Beziehung wirklich aussah. Als Meister Heinrich sich aufrichtete und ihn ansah, bemerkte Lionel die bläulichen Flecken rund um seinen Mund.

»Habt Ihr sie gefunden?«, fragte Heinrich kurzatmig. »Sie ist doch das Einzige, was ich habe.«

Er schüttelte langsam den Kopf, und Heinrichs Hoffnung zerstob im Herbstwind. Tränen stahlen sich aus seinen

Augenwinkeln und rannen über seine unrasierten Wangen, ohne dass er sie wegwischte.

»Martha«, sagte Lionel. »Hol bitte Meister Heinrichs Medizin aus seiner Kammer! Und dann geh und schau, ob du Sannas Suppe retten kannst.«

»Herrgottsdonnerblitz!« Die Köchin erhob sich schwerfällig und verließ den Raum.

Lionel setzte sich. »Es gibt keine Spur von Madeleine.«

Heinrich nickte, als habe er diese Nachricht erwartet.

»Gott straft mich«, sagte er. »Ich war so vermessen, mir ein junges Weib ins Haus zu holen, das der Herr viel zu schnell zu sich genommen hat. Und jetzt holt er ihr Kind.«

»So ein Unsinn.« Lionel fuhr auf. Auch ihm war zweimal ein unverdientes Glück begegnet. Einmal hatte Gott es ihm schon genommen. Aber Madeleine würde er retten, und wenn er seine Seele dabei verspielte.

Heinrich schüttelte nur den Kopf und griff dann nach dem Krug. »Es ist die Liebe. Wer sich auf sie verlässt, muss den Preis dafür zahlen.«

»Ihr solltet nicht mehr trinken«, sagte Lionel und zog den Becher zur Seite. In diesem Moment kam Martha mit Bruder Thomas' Herzmedizin zurück, die der alte Meister widerstrebend einnahm.

Lionel rief den Rest des Hausstands zusammen, und sie aßen in der Küche. Während der Mahlzeit herrschte beklommenes Schweigen, das nicht einmal wie sonst von den Späßen der Lehrbuben unterbrochen wurde, die verdruckst und scheu in die Runde starrten. Lionel konnte es ihnen nicht verdenken. Sannas Suppe war versalzen, das Gemüse darin verkocht, aber ihm war egal, was seinen Magen füllte. Zum Ende der Mahlzeit standen alle auf und verzogen sich, so schnell sie konnten. Nur Konrad nickte Lionel zu und ging dann zurück in die Werkstatt, um bis in die Nacht hinein zu arbeiten.

»Martha, weißt du, wo ich die Frau Marchthaler finde?«, fragte er beiläufig und zog seinen Umhang fest um seine Schultern.

»Die Spinatwachtel suchst du?« Martha sah ihn zweifelnd an. »Wenn sie nicht beim Stoffhändler ist, wird sie wohl beim Goldschmied sein, oder sonst daheim.«

Lionel nickte. Der Frau ging also der Ruf der Putzsucht voraus. Martha erklärte ihm noch den Weg zum Marchthaler'schen Anwesen, dann nickte er Meister Luginsland zu und verließ das Haus.

Draußen wehte ein kalter Ostwind. Der klare Tag ging in eine bläuliche Dämmerung über, in der langsam die ersten Sterne aufblitzten. Unter der Brücke raunte schwarz der Fluss. Dennoch war erst später Nachmittag, so dass ihm genügend Zeit blieb, die Gevatterin aufzusuchen, die, wie Valentin ihm erzählt hatte, während Pater Ulrichs Predigt auf dem Holzmarkt neben ihm gestanden hatte. Schnell erreichte er das Haus der wohlhabenden Patrizierfamilie, die, der Geruch ließ sich nicht verleugnen, ihr Geld im Weinbau und Weinhandel verdiente. Er schlug den Türklopfer an das massive Tor. Kurze Zeit später öffnete ihm eine junge Magd, die ihn mit großen Augen musterte. Lionel zwang sich ein Lächeln ab und fragte nach der Dame des Hauses. Das Mädchen bat ihn in einen dunklen, holzgetäfelten Flur, in dem er beinahe über die Überschuhe der Hausherrin stolperte, und führte ihn in ein teuer ausgestattetes Wohnzimmer. Ein Feuer glomm im Kamin, echte flämische Gobelins an den Wänden hielten die Kälte ab, und vor den

Fenstern hingen, trotz der erst wenig fortgeschrittenen Jahreszeit, ölgetränkte Pergamente. Lionel setzte sich an den Tisch und ließ sich einen Wein servieren, den er mühelos als einen erkannte, der auf den Hängen seiner Heimat gewachsen war. Trotz einiger unliebsamer Erinnerungen schmeckte er ihm so gut, dass der Weinkelch fast leer war, als die Marchthalerin den Raum betrat.

Martha hatte nicht zu viel versprochen. Die üppige, blonde Frau in den Dreißigern konnte sich mit Patrizierinnen größerer Städte durchaus messen. Sie trug einen blauweißen Surcot aus Brokat und darunter eine spinnenfein gewebte weiße Cotte. Lionel schaute zweimal hin. Leistete sich die Frau wirklich werktags ein seidenes Unterkleid? Auch die mit staubkleinen Perlen bestickte Haube würde sich selbst bei Hofe nicht zu verstecken brauchen. Der Gemahl der Frau hielt sie alles andere als kurz. Doch etwas stimmte nicht. Die Marchthalerin hatte ein rundes Gesicht mit geröteten Wangen, aber um ihren Mund lag ein verbissener, bitterer Zug. Auch dir fehlt etwas, dachte Lionel beiläufig.

»Meister – äh – …«

»Jourdain«, half er ihr auf die Sprünge.

»O ja, ein echter Burgunder.« Die Marchthalerin lachte des doppeldeutigen Witzes wegen, goss sich selbst von dem edlen Tropfen ein und füllte Lionels Becher erneut. »Nehmt auch von den kandierten Kirschen. Die Apothekerin Renata stellt sie ganz vorzüglich her. Was verschafft mir die Ehre, dass ein gefragter Künstler sich in meine Stube verirrt?«

»Ihr könntet mir mit Euren Erinnerungen weiterhelfen.«

»Welche von Ihnen wollt Ihr denn?« Sie trank einen großen Schluck und blickte ihm dann tief in die Augen.

Lionel rutschte aus ihrer Reichweite und fragte sich, ob die Putzsucht ihr einziges Laster war.

»Ach, ich weiß, Ihr seid der Tochter des Glasmalers Luginsland ... nahegekommen. Ein fetter Batzen, die Stadtkirchenwerkstatt.« Sie lachte ein heiseres, tiefes Lachen.

»Wir werden uns verloben«, trat er die Flucht nach vorne an.

»Und da wollt Ihr von mir einen Rat in Kleiderfragen? Aber da muss ich Euch enttäuschen, an Eurer Braut ist, was Putz und Tand angeht, Hopfen und Malz verloren.«

Lionel nickte, froh, dass es so war. »Nein, mir geht es um den Mord an Pater Ulrich. Der wahre Täter sollte endlich gefunden werden, denn wie Ihr wisst, sind seither noch zwei weitere Morde geschehen, die zur Handschrift des Mannes passen.«

»Ach ... ich dachte, Euch sei es ganz recht, dass Euer Nebenbuhler im Turm sitzt.« Die Frau nutzte ihre Zunge wie ein Krieger das Schwert. *Touché!*

»Es geht um die Wahrheit, Frau Marchthalerin, nicht um meine Befindlichkeit.«

»Nun, wie Ihr wisst, habe ich am Tag vor seinem Tod eine Predigt von Pater Ulrich gehört. Und der junge Steinmetz Murner stand neben mir. Er brach dann ziemlich plötzlich auf.«

»Weshalb tat er das?«

»Nun«, die Frau setzte sich zurück, so dass ihr großer Busen in ihrem Ausschnitt wogte. »Der Pater hat uns allen Angst gemacht. Sogar meine Perlenkette hat er genau gemustert und die Putzsucht der Weiber verdammt. Seither habe ich sie nicht mehr angerührt. Aber mein Gemahl will, dass ich mich standesgemäß schmücke. Schaut her!«

Um ihren Hals lag ein Collier aus wasserblauen Aquamarinen, das perfekt mit ihren Augen harmonierte. Lionel konnte sich ein Grinsen nicht verkneifen.

»Und dann sprach er vom Gleichnis des Dieners zweier Herren, und Murner verließ Hals über Kopf den Platz.«

Lionel erhob sich, fast erleichtert, dass bei diesem anstrengenden Gespräch nichts Neues herausgekommen war, verbeugte sich und wandte sich zur Tür.

»Und dabei galt sein Blick gar nicht dem Jungen, sondern dem Mann hinter ihm.«

Der Glasmaler fuhr herum und sah sie am Tisch sitzen, zufrieden wie eine Katze, die von der Sahne genascht hatte.

»Ja, da staunt Ihr!«

Ein großer Schritt, und er war zurück am Tisch und umklammerte die Kante so fest, dass er seine Hände nicht mehr spürte.

»Von welchem Mann sprecht Ihr?«

»Nun, ich kannte ihn nicht. Aber ich sehe, wenn ich einen echten Herrn vor mir habe, und dieser hier hatte so was … Höfisches, Ritterliches. Und gut gekleidet war er auch.«

»Wie sah er aus?«

Die Frau dachte nach, bis auf ihrer Stirn feine weiße Falten erschienen. »Nun, Ihr müsst verstehen. Das ist eine Weile her. Ich kann mich nur noch daran erinnern, dass er dunkle Haare hatte und einen ebensolchen Bart. Und er war sehr groß.«

»Prior Balduin war es nicht?«

Sie schüttelte den Kopf. »Der alte Sauertopf? Der versteckt sich doch lieber hinter Klostermauern. Und warum sollte das Gleichnis auf ihn passen?«

Lionel nickte. Damit war er zwar einen Schritt weitergekommen, aber den Mann identifizieren konnte er deshalb noch nicht. Wahrscheinlich war er kein Esslinger, denn der Marchthalerin waren die Stadtbürger sicher samt zweihundert Jahren ihrer Ahnenreihe vertraut. Jetzt erhob sie sich von der Bank und begleitete ihn zur Haustür, öffnete sie und bahnte dadurch dem eisigen Wind einen Weg hinein.

»Das mit Eurer Braut habe ich übrigens ernst gemeint. Sie ist viel zu nachlässig gekleidet. Als sie gestern vor dem Fürstenfelder Pfleghof stand …«

»Was?« Lionel fasste sie um die Schultern und drückte kräftig zu.

»Nicht so heftig!« Kokett machte sie sich frei und blinzelte ihm dabei vielsagend zu. »Man könnte ja Angst vor Euch bekommen.«

»Ihr habt Lena gesehen? Gestern?«

»Ja, gegen Mittag, als sie vor dem Fürstenfelder Hof stand und klopfte. Sie hat übermäßig nach Fisch gestunken, als hätte ein Neckarfischer seinen Fang über ihr ausgekippt. Und dabei soll doch erst vorgestern der Bote des Königs dorthin zurückgekehrt sein. Aber sie wollte sicher die Magd sprechen, die etwas mit dem toten Herrn Anstetter …«

Lionel atmete schwer. Die Haustür, die dunkle Gasse dahinter, alles verschwamm vor seinen Augen. Auch Glasfenster waren zunächst nichts als bunte Scherben, Fragmente, Bleiruten, Stege, denen niemand ansehen konnte, was aus ihnen einmal werden würde. Durch seine Hände fügten sie sich in ein sinnvolles Ganzes. Das Gleiche geschah so schnell mit den Bruchstücken der Geschichte rund um die Morde, dass ihm davon schwindlig wurde. »Habt Ihr gesehen, ob sie eingelassen wurde?«

»Nein, ich bin mit meiner Magd nur vorbeigegangen.«

Das machte nichts. Der Bote, ein schwarzhaariger, großer Mann, den Pater Ulrich davor warnte, zwei Herren zu dienen. Anstetter, der im Fürstenfelder Hof eine Flamme hatte, und Lena, die dem Mörder nachspionierte, auch wenn sie den falschen Schuldigen im Blick hatte. Und der König, der einen Anschlag fürchtete. Er wusste, in wessen Gewalt sie sich befand. Und sie schwebte in Lebensgefahr, denn für den königlichen Boten stand alles auf dem Spiel, wenn man ihm auf die Schliche kam.

Lionel merkte nicht, dass er sich von der Marchthalerin nicht verabschiedet hatte und ziellos durch die Straßen lief. Im Finsteren Tor war es so dunkel, dass er einen Moment lang glaubte, er sei blind. Draußen erwartete ihn eine klare Herbstnacht mit einem Vollmond, um den sich ein Hof gebildet hatte. Das Wetter würde sich ändern. Langsam ging er zurück zum Haus der Familie Luginsland, doch als er vor der Tür des Haupthauses stand, drehte er auf dem Absatz um und wandte sich dem Fürstenfelder Hof zu. Das Geräusch des Türklopfers dröhnte in seinem Kopf, als er ihn zornig auf das Türblatt niederfahren ließ.

40

»Hau schon ab!«, sagte Valentin, und die Ratte verkroch sich in ihrem Schlupfwinkel in der Mauer. In diesen einsamen, sinnlosen Tagen im Kerker war sie so etwas wie seine Gefährtin geworden. Eine Gefährtin, der er von seinem harten Kanten Brot ein paar Krümel abbröckelte und die ihrerseits nicht vergaß, wem sie ihr Leben zu verdanken hatte, und ihn so weit in Ruhe ließ. Nur manchmal saß sie einfach da und betrachtete ihn neugierig, betrieb gewissermaßen ihre Studien an ihm, so wie jetzt, mit dunklen Knopfaugen und zitternden Barthaaren. Solange sie meine Zehen nicht anknabbert, dachte Valentin mit einem Anflug schwarzen Humors.

Blaue Dämmerung stand in dem Fensterrechteck hoch oben in der Wand, und die Öllampe flackerte – ein klares Zeichen dafür, dass sie bald verlöschen würde. Ich muss hier raus, dachte er verzweifelt, wie schon hunderte Male zuvor. Aber es gab keinen Weg, außer dem durch die Tür, die so lange fest verschlossen blieb, wie es dem Rat der Stadt Esslingen gefiel. Wohl hundertmal hatte er mit seiner gesunden Hand an diese Tür gepoltert und den Zorn des Wächters auf sich gezogen, der ihm, sollte er nicht damit aufhören, mit der Folter drohte. Er hatte auch versucht, den Tisch an die Wand zu schieben und von dort an der viel zu glatten Mauer zum Fenster hochzuklettern, doch sein Arm war noch immer geschient. Unbeweglich hing er in seiner Schlinge und machte alle Bemühungen zunichte.

»Verflucht!«, stieß er zwischen zusammengebissenen Zähnen hervor.

In diesem Moment drehte sich der Schlüssel im Schloss. Valentin blieb fast das Herz stehen. Kamen sie, um ihn zu befreien oder um ihn doch noch zur peinlichen Befragung zu schleppen? Daumenschrauben waren das Letzte, was er jetzt gebrauchen konnte. Gebannt schaute er zur Tür, die nun fast im Dunkeln lag. Ein junger Mann in luxuriöser Kleidung trat ein und warf seinen Mantel zurück.

»Du kannst den Mund wieder zumachen«, sagte Kilian gönnerhaft. Hinter ihm standen zwei bis an die Zähne bewaffnete Stadtwächter.

Valentin schluckte. »Du?«

»Wer sonst?«

»Aber ....«

»Weißt du was? Wir besprechen das besser draußen, sonst überlegt sich's der Wärter noch anders. Zuverlässige Schnapsquellen wie dich lässt er ungern ziehen.«

Valentin nahm seinen Mantel und folgte Kilian durch die Tür in den finsteren Gang hinaus. Ohne zurückzublicken verließen sie den Turm. Freiheit! Die ersten Sterne standen im Blau über der Stadt. Tief sog Valentin die Luft ein, die nach Herbstlaub schmeckte, nach Küchenfeuer und ein bisschen nach Maische und Mist. Er hatte nicht gedacht, dass Esslingens Herbstgeruch ihm so willkommen war.

»Komm, Mann!«, sagte einer der Stadtwächter und hob seine Hellebarde. Und Valentin folgte Kilian, der eilig voranging.

»Wie hast du das geschafft?«, fragte er und hatte Mühe, mit ihm Schritt zu halten.

»Warte!« Kilian lief stur geradeaus und brachte dadurch

ein Stück Weg zwischen die Gruppe und den Kerker. An der Ecke zum Franziskanerkloster blieb er stehen und drehte sich zu Valentin um.

»Wie war's nun also?«, drängte der.

»Dem Hardenberger wäre es recht gewesen, dich noch ein bisschen schmoren zu lassen. Und so dachte ich erst, ich lasse mir mein Erbe auszahlen und besteche den Wächter, damit er dich befreit und dann in einem riesigen Schnapsfass ersäuft. Aber dann erschien mir das zu … umständlich.« Kilian trat einen Stein beiseite. In seinen Augen glitzerte der Schalk. »Ich habe für dich gebürgt. Dass du dich in deinem Asyl im Franziskanerkloster anständig benimmst und dort den Prozess mit dem König abwartest. Es hat ein paar Münzen gekostet, aber mein Onkel hat ja genug davon.«

»Aber …« Enttäuschung schwappte über Valentin hinweg wie eine schwarze, lähmende Welle. Kilians Hand legte sich auf seinen Arm, und seine dunklen Augen suchten seinen Blick.

»Ich weiß, dass du Lena suchen willst. Aber das geht nicht so ohne weiteres, denn wir haben keinerlei Anhaltspunkt, wo sie stecken könnte. Im Kloster können wir Pläne schmieden und gemeinsam nachdenken.« Mit einem Ton in der Stimme, der seine vornehme Herkunft nicht verheimlichte, rief er die Wachen herbei.

»Ihr könnt gehen!«, sagte er gönnerhaft und steckte beiden eine Münze zu. »Ich werde den Gefangenen selbst im Kloster abliefern.«

»Aber«, sagte der eine, während sein Kumpan mit einem Eckzahn das Geldstück auf seine Echtheit überprüfte. »Bruder … ähh, Herr Kilian, wir sollten …«

Er wischte die Bedenken des Mannes mit einer großzügigen Geste beiseite. »Prior Johannes erwartet den Murner schon. Also macht euch einen schönen Abend. Das Wirtshaus hat sicher noch auf.«

Die Männer verschwanden hinter der nächsten Ecke, und Valentin schüttelte den Kopf. »Man nimmt dir das reiche Weinhändlersöhnchen problemlos ab!«

Kilian warf den pelzgesäumten Mantel zurück. Darunter kam ein ebenfalls schwarzes knielanges Übergewand zum Vorschein, das ein blütenweißes Hemd bedeckte. Die Male am Hals waren zu bräunlichen Flecken verblasst. »Ich *bin* ein reiches Weinhändlersöhnchen, jedenfalls mütterlicherseits. Hin und wieder ist es nützlich, sich als das zu verkleiden, was man ist.« Er zog ihn am Ärmel. »Und wir haben keinerlei Zeit zu verschwenden, denn irgendwann heute Nacht solltest du im Kloster aufkreuzen. Bruder Thomas weiß, dass du später kommst.«

»Was hast du vor?«

»Einen kleinen Aufschub und etwas Stadtluft für dich. Wir gehen zum Spital und besuchen deine Mutter. Die hat sich in den letzten Wochen fast zu Tode gesorgt.« Er setzte sich wieder in Bewegung und durchquerte den östlichen Teil der Stadt, bis sie am Kornmarkt ankamen. Valentin schaute sich um. Vor ihm lag der Marktplatz, dessen Tische für die Nacht abgedeckt waren. Dahinter befand sich das Spital mit seinen vielen Gebäuden und Nebengebäuden, und über allem, bleich wie das Skelett eines riesigen Tieres, erhob sich der begonnene Chor der Liebfrauenkapelle.

»Sag, Valentin.« Kilian warf ihm einen Blick zu, den dieser nicht deuten konnte. »Wenn du hier jemanden verstecken wolltest. Wo würdest du das tun?«

Valentin lachte. Die Lösung lag für einen Esslinger Gassenjungen auf der Hand. »Wenn ich mich auskennen würde, natürlich in den Weinkellern unter dem Spital und in den Gassen drum herum. Ich würde schon einen verlassenen finden. Aber da der Mörder kein Esslinger ist, weiß er sicher nicht davon.«

»Nun, es ist alles reine Spekulation«, sagte Kilian, während sie die weitläufigen Gebäude des Spitals umrundeten. Obwohl es sich der Wohlfahrtspflege verschrieben hatte, gehörte es zu den reichsten Einrichtungen der Stadt. Die Augustinerbruder- und -schwesternschaft, die es leitete, betrieb mehrere Außenniederlassungen, Feldsiechenhäuser, ein Warzenhaus, ein Armenhaus sowie das Seel- und das Findelhaus. Die große Anlage mitten in der Stadt diente hauptsächlich als Pfründnerwohnstätte, in der arme und reiche alte Menschen unter der Obhut der Schwestern ihren Lebensabend verbringen konnten, und als Pilgerherberge für die Besucher der Stadtkirche. Das Spital verdiente besonders gut an den reichen Herrenpfründnern, die ihr Vermögen am Ende ihres Lebens an die Kirche überschrieben, um sich den Weg in die ewige Seligkeit zu erleichtern. Mit der Zeit hatte es Grundbesitz in hundertzehn auswärtigen Ortschaften von Wimpfen im Norden bis Wiesensteig im Süden gewonnen. So war man mit der Zeit auch der reichste Weinbergbesitzer in Esslingen geworden und kassierte Tribut von den Dörfern Deizisau, Möhringen und Vaihingen. Valentin wusste, dass sich die Keller des Spitals unter dem gesamten Gebäudekomplex hinzogen, und kannte den Eingang, seit seine Mutter Laienschwester geworden war. Verdammt, dachte er und bedauerte, keine Axt mitgenommen zu haben. Um das mutmaßliche Versteck zu finden, würde er eine verriegelte Tür einfach in Kleinholz verwandeln, auch, wenn der Rat und der Hardenberger dann vermutlich glaubten, er sei endgültig verrückt geworden – wie es sich für einen Meuchelmörder gehörte.

Während er so mit seinem Schicksal haderte, erreichten sie das Tor des Spitals. Kilian klopfte, und eine alte Pförtnerin öffnete ihnen.

»Zu Schwester Ruth wollt ihr«, sagte sie. Wohlwollend blieben ihre Augen am reich gekleideten Kilian hängen und glitten verächtlich über Valentin, dem man die Kerkerhaft ansah. Ich stinke, dachte er.

»Sie wird zu tun haben!«

»Ich bin angemeldet«, sagte Kilian befehlsgewohnt.

»Aber der da?«

Valentin wurde knallrot.

»Der da auch.« Kilian zog ihn am Ärmel in Richtung des Krankensaals. Das trübe Licht einer Öllampe fiel über die Betten der pflegebedürftigen Alten, die in Reih und Glied an der Fensterwand standen. Die Greise hatten eingefallene Gesichter, keine Zähne mehr, und oft genug trieb ihr Verstand ziellos in der Vergangenheit. Es war trostlos und roch schlecht. Obwohl die Schwestern den Raum regelmäßig ausräucherten und die Laken in Lavendelwasser wuschen, ließ sich der Geruch nach Kot und Urin kaum verbergen. Seine Mutter saß am Bett eines kahlköpfigen Mannes mit blassem Gesicht und dicken Tränensäcken unter den trüben Augen. Obwohl er aussah, als würde ihm der Tod auf der Schulter sitzen, öffnete er bei jedem Löffel Brei, den seine Mutter ihm gab, bereitwillig den Mund. Am Ende des Lebens, dachte Valentin, ist es egal, ob man reich oder arm ist, Ritter, Kaufmann oder Bettelmann.

Dann freute man sich darüber, dass eine Schwester einem den Brei löffelweise reichte, über ein Lächeln und hin und wieder einen Sonnenstrahl.

»Schön schlucken!«, sagte Ruth, die, gekleidet im schwarzen Habit der Augustinerschwestern, am Bettrand saß. Sie nahm so lange keine Notiz von den Jungen, bis der ganze Teller vollständig ausgekratzt war und der Kranke sich zufrieden in sein Kissen lehnte. »Gut gemacht.« Sie tätschelte ihm die Hand.

Valentin spürte einen Stich. Seit seine Mutter sich entschlossen hatte, ihre Kräfte in den Dienst der Armen zu stellen, war ihm in ihrem Leben immer der zweite Platz zuteilgeworden. Als hätte sie nicht nur der Welt, sondern auch ihm den Rücken gekehrt. Doch jetzt erhob sie sich, und ihr schwarzes Gewand bauschte sich wie das Federkleid eines Raben, der sich im Regen schüttelte. Blaue Augen schauten in blaue Augen. Ihr Haar lag verborgen unter einem Schleier, der unter dem Kinn so eng anlag, dass die Haut ihres schmalen Gesichts sich darüber spannte.

»Mutter«, sagte er unsicher und lag einen Moment später in ihren Armen. Sie drückte ihn fest an sich. Ihr schwarzes Gewand roch wie immer nach Kampfer und Schweiß. Darunter spürte er zarte Schultern und einen knochigen Rücken.

»Valentin«, sagte sie erstickt, ließ ihn wieder los und musterte ihn. »Gut siehst du aus.« Ein Lächeln glitt über ihr schmales Gesicht. »Und vor allem lebst du. Aber was ist das?« Ihr Blick blieb an seinem Arm hängen, der untätig in seiner Schlinge hing.

»Ach das.« Er machte eine wegwerfende Handbewegung. »Ein gebrochener Arm. Bruder Thomas hat ihn gerichtet.«

»Dann ist ja alles gut.« Seine Mutter strahlte ihn an. »Gott hält seine schützende Hand über dich und lässt dich nicht für meine Sünden büßen.«

Seit Jahren fragte er sich, was das für Sünden sein konnten, denn alle Welt sprach von ihrer Mildtätigkeit. Aber seit Kilians Selbstmordversuch wusste er, wie viel Kummer und Schuld Menschen hinter ihrer glatten Fassade verbergen konnten. »Schon gut«, sagte er. »Es ist fast bewiesen, dass jemand anders die Morde begangen hat.«

»Mir fällt ein Stein vom Herzen!«

»Kilian hat mich ausgelöst.«

Die Schwester wandte sich seinem Freund zu, der sich verlegen verneigte. »Ich danke dir.«

»Eigentlich hat mein Onkel das Geld vorgestreckt.«

»Ganz egal. Wir sind dir für immer zu Dank verpflichtet.« Tränen stiegen in Ruths blaue Augen.

»Weine nicht, Mutter«, sagte Valentin hilflos.

»Nein, das ist ein Tag der Freude.« Sie schüttelte den Kopf, schniefte und putzte sich dann die Nase am Ärmel ab. »Sicher wollt ihr etwas essen. Ich schaue nach, ob in der Küche ...«

»Nein«, fiel ihr Kilian ins Wort. »Ich muss Valentin zu den Franziskanern bringen. Wir sind jetzt schon spät dran, Frau Murnerin, äh, Schwester Ruth.«

»Ich werde für euch beten, für euch beide.«

Sie verabschiedeten sich, und Valentin versprach, sie über Kilian auf dem Laufenden zu halten. Schließlich standen sie vor dem Spital.

»Eigentlich schade, dass sie uns nicht den Schlüssel für den Weinkeller besorgt hat.« Valentin schaute in den Himmel, an dem die Sterne prächtiger leuchteten als Juwelen.

»Meinst du, dass der Mörder Lena im Spitalskeller gefangen hält, direkt neben den frisch befüllten Fässern des Kellermeisters?«

»Nein.« Das war natürlich Unsinn. Aber er wusste auch, dass es weit hinten im Labyrinth schlecht bewirtschaftete und ungenutzte Keller gab, die zu idealen Verstecken umfunktioniert werden konnten. Und er wusste, dass nicht alle dieser Keller verschlossen waren.

Sie verließen den Spitalplatz und traten in das enge Gassengewirr ein, das zum Franziskanerkloster führte. Obwohl ein kalter Ostwind auf seinem Gesicht brannte, fühlte sich Valentin an die Sommernacht erinnert, in der er Pater Ulrich gefunden hatte. Zecher kamen ihnen auf dem Weg ins nächste Wirtshaus entgegen.

»He, Murner. Willst du wieder einen abmurksen? Wir haben ja solche Angst vor dir«, rief ein Wollweber, den er flüchtig kannte. Jetzt war er so betrunken, dass er sich auf seinen Nebenmann stützen musste.

Valentin öffnete den Mund für eine gepfefferte Antwort, aber Kilian zog ihn am Ärmel mit sich. »Sei bloß still und folge mir!«, zischte er. Vielleicht war es ganz gut, dass im Franziskanerkloster seine Zelle auf ihn wartete, sonst würde er sich noch mit sämtlichem Gassengesindel prügeln. Er hatte einen solchen Zorn auf jedermann, und gleichzeitig saß ihm nach den Wochen im Kerker die Müdigkeit in den Knochen.

An der Ecke zur hell erleuchteten Zieglerschenke bot eine Gruppe bunt gekleideter Huren ihren Körper feil.

»Wie wär's mit uns beiden, junger Herr?« Eine dicke Dunkelhaarige, deren Brüste fast aus dem Mieder ihres gelben Kleides rutschten, machte Kilian schöne Augen. Dann fiel ihr Blick auf Valentin. »Ah, da ist ja der Murner.« Sie lachte ein dunkles, heiseres Lachen. »Du bist wieder frei. Da wird sich die kleine Lena Glasmalerin ja freuen.«

»Du bist Berthe?«

Sie nickte und ließ ihre dunkel umrandeten Augen über ihn wandern. »Wenn du wieder sauber bist, kannst du mich mal beehren. Ich mach dir einen Sonderpreis. Und der da ist der Bruder Kilian, aber der darf ja nicht ... oder will er nicht?«

Kilian wurde flammend rot. Valentin nahm seinen ganzen Mut zusammen und trat so nah an sie heran, dass ihm ihr süßer Duft in die Nase stieg. »Lena«, sagte er leise. »Sie ist verschwunden. Wahrscheinlich hält sie der Mörder gefangen.«

Berthe wurde blass unter ihrer dicken Schminkeschicht. »Das ist nicht gut, nein. Gar nicht gut. Aber ich werde die Ohren aufhalten. Ich höre allerlei. Und dann finde ich schon einen Weg, wie ich dich erreichen kann.«

»Danke«, sagte Valentin und ließ sich von Kilian weiterziehen, der schwer atmend um seine Fassung kämpfte. »Unkeusche Weiber!«, stieß er hervor.

Valentin stieß ihn an. »Das war nur ein Angebot, Mann. Du musst es ja nicht annehmen.«

»Das werde ich auch nicht«, sagte Kilian. »Nie wieder!« Er warf einen Blick zurück auf die Zieglerschenke, in deren Fenstern Kerzenlicht stand. Ein Mann mit einer warmen Tenorstimme sang ein zotiges Lied, und eine Gruppe gut gelaunter Gäste fiel lachend und klatschend in die Melodie ein.

»Der Junge ist heute hier gestorben«, flüsterte Kilian bitter. »Und schon wird wieder gefeiert.« Valentin zuckte die

Schultern. »Wer soll auch um ihn trauern? Ein Gassenkind ist schnell vergessen.«

»Er hatte niemals eine Chance«, sagte Kilian leise.

»Er war ein kleiner Gauner. Niemand wird ihn vermissen.«

Sie bogen nach rechts in die Heugasse ein, und der Lärm aus dem Gasthaus verklang mit jedem ihrer Schritte. Im Pfleghof der Bebenhauser Zisterzienser und in den umliegenden Häusern waren schon die Fensterläden geschlossen. Jemand spielte auf einer Laute, deren sanfte Töne in der Stille wie Kerzenflammen verloschen.

Da zerriss ein Geräusch die Ruhe der Nacht. Irgendein Trunkenbold polterte mit Gewalt gegen die Tür des Fürstenfelder Pfleghofs. Es war so dunkel, dass sie nicht sehen konnten, wer es war.

»Da hat einer eine sakrische Wut!« Kilian spähte nach dem Betrunkenen aus, der den Pater Pfleger mitten in der Nacht stören wollte.

»Komm!«, sagte Valentin geistesgegenwärtig und zog seinen Freund in einen schmalen Durchgang schräg gegenüber des Pfleghofs. Später wusste er nicht, warum ihm in diesem Moment klar war, dass sich Gefahr über ihnen zusammenbraute wie ein Gewitter. Sie drückten mit dem Rücken gegen ein grob gezimmertes Tor, das hinter ihnen aufschwang, und schoben sich leise in einen Hof, in dem es durchdringend nach Mist roch. Durch die Latten des Verschlags sahen sie zwei Männer eilig auf den Eingang des Pfleghofs zugehen – zwei große, wie Ritter gerüstete Krieger, wie Valentin sogar in der Dunkelheit der Gasse erkennen konnte.

»Welch Überraschung!«, sagte der eine in Richtung des

Mannes, der noch immer gegen die Tür polterte, und zog seinen Helm ab. Eine Flut dunkler Haare fiel über breite Schultern. »Ich wollte Euch sowieso sprechen, Meister Jourdain.« Das Poltern hörte auf.

Kilian neben ihm erstarrte. »Lionel!« sagte er leise, und Valentin schaffte es gerade noch, ihm die Hand auf den Mund zu drücken. Es war nur ein kleines Geräusch gewesen, eine Bewegung, die keine war, aber es reichte aus, dass die Hölle losbrach. Es begann ein ohrbetäubendes Quietschen und Grunzen. Verdammt! Sie hatten eine Horde Schweine aufgeweckt, deren Schlafplatz der Hof gewesen war!

»Schlaft weiter, verdammt!« stieß Valentin hervor. Eine feuchte Schnauze schob sich in seine Kniekehlen und schnupperte.

»Schhh, still!«, machte er verzweifelt und schlug mit seiner gesunden Hand nach dem grunzenden Borstenvieh.

»Marquard, schau nach, was da los ist!« Die Stimme des Schwarzhaarigen klang befehlsgewohnt und selbstsicher. Ein Anführer sprach so.

»Es ist der Mörder!«, flüsterte Kilian.

»Was?«

»Ja! Ein schwarzhaariger, großer Mann, der nicht Balduin von Stetten heißt.«

Sie wichen zurück, so schnell sie konnten, traten dabei mindestens zwei empört quiekenden Schweinen auf die Zehen und wussten doch, dass es vergeblich war, denn im Hintergrund erwartete sie nur eine verschlossene Stalltür, hinter der eine Kuh blökte. Sie saßen in der Falle. Und schon war der Krieger da und schob das Tor zur Seite, behelmt, gerüstet und mit gezogenem Dolch.

»Nur Schweine, ein Dreckstall!«, rief er in Richtung seines Herrn. »Aber nein, wen haben wir denn da? Zwei Lauscher an der Wand hör'n ihre eigene Schand'.«

Er betrat den Pferch geschmeidig wie eine große Raubkatze und näherte sich mit gezogenem Dolch. In diesem Moment befreite sich Kilian von Valentins Hand und trat dem Kämpfer entgegen.

»Nicht!«, schrie Valentin.

»Na, Herrensöhnchen, möchtest du meinen Dolch schmecken? Er beißt, weißt du ...« Der Mann ließ die Waffe vor Kilians Augen tanzen.

»Kindermörder«, sagte dieser leise und trat noch einen Schritt auf ihn zu. Eine Sekunde später fand der Dolch sein Ziel. Kilian krümmte sich, presste seine Rechte auf den Bauch und stöhnte leise.

»Lauf!«, stieß er hervor. Der Messermann putzte seinen Dolch an seinem Waffenrock ab und hob ihn dann zum zweiten Mal.

»Kilian!« Valentin stand wie versteinert.

»Lauf endlich!«

»Komm nur, du halbe Portion«, sagte der Krieger und hob das Messer gegen ihn.

Valentin sprang vor, nutzte die Gunst des Augenblicks und drängte den Kämpfer mit seinem gesunden Arm an die Seite. Doch jetzt versperrte der schwarzhaarige Anführer den Eingang. Seine Arme reichten locker von einer Seite zur anderen. »Na, wen haben wir denn da?«

Valentin traute seinen Ohren nicht, als er ihn leise lachen hörte.

»Den jungen Meuchelmörder und das Mönchlein. Habt ihr uns etwa aufgelauert? Das gehört sich aber gar nicht!«

Während Kilian hinter Valentin auf die Knie und dann zur Seite fiel, gab der fremde Ritter seinem Gefolgsmann ein Zeichen. Erneut hob er den Dolch, diesmal in Valentins Reichweite, dem jeder Fluchtweg versperrt war. In diesem Moment legte sich eine Hand auf den Arm des Ritters. Ein Gesicht tauchte auf, auf Augenhöhe mit dem anderen.

»*Non!*«, sagte Lionel Jourdain, und der Mann mit dem Messer wandte ihm kurz den Blick zu. Die Ablenkung nutzte Valentin und versuchte, sich an dem Ritter vorbeizudrängen, der noch immer den Eingang versperrte. Fast beiläufig streckte dieser die Hand aus und griff mit eiserner Härte nach Valentins gebrochenem Arm. »Au!« schrie dieser. Rote, feurige Nebel waberten durch sein Gesichtsfeld.

Im Haus nebenan sprang krachend ein Fensterladen auf.

»Ich ruf die Wache«, keifte die Schreinermeisterin Huber, die eine ganze Schar Lehrbuben in ihrem Haus beherbergte. »Das ist Ruhestörung!«

»Schon gut, werte Gevatterin«, sagte der Fremde liebenswürdig. »Ich habe nur einen entlaufenen Gefangenen wieder dingfest gemacht.« Valentin wehrte sich wie ein gefangener Hase, zappelte und trat um sich, doch die Hand des Ritters hatte sich wie Eisen um seinen Arm gelegt.

»Aber das ist doch der Valentin. Der ist kein Mörder. Gell, das bist du nicht, Valentin?«

»Nein!«, schrie er.

»Aber doch, er ist überführt«, sagte der fremde Ritter sanft.

Während er sprach, lockerte sich unwillkürlich sein Griff um Valentins Arm. Lionel Jourdain trat beiseite und nickte Valentin aufmunternd zu. Der riss sich los, tauchte unter der Schulter des Ritters hindurch und rannte schneller, als er je gelaufen war, nur fort, egal wohin. Als der Fensterladen mit einem Knall zufiel, hörte er, wie der Fremde hinter ihm strauchelte, zu Boden ging, und sich wegen dem Kettenhemd, das er unter seinem Waffenrock trug, nur mühsam aufrichten konnte. Danke, Lionel Jourdain! Doch dann begann es erstaunlich dicht hinter ihm wieder zu scheppern und zu klappern. Valentin wusste, dass er im engen Gewirr der Gassen keine Chance hatte. Überall waren Häuser, Ecken und Wände, die ihn ausbremsten. Aber er hatte einen entscheidenden Vorteil. Er kannte sich aus und wusste, wer seine Freunde waren. Die Idee war so plötzlich da, dass ihm einen Moment lang schwarz vor Augen wurde. Mit langen Sätzen lief er in die Webergasse und donnerte mit der flachen Hand gegen die Tür des Apothekers, hinter der er einen Lichtschein sah.

»Schnell, macht auf!«, rief er flehentlich. Gott, hilf mir! Sein Verfolger kam näher, unüberhörbar in seiner Rüstung, und streckte schon den Arm nach ihm aus. Da, endlich, Valentin hatte fast schon die Hoffnung aufgegeben, öffnete sich die Tür einen Spalt weit, und eine entschlossene Hand zog ihn ins Haus. Der Fremde klatschte mit seinem durch die Rüstung erhöhten Körpergewicht gegen das zugefallene Tor. Valentin keuchte, Feuerräder vor den Augen, und schaute nicht Anton, sondern Renata in die Augen. Er war unglaublich erleichtert.

»Es ist Valentin«, sagte sie und wandte sich ihrem Neffen zu, der sich unsicher am Kopf kratzte und stirnrunzelnd zur Tür sah, auf die der Verfolger noch immer mit brachialer Gewalt einschlug.

»Aufmachen!«, schrie dieser. »Gebt den entlaufenen Mörder heraus!«

»Wohin mit ihm?« Anton starrte die Tür an, als stehe der Leibhaftige davor. Valentin trat von einem Bein aufs andere und wusste, dass es eng werden würde, wenn jetzt nichts passierte.

»Mama?« Oben an der Treppe stand der kleine Franz und drückte verschlafen sein Kopfkissen an die Wange.

»Bring ihn in den Tiefkeller, zu den Vorräten, und schieb die Truhe auf die Falltür!«, flüsterte Renata. »Ich mach das hier oben schon.«

41

»Ihr hättet mir kein Bein stellen dürfen. Das kompliziert die Sache unnötig.« Leutselig goss der Roteneck samtschwarzen Wein in zwei Becher. »Aber wenn Ihr glaubt, dass ich mit dem Jungen nicht fertig werde, habt Ihr Euch geirrt. Auch wenn die Apothekerin ihn schützt.«

»Natürlich«, sagte Lionel spöttisch.

Sein Feind hatte ihn nicht in den Fürstenfelder Pfleghof geführt, sondern in ein Haus, das in zweiter Reihe lag und von der Straße aus unsichtbar war. Innen herrschte Dämmerung. Wahrscheinlich hatte der Verräter seine Gefolgsleute aufgerufen, so wenig Licht wie möglich zu machen, um alle Aufmerksamkeit von dem Haus abzulenken. In der Küche, die nach hinten hinaus lag, stand eine einzige flackernde Kerze auf dem Tisch, die das Gesicht seines Gegenübers in eine zerklüftete Landschaft aus Tälern und Höhen verwandelte.

»Ihr wisst gar nicht, wie sehr ich mich danach verzehrt habe, mal wieder mit jemandem von Stand sprechen zu können. Diese Bürger, wie anmaßend sie doch sind. Als gäbe es nicht für jeden einen Platz auf Erden, für König und Bettelmann, Bauer und Pfaffe. Aber sie denken, mit Wein und Geld lässt sich alles erkaufen.« Roteneck trank einen tiefen Schluck aus dem Becher und lehnte sich zurück. »Und Ihr seid mir vom Stand her mindestens ebenbürtig. Vom Geblüt aber steht Ihr weit über mir.«

»Das interessiert mich einen Dreck.« Lionel schob seinen Stuhl zurück. Roteneck dünstete mehr Wein aus, als eine ganze Söldnerrotte trinken konnte.

»Oh, kommt schon.« Er lächelte durchtrieben. »Ich habe lange genug gebraucht, um herauszufinden, wer Ihr wirklich seid. Aber meine Kontakte nach Burgund sind hervorragend. Ein geistlicher Bastard von so hohem Adel, dass sich der Wittelsbacher mit seiner Linie dagegen verstecken kann. Euer Vater ist der Bischof Vincent de Pontserrat, dessen Ahnen mit Kaiser Carolus selbst kämpften.«

Lionel trank einen tiefen Schluck. Der Wein war dickflüssig, süß und schwer. »Sein Geschlecht ist älter als Charles le Magne. Er führt sich und seine Linie auf die Merowingerkönige zurück. Das dürfte aber Unsinn sein.«

»Aber es erklärt, warum der Wittelsbacher Euch ehrt und in seiner Nähe duldet.«

»Ihr irrt.« Lionel runzelte die Stirn. »Ludwig ist ohne Dünkel. Auch ein ehrenhafter Bürger ohne adlige Herkunft kann seinen Weg im Umkreis des König machen.«

Roteneck lachte und trank einen tiefen Schluck. »Ludwig hier, und Ludwig da. Was hättet Ihr für ein treuer Gefolgsmann werden können, wenn es Euch nicht immerzu danach gelüsten würde, Glas zu schneiden und Euch die Finger zu verbrennen.«

Er stand auf und holte einen angeschnittenen Laib Brot von der Anrichte. Dabei schreckte er eine Maus auf, die mit einem empörten Quieken in der Wandverschalung verschwand. »Mistviecher! Die sind überall!«

Als er die äußerste Scheibe abschnitt und genüsslich hineinbiss, spürte Lionel, wie sein Magen rebellierte.

Der Verräter hob das Messer und sprach mit vollem Mund. »Wollt Ihr auch? Ihr müsst Hunger haben.«

»Nein«, sagte Lionel düster.

»Aber wisst Ihr, Jourdain, oder wie auch immer Euer Name lauten mag. Eins verstehe ich nicht. Auch wenn Euch Eure Herkunft so wenig bedeutet, wie konntet Ihr Euch auf dieses Glasmalertöchterlein einlassen? Die ist ja nun wirklich nicht von Stand. Ich gebe zu, sie ist hübsch, aber ...«

»Wo ist sie?«, fragte Lionel leise, die Hand an seinem Schwert.

»Oh, Ihr glaubt doch nicht ernsthaft, dass ich Euch das verraten werde.« Roteneck setzte sich, zog sein Schwert aus der Scheide und legte es quer vor sich auf den Tisch. Es war um einiges größer als Lionels, der sich plötzlich ausmalte, wie es wäre, aufzustehen und dem Ritter mit einem einzigen Streich den Kopf von den Schultern zu schlagen. Er hörte schon, wie er auf den Boden polterte. Mühsam kämpfte er um seine Fassung. Doch es kam noch schlimmer.

»Ihr hängt an der Kleinen, nicht wahr? Aber wollt Ihr wirklich gebrauchte Ware zurücknehmen? Sie war köstlich, vor allem, weil sie nicht wollte.« Roteneck legte den Kopf in den Nacken und lachte lauthals. Mühsam fasste sich Lionel, atmete tief durch, gewann wieder Boden unter seinen Füßen. Er würde Roteneck töten, aber nicht jetzt, noch nicht.

»Seid vorsichtig, mein Freund. Wenn Ihr sie lebend wiedersehen wollt, solltet Ihr Euch beherrschen.« Beiläufig streckte der Verräter die Hand aus und legte einen Finger mitten in die Kerze. »Auch ich liebe die Frauen, den Wein, das Feuer und die Herausforderung.« Er zog die Hand zurück und pustete auf die Brandblase. »Aber mehr noch liebe ich meinen Auftrag.«

In diesem Moment ging die Tür auf. Rotenecks Gefolgsmann Marquard, der so schnell mit dem Messer umging, zog den Novizen hinter sich her und stieß ihn in den Raum, wo er stöhnend zu Boden ging. Lionel stand auf, kniete sich neben Kilian und legte ihm die Hand auf die Stirn.

»Ich bin's«, sagte er.

Der Junge öffnete seine trüben, blutunterlaufenen Augen und brachte ein schwaches Nicken zustande.

»Kommt schon«, sagte Roteneck. »Lasst ihn in Ruhe!«

Lionel ließ sich nicht beirren, sondern zog vorsichtig den Mantel aus edlem Wolltuch an die Seite, der dunkel und schwer von Blut war. Auch das schwarze Übergewand darunter war blutdurchtränkt. Er schob es hoch, entfernte das Hemd, auf dem ein rosenroter Fleck prangte und betrachtete die Schnittwunde unterhalb des Rippenbogens. Sie war so breit, wie sein kleiner Finger lang war und hatte inzwischen fast aufgehört zu bluten. Stirnrunzelnd versuchte er abzuschätzen, ob der Stich innere Organe getroffen haben konnte und wie groß die Überlebenschancen des Jungen waren.

»Schaff ihn fort!«, sagte Roteneck gelangweilt, und Marquard versuchte, Kilian gewaltsam auf die Füße zu ziehen.

»Halt!«, donnerte Lionel. Er nahm keine Notiz von den beiden Männern, die ihn verblüfft anstarrten, sondern riss in aller Seelenruhe einen Streifen von Kilians Hemd ab, schüttete reichlich Wein über die Stichwunde, hob vorsichtig seinen Oberkörper und legte ihm einen provisorischen Verband an. Dann half er ihm auf die Füße.

»Lauf am besten selber!«, sagte er. Kilian nickte und biss sich auf die Lippen. Er war fahl und grau im Gesicht, aber er schaffte es, hocherhobenen Hauptes hinauszugehen.

»Wohin lasst Ihr ihn bringen?«

»Das würdet Ihr wohl gerne wissen.« Roteneck lachte leise und füllte erneut seinen Becher.

»Das muss sich ein Arzt anschauen.«

»Ihr meint doch nicht Euren Bruder Thomas, diesen unbelehrbaren Spiritualen. Ihr müsst verstehen, dass ich Euch diese Freude nicht machen kann. Und so ist es gut möglich, dass er in seinem Versteck an Wundbrand krepiert. Vielleicht hat Marquard aber auch seinen Darm getroffen. Ihr wisst, was das bedeutet?«

Lionel ballte die Fäuste und spürte, wie seine Nägel ihm blutige Furchen in die Handfläche ritzten. An einem durchlöcherten Darm starb man elend und unter furchtbaren Schmerzen.

»Aber vielleicht hat er ja Glück, und mein Plan lässt sich schneller durchführen als erwartet. Dann gebe ich ihn Euch zusammen mit den beiden Mädchen zurück. Oder halt, vielleicht behalte ich eine davon für mein Privatvergnügen.« Die schwarzen Augen blitzten vor Schadenfreude.

Lionel kämpfte um seine Fassung. Er musste sich zusammenreißen, durfte die Dunkelheit, die ihn wie eine schwarze Woge überrollen wollte, nicht die Überhand gewinnen lassen. Er hob sein Glas und trank es in einem Zug leer. Ein hitziges Gefühl breitete sich in seinem Inneren aus, das gleichzeitig Ausdruck des Zorns war und ihn wie eine Decke einhüllte.

»Ihr wollt den König töten?«

»Welchen König?« Der Verräter schüttelte tadelnd den Kopf. »Wollt Ihr den Mann auf dem Thron wirklich König nennen, obwohl ihm Papst Johannes diese Würde verweigert? Er ist nichts als ein Usurpator.«

»Ludwig wird bald die Kaiserkrone tragen.«

»Ach, wirklich? Ich sage Euch, Gott bestimmt, wer die Krone des Reiches trägt. Ludwig aber verstößt mit seinem Anspruch gegen die gottgewollte Ordnung. Niemals wird Gottes Stellvertreter auf Erden ihm die Kaiserkrone aufsetzen.«

»Papst Johannes ist nicht der Einzige, der das könnte.«

»Aber er allein hat das Recht dazu. Ein Betrüger krönt keinen rechtmäßigen Kaiser.« Roteneck beugte sich über den Tisch. Seine Augen glitzerten fanatisch.

»Und was wäre, wenn Euer Plan gelänge?«, fragte Lionel. »Wen wollt Ihr auf Ludwigs Thron setzen? Friedrich von Habsburg ist ein kranker Mann und hat dem König die Treue geschworen.«

»Gott wird Ludwig richten, und er selbst wird einen Nachfolger bestimmen, der Mutter Kirche genehm ist.«

Lionel lachte bitter. »Und Euch, der sich anmaßt, Herr über Leben und Tod zu sein.«

»Ich spiele hier keine Rolle«, sagte Roteneck bescheiden. »Ich bin nur derjenige, der der Gerechtigkeit zu ihrem Lauf verhilft.«

Er stand auf und ging zur Anrichte hinüber, um etwas auszupacken, das im Dunkeln lag. Ein Seidentuch raschelte, und Roteneck trug einen Dolch zum Tisch wie eine Opfergabe. In seiner Klinge fing sich das Kerzenlicht. Auch wenn bräunliche Flecken sie verdunkelten, erkannte Lionel sofort, was das für ein Messer war. Er sprang auf und presste seine Hände an die Tischkante.

»Woher habt Ihr das? Es gehört Madeleine!«

»Nun, ich habe dieses Meisterwerk der Waffenschmiedekunst bei ihrem Bräutigam gefunden, der es ihr wohl gestohlen hatte. Vermessen wie er war, wollte er mir damit drohen.«

»Er starb durch dieses Messer. *Merde!*« Ein Anflug von Mitgefühl erfasste Lionel. Sicher hatte Anstetter zuletzt bitter bereut, so todesmutig gewesen zu sein.

Roteneck nickte. »Ich konnte es wieder an mich bringen, und es ist noch immer scharf genug für ... weitere Aufgaben.«

Lionel runzelte die Stirn. Es war so widersinnig, so völlig unglaublich. »Ihr wollt ... König Ludwig ... mit Madeleines Messer töten?«

Roteneck füllte seinen Becher noch einmal und trank ihn in einem Zug leer. Dann wischte er sich über die Lippen und sah den Glasmaler durchdringend an.

»Warum ich?«, fragte er, und Lionel verstand, bevor er weitersprach. »Nicht ich werde den König töten, sondern Ihr. Nur dann werdet Ihr Euer Mädchen und die anderen Geiseln wiedersehen.«

42

Sie wusste nicht, ob es Tag war oder Nacht, denn im Verlies herrschte vollständige Dunkelheit. Stundenlang hielt sie Loisl im Arm, die nicht aufhören konnte zu zittern. Roteneck hatte sich, als es ihm bei Lena nicht gelungen war, an der Magd schadlos gehalten. Viel zu lang hatte er sie im Schlafzimmer festgehalten, und Lena hatte ihre Schreie gehört. Jetzt starb sie fast vor schlechtem Gewissen und war eigentlich ganz froh, Loisls zerschlagenes Gesicht mit dem geschwollenen Auge nicht sehen zu müssen. Eng an eng saßen sie auf Lenas noch immer nach Fisch stinkendem Mantel auf dem Boden, während draußen der Wächter, der sie nun keinen Moment mehr alleine ließ, leise schnarchte. Lena tastete nach dem Wasserkrug und zog ihn zu sich heran.

»Trink!«, sagte sie leise und hob ihn an Loisls Lippen. Danach trank sie selbst. Das Wasser schmeckte brackig und abgestanden, aber es würde ihnen Kraft geben, um durchzuhalten. Brot gab es auch, einen harten Kanten nur, aber immerhin. Essen konnte sie trotzdem nichts, dafür war das Gefühl zu stark, dass sich die Welt rund um sie her in ihre Bestandteile auflöste. Plötzlich flackerte ein Kienspan auf und leckte mit seinen Lichtzungen über die feuchten Wände des verlassenen Weinkellers. Sie blinzelte, das Licht tat ihren Augen weh. Ein Mann näherte sich. Er war komplett in Rüstung und trug sogar noch einen Helm mit Nasenschutz. An einem Seil zog er einen Gefangenen hinter sich her, der ziellos herumstolperte, weil man ihm einen Sack über die Augen gezogen hatte.

»He, Erhard!«

Der schlafende Wächter verschluckte sich an einem Atemzug, hustete und schlug die Augen auf.

»Die zwei Schlampen kriegen Gesellschaft.«

Loisl in Lenas Arm zitterte so stark, dass ihre Zähne aufeinanderschlugen. »Gott hat uns verlassen«, murmelte sie.

»Still!«, flüsterte Lena und drückte ihren Oberarm.

»Wer ist das, Marquard?« Der Krieger rappelte sich mühsam auf und zog seine Beinlinge und sein wattiertes Obergewand zurecht.

»Ein mieser kleiner Spion. Roteneck gab die Weisung, ihn hier ... verschwinden zu lassen«, sagte der andere und fügte leise hinzu: »Der Ritter verlässt die Stadt.«

Lenas Erleichterung war so groß, dass die Wände ihres Gefängnisses sich einen Moment lang vor ihren Augen drehten. Wenn Roteneck fort war, ergab sich vielleicht schon bald eine Gelegenheit zur Flucht. Der Wächter entzündete mit seinem Kienspan ein Öllicht, schloss die Tür zum Verschlag auf und beförderte den Gefangenen hinein. Er fiel auf die Knie, dann auf die Seite und blieb unbeweglich liegen, während sich die beiden Männer langsam entfernten.

»Wenn du mich fragst, Erhard«, sagte der, den der Wächter Marquard genannt hatte. »Der macht es sowieso nicht mehr lang. Mein Messer hat ihn außer Gefecht gesetzt.«

»Du bist wirklich ein Könner in deinem Fach! Fast so gut wie der Roteneck.« Der Wächter klopfte dem anderen rasselnd aufs Kettenhemd und folgte ihm in den Keller nebenan. Vielleicht würde er mit ihm in das verlassene Haus hinaufsteigen und sich einen heißen Wein genehmigen, dachte Lena hoffnungsvoll. Mit Hilfe des Öllichts konnte sie in Ruhe nachschauen, wer sich unter der Kapuze verbarg. Sie kroch vorsichtig heran und öffnete mit ihren klammen Fingern den Knoten, der den Sack verschloss.

»Erst die Hände!«, sagte eine Stimme ungehalten, die ihr vage bekannt vorkam. Plötzlich hatte sie es sehr eilig. »Loisl! Mach du!«

Während die Magd die Fesseln um seine Handgelenke löste, zog ihm Lena den Sack vom Kopf.

»Kilian«, sagte sie fassungslos. Als er sich aufrichtete, sah sie, dass sein Gesicht aschfahl war und seine Augen fiebrig glänzten.

Sein Blick glitt über Lena und Loisl hinweg, die ihn erstaunt anstarrte, und erkundete dann den verlassenen Keller. »Hier seid ihr!«

»Wer ist das?«, flüsterte Loisl.

»Das ist mein Freund Kilian«, erklärte Lena. »Ehemals Novize bei den Dominikanern.« Hoffnung erwachte in ihr. Wenn Kilian Bescheid über den Boten wusste, waren vielleicht auch ihre anderen Freunde nicht fern. Aber ...

»Was ist das?« Der schwarze Mantel glänzte feucht und dunkel.

»Blut wahrscheinlich«, sagte Kilian gleichmütig.

Unwillkürlich griff Lena zu und strich mit der Hand über die feuchte Stelle auf seinem Mantel, die fast bis zu seinen Knien ging. Als sie die Hand zurückzog, erkannte sie rotbraune Schlieren. Es roch wie am Schlachttag in Marthas Küche. »Es ist so viel«, flüsterte sie.

»Zu viel.« Kilian setzte sich zurecht und drückte die Hand gegen seinen Bauch.

»Was ist geschehen?«

»Kaum hatte ich begriffen, dass nicht Balduin der Mörder ist«, Kilian lächelte ein bitteres Lächeln, das seine Augen nicht erreichte, »war es schon zu spät. Wie konnte ich nur so lange so dumm sein? Valentin und ich sind dem fremden Ritter begegnet, als ich ihn zu den Franziskanern zurückbringen wollte. Zufällig.« Schnell fasste er die Hintergründe zusammen. »Und er hat nicht gefackelt, wie du anscheinend auch zu spüren gekriegt hast.« Sein Blick glitt zu Loisl, deren linkes Auge blauviolett schillerte. »Aber Valentin konnte ihm dank Lionels Hilfe entkommen.«

Lena setzte sich zurück. »Lionel! Er ist wieder zurück?«

»Er sah jedenfalls höchst echt aus.« Kilian verzog sein Gesicht vor Schmerz.

»Du musst etwas trinken.« Er ließ sich gefallen, dass Lena ihm den Krug an die Lippen setzte.

»Aber warum hat er sich mit dem Roteneck getroffen?«

»So heißt der? War das nicht der Bote des Königs? Eine verarmte bayrische Ritterfamilie, der sich König Ludwig eng verbunden fühlt ...« Er schnappte nach Luft. »Und Lionel – es schien, als habe er mit dem Ritter ein Hühnchen zu rupfen.«

Lena setzte sich zurück und brach von dem Kanten Brot drei Stücke ab. Wärme durchströmte sie. Lionel war zurückgekommen!

»Esst!«, sagte sie. »Wir müssen bei Kräften bleiben. Wenn Lionel Bescheid weiß, kommt er uns holen.«

Kilian schüttete den Kopf. »So einfach ist das nicht, Lena! Er weiß sicher nicht, wo wir stecken.«

»Aber ...«

»Nun, denk mal nach. Warum hat der Rotenecker dich gefangen gesetzt?«

Die Hoffnung in Lena fiel in sich zusammen wie ein ausgebranntes Herdfeuer. »Weil ich genau wie Loisl weiß, dass er der Mörder von Pater Ulrich und Marx Anstetter ist.«

»Und sein Gefolgsmann Marquard hat Fredi auf dem Gewissen.«

»Was?« Lena verschlug es vor Schreck die Sprache. Loisl saß mit kalkweißem Gesicht an der Wand, wenn man von ihrem blauen Auge absah.

»Heute Morgen hat man ihn tot im Hof der Zieglerschenke gefunden. Aber der Grund, warum der Rotenecker Lionel da mit reingezogen hat, ist, dass er für irgendetwas seine Hilfe braucht.«

»Aber für was?« fragte Loisl verschüchtert.

»Tja«, Kilian schaute sie mit blutunterlaufenen Augen an. »Das weiß ich auch nicht, aber dass er Lena hat, gibt ihm ein wirksames Druckmittel in die Hand.«

»Er wird uns nicht freilassen?« Das war eigentlich keine Frage, sondern eine Feststellung. Natürlich nicht, auch wenn Lionel alles erfüllte, was sich der Rotenecker von ihm wünschte. Sie wussten einfach zu viel.

»Ich fürchte nein«, sagte Kilian. »*Absumam, absumes, absumetis.*« Seine Augen verdrehten sich, und er fiel langsam zur Seite.

43

Wie ein Spielmann griff der Wind in die feuerfarbenen Bäume, trieb ihr Laub davon und ließ sie wie schwarze Skelette vor dem Himmel stehen. Er jagte die Blätter durch die stillen Gassen der Stadt und ließ sie nach seiner Pfeife tanzen. Gelb, braun, rot wie Flugrost, sie waren eine bunte Gruppe Gaukler, doch darunter lag der Geruch nach Tod. Der Wind wurde immer stärker, wuchs sich zum Herbststurm aus, wehte den Frauen die Röcke hoch und presste den Männern die Ohren an den Kopf. Wer zu Hause bleiben konnte, der schloss die Läden und heizte den Ofen an, denn der Tag und vor allem die Nacht vor Allerheiligen waren nicht ungefährlich. Man erzählte sich, dass dann die Grenze zwischen den Welten dünn war. Die Toten kehrten zurück und suchten die Lebenden heim. Bevor Martha mit Sanna in die Kirche ging, stellte sie für die Geister eine Schale mit Griesbrei vor die Tür, an der die Katze neugierig schnupperte. Doch statt ihre Schnauze hineinzustecken, fauchte sie finster, zog den Schwanz ein und machte sich davon.

Valentin stand unschlüssig im Hof der Familie Luginsland und zog sich die Gugel tiefer in die Stirn. Niemand durfte ihn erkennen. Die letzten zwei Wochen waren hart gewesen. Es war Renata gelungen, den fremden Ritter abzuwimmeln, doch Valentin weigerte sich, ins Klosterasyl zurückzukehren, obwohl Bruder Thomas ihn fast am Kragen dorthin gezerrt hätte. Er musste Lena finden. Doch die

Apothekerin hatte ihn davor gewarnt, ihr Haus zu verlassen. Hordenweise streiften die Gefolgsleute des fremden Ritters durch die Stadt und hörten sich nach einem entlaufenen Mörder um. Und der Hardenberger fand es wieder einmal sehr verdächtig, dass der Verdächtige sich nicht im Asyl eingefunden hatte. Tagelang hatte Valentin im Tiefkeller der Apotheke ausgeharrt und über die seltsamen Umstände nachgedacht, die ihn erneut ins Unglück gestürzt hatten. So wie die Fliegen am Honigtopf klebten, hatte er das Talent, das Pech auf sich zu ziehen. Der Abend, an dem der Fremde Kilian gefangen hatte, erschien ihm im Nachhinein wie ein Griff in ein Schlangennest. Und Lena war noch immer verschwunden. Müde fragte er sich, wie Meister Luginsland das verkraftete. Aber heute ging es um den Burgunder. Was hatte der mit dem fremden Ritter zu schaffen?

Mattes Licht drang aus der Werkstatt. Valentin atmete tief durch und drückte die Tür auf. Lionel saß am Tisch und schnitt beim Licht einer Öllampe mit dem heißen Kröselmesser in eine rote Glasplatte. Der Freiburger Glasmaler war nicht im Raum. *Zum Glück*, dachte Valentin. Das feuerrote Glasstück brach mit einem hässlichen Knacksen und landete sicher in Lionels Hand.

»Was führt dich zu mir?«, fragte er, ohne aufzuschauen.

»Ich ...« Valentin druckste herum und zog die Gugel vom Kopf. Die Werkstatt wurde durch ein Becken mit glühenden Kohlen geheizt, das ihn schwitzen ließ. Der Burgunder störte sich nicht an Valentins Gegenwart, sondern schnitt ein goldgelbes Glasstück aus, wobei das Eisen so sicher der vorgezeichneten Linie folgte, als sei es ein Silberstift. Er konnte nicht anders, er musste ihn für seine handwerklichen Fähigkeiten bewundern. Aber deshalb war er nicht gekommen.

»Wo ist Konrad?«, fragte er leise.

»Er überwacht den zweiten Brand für eine ganze Menge Scheiben.« Während Valentin noch immer neben ihm stand und seine Gugel in der Hand drehte, begann Lionel, die Fragmente auf einer durchsichtigen Glasscheibe anzuordnen und mit Wachs festzukleben.

»Pass auf! Ich habe nicht besonders viel Zeit. Wir sind im Verzug, und der Besuch des Königs nähert sich mit Riesenschritten. Was willst du also von mir?« Lionel musterte ihn, und Valentin sah, was ihn die letzten Wochen gekostet hatten. Sein Gesicht war grau und eingefallen, und die Gelassenheit, mit der er arbeitete und sprach, wirkte gespielt.

»Ich suche Lena«, sagte er leise.

Lionel lachte bitter. »Ich auch.«

»Aber warum bist du dann hier?«

Der Burgunder hob seine großen, eckigen Hände mit den überraschend langen Fingern und legte sie an den Gelenken übereinander. »Mir sind die Hände gebunden.«

»Aber der Fremde, dieser Bote da, das ist doch der Mörder von Bruder Ulrich und Marx Anstetter, und wahrscheinlich hat er auch noch Fredi auf dem Gewissen.«

»Du fragst, warum ich mich mit ihm abgebe?« Sein Blick war so voller Verzweiflung, dass Valentin einen Schritt zurückwich. »Manchmal muss man sich mit dem Teufel einlassen.«

Valentin machte seinen Mund auf und wieder zu, und der Burgunder betrachtete seine Hände.

»Meine Hände, weißt du. Ich hätte ein Ritter werden

können, die Tür dafür stand weit offen. Nur wollte ich mit dem Kriegshandwerk nichts zu tun haben. Aber sie sind noch immer waffentauglich.«

Der Burgunder senkte seinen Blick auf das unfertige Glasbild in seinem provisorischen Rahmen und setzte in aller Ruhe weitere Fragmente ein.

Eilig ging Valentin rückwärts zur Tür und verließ den Raum ohne Gruß. Waffentauglich! Der Burgunder war verrückt geworden und hatte sich von dem fremden Ritter anwerben lassen. Und ließ ihn allein im Regen stehen. Als Martha und Sanna das Tor öffneten, stand er noch immer unschlüssig im Hof und wusste nicht, wohin er als Nächstes gehen sollte.

»Servus, Valentin!«, sagte die Köchin und musterte ihn ungeniert. »Lange nicht gesehen. Möchtest du in die Küche kommen? Da ist es warm.«

Sanna rannte zur Schwelle. »Martha schau! Die Toten haben den Griesbrei noch nicht gegessen.«

Martha stemmte ihre Hände in die Hüften. »Aber die Katze auch nicht, und das hätte sie, wenn keine von ihnen da wären.«

»Wirklich?« Sanna trat ein paar Schritte zurück.

»Lena«, sagte Valentin. »Ich suche sie überall.«

Ganz plötzlich änderte sich Sannas Stimmung, und unter ihren langen Wimpern rannen dicke Tränen hervor. »Ich auch«, weinte sie.

»Meinst du, wir nicht?«, gab Martha bitter zurück. »Ich frage in der Stadt herum, aber niemand weiß, wo sie steckt. Ihr Vater liegt wieder krank in der Schlafstube, und Lionel wird von Tag zu Tag seltsamer.«

»Mit dem stimmt etwas nicht«, stellte Valentin fest.

Die Köchin nahm das kleine Mädchen in den Arm. »Das dachte ich auch schon, aber er schweigt sich aus, wie Männer es eben so tun. Jetzt hör halt auf zu heulen, Sannale. Es wird schon alles gut.«

»Wird's nicht«, schrie Sanna und rannte ins Haus.

»Da siehst du's.« Martha seufzte und folgte ihr. Auf der Schwelle drehte sie sich kurz um. »Kannst gern reinkommen. Es gibt heißen Wein und Eierkuchen.«

»Nein, danke«, sagte Valentin. Er hatte Besseres zu tun.

»Aber pass auf«, rief Martha zurück, als er schon im Tor stand. »Manchmal lungern hier so Kerle rum.«

Valentin nickte und trat auf die Gasse hinaus. Es sah ganz so aus, als sei in der Werkstatt Luginsland kein Beistand zu finden. Wider Willen stellte er fest, dass er der Einzige war, der Lena und Kilian suchen konnte. Und plötzlich wusste er auch, wo.

Lionel wischte das Wachs, das an seinen Händen klebte, an seinem Obergewand ab, stand auf und prüfte nach, ob die Tür ins Schloss gefallen war. In den letzten Tagen hatte er sich in die Werkstatt zurückgezogen und mit seiner schlechten Laune schon mehrmals den immer heiteren Konrad vertrieben. Genau wie den jungen Steinmetz, der sich aus seinem Versteck gewagt hatte, weil er einen Rat suchte.

Er spürte vages Bedauern, aber eine Lösung des Dilemmas war nicht in Sicht. Seine Hände! Er legte sie mit dem Handrücken an die Tischkante und betrachtete sie. An ihnen würde das Blut eines Königs kleben, der noch dazu sein Freund war – ein Ehrenmann zweifellos, dem er den unverdienten Tod bringen sollte. Und der Bote würde sicher gern dabei zusehen. Roteneck wäre in der Lage, eine

Gelegenheit herbeizuführen, die ihm dies ermöglichte. Wenn ihn auch nur einer bei dem Mord beobachtete, wäre Lionels Leben verwirkt, womit sich die Frage erübrigte, ob er Lena wiedersehen würde oder nicht. Doch wenn er sich weigerte, wäre sie dem Tod geweiht, zusammen mit dem Novizen, der ebenfalls unschuldig war, und der unbekannten dritten Geisel. Aber konnte Roteneck sie überhaupt am Leben lassen? Nein, dachte er. Dafür müsste er wenigstens ansatzweise wissen, was Barmherzigkeit ist. Die Gedanken drehten sich in seinem Kopf, kreisten umeinander und begannen dann wieder von vorne, der Schlange nicht unähnlich, die sich in den eigenen Schwanz verbiss.

Er rieb Schwarzlot, verdünnte es mit Wein und schattierte vorsichtig die Innenflächen der Figur Christi bei der Geißelung. Der Gottessohn hatte die Gestalt eines großen, schlanken Mannes angenommen, mit langem Haar und schmalen Händen, den er an einen Pfahl gefesselt darstellte. Zwei Schergen standen rechts und links und würden dem Menschensohn Schmerzen zufügen, wie sie seine irdischen Brüder auch erleiden mussten. Lionel gab dem Mann auf der rechten Seite das Gesicht eines Engels. Wie oft verbarg das Äußere oder der Stand, was wirklich in einem Menschen steckte? Christus hatte für alle Sünden gebüßt, die die Menschheit je begangen hatte und begehen würde, doch ob der Mord an einem vor Gott gewählten König darin eingeschlossen war, bezweifelte Lionel. Damit würde er nicht nur sein Leben, sondern auch seine ewige Seligkeit verlieren.

Der hat begnadete Hände, hatte sein Meister Thierry im zweiten Jahr seiner Lehre über ihn gesagt. Vorher war niemandem eingefallen, ihn zu loben, weder seiner Familie, in der er sich durch verstocktes Schweigen hervorgetan hatte, noch den Franziskanern, in deren Kloster er als notorischer Unruhestifter aufgefallen war. Auch der Ritter, der ihn danach zu seinem Knappen ausbilden sollte, hatte Mühe gehabt, ihn zu bändigen. Den Schwertkampf hatte er zwar dank seiner enormen Geschicklichkeit und Kraft im Handumdrehen erlernt, aber der Disziplin des täglichen Trainings konnte er sich nicht unterwerfen. Nein, das Kriegshandwerk war nicht sein Geschäft. Das hatte er gefunden, als er zum ersten Mal ein Stück bemaltes Glas in den Händen gehalten hatte, in dem sich die Sonnenstrahlen brachen. Aber er hatte den Umgang mit Waffen nicht verlernt. Mit dem Messer war er ausgesprochen geschickt, musste es sogar sein, um kein Glas zu verschneiden. Sicher konnte er dem König die Kehle durchschneiden, ohne dass dieser vor seinem Tod unnötig leiden musste.

In diesem Moment öffnete sich die Tür, und ein Mann trat ein, vierschrötig, bärtig, einer von Rotenecks Spießgesellen, die um das Haus herumlungerten und jeden seiner Schritte überwachten.

»Meister Lionel«, sagte der Mann und spuckte auf den Boden. Lionel runzelte die Stirn.

»Was willst du?«, herrschte er ihn an.

»Ich, Ihr ...« Der Mann druckste herum. »Herr von Roteneck hat einen Boten geschickt. Es geht um einen Zeitpunkt. Er sagte ... Ihr wüsstet schon, welcher gemeint ist.«

Lionels Blut gefror ihm in den Adern. Bis zur Ankunft des Königs war es noch eine knappe Woche, in der sie die restlichen Fenster fertigbrennen und einbauen mussten.

»Er lässt Euch sagen ...« Der Mann schluckte. Sein

Adamsapfel hüpfte auf und ab. »Der Einweihungsgottesdienst für das Chorfenster sei die rechte Zeit.«

Schweigend wandte sich Lionel wieder seiner Arbeit zu und umriss den Kopf Christi mit einer dunklen Kontur. Das schulterlange Haar und den Bart würde er mit Silbergelb einfärben. Roteneck wollte den König also inmitten von Menschenmassen in der Franziskanerkirche sterben lassen. Ein Mord vor Zeugen, der dem Täter unverzüglich den Tod bringen würde. Und das war nicht alles. Im geweihten Raum vergossen, würde das Blut des Wittelsbachers den Franziskanerorden so weit schwächen, dass sein Ruf für lange Zeit beschädigt blieb, was wiederum dem Papst in Avignon in die Hände spielte. Du bist gar nicht so dumm, Roteneck! Lionel ballte seine Fäuste und starrte den nichtsnutzigen Raufbold seines Peinigers voller Abscheu an. Es war fraglich, dass er die Bedeutung der Botschaft kannte oder wusste, warum er den Glasmaler bewachen sollte.

»Du kannst gehen!«, sagte Lionel und spürte das dringende Bedürfnis, den Nichtsnutz zu erwürgen, wenn er dort noch länger wie angewurzelt stehenblieb. Der Mann drehte seinen Hut in den Händen.

»Und wenn Ihr Euch nicht daran haltet, sagt der Herr von Roteneck, dann schickt er einen Finger.«

Der Gefolgsmann machte, dass er durch die Tür kam, denn Lionel hatte mit einer fließenden Bewegung Lenas Dolch ergriffen und schleuderte ihn. Die Tür war noch nicht ins Schloss gefallen, als das Messer mit zitterndem Knauf das Holz traf und genau waagerecht eindrang. Wer wusste schon, dass Lionel besser damit umgehen konnte als so mancher Vagant auf der Landstraße? Christus hatte sich willentlich in sein Schicksal gefügt. Das bringe ich nicht über mich, dachte er, stand auf und zog das Messer mit einer einzigen Bewegung heraus. Er würde es schleifen müssen.

Vor der Tür packte Valentin der Wind und wehte ihm den Zipfel seiner Kapuze in die Stirn. Die Gassen waren fast menschenleer. Dunkle Wolken trieben über den Himmel wie die wilde Jagd und versprühten kalten Regen, der sich den wenigen Fußgängern wie Eiskristalle in die Augen setzte. Einer nach dem anderen schlossen die Marktleute ihre Buden und verhängten sie sorgfältig mit Planen.

»Am Abend vor Allerheiligen sollte man daheim am warmen Feuer sitzen, Junge«, warnte ihn ein alter Mann und versteckte seine selbst gebundenen Besen unter der Plane.

Valentin nickte. In dieser Nacht waren die Toten unterwegs, das wusste sogar die kleine Sanna. Er schaute zurück in die wie ausgestorben liegende Straße, in der außer ihm nur ein einziger weiterer Passant unterwegs war. Langsam schlenderte er weiter, damit dieser ihn überholen konnte. Nein! Der andere passte sich seinem Schritt an und blieb weiter hinter ihm. Valentin kam ein Verdacht. Er stellte sich in einen Eingang, zog den Mantel eng an sich, drückte den Rücken gegen die Tür, und sein Verfolger, ein großer Mann mit tief in die Stirn gezogener Mütze, wartete gleichmütig einige Häuser hinter ihm. Nicht gerade ein Könner, dachte er grimmig. Er ging langsam weiter, und der Mann sah sich pfeifend einen geschlossenen und verhängten Marktstand an. Er legte einen Schritt zu, und der Fremde blieb ihm mit Leichtigkeit auf den Fersen. Mistkerle, alle miteinander!, dachte er und verfluchte den Boten des Königs und seine Spießgesellen. Bei dem, was er vorhatte, konnte er beileibe keine Zuschauer gebrauchen! Valentin dachte daran, zum Apothekerhaus zurückzukehren, aber das war unmöglich, denn es würde Renata den Finsterling auf den Hals hetzen. Also streifte er weiter ziellos durch die Stadt und wartete auf die richtige Gelegenheit, um sich in Luft aufzulösen. Der kalte Wind ließ seine Finger und Zehen langsam gefühllos werden. Schade, dass er in kein Wirtshaus gehen konnte, um einen heißen Würzwein zu trinken, aber seine Börse war leerer als leer. An der Ecke zur Zehntgasse stolperte er fast über Rosi, die ihr gelbes Hurentuch ins Gesicht gezogen hatte und sich bibbernd an eine Hauswand drückte.

»Schaffst du an?«, fragte er.

»Du Blödmann«, zischte sie. »Sehe ich so aus, als hätte ich das nötig bei der Kälte?«

»'tschuldigung«, stotterte Valentin.

»Schon gut. Ich warte auf Berthe. Sie holt schnell eine Arznei für die kleine Mia.« Besänftigt schaute sie ihn an. »Wie geht es dir denn?«

»Nicht so gut.« Er schaute sich um. Der Fremde stand vor einer Schenke und musterte die hell erleuchteten Fenster. »Der da, er verfolgt mich.«

»Ist das ein Stadtwächter?« Um ihn besser betrachten zu können, kniff Rosi ihre braunen Augen zusammen. »Lass mich das machen«, sagte sie dann und nahm ihn beim Arm, was den Fremden veranlasste, sich ihnen bis auf wenige Schritte zu nähern. Er stellte sich mitten auf die Straße und glotzte sie blöde an.

»Bedaure.« Rosi schüttelte lächelnd den Kopf und zog

Valentin näher an sich. »Ich bin schon vergeben. Später vielleicht, oder wenn du zuschauen willst … Das kostet aber extra.«

Sie sah dem Fremden tief in die Augen und öffnete ihre rot geschminkten Lippen, so dass man ihre regelmäßigen weißen Zähne sehen konnte. Schweigend machte der Verfolger auf dem Absatz kehrt und verdrückte sich. Valentin spürte, wie ihm ein Stein vom Herzen fiel. »Das war …«

»Saumäßig geschickt, ich weiß«, sagte Rosi ohne falsche Bescheidenheit. »Aber was hättest du gemacht, wenn er ja gesagt hätte? Beim Zuschauen, meine ich.«

Ärgerlich spürte Valentin, wie ihm flammende Röte ins Gesicht stieg, und Rosi schüttete sich aus vor Lachen. Sie trug ein safrangelbes Kleid, das am Ausschnitt mit dunklen Rosen bestickt war. Auf jeden Fall zu farbenfroh für eine Dame! An der Brust war es so tief ausgeschnitten, dass Valentin schnell wegschauen musste. Amüsiert griff sie nach seinem Arm und führte ihn eine Häuserecke weiter.

»Und Berthe?«, fragte er.

»Ach, sie wird schon verstehen, dass ich nicht zum Eisblock gefrieren will. Aber jetzt musst du mir auch erzählen, wo du hin willst.«

»Lena ist noch immer verschwunden und Kilian ebenfalls.«

»Und da willst du sie suchen.« Rosi schüttelte nachdenklich den Kopf. »Wir Huren haben versucht, ihre Spur zu finden, aber es ist, als würde man gegen eine Mauer laufen. Fremde sind in der Stadt, doch sie halten das Maul, sogar wenn wir sie mit billigem Fusel abgefüllt haben. Es ist, als hätte sie jemand auf ihr Schweigen eingeschworen.«

Sie winkte Berthe zu, die gerade am Treffpunkt ankam und sich suchend umblickte, deutete auf Valentin und wartete das Nicken ihrer Chefin ab, bevor sie Valentin weiterführte.

»Aber jetzt denkt sie doch ...«

»Lass sie doch denken, was sie will«, schlug Rosi vor. »Ich begleite dich einfach ein Stück. Dann läuft dir auch kein Fremder hinterdrein.«

Unternehmungslustig hängte sie sich bei Valentin ein, der gar nicht anders konnte, als sie mitzunehmen. Ärgerlich biss er die Zähne zusammen, aber er musste zugeben, dass sie recht hatte. Die wenigen Passanten schauten sie nur einmal an und wussten, wen sie vor sich hatten: einen Handwerksburschen, der sein billiges Liebchen für eine Nacht abschleppte. Es war die perfekte Tarnung. Rosi lachte und küsste ihn auf die Wange, was ihn furchtbar erröten ließ. Ganz egal, was die Leute glaubten. Valentin war froh, dass sie unter seiner Kapuze nicht den mutmaßlichen Meuchelmörder erkannten. Der Wind flaute auf, griff unter Rosis Rock und pfiff um die Türme der Stadtkirche, auf denen die Steinmetze gerade die Baustelle sicherten. Am Fuß des Südturms, zwischen den Grabsteinen, saß ein kleiner, schwarzweißer Hund. Valentin ließ Rosis Arm los und hockte sich auf den Boden.

»Streuner!« Laut Bruder Thomas war der Hund an dem Tag verschwunden, als man ihn bei Anstetters Leiche gefunden hatte. »Was hast du denn so lange gemacht?«

Vertrauensvoll kam der Kleine näher und leckte seine Hand. »Na klar, du hast die Baustelle gesichert und alle Diebe das Fürchten gelehrt. Oder bist du fremdgegangen?« Er musterte die Steinmetze der Stadtkirche, die gerade mit ihren Werkzeugen die Leitern herunterkletterten. »Der lungert hier schon seit Tagen rum«, brummte der Parlier.

Valentin strich ihm sanft über den Kopf, auf dem das Fell so dünn war, dass er die leichte Knochenstruktur darunter spürte. Ganz klar, Streuner hatte genauso wie er selbst den festen Stand in seinem Leben verloren. »Er ist ein guter Wachhund«, sagte er leise und schaute dem Parlier in die Augen.

»Dieser Winzling! Dass ich nicht lache!«, gab der zurück und machte sich mit seinen Kumpanen ins Wirtshaus davon.

»Wenn die ihn hier nicht schätzen, nehmen wir ihn mit!« Rosi bückte sich, schnappte sich das Hündchen und klemmte es sich unter den Arm. »Dann hast du wenigstens deinen Hund wieder.«

Valentin zuckte die Schultern und schüttelte den Kopf. Wie sollte er ihr erklären, dass er Streuner nur schlecht in Renatas Kellerverlies halten konnte. Ganz stubenrein war er schließlich nicht.

»Das geht schon«, sagte sie. »Im Notfall bleibt er eben bei mir.« Unternehmungslustig sah sie sich um. »Und wohin gehen wir jetzt?«

»Hmm«, sagte er. »Das ist keine so gute Idee.«

»Was?«, fragte sie beleidigt.

»Dass du mich begleiten willst. Es ist kein Ort für ... eine Frau.«

Sie stützte den freien Arm in die Hüfte und schaute ihn an, als hätte sie anderes von ihm erwartet. Streuner bellte leise. »Du warst immer der Anführer«, sagte sie leise. »Und ich habe dich gemocht, weil du in deiner Räuberbande keinen Unterschied zwischen Jungs und Mädels gemacht hast.«

»Mach halt, was du willst«, brummte er und ging voraus, ohne sich umzusehen. Rosi folgte ihm mit Streuner auf dem Arm. Jetzt hatte er nicht nur ein Freudenmädchen, sondern auch noch einen zu klein geratenen Hund an der Backe.

44

»Mach schon!«, sagte Rosi und schaute sich um, als ob sie hier, tief unter der Erde, jemand verfolgen würde. Valentin steckte den Dietrich in das Schlüsselloch der Kellertür und drehte, was gar nicht so einfach war, wenn man nur eine Hand zur Verfügung hatte. Sein anderer Arm steckte noch geschient in einer Schlinge. Er atmete tief durch und konzentrierte sich, aber der Dietrich fand die Stelle nicht, an der sich das Schloss wie Butter drehen würde. Mit Hilfe des Generalschlüssels hatten sie die wohlgehüteten und an diesem Abend menschenleeren Spitalkeller durchquert und standen jetzt vor dem ersten fremden Keller, der sie in das Gewirr der Keller unter der Webergasse führen würde. Valentin hielt inne und sah sich um. So weit hinein hatten sie sich noch nie getraut, auch in den wilden Zeiten ihres Daseins als Gassenkinder nicht. Doch heute war alles anders, denn es bestand die Möglichkeit, dass der Mörder Lena im dunklen Labyrinth unter Esslingen gefangen hielt.

»Komm lieber mit dem Öllicht näher!« Verbissen stocherte Valentin weiter, während Rosi neben ihm unruhig von einem Bein aufs andere tänzelte. Er hatte sich damit abgefunden, dass sie dabei war, und freute sich insgeheim sogar über ihre Gegenwart. Denn es war fast dunkel hier, und die Nacht vor Allerheiligen ließ die Schatten der Toten über die feuchten Wände tanzen.

Ohne Murren war seine Mutter im Katharinenspital auf

seinen Plan eingegangen und hatte nicht nur Streuner für die ganze Nacht übernommen, sondern ihm auch den Generalschlüssel für die Keller besorgt. An Rosi aber war ihr Blick so zweifelnd hängengeblieben, dass diese tief errötet war.

»Das werde ich büßen müssen«, hatte die Mutter gesagt, als sie ihm den Schlüssel übergab. »Die Oberin ist streng und hat keinen Sinn für weltliche Vergehen. Aber wenn der Schlüssel euch hilft, Lena zu finden, ist es nicht ohne Sinn.«

Blaue Augen schauten in blaue Augen.

»Danke!«, hatte Valentin gesagt und sie noch einmal an sich gedrückt.

»Hätt ich gar nicht gedacht von der Betschwester«, war Rosis schnippischer Kommentar gewesen. Und dann waren sie in den Keller des Spitals hinabgestiegen, der jetzt, am späten Abend, wie ausgestorben dalag. Hier roch es nach neuem Wein, süß, schwer und ein bisschen vergoren, so dass man allein vom Geruch schon fast betrunken wurde. Ungeniert hatte Rosi sich aus einem Fass bedient und sie mit zwei gut gefüllten Bechern versorgt, die sie auf einen Zug geleert hatten. Zunächst hatten sie die Gewölbe durchquert, die sich unter dem Spitalsplatz befanden. Ordentlich reihten sich Fässer aus Eichenholz an den Seiten auf. Sie wussten beide, dass es außerhalb des Spitalkellers einen Gang gab, der in die Regionen führte, in denen das Spital als größtes Weingut Esslingens manchmal Keller zusätzlich anmietete, und fanden ihn ohne Probleme. Doch jetzt, wo sie die Keller der anderen Weingüter der Stadt betreten wollten, konnte er den Dietrich nicht drehen.

»Ich schaff es nicht«, stöhnte Valentin.

»Lass mich mal.« Rosi drückte ihm das Öllicht in die Hand, nahm das Werkzeug zwischen die Finger und stocherte verbissen im Schlüsselloch herum. »Im Notfall tret ich die Tür ein«, sagte Valentin entschlossen.

»Dazu wird es nicht kommen.«

Das Schloss drehte sich, und die Tür schwang auf. Sie standen in einem Weinkeller, der sich kaum von denen unterhalb des Spitals unterschied. Er war nur etwas kleiner.

»Ich wusste gar nicht, dass du eine so talentierte Einbrecherin bist.«

Rosi lächelte zufrieden. »Einmal unehrlich, immer unehrlich!«

Sie achteten darauf, die Tür hinter sich abzuschließen, durchquerten den Keller und öffneten, diesmal fast ohne Probleme, die Tür zum nächsten. Wieder das gleiche Bild: ein Weinkeller, gut bewirtschaftet, sauber und voller frisch befüllter Fässer. Mit dem Dietrich bahnten sie sich den Weg zum Keller des Nachbarn, wo es schon ganz anders aussah. Die Hausherren kamen scheinbar nicht mit der Arbeit hinterher. Aus einem Fass stank es erbärmlich nach den Resten gepresster Trauben. Als Kilian mit der Lampe herantrat, stob eine Wolke winziger Fliegen von der Maische auf und setzte sich auf ihr Gesicht, die Kleider, die Hände. Eine Ratte hastete über ihre Füße und verschwand zwischen den Fässern.

»Igitt!«, schrie Rosi.

»Was für ein Schlendrian.« Valentin schüttelte missbilligend den Kopf.

»Was suchen wir eigentlich?« Rosi bibberte in der kühlen, feuchten Luft des Weinkellers.

»Irgendwas Verdächtiges. Einen Keller, der leer steht. Spuren von Kilian und Lena oder am besten sie selbst, unbewacht natürlich.«

»Aber ...« Rosi fuhr sich mit der Zunge über die Lippen. »Wenn der Mörder kein Esslinger ist, und das ist doch inzwischen ziemlich sicher ...«

Valentin nickte unwillig.

»Wie kann er dann wissen, dass es in Esslingen zusammenhängende Weinkeller gibt?«

»Keine Ahnung! Er ist eben gut informiert.«

Rosi hielt ihn an seinem gesunden Arm. »Wir sollten umkehren. Wenigstens für heute.«

»Noch einen Keller, und dann machen wir Schluss!« Valentin ging schnurstracks geradeaus. Wenn Rosi ihm nicht folgen wollte, konnte sie es ja bleibenlassen. Im nächsten Keller, den Valentin selbst mit seinem Dietrich öffnen konnte, erlebten sie eine Überraschung. Auf einem dreibeinigen Hocker saß ein alter Mann und bediente sich aus einem Weinfass. Valentin blieb fast das Herz stehen.

»Hallo«, sagte der Weißhaarige und drehte den Verschluss des Fasses auf, so dass der reife Rotwein in hohem Bogen in seinen Tonkrug sprudelte. »Wollt Ihr mit mir ... den Becher heben. Meine Tochter, sie will nicht ... dass ich sauf.« Er war so betrunken, dass er die Worte kaum noch richtig aneinanderreihen konnte. Das bewirkte wohl auch, dass ihm die Eindringlinge nicht sonderbar vorkamen.

»Nein, danke!«, sagte Valentin und hielt den Hocker fest, auf dem der Mann mit den Armen ruderte.

»Scha... hicks ...de!« Plötzlich sah der Alte sie aus blutunterlaufenen Augen schlau an. »Hier läuft ja allerhand Gesindel herum, Tag und Nacht. Aber ihr, ihr ...« Er lachte wissend. »Ihr sucht wohl nur ein Liebesnest. Ja, ich war auch mal jung.«

Valentin merkte, dass ihm schon wieder die Röte ins Gesicht stieg, und er ärgerte sich, dass Rosi wieder einmal völlig fehl am Platze kichern musste. Widerwillig ließ sie sich von ihm fortziehen. »So einen Becher Wein hätte ich gut vertragen können«, maulte sie.

»Wenn wir geblieben wären, würde er sich sicher an uns erinnern«, sagte Valentin.

»Der doch nicht. Der ist stockbesoffen.«

Sie liefen um ein paar Ecken, durchquerten zwei Gänge mit Eichenfässern und standen vor der nächsten Tür.

»Vater?« Eine Frau rief von oben nach dem Alten, und die beiden machten, dass sie weiterkamen. Valentin ruckelte an der Tür zum nächsten Keller. Jetzt war es an ihm, sich zu wundern, denn die Tür sprang anstandslos auf.

Als er sich umsah, begann sein Herz zu klopfen. Wenn ein Keller geeignet war, um Menschen zu verstecken, dann dieser hier. Alte Weinfässer rotteten auf den Gängen vor sich hin. Ein saurer, essigartiger Geruch lag in der Luft, der von dunklen, eingetrockneten Lachen auf dem Boden ausging. An den Wänden befanden sich mit Holzgittern abgetrennte Verschläge.

»Wenn du jemanden verschwinden lassen willst, wäre das der ideale Ort.« Er leuchtete mit der Öllampe die Winkel aus. Rosi trat an die Verschläge heran und öffnete die Holztüren.

»Hier!«, sagte sie leise. Im zweiten der käfigartigen Räume lag ein blaues Haarband. Es war Lenas. Valentin bückte sich, hob es auf und roch daran. Etwas von ihrem Geruch haftete an dem Band, nach Zimt und Sonne und dem Haarwaschmittel Renatas. Auf dem Boden lag ein umgekippter, ausgetrockneter Becher. In der Ecke dunkle Flecken. Blut! Aber die Geiseln waren fort.

»Du hattest recht, Valentin«, sagte Rosi und legte ihm ihre Hand auf den Arm. »Sie waren hier.«

»Sie sind es aber nicht mehr.« Er schaute sich um. Der Keller hatte keinen Aufgang, nur eine Tür, die in den nächsten führte. Er stürzte auf sie zu und rüttelte mit aller Gewalt daran, doch es tat sich nichts, denn auf der anderen Seite war ein eiserner Riegel vorgelegt. »Verdammt!«, schrie er, polterte mit seinem gesunden Arm ans Holz und trat so fest dagegen, dass er sich den Zeh verstauchte. Doch die Tür hing fest wie aus Eisen in ihren Angeln und gab keinen Spaltbreit nach. »Lena!«, schrie er, »Kilian!«

»Schhh.« Rosi sah sich beunruhigt um. »Du weißt nicht, ob die Raufbolde hier noch irgendwo sind. Was ist, wenn hier plötzlich einer auftaucht?«

Genau das wollte er, den Schergen des fremden Ritters gegenüberstehen und kämpfen, treten, beißen, schlagen und alle unfairen Tricks anwenden, die er je gelernt hatte. Stattdessen begann er zu weinen, heiser und von stoßweisen Schluchzern unterbrochen. Rosi nahm ihn in den Arm und klopfte ihm den Rücken. »Schon gut! Wir kommen morgen wieder. Wenn nötig mit einer Axt. Du kriegst dein Mädchen und deinen Freund schon zurück.«

Valentins Tränen versiegten unter den sanften Worten, deren Bedeutung ihm fast egal war, Hauptsache, sie hörte nicht auf. Doch dann merkte er plötzlich, dass sein Körper auf Rosi zu reagieren begann. Konnte es eine größere Peinlichkeit geben? Und passend dazu, fast, als hätte sie es geahnt, biss sie ihn sanft ins Ohr und hörte nicht auf, damit zu spielen, was sich erstaunlich gut anfühlte. Sie zog ihn zu einem Stapel zerlumpter Säcke und schob ihn mit dem Rücken darauf. Wie selbstverständlich setzte sie sich breitbeinig auf ihn. Das Gefühl ihrer nackten, prallen Schenkel an seinen Hüften brachte ihn fast um.

»Lass dich einfach gehen«, flüsterte sie und löste die Flut dunkelbrauner Locken aus dem Hurentuch. Unwillkürlich vergrub er seine Hände darin. Und dann küsste sie ihn auf den Mund.

Einerseits fühlte Valentin sich mies – Was tat er da nur? –, auf der anderen Seite wollte er, dass sie auf keinen Fall damit aufhörte. Und sein Verlangen schaltete seine Vernunft schließlich problemlos aus. Rosi schob seinen Kittel hoch, streichelte seinen Bauch und ließ ihre Hände zu seiner Brust wandern, was Lustschauder in seinen Lenden auslöste.

»Du bist so gut gebaut«, schnurrte sie. »Das wusste ich schon eine Weile. Schließlich klettert ihr Steinmetze immer ohne Hemd auf dem Gerüst herum.«

Aha, dachte er völlig perplex. Valentin wusste zwar, dass ihn die harte Arbeit auf der Baustelle gestählt hatte. Doch dass sein muskulöser Oberkörper der umherschweifenden Damenwelt gefallen könnte, war ihm völlig neu. Die Berührung von Rosis Händen auf seinem Oberkörper brannte wie Feuer, ermutigte ihn aber auch, ihre Brüste aus dem Mieder zu holen und mit den Händen zu umfassen. Er stöhnte leise. Sie waren groß, schwer und dabei unglaublich weich. »Du darfst sie ruhig kneten«, sagte sie und machte sich weiter an ihm zu schaffen. Alles, was unterhalb seines Bauchnabels geschah, ließ ihn völlig den Verstand verlieren.

»Nicht!«

Sie musste aufhören, bevor einer der Fremden in diesem Weinkeller auftauchte und sie beide erschlug.

»Doch«, sagte sie leise und küsste ihn mit Lippen, die sich öffneten wie Blütenblätter. Dann schob sie sich auf ihn und nahm sein Glied in sich auf. Er dachte kurz an Lena, aber dann konnte er nicht anders, er musste sich in Rosi bewegen, die ihn feurig ritt. Viel zu schnell war es vorbei. Sie streichelte seine schweißnasse Brust.

»Das war gut«, sagte sie und küsste ihn wieder.

Und es begann von neuem. Sein Körper spielte das lustvolle Spiel wieder mit ihr, diesmal konnte er es länger hinauszögern und wunderte sich nur, dass sie stöhnte und über ihm zusammensank.

»Habe ich dir weh getan?«, fragte er verunsichert.

»Nein, du Dummer!« Sie lachte leise und löste sich von ihm. Wie selbstverständlich richtete sie ihr Haar und ihre Kleider. Valentin fiel ein, dass sie mit der eben ausgeübten Tätigkeit ihren Lebensunterhalt verdiente, und kam, während er seine Beinlinge wieder befestigte, aufs Geschäftliche zu sprechen.

»Ich kann dir heute nichts zahlen. Aber wenn du willst, treibe ich es irgendwie auf.« Er fragte sich nur, wie.

Tränen traten in ihre Augen. »Du hast gar nichts verstanden«, sagte sie und stapfte beleidigt davon. Frauen! War sie etwa keine Hure? Valentin folgte ihr, nestelte dabei an seinen Beinlingen herum und zog sich den Kittel glatt. »Warte doch!«

»Jetzt nicht mehr!« Sie öffnete die Tür zum Keller nebenan, in dem der Alte getrunken hatte, trat ein und schrie leise auf.

»Valentin!«, rief sie geschockt, und er erstarrte für einen

Moment. Da war jemand, und es war nicht der Betrunkene. In dem Raum befanden sich auch nicht die Schergen des Fremden. Zumindest eine der Stimmen kam ihm so bekannt vor, dass er lieber Fersengeld gab. Verdammt!, dachte er, drehte sich um und rannte, so schnell er konnte, in den verlassenen Keller zurück. Doch es war zu spät. Durch die enge Tür zum Nachbarkeller drängten sich Hardenbergs Bewaffnete und ergriffen ihn, kaum hatte er den verschlossenen Ausgang erreicht.

»Hab ich dich, Murner!« Der Uracher Ritter rieb sich die Hände. »Ertappt beim Einbruch in einen Esslinger Weinkeller. Ein gemeiner Dieb bist du noch dazu.«

»Dazu was?« Er war so zornig, dass er heftig an den Armen der Hardenberg'schen Gefolgsleute riss.

»Das wird sich noch zeigen!« Hardenbergs Gesicht war gerötet. »Darum hat die ehrenwerte Hausfrau uns ja gerufen.«

Er deutete auf eine junge Frau, die sich verlegen die Hände an der Schürze abputzte. »Ich brauch keine Huren und ihre Böcke im Weinkeller, die den Vater ausrauben, wenn es ihnen danach ist.«

Ihr Blick ging in Rosis Richtung, die unter ihrem wirren Haar knallrot wurde.

»Unsittliches Verhalten«, sagte der Hardenberger. »Auch das noch.«

45

Lionel stand hoch oben im Chor der Franziskanerkirche auf der Leiter und baute die restlichen sechs Glasfenster ein, die den Zyklus vollendeten. Über sich hatte er nur noch den Schlussstein des Fünfachtelgewölbes, das in zierliche, bis zum Boden reichende Dienste auslief. Wie immer staunte Lionel über die schlichte, aber in ihrer Steilheit gewagte Architektur, die sein Fenster jetzt in ein neues Licht setzte. Die milde Herbstsonne des Novembertags reichte aus, um es im Zentrum der kalkigen Helligkeit des Gewölbes zum Strahlen zu bringen. Gerade setzte er die mittlere Scheibe der obersten Reihe ein, die den Weltenrichter mit den zwei Schwertern der Gerechtigkeit im Mund zeigte. Er thronte auf dem Regenbogen und wies auf seine Wunden, ein Heilsbringer, der alle Schmerzen überwunden hatte und nun über die Welt zu Gericht sitzen würde. Wie würde das Urteil ausfallen, das er über Raban von Roteneck und Lionel Jourdain de Pontserrat zu fällen hatte?

Entschlossen schob Lionel die Gedanken an das Kommende beiseite. Es war richtig gewesen, dass er durchweg kräftige Farben gewählt hatte, bei denen das Gelb mit dem dunklen, tintigen Blau kontrastierte und von einem starken Rotton aufgefangen wurde. Das ganze aus fünfundvierzig Scheiben bestehende Chorfenster leuchtete intensiver als der echte Regenbogen, fast so stark wie die aufgehende Sonne, die ein würdiges Symbol Christi war und sich allein in der Glasmalerei annähernd spiegelte.

Draußen hörte er schon die Fanfaren, die den Besuch des Königs ankündigten. Ludwig würde sich auf seinem edlen, arabischen Rappen zur Kirche begeben und von seinem Rücken aus die Stadtbürger begrüßen, die rechts und links die Straßen säumten. Bürgermeister Kirchhof hatte die Ehre, das Pferd des Herrschers zu führen, was ihn vom Stand her wenigstens für den Moment mit einem seiner adligen Lehnsmänner gleichsetzte. Lionel hörte, wie die Menschen dem König und seinem Gefolge zujubelten. Gleich würden sie über den Holzmarkt kommen, Ludwig würde absteigen, sein Pferd einem seiner Knappen übergeben und die Treppe zur Kirche hinaufsteigen.

»Wir müssen fertig werden.« Das Gewölbe verdoppelte die Stimme von Lenas Vater. Trotz seiner Herzschwäche hatte Heinrich ihnen in den letzten Tagen unter die Arme gegriffen und mit seiner Erfahrung die Abläufe geleitet. Und selbst der Altgeselle Johann und die Lehrbuben waren von morgens bis abends auf den Beinen gewesen. Lionel hatte sich über jede zupackende Hand gefreut, vor allem aber über Konrads, der bei dem ganzen Durcheinander den Überblick behalten hatte.

Der Freiburger packte noch schnell das Gerüst zusammen, das sie erst vor zwei Stunden abgebaut hatten. So knapp war noch keiner von Lionels Aufträgen fertig geworden. Er hatte in der letzten Woche kaum noch Zeit zum Schlafen gefunden. Tagsüber hatten sie die restlichen Fenster bemalt, die Bleiruten eingefügt und den letzten Brand überwacht, bei dem auch das Silbergelb auf Haaren und Heiligenscheinen fixiert wurde. Und nachts hatte er an den sechs obersten Scheiben gearbeitet. Keine fremde Hand hatte er an sie herangelassen, was ihm von

Konrad so manchen argwöhnischen Blick eingebracht hatte.

Er fügte das letzte Fenster in seine Umrahmung ein und blickte zurück. In der allgemeinen Aufregung war niemandem aufgefallen, dass die beiden obersten Reihen keine Anker hatten, die sie fest mit dem Mauerwerk und den umgebenden Scheiben verbanden. Weit hinten, im riesigen Langhaus der Kirche, öffnete sich das Hauptportal, und der König und sein Gefolge traten ein. Nach ihnen drängte sich halb Esslingen durch die Tür in die schlichte, aber geräumige Kirche, deren Hauptschiff sich mit dem Raunen unzähliger Menschen füllte. Prior Johannes führte seine Mönche in den Chor und sah mit Entsetzen, dass Lionel noch immer auf der Leiter stand.

»Meister Jourdain«, rief er, Panik in der Stimme. »Es geht los.«

Die Mönche nahmen im Chorgestühl Platz, darunter Bruder Thomas, der ihm ernst zunickte. »Schon gut«, sagte Lionel und tat, was getan werden musste. Vorsichtig drückte er das Wachs, das statt Blei die unteren Ränder begrenzte, in die Halterungen und zündete die Dochte an. Es lag ein leichter Duft nach brennendem Wachs in der Luft, ein klein wenig Rauch stieg auf, der aber von den zahllosen brennenden Kerzen im Chor mühelos überspielt wurde. Dann stieg Lionel die Leiter hinab und schaffte diese in die Sakristei, wobei ihm die Hände so zitterten, dass ihm ihre Halme beinahe entglitten wären. Zum Glück packte Konrad mit an und stellte sie in die Ecke. Gemeinsam gingen sie in den Chor zurück und warteten an der Wand neben dem Chorgestühl auf den König.

Währenddessen durchschritt Ludwig, ein hochgewachsener Mann mit schütterem, rotem Haar, würdevoll das Langhaus und grüßte die vielen festlich gekleideten Gäste, die ehrfurchtsvoll schwiegen. Durch die Arkaden des Lettners sah Lionel, dass eine Frau, die weit vorn am Rand des Mittelgangs stand, ihr kleines Kind auf Schulterhöhe hob und Ludwig ihm für einen Moment die Hand auf den Kopf legte. Das Kind aber packte den Hermelinmantel des Herrschers und vergrub seine rundlichen Fäuste darin. Ludwig lachte freundlich, als die Mutter die kleinen Hände unter Entschuldigungen löste, und wies seinen Seneschall an, ihr eine Münze zuzustecken. Jubel brandete auf. Keine Spur mehr davon, dass Esslingen noch vor einigen Jahren seinem Widersacher Friedrich von Habsburg ewige Treue geschworen hatte. Die Menschen lieben ihn, dachte Lionel beklommen.

Hinter dem König schritt sein Gefolge einher: Ritter und Wachen in farbenprächtigen Waffenröcken, Höflinge und bunt gekleidete Damen. Lionel hielt Ausschau nach Raban von Roteneck und entdeckte ihn unter den Rittern des Königs – einer von vielen, die mit ihrem Schwert seine Sicherheit garantierten und für ihn in die Schlacht zogen. Er unterhielt sich freundlich mit seinem Nebenmann und ließ niemanden ahnen, was er im Schilde führte. Der Chor füllte sich jetzt auch langsam mit den Esslinger Ehrengästen, die an diesem Tag die Ersten sein sollten, die die Geschichte des Gottessohns im funkelnagelneuen Chorfenster betrachten durften, darunter der Rat, die Zunftmeister, verschiedene Mitglieder der Esslinger Patriziergeschlechter, der Stadtpfarrer, die Kapläne und die Obersten der Klöster. Unter ihnen war auch Prior Balduin, der Lionel herablassend zunickte. Sie alle nahmen an den Seiten des Chors Aufstellung und ließen die Mitte frei für den König und seine Getreuen. Als Ludwig den Chor betreten hatte, brandete der Gesang der Mönche auf und trug sie wie ein auf und ab wogendes Schiff. Ludwig grüßte nach links und rechts und beugte vor dem Obersten der Franziskaner das Knie, der ihn segnete. Danach nahm er auf dem prächtig geschnitzten Holzthron Platz, den man ihm zu Ehren in die Mitte des Chors gestellt hatte, und wandte seine Augen bewundernd dem Chorfenster zu. Hinter ihm baute sich sein Gefolge in fester Rangordnung auf. Roteneck stand im Kreis der Ritter in der zweiten Reihe hinter dem König und grüßte Lionel mit einer höflichen Neigung des Kopfes. Danach folgte ein Wolfslächeln, das weiße, gesunde Zähne und die Kälte seines Herzens offenbarte. Lionel übersah ihn und zählte die Menge durch, die inzwischen den Chor bevölkerte. Was würde geschehen, wenn es so viele wurden, dass sich einige unter das Fenster stellen mussten? Nervös putzte er seine feuchten Hände an seinem Obergewand ab und schaute nach oben. Noch hielt es, aber lief da nicht ein feuchter Streifen Wachs wie eine Träne die Senkrechte hinab?

Da winkte ihn der König zu sich heran. Lionel folgte dem Ruf und sank in eine tiefe Verbeugung, doch Ludwig hieß ihn, aufzustehen und noch näher zu treten.

»Trefflich, trefflich, Lionel!«, sagte er. »Das habt Ihr gut gemacht, würdig des Gottessohns und des heiligen Franziskus gleichermaßen.«

Sein Mund war staubtrocken, so dass er nichts anderes konnte, als ihm zuzunicken. Doch als er sich zurückziehen wollte, hieß ihn der König an seiner Seite zu bleiben. »Wer, wenn nicht der Meister selbst, sollte den ersten Blick auf das Leben Christi haben, das hier so detailgetreu dargestellt wurde.«

Bevor sich Lionel neben den König stellte, fing er Rotenecks triumphierenden Blick auf, und sein Magen drehte sich um. Dann begann der Prior seine Ansprache, in der er das Leben Christi als Heilsbringer anhand der typologisch aufgebauten Fenster erläuterte, und er beobachtete die Fenster weit über ihm. Er wusste nicht, was geschehen würde, wenn sie aus ihrer Verankerung brachen, doch er brauchte diesen einen Moment, der die Welt ins Chaos stürzte.

Vielleicht würde das ganze Fenster zu Staub zerbersten, platzen, explodieren, wie das manchmal mit Gläsern geschah, die unter der falschen Spannung standen. Vielleicht würde es Menschen verletzen oder töten. Noch nie hatte er seine eigenen Glasfenster als Waffe benutzt.

Die Fanfaren waren verklungen, mit denen Esslingen den Besuch des Königs feierte. Jetzt würden sie alle in der Kirche sein, das neue Glasfenster bewundern und dort hoffentlich eine Weile bleiben. Valentin stand auf, öffnete die Tür seiner Zelle und trat auf den Gang hinaus. Die Vögel waren allesamt ausgeflogen. Grimmig und ziemlich wütend hatte ihn der Arzt beim Hardenberger ausgelöst, der ihn eigentlich wieder in den Turm werfen lassen wollte, und ihn ins Asyl im Franziskanerkloster zurückgebracht. Jetzt saß er zwar im Arrest, aber das war immer noch besser als der Turm und die peinliche Befragung. Als ihm der Arzt die Schiene von seinem gebrochenen Arm entfernte, hatte er versucht, mit ihm zu reden, hatte seine Gründe für den Besuch in den Kellern geschildert, wobei der Zwischenfall mit Rosi natürlich unerwähnt blieb. Zuerst hatte Thomas seinen Arm mit einer Grobheit verarztet, die gar nicht zu ihm passte, doch als die Rede auf den Keller mit den Holzverschlägen kam, hatte er ihm doch zugehört. Und jetzt war die Tür seiner Zelle seltsamerweise offen.

Einen Moment später stand Valentin an der Pforte.

»Aber du sollst doch … oder doch nicht?«, der Bruder Pförtner schaute ihn zweifelnd an und kratzte sich den Kopf.

»Schhh.« Er legte einen Finger auf den Mund und lächelte Bruder Nepomuk zu, der im Laufe der nächsten Minuten mit Sicherheit vergessen würde, dass Valentin abgängig war. Dann trat er nach draußen. Die Gassen der Stadt lagen verlassen im Sonnenschein des kurzen Novembertags. Die Kapuze seiner Gugel über den Kopf geschoben, schlich sich Valentin von Straßenecke zu Straßenecke, immer in Richtung des wie ausgestorben daliegenden Fürstenfelder Pfleghofs. Hier hatte der fremde Ritter logiert, und hier hatte er sich mit Lionel getroffen. Valentin wusste, dass der verlassene Keller in dieser Gegend liegen musste, konnte aber nicht glauben, dass er zum Pfleghof gehörte. Pater Ambrosius vom Heimatkloster in Fürstenfeld würde eine solche Platzverschwendung sicher nicht zulassen, nicht bei dem Aufkommen an Wein, den das Königskloster jedes Jahr in Esslingen verarbeiten ließ. Also vielleicht nebenan? Er schaute sich die Häuser in der Heugasse an, alles Wohnstätten ehrenwerter Handwerker, Händler und Patrizier mit gepflegten, mehrstöckigen Fassaden und Dienstpersonal, das einen Weinkeller nicht verkommen lassen würde. Plötzlich schlug sich Valentin mit der Hand an die Stirn. Das Unglückshaus, natürlich! Warum war er nicht schon früher darauf gekommen? Es lag in zweiter

Reihe, im Hinterhof der übernächsten Nachbarn des Pfleghofs. Eine ganze Familie armer Wollweber hatte in dem windschiefen Fachwerkhaus gewohnt. Allesamt waren sie im Frühjahr am Fieber gestorben, die Mutter, der Vater und drei kleine Kinder. Da sie keine Esslinger gewesen waren, hatte ihr Tod keine hohen Wellen geschlagen. Solche Dinge kamen vor und konnten jeden treffen. Valentin wusste nur nicht, ob das Haus inzwischen wieder vermietet war. Gehörte es nicht vielleicht sogar zu den Liegenschaften des Pfleghofs?

Vorsichtig öffnete er das Haupttor des Vorderhauses. Die Tür quietschte so, dass es ihm ganz kalt über den Rücken lief. Was, wenn eine Magd oder ein alter Knecht daheim geblieben war und ihn erneut beim Hausfriedensbruch ertappte? Doch er begegnete keinem Menschen, durchquerte den Flur und öffnete erleichtert die Tür zum Hinterhof. Sie war offen! Zum Glück. Der Innenhof lag im Schatten. Am Haus des fremden Webers waren die Läden geschlossen und die Tür verriegelt. Vorsichtig schob er sich an der Hauswand des Vorderhauses entlang. Eine Katze nahm maunzend Reißaus, und Valentin zertrat ein Beet mit spätem Salat, bis er dem Eingang genau gegenüberstand. Nichts deutete darauf hin, dass sich in dem tristen Gebäude ein Mensch befand. Oder doch? War da nicht ein Lichtschein hinter einem der Fensterläden? Als Valentin sich tiefer in den Schatten duckte, klopfte ihm das Herz bis in die Kehle. Er war keinen Moment zu früh in Deckung gegangen, denn nur einen Herzschlag später öffnete sich die Tür, und zwei Männer traten heraus.

»He, Kuno«, tönte es von innen. »Bring uns aus der Kirche Bescheid!«

Die beiden machten sich über einen schmalen Gang am Haus entlang in Gegenrichtung davon. Volltreffer! Valentin hatte die Spießgesellen des Boten gefunden. Und vielleicht auch Lena und Kilian. Seine Gedanken überschlugen sich. Würde die Zeit bis zum Ende des Gottesdienstes für einen Befreiungsversuch reichen? Und was, wenn er es im Inneren des Hauses mit einer ganzen Meute an Feinden zu tun bekam? Valentin tastete nach dem Beizeisen, das er aus seinem Werkzeugkasten geholt hatte. Von einer entschlossenen Hand geführt, war das Steinmetzwerkzeug eine tödliche Waffe, und er war sich sicher, es wirksam einsetzen zu können. Er schlich über den Hof, in dem der Schatten des Haupthauses immer länger wurde, und drückte sich an die Wand des Hinterhauses. Aus dem Inneren waren zwei Stimmen zu hören.

»Was meinst du, krepiert uns der Junge heut Nacht?«, fragte einer.

»Dass der es so lange gemacht hat, ist sowieso ein Wunder.«

»Ich hätt es ja beschleunigt, aber die rothaarige Katze verteidigt ihn mit Zähnen und Klauen.«

»Ich finde sowieso die dralle Blonde hübscher, aber die hat sich der Roteneck fürs Bett ausgeguckt.«

Valentin runzelte die Stirn. Gab es etwa drei Geiseln?

»An dem rothaarigen Drachen beißt du dir nur die Zähne aus.« Die Stimme lachte glucksend, und Valentin ballte die Fäuste.

»Das ist eine Hexe«, sagte der andere. »Da bin ich mir sicher.«

Valentin hatte genug gehört. Sie lebten noch, alle drei, auch wenn es bei Kilian fraglich war, ob er bis zum nächsten Morgen durchhalten würde. Mucksmäuschenstill schob er sich durch die offenstehende Eingangstür in den stillen, dunklen Gang.

»Was war das?«, fragte einer der Wächter. »Warte!«

Geistesgegenwärtig schlüpfte Valentin hinter die geschlossene Küchentür.

Ein Holzstuhl rumpelte über den Fußboden. Als der Wächter die Tür öffnete, schlug er sie Valentin fast ins Gesicht. Dann durchquerte er den Flur und zog die Haustür auf, so dass ein Schwall kühle Luft hereinkam.

»Hier ist nichts!«, rief er seinem Kumpan zu. »Aber ich schaue nach, ob der Knecht vom Vorderhaus wieder hier rumlungert.«

Valentin huschte über den Flur und rettete sich aufs Geratewohl in ein Zimmer, das zum Glück leer stand. Neben einem Haufen Männersachen von guter Qualität prangte auf dem Bett ein frischer Blutfleck. Das musste wohl Rotenecks Absteige sein. Unbehaglich dachte er an die dritte Geisel. Doch dann nahm allen Mut zusammen, durchquerte den Gang und sperrte die Tür zum Hof zu.

»Hier draußen schleicht keiner rum«, ließ sich der Wächter vernehmen. »Aber warte! Ich schaue noch im Vorderhaus nach.«

Was auch immer Rotenecks Plan sein mochte, die Leute vom Vorderhaus waren sicher eingeweiht. Verräter unter den Patriziern von Esslingen, dachte Valentin geschockt. Schnell und leise wie der Wind lief er die Treppe hinauf. Im Gang im ersten Stock lagen drei Türen nebeneinander, doch nur eine davon war verriegelt. Er schob den Riegel zur Seite, holte tief Luft und öffnete.

»Valentin!«

Ihre Stimme war heiser und unglaublich erschöpft. Die langen, lockigen Haare hingen wirr um ihr blasses Gesicht, in das Schmerz und Hass ihre Schriftzeichen gemalt hatten, doch sie war ungebrochen. Einen Moment lang dachte Valentin, dass sie wirklich eine Hexe sein musste, dann lag sie in seinen Armen. In der Ecke saß das andere Mädchen auf einem Stuhl. Er kannte sie nicht, doch gegen ihr grün und blau geschlagenes Gesicht war Lena schön und heil. Und auf dem Bett lag still und weiß Kilian, dem Tode näher als dem Leben. Sein Gesicht war starr, die Augen geschlossen, die Nase schmal und spitz.

»Er atmet noch«, sagte das fremde Mädchen.

»Es ist ein Wunder, dass er bis jetzt durchgehalten hat«, flüsterte Lena und legte ihm die Hand auf die Stirn. Valentin hatte die Anzeichen bei den Pfründnern des Spitals gesehen. Wenn jemand gehen wollte, färbten sich die vom Fieber geröteten Wangen plötzlich hell, und es legten sich graue Schatten in sein Gesicht, die von der jenseitigen Welt kündeten.

»Nein!«, schrie er und warf sich über Kilian, der keine Regung zeigte.

Unter dem Fenster hörten sie den Wächter krakeelen und an der Eingangstür ruckeln. »He, mach keine Faxen und lass mich rein. Es wird langsam kalt.«

»Wir haben nicht mehr viel Zeit«, flüsterte das fremde Mädchen und stand auf. Sie erstarrte, als unten die Küchentür aufging und der zweite Wächter hinausstapfte. Die Schritte stoppten an der Haustür.

»Nanu!«, schrie er.

Einen Moment später hörten sie, wie er die Treppe hinaufpolterte.

»Ich erledige das!« Valentin tastete nach seinem Werkzeug, öffnete die Tür und stand dem überraschten Raufbold gegenüber, der ihn um einen ganzen Kopf überragte. »Was tust ...?« Er rammte dem Mann seinen Kopf in den Bauch und stieß ihn zum Treppenabsatz. Von dort fiel er rückwärts die Stufen herunter und blieb an ihrem Fuße bewegungslos liegen.

»Schnell«, rief er. »Holen wir Kilian.«

Das war schwieriger, als sie gedacht hatten, denn er war so schwer wie ein nasser Kornsack. Lena und Valentin zogen ihn hoch und hievten ihn vom Bett, wobei Lena fast unter dem Gewicht zusammenbrach.

»Ich schaff das schon«, stieß sie mit zusammengebissenen Zähnen hervor und legte Kilians Arm um ihre Schultern. Unwillkürlich erinnerte er sich an den Tag, an dem Lena und Lionel ihn nach seinem Selbstmordversuch ins Kloster gebracht hatten. Vielleicht konnte ihn ja Bruder Thomas retten, falls er ihn früh genug in die Finger bekam. Mit letzter Kraft schoben und zogen sie ihn bis zur Hälfte der Treppe. Das fremde Mädchen hielt Kilian von hinten fest. Dann aber hörten sie, wie in der Küche ein Stuhl umfiel. Der ausgesperrte Wächter hatte zwar die Tür nicht öffnen können, aber am Küchenfenster ließ sich der Laden von außen entfernen und bot ihm eine Einstiegsmöglichkeit.

»Hundsfott verdammter«, rief er. »Was soll das, mich in der Kälte stehenzulassen?«

»Übernimm ihn mal!«, sagte Valentin und legte dem zweiten Mädchen Kilians Arm um die Schultern. Keinen Moment zu früh, denn die Küchentür öffnete sich, der Wächter stand darin und machte ein ziemlich dummes Gesicht.

»Was …?«, fragte er, doch er kam nicht mehr dazu, den Satz zu vollenden, denn Valentin stieß ihm das Eisen mit aller Kraft in die Seite. Er hatte getan, was notwendig war, und keinen Moment lang gezögert. Blut schoss aus der Bauchwunde, die der Mann überrascht betrachtete.

»Ihr …« Mit einem Gurgeln in der Stimme brach er vor ihren Augen zusammen. Valentin wusste nicht, ob der Mann tot war, er fühlte einfach gar nichts, keinen Hass, kein schlechtes Gewissen. Es kam nur darauf an, dass sie, so schnell sie konnten, das Haus verließen. Er tauschte wieder mit dem fremden Mädchen und schob gemeinsam mit Lena Kilian ein Stück weit zur Tür. Da hörten sie hinter sich eine Bewegung, der Schatten eines erhobenen Schwertes tanzte über die Wand, und keinem von beiden gelang es, sich schnell genug umzudrehen und davonzulaufen. Zu spät, dachte Valentin mit einem Hauch von Bedauern. Doch dann ertönte ein lautes und metallisches »Klong«, der Schatten brach langsam in die Knie und stürzte auf den Boden, wo er wie ein gefällter Baum liegenblieb.

»Danke, Loisl!«, sagte Lena trocken. Während sie gemeinsam den Verletzten gehalten hatten, hatte sich das fremde Mädchen in der Küche mit einer Bratpfanne bewaffnet, von der sie kaum einen Moment später Gebrauch machen konnte.

»Ich musste sowieso für die Mistkerle kochen und kannte mich deshalb aus«, sagte sie und zuckte die Schultern. Sie lispelte, und Valentin sah jetzt auch, warum: Einer der Spießgesellen, – oder war es Roteneck selbst gewesen? – hatte ihr einen Vorderzahn ausgeschlagen, was ihrem Lächeln etwas Herausforderndes gab. Jetzt waren beide Wächter außer Gefecht gesetzt. Loisl entriegelte die Tür, und sie zerrten Kilian über die Schwelle auf die Gasse. Weit über ihnen funkelte ein einzelner Stern.

»Wohin?«, fragte Lena, auf deren Oberlippe Schweißtropfen glänzten.

»In die Kirche«, stieß Valentin hervor. »Dort spricht der König für uns Recht.«

Er schaute zu seinen Fenstern hinauf, deren Farben im Licht des Spätnachmittags verblassten. Sobald die Sonne verlosch, zog sich der Zauber des Lebens aus den Glasfenstern zurück und hinterließ einen toten Gegenstand, der aus farbloser Substanz und hellgrauen Bleistreifen bestand. Ganz so leblos waren seine sechs Fenster nicht. Auch während der langen Predigt des Priors hörte er, wie sie leise knacksten und vor sich hin flüsterten. Bald war es so weit. Und es wurde Zeit. Im Chor lag die Dämmerung und ließ sich auch von den vielen halb abgebrannten Kerzen nicht vertreiben. Was wäre, wenn er sein Ziel nicht mehr ins Auge fassen konnte? Er brauchte nichts als den richtigen Moment. Und der kam, kurz bevor ihm die Glasfenster vor Müdigkeit vor den Augen verschwammen. Das Knacksen wurde lauter und ließ die Blicke der Gottesdienstbesucher nach oben wandern.

»Aber, Lionel!«, rief Meister Heinrich alarmiert.

Es tut mir leid, dachte er und zog den Dolch aus seinem Stiefel. In diesem Augenblick geschahen mehrere Dinge auf einmal. Die erste Glasscheibe löste sich aus ihrer Verankerung und zerbarst krachend auf dem Boden. Besucher schrien auf und drängten sich in Richtung der Menschenmenge im Langschiff, die wie eine riesige Meereswoge in Bewegung geriet. In dem Durcheinander nahm niemand wahr, dass Lionel sich hinter den König stellte und den Dolch an seinen Hals setzte.

»Lion …«, protestierte dieser ungläubig. Seine Hand wanderte zu seinem Schwertgurt, doch die scharfe Klinge schob sich schneller über seine Kehle, als er seine Waffe aus der Scheide ziehen konnte. Dann fiel das zweite Fenster, und die Masse aus dem Chor drängte mit Macht durch die Arkaden des Lettners.

»Bewahrt doch Ruhe!«, rief Prior Johannes aufgeregt.

»Öffnet die Tür zur Sakristei und zur Klausur«, schrie Bruder Thomas.

Ein endlos langer Moment verging, eine halbe Ewigkeit für König Ludwig, dem Lionel noch immer nicht die Kehle durchgeschnitten hatte.

»Mach schon!«, rief es von hinten. »Geht das nicht schneller?« Und der Glasmaler wirbelte mit einer geschmeidigen Bewegung herum, schleuderte den Dolch auf Roteneck und traf ihn in die Brust. Röchelnd ging dieser zu Boden. Lenas Dolch hatte sein wahres Ziel erreicht.

»Aber Lionel«, sagte Ludwig und rieb sich den Hals. »Einen Augenblick lang habe ich geglaubt, Ihr wolltet mich töten.«

»Das sollte ich auch eigentlich.« Lionel trat auf Roteneck zu, zog den Dolch aus seiner Brust, richtete den Verletzten unsanft auf und legte ihn an seine Kehle.

»Wo sind sie?«, fragte er mit ruhiger Stimme. Nur wer ihn kannte, hörte seinen unterdrückten Zorn. Vier weitere Fenster brachen herunter. Splitter trafen die Umstehenden und ließen endgültig Panik ausbrechen, in der die Hofdamen sich gegenseitig mit ihrem hysterischen Kreischen ansteckten, Mönche und Honoratioren durcheinanderrannten und versuchten, durch die Sakristei zu entkommen. Die Menschenmenge im Langschiff schob sich zu den drei Westportalen.

»Bewahrt Ruhe!«, donnerte der König. »Der Attentäter ist entlarvt.«

Roteneck bedeutete Lionel, den Dolch von seiner Kehle zu entfernen. »Zu spät«, sagte er heiser und legte seine Hand auf die Brustwunde, doch das Blut floss durch seine gespreizten Finger wie ein unaufhaltsamer Strom. »Meine Leute sind hier. Wenn etwas schiefgeht, geben sie Nachricht, und die Geiseln werden getötet.«

»Welche Geiseln?« König Ludwig hatte sich hinter Lionel postiert und die Arme auf der Brust verschränkt. »Ich würde zu gern wissen, was hier vor sich geht.«

»Zunächst einmal …« Lionel richtete sich zu seiner vollen Größe auf und ließ seine Stimme durch den Raum schallen. »Es wird nichts weiter herunterbrechen. Ich habe sechs Fenster präpariert, und die sind alle unten.«

Die Menschen kamen langsam zur Ruhe, doch als sie sahen, was im Chor vor sich ging, erstarrten sie vor Furcht. Des Königs Leibwache zog die Schwerter und wurde von einer Handbewegung Ludwigs gestoppt. Und Lionel fuhr mit seiner Erklärung fort.

»Er plante von langer Hand die Ermordung Eurer Majestät. Darum hat er in der Stadt Esslingen den Bußprediger Pater Ulrich, den Glasmaler Marx Anstetter und den Gassenjungen Fredi getötet oder töten lassen.«

Ein Raunen ging durch die Menschenmenge. »Und dann hat er meine Verlobte Madeleine, die Tochter von Meister Heinrich Luginsland, den Novizen Kilian Kirchhof und ein weiteres Mädchen als Geiseln genommen, um mich zu zwingen, Euch umzubringen.« Meister Heinrich und der Bürgermeister hörten mit großen Augen zu.

»Lena!«, sagte Heinrich erstickt.

»Aber Raban, warum denn? Wir waren doch Freunde seit Kindertagen.« Ludwig beugte sich zu Roteneck hinab, aus dessen Mund ein dünner Blutfaden floss.

»Das hast du gedacht.« Der Verräter stöhnte und seine Worte kamen stockend. »Aber du weißt nicht, wie es in mir aussah. Du bist ... nicht ... der rechtmäßige König. Nicht, seit dein Vater Maria und ihre Hofdamen erschlagen hat.«

»Seine erste Frau, Maria von Brabant?« Der König richtete sich zu seiner ganzen Größe auf. »Das war vor meiner Geburt, und ich stand meinem Vater niemals besonders nahe. Deine Großmutter war eine der Hofdamen, und deine Familie geriet in Armut. Aber ich habe doch alles für dich getan. Du wurdest doch königlicher Jäger und Bote.« Er schüttelte den Kopf. »*Du* warst es. Du hast den Brief an die Schlange in Avignon aufgesetzt, die sich Papst nennt.« Roteneck sackte weg, und nur Lionels Geistesgegenwart rettete ihn davor, doch noch mit dem Hals in der schärfsten Klinge Schwabens zu landen.

»Wo sind sie?«, fragte Lionel noch einmal, diesmal so laut, dass seine Stimme im ganzen Kirchenschiff zu hören war. Was war, wenn Roteneck starb, bevor er seine Männer zurückpfeifen konnte?

»Hier!«, schrie eine heisere Stimme vom Westportal her. Einen Moment lang wurde ihm vor Erleichterung schwarz vor Augen. Da standen sie, Valentin, Lena und das fremde Mädchen, und zwischen ihnen hing, mehr tot als lebendig, der Novize.

46

Lena saß am Tisch und aß Eierpfannkuchen. Martha hatte sie so hingekriegt, wie sie sie liebte, und ihr noch dazu einen Topf mit Zwetschgenmus auf den Tisch gestellt. Ihre Haare waren gewaschen und dufteten nach Lavendelseife, und die Schrammen in ihrem Gesicht hatte Renata mit ihrer Ringelblumensalbe behandelt. Beinahe erschien ihr alles wie immer.

»Magst du noch einen?« Martha war so froh über Lenas Gegenwart, dass sie ihre Pflegetochter nach Strich und Faden verwöhnte. Auch wenn im Kessel der Sud mit den Würsten vom Schlachttag brodelte, buk sie die Eierkuchen in der Pfanne daneben gewissermaßen mit links.

»Nein.« Lena hielt sich den Bauch. »Wenn ich nicht Pause mache, platze ich noch.« Stattdessen zog sie die kleine Sanna auf ihren Schoß, die selbstvergessen eine von Lenas Haarsträhnen in den Mund nahm und darauf herumzukauen begann.

»Nimm mal deine eigenen Haare«, ermahnte sie die Kleine, die loskicherte und Lenas Haarsträhne stattdessen um ihr Handgelenk wickelte. Seitlich baumelten die kleinen dicken Beine von Lenas Schoß herunter, die sich in der warmen Küche umsah, als müsste sie ihr ganzes Leben neu entdecken. Denn obwohl ihre äußeren Blessuren langsam verheilten, fühlte sie sich manchmal noch, als würde sie über dünnes Eis balancieren, das jeden Moment unter ihr einbrechen konnte.

Die Männer waren in der Werkstatt und verbleiten die sechs neuen Scheiben, die den zerstörten oberen Teil des Chorfensters ersetzen sollten. Vorsorglich hatte Lionel die Glasfragmente gleich doppelt zugeschnitten. Unter den zersprungenen Scheiben war auch das Pfingstbild gewesen, dessen Hintergrund Lena nun schon zum dritten Mal mit Rankenarkaden versehen hatte. Langsam kann ich es, dachte sie. Beim ersten Mal war es zerbrochen, als sie es in der Kirche beim überraschenden Besuch von Marx Anstetter fallen gelassen hatte.

Meister Marx – Loisl hielt sein Andenken hoch und war, nachdem sie sich einige Tage in Lenas Kammer ausgeruht hatte, nach Tübingen abgereist, um seiner Familie von den schlimmen Ereignissen nach Anstetters Ermordung zu berichten. Danach wollte sie zurück nach Fürstenfeld gehen, aber vielleicht, so hoffte Lena insgeheim, würde sich ein Bruder von Anstetter finden, der sie zur Frau nahm. Die Schulden, die sie bei den Anstetters hatten, würden sie mit Hilfe des Honorars für das Chorfenster zurückzahlen können, das der König großzügig aufgestockt hatte. Sie fragte sich nur, wann sie mit Lionel ein offenes Wort reden konnte. Seit ihrer Gefangenschaft war sie mit ihm noch keinen Augenblick allein gewesen. Sie musste doch wissen, wann sie heiraten wollten und wann er die Werkstatt übernehmen würde.

Ihr Vater hatte Lionel, nachdem er in die Geschehnisse rund um Roteneck und die Morde eingeweiht worden war, das Schurkenstück mit dem Glasfenster nicht übel genommen. Schließlich hatte er dabei wagemutig das Leben des Königs gerettet. Und zum Glück wird Kilian überleben, dachte sie. Sobald er konnte, hatte Bruder Thomas ihn in seine Krankenstube gebracht und dort so gut behandelt, dass er sich auf dem Weg der Besserung befand. Renatas ekelhafte Paste aus Schimmel hatte laut Valentin dabei eine wichtige Rolle gespielt. Ihr Freund und Lebensretter war vom König selbst in allen Punkten freigesprochen worden, wobei ihm auch der Tod von Rotenecks Gefolgsmann als Notwehr ausgelegt worden war. Der andere Kerl, dem Loisl mit der Bratpfanne auf den Kopf geschlagen hatte, war so wie Rotenecks weitere Helfershelfer Hals über Kopf aus Esslingen verschwunden. Der Verräter selbst lag ebenfalls auf der Krankenstation der Franziskaner, war aber seit einigen Tagen ohne Bewusstsein und würde so vielleicht nicht mehr erleben, was die Justiz einem Hochverräter und Königsmörder als Strafe zumaß.

Nicht ganz ohne Genugtuung dachte sie an Prior Balduin, der sich bei dem Chaos in der Kirche einen Glassplitter in den Fuß getreten hatte und Bruder Thomas' Behandlung seither verweigerte. Der Fuß war inzwischen auf die doppelte Größe angeschwollen und bereitete ihm große Schmerzen. Und seine Laune war bärbeißiger denn je, wenn man Hanna glauben wollte, die ihre Beziehung zum Cellerarius wieder aufgenommen hatte und die winzige Mia tagtäglich als Geschenk Gottes bezeichnete. Alles fügte sich gut, die Dinge kamen langsam wieder in Ordnung, doch als Lena aufstand, schwankte der Boden noch immer unter ihren Füßen. Sie sah sich um. Martha stand an der Feuerstelle, rührte im Topf, und Sanna hielt sich an ihrer Schürze fest.

»Jetzt lass doch, Sannale! Wir kippen noch beide in den Kessel.« Martha putzte sich über die schweißnasse Stirn und wischte sich die feuchten Locken aus dem Gesicht. Es roch gut in der Küche, denn gestern war Schlachttag gewesen, und es gab jede Menge frische, selbst gestopfte Wurst. Währenddessen versuchte die rote Katze, von der Metzelsuppe zu naschen, die auf dem Tisch stand. Der kleine Kater, das einzige ihrer Kinder, das sie behalten hatten, sprang hinterher und steckte das Schnäuzchen in den Topf.

»Schlechte Erziehung!« Lena setzte beide vor die Tür.

»Wenn ich die zwei das nächste Mal erwische, kriegen sie was mit dem Stock!«

Sanna und Lena lachten beide, denn sie wussten, dass Martha ein viel zu weiches Herz hatte, um damit Ernst zu machen. Lena sah sich in der Küche um. Beim Wursten hatte sie schon geholfen, die Teller waren alle gespült, und die Räucherwürste bereitete Martha lieber alleine vor. In der Werkstatt war ihre Hilfe auch gerade nicht vonnöten. Sie hatte tatsächlich ein bisschen freie Zeit.

»Du, Martha?«

»Ja, meine Liebe?«

»Könnte ich wohl für eine Weile ins Franziskanerkloster gehen? Ich würd so gern Valentin und Kilian besuchen.«

»Natürlich, geh nur!«, sagte die Köchin.

Lena holte ihren guten blauen Mantel aus ihrer Kammer und legte ihn um die Schultern. Eigentlich war er zu teuer und zu leicht für einen Tag im Spätherbst, aber der alte, der mit dem Fischstand Bekanntschaft gemacht hatte, war nicht mehr zu retten gewesen. Sie zog die Kapuze über ihre roten Haare und trat in den Nieselregen hinaus. Der Umhang war so schön, dass sich manche Esslinger Hausfrau nach Lena umdrehte und sie mit einem Lächeln auf den Lippen grüßte. Lena neigte freundlich den Kopf und grüßte zurück. Ich werde Lionels Frau, dachte sie. Er ist reich und irgendwie von Adel, aber er hat sich für mich entschieden. Da war ein großes Glück in ihr, so hell wie eine geputzte Münze, aber auch eine Spur Unsicherheit. Ich liebe einen Mann, den ich fast nicht kenne, sagte leise zweifelnd eine innere Stimme. Schnell war sie bis zum Kloster gelaufen und hatte an die Pforte geklopft. Der Bruder Pförtner öffnete ihr zerstreut und wies ihr den Weg zur Krankenstation. Bruder Thomas selbst bat sie herein. Ihm hatten die Strapazen der letzten Wochen tiefe Furchen ins Gesicht gezeichnet. Mit einem Kopfnicken deutete er auf das Bett, das nahe der Studierstube am Fenster stand.

»Wahrscheinlich wird er beim Geruch nach alten Büchern wieder wie neu. Es geht ihm jedenfalls besser, deinem Patienten.«

»Meinem …?« Lena wusste, was er meinte. Sie hatte Kilian begleitet, als das Fieber gestiegen war, seine Stirn mit feuchten Tüchern gekühlt und die schreckliche, eiternde Wunde wieder und wieder heiß abgewaschen.

»Ich konnte so wenig tun«, sagte sie leise. »Er wäre mir fast unter den Händen weggestorben.«

»So wie mir. Dass er überlebt, liegt allein an seiner starken Natur und an seinem wieder erwachten Lebenswillen. Und vielleicht auch an Frau Renatas Paste.«

Sie nickte verlegen und setzte sich auf Kilians Bettrand, der sie hellwach aus seinem schmal gewordenen Gesicht anblinzelte.

»Hallo«, sagte er und versuchte ein kleines Lächeln. Verstohlen hielt sie Ausschau nach Roteneck, aber alle anderen Krankenlager waren leer.

»Sie haben ihn heute früh geholt, um ihn in die Haft nach München zu überführen. Bruder Thomas …« Kilians

Stimme wurde noch leiser. »Er sagt, das überlebt er sicher nicht. Aber wenn einem droht, dass man ausgebeint, gehängt und geviertelt wird, ist das vielleicht auch besser so.«

Lena lief es eiskalt über den Rücken. »Er hat uns so viele Schmerzen zugefügt, aber jetzt tut er mir doch leid.«

»Schhh«, machte Kilian. »Er hat dir und Loisl beigebracht, was Angst ist, einfach so, weil es ihm Spaß gemacht hat. Und das ist unverzeihlich.«

Sie nickte und wusste nicht, was sie empfand – wahrscheinlich eine undefinierbare Mischung aus Entsetzen und einer vagen Erleichterung, dass ihr Peiniger fort war. Draußen bahnte sich die Sonne einen Weg durch die Regenwolken, das Licht fiel durch die Fensteröffnung, gefiltert durch das Pergament, das sie verschloss, und beleuchtete den Infirmarius, der sich näherte, um Kilian Tropfen für Tropfen seiner Medizin in einen Zinnlöffel abzumessen.

»Schön schlucken«, sagte er und steckte dem jungen Mann den Löffel in den Mund, der sein Gesicht verzog und sich beschwerte. »Das schmeckt so bitter!«

»So ist das nun einmal«, sagte der Mönch gallig. »Freut Euch lieber, dass Ihr überhaupt noch etwas schmecken könnt. Und Ihr, meine liebe Lena, wie geht es Euch?«

Sein Blick maß sie prüfend.

»Mir geht es gut.«

Bruder Thomas stellte das Tablett mit Kilians Tropfen ab und nahm ihre Hand. »Wenn etwas Schlimmes überstanden ist, freut man sich zunächst, dass man wieder daheim ist, aber irgendwann kommen schlechte Träume und Ängste. Wenn Ihr nicht vergessen könnt, was geschehen ist, sprecht mit mir.«

Lena nickte ernst. Der Arzt für die Seele ... Sie träumte

im Moment überhaupt nicht, sondern holte den Schlaf nach, den sie in den Tagen in Gefangenschaft nicht gefunden hatte.

»Doch eigentlich wollte ich Euch etwas ganz anderes fragen.« Thomas räusperte sich und strich über seinen grau gesträhnten Bart. »Was meint Ihr, würde mir Lionel wohl ein Glasfenster für die Krankenstation machen? Es kann natürlich auch von Konrad sein.«

Lena blieb der Mund offen stehen. »Ein Armenbibelfenster?«

Der Arzt lachte. »Nein, eine einfache Scheibe aus Klarglas genügt. So, wie Ihr sie benutzt, wenn Ihr die Glasstücke bemalt.«

»Fensterscheiben, die gibt es in den ganz reichen, großen Städten schon«, sagte Kilian.

»Ach so«, sagte sie perplex und dachte, dass sie von keiner Stadt wusste, die reicher war als Esslingen. Dann begann sie zu strahlen. Wenn das alles war, was Bruder Thomas sich zum Ausgleich für seine dauernde Unterstützung und mehrmalige Rettung verschiedener Leben wünschte, dann sollte er es haben.

»Aber gerne«, sagte sie.

»Dann können die Patienten hier nämlich die Sonne sehen«, sagte Kilian altklug. In diesem Moment betrat Valentin die Krankenstation, in seinem Schlepptau der schwanzwedelnde Streuner.

»Ich habe dir doch gesagt, dass du den Hund in deiner Zelle lassen sollst«, beschwerte sich Bruder Thomas.

Er hob beschwichtigend die Hände. »Da kann ich nichts machen. Der klebt schon den ganzen Tag an meinen Hacken.«

»Nimm ihn am besten auf den Arm«, sagte Thomas. »Ich stehe damit zwar so ziemlich allein unter der Sonne da, aber ich glaube, dass es in einer Krankenstube auf Sauberkeit ankommt. Seit hier jeden Tag geputzt wird, habe ich deutlich weniger Fälle von Entzündungen.« Valentin schnappte sich den Kleinen und hockte sich neben Lena auf den Bettrand, von wo aus Streuner sich schnüffelnd aufmachte, die Bettdecke erkundete und es sich schließlich auf Kilians Knien bequem machte. »Du kannst ihn mir ruhig dalassen, als Fußwärmer ist er gerade richtig.«

Valentin grinste. »Dafür brauche ich ihn selber.«

Lena setzte sich zurecht und fragte: »Was war eigentlich mit dieser Maria von Brabant, von der alle sagen, dass ihre Ermordung den Roteneck zu seinem Attentat auf den König getrieben hat?«

Kilian antwortete, wieder ganz in seinem Element. »Ohne Maria, Herzog Ludwigs erste Frau, würde es vor allem Kloster Fürstenfeld nicht geben. 1256 hat er sie erschlagen und musste deshalb entweder das Kloster stiften oder nach Jerusalem pilgern.«

»So ein fauler Sack«, warf Valentin ein. »Hat sich für das Kloster entschieden.«

»Aber wie konnte er seine eigene Frau ermorden?« Lena lief es vor Entsetzen kalt über den Rücken.

»Sie und zwei Hofdamen. Er hat geglaubt, dass sie ihn betrogen hat. Aber der Brief, den sie an ihren vermeintlichen Liebhaber geschrieben hat, war in Wirklichkeit an ihn selbst gerichtet. Und darum gibt es Gerüchte, dass er sie über die Klinge springen ließ, weil er eine neue, lukrativere Ehe eingehen wollte.« Auf Kilians bleichen Wangen hatten sich zwei rote Flecken gebildet, und er atmete schwer.

»Mach mal Pause«, sagte Lena.

»Warte, jetzt will ich auch zu Ende erzählen«, keuchte Kilian. »Roteneck ist der Enkel einer der Hofdamen. Durch ihren Tod verlor ihre Familie ihre Besitztümer. Es steckt also irgendeine verzwickte Erbsache dahinter.« Er lehnte sich in sein Kissen zurück und holte tief Luft.

»Aber dafür kann doch König Ludwig nichts«, sagte Lena. Kilian schüttelte den Kopf. »Roteneck fand wohl, dass hier die Regel ›Auge um Auge, Zahn um Zahn‹ gelten sollte. Und als Erstes hat er seinem Widersacher seine Krone gestohlen.«

»Was?«, fragte Lena entsetzt.

»Jedenfalls ist die Reichskrone seit einem Besuch von ihm verschwunden. Niemand hatte den Vorfall damit verbunden, aber jetzt sind sich alle einig, dass er sie genommen und am Wächter vorbeigeschmuggelt haben muss. Der Fürstenfelder Zisterzienser, der als Wächter für die Reichinsignien zuständig ist, wusste nicht, was passiert war, und sitzt seither im Kloster in Arrest. Sie alle vertrauten dem Roteneck voll und ganz, so dass sie ihm die Tat nicht angelastet haben. Aber so geht der Hass mit einem um.«

»Es ist nie gut, wenn man sich in seinen Hass verbeißt«, sagte Valentin und nahm Kilians Hand.

»Genauso wenig wie in seine Liebe.« Kilian drückte Valentins Hand kurz und legte sie auf die Bettdecke wie etwas sehr Kostbares, mit dem er besser nicht in Berührung kam. »Habt ihr übrigens schon gehört, dass ich hierbleibe?« Er sah sie erwartungsvoll an und fuhr fort, als sie den Kopf schüttelten. »Ich werde Franziskaner und gehe bald nach Köln zum Studium.«

Er deutete auf den Arzt, der sich an seinem Tisch in der

Studierstube zu schaffen machte. »Vater Johannes wollte erst nicht, weil er mich zu dominikanisch fand. Aber Bruder Thomas hat sich für mich eingesetzt.«

»Das ist schön«, sagte Lena und freute sich insgeheim, dass Kilian auf diese Weise nie mehr mit dem Prior der Dominikaner in Berührung kommen musste.

»Aber wir bleiben doch Freunde?«, fragte sie.

Valentin nickte. »Auf immer und ewig.«

»Eins habe ich gelernt«, sagte Kilian. »Freundschaft ist so zerbrechlich wie deine Glasfenster, Lena.«

»Und so kostbar wie das Leben«, warf Valentin ein.

»Das man schnell verlieren kann«, sagte Lena ernst. »Glasfenster macht man einfach neu.«

47

»Pass bloß auf, dass du sie richtig verankerst!« Konrad drohte Lionel mit der Faust, der hoch oben auf dem Gerüst im Chor der Kirche stand und die neuen Glasfenster einsetzte.

»Wie könnte ich das vergessen?« Der Burgunder hakte vorsichtig das zweimal erneuerte Bild mit dem Pfingstwunder in seinen Rahmen ein. »Die ersten sechs Fenster hatten übrigens gar keine Anker.«

»Halt lieber den Mund, du Schandmaul!« Konrad schüttelte den Kopf und lachte, aber Lena wusste, dass seine Worte nicht nur scherzhaft gemeint waren. Scheiben, die jemand absichtlich aus ihrem Rahmen fallen ließ ... Wer tat denn so etwas? Ein Verrückter? Den Freiburger hatten die Ereignisse bei der Einweihung des Chorfensters zutiefst erschüttert und fast um seinen Glauben an Lionel gebracht, den er für den besten Glasmaler seiner Zeit gehalten hatte. Klar konnte Lionel sie noch einmal neu herstellen, schöner und besser sogar. Aber was zählte, war, dass er in gewissen Dingen unberechenbar blieb.

»Ich will mich einfach auf dich verlassen können!«, rief Konrad, und das Echo des Gewölbes gab seine Worte verdoppelt zurück. Ich auch, dachte Lena.

Der Tag war grau und trüb, doch die neuen Fenster warfen ein diffuses, farbiges Licht in den Chor, das die Düsterkeit des Spätherbstes vergessen ließ. Sie blinzelte und legte den Kopf in den Nacken. Auch das Pfingstbild befand sich jetzt an seinem Platz, und die Gottesmutter inmitten der Jüngerschar schaute liebevoll auf ihre Erdenkinder herunter. Hilf mir, dachte Lena, und wurde prompt erhört.

»Komm doch hoch, Madeleine!«, sagte Lionel. »Du kannst mir beim Einsetzen der Scheiben zur Hand gehen.«

Das ließ Lena sich nicht zweimal sagen. Sie kletterte, so flink sie konnte, die Leitern bis zur obersten Ebene des Gerüsts hinauf. Konrad verließ pfeifend den Chor und machte sich in der Sakristei zu schaffen, wo es zwischen Valentins herumliegendem Handwerkszeug ihre eigenen Werkzeuge einzupacken galt. Lena war zum ersten Mal seit ihrer Gefangenschaft mit Lionel allein, und ihr Herz jubelte. Als sie oben ankam, pochte es genauso vor Aufregung wie vor Anstrengung. Trotzdem war sie so befangen, dass sie die Hände an ihrem Wollkleid abputzte und dann in den Schürzentaschen verschwinden ließ. Es war so unglaublich hoch hier oben, dass ihr die ganze Ausstattung des Raumes, das Chorgestühl der Mönche, der Altar und der arkadenförmige Lettner klein wie Spielzeuge vorkamen. Doch schwindlig war ihr nicht nur von der Höhe allein.

»Madeleine«, sagte Lionel, und der Blick seiner braunen Augen war wärmer als jedes Ofenfeuer. Er trat einen Schritt näher, legte ihr die Hand auf den Rücken und zog sie in seine Arme. Er roch so gut, nach frischem Schweiß, Seife, Leder und ganz einfach nach Lionel. Fast, als sei sie endlich heimgekommen.

»Ich habe mich so nach dir gesehnt«, flüsterte sie und drückte sich an seine Brust. »Aber ich dachte, du würdest nie wieder kommen. Wegen dem Messer.«

Da war ein Berg aus Schmerz in ihr, von dem sie nicht einmal gewusst hatte, dass er existierte. Plötzlich rannen ihr die Tränen über die Wangen, und sie konnte nichts dagegen tun.

Er sagte nichts, sondern nahm ihr Gesicht in seine Hände und küsste sie zuerst auf beide Augenlider und dann auf den Mund. Lena schloss die Augen und ließ einfach zu, dass sich ihre Lippen öffneten. Danach kreiselte das Chorfenster rund um sie, als hätte man es am Schlussstein aufgehängt und in Bewegung gesetzt. Dass sie nach Roteneck und seinen brutalen Händen noch so empfinden konnte! Sein Kuss gab ihr das Gefühl zu fliegen.

»Du hast wirklich gedacht, ich hätte den Anstetter ermordet«, sagte er nach einer Weile und löste sich von ihr. »Das kann ich dir nicht verdenken, denn ich war kurz davor, mich mit ihm zu schlagen. Aber wie konntest du glauben, dass ich nicht mehr zu dir zurückkehren würde? Ich kann gar nicht anders.« Sehr sanft zog er sie weg vom Geländer des Gerüsts. »Jetzt sollten wir uns zurückhalten, denn die Mönche können jeden Moment zur Non einziehen.«

Lena spürte, wie flammende Röte ihr Gesicht überzog, und atmete gierig die kühle, feuchte Luft ein, die durch die Lücke oben im Chorfenster drang. Die Arbeit wollte fertig werden. Doch als sie entschlossen nach der nächsten Scheibe griff, fiel ihr etwas ins Auge.

Der Prophet im Auferstehungsfenster in der drittobersten Reihe trug ein Spruchband mit lauter deutschen Worten, die sie mühsam aneinanderstückelte. »Stand auf, Jesus«, las sie stockend. »Aber Lionel, das ist ja gar kein Latein!«

Er lachte und schüttelte den Kopf.

»Nein«, sagte er dann. »Und tröste deine Kinder, die durch deinen Tod erlöset sind«, vollendete er. »Das ist Teil eines Kirchenlieds, das dein Vater sich für das Fenster gewünscht hat. Er dankt damit Gott, dass er dich wieder hat, und erinnert daran, wie schnell unser irdisches Leben zerbrechen kann. Bruder Thomas und Prior Johannes waren einverstanden.«

Lena nickte und musste die nächsten Tränen wegblinzeln.

»Er hat so viel Trauriges erlebt«, sagte sie. »Ich wünsche mir, dass er noch ein bisschen im Jetzt und Hier glücklich sein kann. Und wir auch.«

In diesem Moment öffnete sich die Tür zur Sakristei, und der König trat in Begleitung seiner Ratgeber, des Bürgermeisters und des Priors in den Chor. Hinter ihm drückte sich verlegen Valentin durch den Eingang.

»Oh, du meine Güte«, flüsterte Lena.

Ludwig trat vor den Altar, legte die Hände auf seinem Rücken zusammen und musterte das Chorfenster mit seinen durchdringenden, blauen Augen.

»Ich grüße Euch, Meister Lionel!«, rief er zu ihnen hinauf. »Und gleichfalls Eure schöne Braut. Könntet Ihr mal runterkommen? Ich würde Euch gerne auf Augenhöhe sprechen.«

Nacheinander kletterten sie das Gerüst herunter. Lionel griff nach Lenas Hand und zog sie neben sich in eine Verbeugung, die mit Mühe als Hofknicks durchgehen konnte und ihr einen irritierten Blick von Ludwigs Ratgeber rechterhand einbrachte. Lionels eigene Verbeugung fiel natürlich tadellos aus. Plötzlich hörte Lena Anstetters hämische Stimme. »Dem stinkt der Adel aus dem Mund«, flüsterte sie. Doch das Gespenst verging, wie es gekommen war, und ließ eine Wirklichkeit zurück, in der der König auch sie wohlwollend musterte.

»Majestät!«, sagte Lionel.

»Mein Freund und Lebensretter.« Der König zog Lionel auf die Füße und wandte sich dann Lena zu.

»Meine Liebe!« Er griff nach ihrer Hand und zog sie sanft hoch. »Das Mädchen, das seine Freunde nicht im Stich lässt.«

Lena fühlte, wie flammende Röte ihr Gesicht übergoss. Hätte sie doch wenigstens den blauen Samtmantel angezogen und nicht dieses graue ungefärbte Wollkleid! Valentin hinter dem König war genauso verlegen und drehte immerzu seine Gugel in den Händen.

»Ach, nun tretet schon vor und seid nicht so schüchtern, Valentin Murner!« Ludwig zog den Jungen neben sich. »Ich nehme ihn im nächsten Jahr mit nach Italien, auf dass er die neue Malweise Giottos und die Bildhauerkunst Pisanos kennenlernt. Und seither kriegt er den Mund nicht mehr auf.« Er schüttelte tadelnd den Kopf. »Und auch Euch, Magdalena und Lionel Jourdain, will ich anbieten, mich auf meiner Italienfahrt zu begleiten. Als meine Freunde in meinem Hofstaat auf meiner bisher triumphalsten Reise! Wenn ich nur meine Krone wiederhätte …«

»Ich danke Euch für die Ehre«, sagte Lionel und sah dem König in die Augen. Von gleich zu gleich, dachte Lena verwundert. »Aber auf mich warten andere Aufgaben. Doch für den Jungen ist diese Reise die Chance, die er braucht. Auch wenn ihn sein Meister sicher ungern ziehen lässt.«

Valentin schaute ihn zögernd und zweifelnd an, doch dann zog sich ein Lächeln über sein Gesicht und setzte sich in seinen Augen fest.

Der König nickte Lionel zu. »Nun, ich dachte mir bereits, dass Ihr Euch die Rettung meines Lebens nicht vergelten lasst. Aber Ihr dürft gerne heiraten mit dem ganzen Brimborium. Bei der Kleinen hier ist das ja durchaus zu verstehen.« Er musterte Lena einen Moment lang von Kopf bis Fuß und nickte dann anerkennend. »Wenn ich nicht selbst in eine neue Ehe gedrängt würde, könnte ich mir glatt überlegen, Euch aus der Nähe zu betrachten.«

Eigentlich praktisch, die Farbe Rot, dachte Lena. Wenn sie einfach für immer so bleiben würde, erspartete sie sich die Peinlichkeit und übertünchte gleichzeitig ihre Sommersprossen.

»Es geht nicht um die Heirat«, sagte Lionel leise.

Einen Moment lang fragte sie sich, was er meinen könnte, vergaß es aber sofort wieder. »Nun.« Der König wandte sich kühl an Kirchhof, der in der Tür zur Sakristei stand. »Wenigstens meine Reichsstadt lässt sich von mir beschenken. Ich habe dem Bürgermeister ein Stück zusätzliche Stadtmauer versprochen. Wo war es noch gleich?«

Schloßberger verbeugte sich eilfertig. »Wir wollen die Obertorvorstadt und Mühlbronnen ummauern, Majestät.«

»So wird es sein, aber Ihr, Lionel Jourdain, sollt nicht vergessen, dass Ihr eine Lebensschuld bei mir guthabt, die Ihr jederzeit einfordern dürft. Wenn ich Euch schon nicht zum Lehnsmann machen kann.«

»Ich danke Euch, Majestät.«

Während der König mit seinem Gefolge, dem Prior und Valentin den Chor verließ, trat Lionel ans Gerüst heran und griff nach Lenas Hand.

»Schau mal«, sagte sie und blickte staunend nach oben. Der Himmel hatte aufgeklart und leuchtete blau in den freien, oberen Teil des Chorfensters. Die anderen Fenster strahlten im Licht des Nachmittags.

»Ein König, der einem seine Freundschaft anbietet«, sagte Lena dann. »Das passiert nicht alle Tage.«

»Auch wenn er nicht in meiner Schuld stehen würde.« Nachdenklich zog er sie näher an sich heran. »Ich wäre doch sein Freund, weil er ein Ehrenmann ist. Aber jetzt lass uns weitermachen, sonst holt uns noch die Dunkelheit ein.«

Nach dem Stundengebet der Mönche bauten sie hoch oben im Chor die restlichen drei Fenster ein und kamen erst nach Hause, als die Dunkelheit schon über der Stadt lag.

Als sie in den Hof traten, erwartete sie der Duft nach frischer Metzelsuppe. Das ganze Haus roch nach dem geschlachteten Schwein und den Produkten, die Martha aus seinem Fleisch und den Innereien hergestellt hatte. Lena wusste nicht mehr, wie viel Wurst sie in den letzten Tagen gegessen hatte, nur dass ihr Mieder angenehm spannte, was nach den mageren Tagen in der Gefangenschaft eine Wohltat war.

»Es riecht verlockend.« Sie drehte sich zu Lionel um und sah, wie er nickte.

»Lass uns reingehen. Mir macht der Geruch nämlich – wie sagt man? – einen knurrenden Magen.«

Er küsste sie noch einmal und hob sie dabei ein Stück vom Boden hoch. Als sie wieder festen Boden unter den Füßen hatte, drückte sie leise auf die Klinke. Sie trat in den dunklen Hausflur und bückte sich, um ihre Schuhe auszuziehen, als plötzlich ein schweres, scharfkantiges Metallteil über ihren Fuß kullerte.

»He!«, machte sie erschrocken und spürte erleichtert, dass Lionel neben ihr stand. Erst dachte sie, die Katze wäre ihr auf die Füße gesprungen, aber das Ding, das da über den Fußboden in einem Halbkreis ausrollte, miaute nicht, sondern kippte scheppernd um.

»'tschuldigung!«, piepste es schuldbewusst aus einem dunklen Türrahmen.

»Sanna!«, sagte Lionel tadelnd, und die Kleine trat hervor und verschränkte trotzig die Hände hinter dem Rücken. In der Dunkelheit des Flurs schien Lena ihre Pflegetochter kaum mehr als ein weiterer Schemen zu sein, ein kleiner, eigensinniger allerdings.

»Was spielst du denn hier im Dunkeln?«, fragte sie misstrauisch.

»Mit dem Ding da.« Der Schatten streckte einen Arm aus, und Lena bückte sich.

»Aber du darfst es mir nicht wegnehmen!«

Sie hob den Gegenstand hoch und putzte ihn an ihrer Schürze ab. Kühl und metallisch war er und wies neben scharfkantigen Rändern eine Reihe harte Erhebungen auf.

»Warte!« Lionel öffnete die Tür zur Küche, in der die Familie bei einem Öllicht am Tisch saß, und ließ den matten Schimmer in den Flur.

»Hallo Lena, hallo Lionel!«, rief ihr Vater gut gelaunt. Martha stand auf und stellte zwei zusätzliche Teller auf den Tisch. Aber noch interessierte die zwei nur das Licht, das sich auf dem Metallring in Lenas Hand spiegelte, als würde die Sonne aufgehen.

»Mon Dieu!«, sagte Lionel fassungslos.

Sanna stemmte eigensinnig ihre Hände in die Hüften. »Ich sagte dir ja, dass es schön ist! Guck dir die schönen Glasteilchen an!«

»Sag mir, dass es nicht das ist, was ich glaube!« Lena

schüttelte den Kopf. Und doch ließ es sich nicht verleugnen. Im matten Licht des Flurs schimmerte die Reichskrone geheimnisvoll. Die roten und grünen Edelsteine in ihrer goldenen Umrahmung fingen das Feuer ein und gaben es dunkel und samtig zurück.

»Gell«, sagte Sanna hingebungsvoll. »Das ist so schön!«

»Ja, aber jetzt sagst du uns, woher du es hast.« Lionels Augen funkelten vor unterdrücktem Lachen, und Lena wurde in diesem Moment alles klar. Loisl hat etwas, das mir gehört, hatte der Roteneck gesagt. Er hatte die Magd gründlich unterschätzt, die ihn bei der ersten Gelegenheit um seinen wichtigsten Besitz erleichtert hatte. Anscheinend war die Krone so gut versteckt gewesen, dass selbst er sie nicht gefunden hatte.

»Stammt es von Loisl?«, fragte sie, und Sanna nickte zögernd.

»Sie hat einen Sack zurückgelassen, da war der bunte Ring drin. Und sie sagte, ich soll ihn dir geben, wenn sie weg ist.«

»Was schon ein paar Tage her ist.«

Jetzt war es an Sanna, unter ihrem blonden Scheitel knallrot zu werden. »Ich habe gern damit gespielt. Es glitzert so schön. Sag, Lena, können wir es nicht behalten?«

Lena prustete los und lachte, bis sie sich den Bauch halten musste, und auch Lionel konnte sich das Lachen kaum verbeißen. Verwirrt starrte die kleine Sanna von einem zum anderen. Die Erwachsenen waren so oft nicht zu verstehen.

»Nein!«, keuchte Lena. »Das gehört schon jemandem.«

48

Es war ein schöner Herbstsonntag, und Lena und Lionel trafen sich nach der Kirche hinter dem Mettinger Tor. Die Hänge am Neckar hatten sich je nach Traubensorte goldgelb und rostrot verfärbt und glichen einem bunt gemusterten Tuch. Darüber stand blassblau der Himmel. Hand in Hand stiegen die beiden den Weg in Richtung Neckarhalde hinauf, wanderten durch die kahlen Obsthaine und über die abgeernteten Felder am Weiler Sulzgries vorbei, bis sie die Kate von Lenas Freundin Renata erreichten. Der Holunder, der Lena im Hochsommer mit seinen Dolden den Weg versperrt hatte, trug jetzt keine Blätter und Früchte mehr. Daraus stellte Renata, wie Lena wusste, wirksame Fiebersäfte her. Ohne Grün trat das Häuschen aus der Umgebung wie ein scharfer Scherenschnitt hervor. Oder wie eine Zeichnung Lionels, dachte sie.

Noch bevor sie anklopfen konnten, öffnete sich die Eingangstür, und Franz kam auf seinem Steckenpferd herausgetrabt.

»Étoile, Galopp!«, brüllte er und ritt sie beinahe über den Haufen.

»He, Reitersmann«, rief ihm Lionel lachend hinterher. »Étoile lässt sich nicht anschreien.«

»Brrr!«, machte Franz und zügelte sein Pferd. »Dieser hier schon. Und er umrundet tapfer die feindlichen Mannen des Kreuzfahrerheers!« Und er galoppierte weiter in Richtung von Renatas kleinem Weinberg. »Mama ist drinnen, aber die will nicht gestört werden«, rief er ihnen aus sicherer Entfernung zu.

»Ein ganz schöner Rabauke!«, sagte Renata kopfschüttelnd, die inzwischen in der Tür stand. Lena konnte nur nicken. »Der lässt sich nicht mehr viel sagen!«

»Er muss in die Schule!«, sagte seine Mutter verbissen. »Und unter andere Jungs.« Sie trat beiseite und winkte die Besucher herein. »Bei mir sieht es heute aus … Na ja, ihr seht es ja.« In Renatas sonst so ordentlicher Stube stapelten sich die Kisten und Kästchen. In einige hatte sie ihre getrockneten Kräuterbüschel verpackt, in anderen ihre Pergamente und Bücher aufgeschichtet. Auf der Bank und auf dem Tisch lag ein bunt zusammengewürfelter Kleiderhaufen und verdeckte fast den Hagebuttenstrauß, der in einem Krug dazwischen stand.

»Du meine Güte«, sagte Lena. »Sieht es bei dir jedes Jahr so aus, wenn du über den Winter in die Stadt ziehst?«

»Nein!« Renata lächelte traurig. »Diesmal ist es anders. Ich werde so schnell nicht wieder zurückkommen.«

Lionel nickte, als hätte er solches schon geahnt. »Wessen Antrag habt Ihr angenommen?«, fragte er.

»Was!« Nicht nur von der Neuigkeit blieb Lena der Mund offen stehen, sondern auch von der Tatsache, dass Lionel besser über Renatas Belange Bescheid wusste als sie selbst. Ihre Freundin aber wurde unter ihrem schwarzen Scheitel dunkelrot.

»Nun.« Verlegen wischte sich Renata die Hand an ihrer Schürze ab und steckte sich eine verirrte Haarsträhne unter die Haube. »Kommt einfach rein und esst ein Brot mit frischer Wurst mit mir.«

Das ließen sie sich nicht zweimal sagen. Im Nu hatte

Renata die ganze Unordnung vom Tisch geräumt, Platz auf ihrer Bank geschaffen und einen Laib Brot mit Griebenwurst aufgetragen. Während sie einen Sud aus Melissenblättern aufbrühte, kümmerte sich Lena um die Brotscheiben.

»Für Franz auch?«, fragte sie, hielt sich den Laib vor den Bauch und säbelte mit dem Messer eine dicke Scheibe ab.

»Natürlich, mindestens drei!« rief Renata vom Herd her. »Er wächst gerade!«

Als der Sud fertig war, setzte sie sich zu ihnen und goss die dampfende Flüssigkeit in drei Tonbecher. »So ein Umzug macht durstig«, sagte sie, seufzte und verbrannte sich an dem heißen Getränk fast den Mund.

Krachend biss Lionel in eine Brotscheibe. »Köstlich, Renata.«

»Davon kann ich mindestens fünf Scheiben essen«, sagte Lena mit vollem Mund.

Renata lachte. »Tu dir keinen Zwang an. Ich habe reichlich von allem.« Sie beugte sich vor und schaute Lena prüfend ins Gesicht. »Deine Male sind sehr gut verheilt. Soweit ich sehe, werden keine Narben zurückbleiben. Aber nimm die Creme ruhig so lange, bis sie aufgebraucht ist!« Warum musste sie ausgerechnet jetzt die schlimme Zeit mit Roteneck erwähnen? Lena brauchte einen Moment, um sich wieder zu fangen. Lionel nahm ihre Hand und drückte sie sanft. »Und nun erzählt, Renata. Welches Leben habt Ihr gewählt?«

Sie schaute Lena in die Augen. »In der Zeit, als du gefangen warst, hat sich auch für mich einiges neu entschieden.«

»*Ihr* habt Euch neu entschieden!«, verbesserte Lionel. Renata nickte zögernd. »Ihr wisst ja beide, dass der Hardenberger seit dem Sommer wie ein hungriger Kater um mein Haus herumgestrichen ist. Und, nun ja, er interessierte sich tatsächlich nicht nur für den ermordeten Dominikaner. Ihm ist die Frau vor zwei Jahren gestorben, und seine Mutter zieht ihm seine vier Kinder gross. Und als ich im Herbst den Valentin in meinem Keller in der Stadt versteckt habe, da hat er mir einen Antrag gemacht. So nebenbei. Als er eigentlich die Falltür suchte. Er hält mich wohl für eine gute Mutter und auch sonst für ganz brauchbar. Weil ich Scharlach kurieren kann und ein anständiges Essen koche.« Renata lächelte schief.

»Das tust du, aber muss es wirklich ausgerechnet der Hardenberger sein?«, fragte Lena. Sie vergass zu kauen und verschluckte sich. Lionel klopfte ihr gelassen den Rücken.

»Das dachte ich auch! Aber er hat meinen Vater überzeugt, der es plötzlich erstrebenswert fand, seine Tochter auf einer Burg regieren zu sehen.«

»Und jetzt wirst du tatsächlich Burgherrin?« Lena wurde vor Aufregung ganz heiss.

»Nicht ganz.« Renata trank einen Schluck von ihrem heissen, erfrischenden Sud und rührte dann stirnrunzelnd einen Löffel Honig hinein. »Als Anton Appenteker davon erfuhr, war er todunglücklich. Ich habe ihn gefragt, warum. Und da hat er mir gestanden, dass er mich nicht ziehen lassen will.«

Lionel lehnte sich zurück und zwinkerte Lena zu, die sich mit der Hand durch die Haare fuhr. Zwei Bewerber, die nach so langer Witwenzeit bei Renata Schlange standen! Wie schnell sich die Dinge wenden konnten.

»Und wen nimmst du jetzt?«, fragte sie neugierig.

Renata legte den Kopf erst nach rechts und dann nach

links, und das kleine Lächeln wurde breiter. »Der Hardenberger, er ist so raubeinig und wird so schnell wütend. Und was würde aus Franz inmitten seiner adligen Kinderschar? Nein.« Sie schüttelte den Kopf. »Ich habe mich für Anton entschieden. Er ist zwar gut zehn Jahre jünger als ich, aber ich mag ihn gern, und er wird dem Franz ein guter Ziehvater sein. Und außerdem will ich die Apotheke nicht aufgeben.«

»Das sind ja Neuigkeiten!« Lena beugte sich über den Tisch und legte die Arme um ihre Freundin, während Lionel geistesgegenwärtig zugriff und den dampfenden Krug vorm Umfallen bewahrte. »Herzlichen Glückwunsch!«

Lachend setzten sie sich, und Renata sah in diesem Moment fast so jung aus wie ihr Bräutigam. In diesem Moment sprang die Tür auf. Franz galoppierte in den Raum und stolperte fast über Lionels lange Beine. Seine Mutter packte ihn am Kragen und zog ihn zu sich heran.

»Jetzt sagst du erst einmal hallo. Und dann wäschst du dir die Hände«, sagte sie drohend. »Und schließlich kommst du an den Tisch und isst mit mir.«

»Oh. Hallo!« Schuldbewusst schaute der Junge auf seine schwarzen Finger und stürmte davon.

»Er ist seinem Vater wie aus dem Gesicht geschnitten«, sagte Lionel leise, und Renata wurde weiß wie die Wand. »Aber ...«

»Keine Sorge, von mir erfährt niemand etwas«, versicherte er. Lena dachte nach. Lionel hatte den alten Appenteker doch gar nicht gekannt. Das bedeutete? Nein, das gab es nicht! Er hatte sogar die gleichen grauen Augen wie ...

»Bruder Thomas!«, flüsterte sie. Die Dinge zerbrachen und

fügten sich neu zusammen wie die Eisschollen auf dem Neckar im Winter.

»Schhh!«, machte Renata verbissen und drehte sich zur Tür um, hinter der die Pumpe noch immer quietschte. »Einmal in meinem Leben hat das Herz und nicht die Vernunft über mein Schicksal bestimmt. Aber der Junge darf nichts von seiner unehelichen Geburt erfahren. So wie ganz Esslingen zum Glück nicht richtig nachgezählt hat. Bisher ...«

Lena schluckte. »Ich sag niemand was.«

»Das hätte ich auch so von dir erwartet«, sagte Renata und nahm Lena bei der Hand. »Aber wie habt Ihr es gemerkt, Lionel?«

Lionel stand auf und wandte sich zur Tür. »Wir sollten gehen, Madeleine! Ehe der Abend uns überrascht.«

Dann drehte er sich um und schaute Renata voll ins Gesicht. »Es ist deutlich, wenn man die beiden nebeneinander sieht. Bruder Thomas hat ihn ja auch unter seine Fittiche genommen. Aber es steht ihm nicht auf der Stirn geschrieben. Nein.« Er zog Lena in seine Arme. »Ich habe es erkannt, weil es auch mich betrifft. Denn ich bin ebenfalls der Bastard eines Geistlichen.«

Was? Lena war verwirrt. Tausend Gefühle stürmten auf sie ein. Wer war Lionel wirklich? Wie viele Geheimnisse gab es noch? Ein Mann mit adligen Manieren und einer inneren Unabhängigkeit, die ihn dem König mühelos in die Augen sehen ließ. Wie sollte sie nur mit ihm Schritt halten? Obwohl – im Moment stellte sich die Frage nicht, denn er zog sie mit eisernem Griff mit sich fort in die Dämmerung. Das kleine Haus mit seinem Kräutergarten und seiner verwunschenen Stille blieb hinter ihnen zurück.

»Nicht«, sagte sie und versuchte vergeblich, sich zu befreien.

»Wir müssen reden«, sagte er und hielt sie unbeirrt weiter fest. »Ich bin dir so manche Erklärung schuldig.«

Und so ließ sie sich mitziehen, die Weinberge hinab, in denen es länger hell blieb, und nicht auf dem kürzeren Weg durch die Wälder und tiefen Schluchten am Rande der Filialorte, wo sie Roteneck zum ersten Mal begegnet war.

Der Tag ging langsam in einen durchsichtig blauen Abend über. Am Himmel blitzten ein paar blasse Sterne auf. Auf halber Höhe zur Stadt ließ er sie schließlich los.

»Mach das nie wieder!«, zischte sie und rieb sich ihr Handgelenk.

Er zuckte die Schultern. »Ich wollte nur verhindern, dass du mir wegläufst.«

»Das hätte ich auch beinahe gemacht.« Herausfordernd starrte sie zu ihm hoch.

»Ich verstehe nicht, warum du so zornig bist«, sagte er leise. »Wenn du etwas dagegen hast, dass ich unehelich geboren bin, dann sag es mir.«

»Aber darum geht es doch gar nicht.«

»Um was denn sonst?«

Ungeduldig drehte sie sich einmal um sich selbst, bis sich ihr kostbarer, blauer Samtmantel im Wind blähte. Die Weinhänge schwankten, und der Fluss, weit unter ihr und dunkelgrau in seinem Bett, wurde zu einer sich aufbäumenden Schlange. »Dein Vater war sicher kein einfacher Franziskaner wie Bruder Thomas. Der war mindestens ein Abt, wenn nicht sogar ein Bischof. Und damit stehst du weit über dem Hardenberger. Du bist so weit von mir entfernt wie ...« Hilflos hob sie die Hände. »Ein Stern von der Erde.«

Wieder und wieder schüttelte er den Kopf. »Der Stand, deiner und meiner, bedeutet mir nichts. Für mich zählt nur deine Person und dass wir uns lieben.«

»Also gut.« Sie setzte sich auf eine der Steinbänke, auf denen die Weingärtner und ihre Frauen Rast machten. Zum Glück war es nicht die, hinter der sie mit Valentin den toten Anstetter gefunden hatte. Lionel stand vor ihr, groß, schlank und imposant. Seine braunen Haare kräuselten sich im feuchten Abendwind, und hinter ihm dehnte sich weit der Himmel.

»Warte!«, sagte er, zog sie hoch und legte seinen Mantel mit der Innenseite nach außen auf den kalten Stein. Er war, wie konnte es anders sein, mit teurem Marderfell gefüttert. Außen aus solider Wolle, der man nicht ansah, wie viel sie gekostet hatte, aber innen kostbar und luxuriös. Wie Lionel, dachte sie.

»Wer auch immer du sein magst, Lionel Jourdain«, begann sie. »Ich weiß, wer *ich* bin. Magdalena Luginsland, die Tochter des Glasmalers aus Esslingen. Nicht mehr und nicht weniger. Der Abstand zwischen uns ist riesengroß.«

»Nicht so groß, wie du denkst.« Nach kurzem Zögern setzte er sich zu ihr und legte ihr den Arm um die Schultern. »Vergiss nicht, dass ich unehelich geboren bin und ein Glasmaler wie dein Vater.«

Sie nickte. »Aber es lässt sich nicht leugnen, dass du von hoher Herkunft bist. Wer also ist dein Vater?«

Er lachte leise und schüttelte den Kopf. »Vincent de Pontserrat, Bischof von Dijon und Abt von Langres.«

»Also lag ich schon ganz richtig«, sagte sie und hätte fast gelacht. »Einer, der so hoch steht, dass er auf das Keuschheitsgebot der Kirche pfeifen kann.«

»Ja«, Lionel verzog amüsiert den Mund. »Aber wenn er je gedacht hat, er könne die Freuden der Liebe genießen, ohne sich um die Konsequenzen zu kümmern, habe ich ihm einen Strich durch die Rechnung gemacht. Ich bin sein einziger Sohn, und er hat sich mehr für mich interessiert, als für uns beide gut war. Schließlich setze ich, ob unehelich oder nicht, seine Blutlinie fort, die er bis auf einen Seitenzweig der Merowingerkönige zurückführt. Über die mütterliche Seite ist er mit dem Haus Capet und damit den Königen von Frankreich und den Herzögen von Burgund verwandt.«

Er lehnte sich zurück und zog Lena neben sich, die so sprachlos war, dass ihr keine Fragen mehr einfielen.

Die blaue Dämmerung verlor sich in der Schwärze der Nacht. Über ihnen glänzte weiß und silbrig ein Heer von Sternen, die mit ihrer Kälte den Rest des Nebels vertrieben. Und Lionel fuhr fort.

»Meine Mutter war Marie de Goncourt, die Tochter eines kleinen Landadligen. Der Bischof schwängerte sie, als sie gerade sechzehn Jahre alt war. Er muss sie wirklich gemocht haben, denn sie blieb einige Jahre bei ihm.« Er zuckte die Schultern. »Aus dieser ersten Zeit habe ich kaum Erinnerungen, und darum hielt ich lange meinen Stiefvater für meinen Vater.«

»Wer war das?«

»Claude de Pourcevelles, ein Ritter im Dienste des Herzogs. Kleiner Landadel wie die Familie meiner Mutter, aber mit einem hübschen Weingut im Norden Burgunds gesegnet. Der Bischof hat gut für seine Mätresse gesorgt.«

»Aber damit war doch dein Weg geebnet«, flüsterte sie und drückte sich in seine Armbeuge. »Als Erbe deines Stiefvaters.«

Lionel lächelte leise. »Wo denkst du hin?«, fragte er spöttisch. »Wenn der Erzbischof je gedacht hat, ich würde Claude beerben, hat er sich mal wieder geirrt. Mir zugefallen ist allein ein Weingut von der Seite meiner Mutter. Sie ist im Sommer gestorben, weißt du. Als ich nach Burgund gereist bin, habe ich meine Erbschaftsangelegenheiten geregelt. Wie auch immer. Einige Jahre nach unserer Ankunft auf der Burg wurde mein Bruder Jean-Luc geboren, der Erbe seines Vaters und eine Schlange wie aus dem Garten Eden. Er hat mir auch jetzt wieder Schwierigkeiten bereitet. Dann kamen noch mehrere Geschwister, aber nur meine jüngste Schwester Corinne und er überlebten die ersten Jahre.«

Lena nickte. So ging es den meisten Familien, denn nur wenige hatten Kontakt zu Heilkundigen wie Renata, die die Kleinen über die schweren Kinderkrankheiten hinwegretten konnten.

»Aber wenn du mich heiratest, was wird dann mit der Linie der Merowinger?«

Lionel sah sie an und lachte. »Sie verwässert aufs Köstliche«, sagte er dann.

Lena kicherte und stieß ihn in die Seite. Ihr Zorn war verflogen und hatte ihrer gewohnten Neugier Platz gemacht. »Erzähl weiter!«

»Nun, was willst du wissen? Dass mein Stiefvater mich zum Pferdeknecht degradiert hat, als ich gerade acht war? Und das tat er sicher nicht ohne Grund. Ich habe ihm das Leben zur Hölle gemacht, und dafür in seinem Stall sehr viel gelernt – unter anderem, Menschen, die tiefer stehen als ich, mit Respekt zu begegnen. Und Pferde mochte ich schon immer. Aber irgendwann kam der Bischof vorbei und wollte sich von meinen Fortschritten überzeugen.« Er zuckte die Schultern und grinste. »Er hat mich im Pferdestall angetroffen, wo ich gerade den Gaul des Ritters trockenrieb, völlig unbeleckt von ritterlichen Tugenden. Und vorher hatte ich, Raufbold, der ich war, meinen Stiefbruder in die Tränke geworfen, weil er dem Gaul einen Dorn unter den Sattelgurt gesteckt hatte. Der Bischof hat mich gleich mitgenommen und bei den Franziskanern von Charlieu abgeliefert. Auch hier konnte ich mich nicht anpassen und habe mehr Zeit im Karzer als in den Lehrsälen verbracht. Vielleicht dachte er, ich trete ein, aber das hätte er besser wissen müssen.«

»Aber trotzdem hast du dort Lesen gelernt und ein bisschen Latein«, sagte Lena leise.

»Ja, und irgendwie haben sie mein Herz entfacht für den Glauben.« Zweifelnd schaute sie ihn von unten herauf an. »Wenn er wahr ist und nicht von Geld- und Machtinteressen bestimmt wird.«

»Wie beim Papst in Avignon?«

»Und zahlreichen anderen Vertretern der Kirche. Aber bei den Franziskanern bin ich ehrlichen Suchenden begegnet, so wie Bruder Thomas. Und sie haben es geschafft, in mir die Leidenschaft fürs Zeichnen zu wecken. Das geschah in ihrem Scriptorium. Dort wollten sie mich zum Buchmaler ausbilden, aber ich bin abgehauen, als sie mir etwas befehlen wollten.« Er lächelte schief. »Mein Vater hat mich schließlich wieder eingefangen.«

Er zog sie wieder an sich. »Auf der Straße lebt es sich dreckig, wenn man zwölf ist. Und dann hat er mich als Knappe zu einem Ritter gegeben, was ihn eine Stange Geld gekostet haben muss. Auf dem Sandplatz war ich ein Ass, wenn ich Lust hatte zu erscheinen.«

Lena kicherte leise.

»Und dort habe ich Meister Thierry kennengelernt, der gerade die Burgkappelle neu verglaste. Als ich die neuen Fenster in der Sonne leuchten sah, blieb mir – wie sagt man – der Mund offen stehen.«

»Du kannst auch sagen, die Spucke weg.«

»*Bien sûr!* Nun, er spürte mein Interesse und erklärte mir, was ich wissen wollte. Und als er sah, dass ich zeichnen konnte und auch sonst nicht ungeschickt war, versprach er, mich auszubilden. Der Ritter hat mich so verprügelt, dass ich heute noch die Striemen spüre. Aber es nutzte nichts. Ich bin wieder abgehauen und Thierry bis auf die Isle de France gefolgt. Da haben sie eingesehen, dass es nichts nutzte, meinen Willen zu brechen.«

Lena stand auf, stampfte mit ihren Stiefeln kräftig auf, um die Kälte zu vertreiben, stellte sich vor ihn und nahm seine Hände. »Also kriegst du immer, was du willst.«

»Ja!«, sagte er, und sie merkte, dass er es ernst meinte. »Aber auch ich konnte Joëlle nicht halten. Meine erste Frau.« Er legte ihre Hände rechts und links um sein kaltes Gesicht.

»Wie war sie?«, flüsterte sie.

»Wunderschön. Dunkelhaarig. Fröhlich. Wenn du eine Löwin bist, war sie eine Taube. Sie konnte wirklich niemandem etwas zuleide tun.« Seine Stimme wurde sehr leise. »Ich habe sie in Carcassone kennengelernt, als ich dort mit Meister Thierry einen Reparaturauftrag ausführte. Da war ich gerade siebzehn. Doch zwei Jahre später änderte sich alles, denn Frère Mort kam in die Stadt.«

»Daher kennst du den Dominikaner!« Lena hielt den Atem an.

»Ja, und wie hier zog er das Ruder sofort an sich. Die Menschen glaubten ihm, wenn er von Tod und Verhängnis als Folge der Sünde sprach. Und er war dort nicht nur ein einfacher Prediger, sondern stand der Inquisition vor, die ihre scharfen Augen auf Joëlle gerichtet hatte, wie auf alle, die Nachfahren der Katharer waren. Weißt du, was der Name bedeutet?«

Lena nickte unsicher. »Ketzer?«, fragte sie dann.

»Ihre Überzeugung stimmt nicht mit der offiziellen Lehre der Kirche überein. Sie glauben, dass die Schöpfung böse ist und nur geschaffen wurde, um den Menschen von Gott zu entfernen. Ziemlich krauses Zeug also, das sie dazu bringt, ein asketisches Leben zu führen. Die meisten Katharer von Carcassone sind vor fast hundert Jahren beim großen Feldzug umgekommen, als die Scheiterhaufen brannten. Aber ihre Großeltern und ihre Eltern haben den Glauben heimlich weitergetragen. Joëlle und ihre Schwester waren katharischer Abstammung, aber sie hatten sich der Kirche zugewandt und lebten auch kein verborgenes Leben nach den Regeln der Sekte. Frère Mort unterstellte ihnen, sie hätten dem falschen Glauben nicht abgeschworen und Joëlle sei auf dem Wege, eine »Perfecta« zu werden, eine Priesterin ihres Glaubens.« Lionel rutschte bis an den vorderen Rand der Bank, stützte die Arme auf die Knie und raufte sich die Haare. Als er den Kopf hob, sah Lena die Tränenspuren, die sich seine Wangen herunterzogen. »Ich habe bisher noch mit fast niemandem über diese Dinge gesprochen. Es war hart. Der Dominikaner verdächtigte sie trotz ihrer Ehe mit mir und der Tatsache, dass sie schwanger war. Du musst wissen, dass die Katharer und ganz besonders die »Perfectae« Ehe und Kinder ablehnen, um nicht noch mehr Unglück auf die Welt zu ziehen.«

Lena zog scharf die Luft ein und schluckte.

»Und dann starb Joëlle durch eine aufgehetzte Söldnertruppe. Ich kam von einem auswärtigen Auftrag zurück und habe sie tot aufgefunden. Sie hatten sie einfach gesteinigt.«

»Lionel!«, flüsterte Lena geschockt. »Das ist ja schrecklich!«

Er hatte das Gesicht in seinen Händen vergraben. Nach einem Moment ließ er zu, dass sie den Arm um seine Schultern legte. »Das Schlimmste daran ist, dass ich nicht da war, als sie mich brauchte. Aber Frère Mort, den wollte ich büßen lassen, was er getan hatte. Ich kam mit gezogenem Schwert in den Gerichtssaal gestürmt, als die Inquisition tagte, und habe ihn beschuldigt, den Tod meiner Frau verursacht zu haben. Er wies alles von sich. Wenn Joëlles Schwester mich nicht zurückgehalten hätte, hätte ich ihn in diesem Moment getötet. Er und ich, wir wussten beide nicht, dass gerade ich einmal seinen Mörder richten würde. Wie seltsam das Schicksal manchmal spielt.«

Schweigend saßen sie in der Kälte der Nacht. Lena dachte kurz daran, dass die Tore längst geschlossen sein würden, wenn sie ins Tal kämen, aber auch das ließ sich mit ein paar Münzen regeln. Es war viel wichtiger, hier miteinander zu sprechen.

»Er hat mich nicht vergewaltigt«, sagte sie schließlich, und ihr Herz klopfte.

Überrascht hob er den Kopf. »Nicht? Aber es hätte mir auch nichts ausgemacht, wenn es so gewesen wäre.«

»Er hat es versucht.« Die Worte wollten nicht recht heraus. Widerwillig stellte sie fest, dass sie sich schämte. »Zweimal. Beim ersten Mal habe ich ihn verflucht, und er hat mich ausgelacht. Aber beim zweiten Mal ...« Die Worte saßen wie kantige Steine in ihrer Kehle. Jedes einzelne tat weh, bevor es ausgesprochen war. Denn hatte sie nicht schon ihre Ehre verloren, als Roteneck sie unterworfen hatte? »Er hat mich aufs Bett geworfen und ein paarmal kräftig ins Gesicht geschlagen, und er ... fummelte unter seinem Surcot herum. Und da habe ich ihm gesagt ...« Es war so peinlich und so schlimm, dass sie es fast nicht aussprechen konnte. »Dass ich eine Hexe bin.«

Er richtete sich auf und schaute sie ungläubig an. »Und das hat er dir geglaubt?«

Sie druckste herum, fand nicht die richtigen Worte. »Zuerst nicht, aber dann habe ich mich ganz steif gemacht und ihn nur angesehen. Und schließlich kam ein Windstoß, blies durch den Fensterladen und hat die Kerze ausgelöscht.« Mehr erzählte sie nicht. Nicht, dass er sie Teufelsbuhle genannt und fast bewusstlos geschlagen hatte.

»Sieh an!« Lionel schüttelte den Kopf und lachte leise und traurig. »Du hast ihn tatsächlich bei seiner tiefsitzenden Angst erwischt. Dem Wind sei Dank!«

»Er hat sich an Loisl schadlos gehalten.«

Er zog sie an sich, bis sie seine Knie berührte, und hob sie dann auf seinen Schoß. »Sie wird es überstehen. Aber lass niemanden wissen, was passiert ist. Hörst du, niemals!«

Der Moment war wirklich nicht passend, aber trotzdem küsste er sie auf den Mund. Seine Hände wanderten unter ihren Mantel, streichelten ihren Hals, ihre Kehle und wanderten weiter abwärts. Eigentlich hatte sie vorgehabt, so etwas nicht zuzulassen, aber es war ... anders als bei Roteneck. Trotzdem griff sie nach seiner Hand und legte sie entschlossen in ihren Schoß. »Es schickt sich nicht, so weit zu gehen.«

»Oh, ich könnte noch viel weiter gehen«, sagte er heiser und küsste sie wieder. »Du bist für mich ein Neuanfang, als ob das Leben seine Tür für mich geöffnet hat.«

»Aber wir haben doch Zeit genug. Wenn wir erst verheiratet sind und du die Werkstatt übernommen hast.«

Mit einem Ruck ließ Lionel sie los und setzte sich zurück. »Weißt du es denn gar nicht?«

Verwirrt schüttelte Lena den Kopf. »Was weiß ich nicht?«

»Sie haben dir also nichts gesagt«, murmelte er und biss sich auf die Lippen. »*Ces poltrons!*« Er hob sie von seinem Schoß und setzte sie wieder auf seinen fellgefütterten Mantel. »Hör zu, Madeleine! Was ich dir jetzt sagen werde, wird dir nicht gefallen.«

Sie runzelte die Stirn. Plötzlich war ihr Herz genauso kalt wie ihre Hände. »Was denn?«, fragte sie leise.

»Ich werde morgen die Stadt verlassen.«

»Aber ... Doch nicht schon wieder!« Ungläubig schüttelte sie den Kopf.

»Auch wenn ich dich liebe, es war nie die Rede davon, dass ich für immer hierbleibe.«

»Aber du wirst doch der neue Meister in unserer Werkstatt. So war es doch abgemacht.« Sie hörte, wie ihre Stimme zitterte, und biss sich auf die Zunge.

»Das war es nicht«, sagte er. »Konrad übernimmt die Werkstatt und hilft deinem Vater, so dass der sich bald zur Ruhe setzen kann. Heinrich bürgt für ihn bei der Zunft, und ich habe eine Teilhaberschaft und ein Anrecht auf die

Hand seiner Tochter.« Er schüttelte den Kopf, voll schlechtem Gewissen. »Sie wollten es dir sagen, so dass wir in Ruhe Abschied nehmen können.«

Reglos saß Lena auf der Bank, und die Kälte kroch ihr Stück für Stück die Beine hinauf. Die Träume, in denen sie sich eine gemeinsame Zukunft mit Lionel vorgestellt hatte, zerbrachen in tausend Stücke. Wie damals, als ihr das Bild mit dem Pfingstwunder aus der Hand gefallen war.

»Hör zu!«, begann er von neuem. Eigentlich wollte sie nichts mehr hören, aber er ließ sie nicht in Ruhe. »Enge Städte ersticken mich. Und die Kleinaufträge, die mich hier erwarten, reichen mir nicht. Mag sein, dass es in ein paar Jahren anders ist, wenn sie die Marienkapelle verglasen. Aber in Königsfelden, in den Stammlanden der Habsburger, da liegt ein Kloster, wo eine ganze Kirche verglast werden soll. Ich habe den Auftrag schon lange vor dem Chorfenster bekommen. Wenn ich zurückkomme, heiraten wir.« Ihre Gedanken arbeiteten fieberhaft. »Wie lange kann das dauern!«, rief sie zornig. »Ein paar Jahre? Und so wird es immer sein. Ich werde in Esslingen sitzen und auf dich warten, während du irgendwo auf der Welt Klöster und Kirchen verglast und alle paar Jahre mal heimkommst.«

Lionel schwieg schuldbewusst. Genauso hatten sie es sich gedacht. Ihr Vater, Lionel und dieser Freiburger steckten unter einer Decke und hatten ihre Zukunft bis ins Detail geplant. Nicht mit mir, dachte sie.

»Aber wenn du nicht so lange warten willst«, sagte er kleinlaut. »Dann gebe ich dich frei und du kannst Konrad heiraten. Er hat sich dazu bereit...«

»Ihr wollt mich verschachern«, schrie sie, sprang auf und lief den Weinberg hinab, ohne sich nach ihm umzusehen. Klack, klack, klack, jeder Schritt ihrer Winterstiefel ein kleiner Donner auf dem halb gefrorenen Boden. Nein! Wieder wollten die Männer sie zu einem Spielball geschäftlicher Interessen machten, der hin und her geschubst wurde, wie es ihnen gefiel.

»Aber ich liebe dich doch«, seine Stimme hallte in den Hängen wider. »Bitte lass es nicht so enden. Du hast es geschafft, dass ich wieder lebe. Und wenn du willst, kommst du einfach mit.«

Was redete er da? Die Reichsstadt war ihre Heimat, hier lebten die Menschen, die sich auf sie verließen, und hier lag die Werkstatt, in der sie groß geworden war und zeichnen gelernt hatte! Blind vor Tränen stolperte sie den Weg herunter und schaute nicht nach rechts und links. Weit hinter sich hörte sie seine Schritte. Mit seinen langen Beinen hielt er mühelos mit ihr Schritt, aber selbst er hatte wohl begriffen, dass sie allein sein wollte, und überholte sie nicht. Am Stadttor hatte er sie schließlich doch eingeholt. Er bestach den Wächter, der sie durch eine kleine Pforte in die Stadt lotste. Lena durchquerte sie, ohne Lionel noch eines Blickes zu würdigen. Auf getrennten Wegen gingen sie nach Hause.

49

Der nächste Morgen war kalt und grau. Lustlos stocherte Lena in ihrem Getreidebrei herum und hörte, wie Lionel draußen die Pferde sattelte und seine Werkzeuge verstaute. Stimmen schoben sich zwischen die Geräusche, Konrad, ihr Vater, die Lehrbuben, alle standen sie im Hof und hatten Lionel etwas zu sagen, und Bonne wieherte leise zum Abschied. Beim Frühstück hatte sie gehört, dass er seine Vorräte in Cannstatt ergänzen und erst dann in Richtung Osten über Ulm zum Bodensee reisen würde. Ein wandernder Glasmaler, dem die Welt offenstand. Wie hatte sie denken können, dass er in Esslingen bleiben würde, wenn ihn im Reich Aufträge von ganz anderer Größenordnung erwarteten. Aufträge vom König selbst und vom Franziskanerorden, mit dem ihn mehr verband, als sie geahnt hatte.

Sie blinzelte und schaute sich in der Küche um. Zum ersten Mal erschien ihr der weiß gekalkte Raum mit seinem pergamentverspannten Fenster eng und klein. Das Feuer im Ofen wärmte ihre Füße, die in dicken Strümpfen steckten. In den Regalen an der Wand stand Marthas Tongeschirr. Darunter hingen ihre Töpfe, die sie penibel mit Sand gescheuert hatte, bis das Kupfer glänzte wie Gold. Hier kannte Lena die Regeln, wusste, dass sie bald das Fest von Christi Geburt feiern würden, das zweitschönste im ganzen Jahr. Warum war sie dann so traurig? Lustlos verscheuchte sie den kleinen Kater, der es sich auf ihrem

Schoß bequem machen wollte, und schob die halbvolle Schüssel zurück.

In diesem Moment sprang die Tür auf. Martha und Sanna traten ein und brachten einen Schwall kalte Luft mit. Sie waren auf dem Markt gewesen, und Martha hob den schweren Korb mit Möhren, Sellerie, Rindfleisch und Kohl auf den Tisch.

»Hallo, Lena!« Sanna sprang auf sie zu, ein kleiner Kobold mit roten Backen und eisigen Händen, und setzte sich auf den Platz, den der Kater gerade frei gemacht hatte. Lena ließ es seufzend zu und vergrub ihr Gesicht in ihrem weichen, duftenden Blondschopf. Eine kleine Hand tätschelte ihre Rechte. »Nicht traurig sein, Lena!«

Derweil schob Martha die Ärmel hoch und begann, den Einkauf zu verstauen.

»Dieser Quälgeist!« Mit spitzem Finger deutete sie auf Sanna. »Ohne einen süßen Krapfen geht sie nicht nach Hause. Sicher können wir sie irgendwann durchs Haus rollen wie ein Fass.«

Sanna kicherte, und Martha packte ein verlockend duftendes Leinensäckchen aus, das sie vor den beiden auf den Tisch legte.

»Darf ich?«, fragte Sanna und machte sich schon an der Verschnürung zu schaffen.

»Ja, klar, aber gib Lena auch einen.«

Prüfend schaute sie ihre Pflegetochter an. »Krapfen mit Honig helfen gegen Liebeskummer.« Lena wurde knallrot, nahm sich einen und biss lustlos in die klebrige Süßigkeit.

Währenddessen hob Martha das Mädchen von Lenas Schoß und gab ihm einen scherzhaften Klaps auf den Po. »Sanna, geh mal ein wenig auf die Gasse und spiel! Ich hab etwas mit Lena zu besprechen. Aber nicht ohne Mütze, hörst du!«

»Ja, ja«, zwitscherte die Kleine.

Als die Tür sich hinter ihr geschlossen hatte, setzte sich Martha an den Tisch und nahm ihre Hand. »Lena ...«, begann sie.

»Sei bitte still!«, flüsterte diese. Wenn Martha auch nur ein weiteres Wort sagte, würde sie sich in Tränen auflösen. Aber Martha ließ sich durch so eine Kleinigkeit nicht abhalten. »Lionel ist ein guter Mann.«

Lena richtete sich auf und funkelte Martha an. Ihre roten Augenbrauen zogen sich zornig zusammen. »Weißt du eigentlich, wer er ist? Weiß das überhaupt irgendjemand hier im Haus?« Zu ihrer Verwunderung nickte Martha. »Wir wissen es noch nicht lange, aber es spricht sich herum. Jedenfalls, wenn einer eine Urkunde als Teilhaber unterschreibt. Und dein Vater wollte auch gern wissen, wem er die Hand seiner Tochter anvertraut.«

»Und es macht euch nichts aus, dir und Vater?«

»Dass er der Bastard eines Bischofs ist? Sollte es das?«

»Nein ...« Sie schüttelte den Kopf und sortierte ihre Gedanken. »Dass er vom Stand so unglaublich weit über uns steht.«

Martha zuckte die Schultern. »Ach, weißt du, ich habe so viel gesehen in meinem Leben. Wenn ich da immer nur nach dem schaue, *was* einer ist, dann übersehe ich vielleicht, *wie* einer ist.«

Lena biss sich auf die Lippen und schwieg. Lionel hatte ihr gestern Einblick in seine Vergangenheit und in sein Herz gewährt, das er sonst sorgsam vor neugierigen Blicken verbarg. Wenn das kein Vertrauensbeweis war.

»Aber sie haben wieder über meinen Kopf hinweg entschieden«, sagte sie kleinlaut. »Und mich dann an Konrad verschachert, der es sich als Glasmalermeister in Esslingen bequem macht wie die Made im Speck.«

Sie biss von dem Krapfen ab, der schmeckte, als hätte ihn die Bäckerin aus Sägemehl gemacht, und prompt in ihrem Hals steckenblieb. Lena hustete, und Martha klopfte ihr den Rücken.

»Davon kann keine Rede sein«, sagte sie dann streng. »Genau andersherum wird ein Schuh daraus. Konrad würde dich nehmen, wenn du nicht auf Lionel warten willst. Er ist einer der gütigsten und verständnisvollsten Menschen, denen ich je begegnet bin.«

»Dann heirate *du* ihn doch!«, rief Lena.

Martha stand auf und nahm sie in ihre weichen Arme. »Lass Lionel nicht ziehen!«, sagte die Köchin. »Nicht ohne ein Wort.«

Martha hatte sie oft getröstet, nicht nur bei aufgeschlagenen Knien und zerrissenen Röcken. Ihr hatte sie alle Geheimnisse anvertraut, und sie kannte auch die, die sie für sich behalten wollte. Ihr Geruch nach Rindfleischsuppe und süßem Gebäck war der Inbegriff von Geborgenheit. Lena blieb einen Moment in der Umarmung, dann aber fiel ihr die plötzliche Stille auf, die durch die Fensteröffnung drang, und ihr Magen sackte ihr bis in die Kniekehlen. Sie löste sich aus der Umarmung, rannte zur Haustür, öffnete sie und schaute nach draußen. Der Hof war leer, und darüber wölbte sich, schwanger von Schnee, ein grauer undurchsichtiger Himmel.

Lionel schaute vom jenseitigen Neckarufer zurück auf die Stadt, in der sich so viel für ihn verändert hatte. Trutzig schob sich die Brücke über den graugrünen, träge dahinströmenden Fluss. Sogar im frühen Winter drängten sich Fuhrwerke und Handelskarawanen vor dem Brückentor. Von der Stadt war die Mauer zu sehen, dahinter ein Gewirr aus Dächern, fast verborgen im weißen Rauch der Ofenfeuer, und über allem thronten die Zwillingstürme der Stadtkirche. Selbst die Weinberge erschienen ihm im matten Licht grau und ohne Farbe. Grisaille, dachte er. Wenn das Glas weiß blieb und nur mit Schwarzlot in verschiedenen Abstimmungen bemalt wurde, erzielte man genau die Stimmung dieses frühen Wintertags. So wollten die Zisterzienser die Glasmalerei in ihren schlichten Kirchen. Die Franziskaner sollten sich auch an das Gebot der Mäßigkeit halten, taten es aber immer seltener. Was würde ihn in Königsfelden erwarten? Kein Grisaille jedenfalls. Eine ganze Kirche mit leuchtend bunten Glasfenstern, in denen Stifterbildnisse von der Herrlichkeit der habsburgischen Fürsten erzählten. Sorgsam richtete er seine Gedanken auf die Zukunft, eine sichere, seit acht Jahren erprobte Methode, um zu vermeiden, dass Bedauern und Schuldgefühle sein Leben bestimmten. Lena hatte sich nicht von ihm verabschiedet und er sich nicht von ihr. Damit konnte er alle Träume von einem gemeinsamen Leben begraben. Und dabei hätte er wissen müssen, dass sie die Pläne, die er mit ihrem Vater und Konrad geschmiedet hatte, nicht bedingungslos akzeptieren würde, nicht nach der Sache mit Anstetter. Wieder hatten sie über ihren Kopf hinweg entschieden, weil Männer Frauen eben als Unterpfand betrachteten und sich nichts dabei dachten.

Étoile tänzelte unruhig, und Bonne schnaubte leise. Die Pferde hatten viel zu lange im Stall gestanden und freuten sich auf die Reise. Langsam wurde seine rechte Hand kalt, mit der er den Zügel hielt. Er ließ den Blick schweifen und sah am Ufer einen Graureiher sitzen, dessen schwarzer Schnabel sich spitz in die kalte Luft bohrte. Sein Gefieder war grau und aufgeplustert gegen die Kälte, doch am Hals hatte er eine gelbe Stelle, wie ein Sonnenstrahl an einem trüben Tag. Plötzlich erhob sich der große Vogel in die Luft, streckte seine langen Beine und breitete die elegant geformten Flügel aus – ein schmaler Körper, der den Aufwind der Luft nutzte – und segelte davon, stadtwärts, ein Pfeil mit schwarzer Spitze.

Lionel wendete zögernd die Pferde. Er verharrte noch einen Moment, bis der Reiher völlig aus seinem Blickfeld verschwunden war. Dann gab er Étoile die Sporen und hielt auf die Brücke zu, auf der sich der Verkehr stadteinwärts genauso staute wie in der anderen Richtung. Die Zeit für ein Wort des Abschieds musste sein, egal wie Lena sich entschied.

Es begann zu schneien, vereinzelte weiße Flocken, die langsam wie Baumblätter zu Boden segelten. Darüber löste sich das Grau und öffnete sich für eine milchig weiße Sonnenscheibe. Im zunehmenden Licht blitzte am anderen Ufer etwas Blaues auf. Jemand, der einen langen, blauen Mantel trug, stand dort, sprang auf und ab und winkte. Er blinzelte und schaute genauer hin. Wenn er sich nicht täuschte, hatte sie einen Rucksack dabei. Er winkte zurück und stellte sich in die Schlange vor dem Tor. Sein Herz wurde leicht. Wenn sie auf ihrer großen Reise waren, würde er ihr als Erstes einen warmen, pelzgefütterten Wollmantel kaufen.

Leon Morell
Der sixtinische Himmel
Historischer Roman
576 Seiten. Gebunden

Der große historische Roman über den bedeutendsten Künstler der Renaissance: Michelangelo

Italien, Anfang des 16. Jahrhunderts: Der junge Aurelio kommt nach Rom, um dort beim größten Bildhauer seiner Zeit in die Lehre zu gehen: Michelangelo Buonarroti. Gerade hat der Papst diesen gegen seinen Willen mit einem Deckenfresko für die Sixtinische Kapelle beauftragt. Missmutig macht sich der Künstler ans Werk. Nachts jedoch erschafft er aus weißem Marmor das Bildnis der Frau, die keiner jemals sehen darf: die Kurtisane des Papstes. Aurelio verliebt sich unsterblich in die geheimnisvolle Schöne. Doch seine Liebe wird nicht nur ihm zum Verhängnis …

»Seine Begeisterung für den Renaissance-Künstler hat Leon Morell in eine Geschichte eingewebt, durch die man wie nebenbei sehr viel über Michelangelo, Papst Julius II und das Rom des frühen 16. Jahrhunderts erfährt. Für alle, die sich gern unterhalten lassen, ist er eine gute Einstimmung auf eine Reise in die italienische Metropole. Oder einfach ein spannender Urlaubsschmöker.«
Buchjournal

Scherz

Ildefonso Falcones
Die Kathedrale des Meeres
Aus dem Spanischen von Lisa Grüneisen
Roman
Band 17511

Der kleine Arnau flieht mit seinem Vater Bernat vor einem brutalen Lehnsherren in das mittelalterliche Barcelona. Die Stadt steht in höchster Blüte, die Viertel wachsen bis hinunter ans Meer. Dort erlebt der junge Arnau den Bau von Santa María del Mar, einer riesigen Kirche, die vom Volk für das Volk gebaut wird. Im Schatten des mächtigen Bauwerks erfährt er, welch schweres Los die Arbeit dort ist: Mit den anderen Steinträgern schleppt der Vierzehnjährige die riesigen Felsblöcke vom Montjuïc bis hinunter an den Hafen. Doch während sich die Kathedrale des Meeres in den Himmel reckt, wirft sie auch dunkle Schatten auf das Leben der Menschen. Das Volk leidet unter der Willkür des Adels, die Pest lauert vor den Toren. Und Arnaus Aufstieg zu einem der angesehensten Bürger der Stadt droht ihm zum Verhängnis zu werden: Er wird Opfer einer Intrige, und sein Leben gerät in höchste Gefahr.

»Wie in Ken Folletts SÄULEN DER ERDE
wächst auch hier die Hauptfigur in dem Maße heran,
wie der Bau der Kathedrale voranschreitet.«
La Vanguardia

Fischer Taschenbuch Verlag

Sabine Weigand
Die silberne Burg
Historischer Roman
Band 18339

Sie ist Ärztin, sie ist Jüdin, und sie ist auf der Flucht: Sara verbirgt ihr Schicksal vor den Gauklern, mit denen sie im Jahre 1415 den Rhein entlang zieht. Geheimnisse haben auch der junge Ritter Ezzo und der irische Mönch Ciaran, der in seiner Harfe das Vermächtnis eines Ketzers versteckt, das die Kirche unbedingt vernichten will.

Alle drei geraten auf dem Konzil von Konstanz in große Gefahr. Denn sie hüten ein Geheimnis, das die Welt von Kaiser und Papst erschüttern kann.

»Ein mitreißende Mittelalterroman, der seine Leser so authentisch in eine dunkle Zeit versetzt, dass man das Buch nur bei hellem Licht lesen sollte. Faszinierendes, phantastisches Lesefutter für hungrige Historien-Fans.«
MDR

»Weigand wollte Sara, dieser außergewöhnlichen Frau, mit einer fiktiven Lebensgeschichte ein Denkmal setzen – und das ist ihr hervorragend gelungen.«
Alice Werner, Buchjournal

Fischer Taschenbuch Verlag

Sabine Weigand
Die Seelen im Feuer
Historischer Roman
Band 17164

Bamberg, 1626: Die junge Apothekerstochter Johanna ist beunruhigt: Hexen sollen in der Stadt ihr Unwesen treiben. Aber woran soll sie erkennen, wer mit dem Teufel im Bunde steht? Es ist ein Ringen um Gut und Böse, aber auch ein Kampf um die Macht. Der intrigante Fürstbischof von Bamberg will die freien Bürger der Stadt in ihre Schranken weisen. Neben den einfachen Leuten hat er es deshalb besonders auf die Stadträte abgesehen. Sie werden verhört und verurteilt. Sie werden verbrannt.

Plötzlich wird auch Johanna angeklagt und muss einen Hexenprozess fürchten. Gelingt ihr die Flucht ins weltoffene Amsterdam? Bekommen die Bürger von Bamberg endlich Hilfe bei Kaiser und Papst, um die Beschuldigten zu retten?

»Weigand macht die Schrecken der Hexenjagd erlebbar.
Besonders beeindruckt, dass die Autorin mit
Originalzitaten arbeitet.«
Münchner Merkur

»Sabine Weigands Roman hat es in sich.
Beängstigend und begeisternd!«
Fränkische Nachrichten

Fischer Taschenbuch Verlag

Nerea Riesco
Der Turm der Könige
Historischer Roman
Aus dem Spanischen von Lisa Grüneisen
Band 18965

Ein Schachspiel über Jahrhunderte um ein architektonisches Meisterwerk, das Christen und Muslime verbindet

Sevilla 1248: Nach jahrelangen Kämpfen gewinnen die Christen die letzte Schlacht gegen die Mauren. Deren Herrscher Axataf muss die Stadt König Fernando von Kastilien übergeben. Die Giralda jedoch – das wunderschöne Minarett der Moschee von Sevilla und Stolz der Muslime – soll nicht in Christenhände fallen. Doch der christliche König gewinnt Axataf für einen Pakt: Ein Schachturnier soll über das Schicksal des gewaltigen Turms entscheiden. Fünfhundert Jahre später steht noch immer kein Sieger fest. Doch es gibt einen geheimnisvollen Auserwählten, der die letzte Partie für die Christen spielen soll. Und es gibt jene, die dies verhindern wollen ...

»Ein großartiges Epochenbild des historischen Sevillas und seiner Kathedrale.«
Ildefonso Falcones

»Für dieses Buch brauchen Sie kein Lesezeichen! Denn wer den Roman von Nerea Riesco begonnen hat, will ihn in einem Rutsch zu Ende lesen.«
Für Sie

Fischer Taschenbuch Verlag